좌절

A KUDARC

A KUDARC (FIASKO)

by Imre Kertész

세계문학전집 360

좌절

A KUDARC

임레 케르테스

한경민 옮김

민음사

차례

노인이 서류장 앞에 서서 생각에 잠겨 있다. 지금은 아침나절이다.(아직 10시도 안 된 비교적 이른 시간이다.) 이 시간이면 노인은 언제나 생각에 잠겨 있다. 노인에게는 생각할 거리가 많다. 그래서 언제나 무언가를 생각하고 있다.

하지만 노인이 언제나 생각해야 하는 것만을 생각하는 것은 아니다. 노인이 무슨 생각을 하는지는 우리도 정확히 알 수 없다. 무언가 골똘히 생각하는 모습만 볼 수 있을 뿐, 무슨 생각을 하는지는 알 수 없다. 실제로 노인은 생각을 하는 게 아닐 수도 있다. 그러나 이런 아침나절이면(10시도 안 된 비교적 이른 시간이면) 그는 습관적으로 생각에 잠기곤 한다. 노인이 생각에 잠겨 있는 것은 너무도 일상적인 일이어서 어느 때는 아무런 생각을 하고 있지 않음에도, 그 자신조차 무언가 생각을 하고 있다고 믿기도 한다. 이것은 굳이 다른 말로 꾸밀 필요가 없는 사실이다.

노인은 생각하면서(생각에 빠져서) 서류장 앞에 서 있다.

이 대목에서 서류장에 대해 몇 마디 하지 않을 수 없다. 이 서류장은 서향인 길거리 쪽으로 면한 방에서 남서쪽 구석에 있는 책장과 맞붙어 있다. 책장은 남향으로 난 창의 가장자리부터 방의 모서리까지, 또 방의 동쪽 벽에 있는 서랍장의 모서리까지 차지하고 있으며, 120센티미터나 되는 벽의 튀어나온 부분보다 앞으로 나와 있다. 누구도 이 벽이 무슨 용도로 튀어나와 있는지는 알지 못한다. 책장 위에는 합판 한 장이 책장의 부속품처럼(어색하게)(게다가 눈에 띌 정도로 비뚤게) 붙어서 2미터는 족히 되는 천장 가까이까지, 튀어나온 부분을 가리고 있다.

여기까지 꼼꼼히 살펴보았다면 이 책장이 낡은 소파 겸용 침대 밑에 침구를 넣어 두던 서랍을, 근처 목공소에서 개조해서 만든 것이라는 사실도 밝혀야 마땅하다. 게다가 다소 먼 거리에 있는 천갈이 공장에서 소파 겸용 침대를 덮고 있던 천으로 필요할 때 펼치면 누울 수 있는 두 개의 긴 소파를 만들었다는 사실도 말하지 않을 수 없다. 소파는 다른 천으로 덮여 있지만 아직도 그 방 북쪽 벽에 동서로 길게 자리하고 있다.

기억하겠지만 지금은 아침나절이다.(아직 10시도 안 된 비교적 이른 시간이다.) 좀 더 상세히 보충하자면, 햇살이 따갑긴 해도 화창하고 온화하며, 약간은 눅눅한 늦여름의(초가을의) 아침나절이다.

비교적 이른 아침 시간에(아직 10시도 안 된 시간에) 서류장 앞에 서서 생각에 잠겨 있던 노인은 갑자기 창문을 닫아 버리고 싶은 유혹을 느꼈다. 하지만 그럴 수 없었다. 햇살이 따갑긴 했지만, 밖에 펼쳐진 온화하고 약간 눅눅한 늦여름의(초가을의) 아침은 너무도 아름다웠다.

서류장 앞에 서서 생각에 잠긴 노인과 그 주변 위로 연푸른 유리종이 덮여 있는 듯했다. 이 비유는(일반적으로 비유에서 발견할 수 있듯이) 비슷한 음을 사용할 때 생기는 고조된 느낌을 자아낸다.[1] 더불어 혼잡한 거리로부터 원인이 다양한 소음과 악취가 쏟아져 들어와, 노인을 덮고 있는 유리종 밑에 가득하다는 점도 아울러 기억해야 한다. 왜냐하면 창문은 이런 길로 나 있고, 창문으로부터 약간 남쪽 방향에서(혹은 창문 반대쪽에서 있다면 왼쪽에서) 노인이 서류장 앞에 선 채로 생각에 잠겨 있기 때문이다.

도로는 끔찍했다. 노인은 그 도로를 '거짓 협곡'이라고 불렀다. 공식적인 도로 등급에 따르면 그 도로는 이면 도로에 불과했다. 그러나 주도로 두 개를 연결하다 보니 어쩔 수 없이 주도로 두 개의 교통을 분담하고 있었다.

인도 가장자리에는 여러 유형의 교통 표지판들이 남북으로 길게 늘어서 있다.(위협적인 표지판이 이렇게 많아도 아무런 소용이 없었다.) 도로의 남쪽 입구를(이곳은 주도로에서 갈라져 나오는 도로가 다른 세 개의 이면 도로와 만나는 교차점이다.) 신호등 하나가 막고 있어서 이 도로를 이면 도로처럼 보이게 했다. 그

1) 헝가리어로 두 단어 '종(üvegbura)'과 '덮여 있다(borult)'의 음절에는 공통적으로 b가 들어간다.

앞에는 언제나 요란하게 붕붕거리고 온몸을 떨면서 내달릴 준비를 마친 자동차들이 줄지어 서 있었다. 자동차 행렬에는 미니카부터 거대한 견인차까지 모든 크기의 차가 끼여 있었다.(차들은 크기에 따라 다양한 가스를 뿜어냈고, 각기 다른 소리를 냈다.)(대부분의 경우 차의 크기와 소리의 크기가 비례했지만, 최신 차들은 크기와 전혀 상관없는 소리를 내기도 했다.) 기껏해야 두세 대의 차가 지나가기 바쁘게 신호등은 금세 빨간색 정지 표시로 바뀌었다.

공식적으로 전차는 차도 통행이 금지됐다. 하지만 비공식적으로는 선로를 벗어나 차도로 다녔다. 다시 말해 몇 대의 전차가 도로 안쪽으로 다니고 있었다. 평상시 전차들은 두 주도로를 지나다니다가, 주도로 사이에 끼어 있는 이면 도로로 버젓이 넘어 들어오는, 말도 안 되는 운행을 하고 있었다.

'거짓 협곡'으로부터 고함치는 소리, 덜컹거리는 소리, 삐걱거리는 소리, 덜커덕거리다 삐익 멈추는 소리, 폭발 직전의 온갖 시끄러운 소리가 위로 올라왔다. 땅바닥에 파 놓은 불구덩이에서 무언가 끓어오르는 소리처럼 들리기도 했다. 때로는 검은빛이고 때로는 잿빛이지만 어둠이 깔린 뒤(또 겨울이 시작되기 전)(아직은 굴뚝에 대해 말할 필요도 없기 때문에) 흐릿한 푸른빛을 띠는 연기 사이로, 동도 트기 전인 새벽 3시 30분이 되면 차고에서 달려 나온 버스들이 벌써 도로의 북쪽 입구에 나타났다. 그와 동시에 새로운 검은 연기를 뿜어내는 버스들이 새날을 알리는 첫 사절이 되어 마치 발정 난 암캐처럼 엉덩이를 흔들며 사납게 등장했다.

남북으로 길게 자리한 이 이면 도로에는 열 채에서 열다섯 채 정도 되는 집이 죽 늘어서 있었다. 그러나 이 집들 가운데 시대적 특징을 완벽하게 보여 주는 집은 많지 않았다. 특이한 것은 광장의 남쪽에서 북쪽으로 올라갈수록 현대적인 건축 양식이 등장한다는 점이었다. 도로 동쪽 측면의 중앙부는 1940년대 초반의 특징을 고스란히 간직하고 있다. 전쟁이 나서 물자가 턱없이 부족하고 돈도 없던 시절이다 보니 아무렇게나 대충 지은 것이 이 시대 건축물의 특징이다.

노인은 바로 그렇게 지어진 주택 3층의 독신자 아파트에 살고 있다. 방 하나, 현관, 목욕탕, 손바닥만 한 부엌이 딸린 이 집의 면적은 모두 합쳐 28제곱미터였다. 원래는 구청 소유의 임대 주택이었는데, 120포린트[2]에서 시작해서(월세 상승의 박자에 맞추어) 지금은 임대료를 300포린트나 지불하고 있다. 노인은 수십 년 전의 혼인법에 의거하여 이곳에 일시적으로 거주한다고 신고해 놓았다. 상주하는 곳은 직계 가족법에 따라 어머니의 집으로 신고했다. 그러나 어머니의 집에는 잠시도 머무른 적이 없다. 늙은 어머니가 아무리 오래 산다 해도 결국은 죽음을 피할 수 없을 것이다. ……다시 말해, 피할 수 없는 마지막 날이 오고, 그 결과 어머니의 집이 비면, 편법을 이용해 노인은 어머니의 집을 상속받을 것이다. 이런 편법을 관계 기관에서 인정해 준다면 말이다. 방 하나만 해도 꽤 넓었고, 사방이 녹지로 둘러싸여 아주 쾌적했다. 그 때문에 노인은 지

2) 헝가리의 화폐 단위.

금 이 아파트와 바꿀 근거로 어머니의 집에다 자신이 살고 있다고 계속해서 거주 신고를 해 놓았던 것이다. 하지만 잠시라도 그곳에 머무른 적은 없었다. 물론 그 집은 지금 사는 집보다 훨씬 쾌적하다.

앞에서는 이 집의(노인이 일시적으로 거주한다고 신고했으면서도, 계속해서 살고 있는 집의) 가구 배치 가운데 가장 필요한 부분만 언급했다. 여기서 한 걸음 더 나아가 꼭 필요한 것들을 골라내자. 이 이야기를 이어 가는 데 적어도 전혀 쓸모가 없지는 않을 것이다.

출입구에서 동서 방향으로 이어진 현관 중앙에서, 니스 칠이 된 나무살에 의해 반으로 나뉜 반투명 유리문을 지나면(정확히는 거실에 공기가 통하지 않기 때문에 항상 문을 열어 둔다는 점은 생략하겠다.) 거실이 나온다. 이 거실 남측에는 손바닥만 한 부엌이 있고, 그보다 서쪽에 목욕탕 문이 있으며, 여기서 더 서쪽으로 가면 옷걸이가 모자걸이와 있는 빈 공간이 나온다.

현관으로 이어진 북쪽 벽에는 합성 섬유 재질의 커튼이 창 위부터 바닥까지 모두 가리고 있다. 그래서 그 뒤에 있는 특이한 옷걸이와 선반은 눈에 띄지 않는다. 하지만 오래전 그곳에 있던, 짝이 맞지 않아 볼품없던 두 개의 현관장 흔적은 아직도 남아 있다. 노인의 아내는 오래전부터 그 장을 좋아하지 않았지만, 그럼에도 현관장은 계속 그 자리에서 버텼다. 마침내 그 현관장은(표면상으로 자재가 특별하다는 이유로) 없어지는 대신, 특이하고도 멋진 옷걸이와 선반으로 모습을 바꾸었다. 이 현관장 중 한쪽에서 떼어 낸, 가로세로 7센티미터의 조각은(그 위에 봉인 도장이 찍혀 있어서 언급할 가치가 있는)(그 봉인 도장에 찍혀 있는 글자는 세월이 흐르는 동안 여러 번의 덧칠로 이미 누렇게 변색되어 거의 읽을 수 없는) 이 이야기가 진행되는 어느 순간 노인의 종이 상자에서 발견된다.(그러나 어느 상자에서 발견될지는 노인도 알지 못한다.)

우리는 벌써 니스 칠이 된 나무살에 의해 반으로 나뉜 중앙의 반투명 유리문에 도착했다. 그 문을 통과하면(정확히는 거실에 공기가 통하지 않기 때문에 항상 문을 열어 둔다는 점은 생략하겠다.) 거실로 들어설 수 있다.

길을 따라 서쪽으로 난, 이 방의 남동쪽 모서리에 타일로 장식한 벽난로가 하나 있고 이 벽난로로부터 북쪽 또는 서쪽으로(적당히 떨어진 곳에) 팔걸이의자 두 개가 놓여 있다. 의자에는 "모델 번호: 마야 II. 재료: 너도밤나무. 래커. P. P. 접착제, 본드, 가구용 천. 가구의 질은 8976/4/72와 8977-68번의 MSZ 규정을 준수함. **습기 주의!**"라는 설명이 붙어 있다. 이 두 개의 팔걸이의자 사이에(벽난로에서부터 약간 북서쪽으로) 아름답고 은은한 빛을 발하는 스탠드가 서 있다.(스탠드의 갓은 대략 오 년에 한 번 교체한다.) 스탠드보다 약간 더 북서쪽엔 작고 가느다란 다리가 달린, 불안정한 무언가가 서 있다. 제품 보증서에는 "어린이용 미니 탁자, 일등급, 특별히 여러 번 아교 칠을 한 일등급 하드우드를 사용한 제품"이라는 설명이 적혀 있다. 하지만 지금은 원래 용도와 달리 소파 테이블로 사용되고 있다.

도자기 난로로부터 적당한 거리를 두고 북쪽에 놓인 팔걸이의자 뒤에 다시 새로운(더 좁은) 틈이 보이고, 거기서 조금 더 앞으로 가면 반투명 유리문이 있다. 정확하게는 현관에 공기가 통하지 않아 언제나 열려 있는 그 문 뒤로 약간의 공간이 있다. 방의 북동쪽 귀퉁이라 할 수 있는 바로 그 공간에 침대 겸용 소파의 짧은 쪽 옆면이 나타나고 벽 모서리가 이어진다.

거기서 조금 더 나아가면 어느새 북쪽 벽에 도달하는데 소파의 긴 측면이 보이고, 다시 얼마만한 공간이 나온다. 이어 낮은 서랍장이 보이고, 다시 공간이 나오고, 마침내 또 다른 침대 겸용 소파가 이어진다. 이 소파의 긴 측면은 방의 서쪽 벽에서 남북 방향으로 길게 창 아래로 이어진다. 창 아래에서 남쪽으로 가면 다시 조그마한 공간이 나오고, 그 뒤로 탁자가 나타난다. 정확하게 말해서 그 집에 단 하나밖에 없는 이 탁자는 남쪽으로 이어져 방의 남서쪽 모서리까지 이른다. 여기까지 이르면 집중하며 따라온 독자 앞을 모퉁이에 위치한, 분명 전혀 새롭지 않은 가구가 길을 막을 것이다.

우리가 할 일은 매우 간단하다. 도자기 난로로부터 적당한 거리를 두고 서쪽에 놓인 팔걸이의자에서, 다시 말해 그 방의 남쪽 벽을 따라 출발하면 된다. 그러면 앞에서 살펴본 대로 여기서 조금 떨어져, 서쪽으로 낮은 서랍장과(서랍장 반대편에 있는 완전히 다른 서류장과 짝을 이루는), 다시 약간의 공간과, 그 너머에 벽이 튀어나온 부분(누구도 무슨 용도로 튀어나와 있는지 알지 못하는 부분)이 우리 앞을 막아선다. 그러다 마지막으로 그 방의 남서쪽 모서리에서 책장과 서류장이 빚어낸 전혀 어울리지는 않는 이상한 형상을 만나게 된다. 이 책장과 서류장의 기묘한 모습은(이러한 개념과 형상의 혼란이 허락된다면) 반인반마의 형상인 켄타우로스를 연상시킨다. 이 모든 것 앞에 아직 햇살이 따갑지만, 화창하고 따뜻하며 약간 눅눅한 늦여름의(초가을의) 아침이 펼쳐진다. 아침은 뚫고 지나갈 수 없는 유리종처럼 노인과 그 주변을 덮고 있고, 노인은 서서 생각에 잠겨 있다.

이미 제시된 소개를 들으며 분명하게 형성된 상상이 최종적인 것으로 확고해지는 것을 막기 위해 이제까지 마음 내키는 대로 선택했던 낱말들에 대해 이 시점에서 미미하게나마 해명할 필요가 있을 것 같다. 예를 들면 서류장은 진짜 서류장이 아니고, 또 노인이 사는 곳의 도로가(노인이 '거짓 협곡'이라고 불렀던) 사실은 이면 도로가 아니며, 이렇게 해서 노인도 실은 노인이 아니라고.

물론 그는 나이가 들었다.(그런 이유로 우리는 그를 노인이라고 불렀다.) 그러나 노인이라고 부를 만큼 든 것은 아니다. 다시 말하면 그는 노인이 아니다.(물론 젊지도 않다.)(그를 노인이라고 부른 것도 아마 그 때문일 것이다.) 노인의 나이를 말했다면 가장 간단했을 일이다. 해가 가고 날이 감에 따라, 심지어 한 시간 한 시간이 지남에 따라 바뀌는 극단적으로 의심스러운 증거를 우리가 두려워하지 않는다면 말이다. 하지만 우리의 이야기가 몇 년, 며칠, 몇 시간을 포괄할지는 아무도 모른다. 또 우리의 이야기가 어떤 방향으로 틀어지면서 바뀔지도 모를 일이다. 따라서 너무 성급하게 노인의 나이를 밝혀 버렸다간 더 이상 책임질 수 없는 진퇴양난의 상황에 빠질 수도 있다. 그러므로 (어떤 경우에도 극명하게 확정되지 않는) 우리의 관찰에 의지하도록, 미확정의 부족한 표현을 그대로 두는 것이 좋겠다.

만약 반세기를 넘고도 남을 시간이 한 사람의 어깨를 짓누르고 있다면 그는 무너져 내리거나 어떻게든 멈추어 서거나 시간의 낚싯바늘 같은 것에 매달릴 것이다. 시간의 낚싯바늘은 당연히 그를 점점 세차게 잡아당겨, 건너편 황무지로 끌고 갈 것이다. 물을 가득 머금은 색깔과 손으로 만질 수 있는 형체들 사이에서 그림자처럼 희미하고 메마른 추상의 영역으로 말이다. 그런 다음엔 이곳에 전혀 존재하지 않거나 아직 결정적으로 전복되지 않은 것 같은 기만적인 환영으로 우리를 유혹하는 순간이 도래하여 지속될 것이다. 사실 시간의 낚싯줄은 매우 튼튼할 수도 있고 그렇지 않을 수도 있다. 모두들 그 줄이 어찌 튼튼하지 않겠느냐고 생각하겠지만, 확실하게 낚아채려는 욕망 때문에 약간이라도 느슨하게 두면, 어느새 망상이 고개를 내민다. 특히 그 줄을 한 번이라도 끊어 본 사람들의 경우엔 더욱 그렇다. 그렇다 해도 우리의 이야기를 미리 막지는 말자.

만일 우리가 지금까지처럼 앞으로도 '노인은 나이가 들었다.'라는 입장을 고수하려면, 이 단어를 사용하는 것에 대해 (그 단어를 입에 올리도록 만든 것은 노인의 외모도 아니고, 실제 호적에 기록된 내용을 알고 있는 담당 직원의 영향도 아니다.) 무언가 다른 확실한 증거를 제시해야 한다.

그러나 어려울 것 없다.

노인은 자신이 늙었다고 느꼈다. 노인이 그렇게 느끼는 데에는 그럴 만한 이유가 있으니, 그에 대해서는 더 이상 왈가왈부할 필요가 없다. 그는 마치 너무 늙어 더 이상 아무 일도 겪지 않을 사람처럼, 어떤 새로운 일도, 어떤 좋은 일이나 나쁜 일도 겪지 않을 사람처럼 느꼈다. 그는 자기에게 일어날 일은 모두 일어났다고 느꼈다. 앞으로 일어날 수 있거나, 일어났어야 하는 일까지도. 마치 일시적으로 죽음을 경험한 사람처럼, 결정적으로 인생을 끝까지 산 사람처럼, 자신이 저지른 죄로 인하여 소박한 상을 받고, 자신이 베푼 덕행의 대가로는 오히려 심한 벌을 받았다고 느꼈다. 또한 오래전부터 계속해서 무미건조하게 살아가는 등장인물의 역할을 하고 있다고 느꼈다. 이런 무미건조함은(누가 어디에서 또한 어떤 암시에 따라서 이 무미건조함을 예상할 수 있겠는가.) 불필요한 등장인물에게서 나온다고 느꼈다. 그러나 그럼에도 그는 날이 감에 따라 자신이 어떤 식으로든 세상에 존재한다는 사실을 의식했다.(그리고 그것을 그리 불편하게 느끼지 않았다.)(마치 그러한 것을 느껴야만 하는 사람처럼.)(항상 모든 것을 고려한다면, 그러나 그는 전혀 존재한다는 사실을 의식하지 않았다.)

따라서 노인이 서류장 앞에 서서 이러한 것들에 대해 생각한다고 생각되더라도 더 이상 다른 말은 하지 말자.

그렇다. 모든 것을 종합하여 말하면, 지금은 아침나절이고(10시가 안 된 비교적 이른 아침이고) 이 시각이면 노인은 언제나 생각에 잠겼다. 이것이 노인의 생활 규칙이다. 매일 대략 10시가 되면 그는 즉시 생각을 시작했다. 그것은 그의 환경 때문이기도 했다. 왜냐하면 노인은 10시 이전에는 생각을 시작할 수 없었다. 하지만 이보다 늦게 생각에 빠져들 경우에는 시간을 낭비했다며 자신을 책망했다. 책망하다 보면 또다시 시간을 놓치게 되었다. 극단적인 경우에는 생각을 방해하는 게 전혀 없는데도 시간을 계속 흘려보냈다는 사실에 신경 쓰느라 더욱 시간을 흘려보냈다.

이처럼 노인은 대략 10시면 자동적으로, 또한 생각의 강도와 무관하게 서류장 앞에 서서 생각에 잠겼다. 정말 생각을 하고 있는지 아닌지는 상관없었다. 노인은 아무런 생각도 하지 않을 때조차 뭔가 생각하는 듯한 인상을 불러일으킬 정도로 사색을 중요한 것으로 여기며 반복했다. 때로 생각을 하고 있지 않은 경우에도 노인은 자기가 무언가를 생각하고 있다고 믿었다.

대략 10시경이면 노인은 집에 혼자 남는다.(노인은 이것을 사색의 전제 조건으로 여긴다.) 교외의 작은 식당으로 출근하는 아내가 먼 길을 가느라 일찍 집을 나섰기 때문이다. 노인의 아내는 식당 종업원으로 일해서 돈을 벌었다.(운명의 장난인지 오랫동안 노인도 부양했다.)

노인은 목욕탕에서 해야 할 일을 이미 끝낸 상태였다. 벽난로로부터 적당한 거리를 두고 서쪽에 있는 팔걸이의자에 앉아서 커피도 마셨다. 아침의 첫 담배 맛도 보았다. 서쪽으로 열린 창문과 동쪽에 있는 닫힌 현관 문 사이를 오가면서.(그곳에서 약간 옆으로 가면 현관의 북쪽 벽을 덮고 있는 합성 섬유 재질의 멋진 커튼이 나타나고 좁은 틈새에 있는 목욕탕 문이 나타난다.)

(앞에서 말했다시피, 그 문은 통풍을 위해 계속 열어 두고 있었고, 그 때문에 통풍이 되지 않는 현관이 목욕탕보다 더 환기가 되지 않았다.)

이것이 노인이 대략 10시경, 멋지고 따뜻하고 약간 눅눅한, 그러나 햇살이 따가운 늦여름(초가을) 날의 아침에 서류장 앞에 서서 생각에 잠기는 데 필요한 조건이었다.

노인에게는 생각할 것과 고민할 것이 많았다. 정말 곰곰이 생각해 보아야 할 것들이 있었다. 그렇지만 노인이 생각해야 하는 것들만 생각하는 것은 아니었다. 그렇다고 해서 노인이 가장 시급히 생각해야 할 것과 고민해야 할 것을 전혀 의식하지 못한다고 주장할 수는 없다. 노인은 '해야 할 일이 있는데 이렇게 서류장 앞에 서서 생각이나 하고 있다니.'라고 생각했다. 물론 그랬다. 그는 벌써 오래전에 책을 한 권 완성했어야 한다는 사실을 인식했다. 이것은 굳이 다른 말로 둘러댈 필요가 없는 사실이다. 노인은 책을 여러 권 썼다. 그게 그의 직업이었다. 더 정확하게 말하면 그의 직업은 책을 쓰는 것이었다. 다른 직업이 없었기 때문이다.

노인은 이미 여러 권의 책을 썼다. 첫 번째 책을 쓰는 데는 십 년이나 걸렸다. 그때까지만 해도 아직 책을 쓰는 것이 직업은 아니었다. 그래서 그는 그 책은 쓰고 싶은 것을 마음 내키는 대로 쓴 것에 불과하다고 말하곤 했다. 책이 완성된 후에는 상당히 불쾌하고 번거로운 상황이 펼쳐졌고, 그로부터 이 년이 지나서야 간신히 인쇄되었다. 두 번째 책은 사 년 만에 썼다. 그리고 그다음 책부터는 글을 쓰는 데 필연적으로 요구되는 시간만을 사용했다. 그러니까 책을 완성하는 데 걸리는 시간은 책의 두께에 따라 달라졌다. 그 후로는 책 쓰기가 그의 직업이 되었다. 더 정확히 말하자면 그런 상황이 되었다. 그것 말고는 달리 직업이 없었기 때문이다. 그 때문에 책 쓰기가 직업이 되어 버린 후에는 가능한 한 두꺼운 책을 쓰기 위해 노력했다. 두꺼운 책의 원고료가 얇은 책의 원고료보다 많다는 것을 알게 되었기 때문이다. 스스로 이익을 내는 법을 알게 된 것이다. 얇은 책은 원고료도 적었다. 원고료는, 내용과 상관없이 두께에 따라 문화부 장관이(재무부 장관, 노동부 장관, 국가자료와 가격 관리청장, 또한 전국노동조합 위원회와 합의하여) 출판 저작의 조건과 원고료에 관해 정한 1970년의 1장 3조 20항 MM호의 조례에 따라 지급했다.

어쨌든 노인은 새로운 책을 쓰겠다는 열망을 불태우지는 않았다. 그러나 꽤 오랫동안 신작을 출판하지 않았기 때문에 계속 이렇게 있다간 사람들이 그의 이름을 잊을 수도 있었다. 그래도 노인은 그런 상황에 신경 쓰지 않았다. 하지만 이것이 바로 숨겨진 복병이었다. 또 다른 관점에서 보면 그는 어쨌거나 이런 상황에 분명히 신경을 써야 했다.

은퇴 작가(그러니까 더 이상 책을 내지 않아도 이전에 낸 책으로 돈을 버는 작가)가 될 시기가 가까워지고 있었다.(그럴 마음이 있다면 가능한 일일 터였다.)(모든 모호한 추상적 개념을 벗겨 내고, 견고하고 확실한 것에 매달린다면.) 이것이 그가 문학 작업을 하는 진짜 목표였다. 그러나 더 이상 책을 쓰지 않아도 되는 상황을 만들기 위해서는 아직 몇 권을 더 써야 했다. 그것도 가능한 한 여러 권을 써야 했다.

작업의 본래 목표를 놓치지 않기 위해, 다시 말해 더 이상 책을 쓸 필요 없이 인세를 받아 생활하는 은퇴 작가가 되기 위해 노인은 독자들이 그의 이름을 기억하지 못하게 되어 작품이 사람들에게 읽히지 않을수록 연금 액수를 결정하는 요인에 불리하게 작용할 수 있다는 사실을 염두에 두어야 했다. 그 요인이 어떤 것인지는 노인 자신도 제대로 아는 바가 없었다. 그러나(완전히 비논리적이지만은 않은 추론에 따르면) 두꺼운 책은 원고료가 많고 또 책을 많이 내면 그만큼 수령할 연금의 수준이 높아진다는 것 정도는 알았다. 물론 이미 언급한 대로, 그것은 보다 정확한 정보가 없는 상태에서 나온 노인의 추측일 수도 있지만, 그렇다고 해서 전혀 논리에 맞지 않는 추측은 아니다.

이렇게 해서 노인은 사람들이 곧 자신의 이름을 잊을지도 모른다는 사실에 심적 고통을 느꼈다.(그 자신에게는 이것이 전혀 고통을 주지 않았다.) 따라서 새로 책을 쓰고 싶은 열망이 뜨겁게 일어나지 않더라도 벌써 오래전에 새 책을 완성했어야 했다.

다만 아이디어가 없는 게 문제였다. 예전에도 도무지 아이디어가 떠오르지 않을 때가 있었다. 책 쓰기가 직업이 된 후, 이런 일은 규칙적으로 있어 왔다.(더 정확하게 말하면 다른 직업이 없어 책 쓰기가 그의 직업이 되어 버린 이후부터 말이다.)

그러니까 난 한 권의 책이 문제였다. 어떤 책이든 한 권이 있어야 했다. 노인은 이미 오래전부터 어떤 책을 쓰든 전혀 상관이 없다는 것을 알고 있었다. 좋은 책이든 나쁜 책이든 본질적으로 그것은 아무것도 변화시키지 못한다. 그러나 본질적인 무언가를 깨달았다고 해도 노인은 본질에 대해 지나치게 잘 알거나, 전혀 알지 못했다. 따라서 우리는 적어도 이렇게 결론을 내려야 한다. 서류장 앞에 서서 생각하는 동안 다른 것들 가운데에서 그의 머리에는 본질에 대한 생각이 떠오를 수도 있지만 그는 이 개념의(본질이라는 단어의) 본질을, 적어도 자기만의 방식으로 사용하기 위해서 설명하기 원한다는 흔적을 조금도 보여 주지 않았다.

노인의 머릿속에는 써야 할 책에 대한 아이디어가 전혀 떠오르지 않았다. 그럼에도 그는 아이디어를 찾기 위해 자신이 할 수 있는 것을 모두 했다. 우리가 보다시피 지금도 서류장 앞에 서서 생각에 잠겨 있다.

아주 오래된, 그보다 더 오래된, 그보다 더더욱 오래된 아이디어, 원고 초안과 미완성 원고를 쭉 살펴본 것도 벌써 한참 전의 일이었다. 그 원고는 "아이디어, 원고 초안, 미완성 원고"라는 제목의 서류철에 보관되어 있다. 그러나 이미 쓸모없는 것들로 드러났거나, 단 한마디도 이해할 수 없는 글이었다.(비록 오래전에, 더 오래전에, 더더욱 오래전에 그가 직접 쓴 글이지만.)

부더[3] 지역의 언덕을 오랫동안 이리저리 걷기도 했다. 노인은 이것을 '사색의 산책'이라고 불렀다. 그러나 그것도 소용이

3) 부다페스트를 흐르는 두너 강의 왼쪽에 있는 언덕들이 부더이고 오른쪽 평야가 페스트이다.

없었다.

아이디어, 원고 초안, 미완성 원고를 살펴보고 (노인이 '사색의 산책'이라고 부르는) 산책도 순서대로 해 보았지만 모두 실패했으니 이제 남은 것은 메모가 적힌 종이들뿐이었다. 그 종이들도 오래전부터 더 이상 들여다보지 않고 있었다. 보고 싶지 않아 절대 눈에 띄지 않도록 서류장 깊은 곳에 감추어 두었다.

물론 곤란한 상황에서는 이 종이들이 필요했다. 전에는 운이 좋을 경우 이 종이에서 아이디어를 얻기도 했다.(너무나 명백하지만, 노인이 이렇게 해서 아이디어를 얻는 것은 사실상 불가능하다고 앞의 문장을 고치는 것이 낫겠다.) 앞으로 아이디어, 원고 초안, 미완성 원고와 사색의 산책에 몰입하다 보면 노인은 마침내 믿을 만한 아이디어를 바로 종이 위에 적을 수 있을 것이다. 이 대목에서 우리는 우려하지 않을 수 없다. 만일 우리가 노인의 사고 과정으로부터 어느 정도 거리를 두지 않으면 우리는 이 이후 아이디어, 원고 초안, 미완성 원고와 서류들 사이의, 미세하지만 등한시할 수 없는 차이를 분명하게 파악하지 못할 것이다.

어쩌면 이렇게 길게 설명할 필요가 없을지도 모른다. 노인처럼 우연히도 책 쓰는 직업을 갖게 된(좀 더 정확히 그것을 직업으로 가질 수밖에 없게 된)(다른 직업이 없는) 어떤 사람이 아이디어, 초안, 미완성 원고를 종이 위에 적는 데에는 전적으로 결정적이며 합당한 이유가 있다.

한편, 종이는 누구나 갖고 있다. 다른 것은 모르겠지만 한 가지는 분명하다. 사람들은 한 번씩 무언가를 적어 놓은 종이,

아마도 어떤 중요한 것을 잊지 않기 위해 적어 놓은 종이를 잘 넣어 두는데 그 후에 그 종이를 어디에 두었는지 잊어버린다.

사춘기 시절의 시구를 적어 놓은 종이. 곤경에 처했을 때 돌파구를 찾게 해 준 종이. 어쩌면 일기장 한 권. 집을 그린 설계도. 아주 어렵던 시절의 가계부. 서두만 쓴 편지. 경우에 따라서는 시간이 흐른 뒤 비극적인 운명을 증명한 "곧 돌아오겠소."라는 메모. 한 장의 영수증이나 속옷에서 떨어져 나왔음 직한 세탁 방법이 적힌 설명서의 뒷면에서도 우리는 작고 이상하고 다 지워지고, 거의 읽을 수 없는 글자를 발견한다. 우리 자신이 쓴 글자를.

노인에게도 이런 종이들이 가득한 서류철이 하나 있다. 이미 말했듯이, 노인은 절대 눈에 띄지 않도록 이것들을 서류장 깊은 곳에 보관하고 있다.

그런데 이제 완전히 반대되는 욕구가, 말하자면 그런 종이들을 꺼내고 싶은 욕구가 일어나고, 노인은 서류장 안에서 제일 먼저 타자기를 꺼내고, 서너 개의 서류철을 꺼낸다. 그 가운데서 "아이디어, 원고 초안, 미완성 원고"라는 제목을 달고 있는 서류철을 꺼낸다. 계속해서 여러 가지를 담고 있는 두 개의 종이 상자도 꺼낸다.(필요한 물건과 불필요한 물건이 담겨 있는 상자다.)(상자에는 너무나 다양한 물건이 담겨 있어서, 상황에 따라 각기 다른 이름을 붙일 수 있다.)(노인은 이 여러 가지 물건 중에서 어떤 것이 필요하고 또 어떤 것이 불필요한지 확실하게 알지 못한다.)(몇 년 동안이나 두 종이 상자의 뚜껑도 열지 않은 채, 상자에 들어 있는 여러 가지 잡동사니를 단 한 번도 살펴보지 않았던 것에 비하면 이는 정말 아무것도 아니다.)

메모지가 들어 있는 MNOSZ 5617 규격의 평범한 회색 서류철을 보기 위해서는 다른 물건들을 먼저 들어내야만 한다. 이 회색 서류철 위에 서진(書鎭)[4] 같은 돌덩이가, 서류철보다는 약간 더 어두운 회색이지만, 어쨌든 회색 돌덩이가 하나 놓여 있다.(또는 솟아 있거나 아치형으로 굽어 있다.) 어느 방향에서 보느냐에 따라 모양이 달라 보인다. 형태가 울퉁불퉁해서 어떻게 해도 만족할 만한 표현을 찾을 수 없다.(가령 어떤 말로도 다각형 평행 육면체라는 것을 완벽하게 이해시킬 수 없는 것처럼.) (실제로 이해할 수 없는 그 어떤 것을 최소한 그림이나 도형 구조로라도 일치시킬 수 있으면, 인간의 지성은 그 사물을 편안하게 받아들이며, 그 정도에서 그 사물을 이해했다고 간주한다.) 이 돌덩어리는 아직까지 남아 있거나, 또는 이미 닳아서 뭉툭해진 귀퉁이, 모서리, 뾰족한 부분, 둥근 부분, 홈, 갈라진 부분, 튀어나온 부분과 파인 부분이 있어 그저 울퉁불퉁한 형태라고 표현할 수밖에 없다. 게다가 더 큰 덩어리에서 떨어져 나온 조각인지, 아니면 보다 큰 덩어리의 남은 잔해인지도 알 수 없다. 산에 있는 암석도 그보다 큰 덩어리의 한 부분이 분명할 테니. 그러나 돌은 어떤 것이든 결국 선사 시대를 떠올리게 한다. 하지만 그것을 떠올리게 하는 것이 우리의 목표는 아니다.(특히 우리 생각의 마지막에 돌덩이 하나가 관계된다면.)(생각을 시작할 때든 마칠 때든, 생각의 밀도와 전체를 하나로 이끌려는 우리 상상력은

---

4) 책장이나 종이쪽이 바람에 날리지 않도록 누르는 물건.

실패하고, 마지막에 이르러서는 다시 처음으로 되돌릴 수도 없게 된다.)(그러나 적어도 소위 지식적인 품위는 갖춘다. 우리는 이 돌덩이가 더 큰 덩어리로부터 떨어져 나온 조각인지 아니면 보다 큰 덩어리의 잔해인지 알 수 없다.)

이 이야기를 처음 시작했을 때부터 지금까지 노인은 서류장 앞에 서서 생각에 잠겨 있다. 그것은 진정 고집 때문이 아니라, 노인이 결정을 내리는 데 너무나 미숙하고 서투르기 때문이다. 이제 상황이 다음과 같이 바뀐다.

노인은 서류장의 활짝 열린 서랍 앞에 서서 생각에 잠겨 있다. 반쯤 열린 위쪽 서랍에는 회색 서류철이 하나 있고, 그 서류철 위에는 서진처럼 보이는 역시 회색이지만, 좀 더 어두운 회색 돌덩이가 놓여 있다.

노인은 '결국 내가 써 놓은 종이들을 꺼내고 말 것 같아 두렵군.'이라고 생각했다. 게다가 노인은 종이를 꺼내기까지 했다. 그러고 나서 아마도 순서를 지키고자 하는 마음으로(장소가 좁다는 점만 고려하지 않는다면 그것 말고 다른 의도를 찾을 수 없었다.)(어쩌면 결정한 것을 취소할 수 없음을 확인하기 위해서였는지도 모른다.) 타자기와 서류철 몇 개를 차례로 꺼냈다. 그중엔 "아이디어, 원고 초안, 미완성 원고"라는 제목이 붙은 것도 있다. 그리고 여러 가지 물건이(필요한 물건과 불필요한 물건이) 담긴 두 개의 종이 상자를 서류장의 맨 위 서랍에 다시 집어넣었다.

이야기가 장황해지지 않도록, 이야기를 시작할 때와는 달리 변화된 상황을 다음의 문장으로(전력을 다해 간단한 표현으로) 바꾸어 보자.

노인은 서류장 앞에 앉아 읽는다.

1973년 8월

엎지른 물은 다시 담을 수 없다. 이미 일어난 일은 어찌할 수 없다. 나는 과거를 바꿀 수 없다. 과거로부터 불가피하게 파생되지만 아직은 알 길 없는 미래를 바꿀 수 없는 것처럼…….

노인은 큰 소리로 "정말 대단하군!"이라고 말하고는 계속 읽어 내려갔다.

……그런데 나는 현재라는 좁은 한계 안에서 방향을 잃고 헤매고 있다. 지난 과거에도 그랬고 앞으로 올 미래에도 그럴 것이다.

내가 어쩌다 이 지경까지 왔는지 모르겠다. 나는 어린 시절을 허비했다. 김나지움 저학년일 땐 왜 그렇게 공부를 안 했는지. 아마도 분명한 심리적 원인이 있었을 것이다.("네 머리가 나쁜 걸 달리 뭐라고 변명하겠니? 생각이 있다면 네가 그렇게 했겠어?" 아버지는 자주 이렇게 힘주어 말하곤 했다.) 그 후 열다섯 살이 되었을 때 나는 엄청나게 끔찍한 일을 경험했다. 나에게 겨누어진 장전된 자동 소총의 총구를 삼십 분 동안 마주 보고 있어야 했다. 일반적인 언어로는 도저히 이 상황을 묘사할 수 없다. "나는 헌병대 병영의 좁은 마당에서, 진땀을 흘리거나 여러 가지 생각에 잠겨 있는 낡은 사람들 속에 서 있었다."라고밖에 말할 수 없으리라. 이 사람들 하나하나와 나를 연결해 주는 것은 우리 모두가 유대인이라는 사실뿐이었다. 꽃향기가 진한 아주 청명한 여름밤이었다. 우리 위로 보름달이 빛나고 있었다. 단조롭고 둔탁하게 윙윙대는 소리가 하늘을 가득 채웠다. 이탈리아의 기지에서 이륙하여 어딘지 모르는 목적지를 향해 날아가는 영국 공군 편대임이 분명했다. 이 폭격기들이 병영 위나 그 주변에 폭탄을 투하하면, 헌병들이 우리를 모두 쏘아 죽일 거라는 소문이 돌았다. 이런 일이 어떤 말도 안 되는 연관관계 때문에 벌어진 것인지, 또 어떤 어리석은 이유 때문에 벌어진 것인지를 나는 그 당시에(그 후에도) 완벽하게 무시했다. 자동 소총은 사진기 다리와 비슷한 거치대 위에 놓여 있었다. 그 뒤 단을 쌓아 무대처럼 높아진 곳에서 동양적인 콧수염을 기른 헌병 하나가 아주 냉정한 표정으로 눈을 가늘게 뜨고 서 있었다. 총신 끝부분에는 깔때기처럼 생긴 우스꽝스러운 모양의 작은 부속이 달려 있었는데, 할머니가 가지고 있던 양귀비 씨 가는 기계에 달린 것과 비슷했다. 우리는 기다렸다. 윙윙대는 소리가 점점 커지다가 다시 잠잠해졌다. 잠깐 귀가 먹먹한 고요한 순간이 지난 다음 다시 윙윙대는 소리가 나며 새롭게 쾅 소리가 터져 나왔다. 폭탄이 떨어졌을까, 안 떨어졌을까? 이것이 질문이었다. 헌병들 사이에서는 서서히 도박을 하는 듯 흥겨운 분위기가 조성되었다. 도대체 어떤 말로 이 갑작스러운 흥분을 표현할 수 있을까? 처음엔 놀랐지만 나 역시 서서히 흥분의 도가니에 빠져들었다. 어떤 식으로든 게임을 즐기기 위해서는 그것이 별것 아니라고 생각해야 했다. 나는 내게 다가온 세계의 단순한 비밀을 파악했다. 언제 어디서든 총을 맞고 죽을 수 있다는 비밀을 말이다. 그것은…….

이 대목에서 노인은 갑자기 읽기를 중단했다.

"이런 빌어먹을!"

이 특이한 국면의 원인은 예기치 않은(날마다 규칙적으로 있는 일이기 때문에 예상하지 못했다고는 말할 수 없는) 사건 속에 숨어 있었다. 알다시피 그 사건은 아무리 여러 번 되풀이해서 생각해 보아도 처음 받은 충격에서 노인을 벗어나게 하지 못했다. 벗어날 수 있었다고 말하면 좋겠지만 말이다.

이에 대해 만족할 만한 설명을 하려면 게으름을 피우지 말아야 한다. 그러나 그런 의무감은 우리를 약간 당혹스럽게 하기도 한다. 노인의 입에서 툭 튀어나온 말에 대해, 위장을 조이는 가벼운 경련에 대해, 승강기를 타고 가슴과 목구멍을 통해 치밀어 올라 현기증을 일으키면서 단숨에 목덜미까지 도달한 듯한 약간의 메스꺼움에 대해 만족할 만한 설명을 내놓기는 힘들다. 단순한 사실에 한정하여 이렇게만 말하자. 노인의 윗집에서 라디오를 켰다고.

노인이 메모지를 밀쳐 두고 그 자리에 판형이 별로 크지 않은 녹색의 반클로드 장정을 펼친 데에는 그만한 이유가 있다.(이렇게 하는 것이 우리의 이야기 상황을 좀 더 편안하게 만들 것이라는 생각도 든다.) 노인은 이 장정을 최근 들어 자주, 그리고 아주 유용하게 활용했다. 특히 259페이지에 있는 다음 구절을 좋아했다. 방의 북동쪽 구석을 차지하고 있는 소파 겸용 침대 위쪽 벽에 설치된 책꽂이에서 녹색의 반클로드 장정을 꺼내면 대개 그 페이지가 저절로 펼쳐졌다. 물론 노란색 헝겊으로 된 책갈피 줄이 그 자리에 끼워져 읽던 곳을 다시 찾게 해 주었지만 말이다. 그 페이지에서 우리는 다음 구절을 본다. 노인이 특히 좋아하는 구절이다. 마치 노인의 어깨 위로 몸을 숙인 듯, 지금 우리도 그 구절을 직접 읽을 수 있다.

> 완벽하게 악의가 없는, 그런 존재가 있다. 만약 당신 눈앞에 그런 존재가 나타난다면 당신은 그 존재를 전혀 알아보지 못할 것이다. 그리고 어느새 당신은 그에 대해 잊어버릴 것이다. 그러나 그것이 어쩌다 눈에 띄지 않고 당신의 귓속으로 들어와 자리를 잡으면 점점 자라나 알에서 깨어날 것이다. 나는 이미 이런 경우를 보았다. 마치 개 코 위에 달라붙은 폐렴균처럼 완전히 그의 뇌 속으로 파고들어, 그 안에서 분열하면서 계속 자라나는 그런 경우를.
>
> 이웃이 바로 그런 존재다.

그렇다.

노인은 위층에서 쿵쾅거리는 그 존재를 '오글뤼츠'[5]라 불렀다.

조용히 하지 못하는 존재.

여자도 아니고 남자도 아니며 동물도 아니고 인간은 더더욱 아니다. 노인은 그 존재를 '오글뤼츠'라 불렀다.

---

5) 노인이, 고요를 깨뜨리는 위층 사람을 부르는 호칭이다. 우리말에 대응하는 단어가 없어 고유 명사 그대로 옮겼다.

지나친 라디오 청취와 텔레비전 시청 때문이든, 그 어떤 호르몬 장애 때문이든(어쩌면 지나친 라디오 청취와 텔레비전 시청이 호르몬 장애의 원인일 수 있다. 또한 지나치게 풍부한 음식물 섭취 때문일 수 있다는 사실도 간과하지 말아야 한다.) 이 존재는 노인의 뇌 속으로 파고들었을 뿐만 아니라 위층의 28제곱미터 공간도 완벽하게 점령했다.

노인은 소음을 먹고사는 암컷 키클롭스[6]의 아래층에 살고 있다. 물론 이 키클롭스는 두 개의 작은 눈과 두 개의 작은 코뿔소 눈을 갖고 있지만.

하루 종일 계속해서 들려오는 키클롭스의 작은 소음에 노인은 대책 없이 시달렸다. 문이 끔찍하게 쾅 소리를 냈다. 괴물이 보금자리에 도착할 때마다 들리는 소리였다. 그리고 서둘러 샤워하는 소리, 이리저리 오가며 쿵쿵거리는 소리가 들렸다. 아마 괴물이 집으로 가지고 온 노획물을 바닥에 던지는 모양이라고 노인은 생각했다. 쿵 소리가 둔탁하게 퍼져 나갔고 덜컥거리는 소리도 들렸다. "괴물이 곰을 사육하고 있어." 노인은 이렇게 되뇌곤 했다. 곧이어 뭔가를 하면서 괴물이 내는 울부짖음 소리가 들렸다. 라디오나 텔레비전 소리였는지도 모른다.

오글뤼츠. 노인은 괴물을 이렇게 불렀다. 적응하는 것 외에는 달리 도리가 없었다. 언젠가 한 번, 언제였는지 기억도 나

6) '둥근 눈'이라는 뜻이며, 그리스 신화에서는 이마에 눈 하나를 가지고 있다고 여겨지는 거인을 의미한다.

지 않는 오래전에 노인은 도저히 견딜 수가 없어서 괴물을 찾아가 소음 때문에 괴롭다고 호소했다. 심지어 소리 좀 줄여 달라고 부탁하기까지 했다. 그 후에도 괴물은 지칠 줄 모르고 노인의 위층에 매복했다. 괴물은 노인의 습관을 잘 알았다. 노인이 타자기로 첫 번째 글자를 치기를 기다렸다. 노인이 언제 서류장 앞에 서서 생각에 잠기는지도 착오 없이 감지했다. 아무것도 할 수 없었다. 적응하는 수밖에 없었다. 긴 세월 동안 노인에게는 자동적인 보호 반사 작용이 형성되었다. 비가 오면 우산을 펼치듯이 말이다.

노인이 특히 좋아하는, 판형이 크지 않은 녹색 반클로드 장정 속의 구절 역시 소위 보호 반사 작용에 속한다.

이렇게 정신적인 위안을 찾으며 그 가운데서 힘을 내려는 노력은 별 성과를 거두지 못했다. 그래서 그는 밀랍으로 만든 부드러운 귀마개를 수집했다. 수집한 귀마개는 서류장 책상 서랍 아래 칸의 왼편 뒤쪽(남서쪽) 모서리를 거의 다 차지했다. '올로팩스 소음 차단기.' 쾨니히제의 베브 의료기 제조사에서 만든 외국 제품이라 항상 조달할 수 있는 게 아니었다. 그런 이유로 노인은 기회가 될 때마다 서랍에 수북하게 쌓일 정도로 귀마개를 사들였다. 카프카의 소설에서 요셉 K보다 그의 수치심이 더 오래 살아남으리라 짐작할 수 있는 것처럼 구입해 둔 귀마개는 노인보다 더 오래 살아남을 정도로 많았다. 그 귀마개 가운데 한 쌍은, 실린더 형태의 유리 캡슐 안에 담겨 언제라도 사용 가능하도록 서류장의 위쪽 서랍 앞쪽에 놓여 있었다. 항상 필요한 것은 아니지만 시계의 태엽 장치처럼 규칙적으로 필요했다. 필요할 때는 잠시 손바닥으로 주물러서 부드럽게 하면 바로 귀에 꽂아 사용할 수 있었다.

손바닥으로 귀마개를 주물러 부드럽게 하면서 노인은 낮은 소리로 때론 길고 때론 짧게 문장을 읊조리곤 했다. 이럴 때면 그는 대개 생생하게 떠오르는 옛 감정에 마지못해 응답하는 것처럼 내키지 않는 듯이 행동했다. 마치 경건한 의식을 자주 반복하다 보면 그 본래의 의미는 잊고 의무감만 남아 정신을 집중하지 않고 의식을 올리게 되는 것처럼 말이다. 문장의 길이는, 다시 말해 읊조리는 말은 언제나 계절과 상관이 있었다. 겨울에는 여름보다 문장이 길었는데, 날이 더울 때는 추울 때보다 물리적으로 밀랍이 더 빨리 부드러워졌기 때문이다.

그런데 이렇게 날씨 좋고 온화하고 약간 안개가 꼈지만 햇살이 쏟아지는 늦여름(혹은 초가을) 아침이면 노인은 설명하듯 또박또박 천천히 말을 내뱉었다.

"제기랄 빌어먹을! 음흉한 나치 암캐 년……."

이 말을 하면서 손가락으로 부드럽게 만든 귀마개를 귀에 조심조심 밀어 넣었다. 이렇게 귀를 막음으로써 세상 전체라 할 수 있는 오글뤼츠와 거짓 협곡을 막아 냈다. 그러면 상황은 조금 나아졌다. 노인이 두 개의 귀마개로 귀를 막은 채 계속해서 책을 읽어 내려갈 수 있을 정도로.

……나는 내게 다가온 세계의 단순한 비밀을 파악했다. 언제 어디서든 총을 맞고 죽을 수 있다는 비밀을 말이다. 그것은 특별히 고유하다 할 수 없는 인식이기에 좀 당황스러웠다. 그런

데 어떤 특별한 원인이나 이유가 있어서 죽는 게 아니라는 사실이 내게 깊은 상흔을 남겼다. 왜냐하면 많은 사람들이 같은 시각, 같은 장소에서, 또 다른 때에는 넓은 세상에 있는 또 다른 곳에서 이와 동일한 집단 진실을 체험했기 때문이다. 어쩌면 내가 너무 예민한 아이였는지도 모른다. 또 시간이 흐른 뒤까지 내 예민함을 벗어던지지 못한 것일 수도 있다. 내 안에서 무언가 폐쇄 장애가 일어났을 수도 있다. 그 경험으로 인해 정상적인 신진대사에 문제가 생겼을 수도 있다. 비록 본질적으로는 정상적인 사람들처럼 정상적으로 비열한 경험을 하게 되었지만. 그로부터 수년 후, 그리고 지금부터 수년 전에 나는 소설을 써야만 한다는 사실을 인식했다. 어떤 냉랭한 관청의 복도에서 태연하게 기다리던 순간이었다. 그러다 어느 순간 무심한 소음을 듣게 되었다. 발걸음 소리였다. 한순간 사이에 모든 일이 일어났다. 그 순간을 돌아보면서(그 순간을 돌아보는 것은 애당초 불가능하지만) 내 안에 명확함을, 어떤 방법으로든 정제된 핵심을 지니고 있었더라면, 그랬다면 실제로 어떤 순간에도 가장 관심을 두어야 하는 것, 바로 내 존재에 대한 해결책을 내 손에 쥐었을 것이다. 그러나 그 순간은 지나갔고 다시 오지 않았다. 이렇게 해서 나는 적어도 그 순간에 내게 암시된 것들을 충실하게 남겨야 한다고 생각했고 소설을 쓰기 시작했다. 나는 썼다. 그리고 모두 찢어 버렸다. 다시 쓰고, 다시 모두 찢어 버렸다. 이렇게 하는 동안에 몇 년이 쏜살같이 지나갔다. 나는 쓰고 또 썼다. 마침내 내가 쓸 수 있는 소설이 없다는 사실을 깨달을 때까지 썼다. 소설을 썼다. 그러는 가운데 입에 풀칠이라도 하려고 더 이상 엉터리일 수 없을 만큼 엉터리인 악극용 코미디극을 발표했다.(나는 아내를 속였다. 아내는 그 연극이 처음 공연되던 날 어두운 객석에 앉아서, 관객의 박수갈채를 받으며 이날을 위해 자신이 맞춰 준 비둘기색 양복을 입고 내가 무대에 등장하기를 기다렸다. 그러고 나면 좌초된 우리의 삶이 모래톱에서 점차 벗어날 거라고 믿었다.) 그 후에 나는 뻔질나게 OTP[7]를 드나들면서 멍청한 악극에서 나오는 적지 않은 인세를 인출하고는, 도둑질한 심정으로 곧장 집으로 기어 들어와 다시 소설에 매달렸다. 시간이 갈수록 중독된 사람처럼 더욱 소설에 매달렸다. 그러다 보니 그 후로는 재미있는 것만 밝히는 관객에게 새로운 코미디극을 내놓을 수 없었고, 또 새로 인세를 받을 수도 없었다…….

"그러니까."

노인은 자리에서 벌떡 일어났다. 부드러운 밀랍 귀마개를 귀에 낀 채, 표범처럼 발걸음 소리를 부드럽게 줄이고는 서쪽의 열린 창문과 동쪽의 잠긴 현관문 사이를 왔다 갔다 하기 시작했다.(거기서 약간 옆으로 가면 현관의 북쪽 벽을 덮고 있는 합성섬유로 된 멋진 커튼이 나타나고 좁은 틈새에 있는 목욕탕 문이 나타났다. 알다시피, 그 문은 통풍을 목적으로 계속 열어 두고 있었다. 그 때문에 현관이 목욕탕보다 더 환기가 되지 않았다.)

"고백이라도 시작할 모양이지." 노인이 중얼거렸다. "나쁘진 않아. 하지만 나중에는 나빠질 수 있어. 솔직한 게 문제야.

---

7) Országos Takarék Pénztár의 약자. 헝가리 은행의 이름.

솔직함은 별로 좋은 게 아니거든. 게다가 주제도 별로고.”

그렇다. 책을 써야 한다면 그는 행복한 주제로 쓰고 싶었다.(어떤 책이든 책이기만 하면 됐다.)(노인은 오래전부터 어떤 책을 쓰든 상관이 없음을 알고 있었다.)(좋은 것이든 나쁜 것이든 근본적으로는 다를 것이 없었다.) 이제까지는 행복한 주제로 책을 쓴 적이 없었다.

아주 가끔 그 원인에 대해 생각해 보는데, 노인은 그것이 자신의 상상력 부족 때문이라고 생각했다. 직업이 책 쓰기라는 점을 고려할 때(더 정확하게는 다른 직업이 없었기 때문에 그것이 직업이 되었음을 생각할 때) 이것은 큰 약점이었다. 따라서 그는 주제 대부분을 자신의 경험에서 찾을 수밖에 없었다. 그러다 보니 아무리 행복한 주제를 정해도 실패할 수밖에 없었다. 그러나 이번만큼은 조심하고 싶었다.

‘종이를 꺼낸 것은 정말 바보 같은 짓이었어.’ 노인은 생각했다. ‘다시 묶어서 집어넣는 게 낫겠지.’ ‘그런데 지금은 이 종이에 마음이 끌리는군.’ 그는 계속 생각했다. ‘내가 두려워하던 게 바로 이거야.’ 그가 생각 속에서 덧붙였다.

이미 지속적으로 변형된(오락가락하면서 일시적으로 변형된) 앞의 상황이 이제는 이렇게 복구되었다고 묘사해도 좋을 것이다. 노인이 서류장 앞에 앉아서 읽고 있다고.

……도둑질한 심정으로…… 내 관객들에게…… 선물하기 위해서.

그러나 나는 더 이상 이야기를 끌고 가지 못한다. 그것은 결론적으로는 한 가지 이야기다. 길게 늘릴 수도 있고 짧게 줄일 수도 있지만, 일반적인 이야기가 그러하듯 아무것도 설명하지 않는다. 내 이야기에서는 내게 무슨 일이 일어났는지 알 수 없다. 알아야만 하는데 말이다. 심지어 이제 막 내 눈에서 가리개가 떨어져 나간 건지, 아니면 가리개가 이제 막 내 눈을 덮은 것인지도 알 수 없다. 어쨌든 나는 요즘 들어 수시로 놀란다. 예를 들면 여기에 내가 사는 집이 있다. 많이 흉하지도 않고, 비교적 인간적인 크기인 28제곱미터의 집으로 부더에 위치한 임대 건물 3층에 자리하고 있다. 집에는 방 하나, 현관, 현관에서 목욕탕 사이에 보통 차 끓이는 부엌이라고 불리는 손바닥만 한 부엌이 있다. 물론 그 작은 공간 안에 물건, 가구, 이것, 저것이 있다. 아내가 가끔 필요에 따라 위치를 바꾸는 것을 제외하면, 언제나 똑같은 물건이 똑같은 상태로 배치되어 있다. 어제처럼, 그제처럼, 일 년 전처럼 혹은 십구 년 전처럼, 그때처럼…….

"십구 년이라!"
노인이 깊은 숨을 내쉬었다.

……십구 년 전, 완전히 강요된 것이 아니라고는 말할 수 없는 상황에서 우리는 이사를 했다. 그럼에도 당황하게 만드는 어떤 것이, 모든 곳에서 새롭게 저열한 위협을 드러냈다. 그 무언가는 나를 당황하게 했다. 처음에는 이것을 무엇이라고 생각해야 할지 알 수 없었다. 집에서는 새로운 것도 이상한 것도 보이지 않았다. 오랫동안 머리를 쥐어짜며 생각한 끝에 마침내 나는

내가 지각하는 것은 바뀌지 않았으며, 바뀐 것은 내가 그것을 지각했다는 것일 뿐이라고 결론 내렸다. 그렇다. 십구 년 동안 살아온 집을 나는 지금껏 지각하지 못했던 것이다…….

"십구 년이라!"
노인이 머리를 흔들었다.

……잘 생각해 보면, 집에는 어떤 비밀도 없다. 내가 몇 달 동안 동일시했던 그놈에게, 이 집은 어쨌든 고정 거처이자 소설을 쓰는 임시 거처였다. 그 녀석에게는 할 일이 있었고 분명한 목적이 있었다. 어쩌면 그게 소명일지도 몰랐다. 요컨대 일을 아무리 천천히 해도 그는 언제나 서둘렀다. 그는 기차에 앉아 차창 너머로 빠르게 지나가는 풍경을 보듯 사물을 보았다. 기껏해야 사물의 용도에 대해서도 스치듯 한두 가지 인상을 얻고는, 그 인상을 손으로 잡아채 손바닥에 내려놓고는 면밀히 살피고 잡아당기고 이리저리 밀고 괴롭히며 폭군처럼 군림했다. 그런데 명령하는 손의 권력을 더 이상 느끼지 못하게 된 지금, 이제 인상이 복수를 감행한다. 자신을 드러내고 내 앞으로 몸을 내밀며 변하지 않았음을 밝힌다. 인상의 이런 모습 앞에서 나를 사로잡은 돌연한 공포를 나는 어떻게 다루어야 할까? 이 의자, 이 탁자, 이 스탠드의 생기 있는 굴곡, 그 곡선에 순종하며 매달린, 전구 주변이 그을린 갓, 이 모든 것이 지금 내 주위로 밀려와 위선적인 부드러움으로 협공을 가한다. 시합에서 이겨 놓고 애석해하는 자매들처럼 말이다. 나는 사물들 사이에서 뭔가를 체험

한 것 같은데 사물은 내게 아무 일도 일어나지 않았음을 입증해 보이려 한다. 그것을 글쓰기의 모험이라고 하자. 그리고 나는 내 인생의 진로를 바꾸어 놓은 모험의 길을 갔지만 달라진 것은 없다. 그리고 이제 모험을 하느라 변화의 기회마저 놓쳤음이 분명해졌다. 이 28제곱미터 공간은 더 이상, 아침이면 나의 상상력이 밖으로 날아갔다가 저녁이면 잠자리에 들기 위해 돌아오는 새장이 아니다. 아니다. 내 현실적인 삶의 진짜 무대가 된 지 오래다. 자발적으로 내가 나를 유폐시킨 새장이다.

그리고 또 다른 것으로 아침의 기이함을 들 수 있다. 한때 나는 동이 틀 때 벌써 깨어나 덧문의 틈을 파고드는 빛을 불안하게 관찰하고는, 잠자리에서 일어날 수 있기를 기다렸다. 아침에 차를 마시면서는 아내와 몇 마디 상투적인 말을 주고받았다. 언제나 혼자 있는 시간이 오기만을 음흉하게 기다렸다. 목욕탕에서 해야 할 일을 마친 후, 집요하면서도 고집스럽게 기다리는 원고로 달려들 시간을. 그런데 요즈음은 아내에게 용서를 빌어야 할 것 같은 야릇한 압박감을 느낀다. 그래서 아침 식사 때 아내에게 말을 건다. 아내는 기뻐하면서도 나의 태도가 바뀐 이유는 짐작하지 못한다. 그리고 아내가 집을 나설 때, 나는 내 생각이 아내를 불안하게 뒤쫓고 있음을 갑자기 깨닫는다…….

그 순간 전화벨 소리 같은 것이 들렸다. 노인은 한쪽 귀마개를 느슨하게 하면서 분명 오글뤼츠나 거짓 협곡에서 올라온 소음이 평소보다 더 큰 주파수로 울린 것이라고 생각했다. 노인은 하던 대로 계속 글을 읽으려고 했으나, 소음에 신경을 빼앗겨 몇 줄 건너뛰고 그다음 부분을 읽게 되었다.

……나는 느낀다, 내 발아래에 온갖 종류의 함정이 있다는 것을. 내가 실수에 실수를 거듭하고 있다는 것을. 내가 하는 모든 지각, 나를 둘러싼 모든 것이, 나에 맞서 공격하고 나를 교란하고 나의 가능성을 약화시키는 임무만을 수행하고 있다.

이런 불쾌한 일들이 언제부터 시작되었는지 곰곰이 생각해 본다. 불쾌함이 시작된 이유는 모른다. 하지만 임의의 시점이라도, 언제부터 시작되었는지를 알면 그것이 원인이라고 말할 수 있다면 마음이 편해질 것 같다. 원인을 찾았다고 생각하면 어떤 나쁜 일이건 이성적으로 납득할 수 있을 것 같다. 나는 이제껏 내가 살아 있다는 것을 진실로 믿은 적이 없다. 이미 앞에서 암시하려고 의도했듯이, 거기에는 모든 믿을 만하고, 말하자면 객관적이기까지 한 이유들이 있다. 살아 있음을 믿지 못하는 나의 이러한 결점이 소설을 쓰는 동안은 상당한 도움이 되었다. 그것은 소위 내 작업의 도구가 되어, 하루하루의 작업만큼 마모되었고, 그것을 말로 옮겨서 진을 다 빼고 난 뒤에는 더 이상 관심을 끌지 못했다. 내가 소설을 끝마쳤을 때, 그때 문제가 다시 시작되었다. 소설의 마지막 장을 어떻게 썼는지가 생생히 기억난다. 삼 개월 반 전, 희망에 찬 5월의 어느 오후였다. 나는 소설을 완성할 날이 바로 목전에 닥쳤음을 느꼈다. 모든 것은 아내에게 달려 있었다. 아내는 저녁 무렵 친구를 방문할 예정이었다. 나는 점심 식사를 하며 긴장한 상태로, 혹시 아내가 너무 피곤한 건 아닌지, 또는 친구를 만나고 싶어 하는 마음이 없어진 건 아닌지 살폈다. 운이 좋았다. 나는 혼자 남게 되었다. 그런데 갑자기 설사를 하는 바람에 바로 글을 쓸 수 없었다. '모투스 아니미 콘티누스(motus animi continuus)'[8]라고 부를 만한 불쾌한 징조였다. 키케로의 이 말은 정말 웅변술의 정수라 할 만하다. 창작을 하는 정신은 분명 긴장 상태에 있다. 추측건대, 이런 상태는 적어도 나에게는 온몸의 기관에, 심지어 내장 기관에도 영향을 미칠 수 있었다. 그런 악재에도 불구하고 나는 마침내 책상에 앉았다. 그러고 나서 펜이 따라갈 수 있는 최대의 속도로 빠르게 글을 완성했다. 마지막 문장도 썼다. 완전히 끝낸 것이다. 그 후 며칠은 완성된 원고를 다시 보면서 여기저기에 무언가를 마구 갈겨써 보고, 단어를 고쳐 보고, 다른 단어를 집어넣어 보았다. 그러고 나자 더 이상 할 것이 없었다. 원고는 이미 완성되어 끝나 있었다. 나는 이해가 안 되는 멍청한 느낌에 사로잡혔다. 내 마음에서 갑자기 무언가가, 정말 오랫동안 매우 재미있게 가지고 놀던 무언가가 무너져 내린 것 같은 느낌이 들었다. 이런 감정을 깨달은 것도 시간이 지나서였다. 그때까지 나는 일을 하고 있다고 생각했다. 그래서 하루하루 일을 하는 데 필요한, 강요된 분노마저 느끼며 그 일을 좇았다. 그런데 이제 그 일에서 벗어났다. 날마다 바쁘게 한 일이 이 종이 더미로 변해 버린 것이다. 나는 모든 것을 빼앗긴 채 빈손으로 여기 남았다. 그러고는 곧 실체도 없고 모양도 없는 괴물, 즉 할 일 없는 시간과 마

---

8) 키케로가 작가가 창작을 하기 위해서 정신의 끊임없는 움직임이 필요함을 나타내기 위해 사용한 말이다.

주하고 있다. 이 괴물은 멍청하게 하품을 하면서 내 쪽으로 턱을 크게 벌렸다. 그러나 나는 괴물의 목구멍 속에 집어넣을 것이 없었다.

"일 좀 했어?"

식당에서 돌아온 아내가 노인에게 물었다. 아내는 작은 식당의 종업원으로 일하며 돈을 벌었다. 그리고 노인도 부양했다.(운명의 장난인지 오랫동안 부양했다.)

"그럼." 노인이 대답했다.

"진척은 있어?"

"조금." 노인이 말했다.

"점심 뭐 먹을까?"

"뭐가 있는데?"

아내가 만들 수 있는 음식을 말해 주었다.

"뭐든 상관없어." 노인이 결정했다.

얼마쯤 지나 노인과 아내는 서류장 앞에 앉아 점심을 먹었다. 이미 언급한 상황을 고려한다면 당연한 일이다. 노인과 아내가 그 서류장 앞에 앉아서 점심을 먹는다면, 그와 더불어 우리는 그들이 서류장과 마주하고 있는 탁자, 정확하게 그 집에 하나밖에 없는 그 탁자 앞에 앉아 점심을 먹고 있음을 알 수 있다.

점심 식사를 하면서 그의 아내는 그날 식당에서 있었던 일을 들려주었다.

자세한 재고 목록이 작성되었으며, 매니저들은 식자재가

모자랄까 봐 걱정하고 있다고 했다. 그들이 식자재를 많이 훔쳤기 때문이다. 공식 직함이 최고 매니저인 노파가 특히 많이 훔쳤는데 솜씨가 매우 서툴렀다. 아내는 거의 모든 종업원들에 대해 이야기했다. 그러나 매니저들에 대한 이야기를 가장 많이 했다. 특히 공식 직함이 최고 매니저인 노파는 식자재가 부족한 상황을 물을 타는 방식으로, 군대의 급식을 만드는 방식으로 만회하려고 했다. 이런 음식을 종업원들은 '꿀맛'이라고 불렀다. 그러니까 주로 아이들이 '꿀맛'을 먹었다. 부모가 요리하는 걸 좋아하지 않거나 음식을 만들지 못하는 것인지 스낵바에서 단체 손님용 메뉴를, 그들이 '꿀맛'이라고 부르는 것을 사 먹였고, 한 주마다 계산을 했다. 노인의 아내는 이런 음식을 손님에게 가져다주는 일을 게을리하지 않았다. 그러나 자기 아이들이 무엇을 먹는지, 또 아이들이 먹기는 먹는지 살피는 부모는 한 번도 만난 적이 없었다. 아이들은 그런 음식을 먹으면서 자랐고, 시간이 지나면 자연스럽게 어른이 되었다. 그렇게 자란 아이들은 아마 자신의 아이들에게도 선불을 내고 식당에서 점심을 사 먹게 할 것이다. 마치 집안일 하는 데 쓸 시간 같은 건 없다는 듯이 말이다. 삶의 질서는 한 가지 의미심장하지만, 몹시 의심스러운 요소를 영원히 반복하게 한다고 한다. 이제 우리는, 다른 여러 가지와 마찬가지로 이 말도 옳지 않음을 기억해야 한다. 한마디로 말해, 재고 목록을 자세히 살펴본 결과, 이제까지 막연한 추측과 뒷말이 무성했던 행위에 대한 공개적이고 확실한 증거가 드러났던 것이다.

"게다가……." 노인의 아내가 덧붙였다. "그들은 훔친 물건을 나눠 갖느라 피 터지게 싸우기까지 한다니까."

노인의 아내는 언제나 오전에 일한다. 물론 식당은 밤늦게까지 문을 연다. 늦은 밤이 되면 식당에는 그 시간 덕분에 의외로 대담하게 변한, 쉽게 살아가는 손님 무리가 자리를 잡고 상주한다. 기회 균등의 원칙, 즉 법령에 명시된 노동법의 공평한 근무 규칙에 따라 술집의 종업원들은 오전과 오후 시간의 단체 손님용 메뉴를(은어로 '꿀맛'이라고 부르는) 똑같이 나누어서 팔아야 했다. 또 시간을 정확하게 계산해서 단체 손님용 메뉴를 할당받았다. 늦은 밤에는 대담하게도 거의 모든 손님에게 물 탄 음식을 제공했는데, 바로 쉽게 살아가는 손님들 덕분이었다.

그럼에도 노인의 아내는 언제나 오전에만 일을 했다. 스스로 그렇게 하겠다고 계약서에 서명을 해서 호기심을 증폭시켰지만, 노인이 28제곱미터의 공간에서 오전에 일을 할 수 있도록 하기 위해서, 또 늦은 밤이면 의외로 대담해지고 쉽게 살아가는, 그와 동시에 자주 바보가 되거나 또는 파렴치해지는 만취한 손님들과 씨름하기 싫어서 그녀는 그렇게 했다.

그렇지만 기회 균등의 원칙, 동시에 법령에 명시된 노동권에 따라, 노인의 아내도 당연히 밤 시간대에 일할 권리가 있다(게다가 밤 근무에는 무시할 수 없는 장점이 있었다.)는 사실이 자동적으로 보더 부인이라 불리는 여자 동료에게 전달되었다. 하지만 오랫동안 밤 근무를 했던 그녀는 법에 명시된 노동권보다는 아마도 인간의 본성에 어울리는 원칙에서 분명히 더 본능적인 법 실행을 요구했다. 이름이 일로너인, 보더 부인이라 불리는 여자 동료는 오래전부터 자신에게 부여된 이익을, 더 이상 이익이 아니라 마땅히 취해야 할 권리로 여기고 있었다.

오늘 낮에 노인의 아내에게 통지가 전달되었다. 그녀는 앞뒤 사정을 모두 고려하고 자신의 행동이 어떤 영향을 미칠지 따져 본 끝에 앞으로는 자기도 밤에 일을 하겠다고 말했다.

"왜?" 노인이 물었다.

"오전에만 일해서는 먹고살기 힘들잖아. 당신은 책을 쓰느라 돈을 못 벌고."

"그건 그렇지." 노인이 말했다.

저녁이 되자 노인이 말했다.

"나가서 한 바퀴 돌고 올게."

"너무 오래 있지 말아." 그의 아내가 말했다.

"알았어. 잠깐 생각 좀 하고 올게."

"당신에게 하고 싶은 말이 있었는데."

"지금?" 노인이 멈추어 섰다.

"당장은 생각이 안 나네."

"다음엔 잊지 않도록 바로 메모를 해."

"어디로든 여행을 가면 좋겠어."

"그래. 그거 좋겠군." 노인이 고개를 끄덕였다.

노인이 사색의 산책이라고 부르는 산책을 마치고 집으로 돌아와 물었다.

"찾아온 사람 없었어?"

"찾아올 사람이 있었어?"

"그러게." 노인이 맞장구를 쳤다.

"네 어미는 귀머거리에다, 성병에 걸리지 않았다는 증명서를 흔들며 몸을 파는 창녀야!"[9]

노인은 천천히, 마치 설명하듯 또박또박 끊어서 말했다. 그러면서 손가락 사이에서 이미 부드러워진 귀마개를 조심조심 형태를 잡아 귓속에 밀어 넣었다. 이렇게 해서 전 세계라 할 수 있는, 오글뤼츠와 거짓 협곡을 경계선 밖으로 밀어 냈다.

……물론이다. 만약 논리적인 사람이었다면 나는 아마 그 소설을 절대로 마치지 못했을 것이다. 그럼에도 소설을 완성했다면 당연히 놀라지 말아야 했다. 그러나 놀라고 말았다. 일단 소설을 쓰기 시작하면 소설을 완성하기 위해 오랜 시간을 노력하지 않아도 언젠가는 소설이 완성된다는 사실을 몰랐다고 주장하는 것은 아니다. 그러니까 나는 잘 알고 있었다. 어떻게 모를 수 있겠는가. 하지만 나는 그에 대비해서 나를 준비시켜야 한다는 것을 잊고 있었다. 소설 쓰기는 결과에 대해 설명하라고 극단적으로 요구했다. 지금 내 앞에는 250쪽이 넘는 종이가 쌓여 있다. 그리고 이 종이 뭉치는, 이 글자 더미는 나에게 분명한 행동을 요구했다. 나는 소설을 출간하는 방법에 대해 아는 바가 전혀 없었다. 그 분야에 관한 한 나는 정말 문외한이었다. 아는 사람도 전혀 없었다. 늘 말하지만, 내 산문 작품은 이제까지 출

---

9) 윗집에서 나는 소음을 막으려고 귀마개를 손으로 만지면서 하는 욕이다.

판된 적이 없었다. 그래서 나는 일단 원고를 다시 깨끗하게 타이핑하게 했다. 그리고 출판 가능성이 있는 것들만 모아 놓은 서류 묶음 속에 그것을 철해 놓았다. 이를 위해 나는 어머니 댁을 방문할 구실을 만들었다. 어머니는 부족한 연금을 채우려고 잘 알려진 해외 무역 회사에서 하루 네 시간 동안 속기를 하거나 타이핑을 했다. 그 후 나는 타이핑된 원고를 옆구리에 끼고 출판사를 찾아갔다. 그 출판사는 소위 현대 헝가리 작가의 소설을 출판해 주는 곳이라고 했다. 나는 비서실이라는 명패가 붙은 문을 두드리고 안으로 들어갔다. 여러 여직원 가운데 자신의 권한에 대해서 비밀스러운 분위기를 드러내는 한 여자에게 정말 결정하기 어려운 내용을 문의했다. '이곳에 내가 쓴 소설을 두고 가도 되는지'를. 그녀가 '그래도 된다'고 대답했고 나는 그녀에게 원고를 넘겨주었다. 그러자 그녀가 뒤편에 놓인 책상에 가득 쌓인 원고 사이에 내 원고를 내려놓았다. 그리고 나서 나는 곧장 로마강변[10]으로 갔다…….

"세상에!"
노인이 말했다.

　나는 두너강 상류 쪽 강변으로 갔다. 가는 동안 날씨가 좋아지기를 기다렸다. 이윽고 바라는 대로 드디어 해가 나왔다. 그

---

10) 부더에 있는 두너강의 상류 쪽 강변으로, 옛날 로마 시대의 유적이 남아 있다.

러나 날씨는 아직 서늘했고 게다가 바람까지 불었다. 날씨가 화창하지 않아서 오늘은 강변에서 담배 피우는 사람들이 보이지 않았다. 그래서 나는 그곳의 차가운 물속에서 게으름을 피우며, 천천히 이것저것 구경하면서 1000미터를 헤엄쳤다.

"세상에!"
노인이 말했다.

……가고 싶었기 때문에 로마강변으로 갔다. 게다가 내 생각이 틀리지도 않았다. 해가 나왔지만 날이 쌀쌀하고 바람이 불어 오늘은 강변에서 담배를 피우는 사람들이 거의 없었다. 그래서 그는 차가운 물로 들어가 천천히, 긴 소풍을 나온 듯한 속도로 1000미터를 헤엄쳤다.

"세상에!"
노인이 말했다.

……거의 두 달이 지나고 나서야 비로소 나는 한 사내와 마주 앉게 되었다. 나는 그가 이 출판사에서 무슨 일을 하는 사람인지 알지 못했다. 바로 한 주 전에도 나는 그를 만나러 왔었다. 비서 아가씨가 "그분이 당신의 소설에 관한 출판사의 입장을 명확히 들려줄 것입니다."라고 말했기 때문이다. 하지만 그 사내는 나에 관해서, 그리고 내 소설에 관해서 아무것도 아는 게 없었다.

"언제 투고하셨죠?"

그가 물었다.

"두 달 전에요."

"두 달이면 그리 오래전은 아니군요."

그가 격려라고 했다. 잿빛 얼굴에 마르고 신경질적인 모습을 한 지쳐 보이는 사내는 아말감으로 만든 광선 차단 안경을 쓰고 있었다. 그의 책상 위에는 종이 뭉치, 책, 메모가 적힌 달력, 타자기, 여기저기 뜯어고친, 소설로 보이는 원고 묶음이 흩어져 있었다. 나는 서둘러 그 사내에게서 벗어났다. 곧장 두너강의 상류 쪽 강변으로 가고 싶었지만…….

"세상에!"
노인이 말했다.

……파도가 높아서 수영을 즐기긴 어려울 것 같았다.

그다음 만남에서 사내는 자기 속을 조금 더 보여 주었다. 그는 "내가 직접 소설을 읽은 것은 아니지만 이미 당신과 당신의 소설에 대해 알고 있습니다."라고 말했다. 그러면서 내게 자리에 앉으라고 권했다.

"파시즘은……."

그가 출판사 마크가 찍힌 편지지가 끼워진 타자기 옆에 앉아 있다가 내 쪽으로 몸을 돌렸다.

"엄청나고 끔찍한 수제네요. 그것에 대해서는 이미……."

"아!" 노인이 소리를 질렀다.

그러면서 열심히 원고를 살펴보기 시작했다. 이윽고 그는 종이 뭉치 사이에서 출판사 마크가 찍힌 편지를 발견했다.

관례적인 내용이 담긴 평범한 서한이었다. 날짜가 있고(1973년 7월 27일) 담당자가 있고(공란) 내용이 있고(출판할 수 없음.) 서류 번호가 있었지만(482/73) 수신인의 이름은 없었다.

저희 출판사의 편집인들이 귀하의 원고를 읽고…….

노인은 편지를 읽기 시작했다.

의견을 수렴한 결과…… 귀하는 자신의 경험을 소재로 사용했으나 그것을 예술적으로 형상화하는 데는 성공하지 못했다고 생각합니다. 주제도 끔찍하고 충격적입니다. …… 돌려 말하자면, 주인공의 특이한 반응 때문입니다. 물론 사춘기의 주인공이 자기 주변에서 무슨 일이 일어나는지를 바로 알아차리지 못한 것은 이해할 수 있습니다. 예를 들어 강제 노동에 소환되고 노란 별을 의무적으로 착용해야 하는 것 등등을 말입니다. 그렇지만 우리는 주인공이 유대인 수용소에 도착해서 왜…… 보게 되었는지 이해할 수 없습니다. ……무미건조한 문장이 계속 이어지고 있습니다. ……화장터의 광경을…… '학생들의 고약한 장난처럼' 보는 것도 믿을 수 없습니다. ……자신의 모든 것을 말살시키는 수용소 안에 있고, 유대인이라는 이유로 죽을 수도 있다는 사실을 알면서 말입니다. 주인공의 태도와 회고적인 보고들은…… 거부감을 주고…… 결말 부분을 읽어도, 소설의 주인공은 계속해서 수수방관하는 태도로…… 도덕적 평가를 내릴 수 없습니다.

“아!” 노인이 소리를 질렀다.

노인은 지금 서류장 앞에 앉아서 생각에 잠겨 있다.

‘처음부터 끝까지 다시 읽어 봐야겠어.’ 그가 생각했다.

‘그렇지만…….’ 그는 계속 생각했다 ‘그럴 필요가 있을까? 이제 더 이상 수용소에 관한 글은 읽고 싶지 않아.’

‘종이 뭉치를 꺼낸 건 정말 멍청한 짓이었어.’ 그가 생각 속에서 덧붙였다.

그는 서류장 앞에 앉아서 다시 읽기 시작했다.

……엄청나고 소름 끼치는 주제…… 그 속에서 출판사 마크가 찍힌 편지를…… 그는 출판사 마크가 찍힌 편지지가 끼워진 타자기 옆으로부터 내 쪽으로 몸을 돌렸다. “엄청나고 끔찍한 주제입니다. 이 주제에 대해서는 벌써 많은 사람들이 많은 글을 썼습니다.” 그는 위로하듯 이 주제가 아직 완전히 고갈된 것은 아니라고 덧붙였다. 그러면서 자기네 출판사에서는 ‘원고의 운명을 결정하기에 앞서’ 한 원고를 편집자 세 명이 읽는 것이 규정이라고, 누가 원고를 직접 읽는지 편집자의 이름을 거론하지 않는 것이 출판 업무의 관례지만, 자신이 내 소설을 검토할 세 번째 편집자가 될 수 있음을 배제할 수는 없다고 말했다. 그 말

을 하고 나서 그는 입을 다물었다.

"좀 끔찍하지 않나요?" 그가 난데없이 물었다.

"무엇이 말입니까?"

"선생님의 소설 말입니다."

"그렇게 볼 수도 있겠죠." 내가 이렇게 대답하자 그는 당황했다.

"제가 드린 말씀을 최종 결론으로 받아들이지는 마십시오. 아직 선생님의 소설을 읽지 않았기 때문에 평가를 내릴 수는 없습니다." 그가 설명했다.

이제는 오히려 내가 당황했다. 그러니까 그의 표현대로라면, 끔찍하다고 느끼는 만큼, 그는 내 소설이 마음에 들지 않은 게 분명했다. 그건 분명하게 내 소설의 약점이었고, 출판의 걸림돌이 될 수 있었다. 바로 그 순간 나는 불현듯, 내가 직업적인 인도주의자와 마주 앉아 있다는 사실을 깨달았다. 더구나 이 직업적인 인도주의자들은 아우슈비츠가 우연히 그 당시 거기에 있었던 사람에게만 일어났다고, 하지만 그때 그 자리에 우연히 있었지만 아무 일도 겪지 않은 사람들이 있고, 그래서 대부분의 많은 사람들에게 아무 일도 일어나지 않았다고 믿고 싶어 했다. 다시 말해 이 편집자는 내 소설에서 그와는 반대의 것을, 완전히 다른 무언가를 읽고 싶어 했다. 우연히 그때 그곳에 있던 내게 무슨 일인가가 일어났지만, 아우슈비츠는 나를 전혀 더럽히지 않았다고. 그러나 나는 이미 더럽혀져 있었다. 그리로 끌려간 다른 사람들과는 완전히 다르게, 나는 더럽혀져 있었다. 그러나 내 생각에는 내가 더럽혀졌다는 것이 근본적인 문제였다.

그러나 나는 인정해야 했다. 좋은 의도로 내 소설을 손에 들고 주저 없이 읽어 내려간 사람이, 이와 같은 더러움에 조금이라도 연관될까 두려워할 필요는 없다는 사실을.

내 소설이 한 직업적인 인도주의자를 자극했다면 나도 얼마든지 이해할 수 있었다. 이 직업적인 인도주의자들 역시 나를 자극하고 있었다. 그들의 소망이 나를 파멸시켰기 때문이다. 더욱이 그들은 나의 경험을 가치 없는 것으로 만들고자 했다. 이 경험들과 함께 어떤 사건이 일어났고, 그 사건은 지금 갑자기 나의 단점이 되어 버렸다. 나는 이 사실을 망연자실한 상태로 깨달았다. 그러는 사이에 내 마음에는 절대 바꿀 수 없는 취향이 형성되었다. 이 사람과 내가 시각차를 보이는 것은 분명히 개인적인 신념이 다르기 때문이었다. 그러나 이러한 시각차는 모든 것을 망가뜨렸고, 그 결과 상징적으로나마 내 소설이 우리 두 사람 사이에 놓여 있었다. 소설 전체를 관통하고 있는 내 개인적 시각이 출판의 관점에서 치명적인 요소가 되어 있음을 느낄 수 있었다. 게다가 이 소설에 구체적인 형태를 부여하고 있는 이 문제는 크게 부각되지는 않았지만, 전혀 간과할 수 없는 다른 요소들, 이익을 낼 수 있는가 하는 요소들과 연관되어 있었다…….

"아하." 노인의 얼굴이 밝아졌다.

……말하자면 나의 미래에 대한 질문과, 사회적인 위치와 관련되어 있었다.

"하하하." 노인이 웃었다.

……나는 갑자기 너무나 특별하고 당황스러운 상황에 처했다. 예상하지 못한 상황이었다. 나는 내가 만들어 낸 이 250쪽 종이 묶음의 포로가 되고 말았다.

"그래, 그렇지." 노인이 소리쳤다.

내가 만들어 낸…….

"그렇지." 노인이 또 한 번 말했다.

……그때 나는 내가 이미 정확하게 파악한 것인지, 믿을 수가 없었다…….

전화가 울렸다.

이번에는 노인도 확실하게 들었다. 그렇지만 그는 바로 일어나는 대신 한쪽 귀에 들어 있는 귀마개를 약간 느슨하게 했다. 전화가 계속 울리고 있었다.

"정말 성가시군." 노인이 어느새 수화기에 대고 말했다.

노인은 방의 남동쪽 구석에 있는 도자기 난로로부터 북서쪽으로 조금 떨어진 곳에서, 특별히 여러 겹으로 아교 칠이 되고, 강화 목재로 제작된 어린이용 미니 탁자(기능적인 면에서는 소파 테이블로 사용되는 탁자) 옆에 서서 전화를 받았다.

"……그래서 제일 먼저 선생님을 떠올렸어요."

느슨해진 귀마개를 통과하여 무뚝뚝한 여자의 목소리가 들렸다.

"선생님에게 딱 맞는 책이에요. 열다섯 장밖에 안 되고요, 시간은 여섯 달 드릴게요. 하지만 원하신다면 두 달 더 드릴 수 있어요."

노인은 번역도 하고 있었다.

독일어를 번역했다.(노인은 늘 외국어 가운데 독일어를 가장 못한다고 말하곤 했다.) 번역료는 적지만 확실한 수입이었다. 그러나 지금은 책을 써야 했다. 다른 한편으로는 정말 돈도 벌어야 했다. 얼마 되지 않더라도 확실한 수입이 필요했다. 게다가 노인에게는 써야 하는 책에 대한 아이디어가 전혀 없었다. 번역을 맡으면 일석이조의 이득이 있었다. 적은 액수지만 확실하게 돈을 벌 수 있었고 잠시나마 책을 쓰지 않아도 됐다.

"물론 하겠습니다." 그가 전화기에 대고 말했다.

"그럼 제가 책과 계약서를 보내 드리겠습니다." 무뚝뚝한 여자의 목소리가 느슨해진 귀마개를 뚫고 들어왔다.

"그러세요. 고맙습니다." 그는 느슨해진 귀마개를 통해 자신의 무뚝뚝한 목소리를 들었다.

'일을 맡은 건 정말 멍청한 짓이었어.' 다시 귀마개를 밀어 넣으며 잠시 뒤, 그가 생각했다.

'하지만 벌써 하겠다고 했잖아.' 그는 더 이상 다른 것을 선택할 수 없는 사람처럼 생각을 이어 갔다. 우리는 아무것도 선택할 수 없는 순간에도 항상 무언가를 선택한다. 그리고 어떤 프랑스 작품 선집에서 읽었던 대로(노인은 그 선집을 방의 남동쪽 모서리를 차지하고 있는 도자기 난로로부터 북쪽에 위치한 팔걸이의자 위쪽 벽에 붙어 있는 책 선반에 보관하고 있었다.) 항상 우리 자신을 선택한다. 그러나 그는 자신을 선택하는 사람이 누구인지를 물었어야만 했다. 그건 정당한 질문이었다.

……그리고 예견하지 못한…… 갑자기 너무나 특별하고 당황스러운 상태에 있는 나 자신을 발견했다. 나는 내가 만들어낸 이 250쪽 종이 묶음의 포로가 되고 말았다.

“그래, 그렇지.” 노인이 말했다.

……그때 나는 내가 이미 정확하게 파악한 것인지, 추정할 수가 없었다. 내가 어떤 함정으로, 어떤 무시무시한 모험으로 빠져들지 알 수 없었다. 내 기억이 맞다면 나는 일시적으로 밀려든 불길한 예감을 견디고 있었다. 나는 한 가지 억압에서 벗어나기 위해 다른 것에 예속되어야 하는 성격인 듯했다. 소설을 마치자마자 다시 새로운 쓸거리를 찾아내기 위해 머리를 쥐어짰다. 이제는 소설을 쓰는 동안의 모든 것이 최소한 어떤 도움을 주는지 알고 있었다. 곧바로 달려드는 내일의 걱정에서 벗어나게 해 주었다. 만약 새로운 일을 찾아낸다면 나는 인생의 흐름과 그때 일어난 사건들을, 목표를 이루기 위해 억눌렀던 나의 의지와 또다시 혼동할 것이다. 그 경우 실제적인 시각 속에서 빛을 굴절시키기만 해도 내 앞에는 무한한 세계가 펼쳐

질 것이다.

하지만 아직은 무엇을 써야 할지 알 수 없었다. 그 자체만 보아도 의심스러운 징후로 보아 마땅했다. 사실대로 말하자면 그 당시 나는 내 소설에서 모든 진지한 숙고를 일소할 필요를, 중요성을 인식하지 못했다. 물론 약간 부족한 것이 있었지만 그것은 내 능력을 벗어나는 일이었다.

어느 날 길에서 일어난 별 의미 없는 사건이 충격을 주었다. 나는 언제나 오랫동안 걷는 것을 좋아했다. 걸으며 생각을 정리할 수 있었기 때문이다. 이 경우 밝고 사색적인 환경일수록 좋았다. 두너강변이나 부더의 언덕 꼭대기에서 갑작스레 펼쳐지는 멋진 풍경에 빠져 나는 사색을 멈추었다. 내 앞에 파란색 표지판이 있고, 그 위에 "페스트의 택지 조성 지구"라는 글자가 보였다. 높이 솟은 아파트, 성당, 줄지어 빛나는 지붕과 창들, 그것들 가운데에서 반짝이는 물결, 강 위에 놓인 다리의 둥근 아치가 보였다. 내 뒤로는 밋밋한 녹회색 산등성이와 빌라, 성냥갑 같은 건물과 평화로운 미소를 내뿜는 집, 텔레비전 송전탑이 보였다. 기억을 더듬어 보건대, 그날은 건조하고 숨이 턱턱 막힐 만큼 무더운 날이었다. 태양이 하얀 하늘에서부터 목덜미를 불태울 듯 따갑게 내리쬐였다. 녹지 분리대로 나뉜 고속 도로 입구 쪽에 도착하니 온몸이 땀에 젖어 있었다. 길을 걷는 동안 수천 가지 사소한 것들이 더위와 두통, 우유부단함으로 야기된 팽팽한 분노를 폭발시키려 했다. 갑자기 내 옆에서 구급차의 날카로운 사이렌 소리가 들렸다. 걸음을 옮길 때마다 울타리 너머에 있는 개 한 마리가 창살로 쏜살같이 달려와 말로 형용할 수 없는 적대감을 드러내며 미친 듯이 컹컹대고 으르렁거렸다. 밀짚모자를 쓰고, 반팔 셔츠를 입은 반미치광이 같은 사내가 레이더가 장착된 정찰선의 특수 장비처럼 보이는 휴대용 라디오를 가죽 끈에 묶어 목에 매달고 있었는데 계속해서 찍찍거리는 잡음을 냈다. 거기에 끈끈한 검은 매연을 내뿜는 화물차가 지나가 나는 눈물까지 흘리며 재채기를 했다. 원래 이런 것은 의미가 없는 것이라 할 수 있다. 하지만 대도시 사람들에게 이런 것들이 쌓이고 가벼운 정신적 장애가 일어나면 끝없는 무절제와 또 다른 타락으로, 무정부적인 사고로, 폭탄 투척으로 빠져들게 된다. 그 순간 나는 건널목 신호를 완전히 무시하고 도로를 가로질렀다. 내 옆에서 버스 소리가 들렸다. 재빨리 길을 건너는 무례를 저지르고 나자, 동시에 무언가 이상한 고집이 차올랐다. '더러운 새끼, 피해 가든지 깔아뭉개든지 맘대로 하라고.' 하는 생각이 들었다. 빵빵거리는 소리와 함께 급브레이크를 밟는 소리가 들렸다. 그들이 깔아뭉개려 하는 순간, 나는 메뚜기처럼 폴짝 뛰어나갔다. 열린 운전석 창문에서 욕설이 소나기처럼 쏟아졌다. 나도 맞서서 고함을 질렀다. 차분하던 대기에 욕설이 난무했다. 내 생각으로는 이렇게 하는 것이 우리 두 사람 모두에게 좋았다. 우리는 쌓였던 냉정한 분노를 마음껏 토해 낼 수 있었다.

길에 홀로 남은 나는 그들을 멋지게 속였다는 사실에 대단한 만족감을 느꼈다. 이런 모험을 감행할 수 있었던 것은, 운전사들을 전적으로 믿었기 때문이다. 물론 운전사가 실수로 나를 칠 수도 있다. 하지만 나는 버스 운전사들이 운전을 기가 막히게 잘한다는 사실을 믿는다. 교통법상 무단 횡단 사고는 운전자의 과실이 아니기 때문에 그들은 나를 칠 수도 있었다. 버스 운전사와 개인적으로 아는 것은 아니지만, 내가 알기로 그들은 어떠한 돌발 상황에서도 사람을 죽이는 것만은 피하고 싶어 했다. 부드러운 몸을 깔아뭉개는 것, 그것은 탱크만이 할 수 있는 일이다. 살인은 이것과는 다른 문제이고, 대량 학살은 완전히 다른 문제이다. 생각이 여기에 미치자 오래전에 계획했던 일이 다시 떠올랐다. '가능하면 과장 없이 무력의 미학적 연결 가능성을 다룬 논문을 쓰고자 하는 계획'이.

"그래, 맞아."
노인이 고개를 끄덕였다.
"정말 멍청한 일이었어."

……가능하면 과장 없이 무력의 미학적 연결 가능성을 다룬…….

"이런!"
"한 바퀴 돌아야겠군."
"나가자."
노인은 서류장 속에 회색 서류철을 다시 집어넣고 그 위에 서진으로 쓰이는, 서류철의 회색보다 좀 더 어두운 회색 돌덩이를 올려놓았다. 이어서 서류장의 두 개 아래 칸 앞쪽에서 원통 모양의 유리 캡슐을 꺼냈고, 거기에서 귀에 집어넣는 부드러운 귀마개를 꺼냈다.

오글뤼츠였다.

"빌어먹을……." 노인이 말을 시작했다.

'나가도 소용없겠어.' 그는 이렇게 생각했다.

소음이 다양한 단계로 계속해서 고통을 주자 노인은 사람들이 상황을 극복하고자 할 때 일반적인 이론이 제기하는 과도기적 상태를 건너뛰었다. 어느 순간 그는 오글뤼츠를 완전히 새로운 존재 유형, 즉 시각적인(청각적인)(시청각적인) 존재로 규정했다.(아마 이렇게 규정하면서 오글뤼츠라고 불렀을 것으로 추측된다.) 말하자면, 음악과 산문에서 관객 또는 청취자로 또는 시청자로 나타나는 오글뤼츠는 가벼운 오락, 퀴즈, 갈라 쇼, 르포 프로그램, 광고, 기껏해야 동물 혹은 자연물 영상을 즐기는 존재로 그 역할이 한정되었다. 그러나 모든 면을 고려해 볼 때 과연 이런 존재 유형이 만족스러운 것인가 하는 점에 대해서는 의문이 있다. 그러나 이러한 삶이 상당히 편안한 것만은 분명했다. 우리는 즐기는 존재로 사는 대신, 다층적인 삶을 살아야 하기 때문이다. 스크린 위에는 다층적인 삶이 등장한다. 우리가 그것을 보며 할 수 있는 일은 즐거워하거나 화를 내는 것뿐이다. 우리 자신이 이야기 속으로 들어가서 방향을 설정하거나 다른 인물들과 이야기를 나누거나 어떤 행동이 가져온 결과에 대해 책임을 질 수는 없다. 물론 그 정도에서, 또한 정확히 그 선에서(스크린에서 일어나고 있는 일에서가 아니라) 우리 몇 사람의 삶과 닮지 않았는지 생각해 볼 수는 있다. 이렇게 해서 결국은(어떠한 향수도 없이) 노인이 아주 순수한 시청자로(혹은 청취자로) 생활하는 삶을 그려 볼 수도 있었을 것이다. 누군가는 수십 년을 스크린 앞에서 보낼 수도 있다. 죽음이 스크린 앞에서 그를 불러 올릴 때, 그는 죽어 가는 마지막 순간에도 아직 자신에게 화려하고 생동감 넘치며 변화무쌍한 삶이 남아 있음을 의심하지 않을 것이다.

"일 좀 했어?"

"그럼."

"진척은 있어?"

"한 부분을 덧붙였어."

"당신에게 하고 싶은 말이 있었는데."

"무슨 말인데?"

"당장은 생각이 안 나네."

"다음에는 잊지 않도록 메모를 하라고."

"찾아온 사람 없어?"

"찾아올 사람이 있었어?"

"그러게."

……실제로(나는 여기에서 출발했다.) 우리가 몇몇 작품에서 만날 수 있듯이, 나를 괴롭힌 것은 언제나 피와 육욕과 악마가 함께하는 관념이었다. 나의 경험은 어떤 극단적인 경험과도 일치하지 않았고, 인간의 본성과도 일반적으로 비교할 수 없었다. 계속되는 지옥의 소란이었고, 말하자면 특별한 날을 기억하기 위한 형상이었다. 이런 문학 작품들은 이 형상으로 몇몇 역사적인 시대나 사건과 연결된 일을 수행한다. 살육은 특정한 단계

와 특정한 시간을 거치면서, 또 특정한 숫자를 넘어서면서 결국 피곤하고 규칙적이며 고통스러운 작업이 된다. 이런 일이 날마다 계속되기 위해서는 참가자들의 애착이나 혐오가 아니라 끓어오르는 헌신 또는 얼어붙은 권태, 열광이나 혐오가 필요하다. 다시 말해 개인이 느끼는 순간적인 기분이나 정신 상태가 아니라, 조직화에 의해 보증되어야 하는 것이다. 잠겼던 기관 장치를 열고 작동시키고 나면 숨 돌릴 시간도 없이 다음 단계가 다가오는 컨베이어 시스템처럼. 다른 관점으로는(그 점은 의심할 것이 전혀 없었다.) 비극의 묘사에 적합했다. 도대체 그 잘난 인간성이 이런 끔찍하고 돌발적이며 탈도 많고 말도 많은 사건의 어디에 남아 있었단 말인가? 리처드 3세는 악당이 되겠다고 맹세했다.[11] 그러나 전체주의 시스템의 집단 살육은 이와 달리 공동선을 구현하겠다고 선언한다.

다른 한편에서는(나는 계속 생각했다.) 그곳에서 일어난 야만적인 사건은 고통 없이 냉정하고 객관적으로 전해지고 있다. 이렇게 해서는 우리가 다루는 사건의 진상을 보여 줄 수 없다. 사건들로부터(얼마나 중요한지는 차치하고) 너무 많은 것들이 나와서, 우리의 환상을 산산조각 내는 것이 문제다. 우리는 그 사건들과 친해지고 그 세계 속에 섞이는(그것이 마지막이라 해도 미학적으로는 허락할 수 없는 중재이다.) 대신, 점점 더 낯설게 사건

11) 셰익스피어의 「리처드 3세」에서 꼽추이자 절름발이인 주인공 글로스터는 세상의 무시와 여인들의 냉정함에 분노하여 자신이 가진 못된 품성을 유감없이 발휘해서 권력을 얻고 그들에게 복수하기로 결심하며, 왕위를 찬탈하기 위해 악당이 되겠다고 맹세했다.

을 본다. 대량 살육의 모습은 그와 함께 자행된 일 자체만큼 끔찍하고 단순하며 말로 할 수 없는 피로감을 준다. 그 가운데 고유한 것이 하나도 없다면 공포가 어떻게 미학의 대상이 되겠는가? 그 경우 우리가 볼 수 있는 것은 모범적인 죽음이 아니라 시체 더미뿐이다.

바로 그때 나는 마우트하우젠의 암석 분쇄기 속에서 340명의 네덜란드 유대인이 죽었다는 글을 읽었다. 포로를 실은 수송차가 도착했을 때 에른스트베르거 부사령관[12]은 수용소 서기관이던 정치 포로 글라스에게 포로들을 육 주 이상 살려 두지 말라고 명령했다. 글라스는 이 명령에 저항했다가 30대나 맞았다. 그러자 그들은 사람 대신 기계로 포로들을 죽이는 방법을 택했다. 다음 날 그들은 네덜란드 유대인들을 암석 분쇄기 속으로 밀어 넣었다. 포로들은 깊은 곳으로 연결된 148개의 돌계단 대신에 울타리를 넘어서 계속 돌이 떨어져 내리는 돌 비탈을 내려가야 했다. 그곳에서, 그 깊은 바닥에서 그들은 어깨 위에 판자를 놓고, 그 판자 위로 어마어마하게 큰 돌덩이를 쌓은 뒤, 뛰어서 148계단을 올라와야 했다. 이미 첫 번째 계단에서 돌덩이가 그들의 어깨를 벗어나 아래로 미끄러졌고, 뒤를 따라오던 사람들의 다리를 박살냈다. 이 사고 때문에 그들은 구타를 당했다. 작업이 시작된 첫날, 바로 그 첫째 날에 이미 네덜란드 유대인 대부분이 가파른 계곡의 벼랑에서 암석 분쇄기 속으로 떨어져 버렸

12) Walter Ernstberger(1913~1945). 마우트하우젠에 속한 구젠 수용소에서 1942년에서 1943년까지 일하고 그로스 로젠으로 옮긴 뒤 전쟁이 끝나면서 자살했다.

다. 나중에는 아홉 명에서 열두 명의 사람들이 함께 손을 잡고 계곡 아래로 뛰어내렸다. 암석 분쇄기를 다루는 일반 노동자들은 나치 친위대 옆에서 괴로움을 호소했다. 절벽에 덕지덕지 붙은 살덩이와 뇌수 덩이들이 항의를 했다. 정말 '끔찍한 광경'이었다. 몇몇 일꾼들이 물을 뿌려 돌을 씻어 냈다. 그때부터 포로 가운데 몇 명을 보초로 세우고 뛰어내리는 놈을 본보기로 처단했다. 말하자면 죽고자 하는 소망을 죽음으로 벌했다고 할 수 있다. 그들 가운데 죽고 싶어 하지 않던 사람들도 결국 살해당했다. 육 주가 아니라 삼 주 사이에 모두 죽고 말았다.

이것은 400쪽에 이르는 많은 사건 가운데에서 우연히 내가 발견하게 된 사건의 하나라고 느끼며 나는 그 책을 집어 올렸다.(수만 쪽에 달하는 사건의 전체 목록을 알고 있는 사람에게 이 책은 실제 일어난 사건의 일부를 다룬 간소한 단편이다.) 그러므로 이 340명의 죽음은, 예를 들면 인간의 상상력이 상징하는 것들 가운데 마땅한 자리를 차지할 수도 있을 것이다. '일어나지 않았더라면'이라는 조건이 유일한 전제 조건이지만. 그러나 이미 일어났음에도, 그것은 상상하기 어려운 사건이다. 상상이 놀이의 도구로 변하는 대신, 마우트하우젠의 돌덩이처럼 사람들의 마음을 무겁게 짓누르고 꼼짝할 수 없게 만드는 짐이라는 사실이 명백해진다. 누구든 돌덩이 위에서 부서져 죽기 원치 않는다. 그러나 다른 한편 우리는 이렇게 그러한 시대의 뒤에 남는다. 우리는 우리 시대의 경험을 통해 풍족해지지 못한 채 삶을 살아냈다. 그러나(나는 곰곰이 생각했다.) 이 모든 경험이 똑같이 보여 주는 것은, 상상력으로 대항하며 싸우는 것은 소용이 없다는 것이다. 이 무렵 나는 『위대한 여행』[13]이라는 제목의 소설을 읽었고, 그 속에서 지그리트[14]와 만났다. 그녀는 금발의 아름다운 사진 모델이었다. 내가 책에서 읽은 그녀의 모습은 이랬다.

단단하고 쭉 뻗은 다리가 지탱하는 일제 코흐의 통통하고 똑바르고 곧고 팽팽한 몸, 거칠고 깨끗하며 게르만족의 특성을 분명하게 보여 주는 얼굴, 지그리트의 눈을 생각나게 만드는 밝은색 눈(하지만 당시의 사진도, 당시 뉴스나 그 이후 새로이 보도된 뉴스 필름으로도 일제 코흐[15]의 밝은색 눈이 지그리트의 눈처럼 초록색인지 아니면 밝은 파란색인지 또는 푸른색이 도는 회색인지는 밝혀 주지 않았다. 아마 십중팔구 그녀의 눈은 푸른색이 도는 회색이었을 것이다.),

---

13) 스페인 출생의 프랑스 작가인 호르헤 셈프룬 마우라(Jorge Semprún Maura, 1923~2011)가 부헨발트 수용소로 가는 여정을 기초로 하여 쓴 소설이다. 심리적인 서술이 특징적이지만 수용소 문학이 공통적으로 지니는 시각과 달리, 지나간 과거에서 벗어나 아직 오지 않은 미래를 향하여 걸어가는 여정에 주목하는 점이 특별하다.

14) 『위대한 여행』에 등장하는 독일 아가씨로, 그녀에 대한 묘사 속에 부헨발트의 악명 높은 수용소 소장 부인인 일제 코흐와 그녀에 대한 소문을 담고 있다. 작품에서 주인공은 우연히 스내바에서 그녀와 만나 이야기를 주고받는다.

15) Ilse Koch(1906~1967). 부헨발트 수용소 소장인 카를 오토의 부인으로 1939년에서 1941년까지 부헨발트 수용소에 머물렀다. '부헨발트의 마녀' 혹은 '나치 친위대의 색녀'라는 악명을 얻었을 정도로 포로들을 성적으로 학대했으며, 포로들의 피부로 전등의 갓, 장갑, 책의 표지를 만드는 변태적인 행동을 자행했다. 나치 재판에서 종신형을 선고받았으니 종전 후 연합군의 재판에서 사 년으로 감형받았다. 출소한 뒤 여러 건의 진정으로 다시 재판을 받고 종신형을 선고받았으며 수감 생활 중 자살했다.

그 눈으로 그녀는 몇 시간 전에 사랑의 대상으로 선택한 포로의 벌거벗은 몸과 드러난 팔을 예의 주시했다. 그녀의 눈은 망설이게 만드는 줄무늬를 따라 포로의 하얗고 건강하지 않은 피부를 벗겨 냈다. 그녀의 시선은 이미 이 푸른 줄무늬에 꽃이나 요트, 뱀, 해초, 여인의 긴 머리카락, 항해도, 바다의 물결을, 그리고 끼룩거리는 갈매기의 펼쳐진 날개를 기억나게 만드는 요트를 그리면 얼마나 아름다울까를 상상하고 있었다. 또한 그 피부를 화학적으로 처리해 만든 상아색 양피지 같은 가죽으로 스탠드의 갓을 만들면 얼마나 멋질까를 상상하고 있었다. 살롱의 모든 스탠드에 이런 갓을 씌우리라. 저녁이 시작되면 일제 코흐는 미소를 지으며, 자신이 육욕의 도구로 선택한 포로를 데리고 그 살롱으로 들어왔다. 그녀가 중요하게 여기는 선택 조건은 두 가지였다. 먼저 육욕을 만족시켜야 했다. 두 번째로는 양피지 같은 피부를 보다 오래도록 유지하고자 하는 그녀의 탐욕을 만족시켜야 했다. 그녀는 포로에게서 벗겨 낸 피부에 적합한 처리를 해서, 상아색을 만들어 냈다. 문신으로 새겨진 푸른 줄에 그림을 그리면 살롱의 스탠드 갓에는 모방할 수 없는 특징이 부여됐다. 그녀는 살롱의 침대 겸용 소파에 누워서 나치 친위대의 장교들과 수용소의 사령관인 자기 남편을 맞이했다. 그중 한 장교가 피아노로 연주하는 로맨틱한 멜로디나 베토벤의 작품같이, 보다 엄숙한 진짜 피아노곡을 들으러 온 장교들이었다.[16)]

나는 읽기를 중단했다. 보라, 피와 육욕과 악마가 단 하나의

16) 『위대한 여행』에서 인용했다.(Jorge Semprún Maura, *Nagy utazás*, Europa kiado, 1965, p. 163)

인물 속에, 게다가 단 하나의 문장 속에 들어차 있는 것을. 글을 읽는 동안에 이미 최종적인 형상이 나타났다. 상상력을 발휘해 힘들이지 않고 역사 속에 존재한 이런 종류의 인물을 떠올렸다. 부헨발트의 루크레시아 보르자,[17] 도스토예프스키의 글에나 나올, 하느님에게 죗값을 치른 엄청난 죄인,[18] 니체의, "양심의 지순성으로 되돌아가……" 약탈과 승리에 목말라하는 화려한 금발 야수의 무리에 있던 한 여자가 본보기라 할 수 있다.[19]

그렇다, 그렇다. 우리는 여전히 비둘기처럼 선한 양심을 지닌 지식인이 있다는 환상에 사로잡혀, 이보다 균형 잡혔던 시대에 엄청난 규모로 저질러진 흉악함을 제대로 보지 못하고 있다. 게다가 이 통찰력은 잔인함을 바라보는 데 반드시 필요한 세부내용에 전혀 관심을 두지 않는다. 여기에 무언가 도저히 화해할 수 없는 불균형이 존재한다. 한편에서는 새벽 동이 틀 때까지 술에 취해 횡설수설하거나 기존의 모든 가치를 전도시키며 돌출된 부도덕이 나타났고, 다른 한편에서는 열차가 가득 사람을 싣고 오면(추측건대 마음의 동요 없이) 최대한 서둘러 항상 수

17) Lucrezia Borgia(1480~1519). 후일 악명 높은 알렉산데르 6세 교황이 된 스페인의 로드리고 보르자 추기경의 딸이다. 아버지의 정치적 야욕으로 인해 여러 번 결혼을 하게 되며 아버지와의 근친상간으로 아들을 낳았다.

18) 『죄와 벌』의 주인공 라스콜니코프.

19) 니체는 『도덕의 계보』에서, 모든 사회적 규범에서 벗어나 자유를 만끽하며 먹잇감을 찾아내는 생존 경쟁에 뛰어난 인간을 금발의 야수로 명명했고, 이것을 초인 사상으로 연결했다. 하지만 그의 누나 엘제베트가 니체가 죽은 뒤 나치에게 유리한 원고만을 선별하여 출판하면서 원래의 의도와 다르게 반유대주의적 이념을 가진 나치주의자가 표현한 모토로 오해받았다. 그로 인해 니체는 오늘날까지 반유대주의자라는 비난을 받게 된다.

용 능력이 모자란 가스실에서 없애야만 했다. 바로 이곳에서 갈기갈기 찢어지고 절단된 인간의 정신이 무엇을 할 수 있었겠는가? 너무나 고독하고 너무나 괴팍하며 너무나 고통스럽고 전혀 평범하지 않은, 폭력 조직도 아닌 집단에 의해 극단적인 **부도덕이 저질러진 이곳에서**. 하지만 이곳에도 도덕이, 단순하고 명확하며 이용하기 편리한 **노동의 도덕**이 필요했다.

"글로보츠니크 씨[20] 당신은 그렇게 하는 것이 옳다고 생각하셨는지요.?"

내각 참사인 린덴 박사[21]가 나치 친위대 대장인 글로보츠니크에게 자주 던진 질문이었다.

"주검을 태우는 대신 땅에 묻는 것이 옳다고 생각하셨습니까? 우리 뒤에는 이 모든 것을 이해하지 못할 그런 세대가 올 수도 있습니다!"

글로보츠니크는 이렇게 답했다.

"여러분, 만약 우리 다음 세대가 우리의 위대한 과업을 이해하지 못할 만큼 겁 많고 나약하다면 그때에는 당연히 국가 사회주의가 무의미해집니다. 저는 정반대로, 동판을 세워야 한다고 생각합니다. 그리고 그 자리에 우리가 이렇게 위대하고도 필수적인 과업을 실현

---

20) Odilo Globocnik(1904~1945). 오스트리아 출생의 나치 친위대 장교로 폴란드의 게토에서 유대인뿐 아니라 집시와 동성애자 살육을 주도했고, 영국군에게 체포되자 독약을 먹고 자살했다.

21) Herbert Linden(1899~1945). 집단 학살을 지지한 독일 의사로 치밀하고 계획적인 학살을 위해 전담 부서를 만들고 이끌면서 의학적인 학살을 시도했다. 나치가 패망한 날 자살했다.

하기 위해 가졌던 용기가 있었음을 기록해야 한다고 말입니다."

그렇다.(나는 계속해서 생각을 부추겼다.) 아마도 여기 어딘가에 악마가 숨어 있을 거야. 악마는 사람이 사람을 죽이는 곳에만 숨어 있는 게 아니라, 살육의 질서를 보편타당한 필수 질서로 규정하는 곳에 존재한다. 나는 선반에서 사건 기록을 꺼내 일제 코흐의 사진을 펼쳤다. 아마 한때는 어느 정도 여성적인 매력을 갖추고 있었을 그녀의 얼굴은 이제, 선과 악을 넘어서, 인생 내내 지속적이고 상습적으로 온갖 비도덕적인 도전을 한 사람으로 보기 어려울 만큼 평범하고 퉁퉁하고 둔해 보였다. 사실 일제 코흐는 도덕적 질서와 대치되어 있지 않았다. 오히려 그녀 자신이 도덕적 질서를 구현했다. 이것은 커다란 차이이다. 당시의 사건 기록에서, 그녀가 음악을, 그중에서도 베토벤을 각별히 좋아했다는 증거는 나오지 않았다. 또 포로들과 육체 관계를 맺었다는 증거도 나오지 않았다. 그녀는 장교단 가운데에서 '잘생긴 발데마르'라고 불리던 수용소의 의사 호벤 박사[22]와 총돌격대장 플로르스테트[23]를 애인으로 골랐다. 자신의 논

---

22) Waldemar Hoven(1903~1948). 나치 친위대의 대장이 되어 포로들의 생체 실험과 독살에 관여했다. 일제 코흐에 대한 조사가 진행될 때, 그녀의 범죄 행위를 증언할 친위대 장교를 독살시킴으로써 나치에 체포되어 사형 선고를 받았으나 의사가 부족한 상황이라 이 년 뒤 석방되었다. 종전 후 대량 학살을 자행한 죄로 교수형에 처했다.

23) Arthur Hermann Florstedt(1895~1945) 마이다네크 수용소의 서열 3위 장교로 유대인 포로들을 수송할 때 강탈한 금, 돈, 모피를 수집하는 과정에서 부정을 저질러 엄청난 돈을 모았고, 일제 코흐 사건을 수사하는 가운데

리에 적합한 사람을 골라낸 것이다. 그녀는 효과를 거두는 예의 범절에 명민함을 드러냈다. 말린 해골과, 사람의 가죽을 무두질해 만든 장식품으로 부헨발트에 있는 수많은 장교들의 빌라와 사무실 책상을 꾸며 주었다. 물론 일제 코흐 자신도 몇 개 갖고 있었다. 다른 사람보다 많이 가지고 있었을 수도 있다. 그건 너무나 당연했다. 마침내 그녀가 '콤만도이제'[24]가 되었다. 당연히 그녀는 다른 장교들의 부인보다 모든 것을 훨씬 많이 소유했다. 더 큰 빌라, 더 풍요로운 살림, 더 많은 기득권을 소유했다. 그녀는 마침내 마데이라[25] 포도주로 목욕을 하는 꿈까지 꾸었다.(이 년 전 담배 공장과 시가 공장의 속기사였던 그녀가 대체 무슨 책을 읽고 그렇게까지 꿈을 키웠는지는 알 길이 없다.) 또 자기를 위해 4000제곱미터의 경마장을 짓게 했다. 그때까지만 해도 반도덕적 패륜아로 낙인찍힐 정도는 아니었다. 아직 하느님이 없으니 모든 것을 해도 괜찮다고 생각하는 정도는 아니었다. 오히려 그녀는 그 무엇보다 하느님을 필요로 했다. 하지만 그녀가 원하는 신은, 그녀에게 모든 것을 허락하는 신이었다. 부헨발트가 제공한 도덕 질서는 당연히 살육이었다. 살육은 보편 질서였고, 그녀와 맞았다. 그녀가 지속적으로 펼친 주장은 이랬다. 살육이 벌어지는 장소에서 인간은 분노가 아니라, 일에 대한 열정으로 살인자가 된다고. 죽이는 것은 죽이지 않는 것과 마찬가지로 덕

부정 축재와 일제 코흐와의 부적절한 관계가 밝혀지면서 나치 친위대에 의해 사형당했다.

24) '사령관 부인'을 뜻하는 독일어.

25) 포르투갈령의 섬으로 질 좋은 포도주를 생산하는 것으로 유명하다.

행이라고. 지나치게 많은 시체와 고문 행위를 목격함으로써 늘 긴장했던 생활은, 살육을 찬양하게 하고, 어떤 특별한 순간에는 살육에 종사하는 하수인들이 오만함을 발산할 수 있게 해 주었다고.

하지만 **그녀의 역할**은 그게 아니었을 수도 있지 않을까? 나는 곰곰이 생각을 이어 갔다. 그녀는 수용소 사령관의 아내라는 특수한 위치에 있지 않았던가? 소위 높은 자리에 있으니 특별한 감성과 특별한 행동을 할 수 있지 않았을까? 다른 사람 **누구라도** 본질적으로는 비슷한 감성과 비슷한 행동을 했을 것이다. 아니, 갑자기 준비가 완료된 다른 상황에 처하면, 정치 포로였던 글라스처럼 340명을 암석 분쇄기 속으로 몰아넣는 데 동조하지 않았을 수도 있다. 글라스는 그 일 때문에 체벌 부대로 끌려갔다. 부헨발트를 만들어 낸 건 상황이었다. 부헨발트는 수많은 상황 가운데 수용소 사령관의 부인이라는 상황을 만들어 냈다. 이 상황이 일제 코흐를 탄생시켰다. 우리가 말하는 것처럼 그녀는 이 상황에 생명력을 입혔고, 그래서 그녀 없이는 떠올릴 수 없는 부헨발트를 만들어 냈다. 이외에도 도대체 얼마나 많은 상황이 더 있었을까? 이 광활한 세상에서 그런 끔찍한 일이 벌어진 곳이 부헨발트 하나뿐이었을까? 나는 내 안에 숨어 있고 극복할 수 없는 것으로 보이는 질문을 감히 하지 못한다. 결국 해골로 서진을 만들고, 무두질한 인간의 가죽으로 스탠드 갓이나 책 표지를 만든 것은 대체 누구의 손인가?

나는 일세 코흐의 사진을 따로 분리해 놓았다. 그녀가 '사령관 부인'이라는 자신의 삶을 어떻게 생각했는지는 알 수 없다.

그 부분에 대해 침묵함으로써 그녀는 끝내 자신의 입장을 밝히지 않았다. 나는 살육을 자행하는 하수인들 사이에 있는 그녀의 일상 경험과, 잿빛 일상에 대해 알 길이 없다. 그녀의 감정 밑바닥에 자리한 육욕과 권태, 꽉 찬 명예욕과 복수심, 작은 불만족 가운데에서 어떤 것이 가장 중요한 위치를 차지하고 있었는지도 밝혀낼 수 없다. 그녀에게 개인적인 노이로제 증상이나 심각한 정신병이 있었는지, 다시 말해 개인적인 비밀이 있었는지도 알 수 없다. 그녀를, 부헨발트에서 자기 안식처를 발견하고 마침내 무서운 본능을 풀어헤친 평범한 가학주의자였다고 볼 수도 있다. 하지만 그녀의 정신은 이보다 더 혼란스러웠을지도 모른다. 예측할 수 없고 이해할 수 없는 상황을 아마 더 예측할 수 없고 더 이해할 수 없는 행동으로 정리하려 했던 것인지도 모른다. 단순히 자기 자신을 위해서 더 분명하고 더 살 만한 곳으로 만들려고 했던 것일 수도 있다. 살아갈 수 없는 곳에서 얼마나 살 수 있을지, 믿지 못하는 것이 얼마나 자연스러운 일인지 날이면 날마다 분명히 보려 했던 것인지도…….

그러나 이 모든 것은 전혀 중요하지 않다. 일제 코흐는 자신과 자신의 상황을 이어 주는 비례 중항[26] 속에 들어갈 수 있었다. 그녀 자신이 전혀 존재하지 않는 화학식에 들어갈 수 있었다. 그렇다. 그녀를 추상화하거나 그녀를 분리해서 그 입장에서 바라본다면, 우리는 그녀라는 인물을 이해할 수 있다. 우리가

26) 대수학 용어로 a : b = b : c처럼, 두 내항이 같은 식. 자신을 빼도 전혀 아무런 변화가 없는 상태.

그녀를 중요하게 생각하면 할수록, 그녀를 둘러쌌던 주변 환경은 점점 중요성을 잃는다. 살육을 위해 마련된 세계의 진실성이 중요성을 잃는다. 왜냐하면 우리가 그녀에게 부여했던 본질을 그 세계에서 다시 추출해 내야 하기 때문이다.

이러한 본질이 없는 것, 나는 이것이 비극이라 생각한다. 그러나 다른 한편에서는 이 점에서 대표적인 인물이 주장하는 설명이 무효화된다. 왜냐하면 비극적인 인물들은 운명의 세계에서 살고, 비극의 전망은 영원히 사라지지 않기 때문이다. 이와 반대로 독재 폭력 조직 세계는 울타리에 둘러싸여 뛰어넘을 수 없는 상황이다. 그 세계는 그들이 권력의 힘을 소유한 역사적인 시간 안에서만 인정된다. 똑같은 경험으로 바꿀 수 없고 바꾸기를 원치 않는 이 경험을 어떻게 중재할 수 있는가. 왜냐하면 그 경험의 상황이, 지나칠 정도로 추상화되고, 또 지나칠 정도로 견고한 상황이 지닌 본질은 비본질적이고 어느 시대든 대치될 수 있는 인간성에 있기 때문이다. 이 인간성은 상황과 비교하여 시작도, 지속도 없으며 어떠한 유사점도 없다. 그러므로 그것을 이해함에도 중재는 있을 법하지 않은가? 나는 곰곰이 생각했다. 아마 메커니즘을 구축해야 했을 것이다. 돌아가는 장치와 함정을 만들어야 했을 것이다. 기차를 타고, 미로 같지만, 언제나 한쪽 방향만 열린 길 위에서 오로지 메커니즘의 힘에 밀려 포로가 된 사람들은 전기 실험용 쥐처럼 이리 뛰고 저리 뛰었다. 기계가 폭발하기 전까지는 모든 것이 흔들거리고 덜커덩거리며, 모든 사람이 서로를 짓밟는다. 기계가 폭발하면, 그때 몇 사람은 놀라고, 놀란 뒤 멍한 채로 있다가 모두 달아나 버린다.

그러나 그 뒤에는 아직 비밀, 기계의 작동 원리에 대한 해명이 필요했는데, 그 이야기는 귀 기울여 듣기에 너무 단순하고 너무 굴욕적이었다. 그러니까 그들을 움직인 힘, 그들이 살육을 자행하게 만든 힘은 그 기계가 스스로 돌진하며 생겨난 에너지였다고…….

그러나 나는 그만두었다. 소위 말해 펜대를 잡기 전에 그만두었다. 나는 왜 오래전에 따로 갈무리해 둔 공책을, 멍청한 메모 뭉치를, 전혀 쓸모없는 묶음을 뒤지고 있는가? 왜 끝내 완성하지 못할 논문의 구조를 베끼고 있는가? 그 당시 내 상태를 특징화하기 위한 징후로서, 이제 이 야만적인 사건을 널리 알려야 한다는 생각에 집착하고 있었기 때문이다. 하지만 그래도 되나 하는 생각도 들었다. 그때까지는 이 사건을 널리 알릴 생각이 전혀 없었다. 나는 확고한 신념을 가지고 소설을 썼다. 그러나 어떤 사람에게든 소설로 어떤 것을 증명하려 하지는 않았다. 나는 어떤 신념도 없이 코미디극을 썼다. 그런데 돈을 벌었다. 이제는 그와 달리 이론적인 일을 해야 했다. 여러 사건 위로 몸을 굽히고 그 사건을 숙고한 뒤 판단을 내리고, 이 판단을 확실하게 드러내야 했다. 이 사건에 관해 다른 사람들이 가지고 있는 신념을 새로운 판단으로 연결시켜야 했다. 이렇게 하여 내 소설이 완성된 다음에는 내 마음속에서 어떤 변화가 일어날 것을 생각해야만 했다. 적어도 내 마음에는 이런 변화에 대한 바람이 있었다.

그렇다. 나는 내 목적을 교묘히 감추고 조금씩 더 교활하고 음흉하게 나의 혼돈을 최종적으로 정리하기 시작했다. 다시 생각해 보면, 결국 소설을 쓴 이유를 찾을 수 있을 것이다. 되돌릴 수 없는 행동으로 돌이킬 수 없이 몇 년을 탕진한 것은 분명했다. 나는 소설을 씀으로써 무언가 필요한 결과를 얻고자 했다. 소설을 쓰는 동안에는 내가 가진 불확실함이 나에게 이 소설을 가져다주었을지도 모른다는 사실을 감추었다. 나의 운명을 이미 작가의 운명으로 평가하기 시작한 듯한(적어도 비밀리에) 느낌이었다. 물론 드러내 놓고 그 느낌을 고려한 것은 아니지만, 점점 나의 생각에 그들의 의견을 전달하는, 다른 사람들에게 그들의 말을 들어주기 요구하는 무조건적인 권리를 지지하는 특성을 부여하기 시작했다.

이 모든 것이 어디로 향했는지 누가 알겠는가. 그 시절 나는, 내 인생은 앞으로 다른 사람에게 내보일 수 있는 아이디어가 고갈되지 않는 샘물이 될 준비를 마쳤다고 느꼈다. 내가 고민한 결과를 그 즉시 종이 위로 옮길 것이라고, 그리고 이 행동의 결과인 원고의 복사물을 들고 편집자들과 출판인들을 찾아다닐 준비가 됐다고 느꼈다. 또 내 원고를 읽은 사람들의 얼굴이 변하고 그 결과 그들의 생활 방식에 나타난 변화를 엿볼 준비가 됐다고 느꼈다. 마침내 나를 인정하는 말과, 가치를 인정하고 나를 바라보는 시각과, 내가 도저히 거부할 수 없는 의견이 귀를 먹먹하게 만드는 트럼펫 소리처럼 나를 둘러싸, 하마터면 트럼펫이 연주되는 중간에 내 작은 장난감 트럼펫을 불지도 모른다고. 그래서 나는 유리처럼 매끄러운 종이 위에서 손을 멈출 수 없는 미치광이가 된 듯, 볼펜이 얼음 위로 미끄러지는 스케이트를 신은 듯 빠르게 글을 써야 했다. 파국을 피하기 바라는 듯이 글을 써야 했다. 그 파국이란 나의 절필이 자명했다. 그러니까 글을 쓰지 못하는 날이 오지 않도록 써야만 했다. 매 순간 그 시간을 이겨 내기 위해, 내가 무엇이었는지를 잊기 위해 글을 써야 했다. 내가 확정성의 최종 생산물인지, 아니면 우연히 고립된 사람인지, 생물 전자론의 희생자인지, 나의 고유한 특성에 퉁명스러운 놀라움을 보이는 사람인지를 잊기 위해 글을 써야 했다.

노인은 서류장 앞에 앉아 아무것도 하지 않았다.
생각도 하지 않았다.
읽지도 않았다.
'이 종이를 꺼낸 건 정말 어리석은 짓이었어.' 이어서 그는 생각했다.

……이런 관점에서는, 무엇보다도 이와 같은 단 하나의 관점에서는 편집인을 만난 지 이틀이 지난 날 편지가 도착한 것이 행운이었다.

"아!" 노인이 이렇게 내뱉었다.
그는 한 가지 소망을 품고 편지를 손에 쥔 채, 평범하고 일반적인 공식 서한을(회사 마크, 날짜: 1973년 7월 27일, 담당자: 공란, 사안: 출판할 수 없음, 서류 번호: 482/73, 수신인의 이름은 없음) 부분적으로 훑어보았다. 이제 그의 어깨 위로 몸이라도 기울인 듯 우리는 편지의 내용을 전부 읽을 수 있다.

"귀하는 자신의 경험을 소재로 사용했으나 그것을 예술적으로 형상화하는 데는 성공하지 못했다고 생각합니다. 주제도 끔찍하고 충격적입니다. 그럼에도 소설이 독자들에게 충격적인 경험이 되지 못하는 것은, 무엇보다도 돌려서 말하자면, 주인공의 특이한 반응 때문입니다. 물론 사춘기의 주인공이 자기 주변에서 무슨 일이 일어나는지 바로 알아차리지 못한 것은 이해할 수 있습니다. 예를 들어 강제 노동에 소환되고 노란 별을 의무적으로 착용해야 하는 것 등등을 말입니다. 그렇지만 우리는 주인공이 유대인 수용소에 도착해서 왜 머리를 다 밀어 버린 포로들을 '의심스러운 사람으로' 보게 되었는지 납득할 수 없습니다. 또 '그들의 얼굴을 보니 믿음이 가지 않았다. 귀는 쫑긋 세워지고, 코는 앞으로 튀어나왔으며, 움푹 들어간 작은 눈에는 교활한 빛이 역력했다. 정말로 철저히 유대인처럼 보였다.'와 같은 무미건조한 문장이 계속해서 이어지고 있습니다.

화장터의 광경을 '무슨 장난'이나 '학생들의 장난처럼' 보는 것도 믿을 수 없습니다. 그가 자신의 모든 것을 말살시키는 수용소에 있고, 유대인이라는 이유로 죽을 수 있음을 알면서 말입니다. 주인공의 태도와 회고적인 보고들은 독자들에게 거부감을 주고 상처를 입힙니다. 화가 나서 결말 부분을 읽어도, 소설의 주인공은 계속해서 수수방관하는 태도로 일관하기 때문에 도덕적인 평가나 누군가 책임지게 하는 방식을 정당화시키지 못합니다. 예를 들어 그 나라에 살고 있는 유대인 가족에게 퍼부은 비난에 대해 도덕적 평가를 내릴 수 없습니다. 이 밖에 스타일에 관해서도 언급하지 않을 수 없습니다. 귀하의 문장 대부분은 서투르며 지나치게 장황합니다. 유감스럽게도 '전체적으로, 실제로……', '정말 자연스럽게, 그리고 그와 더불어 약간은……' 같은 말이 너무 빈번하게 등장합니다.

저희는 이런 이유로 원고를 귀하께 돌려보냅니다.

안녕히 계십시오."

……이 편지는 적어도 감정적으로 풍부한 오전 시간을 선물해 주었다. 심지어 나는 요즘도 약간의 향수를 느끼며 그때를 회상한다. 설사 내가 약간 당황했다 하더라도 이미 오래전부터 봤고, 너무 낮아서, 나중에 분명 거기에 머리를 부딪칠 것이라고 생각했던 벽 모서리에 머리를 박았을 때의 당황스러움 이상은 아니었다. 그럼에도 내가 약간의 심적 고통과 예민함을 느꼈다면(분노라든가 부당함에 대한 예민함을 느꼈다면) 어떤 경우에든 대상 자체에 적합한 느낌과 이해를 가지고 접근했을 것이다!

편지를 읽고 난 뒤 나는 대단히 즐거웠다. 내게도 문제로 남아 전혀 명료해지지 않은 소재로 글을 쓰려고 한 나의 시도를 바로 말살해 버리려는 태도와 자신감, 단호한 거절의 손짓 때문이었다. 그러니까 이 편지의 전제에 따르면, 만약 내가 정확하게 파악했다면, 나는 최종적으로 이런 유의 글을 출판할 것인지를 결정하는 출판사의 취향에 맞추어 소설을 집필했어야 했던 것이다. 이런 비합리적인 황당함이 너무 웃겨서 나는 횡경막이 흔들릴 정도로 웃었다. 물론 내가 소설을 완성해서 마지막으로 출판사에 가져갔다는 사실은 부인할 수 없다. 그럼에도 이것은 사건의 흐름 속에 놓인 일시적인 휴지부를 의미할 뿐이었다. 그 이후 긴 시간을 통해, 또 그 속으로 끼어든 다른 사건을 통해 뛰어넘을 수 있는 것이었다. 가령 이것은 나에게 배달된 편지다. 그래서? 나는 물었다. 이로써 내가 완성한 것이 사라져 버렸던가? 아니, 오히려 각인되었다. 왜냐하면(촉각을 세운 나의 관심은 이 일의 토대가 되는 상황을 간과하지 않았다.) 이렇게 냄새를 풍기는 행위는 곧 처음으로 내 소설의 존재를 객관적으로 인정한 것이며, 확실하게 증명해 준 것이라고 할 수 있기 때문이었다. 그렇다. 나는 소설을 쓰는 데 바친 의미 없는 시간이 바로 이 편지가 준 빛 속에서 뚜렷한 의미를 얻었다고 스스로에게 말할 수 있었다. 이제까지 나의 상황이 이렇게 단순하고 명확한 문장으로 표현된 적은 없었다. 나는 소설을 하나 썼다. 그 소설을, 소설에 필요한 이해와 용기가 부족하다며, 동시에 적대감과 어리석음을 드러냈다며 그들이 돌려보냈다.

지금 와서 보니 이런 평가를 받고 글쓰기를 중단한 것은 분명 실수였던 것 같…….

'벨 소리가 났나?'

노인은 한쪽 귀에서 부드러워진 귀마개를 느슨하게 했다.

"벌써 두 번이나 눌렀다!"

노인의 어머니가 몹시 화를 내면서 이미 많이 늙었다는 걸 믿을 수 없을 만큼 빠른(마치 싸우러 가는 듯한) 걸음으로 동서 방향으로 이어진 현관을 가로지르며 들어왔다. 그리고(현관에 공기가 통하지 않기 때문에 다른 때와 마찬가지로 지금도 열려 있는) 반투명 유리문을 지나서 벌써 그의 서류장 앞에 나타났다.(우리가 이미 잘 파악하고 있는 환경을 고려하면 당연한 일이다.)

(또다시 그의 주변 환경을 소개하는 것은 쓸데없는 일일 것이다.) (다만 이것 하나만 보충하자. 노인의 어머니가 서류장 앞에 나타났다는 것은 그녀가 서류장, 그러니까 그 탁자, 집에 단 하나밖에 없는 그 탁자 앞에 나타났다는 말로 이해하면 된다.) 그리고 평소에 쓰는 안경을, 책을 읽을 때 쓰는 돋보기로 번개처럼 빠르게 바꿔 쓰면서 원고를 읽었다.

노인은 누가 자기의 원고를 훑어보는 걸 좋아하지 않았다.

"그러지 않으셨으면 좋겠어요. 제 원고를 뒤적거리며 찾아 읽는 거요." 그가 말했다.

"왜? 비밀인 게냐?" 그의 어머니가 물었다.

"그게 원래는……." 노인이 말하고 머리를 긁적였다.

"오냐, 너 또다시 개인적인 문제에 대해 쓰고 있구나?" 어머니가 말했다.

"그래요." 노인이 인정했다.

"그들이 네 소설을 돌려보낸 거니?" 어머니가 고소한 심경을 드러내지 않으려는 듯 자못 엄격한 목소리로 물었다.

"아직 다 완성하지도 못했어요." 노인이 투덜거렸다.

"하지만 여기 보니, 네가 소설을 하나 썼는데 그것을 돌려보낸다고 써 있구나!"

"그건 다른 소설이에요. 팔걸이의자에 앉는 게 더 편하지 않으세요?" 노인이 화제를 돌려 보았다.

"그럼 여기 이건 뭐냐?"

노인의 어머니가 회색 서류철 귀퉁이에서 서진처럼 사용하는, 회색이라고 말할 수 있는(그렇지만 회색보다 어두운 회색)

돌덩이를 들어 올렸다.

"그냥 돌덩이잖아요." 노인이 말했다.

"그건 나도 안다. 다행히 아직 그렇게까지 늙지는 않았다. 그런데 이게 어디에 필요한 거냐?"

"지금은 필요하지 않아요." 노인이 중얼거렸다.

"그럼 무엇 때문에 가지고 있는 거냐?"

"모르겠어요. 그냥 있는 거예요." 노인이 말했다.

어머니는 도자기 난로로부터 북쪽에 자리한 팔걸이의자에 앉았다. 특별히 여러 겹 아교 칠이 되고, 강화 목재로 제작된 어린이용 미니 탁자(기능적인 측면에서는 소파 테이블로 사용되는 탁자) 뒤에 앉았다.

"확실한 건, 나는 절대 너를 이해할 수 없다는 거다."

"커피 안 드시겠어요?" 노인이 화제 전환을 시도했다.

"오냐, 마시마. 예를 들면……."

어머니는 방의 남서쪽 모서리에서 예전의 침대 서랍으로 만든 책장에 서류장이 (이런 개념과 형상의 혼동을 허락한다면) 전혀 어울리지 않는 반인반수의 형상을 하고 있는 장면에서 시작하여 방의 북동쪽 모서리를 차지하고 있는 (비교적) 현대적인 소파 겸용 침대까지 한 바퀴 빙 둘러보았다.

"너는 일을 하지 않으려고 모든 욕심을 버렸구나."

"하지만 저는 일을 하고 있어요." 노인이 자신을 해명하려 했다.

물론 양심의 가책을 전혀 안 느끼는 것은 아니었다. 그의 직업이 글쓰기니 어머니는 이미 오래전에 노인이 책을 완성하는 것을 보았어야 했다. 더 정확하게 말하면 글쓰기가 그의 직업이 되어 버려 다른 직업이 없었으니 말이다.

"나는 그렇게 생각하지 않는다." 그의 어머니가 말했다.

"도대체 왜 직장을 구하지 않는 게냐? 그러면 훨씬 편하게 글을 쓸 텐데."

"전 할 줄 아는 게 없어요. 어머니가 돈 버는 기술을 안 가르쳐 주셨잖아요."

"정말 웃기는구나." 어머니가 말했다.

"그래도 얼마 동안은 글을 써서 먹고살았어요." 노인이 상기시켰다.

"좋다. 그럼 지금은 왜 코미디극을 안 쓰는 게냐?" 어머니가 물었다.

"사람들을 웃기고 싶지 않아서요. 전 사람들이 웃는 게 싫어요."

'귀마개를 갈아야겠어.' 커피를 끓이며 노인이 생각했다.

"내가 왜 왔는지 묻지도 않니?" 어머니가 물었다.

실제로 노인의 어머니는 아들 집에 거의 오지 않았다. 보통은 노인이 일주일에 한 번, 일요일 저녁 7시에서 9시 30분 사이에 어머니의 집으로 찾아가곤 했다. 그들은 일주일의 공백을 날마다 전화 통화를 통해, 어머니의 건강 상태와 자신에 대한 이야기를 나누면서 채웠다. 중요하든, 중요하지 않든 의미가 있는 일이면 무엇이든지 서로가 알 수 있도록 개인적인 소유물과 사용하는 물건, 말하자면 보일러, 벽 위에 거는 카펫, 부엌의 수도에 대해서까지 이야기를 나누었다. 밤이어도 상관없었다.

"그러니까……." 어머니가 말을 이었다. "내가 광고를 냈다가 마침내 아주 진지한 제안을 받았다."

어머니는 이 말을 확인시켜 주려는 듯 광고를 하나 꺼냈다. 광고엔 방 한 칸(그린벨트 안에 위치한 아주 쾌적하고 넓은 방)을 제공하는 조건으로 어머니를 부양하는 계약 조건이 명시되어 있었다.

노인의 어머니는 연금으로 살아가고 있었다.(더 정확히 말하면 연금으로는 도저히 살아갈 수가 없었다.) 부족한 연금을 보충하느라 늙은 할머니가 날마다 네 시간씩 큰 무역 회사에서 속기를 하고 타자를 쳤다.

이제 시간이 흘러 노인뿐 아니라 노인의 어머니도 늙었다.(물론 노인보다는 느리게, 더 조금씩, 더 달가워하지 않으면서 늙었지만, 그럼에도 무언가 이상 증세가 나타나기는 했다.)(예를 들자면 타자를 칠 때 등이 아팠다.)(그래서 타자 치는 일을 그만두었다.)

하여튼 노인의 어머니에게 한 달에 2,000포린트가 더 필요하다는 사실은 변함이 없었다. 연금으로는 부족했다. 그러나 노인에게 2,000포린트의 여유가 있을 리 만무했다.(심지어 그는 당시 적자 상태였다.)

이런 연유로 노인의 어머니는 방 한 칸(그린벨트에 위치한 아주 쾌적하고 넓은 방)을 제공하는 조건으로 부양을 원한다는 광고를 냈던 것이다.(직계 가족법에 따라 노인이 거주하고 있다고 계속해서 신고했지만, 지금까지 잠시도 머무른 적이 없는 집에 있는 방을 말한다.)(이제 노인은 혼인법에 의거해서 일시 거주한다고 신고

했지만, 수십 년 동안 계속 살아온 이 집으로 거주지를 변경해야 했다.)(부양자에게 그의 자리를 양도해야 했다. 실제 부양자는 부양법에 의거하여 계속해서 거주 신고를 할 것이고, 그 경우 계약에 따라 노인은 어머니의 집에 한시적으로라도 머무를 수 없었다.)(부양자는 마음에 들지 않는 집에서 참으며 연로한 어머니가 삶의 마지막 경계에 도달하기를 기다릴 것이다. 결국 마지막 순간은 피할 수 없을 테니까.)(그러니까 마침내 피할 수 없는 사건이 일어나고, 그 결과 비어 버린 집이 나중에 그에게 상속되기를.)(이것은 부양하는 사람이나 부양받는 두 사람 모두에게 좋은 일이었다.)(부양자는 비용과 앞으로 몇 년을 기다려야 하는지를 철저하게 계산해야 했다.)(앞으로 최종 결과를 보며 인간적으로 계산해 봐야 이 계산이 공정하고 이성적이며 이문이 남는지 확인할 수 있을 것이다.)

"그러니까 네가 퇴거 신고를 해 주어야겠다." 어머니가 말했다.

"그럴게요." 노인이 대답한다.

"빨리 해야 된다. 네 일 하듯 그렇게 해서는 안 돼." 어머니가 덧붙였다.

"예." 노인이 말했다.

"내가 이 나이에 굶기를 바라는 건 아니겠지?"

"그럼요." 노인이 말했다.

"나는 그럴 수 없다." 그의 어머니가 계속 말했다. "너는 네 인생을 바꾸었어야 했어."

"그건 분명해요." 노인이 인정했다.

"나는 너희에게 그 집을 물려주고 싶었다."

"신경 쓰지 마세요, 어머니." 노인이 말했다. "커피 맛 좋죠?"

"네가 끓이는 커피는 내가 마시기 너무 진해."

'오늘 하루도 벌써 다 갔군.' 어머니가 떠난 뒤 노인은 생각했다.

'커피 끓이는 기계의 고무를 바꿔야 해.' 그는 계속해서 생각했다. '그런데 빌어먹을 고무가 어디 있더라?'

그는 고무가 있을 만한 곳, 혹은 고무가 들어 있을 거라고 생각되는 곳을 뒤져 보았으나 찾지 못했다.

이렇게 해서 노인은 판판하고 네모난 나뭇조각을 쥐고 서류함 앞에 서게 되었다.

한 면은 거칠고 다른 면은 하얀 페인트를 여러 번 덧칠한(세월이 흐르면서 누렇게 변색된) 가로세로 7센티미터쯤 되는 이 정사각형 나뭇조각을 노인은 두 개의 종이 상자 중 하나에서 꺼냈다. 상자 안에는 여러 가지(필요하거나 필요하지 않은) 물건이 들어 있었고, 노인은 그 물건들 사이에서 커피 기계에 필요한 고무를 찾을 수 있으리라 생각했다.

고무 대신에, 노인의 아내가 항상 못마땅해했지만, 그럼에도 오래도록 남아 있던, 문의 크기가 다른 망가진 현관장 하나에서 원래의 남은 조각이 나왔다. 이 조각은 그 위에 보이는 봉인 도장 때문에 언급할 가치가 있다. 하지만 봉인 도장의 글씨는 해마다 새로 덧칠된 탓에 누렇게 변색되어 거의 읽을 수 없었다.

'봉인 도장 위에 덧칠하지 말라고 그렇게 말했는데 소용이 없었군!' 노인이 생각 속에서 화를 냈다.

이렇게 하여 우리의 이야기는, 노인이 서류장 앞에 서 있고 손에 나뭇조각을 하나 들고 있는(그 위에 보이는 봉인 도장 때문에 언급할 가치가 있는) 순간에 이른다. 둥근 모양으로 자리를 잡은 글자 가운데 맨 앞에서 읽을 수 있는 것은 **국ㄱ**이라는 글자다. 그리고 조금 떨어진 곳에 **압**이라는 자가 보인다. 게다가 고맙게도 원래의 표지로부터 **부**라는 글자가 식별되었다.(**국가 보안부·압류품**) 이것은(그 단어가 의미하듯) 현관장의 문을 잠가 두라는 표지였다.(하지만 현관장의 뒤쪽 합판이 위로 솟아오를까 봐 문을 잠그지는 않았다.)(우연히 일어난 일이었다.)(달리 설명할 방법은 없지만 시간이 더 흐른 뒤에, 이미 공개적으로 증명된 것과는 별개로 노인의 아내가 어느 여름날 밤에)(당시 그녀는 아직 노인의 아내가 아니었다.)(또 노인도 아직 노인이 아니었다.)(게다가 그들은 서로를 전혀 알지 못했다.)(한마디로 말해 앞으로 노인의 아내가 될 여자가 어느 여름날 밤에 자기 열쇠로 자기 집 문을 열려고 해 보았지만 열리지 않았다. 더구나 집 안에 불이 켜져 있는 것을 보았기 때문에 어쩔 수 없이 벨을 눌러야 했다.)(벨을 누르자 키가 작고 통통하며 약간은 음탕해 보이는 생면부지의 여자가 문을 열었다. 그녀는, 노인의 아내가 될 여자의 가운을 자기 몸에 맞게 잘라 입고 있었다. 그런데 노인의 아내가 될 여자는 낯선 여자에게 자신을 소개하는 짧은 시간 동안 그 여자가 자기 옷을 입고 있다는 사실을 전혀 눈치채지 못했다. 소개를 하자 낯선 여자는 화를 내며 고함을 질렀다.)("뭐야? 당신 아직도 살아 있었어?")(그러고는 그녀의 코앞에서 문을 쾅 닫았다.)(노인의 아내로서는 달리 할 수 있는 일이 없었다.)

(그녀는 그 당시 아직 노인의 아내가 아니었다.)(게다가 서로를 알게 된 것도 얼마쯤 뒤의 일이다.)(그녀는 그 여름밤을 길에서 보내야 했다.)(게다가 다음 날의 상황은 더 불확실했다.)(상황이 조금도 나아질 기미가 보이지 않자, 그녀는 집으로 오기 전에 있던 곳으로 서둘러 돌아갔다.)(바로 국가 보안부였다.)(그곳에서 공식 문서를 통해 그녀를 풀어 준 관리에게 잠자리를 부탁해야만 했다. 혹 방이 없다면 그녀가 갇혀 있던, 낡은 간이침대와 낡은 담요가 있는 감방에서라도 재워 달라고 했다.)(하지만 이미 공식 문서를 통해 석방된 사람을 감옥에서 재울 수는 없었다.)(그래서 그 관리는 자기 방 귀퉁이에 있는 가죽 안락의자를 그녀에게 내주고, 자기는 하룻밤 동안 공식 문서에서 벗어날 수 있었다. 그러나 아침이 되자 밤새 자유로웠음에도 그의 얼굴은 꺼칠하고 마르고 야위어 보였고 담배에 덴 노란 자국까지 눈에 띄었다.)(자유로운 밤 시간 동안 끝도 없이 담배를 피우다가 재떨이 밖으로 넘친 담배 동강이 가운데 하나에 데었을 것이다.)(관리는 그녀와 함께 국가 보안부가 압류한 집을 어떻게 양도했는지 알아내기 위해 주택 관리과로 갔다.)(그러니까 그 자체로 보면 국가 기밀을 다루어야 했다.)(결과적으로는 이런 인도는 불법이 아니었다. 하지만 주소 누설 뒤에는 뇌물 수수라는 범죄 행위가 있는 게 분명했다.)(물론 진실은 밝혀지지 않았다.)(그래서 그 후로도 소송이 일 년이나 이어지고 나서야 노인의 아내는 법적으로 집의 소유권을 되찾을 수 있었다.)(이제 우리는 그 여자를 주저하지 않고 노인의 아내라고 말할 수 있다. 왜냐하면 당시에는 노인이 아직 늙지 않았고 또한 그의 아내는 아직 그의 아내가 아니었지만 그래도 최소한 두 사람은 서로를 알고 있었다.)(게다가 살림을 같이 하며 살고 있었다.)(그들

의 살림도 살림이라고 부를 수 있다면 말이다.)

그러니까 이렇게 해서 우리는 오늘, 이야기가 이만큼이나 진행된 뒤늦은 순간에 노인이 화를 내는 이유가 모든 사전 경고가 있었음에도 불구하고 그(그가 손에 들고 있는 나무 조각에 쓰여 있던) 봉인 도장 부분에 써 있던 글자를 원래대로 보존하지 못했기 때문임을 알게 된다.

'결국 기억은 기억일 뿐이야.' 그가 계속 씩씩거렸다.

'전체에서 남은 것은 이 나뭇조각이 전부지.' 그는 계속 화를 냈다.

'정말 괴로웠어.'

무슨 기억이 떠올랐는지 갑자기 그의 얼굴이 밝아졌다. 재미난 기억이 떠오른 게 분명했다. 실제로는 몹시 괴로운 기억이었지만 재미와 괴로움이라는 두 요소는 서로를 배척하지 않았다. 게다가 이 둘이 동시에 나타나는 것은 진정으로 웃기는 일이었다. 우리가 정말 괴로웠던 순간의 우스움을 인정할 수 있다면 말이다. 예를 들어 우리 삶에서 정말로 결정적이라 여겼던 사건들이 실제로는 아무런 구체적 증거가 없음이 밝혀지는 때처럼, 그것은 증명할 수 없는 우리의 기억 속에 남게 된다. 한마디로 노인의 밝아진 얼굴은, 재미있으면서도 괴로웠던 순간과 연결되어 있는 게 분명했다.

그렇지만 사건이 끝나고 여러 해가 지난 뒤에, 노인은 그의 아내가 반드시(이 단어는 여기서 단어의 정확한 의미 안에서만 이해되어야 한다. 그렇지 않으면 이해할 준비가 되어 있음에도 불구하고, 이해하지 못하고 오해를 할 수 있기 때문이다.)(만약 우리가 전혀 알지 못하는 것에 대해 무언가 준비를 하는 것이 논리적으로 옳다면), 그러니까 반드시 명예 회복을 하기 위해 노력할 것이라고 생각했다.(적합하고 관례적으로 그러하듯)(우리가 받은 혹독한 처벌이 우리 자신이 저지른 죄 때문이었다고 받아들이기를 원치 않는다면 말이다.)

수사관 한 사람이 파견되어 자신을 소개했다. 그리고 앉았다.(도자기 난로의 북쪽, 다시 말해 서쪽에 자리한 두 개의 팔걸이의자 가운데 하나에 앉은 것은 아니었다.)(당시에는 이 팔걸이의자가 없었다.)(줄을 엮어서 만든 팔걸이의자나, 나무 테두리에 줄로 엮어 놓은 다른 두 개의 의자에 앉았을 것이다. 이 또한 줄로 엮은 것으로 등받이가 없었고, 광택제를 바르지 않은 등가구 탁자와 두 개의 간이침대가 같이 있었다.)(침대 중 하나의 가운데, 스프링이 꺼진 곳에는 책이 끼워져 있었다.)(카펫을 대신해 담요 두 장이 깔린 바닥에 놓인 그 당시 집의 가구 배치가 떠올랐다.)

수사관이 석방 서류를 달라고 했다.

이미 앞에서 언급했던 것처럼 재미있으면서도 충분히 괴로웠던 에피소드가 생겨났다. 당시에는 아직 늙지 않았던 노인과 아내가 당황한 순간이었다. 그들은 서랍을 잡아 빼고는 속옷 아래 곳곳을 땀이 나도록 뒤졌다. 마침내 석방(주로 석방하기 전에 먼저 있었던 감금)을 확인시켜 줄 유일하고 확실한 증거인 석방문이 그들이 세 살던 어느 집에서(아니면 이사를 다니는 도중에) 사라져 버렸다는 사실을 알게 되었다.

"괜찮습니다." 수사관이 말했다.

체격이 좋고 친절해 보이며 포플린 천으로 된 외투를 입은 그는 자기가 앞으로 사건을 조사하게 될 테니 서류를 찾아보겠다고 했다.

며칠 뒤 체격이 좋고 친절해 보이며 포플린 천으로 된 외투를 입은 수사관이 서류를 발견했다고 알려 주었다.

그가 앉았다. 그는 당혹스러워했다.

"부인." 그가 말했다. "그러니까 당신은 죄를 짓지 않으셨네요."

"맞아요." 당시에는 아직 늙지 않았던 노인의 아내가 동의했다.

"심문 기록도 없습니다." 수사관이 말을 이었다. "그저 조사를 하려고 감금을 했는데 계속해서 감금 기간이 연장되었던 겁니다. 당신에 대해서는 소송도 제기되지 않았어요."

"맞아요." 당시에는 아직 늙지 않았던 노인의 아내가 동의했다.

"그렇다면 이렇게 말할 수 있겠군요. ……한마디로 소송 비슷한 것도 없었다."

"없었습니다."

"판결에 대한 언급도 없었죠."

"예."

"바로 그게 문제예요, 부인."

체격이 좋고 친절해 보이며 포플린 천으로 된 외투를 입은 수사관의 말투에서 힘이 빠졌다.

"아시다시피…… 어떻게 말씀드려야 할지…… 저희는 재판, 판결, 적어도 소송이 있어야만 명예를 회복시켜 드릴 수 있습니다. 하지만 부인의 경우엔…… 제 말 잘 들으십시오. ……부인의 경우엔 서류상 아무런 흔적이 없고 어떤 단서도 없으며 전과 기록도 남아 있지 않습니다. ……한마디로 명예 회복을 하실 것이 없습니다."

"심문을 하느라 일 년을 가두었다고요?" 당시에는 아직 늙지 않았던 노인의 아내가 물었다.

수사관은 두 팔을 벌리더니 눈길을 피했다. 그도 양심에 따라 접근하면 이 일에 문제가 있다고 느끼는 듯했다. 잠시 동안 그는 줄로 엮어 만든, 나무 테두리 옆에 구멍이 있는 팔걸이의자에 앉아 있었다.

'우리는 그를 위로할 수 없었지.'

기억을 떠올리는 동안 노인은 기운이 났다.

……이렇게 간단하게, 정말 명확한 문장으로…… 이제까지 나의 상황이 이렇게 단순하고 명확한 문장으로 표현된 적은 없었다. 나는 소설을 하나 썼다. 그 소설을, 소설에 대한 이해와 용기가 부족하다며, 동시에 적대감과 어리석음을 드러내며 그들이 돌려보냈다.

지금 와서 보니 이런 평가를 받고 글쓰기를 중단한 것은 분명 실수였던 것 같다. 나는 계속 나아가야만 했다. 모든 퇴로가 차단되는 마지막 순간까지 계속 나아가야만 했다. 만약 그때 내가 그 상황 속에 숨겨진 역할을 받아들이고 몰두했더라면 결코 오늘날과 같은 모습은 아니었을 것이다. 작가는 시대적 흐름을 무시함으로써 화려한 왕관을 얻을 수 있기 때문이다. 그러나 만약 작가가 시대적 흐름에 대한 무시를 글로 발표하지 않는다면, 화려한 왕관 위에 또 하나의 보석이 놓인다. 그렇지만 나는 소설을 하나 완성했고 글을 쓰는 동안 다른 직업을 찾아야겠다는 생각 같은 건 해 본 적도 없다. 하지만 글쓰기가 내 직업이라고도 생각하지 않았다. 무엇보다 내겐 이 소설이 중요했지만, 나 자신에게 **내가** 필요하다는 사실은 납득시키지 못했다. 나는 내 천성적 한계를 넘어설 수 없을 것 같았다. 그러나 내 천성은 내가 사는 어떤 지역과 잘 어울렸다. 나는 좌절할 수밖에 없는 숙명에 두려움을 느꼈다. 하지만 두려움의 자리에 다른 감정들이 들어오기 시작했는데, 그 무엇보다 분명하게 다가온 것은 죄의식이었다. 아내에게 편지를 보여 주었을 때 무언가 죄를 짓고 있는 것 같은 느낌이 점점 강하게 들었다.

"그렇게까지 할 필요는 없었는데……." 노인이 말끝을 흐렸다.

……나도 놀랄 만큼 너무나 갑작스럽게 방향 전환이 일어났다. 어디서부터 시작되었는지는 모르겠다. 그들이 내 소설을 돌려보냈기 때문에 죄의식을 느낀 건지, 아니면 소설을 썼기 때문에 죄의식을 느낀 건지. 더 정확히 말해 출판사가 우연히 내 소설을 출판하겠다고 알려 오면, 과연 그때에도 죄의식을 느낄지. 모르겠다. 지금도 정확히는 알 수 없다. 그러나 나는 내 뇌의 뒤쪽 어느 구석에서 음흉한 작업이 진행되는 것을 느끼고 아연실색했다. 그것은 주어진 시간에 돌격하기 위해 온갖 종류의 증

거를 모아 놓고, 그 앞에 진지를 구축하는 것 같았다. 그러나 내 아내는 침묵으로 자제심을 보여 주었다. ……나는 희미하고, 소리 없는 그녀의 미소를 안다. ……그녀는 가벼운 질책의 말도 하지 않았다. ……세상 모든 소설과 출판사의, 더 나아가 나의 자기 합리화의 중요성이 사라지는 느낌이었다. 나는 깊이 상처를 입었다. 뚱한 기분으로 점심을 먹어 치웠다.

그때 이미 나는 무언가를 잃었다는 것을 어렴풋하게 느꼈던 것 같다. 이제 좀 더 넓은 시각으로 보다 정확히 평가하자면 진실뿐 아니라 느긋함도 잃었던 것 같다. 내가 그 상황 속에 내재하는 역할을 받아들이느냐, 거부하느냐에 따라 모든 것이 달라질 수 있었다. 그것을 거부하는 것은 시간과 끝없는 놀람의 영역을 열기 위하여 내 운명을 던져 버리는 것이다. 운명이 나와 함께 있는 동안엔, 다시 말해 내가 소설을 쓰는 동안엔 이런 종류의 걱정을 해 본 적이 없다. 운명의 마법에 빠져 사는 사람은 시간의 제약을 받지 않는다. 물론 그래도 시간은 흘러가지만 그 내용은 무의미하다. 기껏해야 운명을 완성할 뿐이다. 그 사람에게는 기회가 많지 않다. 무너지는 법이나 기다리는 법만 알면 된다. 나는 그것을 알고 있었다. 그 편지를 받은 후에, 내 일은 전보다 훨씬 단순해졌다. 그저 시간만 흘려보냈다. 더 이상 내가 할 일이 없어 보였기 때문이다. 운명은 본성상 내게서 모든 유용한 미래를, 다시 말해 심사숙고했어야 할 미래를 빼앗아 갔다. 그것은 순간 속에 나를 가두고, 타르가 가득 찬 솥단지 속에 밀어 넣듯 절망 속으로 가라앉혔다. 그 속에서 나는 요리되거나, 돌이 되어 굳어 버릴 터였다. 근본적으로는 이러나 저러나 마찬가지였다. 하지만 나는 충분히 신중하지 못했다. 그 후 나의 창조적 상상력의 산물이라고 할 수 있는 표상이 스스로 와해되었다. 그것은 더 이상 존재하지 않았고 그것이 전부였다.

하지만 그것은 내 계획이 아니었다. 오, 내 계획은 정말 단순했다. 전혀 비합리적이지 않았다. 내가 자유를 다시 얻는다면 나는 내 소설을 판단하고 평가해 보고 싶었다. 정말 내 소설이 훌륭한지 아닌지 말이다. 계획을 행동으로 옮기는 것은 어렵지 않았다. 다음 날 아침 아내가 일하러 나간 뒤에, 나는 똑딱 장치로 여닫는 서류철 하나를 내 앞에 꺼내 놓았다. 그리고 약간은 긴장하고 약간은 즐거운 기대감을 안고 내 소설을 읽기 위해 표지를 열었다. 한 시간 삼십 분 정도 용감하게 씨름을 한 뒤에 나는 내가 불가능한 일을 감행했음을 인정해야 했다. 처음에 나는 문장과 수식어 몇 개가 적절히 사용된 것을 보고 기뻐했다. 그러나 내 시선은 자꾸만 벗어났고, 그러다 다시 앞쪽 페이지를 뒤적이고 있는 자신을 발견했다. 내 눈은 편집자가 이해하지 못한, 공허하다며 저급한 판정을 내린 페이지 위에서 계속 맴돌았다. 나는 자신을 질책하며 집중하려고 노력했다. 그런 후에는 긴장을 풀고 커피를 끓이고 잠시 쉬기도 했다. 그러나 어떤 것도 소용이 없었다. 도저히 참을 수 없을 정도로 하품이 쏟아졌다. 지루하다는 것을 자백해야 했다. 한 행을 읽고 나면 그다음에 무슨 내용이 이어질지 알 수 있었다. 모든 전환점을, 모든 단락을, 모든 문장을, 심지어 모든 단어를 알 수 있었다. 사고의 흐름 역시 새롭거나 놀랍지 않았다. 나는 소설을 계속해서 읽을 수 없었다.

그 후 나는 이 현상에 대해 충분히 생각해 보았다. 나는 함정에 빠진 게 분명했다. 내 소설을 객관적으로 판단하기 위해서는 다른 사람의 시각으로 보아야 했다. 그래서 다른 사람의 시각으로 읽으려고도 해 보았다. 다른 사람의 시각이라고 생각하지 않고 낯선 시각으로 읽어 보았다. 그러나 그러한 가상의 시각도 결국은 나의 시각이었다. 스스로를 속이려고도 해 보았다. 그러나 성공하지 못했다. 나 자신을 넘어서서 적당한 거리를 유지하면서 냉정한 시각으로 맞은편에 버려둔 나의 그림자를 바라보기란 불가능했다. 내 소설이 좋은지 나쁜지도 전혀 알 수 없었다. 좋다, 그 정도로도 족했다. 그동안 깨달은 것은 그것이 흥미롭지 않다는 것이었다. 내 소설은 이런 것이었다. 다른 것이 될 수 없으니 이런 것이었다. 읽는 동안 이미 나는 소설은 그런 모습이며, 특성이 결정되고 완성된 대상이라는 사실을 이해하게 되었다. 나는 더 이상 그 대상을 변화시킬 수 없었고, 실제로 그것은 불가능했다.

그런데 여기에 커다란 복병이 숨어 있다. 이 대상은 왜 더 이상 나의 것이 아닌가? 다시 말해 낯선 시선으로 읽을 수 없다면, 왜 내가 **나의** 눈으로 **나의** 소설을 읽지 못하는 것인가? 예를 들어 소설의 어느 페이지에서는 기차가 아우슈비츠 방향으로 질주하고 있다. 가축을 싣는 화물칸에 이야기의 주인공인 열네 살 반의 소년이 쭈그리고 앉아 있다. 이제 그는 일어서서 창문 옆에 자리를 잡으려고 애쓴다. 그 순간 지평선에서 불길한 느낌이 드는 적갈색 여름 해가 솟아오른다. 읽는 동안 이 장과 여기에 이어지는 다음 장을 준비하기 위해서 얼마나 힘이 들었으며 얼마나 많은 고민을 했었는지가 정확하게 기억났다. 숨 막히게 더웠던 그 여름날 아침에 일어난 사건들이, 내 손으로 종이 위에 쓸 수 있도록 모습을 드러내지 않았다. 원고를 쓰기 위해 번민했던 이곳, 이 방 안이 이상스럽게 어두워졌다. 탁자 옆으로 안개 낀 12월의 오전 풍경이 보였다. 길이 막혀 차들이 서 있는 것 같았다. 우리 집 창문 아래에서 전차들이 쉬지 않고 덜컹거렸다. 그러더니 단숨에, 이상하리 만큼 갑자기 그 문장들이 함께 모여들었다. 그러더니 기차가 멈추고 이야기의 주인공인 열네 살 반의 소년이 가축을 싣는 화물칸의 숨 막히는 어둠으로부터 드디어 밖으로 나와 햇빛이 작열하는 아우슈비츠의 비탈길 위에 내리는 장면을 글로 쓸 수 있게 해 주었다. 이 부분을 읽는 지금도 다시 한번 그때의 기억이 생생하게 살아난다. 동시에 나는 내 마음에서 상상했던 문장들이 조직적인 질서 속에서 접합되었다는 사실을 확신한다. 그럼에도 그 문장들 앞에 있었던, 아우슈비츠에서 어느 날 오전에 진짜로 일어났던 야만적인 사건 자체는 왜 마음에서 생생하게 살아나지 않는 걸까? 어떻게 해서 이 문장들은 나에게 상상의 사건에 담겨진 상상의 가축 싣는 화물칸과 상상의 아우슈비츠, 상상의 열네 살 반의 소년을 데려다주었을까? 이 열네 살 반의 소년은 그 당시의 나 자신이었는데 말이다.

여기에서 무슨 일이 일어났을까? 출판사의 편집인이 "경험을 소재로 하여 예술적으로 표현한 것"이라고 말한 것은 무엇일까? 그렇다. "나의 경험을 소재로 하여" 무슨 일이 일어났을까? 그것은 원고로부터, 또 나로부터 어디로 사라졌을까? 그러나 이전의 내 경험은 원고 안에 존재하고 있었다. 나는 그것을 두 번이나 경험했다. 처음에는 진짜 같지 않은 현실 속에서 경험했고, 다음에는 회고 속에서 훨씬 더 진짜처럼 경험했다. 현실로 겪고 소설로 쓰기까지 그 경험은 잠들어 있었다. 내가 소설을 써야 한다는 사실을 깨달았던 그 순간이 언제였는지는 생각나지 않는다. 나는 이러저러한 소설을 쓰려고 애썼으나 결국 그것을 차례차례 던져 버리고 말았다. 어떤 소설도 나에게는 적합한 소설로 증명되지 않았다. 그 후 갑자기 내 마음 어딘가의 어둠으로부터 아이디어가 하나 떠올랐다. 이제까지 계속해서 뿔뿔이 흩어지던 나의 상상력에 드디어 결정적인 현실감을 제공하는 소재가 갑자기 나를 사로잡았다. 그 소재는 빽빽하고 부드러우며, 형체가 없었고, 발효시킨 반죽처럼 내 마음속에서 부풀어 오르기 시작했다. 특별한 흥분이 나를 사로잡았다. 나는 두 개의 삶을 살았다. 나는 현재를 별 애정 없이 마지못해서 살았다. 포로수용소에 있었던 내 과거를 마치 살을 에는 듯이 생생한 현재로 살았다. 순식간에 과거 속으로 빨려 들어갈 준비가 되어 있다는 사실에 나는 경악했다. 지금까지도 나는 그 독특한 관능적 감정의 원인이 무엇인지 모른다. 사실과 전혀 상관없는 기억이 독자적인 기쁨을 야기한 것이었는지도 모른다. 왜냐하면 포로수용소 안에 이런 순수한 기쁨이 있었다고는 말할 수 없기 때문이다. 사실 당시에 나는 아주 작은 자극만 있어도 과거로 돌아갈 수 있었다. 아우슈비츠는 소화되지 못한 고기 완자처럼 내 안에, 내 위장 속에 있었다. 정말 예기치 않은 순간에 그 양념들이 내 안에서 솟아올랐다. 쓸쓸한 지역을 보는 것으로 충분했다. 황량한 공장 지대나 해가 쏟아지는 길, 집의 뼈대로 세워 놓은 시멘트 기둥, 동물의 냄새나 타르와 나무판자의 역한 냄새를 한번 맡는 것으로도 충분했다. 과거의 한 부분과 전체와 분위기가 새로 또 새로이, 실재하는 현실의 힘을 지니고 내 안에서 솟아올랐다. 한동안 나는 매일 아침 담으로 막혀 있던 아우슈비츠의 마당에서 잠이 깼다. 후각 기관을 계속 자극하면 내 마음에 당시의 모습이 되살아난다는 것을 깨달은 건 꽤 오랜 시간이 지나서였다. 며칠 전에 나는 손목시계 줄을 새로 샀다. 나는 시계를 언제나 침대 옆 낮은 선반 위에 내려놓는다. 무두질이나 그 외의 다른 가공을 한 탓인지 시곗줄에서는 독특한 냄새가 났다. 그 냄새가 염소나 멀리 떨어진 시체의 악취를 기억나게 했다. 나중에 나는 시곗줄을 마약처럼 사용했다. 더 이상 기억이 떠오르지 않으면 침대 귀퉁이에 게으르게 누워서 은신처에 있는 기억을 밖으로 나오게 했다. 다시 말하자면 실컷 가죽 냄새를 맡았다. 어떤 방법도 어떤 수고도 마다하지 않았다. 나는 시간과 끝까지 싸웠고 나에게 다가온 것을 스스로에게 강요했다. 나는 나 자신의 삶에 몰두했다. 나는 풍요로웠으며 진지했고 성숙했다. 나는 변화의 문턱에 서 있었다. 내 자신이, 살구 열매를 맺고 싶어 하는 배나무처럼 생각되었다.

그러나 기억이 생생해질수록 글은 점점 비참한 빛깔을 띠었다. 기억에 몰두하는 한, 나는 소설을 쓸 수 없었다. 반대로 소설을 쓰기 시작하면 기억이 중단됐다. 기억이 갑자기 사라지는 게 아니라 변화되었다. 그것들은 내 안에서 상자에 담긴 내용물처럼 변했다. 필요한 순간에 나는 그 속에 손을 집어넣고 교환

할 수 있는 지폐 한두 장을 꺼냈다. 나는 그것들 가운데에서, 필요한 것과 필요하지 않은 것을 가려냈다. 내 삶의 사실들, 소위 말하는 '내 경험이라는 소재'가 이미 나를 방해하며 가로막고 나의 일을 어렵게 만들었다. 생존하기 위해서 창작한 소설은, 내 삶이 끝날 때까지 먹고살 양식이었다. 나의 소설 쓰기는 내 경험을 시종일관 쇠약하게 만들면서 진행되었다. 종이 위에, 오로지 종이 위에 쓴 작품의 형식을 완성하기 위한 내 경험의 등가물로 판단할 수 있었다. 그것이 예술적으로 보인다면 말이다. 하지만 내 경험을 기록하기 위해서는 일반적으로 볼 때 모든 소설에 보편적으로 존재하는 추상적 상징에서 얻어진 창조물이나 예술품으로 나의 소설을 바라보아야 했다. 이것을 인식하지 못한 채, 무작정 달려가다가 나는 큰 도약을 했다. 개인적인 것으로부터 사건 속으로, 보편적인 일 속으로 들어갔다. 시간이 지난 지금에야 비로소 나는 놀라서 주위를 둘러본다. 하지만 놀랄 일은 아니었다. 소설을 쓰기 시작했을 때 내가 이미 그런 도약을 끝냈음을 이제는 안다. 계획을 향해 빨리 걸으려고 해도 소용이 없었다. 이 소설 외에는 아무것도 엿보지 않고 이 원고 종이를 넘어서지 않으려는, 이 소설을 향한 내 원래의 야망은 소용이 없었다. 소설은 그 단순한 본성으로 인해 무언가를 중재할 때에만 소설이라고 불린다. 이미 소설의 본성에 맞는다면 말이다. 나도 다른 무엇보다 중재하기를 원했다. 그게 아니었다면 소설을 쓰지 않았을 것이다. 자신의 방식대로, 나 자신의 이념에 따라, 나에게 가능한 소재를, 나의 소재를, 나 자신을 중재하기 원했다. 왜냐하면 나를 내리누르는 그 짐이 너무 무거워서,

나는 마치 불룩한 소의 젖통을 가볍게 할 생각이라도 하는 것처럼 벌써 중재를 갈구했다. …… 아마도 자연스러운 일이겠지만 인간은 결코 자신을 위해서 자기 자신을 중재할 수 없음은 생각하지 못했다. 나를 아우슈비츠로 데리고 간 것은 소설 속의 기차가 아니라 현실의 기차였다.

그랬다. 나는 이 사소한 것을 계산하지 않았다. 그사이에 나는 나 자신에게 되돌아갔다. 더 나아가 가장 개인적인 삶으로 되돌아갔다. 어머니가 늘 말하는 '개인적인 문제'로. 모든 것으로부터, 또 모든 다른 사람으로부터 단절되어 조용히 나의 의식 세계를 샅샅이 뒤지기 위해서 말이다. 그사이에 나는 고독한 열정 속에서 다른 누구도 방해하지 못하도록 모든 일을 시도했다. 그동안에 맹목적으로 또 열광적인 성실함으로 글을 쓰기 시작했다. 다른 사람들에게. 오늘날 내가 분명하게 아는 것처럼, 소설을 쓴다는 것은 다른 사람에게 쓰는 것 정도를, 그중에서도 소설을 되돌려 보낸 사람들에게 쓰는 것 정도를 의미한다.

하지만 나는 이 생각에 만족할 수 없다. 만약 나의 목적이 이것이었다면 나는 중대한 과오를 저지른 셈이다. 그런 경우였다면 코미디극같이 더 쓸모 있는 글을, 무언가 다른 글을 썼어야 했다. 그러나 맹세하건대 나의 목적은 그게 아니었다. 다시 말해 내가 알지도 못하고 동의하지도 않고 게다가 전혀 눈치채지도 못한 어떤 특별한 과정을 거쳐 변하고 만 것이다. 다른 사람들을 위해 썼다지만 나의 소설이 그들과 무슨 상관이란 말인가. 글을 쓰는 동안 나는 그들을 떠올리지 않았다! 그것이 우연이라면, 내 소설과 그들의 즐거움이라는 우리의 공통 관심사가 우연히 일치한다면, 그것이야말로 우연 중에서도 예견할 수 없고 확인할 수 없는 정말 말도 안 되는 우연 아닐까? ……게다가 내가 이를 위해 애쓰고 있으니, 실제로 얼마나 몰상식한 일인가. 그래서 나는 지금 나의 목표에 도달하지 못했다고 고백해야만 한다. 그 목표는 절대 나의 목표가 아니었다. 그렇다면 도대체 당시의 목표, 내 일의 본래적인 의미는 무엇이었을까? 나는 기억하지 못한다. 어쩌면 그 점에 대해 한 번도 생각해 본 적이 없을지도 모른다. 그런데 지금도 그것을 알아낼 수가 없다. 그 의미가 일이 진행되어 가는 과정의 어느 지점에서 사라졌는지 누가 알겠는가.

나는 탁자 옆에서 일어섰다. 다리가 자동 기계처럼 거의 무의식적으로 집 안을 돌아다니기 시작했다. 방의 끝까지 가서 열린 문을 통과해 현관까지 갔다. 복도에서 오른쪽 어깨를, 열어 놓은 목욕탕 문에 부딪치면서 집의 끝에 도착했다. 거기 모서리에서 돌아서면서, 열어 놓은 목욕탕 문을 피하려다 오른쪽 어깨가 현관 선반과 부딪쳤다. 방으로 들어와서 창문에 도착한 뒤 뒤를 돌았다. 한 번 걷는 길이는 대략 7미터다. 아늑한 새장처럼 작은 공간이다. 위로 아래로, 위로 아래로, 문 옆에서 돌고, 창문 옆에서 돈다. 이것이 몇 달 동안 나와 하나였던 놈, 소설가라는 녀석의 규칙적인 습관이었다. 이렇게 하다 보면 가장 중요한 생각이 떠올랐다. **나에게는** 생각할 게 없었다. 그럼에도 천천히 내 안에서 무언가가 형성되었다. 산책으로 인해 가벼운 현기증과 우연히 발생한 압박에서 벗어나면 선명한 느낌과 마주했다. 나는 내 상황이 그 속에 형상화되어 있다고 생각했다. 말로 표현하기는 어려웠다. 바로 이것이 그것인데도 말로 표현할 수 없는 영역에 자리하고 있었다. 그 주장을 받아들일 수도, 그렇다고 완벽히 부정할 수도 없었다. 예를 들어 "내가 아니었다!"라고 말할 수는 없지 않은가. 그건 사실이 아니니까. 내 상황을 말하지 않기 위해서, 그것이 존재하지 않았다는 말로 나의 행위를 묘사할 수 있었다. 예를 들어 **내가 없었다**[27]고 말한다면 내 상황에 더 가까이 갈 수 있을 것이다. 그렇다. 이 동사는 나의 존재를 포괄하는 특질과 함께 이 존재를 부정하는 특질도 보여 줄 수 있다. 내가 말했던 의미와 똑같은 동사가 있다면 말이다. 그러나 그런 동사는 존재하지 않는다. 그래서 나는 약간 우울한 감정을 안고 나를 위한 동사를 잃어버렸다고 말한다.

나는 충분히 걸었고, 그랬기에 자리에 앉았다. 팔걸이의자 속 깊숙이 내 몸을 들이밀고, 브롭딩낵[28]의 어머니 태 속에 들어앉듯 웅크리고 앉았다. 이곳에서 절대 세상으로 나가고 싶지 않았다. 무엇 때문이었을까? 언젠가는 결국 이 자리에서 고통스럽게 일어날 낯선 사람이 여전히 조금은 두려웠다. 지금까지 내게 익숙했던 사람과는 어떤 의미에서 완전히 다르며, 작품을 완성하고, 자신의 의도를 채워 넣고, 있는 대로 지쳐 버릴 그 사람이. 그는 나의 개성을 대상으로 변화시키고, 끈질긴 내 비

---

27) '없다'를 의미하는 헝가리어 'nincs'는 3인칭 주어에만 사용되는데, 여기에서는 1인칭 주어에 쓰이면서(nincsek) 나를 객관화하고 있다. 하지만 문법적으로는 맞지 않는 말이라 작가는 뒤에서 이런 동사를 잃어버렸다고 말하고 있다.

28) 조너선 스위프트의 소설 『걸리버 여행기』에 나오는 거인국의 주민.

밀을 보편화하여 약화시키고, 말로 표현할 수 없는 나의 현실을 상징으로 증류시켜 내가 읽을 수 없는 소설 속에 나를 이식시켰다. 내게서 나온 기본 재료(나의 독자적인 삶에서 어떤 것과도 비교할 수 없는 중요한 부분)들이 낯선 것처럼, 그 재료로 쓴 소설도 너무 낯설었다. 아쉬울 것이다. 또한 혹시…… 나는 왜 부정하는 걸까. 어쩌면 이 모든 것을 완수한 사람, 그 사람도 아쉬울 것이다. 그렇다. 팔걸이의자에 앉은 나는 일시에 두려운 감정에 휩싸였다. 되돌릴 수 없는 사건이 주는 황량하고 쓸쓸한 느낌이었다. 큰 잔치가 끝나고 마지막 손님까지 다 돌아가고 난 뒤의 느낌과 비슷했다. 나는 홀로 남겨졌다. **누군가** 내 몸에 물리적인 공간을 남기고 멀어졌다. 그는 지금 음흉하게 빙글거리며 방 반대쪽 구석에서 마지막 작별의 몸짓을 했다. 나는 어찌할 바를 모르고 그의 뒷모습을 바라보았다. 내겐 그를 되돌릴 힘이 없다. 게다가 그러고 싶지도 않다. 나는 그를 향해 약간은 부드럽지만, 단호한 분노를 느낀다. 날 속였어, 뒈져 버려…….

"속였어!" 노인이 말했다. "속였어, 멍청이."

"일 좀 했어?"

"그럼."

작은 식당에서는 새로운 국면이 시작되고 있었다. 공식 직함이 최고 매니저인 노파가 갑자기 카운터로 돌진하더니, 영수증을 꽂는 판에서 영수증을 잡아 뺐다. 노인의 아내가 쟁반에 담아 가지고 가는 음식물의 가격에서 일부를 제하고 영수증을 작성한 게 아닌지 확인하기 위해서였다. 마치 자기가 늘

하는 일이 아니라는 듯 이런저런 추측을 떠들면서 말이다. 그러나 결정적으로 노인의 아내가 부정을 저지른다고 증명할 만한 증거는 내놓지 못했다.

"만약 내가 도둑질이라도 하려고 했다면……." 노인의 아내가 분통을 터뜨렸다. "그 순간 내 등 뒤에서 날쌔게 영수증을 잡아챘을 거야. 그 여자를 속였다간 훔쳐 낸 음식의 반도 가지고 나오지 못했을걸."

"그랬겠지." 노인이 동의했다.

"그런데 당신은 왜 그렇게 안 해?" 그가 수프를 수저로 뜨면서 장난하듯 물었다.

"나도 몰라. 바보라 그런가 봐." 아내가 말했다.

게다가 아내의 말에 따르면, 이 일이 그녀가 저녁에 일하겠다고 한 뒤의 이상한 분위기를 확연하게 드러낸 유일한 사건이었다. 만약 나름의 논리에서(물론 전혀 논리적이지 않지만) 약간의 이유를 찾는다면, 이름이 일로너인, 보더 부인이 그녀에게 고마워하기는커녕 등을 돌렸다는 것이다. 더 이해하기 어려운 것은, 공식 직함이 최고 지배인인 노파가 도대체 왜 그녀에게 이런 모욕을 주는 데 가담했을까 하는 것이었다.(이에 대한 답은 노파가 난리를 피우거나, 맥주 만드는 사람을 돕는다며 급하게 맥주를 따르고 주방에서 이런저런 일을 하는 순간에 밝혀질 것이다.)(언제나 제일 복잡한 저녁 시간에 노파는 남을 위해 희생하지만, 희생에 대한 보답 같은 건 전혀 받을 생각이 없다는 표정으로 하얀 가운을 입고 생맥주를 따랐다.)(마치 폭풍이 몰아칠 때 조종간 옆에 서 있는 선장처럼.)(그런 순간에는 다른 동료 직원과 보더 부인이라는 동료도 노파의 손에 계산된 금액이 적힌 영수증을 직접 건네주었다.)(그래도 값을 제한다면 그 사람이 영수증을 꽂는 판에서 재빨리 영수증을 떼어서 보면, 모든 사실을 남김없이 확인할 수 있을 것이다.)(그것은 공식 직함이 최고 매니저인 노파의 독점적인 권리였다.)

"바로 그래서 부족한 거야." 노인이 똑똑하게 자신의 의견을 피력했다. "그들이 삥땅을 치는 거지."

"그럴 수도 있겠지." 아내가 말했다.

"나가서 잠시 산책 좀 할게." 잠시 후 노인이 말했다.

노인은 서류장 앞에 앉아 있었다.

아침이었다.

다시.

그는 번역을 했다.

독일어를 번역했다.(노인은 외국어 가운데 독일어를 가장 못한다고 말하곤 했다.)

antwortete nicht. 노인이 번역 중인 책을 읽었다.

대답하지 않았다. 노인은 타자기에 종이를 끼워 넣고 번역한 내용을 타이핑했다.

"이런 빌어먹을……!"

노인이 자리에서 반쯤 일어나 서류장 쪽으로 몸을 뻗었다.

'……너는 털북숭이 네안데르탈인의 사생아야.'

노인이 귀마개를 둥글게 말아서 조심스럽게 귀에 밀어 넣었다.

'귀마개를 바꿔야 해.' 노인이 생각했다.

'낡고 탄성이 떨어졌어.' 계속해서 그가 생각했다. '귀를 너무 꽉 조여.'

그는 귓속에서 귀마개를 이쪽저쪽으로 돌려 보았다.

'하지만 꽉 조이지 않으면 온갖 소음이 다 들릴걸.' 그는 짜증이 났다.

'자, 이렇게 하면 혹시…….'

노인이 이리저리 맞추기를 중단했다.

노인은 서류장 앞에 앉아서 무슨 소리가 들리는지 가만히 귀를 기울였다. 거의 아무 소리도 들리지 않았다.

'끝내주는군.'

그의 얼굴이 환해졌다.

'아니야, 아니야. 계속 이렇게 살 수는 없어.'

그의 얼굴이 어두워졌다.

번역료는 적지만 확실한 수입이었다.(노인은 그렇게 말하곤 했다.) 번역을 하면 일석이조의 효과가 있었다. 적기는 해도 돈을 벌 수 있었고 얼마 동안은 책을 쓸 필요도 없었다.

더구나 노인에게는 써야 할 책에 대한 아이디어가 하나도 없었다.

……*antwortete nicht*. ……그는 대답하지 않았다.

"맞아." 노인이 중얼거렸다.

며칠 동안 그는 종이 뭉치를 쳐다보지도 않았다. 보고 싶은 생각이 들지 않았다. 어쩌다라도 눈에 띄지 않도록, 그는 그것을 서류장 가장 깊은 곳에 감추어 두었다.

Sein Blick hing an Daumen, wie festgesogen.

"festgesogen이라."

노인이 머리를 긁었다.

Der Blutfleck unter dem Daumennagel hatte sich jetzt deutlich vorwärts bewegt. Er war vom Nagelbett abgelöst, ein schmaler Streifen sauberes neues Nagelhorn hatte sich hinterdreingeschoben.

"Nagelhorn이 도대체 뭐지?"

사전을 잡기 위해 노인이 몸을 내밀었다. 사전은 두 개였고, 노인은 어느 사전 쪽으로 몸을 뻗어야 하는지 잘 알았다. 더 정확하게 말하면 사전은 세 개였다. 타자기의 오른편에 **소사전**이 있었지만, 그쪽으로 손을 뻗을 필요는 없었다. 그 사전에는 찾는 단어가 없는 경우가 많았다. 그는 대부분의 단어를 **대사전**에서 찾았다. 그러니까 처음부터 대사전을 찾는 게 훨씬 경제적이었다. 대사전을 잡기 위해서는 윗몸만 옆으로 돌려야 했는데 이게 너무나 불편했다. 그 사전은 두 권으로 되어 있었고, 적어도 무게가 5킬로그램은 나갔다. 거기에 번역해야 하는 책과, 깨끗하고 완전하게 번역된 종이 뭉치, 타자기, 소사전까지 놓여 있는 책상 위에는 도저히 여유 공간이 남지 않았다. 그래서 더 정확하게 말하면 그 집에 단 하나밖에 없는 그 **탁자**, 그 방의 남동쪽 모서리에 있던 그 **탁자**를 노인이 의자 옆으로 끌어다, 번역할 때만 쓰임새가 변하는, 특별히 여러 겹으로 아교 칠이 된 1등급 강화 목재로 만들어진 탁자 위에 대사전을 올려놓았다. 노인은 단어 하나하나를 찾기 위해 종종 두 권의 사전을 집어 올렸다. 세 권 모두를 집어 드는 일은 없었다. 지금도 Nagelhorn이라는 단어를 제일 먼저 **소사전**에 있기를 바라면서 찾았고, 잠시 후 화가 나서 대사전의 1권, A–L 사이의 단어를 수록한 책에 있는지 살폈다. 그리고 마침내 결국 화를 내면서 2권, M–Z 사이의 단어를 수록한 책을 손에 쥐었다. 말이 나온 김에 이야기하자면, 그는 어디에서도 그 단어를 찾지 못했다. 노인은 화가 났다. 하지만 격분한 것은 아니었다. 왜냐하면 단어의 의미가 너무나 자명했기 때문이다. 조금만 생각해 보면 되는 일이었다. 하지만 노인의 머릿속에는 필요한 마지막 순간까지 그 의미가 떠오르지 않았다. 특히 번역할 때는 더더욱 그랬다.

Sein Blick hing, 노인이 읽었다.

그의 시선은, 노인이 타자를 쳤다. 그의 엄지손가락에 고정된 듯했다.

Festgesogen. 노인이 머리를 긁었다.

거기서부터 앞으로 나아갈 수가 없다.

'신선하지 않아.' 노인이 머리를 긁었다.

'게다가 정확하지도 않고.' 계속 머리를 긁었다.

그의 시선은 엄지손가락에 달라붙은 듯 고정되었다.

노인이 깊이 생각에 잠겼다.

'이렇게 하는 게 더 정확할거야.'

'이미지는 명확하지 않지만,' 그는 계속 깊이 생각했다. '표현은 아까보다 풍부하군.

'그래도 어딘가 부자연스러워.' 그가 단정했다.

'그렇지만 벌써 타이핑했잖아.'

'지우고 다시 해야 해.'

'그럴 필요까진 없어.'

Der Blutfleck…….

핏자국이 약간 위로 번져 있었다. 지금은 손가락과 손톱을 이어 주는 부분이 분리되어 있었고, 좁은 초승달 모양의 새 손톱이 뿌리에서 나오고 있었다.

'그런대로 괜찮군.' 노인이 곰곰이 생각했다.

'원본보다 조금 장황해졌어.' 계속해서 깊이 생각했다.

'그렇지만 독일어가 원래 함축적이잖아.' 그가 숙고를 계속했다.

'게다가 번역료는 분량에 따라 달라지니까.' 노인은 더 이상 깊이 생각하지 않았다.

Die Natur. Etwas von mir, repariert sich. Langsames Wachstum, unbeirrbar. Löst sich ab, wie die Zeit, wie Nichtmehrwissen. Was vorher wichtig war — schon wieder vergessen. Ebenso: leere Zukunft — das auch. Zukunft: was niemand sich vorstellen kann(wie mit dem Wetter) und was doch kommt.

'이건 아주 쉽군.' 노인이 밝아졌다.

'사전을 찾을 필요가 없겠어.' 그가 고소한 듯 단정했다.

본성.

그가 힘차게 타자를 쳤다.

무언가 내 마음으로부터 다시 회복되었다. 느리지만, 흔들리지 않는 발전이었다. 그것은 시간처럼, 망각처럼 흩어졌다. 더 이상은 결코 알지 못하듯 작용했다. 한때는 중요했던 것인데—벌써 망각 속으로 사라졌다. 공허한 미래처럼—그것도 그랬다. 미래는 (날씨처럼) 누구도 상상할 수 없는 것이지만, 그럼에도 뒤따라왔다.

'나쁘지 않은 글이군.' 노인이 기뻐했다.

'소설도 그렇고.'

'글을 훌륭하게 썼어.' 그가 질투를 느꼈다.

'이런 소설을 써야 하는데.' 그는 부러웠다 '간접적인 경험을 소재로 썼고, 스타일은 객관적이며 작법도 질서 정연해. 게다가 뒤로 세 걸음쯤 물러나 있으니 자서전은 절대 아니야. 책에는 어떤 개인적인 내용도, 구체적인 작가도 존재하지 않아.'

'공공의 이익을 주제로 하고 수입도 보장받고.' 부러움이 점점 커졌다.

공허한 미래처럼
누구도 상상할 수 없는 것이
그럼에도 뒤따라왔다.

노인의 시선이 책에 고정된 듯 박혔다.

'잠시 쉬어야겠어!'

노인이 자리에서 벌떡 일어났다. 눈에 띄는(외적인) 이유는 없었다.(눈에 띄지 않는 이유가 아니었다면, 내적인 이유가 아니었다면 그렇게 하게 하지는 않았을 것이다.) 갑자기 그의 뇌리에 어떤 생각이 스쳤다. 그래서 그는 방의 북동쪽 모서리에 있는 침대 겸용 소파 바로 위의 벽에 붙은 책 선반에서 너무 두껍지 않은, 녹색의 반클로드 장정을 꺼냈다. 최근에 읽고 제자리에 두었던 그 책이었다. 자주, 그리고 꽤 유용하게 사용되는, 특히 그가 감탄하며 좋아하는 몇 줄이 그 책의 159페이지에 있었다.(우리는 적절한 순간에 그 몇 줄을 인용하는 것을 소홀히 하지 않았다.)(그러므로 다시 반복할 필요는 없을 것이다.)(그보다 더 쓸데없는 짓은, 이야기가 여기까지 온 마당에 노인이 책장을 빨리 넘기며 무언가 다른 것, 다른 페이지를 찾았다는 것이다.)(솔직히 말해 그조차도 자신이 몇 페이지를 찾고 있는지 알지 못했다.)

오늘도 역시 글쓰기가 힘들었다. 왜냐하면 이미 편지를 많이 썼기 때문이다. 그래서 손이 몹시 아팠다.

노인이 읽었다.

친절한 커푸시 선생, 미래는 확고하게 서 있지. 그와 대조적으로 우리는 끝없는 공간에서 움직이고 있어.

"바로 이거야." 노인이 흡족해했다.

오랫동안 해의 움직임을 잘못 판단했듯이, 사람들은 지금도 다가오는 해의 움직임을 잘못 판단한다.

노인이 계속 읽었다. 더 정확하게는 책을 거슬러 읽었다. 노인은 책을 뒤에서부터 읽고 있었던 것이다.

발견한 적이 없다고 단언하고, 그렇기 때문에 명백히 지금 그들의 내부로 들어갔다…….

노인이 계속 읽었다. 더 정확하게는 책을 거슬러 읽었다.

혼란스러운 두려움 속에.
그리고 이것이 필요했다.

"그렇지."
노인이 말했다.

필요했다. 또한 앞으로 우리는 점점 더 이 방향으로 발전할 것이다. 우리에게 낯선 일이 일어나지 않도록 할 필요가 있었다. 오히려 오래전에 우리에게 속한 일이 일어났어야 했다. 여러 종류의 행동을 유발하는 힘을 벌써 재평가했어야 했다. 그런 다음 운명이라고 부르는 것이 인간의 내부에서 나온 것이지, 외부에서 인간의 내면으로 파고든 것이 아님을 점차 인식했어야 했다. 그 마음속에 운명이 살고 있는 한, 대부분의 사람들은 자신의 내부로 들어가지 못했고, 내부를 개조하지 못했다. 이렇게 해서 그들은 자기 내부에서 발원한 것을 인식하지 못했다. 그들은 혼란스러운 두려움에 빠져, 일찍이 이와 비슷한 것을 자신의 내부에서 발견한 적이 없다고 단언했다. 바로 그런 이유로 명백히 지금 그들의 내부로 들어갔다고 믿는 것이 우리 눈에는 너무나 이상했다. 오랫동안 해의 움직임을 잘못 판단했듯이, 사람들은 지금도 다가오는 해의 움직임을 잘못 판단한다. 친절한 커푸시 선생, 미래는 확고하게 서 있지. 그와 대조적으로 우리는 끝없는 공간에서 움직이고 있어.

노인이 책을 들고 똑바로 일어섰다.

잠시 시간이 흐른 뒤에 그가 다시 움직였다. 끝없는 공간이 아니라, 적어도 그 책을 제자리에 놓기 위해서 움직였다. 그 방의 북동쪽 모서리에 있는 침대 겸용 소파 위의 벽에 붙은 책선반에 되돌려 놓기 위해.

'두렵군.' 그가 생각했다. '내가 다시 그 종이 뭉치를 앞에다 꺼내 놓을까 봐. 그건 정말 멍청한 짓이겠지.'

그사이 그는 이미 열린 서류장 앞에 서서 생각을 계속했다. 서류장의 맨 윗부분(번역을 하기 위해서 그는 이미 그 속에 들어 있던 타자기를 밖으로 꺼내 놓았다.) 몇 개의 서류철 사이에 "아이디어, 원고 초안, 미완성 원고"라는 제목이 쓰인 서류철이 보였다. 종이 상자도 두 개 보였다. 그 속엔 여러 가지 물건이 (필요한 물건과 필요 없는 물건이) 들어 있었다. 그 상자 뒤에 회색 서류철이 하나 있고, 그 위에 서진으로 쓰이는, 좀 더 어두운 회색 돌덩이가 놓여 있었다. 그러나 보이지는 않았다.

'생각을 조금 더 할 수 있겠어.'

그는 계속 생각을 이어 갔다. 실제로 다른 것을 생각할 수 있는 사람처럼, 다시 말해 무언가를 선택할 수 있는 사람처럼. 하지만 그는 자신이 아무것도 선택할 수 없음을 이미 잘 알고 있었다. 선택할 수 있다고 말하는 순간에도, 우리는 늘 아무것도 선택할 수 없다. 그리고 언제나 우리가 우리 자신만을 선택한다면, 이미 언급한 프랑스 작품 선집(노인이 방의 남동쪽 모서리에 있는 도자기 난로로부터 북쪽에 위치한 팔걸이의자 위에 붙은 벽의 책 선반에 둔 책)에 따라(이런 질문을 할 수도 있다.)(우리 자신 이외에 다른 선택을 할 수 없다면) 이런 경우의 선택이 어떻게 자유로울 수 있느냐고.

노인은 곧 종이 뭉치를 다시 뒤적였다. 지난번과 달리 이번에는 방의 북서쪽 모서리에 있는 침대 겸용 소파에 앉아서 뒤적였지만, 이렇게 몰두하는 시늉을 함으로써 한편으로는 중요한 일을 일시적이고 잠정적으로 중단했음을 강조했다. 또 다른 한편으로는 늘 앉는 서류장 앞의 자리에(정확하게 탁자 옆자리에)(더 정확하게 말하면 그 집에 단 하나밖에 없는 그 탁자 옆의 자리에) 앉지 않았다. 그 위에는(바로 그 탁자 위에는) 더 중요한 일에 필요한(번역해야 하는 원서, 번역을 완성해서 깨끗이 정리한 종이, 타자기, 소사전과 같은) 물건이 가득 있었다.

……이 변화는 ……에 앉아서…… 되돌릴 수 없…… 나 혼자

남겨졌다. ……빼앗긴 채…… 과거도 없고 운명도 없고 뇌리에 사무치는 오해도 없이 모든 것을 빼앗긴 채, 나는 내 앞에 서 있는 것들을 보았다. 부풀어 오른 회색으로 가득한, 헤치고 나갈 수 없는 잿빛 안개구름 무리를 보았다. 여길 뚫고 나가야 한다고 느꼈다. 물론 어느 방향으로 출발해야 할지는 알 수 없었다. 이런 경우에는 내가 굳이 움직이지 않아도 된다. 가만히 있으면 안개가 와서 나를 지나친 다음, 나를 뒤에 남겨 두고 지나가 버릴 것이다. 이게 바로 미래라고 불리는 시간이다. 나는 때론 겁에 질려 엿보고, 때론 확신에 차서 안개 자욱한 날에 해를 기다린다. 그러는 동안 이 모든 것이 신기루라는 사실을 알게 되었다. 지금도 나는 자신을 속이고 있다. 목표의 로켓을 타고 나를 영원으로 던져 버리려 했던 그때처럼 도망친다. 그렇지만 미래는 나를 기다리지 않는다. 나를 기다리는 것은 바로 뒤에 오는 순간뿐, 미래는 존재하지 않는다. 미래란 계속해서 이어지는 모든 현재의 순간과 다르지 않다. 소설 속의 시간은 아무리 길어도 단 한순간도 버릴 수 없다. 내 미래를 예측할 수 있게 하는 것은 현재의 내가 가진 속성이다. 그리고 시간은 나 자신이다. 그런데 내가 가장 믿을 수 없는 것이 바로 나 자신이다.

게다가 나는 아마 "잘못 생각했다."라고 말할 수도 있다! 어쩌면 내가 잘못 생각한 게 아닐 수도 있다. 이런 때 나는 발걸음을 움직여 집 안을 이리저리 오갈 뿐만 아니라 습관적으로 사색의 길로 나아갔다. 나는 본성이 시키는 대로 했다. 그것 말고는 할 수 있는 일이 없었다. 나는 진지한 속죄의 행위와 함께 가을의 황폐함을 관찰하고, 그 속에서 자극적인 소멸의 냄새를 들이 마셨다. 얼마 전에 나는 바로 그 언덕 등성이를 내려왔다. 그때 두 노인을 보았다. 그들은 암벽 아래에 서 있었다. 저물어 가는 해 쪽으로 얼굴을 돌리고 일광욕을 하고 있었다. 그들은 따스한 돌에 몸을 완전히 붙이고 있었고, 그 때문에 나는 회색 암벽 밖으로 솟아난 두 개의 회색 머리를 처음에는 돌이라고, 드물게 실물같이 보이는 암벽의 튀어나온 부분이라고 생각했다. 더 가까이 가서야 그들이 살아 있는 것을 알게 되었다. 그중 한 사람의 얼굴은 양처럼 길었는데, 그 안에 풀어진 젤리 비슷한 붉은 눈과, 콧날이 빨간 양의 코가 있었다. 또 다른 사람의 얼굴은 조금 더 넓적하면서 각이 있었다. 회색 콧수염 아래에서 반쯤 웃는 듯 위로 올라간 입술이 그를 약간 파우누스[29]처럼 보이게 했다. 내가 왜 이 사람들에게 그토록 주목했는지 모르겠다. 나는 무언가 정의를 내릴 수 없는, 하지만 두 사람의 얼굴에서 완벽하게 일치하는 표정을 찾아냈다. 그것은 의도하지 않은 표정으로, 그 순간이나 그들의 말과 연결되지 않았다. 그들이 이야기하는 것이 무엇이었든 그것은 어딘가 더 깊은 곳, 마치 그들 존재의 심층에 흐르는 수로에서 나온 듯했다. 내가 그 옆을 지나가자 그들은 무슨 비밀이라도 지키려는 듯이 입을 다물었다. 아니다. 반대로 그들은 비밀 유지에 실패해서 이미 얼굴에 드러내 놓고 말해야 하는 무언가를 드러내는 것 같았다. 좋든 싫든 그때 그들이 사람들 앞에 드러낸 것은 훈계 같기도 하고 나약함에

---

29) 그리스 로마 신화에 나오는 목신(牧神) 판을 가리킨다. 인간과 염소를 합친 듯한 모습에 머리에 작은 뿔이 있으며, '시링크스'라는 이름의 팬파이프를 늘 가지고 다니는 것으로 묘사된다.

서 나온 무언가 같기도 했으며 약간은 괴팍하고 어쨌든 예의에 어긋나는 것인데도, 조금 주목해서 봐 달라고 간청하는 것 같았다. 그렇다. 죽음이 무의미하다면 삶에 무슨 의미가 있겠는가? 죽음에 의미가 있다면 무엇을 위해 살아가겠는가? 구원받기 위해 나는 어디서 비인간성을 버렸는가? 나는 왜 소설을 썼는가? 그리고 무엇보다도, 무엇보다도 왜 나의 모든 믿음을 그 속에 집어넣었는가? 이 문제를 해결할 수 있다면…….

나는 규칙적으로 어머니를 방문한다. 그럴때면 어머니로부터, 내가 아직 어렸던 시절, 그러니까 어머니의 젊은 시절 이야기를 듣는다. 대개는 지겨운 속마음을 잘 감추고 공손하게 듣는다. 요새는 어머니의 말을 염탐이라도 하듯 집중해서 듣는다. 갑작스레 어떤 비밀이 밝혀지기를 기다리듯. 이 아이는 예전의 나다. 속담에도 있듯이, 아이는 어른의 아버지이다. 이 음흉하고, 모든 일에 적응이 굼뜬 녀석의 말이나 행동에서 나중에 하게 될 일, 책 쓰기를 암시하는 무언가를 발견할 수 있기를 바라는 듯이. 그렇다. 그렇게 보고자 한다면 나는 이 정도로 타락했다. 모든 것을, 태어난 별자리와 DNS 분자[30]의 결정적인 코드와, 수수께끼 같은 내 혈액형의 비밀도 견딜 정도로. 말하자면 내가 고개를 끄덕일 수 있거나 더 좋은 것이 없어서 만족할 수밖에 없는 것이라면 무엇이든지 견딘다. 우리가 무엇이 되기 위해서 태어난 것은 아니라는 것을 모르는 듯이 견뎌 낸다. 하지

---

30) 독일어로는 DNA가 Desoxyribonukleinsäure라고 표현되고 이를 줄여 DNS로 표기하는데 작가는 영어가 아니라 독일어 약자를 사용했다.

만 만약 오래 사는 데 성공한다면, 우리는 마침내 무언가로 변하는 것을 피할 수 없으리라.

나는 선반에서 책을 한 권 내렸다. 책에서 곰팡이 냄새가 풍겼다. 완성된 작품이고 성취된 삶이 유일하게 전달할 수 있는 흔적을 공기 중에 남겼다. 1749년 8월 28일 정오, 열두 번의 시계 종소리와 함께 마인 강변의 프랑크푸르트에서 내가 세상에 태어났다.

나는 읽었다.

별자리는 행운을 나타냈다. 해가 성인의 가호를 받으며 서 있다가 바로 그 순간 정점에 도달했다. 목성과 금성은 다정한 얼굴로 그를 향해 몸을 돌렸다. 수성도 적대적이지 않았다. 화성과 토성도 중립을 지키고 있었다. 오직 달만이…….[31]

그렇다. 이렇게 태어났어야 했다. 그 순간의 인간으로 태어났어야 했다. 그 순간에 이 지구상에 몇 사람이 태어나는지 누가 알겠는가. 그러나 다른 사람들은 자기 뒤로 책 냄새를 풍기지 않는다. 그런 사람들은 계산에 넣지 않는다. 우주의 질서는 오직 한 사람의 탄생을 위해 행운의 순간을 준비했다. 천재, 위대한 작가는 신화의 주인공처럼 이렇게 지상에 나타난다. 어떤 빈자리가 불타며 그를 그리워했다. 그는 오래전에 태어났어야

---

31) 요한 볼프강 폰 괴테의 자서전 『나의 삶에서, 시와 진실(Aus meinem Leben, Dichtung und Wahrheit)』의 도입부다.

했고, 지구는 그가 태어나지 않은 것을 한탄하고 있었다. 이제는 난산에서 구하고, 불명확한 시작과 망설임의 시간에서 구하는 찬란한 순간에 그를 사람들에게 인식시키는 데 가장 적합한 별자리가 형성되기를 기다려야 했다. 인생의 정점에서 돌아보면 삶에서 우연이 차지하는 자리는 인생 스스로가 형태를 만들어 간 필요의 자리보다 적었다. 그의 모든 행동과 생각은 신의 뜻이었다는 모티브를 지니고 있기에 중요하다. 모범적으로 발전해 나가는 그의 모습에서 신의 섭리가 드러난다. 그 후 시간이 흐른 뒤에 섭리는 "시인이 어디에서 왔는지, 그의 유래를 알아야만 한다."라고 말한다.

나는, 실제로 그것이 가장 중요하다고 한 그가 옳다고 생각한다.

자, 그런데 내가 세상에 태어났을 때 태양은 이전보다 심각한 세계 경제의 위기를 나타내는 자리에 있었다. 미국의 엠파이어 스테이트 빌딩에서부터 부다페스트의 옛 요제프 페렌츠 다리[32]에 새겨진 투룰[33] 자리에 이르기까지, 지구 곳곳의 높은 곳에서부터 사람들이 정신을 잃고 미친 듯이 물속으로, 계곡으로, 포장도로 위로, 자신이 뛰어내릴 수 있는 곳으로 뛰어내렸다. 아돌프 히틀러라는 이름의 당수가 자신이 쓴 『나의 투쟁』이라는

32) 1896년 준공 당시 합스부르크 황제인 프란츠 요제프의 이름을 따서 명명했으나, 지금은 '자유 다리'라는 뜻의 서버드차그 히드(Szabadság híd)로 불린다. 부다페스트 지역의 두너강 위로 건설된 세 번째 다리로 성(姓) 다음에 이름을 붙이는 헝가리어의 호칭법에 따라 원문에서 요제프 페렌츠라 표기했다.
33) 헝가리의 민간 신앙에서 영물로 나오는 독수리과의 새.

제목의 책장 사이에서 잔인하고 몰인정한 얼굴을 내 쪽으로 돌렸다. 다른 별들이 자리를 잡기 전에, 쿼터제[34)]라 명명된 헝가리의 첫 유대인법이 내 별자리의 정점에 섰다. 모든 지상의 상징이(천상의 것에 대해서는 알 수 없지만) 내 출생의 사소함을, 더 나아가 비합리성을 증명했다. 게다가 나의 부모님은 내가 태어난 것을 짐스럽게 생각하는 것 같았다. 그때 부모님은 이혼을 준비 중이었다. 나는 서로 사랑하지 않는 두 사람이 육체적으로 결합한 결과물이었다. 아마도 육체에 굴복한 어느 밤의 열매였으리라. 그렇게 해서 우리 가운데 누군가 곰곰이 생각해 보기도 전에 자연의 자비로 내가 이 자리에 존재하게 되었다. 나는 건강한 아이였다. 이가 나고 옹알이를 시작했으며 이해력이 향상됐다. 나는 짐짝 취급을 받으면서도 쑥쑥 자랐다. 이제 완전히 남남이 된 아버지와 어머니에게 나는 공동의 아들이었다. 부모님은 복잡한 이혼 소송이 끝날 때까지 나를 사립 기숙 학교에 맡겼다. 나는 학교의 학생이었고 나라의 어린 시민이었다. 수업이 시작될 때면 "하나이신 하느님을 믿으며, 그의 나라를 믿으며, 헝가리가 다시 일어섬을 믿나이다."라고 기도했다. "국토를 빼앗긴 헝가리는 나라가 아니다. 국토를 전부 회복한 대헝가리 제국은 천국이다."라고 벽에 피처럼 붉게 영토 표시를 해 놓은 지도의 제목을 읽었다. 라틴어 수업 시간에 Navigare necesse

34) 유럽에서 최초로 1920년 헝가리에서 시행되었다. 고등 교육 기관에서 수학하는 유대인 학생의 비율이 점점 높아지자 6퍼센트로 제한하는 법률을 만들었고, 이후에는 교육뿐 아니라 교수직, 경제직 등 다른 부분에서도 유대인의 수를 제한하기 위해 확산되었다.

est, vivere non est necesse.[35]를 암기했다. 종교 수업 시간에는 Shma jiszroel, adonaj elohenu, adonaj ehod.[36]를 배웠다. 사방에서 나를 가두고 지식을 습득하게 했다. 어느 때는 애정 어린 말로, 어느 때는 엄중한 경고로 낙제를 막았다. 나는 훌륭하게 교육받은 사람이 되어야 한다는 강박 관념에 휩싸여 반항 한번 하지 않고, 할 수 있는 일을 다하려고 노력했다. 나는 수줍게 노력하는 사람이었지만, 내 삶에 맞서 끼어든 침묵의 약조에 항상 어떤 이의도 없이 전진하는 억눌린 구성원은 아니었다.

이 정도면 충분하다. 내 근본에 대해 추적할 필요는 없다. 내게는 근본이 없다. 나는 나와 함께 태어난 현혹하는 시간 감각의 결과라고 믿는 한 과정 속으로 떨어져 흘러 들어갔다. 내게도 다른 사람들처럼 한두 개의 일화와 몇 가지 개인적인 기억이 있다. 이것이 무엇을 의미하는가? 포로수용소의 화장터에서 죽어 가던 사람들, 생체 실험 후 공동으로 매장된 사람들이 기억나고, 이보다 운이 좋은 것은 글을 쓸 때의 기억이다. 나는 근원을 찾기 위해 사람들이 빽빽한, 끝이 보이지 않는 긴 줄을 응시했다. 우리 시대는 행진의 시대다. 집단적 마취 속에서, 눈이 멀어서 때로는 비틀거렸고 때로는 달리면서 행진했으며, 나 역시 그곳에서 절뚝거렸다. 어느 분명한 순간에 이유 없이 행렬

35) "항해가 필요하지 삶이 필요한 게 아니다." 폼페이우스가 폭풍우 속에 아프리카에서 로마로 항해할 때, 선원이 음식을 가져오자 플루타르크가 한 말이다.

36) 구약 성경 「신명기」 6장 4절에 나오는 "이스라엘아 들으라, 우리 하느님 여호와는 오직 유일한 여호와이시니."라는 구절이다.

에서 이탈하여 나는 더 이상 걷지 않았다. 도로변에 앉았다. 그리고 갑자기 내가 걸어온 길을 돌아보았다. 이것이 문학가들이 '재능'이라고 부르는 것일까? 나는 도저히 믿을 수 없었다. 나의 행동이나 말, 표현 그 어디에서도 재능이나 근본에 대한 징표 같은 걸 찾을 수 없었다. 생존에는 아무런 징표가 없었다. 나는 스스로 꾸며낸 이야기 속으로 들어가기를 꿈꾸지 않았다. 내게 일어난 일로 무엇을 시작해야 할지도 몰랐다. 내 귀에는 단 한 번도 소명을 전하는 말이 들려오지 않았다. 나의 모든 경험은 내가 필요 없는 존재라는 사실만을 확신하게 했을 뿐, 나의 중요성에 대해서는 결코 확신을 주지 않았다. 고통에서 구원하는 단어나 완전함에 대해서도 몰랐고, 아름다움이 무엇인지도 몰랐다. 명성이 있는 사람들은 늙어서 자기만족을 느끼리라 생각했다. 또 명성이 사라지지 않는다니 정말 웃기는 일이라고도 생각했다. 확실한 직업을 가지려고 소설을 쓰기 시작한 것은 아니다. 예술가였다면 나는 사람들을 즐겁게 해 주거나 가르쳤을 것이다. 내 작품에 흥미를 갖게 했을 것이다. 그리고 무심한 어조로 이 소설은 왜 썼느냐고 하지 않았을 것이다.

모든 것을 벗겨 내고 나면 고집스러운 나의 열정을 설명하는 단 하나의 이유가 마침내 드러날 것이다. 아마도 나는 세상에 복수하기 위해서 글쓰기에 착수했을 것이다. 복수하기 위해서, 그리고 세상이 나를 추방한 곳으로부터 얻어 내기 위해서 글을 썼을 것이다. 아우슈비츠로부터 구출해 낸 나의 콩팥이 아마도 너무 많은 아드레날린을 생산해 낸 모양이다. 하지만 그랬다 한들 문제가 될까? 묘사에는 한순간에 공격 본능을 부드럽게 만들거나 화해와 과도적인 평화를 가져오는 힘이 감추어져 있다. 아마 나는 이것을 원했을 것이다. 그렇다. 비록 상상 속에서 예술적 수단을 사용하여 표현하지만, 그것은 힘을 지닌 현실을 나의 것으로 만들 수 있었다. 영원한 나의 객관성을 주어로 변화시키고, 이름을 불리는 대신 이름을 불러 주는 존재로 변화시켰다. 내 소설은 바로 세상에 대한 대답이었다. 내가 세상에 대답하는 유일한 방식이었다. 우리가 알고 있듯, 신이 죽었다면 나는 도대체 누구에게 이 대답을 보내야 하는가? 나는 무(無)에게, 알지 못하는 어떤 이웃 사람에게, 세상에게 보냈다. 거기에서 생겨난 것은 기도가 아니라 소설이었다.

그러나 과장하지는 말자. 이것은 벌써 문학이다. 마침내 내게 얼마간의 글재주가 있다는 사실이 밝혀졌다. 부끄러워할 일은 아니다. 왜냐하면 재능이 있어서 글을 쓰기 시작한 것은 아니었기 때문이다. 오히려 반대였다. 소설을 쓰겠다고 결심했을 때 나는 아울러 재능까지 갖기로 분명하게 결심했다. 나는 일을 마쳐야 했다. 나는 좋은 책을 쓰기 위해 노력해야 했다. 말하자면 허영심이 아니라 사물의 본성에서 출발하려고 노력해야 했다. 다른 것은 아무것도 할 수 없었다. 대답을 해야 한다는 의무감이 내 안에서 비밀스러운 수단으로 농축되어 자유를 찾았다. 마치 거대한 압력을 받아 가열된 가스처럼. 과연 형체도 없고 참을 수도 없는 이러한 느낌을 가지고 나는 무엇을 시작할 수 있었을까? 자유는 때때로 순수한 전문 지식의 문제로 변한다. 나쁜 소설도 자유가 될 수 있나. 난 자유가 바로 표현되지 않으며, 바로 책이 그것을 방해한다. 최소한 이제는 내가 작가라는 운명의 고삐를 잘못 잡아당겼고, 그것의 고약한 아이러니가 나를 붙들었음을 안다. 무언가 나만의 고유한 동기가 있었는데, 다른 사람에게도 그것을 제공해야만 개인적 용무의 특성을 정당화할 수 있다. 때리려고 쳐든 상처가 난 내 손에서 나는 소설 한 권을 발견했다. 모두를 위해 깊이 머리를 숙이며 명절 선물로 크리스마스트리 아래에 놓으려고 했던 소설이다.

그러니까 이렇게 되었다. 모든 확신을 잃어버렸음에도 내가 존재하고 있음을 나 자신에게 증명해야 했다. 나는 계속해서 자살을 시도했다. 실제로도 시도하고 상징적으로도 시도했다. 때로는 실어증을 동반한 신경 쇠약증을, 때로는 공격적인 태도를 선택했다. 이해력이 빨랐던 덕에 나는 내가 외부 세계보다 훨씬 까다로운 존재라는 것을 비교적 빨리 알아차렸다. 나약함과 무능에서, 나아가 약간의 혼란과 불확실한 희망에서 나는 마침내 글을 쓰기 시작했다. 썼고, 끝냈다. 보라, 이것이 나의 질문에 대한 대답이다. 나는 이 말로 이 짧은 글을 마칠 수 있다.

그런데도 아직 내 마음속에는 끝났다는 사실을 인정하지 않으며 저항하는 무언가가 있다. 내 짧은 글은 이제 종착점에 도달했다. 그러나 나는 계속하고 있다. 철자가 소진되었고, 나는 다시금 하나하나 뒤를 따라오는 순간과, 시간과, 날과 마주한 채 어찌할 바를 모르고 서 있다. 보라, 또다시 나는 바로 그 치료법을 선택했고, 소설 쓰기를 시작했을 때와 똑같은 결과를 선택했다. 물론 인생에는 정답이 없다는 사실을 알지만, 마치 정답을 찾지 않는다는 듯, 이런 증상을 버려진 목록에 기록하는 것으로는 만족할 수 없었다. 아픈 사람은 나이며, 내가 고통에 관심을 보인다는 소견은 나에게 아무런 도움이 되지 않는다. 진단이 아니라, 질병이 활발하게 계속되는 과정이었다. '상세한 것들을, 주로 상세한 것들을,' 나는 살인을 부추긴 이반 카라마조프가 살인을 한 스메르자코프를 심문하듯 캐물었다.[37] 하지만 어떤 종착점에도 도달하지 못했고, 그래서 끝낼 수가 없었다. 그렇다. 두 살인자가 수다를 떨듯, 나는 은밀하고 지긋지긋하게 계속 써야 했다. 내가 말해야 하는 것이 비록 무감각하게 단순화된 살인처럼 절망적이고 비인간적인 것이라고 할지라도, 더 나아가 쓸모없는 통계 자료와 똑같은 것이 될지라도…….

'전화가 왔나……?'

……책을 쓰는 것같이 쓸모……

'이런 빌어먹을……!'

"집에 없는 줄 알았다!"

어머니의 목소리가 '마치 레이저 광선이 삶은 감자를 박살 내듯이' 끼어들었다.(이런 비유는 사실적이지도 않고 논리적으로도 적합하다고 할 수 없다.)(그런데 왜 레이저 광선이 삶은 감자를 박살 내야 하는 것일까?)(노인이 갑자기 떠올린 비유지만, 우리는

---

37) 도스토예프스키의 『카라마조프 가의 형제들』에서 아버지를 직접 살인한 것은 서자이자 간질 환자인 스메르자코프이지만, 이를 교묘하게 부추긴 것은 무신론자인 이반 카라마조프이다. 그럼에도 사건이 일어난 뒤 이반은 스메르자코프의 행위를 비난하며 심문한다.

보다 나은 비유로 이를 대신할 권리가 없다.)(오히려 더 나쁜 비유를 찾아내지나 않으면 다행이다.)(물론 우리는 앞으로도 그 이야기의 진실한 기록자로 남기를 원한다.)(도대체 이것 말고 어떤 목적이 있을 수 있단 말인가?)

부드러운 밀랍 귀마개 속으로 노인의 어머니가 내뱉는 비난의 소리가 들려왔다.

"집이 아니면 어디 있겠어요?" 노인이 화를 냈다.

"그건 너나 알겠지! 무슨 일이 일어났는지 들어 봐라. 선인장을 올려놓았던 작은 유리 선반이 깨졌다. 유리 조각이 아래로 쏟아져 내렸어. 화분들도 떨어졌는데, 하나가 완전히 깨져서 흙이 바닥으로 쏟아져 내렸구나. 어떻게 해야 하겠니?"

"쓸어 담으세요." 노인이 의견을 냈다.

"나도 그 정도 생각은 한다!"

다음 레이저 광선이 노인의 해골 속으로 파고들었다.

"내가 알고 싶은 건 새 유리 선반을 어디서 살 수 있느냐는 거다!"

"유리 가게요." 노인이 호기롭게 말했다.

"유리 가게라고! 마치 주변에 유리 가게가 널려 있다는 듯이 말하는구나! 어디에 가야 좋은 유리 가게가 있는지 아니?"

"몰라요." 노인이 말했다.

"물론 모르겠지. 너는 대체 아는 게 뭐냐?"

"그러니까, 어머니에게 필요한 것은……." 노인이 말을 더듬거렸다.

"어쩌다 그런 사고가 났는지는 묻지도 않는구나!"

"설마요. 무슨 일이세요!" 노인이 화를 냈다.

"선반 위에 매달린 그림에서 먼지를 털어 내려고 했다. 그런데 재수 없게 의자에 올라서자 내 실내복이 유리 선반의 귀퉁이에 끼어 버렸어. 내 생각엔 옷이 찢어졌을 거다. ……아직 확인해 보지는 못했다만……."

"그 연세엔 의자 위에 올라가시면 안 돼요!" 노인이 충고했다.

"그런 소리 마라!"

쩌렁쩌렁한 호통 소리가 귀마개를 뚫고 들어왔다.

"이 나이에 무엇을 해야 하는지는 내가 누구보다 잘 안다. ……등이 아파서 사무실에 나가지 못하게 된 후로는 파출부도 일주일에 한 번밖에 못 부르고 있다! 너한테는 먼지 좀 털어 달라고 해 봐야 소용도 없지 않니!"

"그건 그렇죠." 노인이 인정했다.

"그리고 퇴거 신고는 했니?"

"아니요." 노인이 깜짝 놀라며 대답했다.

"일주일 내내 할 일이 태산 같아서 그랬겠지?"

"예. 할 일이 너무 많았어요." 노인이 화를 냈다.

"시간 맞춰 해야 하는 일이에요. 번역을 하고 있거든요."

"점점 더 밑으로 내려가는구나. 처음에는 코미디극을 쓰더니 그다음에는 소설을 쓰고 지금은 번역을 한다고?"

"이제 곧 타이피스트가 될 거예요." 노인이 되받아쳤다.

"네가 뭐가 되든, 그건 네 문제다. 그렇지만 결정할 수 있는 시간이 많지 않다. 너도 이제는 젊지 않잖니."

"좋은 말씀이에요." 노인이 중얼거렸다.

"어쨌거나 빠른 시일 안에 퇴거 신고를 해 주어야겠다. 그래야 내가 부양 계약을 맺을 수 있어."

"그러죠." 노인이 말했다.

"그놈의 '그러죠.'라는 말은 귀에 못이 박히도록 들었다. 너는 늘 일을 마지막 순간까지 미루더구나. 그 모양으로 오늘까지 사는 것도 감지덕지할 일이다." 어머니는 노인에게 쏘아붙였다.

'오늘 하루도 다 갔군.' 노인이 생각했다.

'그만두어야겠어.' 계속해서 그가 생각했다.

'모든 것을 그만두어야겠어.' 그가 생각을 계속했다.

'난 이미 모든 것을 그만두었잖아. 맞아, 그랬지.' 노인이 약간 쾌활함을 되찾았다.

……잠시 산보를 하기로 ……결정했다.

'아주 좋은 생각이야.' 노인이 인정했다.

……이렇게 해서 나는 머르기트섬으로 갔다…….

'이런 실수를 하다니.' 노인이 얼굴을 찌푸렸다.

잔잔한 속삭임으로 살랑거리는 나뭇잎 아래에서, 한 음식점의 야외 식당에 누가 앉아 있는 것을 보았던가? 바로 어떤 녀석과 함께 있는 서시 아르파드였다…….

"재수가 없었지." 노인이 투덜거렸다.

……색깔 고운 앵무새 두 마리가 야생 밤나무 아래에 앉아 있었다. 화려한 색상의 셔츠를 입고 머리를 화려하게 꾸민 앵무새 같았다. 나는 그들을 피하려고 길을 빙 돌기 시작했다…….

"하하." 노인이 활기를 찾았다.

……하지만 이미 늦은 일이었다. 서시 아르파드가 벌써 나를 알아보았다.

"자, 그래도." 노인이 심술 사납게 말했다.

……나는 쏜살같이 빠르게 그 탁자를 향해 걸어갔다.

"오, 삶의 제왕이여! 오라, 오라, 나의 대공이여, 우리는 바로 그대를 기다렸노라!"

"너 아직 안 죽었냐?"

울타리처럼 설치해 놓은 화단을 넘어가면서 내가 친근한 태도로 물었다. 그는 아무 대답도 없이 즐거운 표정으로 옆에 앉은 사람을 힐끗 쳐다보았다. 그러고는 내가 다가가자 의자에서 일어나 입을 비숙거리며 웃었다. 키가 멀대같이 크고, 머리는 이미 희끗희끗한 장발에, 둥근 안경을 쓰고, 콧수염은 시커먼 채로 듬성듬성한 턱수염 둘레에서부터 누렇게 색이 변한 커다란 이가 보였다. 그 이를 보자 커피 잔 아래 남은 찌꺼기처럼 조금도 관심을 갖지 않았던, 오래전 마음 저편에 넣어 두었던 기억이 조금씩 되살아났다.

"자아, 자아?" 그가 이상한 발음으로 나에게 물었다.

"빌어먹을!" 그는 쥘 베른의 책[38]에 나오는 영국인 선장처럼 크게 소리 질렀다.

"너 뮌헤르 반 데 그륀, 네덜란드의 카카오 농장 주인이지?" 내가 반갑게 소리쳤다.

"멍청이 자식!"

원래 이름은 그륀이지만 지금은 게렌다시로 개명한 그가 껄껄 웃었다.

"십칠 년 전이나 지금이나 똑같군!"

물론 논쟁의 여지가 있는 말이었지만, 지금은 그럴 시점이 아니었다. 그 대신 나는 정말 반갑다는 듯 감탄을 하다가, 친구끼리나 하는 격의 없는 농담을 던졌다. 필요가 없어 내던졌다가 갑자기 다시 찾아낸 슬리퍼처럼, 나는 내가 해야 할 역할을 곧 알아차렸다. 나는 연기를 했다. 더 정확하게 말하면, 게렌다시의 마음에 오랜 좋은 친구로 남아 있는 나의 모상(模像)을 연기했다. 그의 마음에 내가 어떤 모습으로 남아 있는지는 모를 일이었다. 대체 무엇이 나에게 그 당시 전혀 정확하지 않은 옛날의 내 모습에 충실하라고 몰아댔는지는 모를 일이다. 우리는 결

---

38) 쥘 베른이 쓴 『80일간의 세계 일주』를 가리킨다.

국 우리의 모상이 운명처럼 사라지는 것을 영원히 두려워한다.

다행히 나는 그의 소식을 알고 있었다. 나는 서시와 함께 거리로, 극장으로 브리지 게임을 하러 쏘다녔다. 하지만 우리는 대개 로마강변에서 만났다. 소식을 가져온 쪽은 언제나 서시였다. 그륀이 네덜란드 텔레비전에서 인기를 끌고 있다, 그륀이 유머집을 두세 권 펴냈다, 그륀이 쓴 시나리오를 서독의 한 영화사가 영화로 만든다, 런던에서 헝가리로 돌아오면서 그륀의 집을 찾아갔는데 그륀이 암스테르담 교외의 한 빌라에 살면서 정원에 튤립을 키우고 있더라. 이런 소식을 전하는 동안 만족스러워 보이던 서시의 얼굴은 곧 심술궂게 변했다. 그륀의 성공은 만족스러웠지만, 자신의 처지를 생각하니 화가 났던 것이다. 물론 나도 마찬가지였다. 서시는 형이상학이 빠진 형이상학의 세계를 꿈꾸고 있었다. 그래서 하느님 대신에 실제로 써 먹을 수 있는 행복을 믿었다. 비록 스스로 선택한 것이지만 그는 패배주의와 자책에 빠져 한스럽게 살아갔다. 그렇지만 기회가 있을 때마다 정부 보조금을 받아 화려한 미지의 장소로 짧은 여행을 다녀오면서 자신을 위로했다.

"너는 여행은 전혀 안 다니는 거야?" 서시는 종종 나에게 이렇게 잔소리하곤 했다.

"안 다녀!" 내 생각이 옳다고 믿으며 나는 그에게 맞섰다.

"왜 안 다니는데?" 그가 관심을 보였다.

"그렇게 해도 나 자신에게서 벗어날 수는 없으니까." 나는 이렇게 말하곤 했다. "나는 감옥 한 귀퉁이에 앉아 있어도 이 세상을 알 수 있어. 세상을 이해하는 데 그만한 곳도 없을걸."

또 다른 때에는 이렇게 말했다.

"우리는 이 세상과 단절되어 있는데 계속해서 세상이 우리 것인 양 행동하는 게 마음에 안 들어."

"플랑드르어로 말하는군."

"내가 플랑드르어로 말하는 건 그게 유일하게 내가 한마디도 이해하지 못하는 언어이기 때문이야."

하지만 나는 그가 화를 내는 걸 알아챘다. 나로선 그걸로 충분했다.

서시는 한 주간 잡지사에서 일했다. 서유럽의 대다수 언어에 정통한 그는 종종 좋은 글을 번역해서 잡지에 실었다. 또 문예란을 담당했고, 잡지의 논설위원으로서 민족주의 노선을 대표하는 논설을 썼다. 아주 신중하게, 교활하게, 생생하게, 또 교양 있게. 그는 나에게 "그륀이 헝가리에 올 것이며, 옛날 추억을 맛보기 위해 나를 만나고 싶어 한다."라고 알려 주었다. 지금 막 두 사람은 나에게 전화를 하자고 말하던 참이었다고 한다.

나는 진심으로 기뻐하면서 블랙커피 한 잔을 주문했다. 그러고 나서 이런 경우에 하는 질문이라 생각되는 것들을 차례차례 던졌다. 뮌헤르 그륀은 겸손하게 대답했다. 그는 하나씩 차근차근 확실하게 이루어 냈지만, 그럼에도 아직까지는 진정으로 출세한 사람은 아니라고 했다. 서시가 이 말에 짧게 너털웃음을 웃었다. 가족이 있느냐고 묻자 아내와 다섯 살짜리 딸이 있다고 했다.

"내가 말 안 했었나?" 서시가 물었다.

"물론 했지. 하지만 한 번 더 확인하고 싶었어."

나는 발뺌을 시도했다. 이미 질문거리가 바닥나고 있었기 때문에 불안했다. 다행스럽게 그륀이 말을 이었다. 내가 쓴 코미디극들이 성공을 거두었다는 말을 서시한테 들었는데 자기도 하나를 보고 싶다는 것이었다.

"지금은 공연 안 해." 나는 시치미를 뗐다.

그러면 책으로라도 읽어 보겠다고 그가 말했다.

"그럴 필요까진 없어." 나는 별것 아니란 듯이 말했다. "졸작이야."

내 말에 그륀이 한참 동안 껄껄거렸다. 뼈마디가 툭 튀어나온 손으로 내 등을 치기도 했다. 그는 내가 농담을 한다고 생각하는 게 분명했다.

"너 하나도 안 변했구나." 그가 숨을 헐떡이며 즐거워했다.

"이 세상 누구도 자기 인생을 그렇게 단정하지는 않지." 서시가 아버지 같은 미소를 지으며 나를 자랑스러워했다.

"네 말이 듣고 싶은데." 나는 좋은 의도에서 그륀에게로 말을 돌렸다.

"사랑하는 친구!" 게렌다시의 태도가 엄숙해졌다. "우리 서유럽에 좋은 코미디극 작품을 다루는 큰 시장이 있는데."

그제야 나는 그들의 오해로 우스운 일이 벌어지고 있으며, 내가 거기에 휘말렸음을 깨달았다.

"난 이제 코미디극을 안 써." 내가 말했다.

"그럼 뭘 쓰는데?" 뮌헤르 페페르코른[39]이 관심을 보였다.

---

39) 뮌헤르 페페르코른은 독일의 작가 토마스 만이 쓴 『마의 산』에서 주인공

내가 무슨 생각을 떠올렸는지 아는 사람은 아무도 없었다. 표면적으로 나는 그에게 얼마든지 속마음을 보여 줄 것처럼 행동했다. 손쓸 수 없는 상황에서 벗어나기 위해, 나는 결국 그 친구들 사이에 앉았다. 그 순간 괴테의 충고가 머리를 스쳤을 수도 있다. 그는, 자신의 시적 작품이 사라지는 걸 막기 위해 그 분야에 정통한 사람들과 작품의 탄생에 대해 이야기를 나누면, 작품에 역사적인 가치가 부여된다고 했다.

"소설을 하나 썼어." 나는 겸손하게 말을 꺼냈다.

"아!" 그륀의 반응이 뜨거웠다.

"그런데도 나한텐 한마디도 안 한 거야?" 서시가 기분 나쁜 듯 나를 바라보았다.

"언제 출판되는데?" 게렌다시가 현실적인 측면을 지적했다.

"그게 말이야. 출판이 안 될 것 같아." 내가 말했다.

"뭐라고?"

"출판사에서 원고를 반려했어."

"아, 그래, 그래서." 약간 이상한 발음으로 뮌헤르 그륀이 말했다. 말을 하는 그의 표정이 진지했다.

이와 달리 서시의 얼굴은 아까보다 유쾌해 보였다. 그는 어느 출판사가 반려했는지, 이유가 무엇인지 물었다. 이유는 나도 모른다고 대답했다. 하지만 정말 불쾌한 편지를 한 통 받았는데 그들이 소설을 잘못 이해했거나 이해하고 싶지 않다는 뜻을 명

카스토르프가 병을 이겨 내도록 도와주는 커피 재배업자로, 건강한 삶과 행복을 추구하는 다혈질적인 인물이다. 여기서는 뮌헤르 그륀을 비꼬는 표현으로 사용되었다.

확하게 했다고, 왜냐하면 그들이 내 소설의 걸출함을 모두 우연으로, 새롭게 시도된 요소를 무능력으로, 전체적인 결과를 탈선으로 보았기 때문이라고 설명했다.

"소설의 주제가 뭔데?" 서시가 물었다.

무슨 이유에서였는지 모르지만, 내가 당황했던 것은 부인할 수 없다.

"그러니까." 나는 조심스럽게 말했다. "모든 소설과 마찬가지로 인생에 대한 이야기지."

예상대로 서시는 질문 공세를 쉽게 거두지 않았다.

'이제 고상하고 철학적인 말씀은 그만두시지!' 그는 눈짓으로 내게 그만하라는 신호를 보냈다.

"내가 알고 싶은 건 너의 소설이 구체적으로 무엇을 다루고 있느냐 하는 거야. 현재 일어나는 것에 관한 이야기야?"

"아니." 내가 말했다.

"그럼 어느 때?"

"그게…… 전쟁 때야."

"장소는?"

"아우슈비츠 수용소."

내가 숨을 내쉬었다. 잠시 침묵이 흘렀다.

"그렇다면……." 반 데 그륀이 완치되지 않은 나병 환자를 대하듯 동정심을 보이며 말했다. "너 아우슈비츠에 있었지."

"맞아." 내가 말했다.

"정신 나갔군." 처음에는 당황해서 아무 말도 못하던 서시가 정신을 차렸다. "아우슈비츠에 관한 소설을 쓴다고? 오늘날?

누가 그걸 읽는다고?"

"아무도 안 읽겠지." 내가 말했다. "출판이 안 될 테니까."

"그래도 시간이 지나면 사람들이 네 작품에 환호할 거라고 기대하는 거지?" 그가 물었다.

"그러면 안 돼? 그건 훌륭한 소설이야." 내가 말했다.

"훌륭해? 훌륭한 게 대체 뭔데?"

"뭐라고 해야 할까?" 나는 말을 더듬었다. "훌륭한 게 훌륭한 거지. 자기 자신 안에서 편안하게 쉬는 것…… 다시 말해…… 훌륭하다는 것은 그것 자체라고[40] 할 수 있어.

"그것 자체라."

서시가, 나의 말을 통역하듯이 게렌다시를 쳐다보았다. 이윽고 그가 천천히 뾰족이 솟은 코가 돋보이는 우아하면서도 갸름한 얼굴을 내 쪽으로 돌렸다. 눈을 내리깔고 있는, 벌겋게 달아오른 얼굴은 주위를 둘러싼 노란 구레나룻으로 인해 슬퍼 보였고, 갖은 풍파를 겪은 잠자는 여우의 얼굴과 닮아 보였다.

"그것 자체라." 그가 다시 한번 부드럽게 되뇌었다.

"도대체 누구에게 훌륭하다는 거야? 그걸로 뭘 할 수 있는데? 지금 네가 사는 곳이 어디야? 도대체 어느 별에서 살고 있냐고?" 서시는 점점 더 흥분하면서 관심을 표명했다.

"그 분야에서는 개도 네 이름을 몰라. 그런데 갑자기 나타나서 소설을 발표한다고? 더구나 이런 주제로……."

---

40) 원문에도 독일어로 an und für sich, 그것 자체, 즉대자(卽對自)라는 의미의 용어가 사용되고 있다.

"서시 이 자식……." 뮌헤르 그륀이 상황을 무마시키려고 애썼다.

"이 자식은 지금까지 하나도 안 변했어. 언제나 이렇다니까. ……뭐라고 해야 하지……. 똑똑한 바보[41]야." 그는 적당한 단어를 찾고 행복해했다. "너도 생각나지, 예전에……."

그럼에도 서시는 더 이상 참지 않았다. 나 역시 도저히 가만히 있을 수 없었다.

"그렇다면 나는 절대로 훌륭한 소설을 쓸 수 없다는 거야?" 독특한 나의 음성이 화를 내며 고함치는 소리가 들렸다.

"바로 그거야, 정확해." 서시가 반갑게 말했다.

"나도 그 이상의 표현은 할 수 없겠어. 친구, 너한테 훌륭한 소설을 기대하는 사람은 없어. 네가 훌륭한 소설을 쓸 수 있다는 증거라도 있어? 설사 증거가 있다 해도 그게 뭘 보증하지? 전문가는 그렇게 단순하게 자신이 본 것을 믿지 않아! 문단에선 아무도 네 이름을 모른다고." 그는 손가락을 꼽았다. "아무도 너를 후원해 주지 않아. 주제도 유행하는 게 아니고. 어떤 사람도 너에게 좋은 패를 던지지 않을 거야. 대체 원하는 게 뭐야?"

"그렇다면 만약……." 내가 물었다. "누군가 훌륭한 소설을 내놓는다면?"

"분명 너 자신을 말하는 거겠지?" 서시가 이렇게 추측했다.

"그렇게 가정해 보자고." 내가 인정했다.

---

41) 원래 '똑똑한 바보'를 의미하는 히브리어 단어를 원문에서 헝가리어 발음대로 azesz pónem라 적었다.

"우선, 훌륭한 소설이란 건 없어." 서시가 인내심을 갖고 설명했다. "두 번째로, 설사 그런 게 있다고 해도 그럴수록 상황은 더 나빠. 여긴 작은 나라야. 이곳에는 천재가 필요하지 않아. 그보다는 행실이 바르고 일 잘하는 그런 국민이 필요하지. 그런 사람은……."

"좋아, 좋아." 반 데 그륀이 안타까워했다. "하지만 네가 벌써 그 소설을 완성했다면…… 경우에 따라서……." 그는 아주 신중하게 말을 이었다. "나에게 보여 줄 수 있겠지……. 난 앞으로 이 주간 여기에 더 머물 거야. 대충 훑어보면……."

"이렇게 하면 내가 어려운 상황에서 벗어나겠군!" 내가 말했다. "네가 번역해서, 네덜란드에서 출판해 줘!"

뮌헤르 그륀은 당황한 것 같았다.

"나는 번역을 해 본 적이 없어. 더구나 헝가리어를 하려면 가끔씩 도움도 받아야 해." 당황한 그가 점점 더 어색한 헝가리어를 구사했다.

"그건 말이야…… 뭐라고 해야 하지…… 불합리한 일이야! 게다가……." 그는 천천히 정신을 차렸다. "우리 서유럽 국가에서도 소설을 업으로 한다는 건 쉬운 일이 아냐. 물론 그곳에도 뛰어난 전문가들이 있지. 어떻게 글을 써야 하는지 아는 사람들 말야. 그래서 잘 팔리는 주제를 고르는데 그것도 필요한 일이지. 네덜란드 사람들은 이런 주제를 『안네 프랑크』라는 작품으로 이미……."

"정리했지." 나는 그를 도와주기 위해 서둘렀다.

"완전히 다 정리한 건 아니지만 너의 글이 뭔가 새로운 것을 보여 주지 않으면…… 무언가를 첨가하지 않으면…… 한 출판사에서 반려한 소설은……그럴 경우에는 우리 서유럽에서도 좋은 결과를 얻기가 힘들어. 하지만 반대로…….” 그의 얼굴에 약간은 어색하지만 곰곰이 생각하는 표정이 나타났다. “특별한 작가의 개성이 드러나는 경우에는…….”

“너희에게 일시적인 센세이션을 일으키기 위해 내가 하고 싶은 말을 숨기지는 않을 거야!” 내가 말했다.

“그러라는 게 아니야!” 서시가 나를 안심시키기 위해서 재빨리 말을 가로챘다. “이제 우리나라에서 책 때문에 감옥에 가는 일은 거의 없어!”

“그래. 옛날에나 그랬지!” 나와의 논쟁에서 해방된 뮌헤르 그륀이 시원하다는 듯이 웃으며 덧붙였다. “너희도 기억하지, 그때는…….”

“이제는 우리 나라도 이런 문제를 아주 세련되게 처리해.” 서시가 망설임 없이 말을 이었다.

“물론이야. 나도 여러 사람에게서 그렇게 들었어.” 뮌헤르가 그 말을 받았다.

“너희 정말 많이 발전했더라. 가게 진열장도 훨씬 깨끗해졌고, 사람들 옷차림도 훨씬 멋있어졌고……. 그런데 그 예쁘고 우아하던 전형적인 페스트의 여자들은 다 어디로 사라진 거야?”

“당연히 이곳에 있지. 네가 알아차리지 못할 뿐이야. 너도 이제는 십칠 년 전의 멋진 상교는 아니니까, 친구…….”

이렇게 해서 지겨운 레코드판처럼 계속되던, 나와 관련된 이야기는 천천히 끝나기 시작했다. 서시는 여전히 서너 가지 충고를 늘어놓았다. 단편 소설을 쓰고 문학 잡지에 투고를 해야 한다고. 그러다 보면 사람들이 서서히 내 이름에 익숙해질 것이고, 더 나아가서 내 이름을 기억하기 시작할 거라고. 그때가 되면 문학 단체에 가입하라고. 어떤 문학 단체인가는 전혀 중요치 않다고 그는 말했다. 그는 끈기 있게 나를 가르치려 들었다.

"문학 단체라는 건 물결 같은 거야. 어느 때는 위를 치고, 어느 때는 아래를 치지. 그렇지만 그 위에 떠 있는 것들은 언제나 함께 끌고 다녀. 어떤 등성이나 어떤 계곡이나 그리고 마침내 어떤 항구로 들어가도록 몰아내지."

그는 이런 방법으로 아주 빨리, 혹은 그보다 느리게 목표에 도달한 작가의 사례를 언급했다. 그가 거론한 작가 중 대부분은 후에 절필하거나 자살하거나 자신의 길을 포기하거나 정신 병원에 간 사람들이었다. 반면에 이삼십 년이 지난 후에 위대한 작가로 밝혀진 다른 작가들은 행복했다. 재미난 점은 발표 당시에는 아무도 거들떠보지 않았던 바로 그 작품을 통해서 계속 살아남았다는 사실이다. 독자들이 이전에 내팽개쳤던 작품을 필두로 그의 작품들에 환호하고 열광하고 탐닉한다고 해도 거부했던 예전의 상황은 절대 변하지 않는다.

그륀이 말을 이었다.

"아니면 핵심을 찔러야 해. 그 당시의 문제를 찾거나. 소위 말해 표층에 있는 문제 말야. 그런 경우에는 이제까지 무명이던 작가를 등용시키지. 왜냐하면……."

서시가 말했다.

"그의 책이 누군가, 혹은 누구를 위해서 유용한 증명이나 반증 자료로, 추문을 일으키는 불씨나 깃발로 바로 사용될 수 있거든."

자신이 사는 서유럽에서도 분명 성공 시장은 개방되어 있지만, 이와 다른 일은 거의 일어나지 않는다고 뮌헤르가 말했다. 그러나 이러한 시장의 문을 열어젖히기 위해 동원되지 않은 방법은 없었다. 일례로 여왕의 영접 때 옷을 벗어 던진 사람이 있다. 또 어떤 사람들은 과속의 기록을 세우고, 쉬지 않고 이혼하고, 또 새로 결혼을 하고, 의심스러운 종파에 들어가고, 혹은 마약 중독으로 병원에 갇힌다. 그들의 목적은 이렇게 해서라도 자신의 이름을 신문 지상에 오르내리게 하는 것이다. 뮌헤르 반데 그륀 자신도 계속해서 똑같은 것을 반복해 내는 유머집의 이야기가 이제는 지겨워져, 소설에 어울리는 진지한 주제로 글을 쓰겠다고 에이전트에게 통고한 적이 있다고 한다. 그러자 에이전트는 주저 없이 그의 앞에 두 개의 계약서를 내놓았다. 하나는 이제까지와 마찬가지인 유머집 계약서로, 기존에 지급하던 사례금에 더하여 3분의 1을 더 지급하겠다는 내용이 담겨 있었다. 다른 하나는 소설의 계약서로, 빈약한 원고료와 더불어 에이전트가 완성된 원고의 전반부를 검토해서 출판 여부를 결정하겠다는 부대 조항이 달려 있었다.

"앞으로도 절대 서명하지 않을 거라는 말은 하지 않겠어. 하지만 아직까지는 서명하지 않았어."

"그런 일이 있었구나." 서시 아르파드가 관심을 표명했다.

"인간이 언제나 자기가 좋아하는 것만 할 수는 없지."

"그러려면 대가를 지불해야 하지." 뮌헤르가 덧붙였다. 그들은 한동안 나에게 말을 걸지 않았다. 그들 사이에 바보가 하나 앉아 있고, 그 바보의 머리 위에서 경험 많고 똑똑한 두 인간이 편안하게 이야기를 나누고 있었다.

하지만 나 역시 더 이상 그들의 말에 귀를 기울이지 않았다. 식당의 테라스를 가득 채운 가을 햇살이 나의 흩어진 주의력처럼 너무나 생기 없이, 또 산만하게 빛나고 있었다. 서시와 게렌다시의 대화 사이로 다른 소음이 섞여 들었다. 접시가 달그락거렸다. 저 바깥쪽 도로 위로 가끔 버스가 부르릉거리며 지나갔다. 우리 테이블 왼쪽에는 콧수염을 길게 기른 나이 지긋한 사내가 앉아 있었는데 유쾌한 문양이 과감하게 들어간 넥타이를 매고 있었다. 맞은편에는 그와 잘 어울리는 여자가 연신 미소를 띠며 앉아 있었다.

"아이 라이크 섬 픽처스.(I like some pictures.)"

그 녀석이 손에 소시지가 들어간 샌드위치를 들고, 뭘 좀 안다는 표정을 지으면서 영어로 말했다.

"에이 라이크 죄 뮤우지크.(I laik djor myusik.)"

아가씨가 이상한 발음으로 음악을 좋아한다고 말했다. 그녀는 더듬거리며 한 말을 미소로 얼버무렸다.

"내가 기억하기론, 소포 두 개가 하나로 묶여 있었어."

큰 고함 소리가 내 귀를 때렸다. 잘 차려입은 할머니들 사이에 앉아 있던 자그마한 노인이었다. 귀는 몹시 컸고 얼굴엔 생기가 없었다. 머리 위에 몇 올 안 되는 머리카락이 볏처럼 솟아, 화가 난 긴꼬리원숭이처럼 보였다.

내년 봄에 암스테르담에 가겠다는 서시의 말이 귓가를 스쳤다.

“그때는 아마 내가 거기에 없을 거야. 봄에 미국으로 가야 해. 그렇지만 손님 방 하나는 당연히…….”

콧수염을 길게 기른 사내가 맥주를 마시다가 하얀 거품을 수염에 듬뿍 묻혔다.

할머니들이 모인 탁자 옆에서 날카롭게 째지는 소리가 터져 나왔다.

“네가 전부 잘 알아?” 한 사람이 흥분으로 얼굴이 벌겋게 돼서, 머리를 흔들며 소리 질렀다.

“그래, 내가 모든 걸 정확히 알아!” 늙은 남자 우두머리가 으르렁거렸다.

할머니들이 순식간에 유순해지더니 조용해졌다. 늙은 남자는 씩씩거리며 주위를 둘러보았다. 그러는 사이에 아래쪽 틀니가 위협적으로 튀어나왔다가, 원래 자리로 돌아갔다.

우리 테이블에서는 특정 부품이 필요한 서시의 작은 영국제 자동차가 화제에 올랐다. 이어서 그는 정치와 무관한 게렌다시의 유머집을 번역해서 판로를 확보하도록 해 보겠다고 했다.

“네덜란드어를 배우기는 했어. 노르웨이어는 벌써 번역해 봤고. 막히는 부분이 나오면 네가 도와줘.” 그가 즐겁게 말했다.

나는 주위를 둘러보았다. 내 주위에서 모든 것이 끓어오르며, 위로 솟구치고 단어들이 사방으로 윙윙거리며 날아갔다. 마치 보이지 않는 전주 위에 있는, 보이지 않는 전선을 타고 생각과 충고와 계획과 희망이 한 사람의 머리에서 다른 사람의 머리로, 번쩍거리는 전기가 방전하듯 튀어 옮겨 가는 것 같았다. 그렇다. 나는 이 거대하고 일반적인 생산과 소비의 관계에서, 세상의 이러한 거대한 물질 변환에서 이탈하고 말았다. 바로 그 순간 나는 내 운명이 그때 막 결정되었다는 사실을 알아차렸다. 나는 소비하지 않는다. 또한 나는 소비되지도 않는다.

"가야겠어."

내가 일어섰다. 그들은 나를 붙잡지 않았다.

지금 나는 집에 앉아 있다.

'끝이야.'

노인이 소스라치게 놀란다.

'이게 다야.'

'그래도 나중에 책이 출판됐지.'

'이 년 뒤에.'

'4900부가.'

'1만 8000포린트를 받았어.'

"일 좀 했어?"

"물론 했지."

"진척은 있어?"

"한 부분을 덧붙였어."

"점심 뭐 먹을까?"

"뭐가 있는지 알아야지."

그의 아내가 집에 무슨 음식이 있는지 알려 주었다.

"뭐든 상관없어." 마침내 노인이 결정했다.

작은 가게는 마지막 정리 수순을 밟고 있었다. 누구는 나갈 거고 누구는 남을 거라는 추측이 이어지는 중이라고 노인의 아내가 설명했다.

재고 목록이 완성되었다. 부족분이 아니라 잉여분이 생겼다.(잉여분이 생겼다는 것은 좋은 일이지만 도저히 납득할 수 없을 만큼의 엄청난 잉여분은 책임을 물을 만한 일이었다.)(이 정도 잉여분이 생겼다는 것은 그 전에 아주 오랫동안 조직적으로 고객을 속여서 이득을 취했다는 뜻이기 때문이다.)

공식 직함이 전임 최고 지배인이었던 그 노파는 진작부터 받을 수 있었던 노인 연금을 타기 위해 재빨리 신청서를 제출했고, 회사는 그것을 그 자리에서 받아들였다. 일반적인 공정함의 정신과 비리를 청산할 수 있으리라는 희망을 널리 알리기 위한 조치였다. 정도 이상의 잉여분은 당연히 장부에 이익으로 기재되어야 했는데, 이는 회사에 손실을 가져왔다.

최고 지배인이 해고되는 것과 같은 결코 드물지 않은 이런 사례의 경우, 보통은 사람들을 다른 부서로 이동시키는 것이 관례다. 대부분은 더 나쁜 곳으로, 몇 명은 비슷한 곳으로, 아주 예외적인 경우에는 더 좋은 곳으로 말이다. 물론 이들 중 대부분은 노동법에 명시된 조항에 따라 재고 목록에 대해 아무런 책임을 지지 않는다. 심지어 사건의 진행 과정을 알지 못하는 사람도 있다. 그럼에도 죄의 그림자는 길게 드리워져 모든 사람에 대한 조사가 시작되고, 마침내 그중 몇 명에겐 아무런 죄가 없음이 밝혀진다.

이렇게 해서 쌀쌀맞아 보이고 말수가 적은, 키가 큰 금발의 여자가 새로운 최고 매니저로 발탁되었는데, 그 사실은 더 이상 비밀이 아니었다. 그녀는 체리주와 향수가 섞인 특이한 냄새를 풍기며, 입술 한쪽에 언제나 담배를 물고 다녔다. 벌써 그녀의 사무실에서 블랙리스트가 완성되었다는 이야기가 떠돌았다. 그건 비밀이 아니었다. 왜냐하면 새 매니저가 여러 사람이 있는 가운데, 물론 노인의 아내가 있는 데서도 "도둑질을 한 사람과는 함께 일할 수 없다."라고 공표했기 때문이다. 모든 것이 불확실했지만 그래도 분명한 것은 이름이 일로너인 그녀의 동료 보다 부인은 남게 되었다는 사실이다. 개인적인 애착이 크기 때문인지 아니면 그보다 더한 다른 요인이 작용했기 때문인지는 모를 일이었다. 예를 들면 공식 직함이 최고 지배인인 새 매니저의 선견지명 덕분일 수도 있다. 시간이 지나면 그녀에게도 운명적으로 잉여분이 생길 수 있고, 그 경우 그녀도 분명 손님이 많은 저녁 시간에 그럴 필요가 전혀 없는데도 하얀 가운을 입고 맥주를 따르는 꼭지 앞에 서서, 앞사람이 그랬던 것처럼 희생하는 척하면서 뒤로는 훔치는 일을 반복할 것이다. 그 결과 우리는 적어도 인생은 언제나 사기라는 사실을 다시 확인할 것이다.

"이제 내가 어느 부서로 가게 될지 알아봐야 해." 노인의 아내가 결론을 내리듯이 말을 마쳤다.

"아 참, 어머니가 전화하셨어." 잠시 후에 노인이 말했다.

"뭐라고 그러셔?" 아내가 물었다.

노인은 간략하게 정리해서 말했다.

"이젠 어머니와 집을 바꾸고 싶어도 그럴 수 없겠네." 아내가 말했다.

"그래, 가능성이 없어. 지금으로서는." 노인이 서둘러 덧붙였다.

"평생토록 이 오두막에서 살겠군." 아내가 말했다.

"도리가 없지." 노인이 말했다.

그러고는 한참 뒤에 이렇게 덧붙였다.

"잠깐 나가서 한 바퀴 돌고 올게."

다음 날 아침 노인의 아내는 방의 북서쪽 모퉁이에 있는 침대 겸용 소파 모서리 한쪽에 앉아 있었다. 잠옷을 입고 슬리퍼를 신은 채로. 갑자기 잠에서 깨어 아직 눈도 제대로 못 뜨고 이렇게 말했다.

"정말 이상한 꿈을 꾸었어. 꿈의 내용이 자세하게 기억나지는 않지만……." 계속해서 그녀가 말을 이었다. "분명한 건, 내가 어마어마하게 큰 음식점에서 일을 하고 있었다는 거야. 7층 건물이었고 붉은 타일이 붙어 있었어. 마치…… 잠깐만 기다려 봐. ……교도소 같았어. 맞아, 각 층에서 음악이 흘러나왔어. 거의가 집시 음악이었어. 나는 옥상의 테라스 담당이었는데, 그곳은 꽉 차 있었어. 나는 접시와 무거운 유리 그릇을 옮겼어. 쟁반 위에는 열두 병의 맥주가 올려져 있었지. 주방은 1층에 있고, 1층에서부터 옥상까지 운반을 해야 했는데, 종업원들이 거의 없었어. 우리는 헤엄쳐 갔는데, 식탁에서 사람들이 주문을 하느라 아우성이었어. 재떨이가 미꾸라지로 가득 차고, 기름에 전 식탁보 위에서 음료수가 땅바닥으로 쏟아지면서 튀었어. 정말 이상한 빛이, 여름에 동 틀 때나 볼 수 있는 그런 자주색 빛이 비추더라고. 나는 손님들 사이로 뛰어다녔어. 몸에서 땀이 뚝뚝 떨어졌는데, 이상하게 나와는 상관이 없는 느낌이 들었어.

보더 부인이 헝가리 전통 의상을 입고, 소리를 내며 내 옆을 지나갔어. 붉은 조끼를 입고, 머리에는 화환을 쓰고, 검은 치마를 입고 있었는데, 치마가 위로 어마어마하게 부풀었더라고. 그런데 엄청나게 큰 접시를 옮기다가 접시에 깔리고 말았어. '겨울에, 눈보라가 치면 도대체 어떻게 접시를 옮기지?' 그녀가 숨을 몰아쉬면서 나에게 묻더군. '그거야 당신이 알아서 할 일이지.'라고 내가 대답했어. 그 순간 그녀의 화환이 아래로 미끄러져 귀까지 내려왔어. 귀밑으로 땀이 뚝뚝 떨어지더니 자주색 루즈와 검은색 마스카라가 얼굴에서 줄줄 흘러내렸어. 나는 웃다가 주저앉아 버렸어. 그러느라 쟁반을 땅에 떨어뜨렸지. 나는 언제나처럼 일할 때 신는, 발목 위로 올라오는 신발을 신고 있었는데, 발이 너무 아파서 신발 끈을 풀어 놓고 있었어. 이 와중에 10포린트짜리 메달 하나가 내 신발 속으로 들어갔어. 그러자 한 사내가 '내가 여기를 정리하고, 당신을 불친절 종업원 신고란에 기재하겠소!'라고 소리쳤어. 부지배인이라는데 어떤 지배인을 대신하는지 모르겠더라고. 그래서 그 사람한테 말했지. '제발 한 번만 용서해 주세요. 저는 이미 사형 선고를 받은 사람이에요!' 그러면서 그에게 판결문을 보여 줬어. 그 남자가 판결문을 가지고 가서 읽기 시작했어. 읽는 동안 그의 눈이 밖으로 튀어나올 것처럼 정말 희한하게 불룩해졌어. 그러고는 조금 이따 '이건 다른 거야!' 하고 말하더군. 갑자기 그 남자가 위로 훌쩍 뛰어올라 차렷 자세를 하고는, 거수경례를 하려고 하더니, 잠시 후 그냥 손을 내리는 거야. 그러면서 나를 향해 아주 슬픈 표정으로 눈을 깜빡였어.

그러더니 어디선가 새로운, 금발의 여자 대표가 홀연히 나타났어. 얼굴은 분필처럼 하얗고, 입술 끝에 흔들거리는 담배를 물고 있었는데, 내 귀에다 대고 이렇게 속삭였어. '도망갈 수 없어! 오늘은 종업원이 없어. 그러니 당신이 끝까지 일해야 해!' 그녀의 입에서 실제와 똑같은 체리주 냄새가 풍겼어. 내가 그녀에게 '용서해 줘요. 난 이미 자유인이에요. 판결문도 있다고요!'라고 했지. 그러자 그녀가 내 앞치마를 벗기려고 했고, 난 주머니에 동전이 든 앞치마를 획 벗어서 그녀 발치로 던져 버렸어. 그러고 나서는 노래가 끝난 걸 알아차렸어. 내 일생 그 순간만큼 자유를 느껴 본 적이 없어. 난간 쪽으로 발걸음을 옮겼지. 밑에서 엄청난 군중이 밀고 들어오는 게 보였어. 모두가 먹고 마시기 위해 안으로 들어오려 했어. 계속 주변에서 사람들이 밀려들더니 개미처럼 길고 검은 줄을 만들었어. 날은 이미 어두웠어. 발아래에서 건물 전체가, 벌통처럼 가득 들어찬 사람들로 웅성이고 윙윙거렸어. 음악이 흐르고, 사람들은 먹고 마셨어. 사방에서 취한 사람들이 소리를 지르며 노래를 불렀어. 종업원들은 정신없이 뛰어다니면서 음식과 음료를 손님 탁자에 내려놓았지. 그러고는 다시 계단을 통해서, 보이지 않는 부엌으로 내려갔어. 부엌에 음식이 점점 떨어지는 것 같았어. 정말 신기하게도 아주 갑자기 주방에서 일하는 사람이 없다는 사실을 알게 됐어. 이 모든 것이 고참들이 잉여분을 요리할 때까지, 그때까지만 지속될 수 있었어.

내가 원하는 것만큼 이야기가 술술 나오지 않네. ……각 부분의 상세한 내용은 기억이 안 나. ……옷을 입어야지. 이러다 늦겠어. 진짜 악몽이었어. 하지만 잠에서 깬 게 그보다 더 끔찍하네." 노인의 아내가 결론을 내리듯 말을 마쳤다.

얼마 뒤에 노인은 서류장 앞에 섰다. 그리고 오늘은 생각을 하지 않겠다고 진지하게 생각했다.

계획을 실현하기 위해, 어떤 목표를 설정하고 그 실현에 대해 말하기 위해서였다. 그러한 목표를 설정하기까지는 특별한 노력을 기울일 필요도 없었다.(이미 말했던 것처럼 늘 하던 대로 노인은 이미 생각에 빠졌는데, 사실 아무것도 생각하고 있지 않을 때에도, 생각을 하고 있는 듯한 모습을 보여 주었다. 가끔은 그 자신도 자기가 생각을 하고 있다고 믿을 정도였다.) 노인은 서류장의 아래쪽 오른편 뒷부분, 북서쪽 모퉁이에서 돼지 가죽으로 만든 듯 보이는, 표면 여기저기에 구멍이 있는 황갈색 작은 상자 하나를 꺼냈다.

구멍이 있는 황갈색 작은 상자의 표면 윗부분은 황갈색보다 더 진한 황갈, 말하자면 갈색이라 말할 수 있는 색으로 둥글게 솟아 있었다. 그것은 둥글게 손질된 도장 자국이었고 그 가운데에 MEDIKOR라는 글자가 보였다.(아마 약품 회사나 의료 기기를 생산하는 회사에 적합한 약자일 것이다.)(그러나 순수한 논리를 허용하자면, 그와는 달리 합당한 근거가 부족했다.)(게다가 이 상자가 언제, 왜, 어떻게 그의 손에 들어오게 되었는지 노인은 전혀 알지 못했다.)(우리도 달리 어쩔 수가 없다.) 상자 안은 두 칸으로 나뉘어 있었고, 칸마다 프랑스 카드가 한 묶음씩 들어 있었다.(하나는 파란색이고 다른 것은 빨간색이지만 개수는 똑같이 쉰두 장이었다.)(카드를 모두 합하면 백네 장이었다.)(빨간색과 파란색 카드의 뒷부분에는 진한 파란색 도장과 진한 빨간색 도장이 찍혀 있었는데, 중앙에 MEDIKOR라는 글자가 보였다.)(언제나처럼 잘 어울렸다.)

노인은 파란색 카드를 꺼냈다.(파란색 카드가 더 새것 같았다.) 잠깐 카드를 섞은 후에 노인은 열세 장의 카드를 네 번에 걸쳐(그러니까 모두 합해 쉰두 장을) 늘어놓았다. 언제나 오른쪽에서부터 왼쪽으로 내려놓았다. 그의 앞에 있는 탁자 위, 정확하게 말하면 그 집에 하나밖에 없는 그 탁자 위로 말이다.

이는 놀랍게도 그가 브리지 게임을 준비하고 있음을 의미했다. 브리지 게임을 하려면 더도 말고 덜도 말고 네 명이 필요했다.

“브리지는 영국의 두뇌 게임이지.” 노인은 늘 이렇게 말했다. 자기가 못하는 것을 위로하기 위해서였다.

이 게임의 본질이자 특수성이라 할 만한 것은, 마주 앉은 두 사람이 짝이 되어 나머지 두 사람과 경기를 한다는 것이다.(그래서 브리지라고 부른다.)(영어로는 bridge라고 쓴다. 헝가리어로는 다리를 의미하는데 이건 너무 단순한 설명이다.)(이와 함께 영국에서 유래했다는 설에 대해 요새 우리 연구자들이 외국 연구자들과 똑같이 의문을 제기하고 있다.)

이리하여 노인은 부족한 세 사람의 역할을 자신이 했다. 달리 방법이 없으니 게임 내내 공격과 방어의 역할을 혼자 담당했다고 할 수 있다. 이 경우의 장점은 자기와 한편인 짝의 패를 쉽게 알아낼 수 있다는 것이지만 단점은 펼쳐진 카드가 그를 난처하게 한다는 것이었다. 이런 특성으로 인해, 어떤 패를 모아야 하는지가 쉽게 파악이 됐다. 그래서 자신을 공격자 중 한 사람이라고 말하고, 임퍼스[42] 대신 네 개의 하트로 게임을 쉽게 완성할 수 있으리라 생각했다. 이길 것을 이미 알고 있었다. 하지만 카드를 모으는 데만 신경 쓰다가, 검정색 낮은 패로 높은 패를 잃어서 결국 지고 말았다. 상대방의 입장에서 이미 모든 것을 분명히 알고 있었음에도 말이다. 이 경우 좀 우습지만 자신을 진 팀으로 분류할지 아니면 이긴 팀으로 분류할지 물어야 한다. 노인은 잠시 머뭇거리다 이긴 팀에 들어가기로 결정한다. 쉽게 모아지지 않았던 네 개의 하트 패에 대한 복수이기도 했다. 그러고 나서 카드 묶음을 상자에 넣고, 상자를 원래의 자리로(서류장 아래쪽 오른편의 뒷부분, 북서쪽 모퉁이로) 돌려놓았다. 서류장을 잠그고, 할 일 없는 팔을 아래로 내려뜨렸다. 그러자 마침내 사실상 기초가 튼튼하고 습관적이고, 이미 의식적이라고 말할 수 있는 상황이 즉시 또다시 펼쳐졌다. 그리하여.

노인은 서류장 앞에 서서 생각에 잠겨 있다. 지금은 아침나절이다.(10시가 채 안 된 비교적 이른 시간이다). 이 시간이면 노인은 항상 생각에 잠겨 있다. 노인에게는 생각할 거리가 많았다. 당연히 곰곰이 생각할 게 많았다.

42) 낮은 패의 카드로 높은 패의 카드를 이기는 카드놀이의 기술.

이미 오래전에 그는 책을 완성해야 한다는 사실을 알았다. 이건 미화시킬 수 없는 사실이다. 어떤 책이든 그저 책 한 권이면 족했다. 노인은 오래전부터 좋은 책이든 나쁜 책이든, 어떤 책을 쓰든 전혀 상관없다는 것을 알고 있었다. 본질적으로 이 사실은 아무것도 변화시키지 못했다.

더 이상 낭비할 시간이 없는 사람처럼 그는 화가 난 몸짓으로 서류장의 윗부분에서 "아이디어, 원고 초안, 미완성 원고"라는 제목이 붙은 서류철을 꺼냈다. 이어서 여러 장의 메모지와 공책과 종이 사이에서 임의로(에이스든 클로버든 무엇을 뽑아도 아무 상관이 없다는 듯이)(더 정확하게 말하면, 이 카드를 자신이 섞었기 때문에 에이스나 클로버를 뽑지 않으리란 것을 잘 알고 있다는 듯이)(손에 닿는 종이 촉감을 통해 하나하나 뚜렷하게 구분할 수 있게 된)(약간 더 좋은 카드와 약간 더 나쁜 카드를 간직하고 있어서 절대 똑같지 않은 기회들을)(이 정도에서 그 순간의 운이 작용할 수 있는 여지는 조금 남겨 두었다.) 종이 뭉치의 가운데쯤에서 귀퉁이가 어느새 약간 누렇게 변한 노트 속지 한 장을 뽑아 냈다.

귀퉁이가 어느새 약간 누렇게 변한 노트 속지에는 이미 한참 동안 사용하지 않은 초록색 형광펜으로 "아이디어, 원고 초안, 미완성 원고"에 어울리는 다음과 같은 메모가 적혀 있었다.

쾨베시는 여권을 두 번 신청했지만 세 번이나 발급 불가 판정을 받았나. 행성 작오가 있는 게 분명했다. 그렇지만 쾨베시는 이 사건에 상징적인 의미가 있음을 알아차렸다. 그래서 결정을 내렸다. 이제 무슨 일이 있더라도 여행을 떠나고 말겠다고.

"그래……." 노인이 혼자서 중얼거렸다. "좋은 기회였어."

"기억이 나."

"직장의 추천서 같은 건 없었어."

'오래전 일이야.' 그의 생각이 주제를 벗어났다.

'그런데 이걸로 뭘 알아낼 수 있지?' 그의 생각이 다시 주제로 돌아왔다.

'하지만 썩 나쁜 생각은 아니군.' 잠시 후에 그가 생각했다. '재미난 요소들도 있었어.'

'이렇게 시작하면 돼.'

'어디서부터든 시작하면 되지.'

'중요한 것은 어디로 가느냐야.'

'그런데 쾨베시는 어디로 간 거지?'

노인은 서류장 앞에 앉아 생각한다.('쾨베시는 어디로 간 거지?' 라며 분명히 자기 자신에게 던졌던 질문을 생각한다.)

'도대체 쾨베시는 어디로 간 거지?'

그는 자기 자신에게 계속해서 물었다. 얼굴이 천천히 밝게 변하는 것으로 보아 이미 답을 깨달은 것 같았다.

그러더니 타자기를 꺼냈다. 서류장의 제일 위에 있는 칸, 몇 개의 서류 묶음과 두 개의 종이 상자, 그 뒤로 회색 서류철이 있으며, 회색 서류 묶음 위에는 서진으로 쓰이는, 서류철의 회색보다 어두운 회색 돌덩이가 있는 칸에서 말이다. 그리고 종이 끝을 타자기에 끼우고, 한가운데에 맞춘 다음 대문자로(책

제목이라고 할 수 있는 어떤 제목을 늘 하던 대로 익숙하게) 쳤다.

좌절

노인은 잠시 생각한 뒤에, 그 밑에 이렇게 덧붙였다.

1장

'이런 빌어먹을!'

노인이 타이핑을 중단하고, 자리에서 반쯤 일어나서 팔을 내밀어 서류장을 잡았다.

"추잡한 할배가 실컷 욕을 보여야……." 노인이 천천히 중얼거렸다. 단어 하나하나를 확실하게 발음해서 설명하듯이. 그러면서 그는 밀랍 귀마개를 조심스럽게 손가락 사이에 끼워 모양을 잡은 뒤 귀에다 넣었다. 이렇게 해서 오글뤼츠와, 전 세계라 할 수 있는 거짓의 협곡을 경계선 밖으로 밀어냈다.

1장

도착

쾨베시의 귀에 윙윙거리는 소리가 들렸다. 아마도 깜빡 잠이 들어, 아득히 높은 곳에서 지상의 어둠으로 내려가는 특별한 순간을 하마터면 놓칠 뻔한 듯했다. 비행기가 선회하는 동안, 새롭게 펼쳐진 지평선 저 끝에 반짝이는 조명이 흩어져 나타났다. 어두운 바다 위에 떠서 흔들리는 배일 수도 있겠다는 생각이 들었다. 그렇지만 저 아래는 땅이었다. 이 도시가 보여주는 모습은 왜 이리 비참할까? 쾨베시는 자기가 떠나온 다른 도시, 부다페스트를 떠올렸다. 이미 열여섯 시간이나 비행기를 타고 날아왔는데도 가볍게 취한 것처럼 제일 먼저 그런 생각이 들었다. 물론 거리상으로는 두너강의 낯익은 굽이와 전등으로 장식한 다리, 부더의 언덕과 시내 중심의 화려한 불빛들은 멀리 있었다. 이곳 저 아래에도 희미하게 빛나는 줄이 보였다. 강이 하나 있는 듯했고, 그 위로 하나씩 드문드문 밝혀진 둥근 곡선은 아마도 다리 같았다. 비행기가 조금 더 하강하자 강의 한쪽 편은 평평하고, 다른 편은 언덕과 산이 가득한 곳임을 알 수 있었다.

쾨베시는 더 자세히 살펴보고 싶었지만 그럴 수 없었다. 비행기가 착륙한 것이다. 이제 익숙한 부산함이 뒤를 이었다. 안전벨트를 풀고, 구겨진 옷을 똑바로 펴고, 옆에 앉은 영국 사람에게 생각나는 대로 간단한 작별 인사를 건넸다. 영국의 큰 회사 사장인 그는 사업차 세계 곳곳을 다닌다고 했다. 그의 여행 경험은 많은 도움이 되었지만 난생처음 여행을 떠나 이곳이 유일한 여행지인 그에게는 낯설기도 했다. 게다가 여행의 온갖 피로까지 갑자기 밀려드는 것 같았다. 직원들이 자신의 가방을 들어 주었으면 좋겠다는 생각이 간절하게 들었다. 가방에는 필요한 것이 모두 들어 있었다. 더 필요한 것이 있으면 나중에 유명하고 부유한 친구의 도움을 받아 이곳에서 구입할 수 있을 것이다. 그는 직원들이 자신을 돌봐 주었으면 좋겠다고 생각했다.

하지만 기다려도 소용없었다. 그의 앞으로 뛰어오는 사람은 아무도 없었다. 공항은 어두웠고 완전히 방치된 것처럼 보였다. 대체 무슨 일일까? 파업 중일까? 전쟁이 나 공항에서 등화관제를 실시하는 것일까? 아니면 그저 직원들이 게을러서 이방인들이 스스로 길을 찾도록 내버려 두는 것일까? 저 멀리 견고하고 둥근 무언가가 눈에 들어왔다. 아마도 공항 청사이겠거니 생각하며 쾨베시는 잠시 주저하다 그쪽으로 몇 발짝을 뗐다. 하지만 그는 곧 미끄러져서 넘어지고 말았다. 어두워서 콘크리트 길에서 벗어난 모양이었다. 그 순간 갑자기 그의 얼굴을 때리는 것이 있었다. 탐조등의 강렬한 불빛이었다. 불빛이 그의 얼굴을 똑바로 비추었다. 쾨베시는 너무 화가 나서 눈을 꼭 감았다. 그러자 불빛이 자신의 무례함을 깨달은 듯 서둘러 아래를 향하더니 그의 온몸을 샅샅이 훑어 내렸다. 불빛은 발 앞으로 달려가다가 서둘러 땅 위를 몇 미터쯤 달리고는 쾨베시의 발로 돌아와서 또다시 앞으로 갔다. 그에게 길을 알려 주려는 것일까? 어쨌거나 특별한 일이 벌어지고 있었다. 환영하는 것 같기도 하고, 명령하는 것 같기도 했다. 그는 결심을 하고, 손에 트렁크를 든 채 그의 앞에서 춤을 추는 한 줄기 불빛을 따라 걷기 시작했다.

상당히 먼 길을 걸어야 했다. 탐조등 불빛이 비추는 곳만 빼고, 주변의 모든 것이 칠흑 같은 어둠에 덮여 있었다. 그래도 쾨베시는 자기 발아래에 풀이 솟아난 땅이 있고 그것이 새로운 활주로로 변하고 있음을 알아차렸다. 활주로의 폭은 대단히 좁아 보였다. 쾨베시가 타고 온 것과 같은 신종 대형 항공기가 다니기엔 적합하지 않았다. 쾨베시는 이 활주로가 최근에 완성되었을 것이라고 생각했다. 그렇다면 활주로가 이렇게 멀리 떨어져 있는 이유도 설명이 됐다. 아니면 이곳에서는 외국인 여행자가 도착과 동시에 주변을 확실하게 파악하는 길 바라지 않는 것일지도 몰랐다.

갑자기 불빛이 사라졌다. 목적지에 도착한 모양이었다. 쾨베시는 맞은편에 불이 밝혀진 건물 입구가 있고 그 앞에 사람이 서 있는 것을 보았다. 정확하게 말하면 사람의 모습으로 보이는 형체였다. 그 형체는 그보다 서너 계단 높은 곳에 있었다. 현관 불빛이 너무나 강하게 쏟아져서 쾨베시는 아무것도 볼 수 없었다. 틀림없이 사람이었다. 순간 어느 나라 말로 인사를 해야 할지 몰라 쾨베시는 그에게 말을 건네지 못했다.

그러자 재빨리 도움의 손길이 다가왔다.

"오셨습니까?" 상대가 쾨베시에게 물었다.

친절한 인사말처럼 들렸지만 어딘지 모르게 고소해하는 감정이 섞인 것 같아서 이상한 기분이 들었다. 물론 그건 쾨베시 자신만의 느낌이었다.

"예." 그가 대답했다.

"자, 그럼." 남자가 말했다.

그의 말투는 또다시 쾨베시에게 고민을 안겨 주었다. 사실, 말하는 얼굴을 명확히 볼 수 없어서 그가 비웃는 건지, 음흉하게 협박하는 건지, 그것도 아니면 그저 단순하게 확인하는 건지 정확하게 알 수 없었다. 속 시원하게 말해 주었으면 싶었지만 그러나 감히 그런 요구는 할 수 없었다.

"친구를 만나러 왔습니다." 그가 말했다. "깜짝 놀래 주려고, 사전 연락을 안 했는데……."

"어떤 친구죠?" 남자가 물었다.

"비조노시 시클러이요. ……그다음에 스토네시로 바꿨다가…… 지금은 서손이라는 이름을 씁니다. 세계적으로 유명한 코미디극 작가이자 시나리오 작가입니다." 쾨베시는 이렇게 설명하면서 자신의 확실한 기반에 안도감을 느꼈다.

"아는 이름일 겁니다!" 쾨베시는 지금까지보다 훨씬 더 단호하게 덧붙였다.

"짐작하시겠지만 여기서는 모르는 이름입니다." 그들이 쾨베시에게 말했다.

"모르는 이름이라고요?"

자신의 질문에 대해 대답이 돌아오지 않자 쾨베시가 이렇게 말했다.

"그런 줄 몰랐습니다. 이제는 정확히 알겠군요."

그는 잠시 조용히 서 있었다. 입구에서 쏟아져 나오는 노란 불빛이 그의 그림자를 기묘하게 만들었다. 손에 든 트렁크가 그의 몸에 붙은 이상한 덩어리처럼 보였다. 그는 지금까지보다 훨씬 작은 소리로 물었다. 가벼운 대화를 나누다가 갑자기 기밀 사항을 말하려 하는 사람처럼.

"지금 제가 있는 곳이 어디입니까?"

"고국입니다." 하는 대답이 들려왔다.

남자는 잠깐 말을 중단했다. 날씨가 급히 서늘해지는 봄날 저녁 시간이라, 쾨베시의 입에서는 숨을 쉴 때마다 하얀 입김이 나왔다. 이 사람의 말은 사실인 것 같았다. 그가 아주 상냥하게, 정말 딱하다는 듯이 쾨베시에게 물었다.

"되돌아가고 싶습니까?"

"방법이 있나요?" 쾨베시가 물었다.

남자가 선물을 주듯 말없이 팔을 쑥 뻗었다. 쾨베시는 뒤를 돌아보았다. 저 멀리 작은 창문 틈으로 빛이 새어 나오고 있었다. 그가 타고 온 바로 그 비행기일 것이다. 갑자기 강한 그리움이 밀려왔다. 승객용 구역은 안전했고 에어컨디셔너로 조절되는 공기는 따뜻했으며 좌석은 편안했다. 많은 외국인 승객, 미소 짓던 여승무원들, 흠잡을 데 없던 식사, 심지어 비행기 출발지와 도착지를 다 알고 있던, 옆자리의 따분하고 말 없는 영국인까지 너무 그리웠다.

"아닙니다." 쾨베시가 다시 그 사람 쪽으로 몸을 돌렸다. "그럴 필요는 없다고 생각합니다. 이미 이곳에 도착한걸요." 그가 계속 덧붙였다.

"좋으실 대로 하십시오." 남자가 말했다. "우리는 아무것도 강요하지 않습니다."

"그렇군요." 쾨베시가 인정했다. "그렇지 않다는 걸 증명하기는 어렵겠죠."

그는 잠시 생각했다.

"하지만 당신들은 저에게 강요를 하고 있습니다." 쾨베시가 다시 말을 꺼냈다. "제 앞을 비추던 불빛처럼요."

"그 빛을 따라올 필요는 없었습니다." 남자가 말을 잘랐다.

"그랬겠죠." 쾨베시가 말했다. "물론. 하지만 저기 밖에 서 있었다면, 저는 말라비틀어지거나 얼어 버렸을 겁니다."

이미 봄이었으니 이 말은 과장된 수사였다. 위쪽에서 아주 잠시 숨죽인 웃음소리가 들렸다.

"자, 들어오십시오." 잠시 후에 상대가 말했다. "격식은 생략합시다."

그가 길에서 비켰고, 그제야 쾨베시는 몸을 움직여 서너 계단을 오를 수 있었다.

어떤 예비 절차

그는 불 켜진 텅 빈 대합실로 들어섰다. 그제야 밖에 있을 때의 생각이 완전한 착각이었다는 것을 알게 되었다. 밤이었기 때문일 것이다. 여기 안쪽도 조명이 그렇게 밝지는 않았다. 오히려 불빛은 아주 희미했고, 군데군데 불이 꺼져 있어서 전체적으로 음산한 느낌을 풍겼다. 대합실 자체는 다른 국제공항과 규모가 비슷했다. 하지만 상점은 닫히고 발권 창구는 비어 있었다. 그 외에 다른 시설을 대충 훑어봐도 지방 공항과 비슷한 수준임을 알 수 있었다. 그제야 쾨베시는 지금까지 자기와 이야기를 나눈 사람을 찬찬히 살펴볼 수 있었다. 실제로 알 수 있는 건 그가 제복을 입었다는 것뿐이었다. 제복은 그와 너무도 잘 어울려 그의 몸에서 떨어지지 않을 것처럼 보였다. 너무 피곤해서 쾨베시가 잘못 봤을 수도 있지만 이 제복은 오래전부터 존재했고, 앞으로도 존재할 것이며, 일시적으로 그 옷을 입는 사람들을 언제나 옷에 맞게 잘라 낼 것 같았다. 게다가 제대로 보지도 못했는데, 제복을 입은 사람을 안다는 생각이 들었다. '군인은 아니야.' 쾨베시가 곰곰이 생각했다. '경찰도 아니고 ……도 아닌데.' 그러는 동안 그는 순간적으로, 정확한 이름을 말할 수는 없지만 궁금증을 가라앉히는 어떤 생각에 사로잡혔다. 마침내 그는 자기와 마주하고 있는 사람이 세관원일 거라고 결론 내렸다. 지금까지는 적어도 이런 결론에 이의를 제기할 만한 것이 없었다.

남자가 자기를 따라오라고 했다. 그는 쾨베시를 대합실과 곧장 연결된 방으로 안내했다. 안에 있는 집기는 긴 탁자 하나와, 그 뒤에 놓인 의자 세 개가 전부였다. 쾨베시가 마음대로 세관원이라고 이름 붙인 남자가 얼른 탁자 뒤로 가더니 쾨베시에게 맞은편에 앉으라고 했다. 쾨베시는 사소한 관찰을 통해 그 남자가 가운데 의자에 앉을 거라고 생각했지만, 그는 구석에 있는 의자에 앉았다. 쾨베시는 그에게 서류를 넘겨주고, 여행 가방을 탁자 위에 올려놓아야 했다.

"밖에 나가서 앉아 계십시오." 세관원이 말했다. "나중에 부르겠습니다."

쾨베시는 가까운 곳에서 의자를 발견했다. 팔걸이가 있는 의자였지만, 쿠션 없는 나무 의자라 편안하지는 않았다. 그곳에 앉으니 대합실 전체가 한눈에 들어왔다. 그런데 그가 사무실에 들어가 있는 동안 이곳 바깥의 무언가가 달라져 있었다. 아까보다 훨씬 어두웠고, 그러는 사이 다른 조명도 몇 개 더 꺼졌다. 문 닫을 준비를 하는 중일 수도 있었다. 대합실 한쪽 구석에서 느릿느릿, 내키지 않는 몸짓으로 청소부가 일을 시작했다. 모자를 쓰고 파란색 가운을 입은 사람이 여기저기 구멍이 나고 색깔이 바랜, 긴 보행자용 카펫 위로 청소기를 질질 끌고 다녔다. 청소기는 아주 오래전 것으로, 쾨베시도 못 본 지가 한참이나 되는 기종이었다. 청소기에서 윙윙 울려 나오는 단조로운 기계 소리가 대합실 전체를 채웠다. 이제 쾨베시는 어떤 것의 방해도 받지 않았다. 어쩌면 그가 벌써 대합실에 익숙해진 것인지도 몰랐다. 이 대합실이 낯익은 곳인 듯 느껴졌다. 물론 말도 안 되는 느낌이었지만 자신이 언젠가 이곳에 와 본 것 같은 느낌이 들었다. 벽과 바닥, 또 모든 가능한 곳에, 카운터와 집기에 사용된 많은 자연석이, 이 시대 중반기에 현대적이라고 간주되었던 양식과 딱 맞는 특징을 보여 주었다. 물론 아무리 새로운 양식도 십오 년에서 이십 년이 지나고 나면 시대에 뒤떨어진 양식이 되기는 했다. 기운이 조금씩 빠지면서 그는 이상한 착각에 빠져들었다. 자기가 지금 보고 있는 것을 언젠가 본 적이 있고, 지금 일어나는 일이 이미 전에 일어났던 일이라는 착각에.

그렇지만 앞으로 무슨 일이 일어날지는 전혀 알 수 없었다. 쾨베시는 갑자기 약간 어지러우면서도 고분고분하고 해방된 느낌에 빠져들었다. 어떤 모험이라도 바로 받아들일 수 있을 것 같았다. 일어날 일이라면 일어나라지. 정신을 빼앗아 이리저리 끌고 다니다가 삼켜 버려도 괜찮아. 그런 것을 통해 인생이 새로운 전환점을 맞을 수도 있잖아. 게다가 이 여행의 목적도 바로 그런 것 아니었나? 그의 인생은 저 너머에서 캄캄한 밤중에 혹은 그곳을 지나 측정할 수 없는 먼 곳에서, 아니면 다른 차원에서 이미 파멸했음을 부정할 수 없었다. 어떻게 그런 일이 일어났을까? 쾨베시는 잠시라도 더 이상 그 생각을 하고 싶지 않았다. 그는 서서히 파멸하고 있는 게 틀림없었다. 완강하게 앞으로 나아가는 것처럼 보이나, 전체적인 흐름에서는 눈치채지 못할 정도로 서서히 파멸하고 있었다. 그는 확실한 삶을 살았다. 확실한 상황에 빠져들었다. 자신이 선택한 것을 완수했다. 그러나 그렇게 해도 결국 전체적으로는 좌절의 형상에 뒤덮였다. 더 이상 그것을 부정할 수 없었다. 좌절감은 그가 태어날 때부터 시작되었을 것이다. 아니다. 오히려 그의 죽음과, 더 정확하게는 다시 태어남과 함께 시작되었다. 왜냐하면 쾨베시는 죽을 고비를 넘기고 살아남았으니까. 죽어야 했던 특정한 시간에 그는 자신의 죽음을 이기고 살아남았다. 비록 이 모든 것이 조직적이며 사회적으로 수락된, 의도적인 사건이었지만, 쾨베시는 죽음을 충족시키라는 요구를 거역했다. 그의 내부에서 꿈틀거리는 자연적인 생존 본능, 예를 들면 주어진 행운 같은 것에 저항할 수 없었다. 결국 모든 합리성을 거역하고 그는 살아남았다. 그 때문에 훗날 그는 언제나 일시적인 고통의 감정을 느껴야 했다. 마치 실수에 대한 해명을 추궁받을 시간을 기다리며 은신처에 숨어 있는 사람 같은 심정이었다. 그러나 쾨베시는 자신의 죄가 무엇인지 알지 못했다. 그의 영혼이, 일반적으로는 정신이 순수한 구조였기 때문에 정확하게 알지 못했다. 그런데도 죄의식은 이후의 삶과 모든 행위에 해를 끼쳤다. 실제로 정확한 사실을 알지도 못하는데, 언제나 아연케 하는 결과만 가져왔다. 한마디로 그는 실향민처럼 이름 없는 인생 속에서 연명하고 있었다. 어느 화창한 날 비밀이 밝혀질 때까지, 어떤 불분명한 목적에서 그에게 빌려주었으나, 그의 몸에 맞춘 것이 아니어서 너무 큰 양복을 입은 사람처럼 삶을 이어 가고 있었다. 네온 불빛이 하나 달린 L자 모양의 복도, 길이가 더 짧은 아래쪽 복도에서의 일이었다.(매우 부수적인 일들이 일어나는 과정에서 그는 그곳에 이르렀다.) 십 분도 안 되는 사이 (그동안 그는 그곳에서 완전히 다른 것을 기다리고 있었다.) 그곳으로부터 잠깐 사이에 필요한 일을 마치고 나서 그가 준비된 숙제를 들고 밖으로, 길 위로 걸어 나왔다. 그 숙제란 본질적으로는 소설을 하나 쓰는 것이었다. 아주 오랜 시간이 흐른 뒤에도, 예를 들어 비행기의 세련된 분위기와 여러 나라 사람이 함께 모이는 환경에서도, 세계를 여행한 영국인 승객과 나란히 앉아 있는 자리에서도, 쾨베시는 자기 자신에게조차 부끄러워 차마 이 사실을 고백하지 못했다. 그러나 얼마 지나지 않아 쾨베시는 자기가 이 과제를 수행하는 데 필요한 조건을 충족하지 못하고 있다는 사실을 알았다. 예를 들어 그는 습작조차 제대로 해 본 적이 없었다. 그가 아는 것은 지극히 막연한 것들뿐 어떤 소설을 쓸지, 주요 세부 내용은 어떻게 구성할지 등은 전혀 생각해 본 적이 없었다. 소설은 무엇보다 고유한 세부 내용으로 구성되는데 말이다. 게다가 그는 소설이 무엇인지도 잘 알지 못했다. 도대체 사람들이 왜 소설을 쓰는지, 게다가 자신은 왜 소설을 쓰려고 하는지, 그것의 일반적인 의미가 무엇이며, 자신에게 어떤 의미가 있는지, 심지어 자신이 누구였는지도 몰랐고, 그 외의 것들도 몰랐다. 그것은 그 정도로 여러 가지 복잡한 질문을 안고 있었는데, 하나하나가 다 사람이 살아가는 동안 계속 걸려 넘어질 만한 것들이었다. 그럼에도 마침내 십 년 만에 소설이 완성되었다. 소설을 쓰는 동안 쾨베시는 세상과 단절하고 지냈다. 소설을 써서 사람들을 즐겁게 만드는 것이 점점 더 어려워지면서 쓰게 된 코미디극의 공연 수입은 거의 바닥이 보였다. 그의 아내는 자신을 희생하면서 일자리를 찾아야 했다. 쾨베시는 자신이 변화시킬 수 없는 운명이 더욱더 거칠게 다가오는 것을 고통스럽게 바라보았다. 하지만 그는 자신을 방 안에, 아주 정확하게는 집에 단 하나밖에 없는 방 안에 감금시키고는 상징을 추상화한 글쓰기의 세계로 이끌면서 소위 바깥세상의 삶을 잊고 지냈다. 그는 소설을 삶의 목표로 삼았고, 마지막 남은 한 푼까지 원고를 완성하는 데 사용했다. 타이핑을 잘하기로 유명한 타이피스트에게 원고를 깨끗하게 다시 치게 한 뒤에 화려한 표지를 붙여 묶었다. 그런 그의 소설을 출판사에서 돌려보냈다. "저희 편집자들의 의견을 수렴한 결과에 따라 귀하의 소설을 출판하지 못하게 되었습니다. 이 소설에서 귀하는 자신의 경험을 소재로 사용했으나 그것을 예술적으로 형상화하는 데는 성공하지 못했다고 생각합니다. 주제도 끔찍하고 충격적입니다. 저희가 이해할 수 없었던 것은, 사춘기의 주인공이 자기 주변에서 일어나는 일을 바로 알아차리지 못했다는 점입니다. 문장은 무미건조하며, 복잡한 개념을 담고 있습니다." 이러한 내용의 편지를 원고와 동봉해 돌려보냈다.

쾨베시는 이 편지를 받고 전혀 낙담하지 않았다. 그는 스스로에게 부여한 과제를 완수했고, 이런 관점에서 보면 편집자들이 뭐라고 써 보냈든 전혀 좌절스러울 것이 없었다. 소설이 독자들을 흔들든 말든 그는 전혀 상관하지 않았다. 그는 그것을 자신에게 맡겨진 짜증스럽고 불필요한 문제로만 간주했다. 그럼에도 출판사가 '독자'로서 보낸 편지에는 극도의 거드름이 배어 있었다. 적어도 그가 느끼기에는 그랬다. 완전히 추상적인 개념을 쾨베시에게 던짐으로써 그를 조용히 두지 않았는데, 이런 상황은 역설적으로 그가 작가라는 사실을 인정하고 있었다. 쾨베시는 이제까지 한 번도 자신이 작가라고 생각해 본 적이 없었다. 그렇지만 또 작가가 아니라고 생각한 적도 없었다. 어쨌거나 그는 지금 갑자기 출판사가 보낸 편지를 통해 자신을 보았다. 비록 거절은 당했지만, 그래도 이 가엾은 직업군에서 논의의 대상이 되었다는 것 정도는 확인했다. 사실대로 말하면, 그는 소설을 하나 썼다. 그러나 소위 말해 최악의 사고가 발생할 경우 살아남기 위한 유일한 가능성을 찾아 비행기에서 무지의 허무 속으로 뛰어내리듯이 쾨베시는 곧 (공식적으로 표현하자면) 자신이 작가로서 땅에 도착할 것인지, 아니면 허무 속으로 사라질 것인지를 알게 될 터였다. 이로 인해 쾨베시의 내부에서는 수많은 질문과 고민이 일어났다. 무엇보다 먼저 자신이 작가가 되기를 원했는지, 또는 깨달음의 결과로 자신을 위해 과제를 선택했을 때, 처음부터 작가가 되려는 목적을 가지고 있었는지 물어야 했다. 쾨베시는 기억이 나지 않았다. 몇 년이 지나는 동안 그 순간의 기억이 지워진 것이다. 깨달음을 얻는 일은 강제 노동처럼 어려운 과제로 변했다. 그것은 쾨베시의 내부에서 과제를 완수하라고 재촉하는 준엄한 명령으로 계속해서 작용했다. 그리하여 이런 질문을 분명하게 하기 위해서 쾨베시는 계속적인 성찰을 요구받았다. 한 예로 그는 출판사가 이런 편지가 아니라, 완전히 상반되는 글을 보낼 수도 있었다고 상상했다. 심지어 예전에 이러한 말을 들은 적이 있다고까지 생각했다. 동틀 무렵 출판사의 편집인들이 편집장을 앞세우고 그의 집에 나타나 "밤을 새면서 누구보다 먼저 당신의 소설을 다 읽었습니다. 이 소설은 독자를 뺏속 깊이 감동시킬 것입니다. 그러니 바로 출판합시다."라고 말이다. 그래서 어떻게 되었을까? 쾨베시의 마음에 의혹이 커져 갔다. 지구상에서 일 년에 출판되는 책은 최소 100만 권 이상일 텐데 여기에 책 한 권이 더해진들 무슨 의미가 있겠는가?(쾨베시의 심안은 감동을 받은 독자가 더 새로운 감동을 찾아 새로운 책을 향해 즐겁게 손을 뻗는 것을 보았다.) 그가 과제를 완수하기 위해 시간을 쏟으면서, 인생을 피폐하게 만들고 그 자신을 소진시키고 아내를 괴롭힌 그 세월을 생각해 볼 때, 독자들이 느끼는 한순간의 감동에는 어떤 의미가 있는가? 또 자신을 소모시킨 과제가 가져다준 실제적인 결과물, 다시 말해 얄팍한 사례금을 어떻게 편안하게 받아들일 것인가? 이 모든 것을 정리하기 위해 쾨베시는 최근, 앞으로 서너 달 사이에 공익적이고 어떤 의심도 받지 않으며 어떤 출판인도 출판 불가 결정을 내릴 수 없는 것을 찾아내기로 방향을 정했다.

쾨베시 앞에는 분명하게 보이는 것이 아무것도 없었다. 마치 막다른 골목에 선 것 같았다. 시간도 도저히 회복할 수 없을 만큼 낭비했다. 이제 소설 쓰기라면 넌더리가 났다. 물론 십 년간 계속해서 술 취한 상태로 지내던 사람이 문득 깨어나, 올바른 정신으로 현실을 파악하기란 불가능하다. 쾨베시는 자신이 왜 이런 무의미한 일에 몰두했는가 싶어 더 이상은 이 짐을 지고 싶지 않았다. 쾨베시가 느낀 대로, 오랜 시간 이 일에 몰두한 이유를 필연에서 찾는다면 그나마 약간의 위안이 될 터였다. 다른 사람들이 익히 들어 왔듯 그도, 누군가를 소설 쓰기의 길로 들어서게 만드는 것은 재능이라고 들었다. 쾨베시가 생각하기에는 말이 안 되는 소리 같았다. 그에게 이 말은 "그의 얼굴을 예쁜 사마귀가 빛내 주고 있다."라는 말과 똑같았다. 이 사마귀는 훗날 심하게 곪아서 악성 종양이 되거나 눈길을 끄는 흔적으로 남을 것이다. 결국은 운의 문제다. 쾨베시는 자신에게서 어떤 이례적인 특징도 발견하지 못했다. 또 스스로에 대해 어떠한 자부심도 느끼지 못했다. 자기가 특별한 불행이나 특별한 재능을 타고난 독특한 사람이라고 생각해 본 적도 없었다. 그의 결점은 다른 곳에 숨어 있어야 했다. 어딘가 더 깊은 곳에, 마음 저 깊은 곳에, 생활 환경 속에, 과거에, 또 아무도 모를 일이지만 성격에 숨어 있어야만 한다고 그는 생각했다. 자신에게 일어난 모든 일에, 삶 전체의 진행에, 그는 충분한 관심을 기울이지 못했다. 최소한 자신의 결점을 깨닫고, 그래서 처음부터 다시 시작하기를 쾨베시는 꿈꾸었다. 그렇게만 되면 모든 것이 완전히 달라질 터였다. 어디를 고치고, 어디를 다른 방향으로 돌려야 하는지 알 수 있으니 말이다. 하지만 그가 잘 알다시피 이 모든 일은 불가능했다. 그래서 그는 여행을 떠나기로 결심했다. 아내와 집과 고향을 방치하려는 의도는 아니었다. 그러나 그는 새로워지려면 새로운 본능이 필요하다고, 낯선 샘물에 몸을 적셔야 한다고 느꼈다. 자신에게 좀 더 가까이 다가가기 위해서 그는 더 먼 곳을 동경했다. 모든 과거를 던져 버리고 무언가 새로운 것을 소유하기 위해서, 간단히 말해 자기 자신을 발견하기 위해서, 새로운 기반에서 새로운 인생을 시작하기 위해서 그는 여행을 떠나기로 결심했다.

쾨베시가 꿈을 꾸다. 잠시 뒤에 이름이 불리다

누구나 종종 경험하듯이, 항상 되풀이되는 어떤 꿈이 쾨베시를 자극했다. 둥둥 떠다니던 그가 공허 속에 남았다. 별처럼 빙 둘러 작은 빛들로 반짝이는 것은 희미한 공허였다. 그곳에는 아무것도 없었다. 수많은 작은 불빛은 방향을 보여 주기보다 그를 더 혼란스럽게 했다. 두려움이 엄습했다. 거대한 공간에서 자신이 얼마나 작은 존재인가 하는 씁쓸한 자각이, 두려움이 따라왔다. 그럼에도 그는 자신이 사라질까 봐, 동시에 공허 속에서 해체되어 그 속으로 녹아들까 봐 두려워하는 것이 아니었다. 오히려 반대였다. 쾨베시는 꿈속에서도 자신이 무언가를 마주칠까 봐 두려워하고 있음을 분명히 느꼈다. 그는 무언가를 찾고 있었다. 하지만 그것을 발견하고 싶은 것은 아니었다. 더 정확하게 말해서 자신이 찾는 것이 아닌, 다른 무언가를 발견하고 싶어 했다. 그의 염려는 계속해서 커졌다. 그러다 한순간 갑자기 거대한 분수가 물줄기를 높이 뿜어낸 듯, 쾨베시의 앞에서 사물의 찢어진 조각들이 서로 부딪혔다. 그가 아는 얼굴들과 물건들이었다. 그가 좋아하는 이런저런 사람들의 얼굴과 날마다 사용하고 접한 여러 가지 물건, 그리고 날마다 걸치는 다양한 옷가지였다. 손으로 잡으려고 해 보았으나 그럴 수 없었다. 물건들과 얼굴들이 왜 잡지 못하느냐고 질책하는 것 같았다. 그를 괴롭히기 위해, 절대 자기들을 잡을 수 없다는 것을 확인시키기 위해 그에게 억지를 쓰는 것 같았다. 쾨베시는 그 얼굴들과 물건들의 고통스러운 무기력, 나부낌, 침몰과 와해가 자신의 죄 때문이라고 느꼈다. 그렇다. 잡기 위해 노력했으나 실패한 것들, 그의 손이 따뜻하게 잡아 주기를 소망했으나 붙잡지 못한 것을 그는 죄라고 느꼈다. 쾨베시는 그들의 바람을, 심지어 생명이 없는 사물의 서투른 열망까지도 절절하게 느꼈다. 그래서 그는 그것들로부터 도망쳤다. 마침내 뒤에 내버려 두자 그것들이 사라졌다. 그는 동굴 같기도 하고 터널 같기도 한 구덩이 속으로 들어갔다. 터널 안은 안전하고 어둡고 따뜻해서 좋았다. 이곳에 머무르면, 흐릿한 어둠 속에 숨으면 좋겠는데. 그런데 계속해서 앞으로, 저 멀리서 빛나는 빛을 향해 가고자 하는 도저히 억제할 수 없는 무의식적 충동이 쾨베시를 몰아붙였다. 갑자기 터널이 바깥 방향으로 벌어지더니, 넓고 둥그스름한 공간이 되었다. 쾨베시는 맞은편 벽에서 mene, tekel, ufarszin[43] 같은 글자가 드

43) 구약성서의 「다니엘」 5장에 나오는 일화와 관계가 있다. 바빌론의 벨사살 왕이 연회를 베풀며 이스라엘 성전에서 빼앗아 온 성물에 술을 담아 마시자 사람의 손가락이 나타나 벽에다 쓴 '메네 메네 데겔 우바르신'이라는 글자를 지칭한다. '메네'는 하느님께서 왕국의 날수를 헤아려 이 나라를 끝냈다는 뜻이고 '데겔'은 왕을 저울에 달아 보니 무게가 모자랐다, '우바르신'은 왕국이 둘로 갈라져서 메디아인들과 페르시아인들에게 주어졌다는 뜻이다. 그날 밤 벨사살 왕이 살해되고, 바빌론은 몰락한다.

문드문 둥글게 모여 불타오르는 것을 보았다. 처음 글자를 보았을 때는 깜짝 놀랐다. 하지만 그다음에는 자기가 잘 아는 장소에 있으니 큰 문제는 없으리라 생각했다. 사실 그는 로터리의 한가운데에 있었다. 현대적인 네온 불빛의 광고판에서 붉은색, 노란색, 파란색 글자가 보였다. 눈 깜짝할 사이에 글자의 색과 모양이 바뀌었고, 쾨베시는 그 안에 이 세상 모든 사람이 다 아는 굉장히 중요한 내용이 들어 있는데, 자기만 그 내용을 모르는 것 같은 느낌에 휩싸였다. 그는 거기에 표시된 글자들에서 한 단어도 짜 맞출 수 없었다. 그가 뜻을 알아내기 위해 점점 더 격분해서 씨름하는 동안, 글자들이 순식간에 거칠어졌다. 처음에는 서서히 돌더니 미친 듯이 속도가 빨라졌다. 나중에는 색색의 불빛이 완전히 사라지다가 옮어졌고 마침내 쾨베시는 발밑에서 어슴푸레 빛나는 공 하나를 보게 되었다. 그리고 그는 또다시 공허 속에 남겨졌다. 그 순간에 그는 이 공이 지구와 매우 비슷하다는 것을 알아차렸다. 게다가 표면에는 뭔가 형태가 보였다. 대륙과 대양의 형태는 아니었다. 그것은 바다의 연체동물처럼 천천히 몸의 형태를 변화시켰고, 점점 무서운 형태를 취하더니 이상한 도깨비가 되었다. 쾨베시는 계속해서 움직이는 도깨비가, 지속적으로 형성하는 모습을 다른 무엇과 비교해야 할 것 같은 당혹감을 느꼈다. 아니, 오히려 어떤 사람과, 말할 수 없이 중요한 인물과 비슷해 보이는 것 같아 당혹감을 느꼈다. 그 사람에 대해 두려움을 느껴야 하는지, 아니면 호감을 느껴야 하는지 알 수 없었다. 하지만 분명한 것은 그 사람이(어느새 완전히 분명해졌다.) 이 어둡고 형체가 없는 점을, 이 도깨비를 우윳빛 유리 공 위로 던졌다는 사실이었다. 그가 누구인지 알아내야 했다. 그는 온 신경을 집중했다. 갑자기 귀청이 떨어질 만큼 큰 소리가 들렸다. 그의 이름을 부르는 소리였다.

세관원이 문에서 그를 부른 것으로 보아 소리가 꿈 때문에 크게 증폭되었던 모양이다. 기다리다가 잠이 들었다는 사실을 쾨베시가 부끄러움 속에서 깨닫기까지, 그는 아마 두 번, 세 번 반복해서 불렀을 것이다. 쾨베시는 벌떡 일어나 세관원을 따라 사무실로 들어갔다.

세관 검사

잠이 덜 깨 멍한 상태였지만, 쾨베시는 방 안에 변화가 생겼음을 알아챘다. 무엇보다도 방 안에 독한 담배 연기가 자욱했다. 쾨베시는 첫 숨을 들이쉬는 순간 그 사실을 알아차리고 기분이 안 좋은 듯 눈을 가늘게 떴다. 탁한 공기 때문에 기침이 나왔다. 그는 이런 담배에 익숙하지 않았다. 그가 즐기던 담배는 이보다 조금 질이 좋은 종류였다. 아까와 달리 그의 맞은편에는 세 사람이 앉아 있었다. 구석에 놓인 두 개의 의자에 세관원이 한 사람씩 앉아 있었다. 한 사람은 아는 사람이었지만, 나머지 두 사람은 모르는 사람이었다. 두 사람에게선 이렇다 할 특징을 찾기 어려웠다. 같은 제복을 입고 냉담한 표정을 짓고 있다는 점은 동료와 같았지만 이목구비는 완전히 달랐다.

그리고 아까 만난 세관원도 그의 앞 오른쪽 자리에 그대로 앉아 있었다. 가운데 앉은 사람을 처음 보았을 때는 군인 같다고 생각했다. 하지만 남자의 누런 갈색 양복과 국방색 셔츠와 넥타이를 빼면 이러한 추측과 맞는 것이 아무것도 없다는 것을 재빨리 알아챌 수 있었다. 계급장도, 견장이나 혁대도 없었다. 그러니 확신하건대, 그는 군인이 아니었다. 마지막에는 그 역시 다른 유형의 세관원, 아마도 세무과장일 거라고 결론 내렸다. 그들의 앞에 있는 탁자 중앙에 퀘베시의 트렁크가 놓여 있었다.

방에 들어서면서 쾨베시는 친근하게 인사를 건네고 조용히 그들의 질문을 기다렸다. 세관원 앞에서는 언제나 공손해야 했기 때문이다. 그러나 무슨 질문을 할지 결정하지 않은 것인지, 아니면 쾨베시가 모르는 다른 이유가 있는 것인지 그들은 아무것도 묻지 않았다. 한 사람은 담배를 피웠다. 다른 사람은 서류들을 뒤적였고, 세 번째 사람은 그를 꼼꼼히 살폈다. 그의 시선이 흐려지면서 그들이 녹아 하나가 되더니, 마침내 머리 셋에 손이 여섯 개 달린 기계가 되었다. 너무 지쳐서 정신이 이상해진 것인지, 그들이 자기를 들여다보고 비밀이든 죄든 뭔가 비밀이라도 밝혀낸 것처럼 그는 어느새 변명거리를 찾기 위해서 머리를 굴리고 있었다. 이제 곧 그들이 그의 비밀이나 죄를 찾아 그를 놀라게 할 것 같았다. 쾨베시 자신도 아직 자신의 비밀과 죄를 완전히 깨닫지 못했으니 말이다.

"저는 세관 신고서를 받지 못했습니다."

마침내 그가 현실적인 관계와 질서를 정돈하려는 듯 매우 거칠게 말했다.

"세금 낼 물품이 있나요?"

가운데 남자가 서류 더미에서 빠르게 머리를 들었다.

"이곳에서는 어떤 물품에 세금이 붙는지 모르겠군요."

쾨베시가 공손하지만 사무적으로 대답했다. 그들이 몇 가지 물품을 나열했다. 쾨베시는 상황을 숙고하면서, 지역 공권력을 지나치게 과대평가하지 않는 정중한 외국인이 으레 그러듯 양심적으로 따져 보고, 특정 물품을 되짚어 보았다. 호의를 강조하고, 더 나아가 자신의 권리를 강조하기 위해서 그는 스스로에게 약간의 까다로움을 허락했다. 그런 뒤 자기 기억으로는 앞에서 언급한 물품 가운데 자기 가방에 들어 있는 것은 하나도 없다고 대답했다. 그러나 원한다면, 살펴보아도 좋다는 말도 바로 덧붙였다. 그러자 트렁크에 무엇이 들었는지 알아야 한다는 대답이 돌아왔다. 쾨베시는 가방을 살펴보기 원하는지 물었다.

"가방을 열어야 하나요?"

대답도 기다리지 않고 그는 자물쇠를 열기 위해 가방 옆으로 급히 갔다. 스스로 생각해도 뭔가 지나치다는 느낌이 들었지만 이미 멈출 수가 없었다. 다른 사람이 그의 이름으로 대신 나서고 있는 것 같았다. 하지만 쓸데없는 짓이었다. 가방은 이미 열려 있었다. 서둘러 덮개를 들어 올린 그는 자신의 물건이 어느 정도 정돈되어 있는 것을 발견했다. 그러나 아내가 세심하고 주의 깊게 정돈해 준 원래 모습 그대로는 아니었다.

무언가 끔찍한 것이라도 숨어 있는 듯 그는 어이없는 표정으로 멍하니 가방을 들여다보았다.

"그런데 가방을 벌써 다 살펴보셨군요!" 그가 소리쳤다.

"물론입니다." 세무과장이 고개를 끄덕였다.

그는 잠시 쾨베시를 말없이 살폈다. 쾨베시는 갸름하고 창백한 그의 얼굴 위로 옅은 미소가 스치는 것을 보았다.

"당신은 계속 놀란 척하는군요." 그가 덧붙였다.

쾨베시는 그가 처음의 세관원과 빠르게 눈길을 주고받는 것을 느꼈다. 그 사람이 자기와 대화 중에 알아낸 그의 말투와 행동거지를 상사에게 보고한 것이 틀림없었다.

잠시 침묵이 흘렀다. 쾨베시는 머뭇거리며 그 자리에 서 있었다. 뭔가 묻고 싶었지만, 무엇을 물어야 할지 생각나지 않았다. 결국 그는 이렇게 물었다.

"저를 어떻게 하실 건가요?"

"그건 당신이 정할 일입니다." 가운데 사람이 바로 대답했다. "우리가 초대한 게 아니라, 당신이 이곳으로 왔으니까요."

쾨베시는 오늘 저녁 먼저 만났던 세관원에게서도 이와 비슷한 말을 들은 것 같다고 생각했다.

"그렇습니다. 제가 왔죠. 그런데 그게 왜 중요합니까?"

"중요하다고 말한 적 없습니다." 하는 대답이 들려왔다. "설사 중요하다 해도, 우리에게 중요한 것이 아닙니다. 우리에게 묻지 말고 당신 자신에게 물어보십시오."

"무엇을 말입니까?" 쾨베시가 잠투정하는 아이처럼 물었다.

"무엇이 당신을 이곳에 오게 했는지를요."

이것은 질문도 아니고 명령도 아니었다. 하지만 쾨베시는 대답을 찾으려고 머리를 쥐어짰다. 하지만 지친 뇌는 아무 답도 내놓지 않았다. 그는 끊어진 꿈에서 전체 내용을 끄집어내려고 애쓰는 사람처럼, 결국 이렇게 중얼거렸다.

"저는 불빛을 하나 보았고, 그것을 따라왔습니다."

뒤죽박죽 얽혀 있는 생각이 제대로 된 단어로 표현되었다고 생각했다. 그들이 그 대답을 분명 호의적으로 평가했기 때문이다.

"계속 그것을 따라가십시오."

세무과장이 아까보다 상냥하게 고개를 끄덕였다. 조용하지만 수수께끼 같은 그의 엄숙함은 곧바로 옆에 앉은 세관원들의 얼굴로 번졌다. 아랫사람들은 이런 일에 익숙한 듯 약간 과장해서 상사의 표정을 따라 했다. 따라서 양옆에 앉은 두 세관원의 얼굴에도 단단하고 확고한 근엄함이 드러났다. 쾨베시는 이 순간, 그들이 일어나서 경례를 하거나 노래를 시작하더라도 놀라지 않을 것 같았다. 그들은 머리를 돌리지도 않고 세무과장 쪽으로 시선을 미끄러뜨렸다. 그러나 세무과장은 움직이지 않았다. 그리고 아까와 같은 태도로 다시 말했다.

"서류는 모두 제대로 갖춰져 있군요. 우리가 보기에, 당신은 외국에 거주했던 것 같네요. 그리고 원래 하던 활동을 계속하고 싶어 하는 것 같습니다. 여기 이 봉투 안에……."

그가 쾨베시 앞으로, 탁자 위로 갈색 종이봉투 하나를 올려놓았다.

"당신 집의 열쇠와 주소가 들어 있습니다. 우리에게 맡겼던 것과 같은 기탁물이라 생각하고 받으십시오. 트렁크는 여기 두십시오. 돌려받을 날짜와 장소는 나중에 알려 드리겠습니다."

그는 침묵에 잠겼다가 잠시 후 기계적인 단조로움 외에는 아무것도, 어떤 약속도, 심지어 어떤 거절도 담기지 않은 어조로 이렇게 덧붙였다.

"고국에 돌아오신 것을 환영합니다!"

그리고 팔을 뻗어 문을 가리켰다.

2장

다음 날 깨어남. 예비 절차. 쾨베시가 앉아 있다

그들이 주소를 하나 알려 주기는 했어도, 쾨베시가 그 밤의 남은 시간을 침대에서 보낸 것은 아니었다. 처음 순간 그는 모든 것을 잊게 만드는 아주 짧은 꿈에서 깨어난 사람처럼, 자기가 있는 곳을 정확히 알아차리지 못했다. 하늘은 유리같이 투명한 빛에 싸여 있었다. 온몸이 무겁고 마비된 느낌이었다. 산책로에 놓인 벤치의 등받이가 그의 견갑골을 누르고 있었다. 삔 것처럼 목이 아팠다. 낯선 사람이 그의 옆에 앉아 있었다. 그는 물방울무늬 나비넥타이를 맨, 건장하고 뚱뚱한 남자의 어깨에 머리를 기대고 잠이 들었던 듯했다.

"이제 일어날까?"

낯선 남자가 달빛처럼 환하고 친근한 미소를 띠며 물었다.

하지만 쾨베시가 아직도 잠이 덜 깬 멍한 눈으로 말없이 쳐다보자 남자가 설명을 덧붙였다.

"내 어깨에 기대서 한참 잤어."

밤에 얘기를 주고받다가 서로 반말을 하기로 한 모양이었다. 아니, 그제야 기억이 났다. 그 남자는 아는 사람에게 하듯 처음부터 반말을 했다. 다른 사람과 혼동을 한 게 분명했다. 쾨베시는 정체성에 집착하지 않고 그가 하는 대로 가만히 있었다. 새로 알게 된 사람이 자기를 바에서 일하는 피아니스트라고 소개했던 것이 떠올랐다. 그는 담배 연기에 찌든 허파에 신선한 바람을 쐬어 주고 싶어서 직장 인근의 술집에서부터(쾨베시는 이런 곳에 술집이 있다는 사실에 정말 놀랐다.) 이 벤치까지 걸어왔다고 했다.

얼마나 잤을까? 일 분? 한 시간? 쾨베시는 당황해서 주변을 살폈다. 광장에 드문드문 자리한 가로등이 아직도 빛을 발하고 있었다. 음각 무늬가 연속적으로 새겨진 청동 기둥 위에서 푸른빛을 내는 그 가스등은 행복했던 어린 시절에 본 것과 비슷했다. 광장 주위에 있는 낡은 회색 집들의 창에는 벌써 여기저기 불이 밝혀져 있었다. 그 순간 쾨베시는 그들 뒤에서 계속해서 북적거리는 소리와 잠에서 깨어난 사람들이 준비를 서두르는 산만한 소음을 들었다고 생각했다. 갑자기 이제까지 잠겨 있던 대문의 자물쇠가 열리고 습기 찬 대문 아래에서 사람들이 광장으로 몰려나와 점호를 하기 위해 줄을 서서 기다리는 것 같았다. 꿈을 꾸는 중인지도 몰랐다. 꿈에서 이런 황당한 생각이 계속 커지는 것일 수도 있었다. 그럼에도 쾨베시는 무언가 게으름을 피운 듯한, 고통스러운 압박감을 느꼈다. 이미 어딘가에 출석했으나 거기에서 빠져나왔고, 그의 이름을 날카롭게 호명하는데도 어쩔 도리 없이 침묵으로 답하는 느낌이었다.

"가야겠어!"

그가 벤치에서 벌떡 일어났다.

"어디로 가려고?" 피아니스트가 놀란 목소리로 물었다.

그의 목소리를 듣고 쾨베시는 지난 몇 시간 동안 이런 놀란 목소리(아니면 놀란 것처럼 들리는 목소리)가 그의 출발을 몇 번이나 제지했는지 떠올렸다.

"집으로 가야지." 그가 말했다.

"무엇 때문에?"

피아니스트는 전혀 이해하지 못하겠다는 듯, 눈을 동그랗게 뜨고 손바닥을 펼치며 쾨베시를 쳐다보았다. 그런 모습을 보는 쾨베시의 마음에 벌써 여러 번 들었던 느낌이 다시 일어났다. 그에게 자신의 의도를 이해시키기 위해서는 대단히 큰 노력이 필요하리라는 느낌이었다. 또 그렇게 한다 해도 그의 의도는 무언가 바보스러운 고집으로 여겨질 터였다.

"피곤해." 그가 변명을 하듯, 불분명하게 말했다.

"그럼 쉬면 되지!"

피아니스트가 두둑한 손으로 벤치의 갈라진 나무판을 가볍게 두들겼다. 아직 완전히 잠이 깨지 않은 쾨베시는 반감이 약해지는 걸 느꼈다. 아까 그의 내면에서 그를 압박하던 다그침이 편안한 마비로 대체되었다.

"더 이상은 누워 있기 힘들걸." 피아니스트가 어린아이에게 하듯 그에게 설명했다. "벌써 자명종 시계가 울렸으니 침대에 들어가 자겠다고는 못할 거야. 너는 목표를 정해 놓고 달리지 않으면 마음의 평화를 못 느끼잖아?"

상황에 대한 이해가 늦어지면서 쾨베시는 자신의 어리석음이 부끄러워지기 시작했다. 그래도 인내심과 결단력을 가지고 접근하면 무언가를 깨달을 수 있으리라고 생각했다.

"잠깐 여기 다시 앉아 봐." 피아니스트가 권했다. "그리고 이걸 봐!"

그가 쾨베시를 위해 이미 본 적이 있는, 판판한 유리병을 코트 주머니에서 꺼냈다.

"병 바닥에 아직 술이 남아 소리를 내고 있어. 이걸 마시면 정신이 날 거야."

쾨베시는 지난 몇 시간 동안 그랬던 것처럼 그가 시키는 대로 했다. 그러면서도 계속 무언가 애매한 싸움을 하는 것 같은 기분을 느꼈다. 그 자신이 싸움의 참가자가 아니라, 싸움의 대상이 된 것 같은 느낌이었다. 그 대상을 자기에게로 끌어당기기보다는 상대방에게 넘기고 싶었다. 왜냐하면 이 순간 그것은 그에게 짐만 되었기 때문이다. 이것은 그의 이성을 마비시키는 고갈이었다. 계속해서 그의 앞으로 내밀어지는 병에서 나온 맛 좋고 독한 술 한 모금이, 그의 경험이 자연스럽게 연결되는 걸 방해했다. 이것이 바로 쾨베시가 지난밤의 일을 온전한 정신으로 기억하지 못하고, 겨우 부분적으로만 기억하는 이유였다.

어쨌거나 그는 공항에서 버스를 타고 도시에 도착했다. 온전한 정신으로 남아 있고자 했으나, 무거워진 머리가 계속해서 가슴 쪽으로 떨어졌다. 무엇을 하려고 했는지 알 것 같으면서도 모호했다. 무엇보다 먼저 침대로 들어가 실컷 자야 했다. 다른 것은 자고 난 뒤에 할 수 있었다. 봉투 속에서 그는 정확한 주소를 확인했다. 그것은 신청서나 증명서처럼 어딘가 공문처럼 보이는 용지의 제일 위에 적혀 있었다. 공항 대합실에서는 그 이상한 분위기 때문에 버스를 놓치지 않고 올라타느라 서류에 쓰인 것을 살펴보지 못했다. 공적인 요구가 있을 때는 항상 그것을 보여 줄 의무가 있다는 것 정도만 이해했다. 그들이 적어 준 길을 이미 다녀 본 것 같은 느낌이 들었다. 물론 이곳에서는 아니었다. 이곳에서 그는 아직 아무것도 보지 못했고, 어느 길로도 가 보지 못했다. 하지만 그가 떠나온 곳, 그의 고향 부다페스트에서 걸어 다녔던 것 같은 느낌이 들었다. 물론 쾨베시가 두 곳을 착각한 것이 원인이었다. 쾨베시는 두 곳의 차이를 아주 가볍게 무시했는데, 주머니가 두둑하다면 택시를 타고 익숙한 길을 찾아보고 싶다는 소망이 있었기 때문이었다.

낡고 오래된 마차 같은 버스가 정신을 쏙 빼 놓았다. 쾨베시는 공장과 길고 황폐한 도시 외곽, 방치된 채 허물어져 버린 집들을 보았다. 그다음에는 아무것도 보지 못했다. 얼마 뒤 차가 또 한 번 깜짝 놀랄 정도로 요란하게 덜컹거렸다. 그리고 불빛 하나 볼 수 없는 간선 도로로 돌아 들어갔다. 창문엔 불이 꺼져 있었고, 집 안에서는 살충제 냄새가 났다. 거리엔 인적 하나 없었다. 그 후에는 넓고 어두운 대로가 나왔다. 주택들 사이로 공습받은 부분이 있었고, 얼마 뒤에 급격하게 굽은 길을 지나, 어느 순간 광장에 서 있는 자신을 발견했다. 기억이 맞다면, 종점에 도착했으니 내리라는 말을 들은 것도 같았다. 광장에 도착하자마자 쾨베시는 자기가 도착한 곳이 어디인지 잘 아는 것 같은 분명한 내적 확신을 가지고 주변을 둘러보았다.

하지만 곧이어 이런 느낌은 냉정한 이해력과 모순된다는 것을 깨달았다. 또한 어느 정도 철저하게 상황 파악을 한 뒤에 깨닫게 되듯이 현실과도 모순되었다. 종합해서 말하면, 쾨베시는 어디선가 이 광장을 본 것 같다고 생각했다. 한밤중에 어떤 도시의 중심가에 있는 광장을 본 사람이 처음 본 순간에 그것을 꿈에서, 영화의 한 장면에서, 공연장에서, 사진이 있는 여행 안내서에서, 언제 생겼는지 모를 어떤 기억에서 본 적이 있다고 느끼는 것과 똑같았다. 그 광장은, 정확히 말해 그가 비교한 광장은 쾨베시가 여행을 떠나기 전에 부다페스트에서 마지막으로 본 광장과 비슷했다. 당시엔 정방형 광장이 거만한 건물에 둘러싸여 있었다. 중앙에 작은 공원이 있고, 공원 안에 무기력한 동상들이 서 있었다. 지금 여기 이 광장도 틀림없이 정방형이었다. 물론 다른 점도 있었다. 주변에 있는 건물의 광경이 너무나 음울했다! 희미한 가로등 불빛이 예전의 화려함을 어느 정도 보여 주고는 있었지만. 늙은 상이군인처럼 완전히 불구가 되어 버린 광장의 모습에 쾨베시는 깜짝 놀랐다. 벽은 검게 변하고 회반죽은 떨어져 나갔으며 군데군데 구멍과 틈이 있었다. 전쟁의 흔적일까? 자연 재해가 닥쳤던 걸까? 어떤 집은 눈이 먼 사람처럼, 위층 창문이 하나도 없었다. 멋진 대문과 우아한 가게들이 있던 자리에는 문으로 통하는 길목, 판자를 대고 못을 박아 놓은 진열대만 남아 있었다. 광장 중앙에서 쾨베시는 동상들을 보았다. 높은 받침대 위에 불쑥 솟아 앉아 있는 남자의 어깨와 가슴 위에 새똥이 가득했다. 쾨베시는 자세히 보기 위해서 가까이 다가갔다. 진지하게 바라보면 무언가 단서를 찾을 수도 있을 것 같았다. 그러나 동상은 돌로 된 머리를 아래로 숙이고 입을 다문 채, 아무것도 보여 주지 않고 어둠만을 응시했다.

광장은 황량했다. 택시나 다른 야간 교통 수단도 전혀 찾아볼 수 없었다. 쾨베시는 걸어가기로 했다. 자신의 기억이나 여행 경험이 스스로를 이끌어 가는 듯한 무언가 이상한 확신이 들었다. 한 번도 가 본 적 없는 곳에서의 기억이 특정 장소로 데리고 갈 수는 없을 텐데 말이다. 골목들을 지나 한참을 걸었다. 집들은 비틀거리는 거지처럼 누더기가 되어 있었다. 어느 창문에서 갑자기 어린아이의 울음소리를 듣고, 쾨베시는 이런 도시에서 아이가 자라고 있다는 사실에 놀라 몸을 떨었다. 길모퉁이를 돌 때마다 그는 자신의 생각이 착각이라는 것을 확인할 수 있기를 두려운 마음으로 기대했다. 그러나 그럴 때마다 그가 알던 장소와 같은 장소가 나타났다. 물론 보는 즉시 알아차린 것은 아니었다. 고층 건물이 있던 자리에서는 건물의 흔적이나 완전히 빈 땅을 발견했다. 그 거리에 원래 있던 특징이 아니라 다른 특징을 발견했지만, 그래도 같은 장소였다.

쾨베시의 기억에 이 순간은 가장 시험적인 순간으로 남았다. 낯선 도시로 왔는데, 그 도시의 구석구석을 아는 것 같은 이상한 느낌이 들다니. 이런 이상한 느낌을 어떻게 극복해야 좋을지 난감했다. 다리가 납덩이처럼 무거웠다. 아스팔트 위가 아니라 끈적거리는 타르 위를 걷는 기분이었다. 인도 한쪽에 있는 광고 기둥에는 광고지 한 장이 겨우 걸려 있었다. 그나마도 거의 찢어지거나 혹은 시간의 부침으로 조각나 있었다. **빛의 도시.** 쾨베시는 굵직한 글씨를 읽었다. 광고인가? 표어인가? 영화 광고인가? 아니면 구호인가? 어쨌든 거리는 어두웠다. 좌절감이 밀려들었다. 쾨베시는 확신을 갖고 망설임 없이 불빛을 따라왔다. 그런데 이제야 처음으로 자신이 계속해서 끝도 없는 길을 걷고 있다고 느꼈다. 산으로 올라갔다가 내려가고, 따뜻한 곳에서 추운 곳으로 인도하는 길, 그 길을 걸으면서 그는 모든 기력을 소진했다. 놀라움을 천천히 벗어던지자 유쾌한 가벼움이 다가왔다. 다 헐고 곪아 터진 벽에, 판자를 대고 못을 박은 진열대에 도착하면 도착하는 대로, 이미 아는 길에서 자기가 걸었던 골목을 만나면 만나는 대로 그렇게 걸었다. 집이 없는 사람이 느끼는 낯설면서도 긴장이 풀리는 것 같은 확실한 느낌이 쾨베시의 마음을 관통했다. 그 느낌은 이미 완전하게 소진된 이성에게 이곳이 분명 고향이라고 넌지시 알려 주었다.

바로 이 지점에서 그의 기억이 깨지며 그의 걸음처럼 방향을 잃었다. 그는 어디선가 다시 광장과 마주쳤다. 먼지가 가득한 산책로 위의 부서진 시소, 쌓다 만 모래성, 아주 오래전부터 방치된, 보기 흉하게 움푹 파인 벤치 사이를 이리저리 어슬렁거렸다. 아마도 술에 취해 돌아다니는 사람처럼 보였을 것이다. 어느 벤치에선가 쾌활한 동조가 담긴 질문이 그에게로 날아왔다.

"친구, 이 밤에 어디로 그렇게 가나?"

쾨베시의 대답에도 질문한 사람의 쾌활함은 거의 흩어지지 않았다.

"집으로 가지."

그의 말에는 약간 고통스러운 감정이 담겨 있었다. 말을 건 사람은 벤치 위를 뒤덮은 나무 그림자 속에 가려져 있어서, 쾨베시의 눈에는 흐릿한 점으로 보였다. 그는 쾨베시가 집에 가봐야 그다지 좋은 일이 기다리고 있지 않으리라고 확신하는 듯, 진지한 이해의 표정을 담아 고개를 끄덕였다.

"아직도 한참 더 가야 해?"

그가 계속 관심을 보였다. 쾨베시는 불가능하다는 사실을 전해 듣고도 전혀 놀라지 않는 사람처럼 약간 의심을 담은 어조로 거리 이름을 말했다. 하지만 그 사람은 다시 동정하듯 머리를 주억거리며 이렇게 말했다.

"그래, 아직도 한참 가야겠군."

"하지만 두너강변으로 가면 훨씬 빨리 갈 수 있어."

쾨베시는 그 남자가 부정해 주기를 바라면서 새로운 시도를 했다. 예를 들면 그 남자가 이곳에는 두너강변이라는 건 없고, 당신이 말한 거리는 아무도 모르는데 무슨 정신 나간 소리냐고 말해 주기를 기다렸다. 하지만 낯선 남자는 쾨베시가 말한 대로 가면 정말로 길을 단축할 수 있는지, 그렇지 않은지를 따졌다.

"자, 잠깐 숨 좀 돌리지, 친구!" 그가 제안했다.

쾨베시는 일이분 정도 정신을 가다듬은 다음 천천히, 아주 힘겹게 벤치에 앉은 남자 옆으로 가서 몸을 낮추었다.

계속

그 후로도 그들은 나란히 앉은 채로 서너 시간을 더 보냈다. 쾨베시는 계속해서 주춤주춤 자리를 뜨려고 시도했으나 자신의 뜻을 관철시킬 수 없었다. 그가 일어서려고 하면 피아니스트가 기다렸다는 듯 만류했기 때문이다. 물론 그들은 이야기를 나누었다. 쾨베시가 웃었다고 기억하는 걸로 봐서, 아마도 재미난 이야기를 했던 모양이다. 피아니스트가 얼마 뒤 주머니에서 처음으로 넙적한 유리병을 꺼냈다. 그는 근처에 있는 집의 지붕에 비치는 달빛을 병에 반사시키기 위해, 최대한 손을 높이 들고 이리저리 병을 돌렸다.

"코냑이야." 그가 장난스러우면서도 숭배를 담은 어조, 거의 경건하다 할 만한 어조로 말했다.

더 나아가 그는 쾨베시를 신뢰하기 시작했고, 자신은 '빛의 도시'라는 술집에서 일한다고 말해 주었다.

"잘 모르는 모양인데 너 우리 술집에 자주 왔었어. 내가 이러는 것도 그 때문이지."

"그렇군." 쾨베시가 서둘러 확인해 주었다.

"요사이는 별로 안 보이던데."

피아니스트는 눈을 모으고 쾨베시를 살펴보고는, 즉시 의심하는 표정을 지었다.

"도대체 너는 누구야?" 자기 옆에 앉게 한 것을 갑자기 후회라도 하듯, 그가 이렇게 물었다.

쾨베시는 당황해서 머리를 굴렸다. 뭐라고 설명을 해야, 어떤 증거를 대야 자신이 누구인지를 알릴 수 있을지 고민하다가, 당황해서 이렇게 말했다.

"내가 누구여야 하지?" 이 말을 하면서 어깨를 들썩였다.

"난 쾨베시라고 해." 그가 이렇게 덧붙였다.

자신의 이름을 듣는데도 정말 이상하게 아무 의미가 없는 듯이, 비웃는 듯이 들렸다.

그런데 피아니스트는 이 대답을 듣고 몹시 안심하는 것 같았다. 배 부분의 단추가 풀린 코트에는 배낭만큼 거대한 주머니가 달려 있었다. 그가 주머니에서 냅킨으로 싼 샌드위치를 꺼냈다.

"인생은 짧고 밤은 길어." 그가 즐겁게 말했다. "나는 가게가 문을 닫기 전에 항상 필요한 것을 챙겨 두지. 자, 먹어."

쾨베시에게 권하며, 그도 샌드위치 한쪽을 덥석 베어 물었다. 빵을 입에 가득 넣고 그가 말을 계속했다.

"빛의 도시에는 지금도 고급 음식이 있지."

피아니스트는 이 말을 하면서 반쯤 웃었다. 쾨베시는 그가 그 술집에 대해서 혐오감을 표현하는 것 같다고 생각했다. 그러면서도 그는 쾨베시가 이해하기 어려운 방식으로 약간 빼기는 모습을 보여 주었다.

"마지막으로 햄을 먹은 게 언제야?" 그가 쾨베시에게 눈짓을 했다.

"저녁에." 쾨베시가 솔직하게 말했다.

"그래?" 피아니스트가 깜짝 놀라며 물었다. "어디서?"

"비행기 안에서." 쾨베시가 말했다.

"스튜어디스가 가져다주더군."

그가 설명하듯 이렇게 덧붙이자 피아니스트가 이제야 이해하겠다는 듯이 웃음을 터뜨렸다. 그는 잠깐 망설였다. 처음에는 별로 내키지 않았지만, 조금 지나자 그도 속이 시원해지도록 크게 웃었다. 쾨베시도 피아니스트와 함께 웃어 젖혔다.

"말해 봐!" 피아니스트가 그의 허벅지를 쳤다. "그거 말고 또 뭐가 있었지?"

"쇠고기 안심 수육, 복숭아, 포도주, 초콜릿."

쾨베시가 이름을 줄줄 댔다. 그리고 두 사람은 허리가 휘어지도록 웃었다. 쾨베시도 자신이 어렴풋이 상상하던 것들을 말하는 느낌이 들었다. 전혀 좋은 상상이 아니었을 뿐만 아니라, 어른들을 한동안 웃게 만드는 어린아이의 터무니없는 상상을 말하는 느낌.

잠시 후 피아니스트의 얼굴이 다시 어두워졌다. 그러면서도 그는 계속해서 재미난 말을 하면서 기분을 바꾸려고 애썼다. 하지만 쾨베시가 음악가가 되는 것도 멋질 것 같다, 음악가는 정말 멋지고 독립적인 삶을 사는 것 같다, 예술가가 되려면 재능이 있어야 하는데 나에겐 재능이 없다고 말하고 나자, 피아니스트는 자신의 직업과 술집에 대한 얘기를 더욱 많이 했다.

아무래도 뭔가 말을 잘못했는지 피아니스트가 몹시 불쾌해했다.

"나도 알아, 너희가 나를 어떻게 생각하는지." 그는 쾨베시가 자신에게 등을 돌린 사람에 속한다는 듯이 이렇게 말했다. "그자에게는, 그자에게는 아주 쉬운 일이겠지!"

여기에서 '그자'란 분명히 그 자신을 의미했다.

"그자에게는 아주 좋은 일일 거야! 저녁마다 피아노를 조금 치고, 마이크에 대고 노래를 하고, 주머니에 팁을 넣고, 그러면 그걸로 그만이야! ……그렇지!"

그가 이제까지 모르던 것을 마주한 듯, 씁쓸하게 웃었다.

"그렇게 간단한 것을!"

"그게 아니잖아?" 쾨베시는 알고 싶었다.

"그럼 어떻게 해야 하는데?" 피아니스트가 흥분했다. "그곳은 위스키도 파는 술집이야!"

쾨베시가 물었다.

"왜 그만두지 않는지?"

"벌써 그러려고 했지!" 피아니스트가 말했다. "하지만 내가 너한테 물었잖아. ……아니, 묻지 않았지. ……왜냐하면 나는 이미 관심이 없거든, 오히려……."

피아니스트는 뒤죽박죽된 대화를 더 이상 이어 나갈 수 없을 만큼 당황한 듯 보였다. 그는 머리 위로 휘어진 나뭇잎의 그림자 속에 앉아서 희미한 별빛의 어스름 속에 앉아 있는 쾨베시를 힐끗 보았다. 어느 정도는 아주 편안해진 것 같았고, 어느 정도는 아직도 흥분해 있는 것 같았다. 그가 다시 말문을 열었다.

"말하자면 누가 위스키를 마시는지, 무슨 돈으로 마시는지, 왜 하필 위스키를 마시는지가 궁금한 거지?"

쾨베시가 그런 것에 대해선 전혀 아는 바 없다고 대답했다.

"그럼 내가 알까?" 피아니스트가 벌컥 화를 내며 물었다.

쾨베시는 조용히 있는 게 낫겠다고 생각했다. 이 순간에는 무슨 말을 해도 피아니스트를 자극할 게 분명했다.

그러자 피아니스트가 곧 수그러들었다.

"자, 마시자!"

그가 쾨베시 쪽으로 가볍게 병을 들어 올렸다.

그러나 그의 쾌활함이 지속된 건 아주 짧은 순간뿐이었다.

"게다가 아직도……." 그는 계속 괴로워했다. "거기에 번호가 있어……."

쾨베시는 그가 이번에는 위로를 바란다고 느꼈다.

"무슨 번호?" 그가 피아니스트를 도왔다.

"내가 연주하면 안 되는 곡 번호들." 피아니스트가 약간 괴로운 목소리로 대답했다.

"금지된 번호?" 쾨베시가 계속 물었다.

"금지라니, 누가 그래?" 피아니스트가 항변했다.

차라리 그런 것이 있다면 머리가 덜 아프겠다고 그는 설명했다. 금지된 것은 금지된 것이 분명하니 말이다. 리스트에 있다면 아무리 팁을 주고 연주를 청해도 절대 연주하지 않으면 되니 명확한 문제였다. 그가 설명을 이어 갔다. 그런데 다른 번호가, 어떤 리스트에도 없어서 까다로운 번호가 있다고 했다. 아무도 그 곡을 금지된 번호라고는 하지 않는다. 그럼에도 그런 곡은 연주하지 않는 것이 현명하다. 아무리 많은 손님이 청해도.

"그런 건 뭐라고 불러야 하지? 금지곡이라고 해야 하나?" 그가 물었다.

물론 쾨베시에게 묻는 것은 아니었지만, 마치 그에게 묻는 것 같았다.

"다들 근거 없는 모략이라고 하겠지. 하지만 내가 그 곡을 연주하면 상황은 더 나빠질 거야." 잠시 뒤에 그가 스스로에게 대답했다. "연주가 금지된 번호라고 말해야 하나, 아니면 너무 어려워서 별로 내키지 않는다고 해야 하나. 그렇지만 내키지 않는다고 하면 금지곡이 돼 버릴 테니 그것도 안 돼……."

생각에 눌린 듯 입을 다무는 것으로 보아, 피아니스트는 해결책을 찾지 못한 게 분명했다. 들은 말에 기초하여 쾨베시도 합당하지 않다고 생각했다. 그렇지만 아주 흥미롭게 듣고 있는 듯이 보이기 위해 피아니스트가 말하는 동안 계속 고개를 끄덕였다. 전체적으로 다 이해하지는 못했지만 피아니스트의 말이 완전히 낯설지는 않다고 생각했다.

"아니면……." 그가 쾨베시에게 다시 물었다. "그 번호의 곡은 모른다고 해야 될까?"

아까보다 더 피곤함을 느끼면 쾨베시는 이 일엔 뭔가 이유가 있을 거라고 생각했다.

"그렇다면 내가 무슨 피아니스트겠어?"

피아니스트가 쾨베시를 비난하듯 쳐다보았다. 쾨베시는 그의 항의를 무시해야 한다는 것을 알아챘다.

"난 유명한 사람이야." 피아니스트가 불평했다. 아니면 적어도 불평을 하는 것처럼 들렸다. "난 모든 곡을 외우거든. 음악으로 먹고살아서만은 아냐. 진짜 모든 곡을 외운다고, 난……."

여기까지 말하고 나자 피아니스트는 자신의 감정을 어떻게 표현해야 할지 몰라 당황한 것처럼 보였다. 아니, 어쩌면 자신의 감정을 완전히 다 표현하고 싶지 않은 것일 수도 있었다.

"그러니까." 그가 계속 말했다. "앞으로는 더 이상 이 문제에 대해 말하지 않겠어. 너는 이유를 묻겠지."

이 말을 하며 그가 쾨베시를 슬쩍 보았다. 그러나 그는 아무것도 묻지 않았다.

"내가 이런 말을 할 수 있는 입장이 아니라는 것 말고는 어떤 대답도 할 수 없어."

그는 한동안 쾨베시 옆에 말없이 앉아서 생각에 잠긴 듯이 보였다.

"내 이름을 더럽히게 두지는 않을 거야!" 그가 난데없이 버럭 화를 내며 이렇게 말했다. 더 잘 설명할 수 있는데 그러지 못해 화가 난 듯 보였다.

그리고 잠시 뒤에 말문을 열었다.

"아, 너희가 알아? 밤에 일이 끝나고 조명이 꺼지면 피아노

뚜껑을 덮으면서 속으로 기억을 되짚지. 내가 어떤 곡을 연주했는지, 누가 그 곡을 신청했는지, 탁자에 앉아 있던 사람들이 누구였고, 그 가운데 모르는 사람은 누구였는지……."

피아니스트는 한참 동안 아무 말도 하지 않았다. 쾨베시는 '되짚는다'는 그의 말이 무슨 의미인지 곰곰이 생각했다.

잠시 후에 그가 고민을 잊은 듯 명랑함을 되찾았다. 그렇지만 쾨베시는 아까부터 느끼던 피로를 더욱 심하게 느꼈다. 마지막으로 피아니스트는 들으란 듯이 이렇게 말했다.

"친구, 절대 부끄러워하지 마. 네 머리를 내 어깨 위에 기대라고. 원한다면 내가 네 귀에 자장가를 속삭여 줄 수도 있어."

어쩌면 이 말은 피아니스트의 말이 아니라, 잠든 쾨베시가 꿈에서 들은 소리였을지도 모른다.

어스름. 화물차. 쾨베시가 속내를 털어놓다

이렇게 해서 쾨베시는 지금도 여전히, 아니면 이제 또다시 여기에 앉아 있다. 피아니스트가 준 마지막 술 한 모금이 혈관 속을 타는 듯이 통과했다.

"우리 언제까지 여기 있을 거지?"

쾨베시가 묻자 피아니스트가 짧게 대답했다.

"오래 있지는 않을 거야."

하지만 그는 쾨베시에게 별로 신경을 쓰는 것 같지 않았다. 밝아 오는 새벽빛 덕택에 쾨베시는, 긴장이 풀리고 생기가 넘치는 그의 얼굴을 똑똑히 볼 수 있었다. 얼빠진 듯하면서 동시에 불안해 보이는 표정이 새로 떠올랐다. 무거운 몸을 움직이자 그의 사지가 쭉 펴졌다. 그가 이제까지 쾨베시 쪽으로 기울이고 있던 몸통을 뒤로 젖혔다. 유행이 지난, 앞코가 뾰족한 에나멜 구두 속으로 발을 쭉 뻗었고, 팔을 의자 등받이 위로 쭉 늘였다. 얼마나 팔이 긴지 한쪽 팔이 쾨베시의 등을 지나 의자 등받이의 끝까지 가고도 남았다. 그의 정신은 온통 도로 쪽에 쏠려 있었다. 이제 곧 나타날 누군가를, 어떤 사람을 기다리는 것 같았다. 쾨베시에게도 그런 느낌이, 어제 저녁 비행장에서 느꼈던 것과 똑같은 어처구니없는 느낌이 엄습했다. 자기도 피아니스트가 기다리는 것을 계속해서 기다려 왔고, 지금도 기다리고 있다는 느낌이 들었다. 하지만 그는 정확하게 그들이 무엇을 기다리는지 알지 못했다. 사실은 그들이 무언가를 기다리는지 아닌지도 전혀 알지 못했다.

그도 자세를 바꿨다. 편안하게 몸을 쭉 펴고, 안락하게 몸을 늘어뜨렸다. 그들의 팔이 서로 얽혔다. 그러나 그들은 은신처에 있는 동물처럼 그것을 전혀 알아차리지 못했다. 이미 눈에 익었기 때문일 수도 있고, 시간이 흐르는 동안 관점이 변했기 때문일 수도 있다. 쾨베시의 눈엔 밝아 오는 새벽빛에 비친 광장이 어젯밤처럼 애처로워 보이지 않았다. 저기 처연하게 솟구친 검게 그을린 방화벽만이 약간 불쾌한 느낌을 전해 왔다. 폭풍우가 방화벽 옆부터 집까지 모두 날려 보낸 것 같았다. 저 멀리 주도로가 펼쳐져 있었는데, 쾨베시는 그 길을 안다고 생각했다. 하지만 아직 해가 밝지 않아 착각을 했던 것 같다. 다시 찬찬히 보니 아는 길이 아니었다. 적어도 그의 눈에 익숙한, 그의 걸음에 익숙한 길이 아니었다. 다른 쪽에서 들리는 움직임 소리와 말소리가 쾨베시의 관심을 끌었다. 셔터가 내려진 가게 앞에 사람들이 모여 있었는데, 대부분 여자들이었다. 대충 아무 옷이나 걸치거나 잠옷 위에 가운을 걸쳐 입고 수건으로 머리를 묶은 모습이었다. 이렇게 이른 시간에 줄을 서다니 분명 우유를 사려는 거야. 그들의 손에 주전자나 병이 들려 있는 걸 보면서 쾨베시가 이렇게 생각했다. 또 다른 방향에서도 사람들이 종종걸음으로, 아직도 무거운 눈꺼풀을 부비며 밀어닥쳤다. 그들은 모두 쾨베시에게 침묵의 질책을 보냈다. 모두들 가방을 흔들면서, 혹은 아무것도 들지 않은 손으로 노를 젓듯 흔들면서 필사적으로 어딘가로 가고 있었다. 거기에 꼭 가야만 하는 분명한 이유가 있는 것처럼 보였다. 덜거덕 소리를 요란하게 내며 상자 모양의 고물 전차가 몇 안 되는 사람들을 싣고 여기저기로 지나가기 시작했다. 자동차도 윙윙거렸다. 쾨베시는 처음에는 너무 놀라 멍하니 바라보기만 했다. 그러나 얼마 지나지 않아 차의 조악하고 찌그러진 외관에 익숙해졌다. 화물차들이 요란한 소리를 내며 고르지 않은 포장도로 위에 나타났다. 앞뒤로 나란히 두 대였다. 다른 생각에 잠겨 있었는지 쾨베시는 화물차가 이상한 짐을 싣고 있는 것을 뒤늦게 알아보았다. 사람들이 그 위에 앉아 있었다. 남자, 여자, 심지어 아이들까지 있었다. 짐과 보따리와 꾸러미, 여기저기 놓인 가구들로 보아 이사 가는 가족이 틀림없었다. 그들의 이사에는 변화나 새로운 생활 환경에 대한 기쁨과 긴장감이 빠져 있었다. 짜증을 내거나 화를 내는 것 같지도 않았다. 미동도 없이, 마치 자기들이 남기고 가는 것들에 일제히 등을 돌린 듯이, 일찍 일어나서 찌푸려졌을 얼굴들이 아침 어스름 속에 쾨베시 앞을 지나갔다. 어쩌면 자기들을 태우고 가는 까다로운 사람들의 심술로 인해 기분이 상했던 탓일지도 몰랐다. 쾨베시는 잠시 후에야 차 뒤편에 웅크리고 앉은 남자들을 식별할 수 있었다. 그 사람들은 제복을 입고 무릎 사이에 총을 끼우고 있었다. 그는 자기 눈을 의심했다. 쾨베시의 눈엔 그 제복이 세관원의 것으로 보였던 것이다. 물론 지금 차에 탄 사람들의 옷이 더 낡고 남루했지만. 쾨베시는 공항에서 만났던 세관원보다 총을 든 사람들이 훨씬 가난한 세관원일 거라고 생각했다.

그가 피아니스트를 힐끗 보았다. 하지만 피아니스트는 그를 보지 않았다. 그는 나무 아래에 숨어 감시하듯, 날카로운 시선으로 화물차를 뚫어지게 바라보았다. 다른 때는 창백하고 부드럽던 그의 얼굴이 그 시선 때문에 확실히 수척해 보였다. 그는 가까이 오는 화물차에 관심을 집중했다. 그리고 화물차 안을 들여다보기 위해 몸을 길게 뻗었다. 그리고 차가 지나가면, 차 뒤쪽으로 몸을 돌리고 화물차가 길이 굽어진 곳을 돌아 멀리 사라질 때까지 시선을 떼지 못했다.

이윽고 그가 천천히, 아침 어스름 속에서 사지를 하나하나 늘이며, 마치 지금 막 술병에서 빠져나온 주정뱅이처럼 벤치에서 일어섰다. 나무가 가지를 흔드는 것처럼, 갈래갈래 부서지는 것처럼 그가 온몸을 쭉 폈다. 이제야 그는 피아니스트가 얼마나 큰지 처음으로 알게 되었다. 쾨베시도 절대 작은 키가 아니었지만 함께 일어나 그의 옆에 서고 보니 마치 난쟁이처럼 보였다.

"이제 자러 갈 수 있겠군." 피아니스트가 크게 하품을 했다. "오늘도 다 지나갔어."

쾨베시는 그의 목소리에 부드러운 만족감이 담겨 있는 것을 느꼈다. 하지만 이제는 지금까지 보여 주던 친절을 찾을 수가 없었다. 그는 임무를 마친 사람처럼 더 이상 쾨베시를 쳐다보지 않았다. 지금까지 뭔가 명백하지 않은 이유 때문에 그 일에 묶여 있던 사람 같았다. 그의 얼굴은 피곤하고 창백해 보였으며, 아침처럼 잿빛이었다. 진실처럼 잿빛이었다. 쾨베시는 자신이 이런 생각을 하고 있다는 걸 갑자기 깨달았다. 그리고 얼마 뒤에(그들은 어느새 도로 위를 걷고 있었는데, 쾨베시는 그들의 출발을 전혀 의식하지 못하고 있었다.) 피아니스트가 이렇게 덧붙였다.

"자, 오늘은 화물차가 더 안 올 거야. 언제나 아침 어스름에 오거든."

"언제나?" 쾨베시가 물었다. 그저 무언가를 묻기 위해 한 말이었다.

그는 약간 당황했고, 게다가 발걸음을 재촉해야 했다. 피아니스트가 갑자기 굉장히 서두르는 것처럼 보였기 때문이다. 피아니스트는 쾨베시가 뒤로 처지는 것에는 전혀 관심도 두지 않고 긴 다리로 성큼성큼 걸었다.

"몰랐던 거야?"

피아니스트가 어깨 높이에서 그를 내려다봤다.

"알았지." 쾨베시가 말했다.

다른 것에 대해 대답을 하는 것처럼, 질문받은 것보다 가능하다면 더 많은 것에 대답하는 것 같았다. 그는 거의 고함을 치다시피 했다.

"어떻게 모를 수가 있겠어. 나도 알아야 했어. 몰랐다면 말도 못 꺼냈겠지!"

피아니스트가 깜짝 놀라 그를 쳐다보았다.

"그게 혹시…… 뭐라고 말해야 되나……. 그래, 나는 준비가 되어 있지 않았어." 그가 아주 나직하게 덧붙였다.

아직도 약간은 흥분 상태였지만, 이미 마음은 많이 가라앉아 있었다. 지나가던 사람들이 그들을 쳐다봤다. 호기심 때문에 발걸음을 멈춘 것이 아니었다. 오히려 피하지 못해 어떤 말을 듣게 될까 봐 두려운 듯 그들은 더욱 서둘러 걸음을 옮겼다.

"하지만 준비를 했어야 했지." 피아니스트가 말했다.

이 말을 하면서 그는 다시금 쾨베시와 친해진 듯 애정 어린 눈으로 바라보았다.

"이제야 이해하겠군." 쾨베시가 말했다.

"뭘 이해한다는 거야?"

"벤치 말이야."

"내가 이 도시에서 아는, 좋은 벤치 중 하나야." 피아니스트가 말했다.

"너는 나무 때문에 그 벤치를 좋다고 하는 거지."

쾨베시가 고개를 끄덕였다.

"또 내가 거기에 있었기 때문이기도 하고." 잠시 생각한 뒤에 이렇게 덧붙였다.

"그렇지. 둘이 있어서 더 재미있었어."

이 순간 피아니스트는 넓은 얼굴에 하나 가득 미소를 담아냈다. 바로 쾨베시를 맞아 주던 그 밤의 표정이었다.

"더 안전하기도 하고." 그가 덧붙였다.

쾨베시는 이 말을 다시 생각해 보았다.

"그건 못 믿겠는데." 쾨베시가 말했다.

"그렇지만 그 사람은, 적어도 그 정도는 네가 인정할 것이라고 느끼고 있어."

피아니스트가 쾨베시의 트집 잡는 버릇을 다독이듯이 간절한 눈빛으로 그를 바라보았다.

"그러다 그들이 너하고 같이 다른 사람들도 데려갈 거야." 쾨베시가 예의를 생각하기도 전에 말을 내뱉고 말았다.

"너 벤치를 여러 개 알고 있지?" 자기 말을 덮어 버리기 위해서 쾨베시가 물었다.

"여러 개 알지." 피아니스트가 말했다. "거의 다 알아."

이제 그들은 교통이 혼잡한 곳을 지나고 있었다. 가끔은 사람들 사이에서 밀리기도 했고, 가끔은 빨간 신호등 앞에서 멈추기도 했다.

"그럼 너는……." 길을 가면서 쾨베시가 이제 온몸을 피아니스트 쪽으로 돌리고, 등대를 보듯 그를 올려다보았다. "벤치에 숨어 있으면 그들이 찾아내지 못할 거라 생각하는 거야?"

"누가 그래?" 피아니스트가 대답했다. "나는 자다가 침대 밖으로 끌려 나가고 싶지 않을 뿐이야."

"무슨 차이가 있는데?" 쾨베시가 물었지만 피아니스트는 한동안 대답을 하지 않았다.

쾨베시 옆에서 묵묵히 걸음을 옮기면서 그 질문이 해결해야 하는 골치 아픈 문제인 양 고민하는 모습이었다. 쾨베시는, 그가 이미 그런 질문을 자신에게 해 보았을 거라고 생각했다.

"쥐와 토끼 사이에는……." 마침내 피아니스트가 말했다. "아마도 큰 차이가 없을 거야. 그렇지만 나에게는 중요해."

"그럼 그들이 너를 왜 침대 밖으로 끌어내지?" 쾨베시가 계속 다그쳐 물었다. "곡 번호 때문이야?"

그러나 피아니스트는 입을 다물고 가만히 웃기만 했다.

"무엇 때문인지 알 수 있을까?" 그가 쾨베시에게 반문했다.

"아니, 알 수 없겠지." 쾨베시도 인정했다.

그들은 큰 교차로에 도착했다. 이미 동이 터서 날이 훤히 밝은 가운데 쾨베시는 어떤 호기심도 없이 주위를 둘러보았다. 이제 편하게 상황을 인정할 수 있을 것 같은 느낌이 들었다. 그의 집은 그곳에서 멀지 않았다.

"그렇지만 말이야……." 그가 그사이에 적당한 단어를 찾느라 더듬거리며 말했다. "그렇지만 말이야……. 내 생각엔 네가 과장을 하는 것 같아."

피아니스트는 말없이 미소를 지어 보였다. 많은 것을 아는 사람의 미소였다. 이보다 더 많이 알지만, 아는 것을 다 털어놓을 수는 없다고 생각하는 사람의 미소였다. 이 미소에 자극을 받은 듯, 쾨베시에게서 이런 말이 터져 나왔다.

"이따위 차에 짐짝처럼 실리지 않기 위해서 사는 것 아냐?"

"그렇지." 피아니스트가 머리를 끄덕였다. 그러고는 쾨베시를 안심시키려는 듯 부드럽게 그의 목덜미를 토닥거렸다. "그렇지만 너도 타게 될 거야. 운이 좋으면."

이 말을 하면서 그는 쾨베시가 자기 말을 악의적으로, 거의 적대적으로 느낄지도 모르겠다는 표정을 지었다.

"뒤쪽으로, 맨 뒤쪽으로 가게 될 거야."

"그런 행운은 바라지 않아." 쾨베시가 말했다. "맨 뒤에도 앉고 싶지 않고, 가운데도 앉고 싶지 않아."

그는 전혀 흥분한 기색을 보이지 않았다.

"내 생각에는……." 그가 말을 계속했다. "여기 사는 너희 모두는 착각을 하고 있어. 오로지 벤치와 그런 화물차만 있다는 듯이 행동하지. ……그렇지만 다른 것들도 있어……."

"뭐가 있는데?"

"그건 나도 몰라."

쾨베시는 진짜 모르는 표정을 지었다. 그럼에도 그는 말을 중단하지 않았다.

"이 모든 것을 뛰어넘는 무언가가 있어. 그렇지 않으면 최소한 다른 곳에는 있을 거야, 무언가가."

갑자기 단어 하나가 떠올랐고, 이 단어 덕분에 그는 눈에 띄게 기분이 좋아졌다.

"닿을 수 없는 무엇이."

"그게 뭔데?" 피아니스트가 의심하듯 물었다. 하지만 완전히 무관심한 표정은 아니었다.

"나도 몰라. 그건 내가 모르는 거야." 쾨베시가 말했다.

"그렇지만 찾아낼 거야." 얼른 이 말을 덧붙였다.

추측건대 이것은 거의 무의식적으로 한 말이었다. 자기가 말해 놓고도 자기가 가장 놀란 것처럼 보였으니 말이다.

"그래." 그가 반복해서 말했다.

이렇게 하면서 피아니스트에게, 어쩌면 자기 자신에게 증명해 보이기를 원하는 것 같았다.

"그것을 찾아내기 위해서 내가 여기 있는 거야."

그러나 그때 피아니스트가 멈추어 서더니 손을 내밀었다.

"자, 잘되길 바란다." 그가 말했다.

"나는 여기서 골목 안으로 들어가. 너는 곧장 가야 하고. 저녁때 술집으로 한번 와. 돈 걱정은 하지 말고. 너는 내 손님이니까. 네가 거기서 나를 찾아내는 동안은." 피아니스트가 크고 늙은 얼굴에 쓴웃음을 살짝 지으며 덧붙였다.

쾨베시는 그러겠다고 약속했다. 그다음 피아니스트는 오른쪽으로 돌아갔고, 쾨베시는 계속해서 똑바로 걸어갔다.

거주지

쾨베시의 기억에 따르면, 그는 별 특징이 없는 긴 이면 도로에 위치한 건물에서 살았었다. 물론 그의 기억이 틀렸을 수도 있다. 도시의 이쪽 지역은 한때 아주 아늑한 주택가였다. 물론 지금은 파손되어, 부서지고 파괴된 흔적이 남아 있었다. 곧 허물어질 것 같은 집도 많았다. 한때 화려했던 둥근 곡선의 발코니가 파손되어 인도 위 공중에 매달려 있었고, 생명의 위험을 경고하는 표지도 보였다. 하지만 그것에 신경을 쓰는 사람은 없는 것 같았다. 처음에는 조심해서 위를 쳐다보고는 표지에 적힌 문구에 따라 옆으로 돌아갔지만, 얼마 지나고부터 쾨베시 역시 무심하게 그 밑을 지나갔고, 얼마 뒤에는 조심해야 한다는 사실조차 잊게 되었다. 대문을 들어서자 곰팡이 냄새가 그를 맞았다. 계단 옆의 벽을 장식했던 회벽 판 가운데 제자리에 남아 있는 것은 겨우 서너 개였다. 엘리베이터는 작동하지 않았고, 층계는 쇠 이빨을 가진 야수가 밤에 와서 물어뜯은 듯 구멍과 틈이 나 있었다. 그가 자기 집 문 뒤에 서자 소리가 들려왔다. 움직이는 소리, 잰걸음으로 콩콩거리는 소리, 날카로운 여자 목소리가 나고, 누구의 것인지 모를 거친 목소리도 들렸다. 쾨베시는 열쇠로 문을 열지 않았다. 세무과장이 준 봉투에 열쇠가 들어 있는 걸 이미 확인했지만, 누구도 방해하고 싶지 않아서 일부러 벨을 눌렀다.

조금 기다리자 40대는 되어 보이는, 자그마한 여자가 문간에 나타났다. 꾀죄죄한 남자 바지에 블라우스 비슷한 걸 걸치고 있는 여자의 창백하고 날카로운 얼굴에 두려움이 반사되었다. 그러나 쾨베시를 위에서 아래로 죽 훑어보고는 곧 얼굴에서 두려움을 지웠다.

"어머나, 오셨군요."

그녀가 이렇게 말하며 쾨베시가 현관으로 들어서노록 옆으로 비켜섰다.

"저희는 어제 오시는 줄 알고 기다렸어요."

"저를요?" 쾨베시가 놀랐다.

"꼭 당신을 기다린 건 아니지만……."

"누가 왔어?"

냄비가 덜그럭거리는 소리가 나더니, 옆에 있는 부엌에서 아까 들었던 거친 목소리가 들려왔다. 사춘기 아이의 목소리 같았다.

"아무도 아니야. 여기 사실 분이다." 부인이 그쪽을 향해 대답하고, 다시 쾨베시에게 몸을 돌렸다. "여기서 사실 분 맞죠?"

그러고는 다시 의심이 담긴 눈으로 그를 쳐다보더니, 약간 뒤로 물러섰다. 무슨 일을 저지를지 모르는 사람을, 아무 생각 없이 안으로 들인 것을 갑자기 후회하는 것 같은 모습이었다.

쾨베시는 서둘러 그녀를 안심시켰다.

"맞습니다."

그가 착각을 하면 실수를 저지를 수도 있었다. 자신의 집을 같이 쓰자는 엄청난 제안을 하는데, 말짱하고 똑똑한 정신인 이상 이걸 어떻게 진지하게 받아들이지 않을 수 있겠는가. 이건 그를 존경하는 것보다 훨씬 더 대단한 일을 그에게 해 준 것이었다. 추측건대 그녀는 그가 이 집을 나가면 떠도는 노숙자가 된다고 생각하여 어쩔 수 없이 이런 제안을 했을 것이다.

"어제는……." 그가 말을 계속했다. "밤에 도착해서 올 수가 없었습니다……."

쾨베시는 이야기의 흐름을 조금 빨리 끊었다. 아무 생각 없이 자신이 어디서 왔는지를 밝힐 뻔했다. 그가 끝내지 못한 말을, 다행히도 부인이 거들었다.

"시골에서 오셨나요?"

"그렇습니다." 쾨베시는 얼른 인정했다.

"한눈에 알아봤어요."

부인은 불분명한 것을 조금도 용납하지 않았다.

"가족은 데려오지 않으셨으면 좋겠어요. 왜냐하면 이런 경우에는……."

쾨베시가 그녀의 말을 잘랐다.

"전 혼자입니다."

부인은 이 말에 대꾸를 하지 않고, 처음으로 쾨베시의 얼굴을 찬찬히 바라보았다. 혼자라는 말이나, 그가 그 말하는 방식이 어쨌거나 조금은 마음에 든 모양이었다.

"체스 할 줄 알아요?" 바로 이 순간 그의 옆에서 소리가 들렸다.

열서너 살쯤 된 소년이 두꺼운 안경을 쓰고 있었다. 불쑥 솟아난 머리카락과 뚱뚱한 몸, 턱이 두 겹인데도 빼족한 얼굴. 쾨베시는 그 얼굴을 보며 살찐 고슴도치를 떠올렸다. 소년은 아마 한참 전부터 부엌문에 서서 그들을 관찰하고 있었던 듯했다. 손에는 베어 먹던 버터 바른 빵이 들려 있었다. 소년의 뒤로 식탁 위에 김이 모락모락 나는 찻잔 두 개가 놓여 있었다.

"피테르." 부인이 소년에게 경고했다.

"지금은 안 돼……." 부인이 소금 화를 냈다.

너무 정신이 없어서 자신을 소개하는 것도 잊고 있던 쾨베시가 막 자기 이름을 말하려던 순간이었다. 그런데 부인은 벌써 이렇게 말했다.

"너도 알잖니. 지금 막 도착해서 많이 피곤하실 거야."

"할 줄 알아요, 몰라요?"

엄마의 경고를 못 들었다는 듯, 소년은 얼굴에 엄격함을 드러내면서 쾨베시에게 미소를 던졌다.

"물론 알지." 그가 말했다. "그렇지만 아주 잘하는 건 아니야. 그냥 남들 하는 정도지."

"곧 알게 되겠죠."

소년은 머릿속에서 뭔가를 궁리하는 듯 입술을 깨물었다.

"지금 당장 체스 판 가져올게요!"

이 말을 하고 아이는 바로 현관과 연결된 유리문을 열고 거실로 뛰어 들어가려 했다. 하지만 아이의 엄마가 재빨리 따라가서 아이의 팔을 낚아챘다.

"내 말 못 들었니? 아침이나 마저 먹어라. 안 그러면 학교에 지각한다. 나도 회사에 늦고!" 그녀가 소년을 나무랐다.

"쟤한테는……." 그녀가 미안한 듯 웃으며 쾨베시를 향해 돌아섰다. 그러나 아직도 피테르의 팔을 꼭 붙잡고 있었다. "언제나 취미가 제일 중요해요, 다른 것보다……."

"거짓말!"

씩씩대며 성질을 내던 소년의 입술이 하얗게 변하더니 부르르 떨렸다. 쾨베시는 그 모습을 보고 깜짝 놀랐다.

"피테르!"

부인이 잠든 아이를 깨우듯 깊고 나지막한 소리로 소년을 잠깐 흔들었다.

"거짓말!" 소년이 같은 말을 반복했다. 그러나 아주 어렵게 무언가를 넘어선 듯 이렇게 말했다. "취미가 아닌 건 엄마가 제일 잘 알잖아!"

이 말을 하며 소년은 엄마의 손에서 벗어나 곧장 부엌으로 뛰어 들어가더니, 부서지도록 문을 닫았다.

부인은 당황한 것 같았다.

"재를 어찌해야 좋을지……." 변명하듯 중얼거렸다. "너무 신경질적이어서 말이죠."

이 말에 쾨베시가 이렇게 말했다.

"요즘 같은 때에는 놀랄 일도 아니지요."

그는 자신이 적당한 말을 했다고 생각했다. 부인이 갑자기 이렇게 말했기 때문이다.

"이리 오세요, 방을 보여 드릴게요."

그녀는 얼굴을 한결 부드럽게 하여 고마움을 표현했다.

쾨베시의 방은 현관 맞은편과 붙어 있고, 부엌과 비스듬하게 마주 보고 있었다. 크지는 않지만, 잠을 자고 생활하기엔 적당했다. 아이 때 이런 방을 '식모 방'이라고 불렀던 기억이 어슴푸레 떠올랐다. 방은 확실히 어둡게 설계된 구조였다. 그러나 방화벽이 없고 작은 창문이 하나 있어, 해가 잘 들어왔다. 게다가 바로 옆집이 완전히 사라지고, 집이 있던 자리에는 벽돌 더미가 먼지를 뒤집어쓴 채 저 아래 땅바닥에 쌓여 있었다. 멀리 지저분한 마당이 보였다. 마당을 넘어서 다른 집 내부가, 둥근 복도와 계단실의 환기구, 창문, 여기저기 열어 놓은 부엌 창문, 그 안과 그 앞에서 북적거리는 사람들이 보였다. 마치 창자 속을 들여다보는 듯한 기분이었다. 긴 의자는 편한 잠자리를 약속하고 있었다. 지금 당장 누워서 시험해 보고 싶었다. 방에는 긴 의자 외에도 약해 빠진 장롱과 의자, 탁자가 자리를 차지하고 있었다. 부인은 그 탁자를 몹시 자랑스러워했다.

"원하신다면 여기서 일을 하셔도 돼요. 아 참, 그런데 무슨 일을 하시는지 모르겠네요."

그녀가 비스듬하게 쾨베시를 올려다보았다. 쾨베시는 그녀의 흐트러진 얼굴에 있는 연푸른색 눈이, 황폐한 풍경 속에서 만난 뜻밖의 호수처럼 놀랄 만큼 깨끗한 인상을 풍기고 있음에 주목했다. 그러느라 그녀가 던진 질문, 정확하게는 안 하는 게 나았을 뻔한 질문에 대답하는 것을 잊어버렸다. 부인은 잠시 기다리다가 대답이 없자 이렇게 말을 이었다.

"그림을 그리기에는 좀 좁겠지만, 서류를 작성하기에는 충분할 거예요."

쾨베시는 계속 아무 말도 하지 않았다. 이 탁자를 무엇에 쓰게 될지는 자신도 모를 일이었다.(그림은 절대 그리지 않겠지만, 미래가 그에게 무엇을 준비해 놓았는지 누가 알겠는가.) 그가 계속 가만히 있자 부인은 약간 당황해서 단숨에 말을 쏟아 냈다.

"더 이상 방해하지 않을게요. 이제 시간이 없어요. 저는 회사로 가야 하고, 당신도 분명 할 일이 있을 테고요……."

"자고 싶군요." 부인이 더 이상 수다를 떨지 않도록 쾨베시가 말했다.

"잔다고요?" 부인의 호수 같은 눈이 돌연 커졌다.

"자고 싶어요." 쾨베시가 말했다. 말투가 너무나 간절했는지 부인이 웃었다.

"그렇겠군요. 밤새 차를 타고 오셨으니. 침구는 여기에 있어요."

부인이 침대 아래 서랍을 가리켰다.

"소지품은 여기 장롱에 넣으세요."

"소지품은 없습니다." 쾨베시가 말했다.

"아무것도 없으세요?"

부인은 정말 놀란 눈치였다. 비록 두렵긴 했지만 쾨베시는 설명을 해야 했다. 부인은 방을 세주면서 온갖 경우를 다 겪었지만 이런 일은 처음이라는 표정이었다.

"파자마 하나도 없으세요?"

"예. 없습니다." 쾨베시가 고백했다.

"말도 안 돼!"

그녀가 얼마나 흥분하며 말했던지, 쾨베시의 귀에는 마치 부인이 세계 질서를 수호하기 위해서는 잠옷이 반드시 필요하다고 선언하는 것처럼 들렸다.

"제가 하나 드릴게요." 그녀가 말했다. 도저히 간과할 수 없는 문제를 처리한다는 듯 열정이 가득 담긴 목소리였다. "제 남편 게 맞을 것 같군요……."

"그러면 남편이 입지 못하……." 쾨베시가 주저하며 말했나.

그러나 부인이 그만하라는 듯 짧게 신호를 보냈다.

"남편은 없어요."

그러고는 방 밖으로 사라졌다. 그러더니 곧 다시 방으로 들어와서 접어 놓은 파자마를 긴 의자 위에 내려놓았다.

그녀가 물었다.

"갈아입을 속옷 하나 없이, 앞으로 어쩔 작정이세요?"

"모르겠습니다." 쾨베시가 말했다.

바로 그 순간 자신의 트렁크가 스치듯 떠올랐다.

"필요한 것은 앞으로 모두 사야죠."

"그러니까 모두 산다고요?"

그녀는 아주 재미있는 생각이라는 듯이, 짧고 묘하게 웃었다.

"물론 제가 관여할 문제는 아니지만, 그냥 여쭤본 거예요. ……자, 그럼 편히 주무세요." 여자는 쾨베시가 코트를 벗기 시작하자 급하게 말을 이었다.

"목욕탕은 오른편에 있어요." 여자가 문 옆에서 다시 돌아보았다. "물론 사용하셔도 됩니다."

한동안 그들이 움직이는 소리가 들리더니, 날카로운 목소리와 둔탁한 목소리가 오갔다. 때로는 아주 흥분해서 속삭이는 소리도 들렸다. 자기들끼리만 남은 고양이처럼, 다시 방문을 닫고 그 뒤에서 싸우고 있는 것 같았다. 그가 머리를 베개에 파묻자, 그들이 현관문을 잠그고 나갔다. 드디어 고요가 찾아왔다. 쾨베시는 조금씩 가라앉기 시작했다. 아직 잠이 들지는 않았지만 그는 꿈을 꾸고 있었다. 알지도 못하고 전혀 관계도 없는 낯선 사람의 특이한 생활 속으로 말려드는 꿈이었다.

그는 그것이 꿈에서 일어나는 일임을 알았다. 하지만 꿈꾸는 사람이 자기인 이상 자신의 삶이 아닌, 다른 사람에 대한 꿈은 아니라는 것도 알았다. 막 잠이 들려 하는 그의 안에서 깊은 한숨이 터져 나왔다. 그는 그것이 안도의 한숨이라고 생각했다. 그의 얼굴에 환한 미소가 퍼졌다. 무슨 까닭에서인지 그가 베개 속에서 속삭였다. "드디어!"

3장

해고 통지

쾨베시는 벨 소리 때문에 잠에서 깼다. 문을 열어 달라는 듯 누군가가 몹시 급하게 한참을 누르다가 잠깐 쉬더니, 또다시 벨을 눌렀다. 반복적으로 울리는 벨은 결국 잠에서 깬 그를 침대 밖으로 끌어냈다. 벨이 그렇게 울리지 않았다면 그는 문을 열 생각 같은 건 하지도 않았을 것이다. 이곳에 그를 찾아올 사람은 아무도 없었기 때문이었다.

그것은 오산이었다. 문 앞에는 우체부가 서 있었고, 그는 '분명 쾨베시'를 찾았다.

"전데요." 쾨베시가 당황해서 말했다.

"등기 우편입니다." 집배원이 말했다.

그의 목소리는 은근한 비난을 담고 있었다. 이곳에서 등기 우편을 받는 것은 그다지 칭찬받을 일이 아니라는 투였다. 어쩌면 한참 동안 벨을 누르게 한 것을 이런 식으로 질책하고 싶었는지도 모른다.

"여기에 사인해 주세요."

그가 쾨베시 앞으로 공책을 내밀었다. 수령증이 분명했다. 쾨베시는 막 속주머니에 손을 집어넣으려다가 갑자기 자신이 어떤 모습으로 집배원 앞에 서 있는지 깨달았다. 잠이 덜 깨 부스스한 얼굴에 이상한 파자마를 입은 헝클어진 모습이었다. 게다가 오전 내내 잠이나 퍼질러 자고 있었으니, 게으른 인간으로 보일 게 분명했다. 물론 그가 원해서 잤던 것이지만.

"금방 연필을 가지고 오겠습니다." 그가 당황해서 말을 더듬거렸다.

그러나 집배원은 이미 그럴 줄 알았다는 듯이, 가지고 있던 연필을 꺼내서 그에게 말없이 건넸다. 중요한 사안이라 이제껏 기다렸다는 태도였다. 쾨베시는 창피한 생각이 들었다.

방에 돌아온 쾨베시는 바로 편지를 뜯었다. 그가 지금까지 일했다는 신문사의 편집국에서 보낸 편지였다. 편지에는 그가 해고되었으며, 이러한 경우에 적용되는 노동법의 몇 항 몇 조에 따라 앞으로 이 주간 급여를 지급하겠다는 내용이 적혀 있었다. "평일 근무 시간에 회사 경리과를 방문하시면 이 돈을 수령하실 수 있습니다." 오늘부터는 근무할 필요가 없다는 통고도 덧붙여져 있었다.

쾨베시는 혼란과 분노와 근심이 뒤섞인 상태로 편지를 읽었다. 이게 어찌 된 일일까? 이곳에서의 삶을 해고당한 사람으로서 시작해야 한단 말인가? 그럴 리가 없었다. 물론 지금 그는 자기를 해고한 신문사에서 일하지 않는다. 그렇지만 달리 말하면, 거기서 일할 수 있었다는 의미이기도 했다. 그런데 지금 그들이 그를 쫓아냈다. 쾨베시는 반짝거리자마자, 어느새 자기 앞에서 꺼져 버린 이 가능성이 정말 매력적으로 여겨졌다. 그러나 이것이 그의 기회가 아니었을 수도 있지 않을까? 그걸 어디서 밝혀내겠는가? 여기에 답을 줄 수 있는 건 오직 경험뿐이었다. 그렇다면 그것은 이미 가능성이 아니라 삶이었다. 바로 그의 삶. 곰곰이 생각해 보면, 쾨베시는 기사 쓰는 걸 좋아하지 않았다. 더구나 그는 이 직업에 전혀 적합하지 않았다. 그가 느끼기에 신문 기사를 쓴다는 것은 본질적으로 거짓말이나, 기껏해야 어리석은 경박함을 필요로 하는 일이었다. 쾨베시가 자신은 거짓말을 못하는 사람이라며 잘난 척하는 것은 아니다. 하지만 언제나 모든 종류의 거짓말을 할 능력은 없었다. 어떤 거짓말은 그의 용기를 벗어났고 어떤 거짓말은 그의 능력, 혹은 쾨베시가 선호하는 표현대로 그의 재능을 벗어났다. 다른 한편, 그는 편지에 적힌 글자를 명확히 이해했고, 여기서는 이것이 그들의 방식이라는 것을 알아차렸다. 그러나 동시에 무슨 일이든 해서 먹고살아야 했다. 기자나 다른 멍청한 기술 직업인이 되려고 여기 온 것은 아니지만. 게다가 거짓말을 해야 한다는 것만 제외하면 신문 기자는 여가 시간도 많은 편한 직업에 속했다. 늘 그래 왔듯이 자신에게 제공된 상상력에 따라 이 편지는 쾨베시를 신문 기자가 되게 했다. 정확히 말하면 해고된 신문 기자가 되게 했다. 바로 이를 단서로 출발해야만 했다. 쾨베시는 어느새 목욕탕으로 뛰어 들어갔다.(예상은 했지만 뜨거운 물이 나오지 않는 불편함에 당황했다.) 그러고 나서 그는 될 수 있는 대로 빨리 편집국으로 가기 위해서 서둘러 옷을 입었다.

쾨베시의 승리

서둘러 건물의 대문을 나서는 순간, 쾨베시는 말 그대로 개를 밟을 뻔했다. 다리가 짧고 몸통이 길며, 연갈색 털과 반짝이는 코를 가진 작은 닥스훈트였다. 개는 아파서 낑낑거리면서도 쾨베시를 물지 않았다. 오히려 살랑살랑 꼬리를 흔들며 그의 신발 주변을 돌면서 냄새를 맡더니, 그에게 뛰어올라 짧은 앞발로 바지 자락을 두들겼다. 반짝이는 눈으로 그를 올려다보면서, 몸을 길게 늘리고, 마지막에는 빨간 혀를 쭉 내밀었다. 쾨베시는 개를 달래느라, 뛰면서 귓불을 긁어 주었다. 다시 급하게 몸을 돌리던 그가 이번에는 약간 낡은 옷을 입은, 흰머리에 건강한 갈색 피부를 지닌 땅딸막한 남자와 부딪힐 뻔했다. 그 남자의 손에는 개 줄과 개 목걸이가 들려 있었다.

"당신도 개를 키우나요?" 그가 다정하게 웃으며 쾨베시에게 말을 건넸다.

쾨베시는 몹시 바빴지만 특이한 만남인 데다, 자기가 개를 키운다고 생각하는 게 이상해서 잠깐 멈추어 섰다.

"아니요. 안 키웁니다." 그는 재빨리 말했다.

"그래도 분명 동물을 좋아하는군요. 개들은 그것을 바로 알아챈다오." 나이 든 남자가 순수한 친절을 담아 말을 이었다.

"그렇군요." 쾨베시가 말했다.

"그런데 죄송합니다만……." 그가 덧붙였다. "저는 급한 일이 있어서……."

"이 집에 사시는가?"

땅딸막한 남자가 여전히 친절한 표정으로, 쾨베시에게 빠르고 날카로운 시선을 던졌다.

"얼마 안 됐습니다." 쾨베시는 확실히 다급하게 대답했고, 남자도 그가 더 이상 참을 수 없어한다는 걸 눈치챘다.

"그렇다면 언제 좋은 시간을 가질 수 있겠군요."

그는 드디어 둔탁하고 텅 빈 듯 울리는 노인의 음성으로 이렇게 말하고는, 옛날 사람들이 헤어질 때 하던 것처럼 손을 흔들며 그를 놓아주었다.

쾨베시는 전차를 향해 뛰었다. 곧 12시였다. 해고 통지서에는 '근무 시간'이라고 쓰여 있었다. 아직 안 늦었을 수도 있다. 정거장은 그가 찾는 곳에 있지 않았지만 쉽게 찾을 수 있었다. 예전에 도로 중간에 있던 인도 위에 지금은 네모난 회색 돌들이 무더기를 이루어 차곡차곡 쌓여 있었고, 그곳으로부터 느릿느릿 움직이는 도로 건설 노동자들의 망치 소리가 일정한 박자로 울렸다. 혹시 폭탄이 떨어져 무너졌나? 아니면 바리케이드를 쌓아 올렸다가 다시 제자리에 가져다 놓은 건가? 아니면 단순히 길을 넓히는 건가? 쾨베시는 알 수 없었다. 전차가 오랫동안 오지 않아서 쾨베시의 주위에는 이미 엄청난 인파가 인도 위에서 서로 몸을 부딪치며 모여 있었다. 임시로 운행되는 차량은 객차 세 량의 제조 시기가 모두 달라서 눈에 띄었다. 그래도 그것보다 나은 것을 찾을 수 없어서 먼지가 뽀얗게 앉아 있는 창고 여러 곳에서 급히 끌고 나온 것 같았다. 게다가 쾨베시는 온갖 가방과 꾸러미를 이고 진 뚱뚱한 부인을 자기 앞에 태워야 했다. 놀랍게도 사람들은 팔꿈치로 힘을 주어 누르거나 욕을 하면서 노골적으로 다른 사람을 밀어붙였는데 그로서는 견디기 어려운 상황이었다. 어느 순간 쾨베시는 자기가 전차를 타지 못하고 남겨졌다는 사실을 깨달았다. 힘이 부족해서가 아니라, 전차에 타려는 의지가 부족했던 탓이었다. 좀 더 정확하게 말하면, 자신이 원하는 것을 하는 데 필요한 본능이 부족했기 때문이고 행동으로 옮길 만큼 곤경을 체감하지 못했기 때문이었다. 하지만 곤경을 자신의 것으로 체감하자, 두 번째 전차가 왔을 때는 사람들이 발을 밟고 팔꿈치로 밀고 그를 밀쳐 내려고 했음에도, 온갖 어려움을 뚫고 어렵사리 전차에 오를 수 있었다.

신문사 입구에서 그는 또 다른 어려움과 마주쳤다. 입구에 서 있는 수위가(권총을 찬 세관원이) 출입에 필요한 허가증이 없으면 절대 들여보내 줄 수 없다고 했던 것이다. 어느 정도의 어려움은 예상했지만, 쾨베시는 이렇게 빨리 난관에 부딪히리라고는 생각하지 못했다. 그는 단순히 경리과 창구에서 어려운 상황을 만날 거라 생각했다. 그는 몇 발짝 떨어진 수위실로 들어갔다. 그런데 수위가 던진 질문들, 예를 들면 어디서 왔는지, 누구를 찾는지, 심지어는 누구인지를 묻는 질문에도 대답할 수 없었다. 완벽한 과오였다.

"기자십니까?" 그가 물었다.

"그렇습니다." 쾨베시가 설명을 덧붙였다. "제게 배당된 돈을 받으려고 왔습니다."

"사례비 말인가요?"

"그렇다고 할 수 있죠." 쾨베시가 말했다.

"사실은 제 월급을 받으려고 왔습니다." 그들이 의심을 품지 않도록 그가 덧붙였다.

"월급요?"

수위는 전화기와 출입증 서류, 어떤 종류의 명단이 가득한 책상 뒤에서 그를 믿지 못하는 표정으로 쳐다보았다.

"아직 월급을 안 받으셨나요?"

"예. 그게 그러니까……."

쾨베시가 설명을 하려고 했으나, 수위가 말을 잘랐다.

"여기 소속입니까?"

"물론입니다." 쾨베시가 서둘러 대답했다.

"그러면 사용하던 출입증은 어디 있죠?" 수위는 곧 이렇게 물었다.

이건 반대 심문이라고 할 만큼 까다로운 질문이었다. 쾨베시가 대답을 궁리하는 동안 일 분 정도가 지나갔을 것이다.

"잠시 외국에 있었습니다."

이 말은 예기치 못한 반응을 불러일으켰다.

"외국에요? 그러니까 그때 반납하셨군요." 그제야 수위는 처음으로 쾨베시가 보기에 그 자리에 어울리는 부드러운 어조로 말했다.

"신분증을 주십시오." 노골적이지만, 그러나 거절할 수 없는 요청이 분명했기에 수위는 사과하는 표정으로 이렇게 덧붙였다. 그러고는 신분증을 보고 즉시 출입증에 기록하기 위해 연필까지 손에 쥐었다.

그러나 쾨베시가 신분증을 보여 주자 그는 곧 그것을 돌려주었다. 그것은 의심이 아니라, 노골적이고 심각한 거절을 의미했다.

"이런 임시 증명서는 받을 수 없습니다."

이 말과 함께 그는 증명서를 쾨베시 쪽으로 밀었다. 하지만 쾨베시는 아직 일이 안 끝났다고 생각하여 서류를 밀면서 옆으로 비켜났고, 서류를 집어 들지 않았다. 결국 서류는 탁자 모서리에 남겨졌다.

"지금은 다른 신분증이 없습니다."

정말 입장이 난처해진 그가 수위를 설득하려고 했다. 수위는 많이 마른 사람이었는데, 책상 위로 보이는 몸은 이상이 없었다. 그럼에도 어딘가, 아마 얼굴 표정이나 행동에서 동작이 이상한 것을 알 수 있었다. 정확하게 증명할 수는 없지만 쾨베시는 처음 보는 순간, 그가 장애인이나 상이군인임을 알아차렸다. 반사적으로 전쟁터에서 불구가 된 게 틀림없다고 상상했다. 위기에서 벗어날 묘책이나 되는 듯, 쾨베시가 자신의 말을 증명하는 증거로 아침에 받은 해고 통지서를 꺼내서 수위에게 보여 주었다. 다행히 집에서 나올 때 주머니에 집어넣었던 것이다.

"자, 보세요." 그가 말했다. "제가 거짓말을 하는 게 아니란 걸 아시겠죠. 저는 이곳에 소속된 신문 기자입니다. 그리고 제 월급을 받으려고 온 겁니다."

그러나 수위는 좁고 고집스러운 얼굴로 편지를 훑어보더니 이렇게 말했다.

"아, 그랬군요."

단호한 목소리로 말하면서, 더 단호한 몸짓으로 수위는 편지를 책상의 구석, 쾨베시의 다른 서류 옆에 놓았다. 그러면서 동시에 다음 사람에게로 몸을 돌렸다. 그사이에 이 작은 수위실에는 정말 많은 사람이 들어와 있었다. 모두가 건물로 들어가려는 사람들이었다. 쾨베시는 이제까지 사람들이 있다는 것을 알아채지 못했다. 기껏해야 등 뒤에 느껴지는 어떤 침묵의 무게로 그들을 느꼈을 뿐이다. 게다가 실제로 그를 건드린 사람도 없었다. 편안해진 그들의 얼굴을 보자, 쾨베시는 그들이 얼마나 오랫동안 자신이 무모한 시도를 끝내고 입을 다물기를 기다렸는지 알 수 있었다.

그제야 업무가 제대로 진행되기 시작했다. 수위는 보란 듯이 출입증에 기재하기에 적합한 이유를 가진 다른 사람들을 도와주기 시작했다. 어떤 사람에게는 오래전부터 아는 사람인 양 인사를 건넸고, 어떤 사람을 위해서는 전화를 걸어 주기도 했다. 명단에 있는 사람에겐 그럴 필요조차 없었다. 건물 위에서 누군가가 그들을 기다리고 있었다. 그의 주변을 행복한 분주함, 비밀스러운 동의가 둘러싸더니 그를 밀어 냈다. 물론 실제로 그랬던 것은 아니지만, 그의 감정에 자리 잡은 압박감은 이 순간 그 정도로 컸다. 이제 아무도 그에게 신경 쓰지 않았고, 그럼에도 그는 모두가 자신을 주시한다고 느꼈다. 그가 아무리 출입 신청서를 다시 작성하고 또 작성해도 이 건물로 들어가기는커녕, 더욱 비참해질 것 같은 느낌이었다. 어쨌거나 자신이 신문사에 꼭 들어가야 한다는 것과 이 의지를 올바로 표현하지 않고는 전차에 올라탈 때 경험했듯이, 신문사로 들어갈 수 없는 것은 분명해 보였다. 바로 이런 관점에서 쾨베시는 지금 곤란에 빠져 있었다. 자신이 무엇을 원하는지 알 수 없었다. 판단력이 뚜렷한 이성으로 그가 해야 할 일은, 월급을 받기 위해 신문사로 들어가는 것이었다. 그런데 쾨베시는 이미 그것을 원하지 않았다. 어쩌면 잊어버린 것일 수도 있었다. 그럼에도 신문사로 들어가고자 한다면 그건 오로지 수위를 설복시키고 훈계하기 위해서였다. 하지만 그것은 그가 자신의 이성을 엄히 다루는 경우에만 희망할 수 있는 일이었다. 왜냐하면 그가 진짜 원하는 것은 완전히 다른 것, 지금까지와 완전히 다른 세계로 돌진해 들어가는 것이었다. 모든 이성을 벗어던지는 것이었다. 쾨베시는 수위의 얼굴을 한 대 치고 싶었다. 그래서 주먹으로 직접 그 얼굴이 땀이 줄줄 흐르는, 형태를 잃어버린 죽으로 변하는 것을 느껴 보고 싶었다. 이런 생각을 하면서도 쾨베시는 자기가 그렇게 하지 못하리라는 생각에 스스로를 계속 책망했다. 동정심이나 자제심 때문에 혹은 겁이 나서 때리지 못하는 것은 아니었다. 그는 남의 얼굴을 칠 만한 능력이 전혀 없었다.

점차 수위가 아니라 자기 자신에게 화가 나기 시작했다. 무언가 억눌린 것 혹은 오만한 것이 터져 나오더니, 자리에 없었던 것처럼, 말없이 뒤로 물러나 흔적 없이 사라지지는 않겠다는 감정이 올라왔다. 이제 모든 방문객이 건물 안으로 들어가고 새로운 방문객은 아무도 없었다. 이 순간 마침내 쾨베시에게서 합당치 않은 본능이 터져 나왔다.

"그래, 못 들어가게 해도 좋아. 그런데 원칙대로 하는 게 아니라 자기 기분대로 하는군! 이게 내 증명서야. 다른 증명서는 없어. 이걸 어디서 누구한테서 받았는지 알면 당신은 놀라 자빠질걸. 내가 이걸 준 사람에게 돌아가서 당신이 접수해 주지 않았다고 이야기하겠어. 그들이 나에게 발행해 준 증명서를 당신이 받아들이지 않았다고!"

쾨베시가 소리쳤다. 자신의 단호하고도 격앙된 목소리에 놀라면서도 그는 계속해서 말했다.

"무슨 일이 있어도 월급을 받아야 해. 방법이 없으면 우편으로 부쳐 주겠지. 당연히 회사로서는 쓸데없는 일을 해야 하고 비용도 들 거야. 하지만 걱정하지 마. 누가 원인을 제공했는지 밝혀질 테니까. 당신이야. 권한을 남용한 사람은 바로 당신이라고!"

이렇게 말하며 쾨베시가 탁자에서 자신의 증명서를 낚아챘다. 그리고 문에 달린 손잡이를 잡으려고 하는 순간 수위의 목소리가 들려왔다.

"잠깐만요!"

쾨베시가 못마땅한 듯 천천히 옆으로 몸을 돌렸다. 이미 자신의 모든 희망을 날려 버린 이 사람은 이렇게 하여 목적을 달성할 것인가?

"그 증명서만 보여 주십시오!"

수위가 요구했다. 그는 아까보다 얼굴이 훨씬 굳어져서 머뭇거림을 감추고 있었다. 그는 쾨베시와 증명서를 번갈아 보면서 대조하는 듯했다. 하지만 서류에는 쾨베시의 사진이 없었다. 그가 손을 움직이더니 전화기 쪽으로 뻗었다. 그러다가 생각을 바꾸어 갑자기 전화기 대신 연필을 집어 들고 대문자 인쇄체로 쾨베시의 이름을 출입증 서류철에 쓰고는 서둘러 출입증을 북 찢었다. 쾨베시가 그에게서 출입증을 건네받고 서둘러 그 방에서 나오는 동안 그들 사이엔 한마디도 오가지 않았다. 더 이상 서로를 쳐다보지도 않았다.

계속(더 새로운 승리)

엘리베이터가 위로 올라가는 동안, 열린 칸이 계속 순환하면서 연속되었다. 묵주였던가? 아니다. 순환 엘리베이터다. 이런 엘리베이터를 부르는 말이 이제야 떠올랐다. 쾨베시는 몹시 피곤하고 힘들었다. 가슴이 두근거리고 눈꺼풀이 아래로 내려왔다. 지금 막 쟁취한 승리에 모든 힘을 빼앗긴 것 같았다. 물론 밤에도 자지 못했고 아침 식사도 하지 못했다. 이제는 계속 이렇게 살아야 하는 걸까? 여기서는 한 걸음 앞으로 나아가려 할 때마다 언제나 이렇게 격렬하게, 이렇게 고통스럽게 자신을 쥐어짜야 하는 걸까? 앞으로 얼마나 더 열정적으로, 또 뛰어난 방향 감각으로 자신을 쥐어짜며 견딜 수 있을까? 이렇게 해서 대체 어느 방향으로 가는 걸까, 어느 방향으로 가야 앞으로 가는 걸까? 그럼에도 쾨베시는 자신이 힘겹게 승리를 쟁취했다는 사실을 부정하지 않았다. 승리라고 하기에는 보잘것없었지만. 부드러운 애무를 받는 것처럼 마음이 따뜻해졌다. 무언가 희미한 만족감으로부터 조용한 노래가 계속 흘러나왔다. 마치 이제까지 알지 못하던 맹렬한 힘을 자기 안에서 발견한 사람처럼. 그는 내려야 할 곳에서 내리는 것조차 잊고 있었다. 로비의 표지판에서 얻은 정보대로라면 경리부는 한 층 아래에 있었다. 그는 정신을 차리고 표지판을 보았다. 내려야 할지, 아니면 엘리베이터가 방향을 바꾸는 꼭대기 층까지 올라가서 다시 아래로 내려와야 할지 잠시 생각했다. 쾨베시는 그냥 내리기로 했다.

그 층은 경리부가 아니라 편집국으로 바로 연결되는 것 같았다. 이렇게 들어오기 힘든 곳이면, 업무가 끝난 다음에 오라고 하든지 마음대로 돌아다니지 말라고 했어야 하는 것 아닌가. 쾨베시는 완벽하다고 뻐기는 논리 가운데, 일종의 틈새를 발견한 사람처럼 기분 좋게 빈정댔다. 그는 어느새 푸른빛이 도는 하얀색 전등이 흔들거리는, 엄청나게 긴 복도에 서 있었다. 곳곳에 문이 열려 있었고, 그 뒤로 탁탁거리는 타자기 소리, 몹시 흥분한 목소리와 기사를 부르는 소리, 날카로운 전화벨 소리가 들려왔고, 방금 찍어 낸 교정쇄의 생생한 냄새가 코를 찔렀다. 쾨베시가 이상한 느낌과 어지러움을 느낀 것은 분명 피로 탓이었을 것이다. 계속 반복되는 악몽을 꾸는 사람이 또다시 악몽 속에 들어와 있는 느낌이었다. 사람들이 그의 옆을 바삐 지나가거나, 맞은편에서 다가왔다. 쾨베시는 찬찬히 그들을 살펴보았다. 장화를 신고 흙냄새와 거름 냄새를 풍기는 사람도 있었다. 다른 사람들은 낡은 양복을 입고 걱정에 잠기거나 멍한 표정을 하고 있었다. 그들은 기름때가 묻은 손에, 손과는 전혀 어울리지 않는 종이들을 꽉 움켜쥐고 있었다. 그러다가 어디론가 바쁘게 가는 사람 서너 명을 보았다. 마르고 머리가 벗겨졌으며 안경을 쓰고 턱수염을 기른 사람들이 신경질적으로 눈을 파르르 떨고 있었다. 그들 대부분은 셔츠를 입고 입에는 담배를 물고 있었는데 쾨베시는 이 사람들이 진짜 기자일 거라고 생각했다. 이렇게 하다 복도 끝에서 **편집국장 — 비서실**이라는 명패가 달린 문을 발견했다. 그는 손잡이를 돌려, 밝고 넓은 방 안으로 들어섰다. 뒤편에서 누군가가 타자를 치고 있었다. 쾨베시와 가까운 곳에는 통통한 금발 여자가 책상 뒤편에 앉아 있었다. 균형 잡힌 얼굴이지만 작은 이중턱이 거만한 인상을 풍겼다. 쾨베시가 이제껏 본 사람들과는 너무나 다르게 세련된 차림을 하고 있었다. 갑자기 좋은 향수 냄새가 났다. 쾨베시는 그 냄새를 깊이 들이마셨다. 이 냄새를 마지막으로 맡은 것은 외국에 머물 때였다. 비서는 그에게 무슨 일로 왔는지 물었고, 쾨베시는 주저 없이 편집국장과 이야기를 나누고 싶다고 밝혔다.

"누구시죠?" 비서가 물었다.

"쾨베시입니다."

이렇게 말하자, 비서가 공책을 살펴보면서 말했다.

"약속이 잡혀 있지 않은데요."

"약속은 하지 않았습니다." 쾨베시가 인정했다.

"그렇지만 편집국장과 이야기를 나누고 싶습니다."

"무슨 일 때문에 그러시죠?"

비서의 물음에 쾨베시는 불쾌한 기색 없이 대답했다.

"여기서 저를 해고시켜서요."

"아, 그랬군요."

수위와 같은 말을 했지만, 비서의 어조는 비난하는 투가 아니었다. 오히려 쾨베시를 흥미롭게 관찰하고 있었다.

"외국에서 돌아오셨죠. 저희도 소식 들었습니다."

이렇게 말하면서 그녀는 이해하지 못하겠다는 표정을 지어 보였다. 그러면서도 호기심 어린 얼굴로 쾨베시에게 다음 사실을 알려 주었다. 편집국장과 미리 전화 통화를 해야 한다, 그러면 그가 적당한 시간을 정할 것이고, 그것을 여비서인 자신에게 알려 주면, 그다음에 그녀가 쾨베시에게 알려 주겠다고 했다. 전화가 있으면 전화로 알려 주고, 전화가 없으면 우편으로 알려 주겠다고 했다.

"그러면 제 차례가 오기까지 시간이 너무 오래 걸립니다." 쾨베시가 이의를 제기했다.

"물론 그렇긴 하죠." 비서도 인정했다.

"그렇지만 그게 국장님 방식입니다."

그러고는 지금은 편집국장이 몹시 바쁘다고 알려 주었다.

"무슨 일로 바쁘신데요?"

쾨베시가 묻자 비서는 쾨베시를 외국에서 온 사람이 아니라, 정신 병원에서 나온 사람처럼 쳐다보았다.

"일하는 중이세요." 그녀가 말했다. "아무도 방해하지 않도록 해 달라고 하셨어요."

"저는 예외입니다." 쾨베시가 우겼다.

그러고는 바로 이중문을 향해 몸을 돌렸다. 문 뒤쪽을 세심하게 격리하고 주변에 반짝이는 보라색 청동 못들이 있는 것으로 보아 틀림없이 편집국장실 입구였다. 문 위에 장식처럼 붙은 표지판에는 분명히 **편집국장실**이라고 적혀 있었다. 비서가 벌에 쏘인 사람처럼, 책상 뒤에서 벌떡 일어났다.

"안으로 들어가시려는 건 아니죠?" 그녀가 쾨베시를 향해 소리를 질렀다.

"들어가야죠." 쾨베시가 이렇게 말하며 앞으로 걸어 나갔다.

하지만 앞을 막아서는 비서에게서 벗어나야 했다. 비서는 길을 막기 위해 문과 쾨베시 사이에 뛰어들었다.

"당장 나가세요!" 그녀가 소리쳤다. "여기서 사라지라고요!"

그녀는 완전히 이성을 잃은 듯 보였다.

"내 말 안 들려요?"

실제로 쾨베시는 비서의 발을 밟지 않도록 신경을 쓰느라 아무 말도 못 들은 것 같았다. 그가 계속해서 앞으로 돌진하자, 비서가 조금씩 뒤로 물러났다. 쾨베시는 마음속으로 그녀가 자기를 붙잡고 싸우거나 갑자기 어떤 무기를 꺼내 드는 게 아닐까 걱정했다.

"약속 없이는 편집부장도 들어갈 수 없어요. ……편집 위원도 못 들어가요!"

그녀가 쾨베시를 안을 듯이 양팔을 벌렸다. 하지만 그녀는 이런 방식으로도 문을 사수하지 못할까 봐 두려워하고 있었다. 있는 힘껏 애를 썼지만 그녀는 점점 뒤로 밀려서 결국 신발이 문에 닿을 지경이 되었다. 쾨베시는 지금 또다시 모든 것이 반전되는 장면을 목격했다. 이곳에서는 무조건 생떼를 쓰면 대개는 원하는 것을 얻는 것 같았다. 언제나 이런 것일까? 아니면 문제가 되는 상황에 따라 가끔씩 그런 것일까? 문을 가로막고 긴장해서 덜덜 떨던 그녀의 눈빛과 일그러진 얼굴에 잠깐 머뭇거리는 표정이 스치더니, 곧 괴로운 미소가 나타났다. 방금 전까지 그에게 소리치고 악을 쓴 사람은 어디론가 사라진 듯, 그녀는 약간은 긴장한, 그럼에도 훨씬 부드러워진 목소리로 쾨베시에게 이렇게 요구했다.

"자리에 앉아서 잠시만 기다리세요. 제가 바로 전해 드리겠습니다."

그럼과 동시에 그녀가 이중문 뒤로 사라졌다. 쾨베시는 두 번째 문도 열렸음을 알아차렸다.

그는 자리에 앉았다. 갑자기 무언가가 그를 방해했다. 뒤쪽에서 쉴 새 없이 들리던 타자 소리가 멈추고 주위가 고요해진 것이다. 쾨베시는 그 소리를 나뭇잎이 흔들리거나 소나기가 내리는 것처럼 자연에서 들리는 소리라고 생각했었다. 아니면 전혀 알아차리지 못하다가 지금 막 조용해진 것을 알게 되었을 수도 있다. 그곳으로부터 작고 가냘픈 목소리가 들려왔다. 여자가 웃음을 참는 것 같았다. 그가 돌아서려는 순간, 비서가 돌아왔다. 비서는 두 사람 사이에 아무 일도 없었다는 듯 미소를 머금은 부드러운 얼굴로 그에게 말했다.

"들어가세요."

뒤이어 타자기가 다시 아까보다 더욱 힘차게 소리를 내기 시작했다.

계속(새로운 승리)

이중문을 들어섰지만 쾨베시는 아무것도 볼 수 없었다. 잠시 시간이 흐른 뒤에야 어슴푸레하게 무언가가 보이기 시작했다. 넓은 창으로 들어온 햇빛이, 그러지 않아도 지쳐서 불이 난 것 같은 그의 눈을 글자 그대로 찌르며 파고들었다. 햇빛 속에서 그는 책상 뒤쪽에 있는 시커먼 형체를, 빛에서 갈라진 어두운 윤곽을 보았다. 그것은 사람의 상반신 모양과 어깨, 목, 머리로 나누어져 있었다. 편집국장이 틀림없었다. 그림자가 조금씩 길어지더니 팔이 쭉 늘어났다. 쾨베시는 햇빛의 기만으로 처음에는 국장이 어느 쪽을 가리키는지 전혀 알아보지 못했다.

"앉으십시오."

편안하고 낮은 목소리였다. 하지만 목을 무리하게 많이 써서인지, 아니면 담배를 많이 피워서인지 약간 목쉰 소리가 났다. 쾨베시는 책상 안쪽 측면에 있는 의자에 앉았다. 한데 그

자리 역시 햇빛을 마주 보는 자리였다. 게다가 자리에 앉자 그의 위치가 더 낮아져서 창문 윗부분에서 들어오는 햇살과 완전히 정면으로 마주 보게 되었다. 빛의 원천과 마주 앉는 동시에 편집국장과 마주 앉게 된 것이다. 어떻게 말을 시작해야 좋을지 몰라, 그는 서투르지만 결국은 진실에 부합하는 이야기를 즉시 입에 올렸다.

"당신을 만나야 했습니다."

"잘 오셨습니다." 책상 뒤편에서 목소리가 들렸다.

작은 불꽃이 일더니, 잠시 후에 뒤쪽에서 파랗게 솟아오르는 가벼운 연기가 보였다. 연기는 햇빛 속에서 빠른 속도로 사라졌다.

그리고 이런 말이 들렸다.

"제 방문은 누구에게나 열려 있습니다."

이렇듯 단호하게 울려 퍼지는 말을 듣자니 이 방에 들어오기까지의 수고가 담배 연기처럼 허공으로 사라지는 느낌이었다. 그와 동시에 갑자기 확신이 가득 차면서 희미한 감사의 마음이 녹아내렸다. 그런 느낌은 그의 목소리까지 변화시켰다.

"제가 해고를 당해서 말입니다."

미안하게도, 남자들이 그들 사이에 일어난 어처구니없는 일에 대해 이야기를 나눌 때처럼, 그의 마음속에는 사실상 미소가 숨어 있었다.

"압니다."

쾨베시가 들은 말은 그랬다. 그런 다음 상대는 이렇게 물었다.

"제가 무엇을 도와드려야 합니까?"

"저는 밥줄을 잃었습니다." 쾨베시가 설명했다.

"밥줄요?"

이 말에 상대는 약간 충격을 받은 듯 보였다. 적어도 쾨베시는 그렇게 느꼈다.

"생계를 꾸릴 일이 막막합니다."

쾨베시가 듣기에도 당황스러운 말이었다. 하지만 사람들이 자신을 이해해 주기 바란다면, 최대한 명확한 표현을 써야 했다.

"그래요. 그게 용건이군요." 이제 그의 목소리에는 약간 짜증이 묻어났다.

"그렇습니다." 쾨베시가 말했다. "어쨌거나 저는 생계를 꾸려 가야 합니다."

"당연한 말입니다. 우리 모두는 생계를 꾸려야 하지요."

그가 말을 하면서 머리를 움직였기 때문에 쾨베시의 눈에 앞으로 튀어나온 그의 턱과 고압적으로 솟은 코가 조금씩 들어왔다.

"하지만 궁극적으로 그것이 가장 중요한 문제는 아닙니다."

"먹고살 길이 막막해지면 그게 최우선의 문제가 되죠." 쾨베시가 말했다.

"이곳에서는 누구나 생계를 꾸립니다."

쾨베시는 그의 말투에서 마치 경고하는 듯한 결론적인 무엇, 즉 자신의 의견과 반대되는 것을 참지 못하는 무엇을 느꼈다.

"해고에 관해서 말하자면." 그러더니 조금은 상냥한 톤으로 말을 이었다. "우리는 양심적으로 판단했습니다. 사실대로 말하자면, 우리는 당신을 어디에 쓸지 정확히 판단할 수 없었습니다." 이 부분에서 목소리는 약간 망설이는 듯하더니 다시 이어졌다. "당신을 해고하라는 엄중한 지침을 받았다는 사실은 부인하지 않겠습니다만."

"지침은 어디서 내려왔습니까?"

의도하지 않았음에도 쾨베시의 입에서 질문이 터져 나왔다. 하지만 대답을 듣지 못한 것으로 보아 너무 성급했던 게 분명했다.

"예를 들면, 우리는 당신의 능력을 모릅니다." 편집국장이 말을 계속했다. "그리고 당신은 오랫동안 외국에 계셨다고 들었는데, 그런 만큼 우리 신문의 노선을 모르실 겁니다."

"그렇지만 한 신문에 하나의 노선만 있는 건 아니죠." 쾨베시가 몹시 격하게 말을 이었다. "다른 노선도 숨어 있죠."

"재미있군요."

적대적이지도, 그렇다고 아주 다정하지도 않은 편집국장의 말은 또다시 쾨베시를 불안하게 했다.

"어떻게 생각하십니까? 정말 어떻게 생각하시죠?"

쾨베시는 생각을 정리하려고 애썼다. 자신이 함정에 빠지는 게 아닌가 의심이 일었다.

"저는 문법이 완벽한 글을 쓸 수 있습니다. 이야기의 구조를 완성하고 요점을 추리는 방법도……."

그는 잘난 척하는 것처럼 보이지 않기 위해서 수줍고 겸손한 미소를 덧붙였다.

"한마디로 제게는 저만의 독특한 스타일이 있습니다."

"그렇군요." 그가 짧게 대답했다.

쾨베시는 눈이 부셔서 그의 얼굴에서 어떤 표정도 읽어 낼 수 없었다.

"당신 견해에 따르면 신문 기자가 하는 일은……." 그 목소리는 질문이라기보다는 확언이었다. "문법이 완벽한 글을 쓰고, 첨예하게 드러난 사건을 적합하게 구조화하는 것인데……."

"어쨌거나……." 쾨베시는 마음속에서 자기 말이 옳으니, 입장을 고수해야 한다는 이상한 고집이 고개를 드는 걸 느꼈다. "어쨌거나 그런 것 없이는 언론이 존재할 수 없으니까요."

이유는 알 수 없으나 쾨베시의 머리에 갑자기 지난밤 피아니스트가 연주곡 번호에 대해 한 이야기가 떠올랐다.

"그래요." 아까보다 더 간결하고 힘이 넘치는 목소리였다. 잠시 침묵이 이어진 뒤 편집국장이 천천히 또박또박 질문을 던졌다. "당신은 신념도…… 확신도 없으시군요?"

쾨베시는 갑자기 절벽의 깊이를 재고 있는 것 같은 느낌이 들었다. 이유도 없이 뛰어내려야 한다면 눈을 감고 뛰어내리는 게 낫다고 생각했다.

"없습니다." 그가 말했다. 그리고 이어진 침묵에 대고 다시 한번 소리를 질렀다. "없어요! 저는 확신 같은 걸 가져 본 적이 없습니다. 그 무엇에 대해서도 절대로! 인생은 신념의 원천이 아닙니다. 인생은…… 잘 모르지만, 인생은 무언가 다른……."

그러나 편집국장이 바로 말을 끊었다.

"당신은 인생을 잘 모르는군요."

"전 일이 하고 싶습니다. 일을 하면 알게 되겠죠." 쾨베시가 이제 조용하지만 간절하게 말했다.

"그럼 일을 하세요!" 그가 격려하듯 말했다.

"그런데 저는 해고되었습니다." 쾨베시가 낙담해서 탄식했다.

"우리 회사에서만 일해야 하는 건 아니죠." 다시 또 격려의 목소리가 들렸다.

"하지만 저는 다른 일은 알지 못합니다."

쾨베시는 머리를 숙이고는 자신이 거지처럼 구걸한다고 느꼈다.

"그럼 알려 드리죠. 우리 공장은 일을 하려는 사람 누구에게나 문이 활짝 열려 있습니다!"

그 말이 끝나자마자 쾨베시는 다시 머리를 바짝 쳐들었다. 이것이 최종 판결이라는 것을 알고 나자 편안하고도 거친 피로감이 차올랐다. 그러나 씁쓸한 자존심만은 어떻게든 도로 삼켜야 했다.

"그러니까 이럴 작정이었던 거군요." 그는 천천히, 거의 속삭이듯이 말했다.

그러면서 뚫어져라 쳐다보았지만 햇빛이 비치는 곳에 있는 사람의 표정은 살필 수가 없었다. 그저 어슴푸레한 윤곽만 눈에 들어왔다.

"우리는 당신에게 어떤 것도 작정한 적이 없습니다." 그곳에서부터 소리가 들려왔다. "당신이 착각하고 있는 겁니다. 어디서 일할지는 당신이 스스로 찾아내야 해요."

이렇게 충고하고는 자신에게 만족해서인지, 훨씬 더 따뜻한 목소리로 정말 친절하게 덧붙였다.

"일을 하십시오. 인생을 공부하고, 귀를 열고 눈을 똑바로 뜨고, 여러 경험을 하십시오. 당신과 당신의 능력을 우리가 무시했다고 생각하지 마십시오. 문은……." 그는 재빨리 팔을 앞으로 뻗으며 쾨베시의 뒤쪽 어딘가를 가리켰다. "당신 앞에 또 열릴 겁니다."

"그럴 날이 있겠죠."

쾨베시가 벌떡 일어섰다. 그는 희망(희망 같은 건 없었지만)과 함께 인내심도 벗어던졌다. 중요하지 않은 것을 위해 더 이상 참을 필요는 없었다. 이제는 그럴 필요도 없었고, 그럴 수도 없었다.

"그럴 날이 있겠죠. 하지만 이 문 안으로 다시 들어오지는 않을 겁니다!"

어떻게 나왔는지도 모르게 그는 어느새 바깥 복도에 있었다. 순환 엘리베이터가 그를 태우고 아래로 내려오는 동안 흥분이 가라앉으면서 분명히 알 수 없는 이유로, 혹은 흥분이 가라앉은 반작용 때문인지, 자신도 놀랄 만큼 편안한 기분에 젖어 들었다. 무언가 이름 붙일 수 없는 행복감이 넘치는 것 같았다. 모든 일이 그가 원했던 것과 반대 방향으로 흘러갔다.(실제로는 마음속 균형을 잃어버린 것처럼 혼란스러웠다.) 그런데도 자신이 의도한 바를 완수한 것 같은 느낌이 들었다. 무언가를 보호하기 위해서, 그것을 위해서 책임을 진 것 같았다.

그게 무엇일까? 쾨베시의 마음에 자존심이라는 단어가 떠올랐다. 앞이 안 보이는 어려움 앞에서 휘청거리는 사람처럼 그는 당황해서 자신에게 물었다. 그러나 도대체 자존심이 뭐란 말인가?

남쪽 바다

경리부에서는 군말 없이 쾨베시가 받아야 할 돈을 내주었다. 정말 얼마 안 되는 푼돈이었다. 이곳의 물가를 모르는 쾨베시조차 투덜거릴 만한 액수였다. 갑자기 그의 내부에서 참을 수 없는 욕망이, 끝 모를 식욕이 일었다. 고깃덩어리가 던져진 듯한 느낌이 들어, 그는 그것이 정당하게 벌어들인 것인지 아닌지도 묻기 전에 불평과 함께 꿀꺽 삼키고 다음 고깃덩어리를 향해 입을 크게 벌리고 싶었다. 사실, 그에게 배당된 돈은 아무 문제가 없어야 겨우 이 주를 먹고살 만한 돈이었다. 그러면서 그들은 도장 없이는 문밖으로 나갈 수 없다며 출입증에 도장을 찍어 주었다. 복도로 나온 쾨베시 옆으로 한 남자가 지나갔다. 쾨베시는 그 사람을 기억했다. 경리과에서 줄을 섰을 때, 바로 그의 앞에서 돈을 받은 사람이었다. 남자는 지금 다시 한번 돈을 세고 있었다. 그도 액수에 만족하지 못하는 표정이었다. 쾨베시가 옆으로 지나가는데, 그가 머리도 들지 않고 물었다.

"당신도 해고됐소?"

"그래요." 쾨베시가 말했다.

"이유가 뭐요?"

그가 궁금하다기보다는 재미있다는 듯 물으면서 주머니에 돈을 쑤셔 넣었다.

"나도 모르겠소."

쾨베시는 짜증스럽게 어깨를 으쓱했다. 이 문제라면 지긋지긋하다는 듯이.

"게다가 나는 이곳에 있지도 않았소." 그가 마지못해 한마디 덧붙였다.

"아하." 남자가 말했다.

그는 쾨베시와 체격이 비슷했다. 이제 두 사람은 순환 엘리베이터를 향해 나란히 긴 복도를 걸었다.

"다른 곳에 갔다가 돌아오니까 해고 통지가 기다리고 있었겠지, 맞소?"

"그래요." 쾨베시는 더 이상 설명하지 않았다.

"이게 그들의 방식이지." 남자가 고개를 끄덕였다.

"그래도 우리 정도면 횡재한 거요." 쾨베시와 함께 엘리베이터에 타면서 그가 말했다.

그가 들어서자 그들의 체중 때문에 엘리베이터가 벌써 아래로 내려앉았다.

쾨베시도 궁금증을 느꼈다.

"당신도 해고됐소?"

"분명하오." 남자가 말했다.

"이유가 뭔데요?" 쾨베시가 물었다.

"내 낯짝이 마음에 안 든다는군." 좀 전에 쾨베시가 했던 것처럼 이번에는 그가 어깨를 으쓱했다.

그들은 로비를 지나 세관원에게 출입증을 넘겨주고 거리로 나왔다. 낮의 햇빛과 교통, 또 소도시답게 드문드문 사람들이 모여 있는 광경을 보자, 쾨베시는 뭔가 좋은 일이라도 하듯 자신에게 일어난 모든 것을 받아들이고 태연한 척할 수 있었다.

"요즘의 이런 변화는……." 아까 듣던 목소리가 다시 들려왔다.

쾨베시는 놀라서 고개를 들었다. 자신이 혼자가 아니라는 사실을 완전히 잊고 있었던 것이다.

"어떤 종류의 변화 말이오?" 이미 답을 짐작했으면서도 그는 공손하게 물었다.

그러자 잠시 후에 짐작했던 대답이 들려왔다.

"그걸 알 수 있겠소?"

"알 수 없겠죠." 쾨베시가 고개를 끄덕였다.

자신이 이곳의 관행적이며 의무적인 의식에 자동적으로 참여하고 있다는 느낌이 들었다.

그런데 갑자기 그의 머릿속에, 이런 때 자기 자신에게 던져야 하는 아주 현실적이고 날카로운 질문이 떠올랐다. 하지만 그는 그 질문을 남자에게 했다.

"이제 뭘 할 겁니까?"

"뭘 할 거냐고요?" 쾨베시가 새로 알게 된 사람이 가볍게 어깨를 으쓱했다. "점심을 먹어야죠."

이 당연한 말을 듣자, 오랫동안 추방되었다가 다시 사람들이 있는 세상으로 돌아온 사람처럼 쾨베시는 기분이 유쾌해졌다.

"시간 되면 같이 갑시다." 이제 막 알게 된 사람이 말을 계속했다.

쾨베시는 그제야 그의 머리색이 짙고 이마에 종기가 났으며, 그럼에도 전체적으로는 편안해 보이는 인상이란 것을 알아보았다. 웃을 땐 엄숙해 보이는 얼굴에서 갑자기 어린아이의 얼굴이 보였다.

"남쪽 바다로 갑시다. 거기에서는 언제든 뭘 좀 먹을 수 있거든."

남쪽 바다가 무엇인지 더 빨리 알았다면, 쾨베시는 진짜 환성을 질렀을 것이다. 하지만 그는 그것이 식당을 지칭하는 말임을 뒤늦게야 깨달았다. 그는 자신의 마음속에 바로 이런 소망이, 식당에 앉아 아무 생각 없이 좋은 친구와 먹고 마시고 싶은 소망이 숨어 있었음을 깨달았다.

"멀어요?" 그가 조급하게 물었다.

"아직 안 가 봤소?" 새 친구가 정말 놀랍다는 듯 말했다. "자, 그럼 이제 그곳을 알게 될 시간이군."

이 말과 동시에 그들은 출발했다.

파도의 출렁임

배를 채우고 물 탄 싸구려 맥주로 갈증을 가라앉혔다. 남쪽 바다의 자욱한 연기와 끊이지 않는 소음에서 퍼지는 소리의 파편이…… 쾨베시의 정신을 몽롱하게 했다. 예전에 유행했던 유리 회전문을 미는데 이곳이 아는 곳이라는 생각이 들었다. 두 칸 혹은 그 이상으로 나뉜 홀은, 하나로 연결된 큰 헛간 같았다. 어쨌거나 남쪽 바다에도 시간의 흔적은 배어 있었다. 벨벳 커튼은 낡았고, 무대 위의 피아노는 덮개에 덮여 외로이 버려져 있었다. 즐거운 모임을 할 수 있는 식당이나 커피숍, 카드놀이 하는 곳이나 낮에 쉬는 장소의 모습이 그 안에 모두 혼재되어 있었다. 새로 알게 된 친구는 시클러이라고 했다. 그 이름을 듣는 순간 쾨베시의 머리에는 불명확한 어떤 기억이 불현듯 떠올랐다. 기억의 불명확함이 현재와 싸우는 곳, 그는 그런 세상에 서 있는 것 같았다. 시클러이는 집에 온 듯 편안해 보였다. 쾨베시는 그가 이끄는 대로 순순히 따랐다. 언젠가는 벗어나고 싶지만 적어도 당분간은 거의 끌려갈 수밖에 없는 짐을 지고 있는 사람처럼. 또다시 피로감이 덮쳤다. 그는 자의식의 끄트머리에서 새로운 국면을 인식했다. 재촉하던 발걸음이 점차 머뭇거리는가 싶더니 그들은 홀의 안쪽으로 들어가, 사람들이 빽빽한 곳으로 들어갔다. 쾨베시는 그들이 누군가를 찾고 있다고 확신했다. 이윽고 그들 앞에 젊지도 늙지도 않은 여종업원이 빠르게 나타났다. 그녀는 얼굴이 크고 깨끗했다. 코에서 턱까지 내려온 두 개의 깊은 골이 매우 슬퍼 보이는 인상을 만들어 냈는데, 그녀의 말과 거리낌 없는 행동은 반듯한 이마와 뚜렷한 대조를 이루었다. 그녀는 야릇한 색의 테이블보가 덮인 빈 탁자를 가리켰다.

"기자 양반들, 저기 편하게 앉으세요."

그녀는 이미 시클러이를 잘 아는 것 같았다. 두 사람은 이상한 대화를 하기 시작했다. 시클러이가 두 사람을 위해 포크커틀릿을 주문했다. 종업원이 물었다.

"두 분 다 반쯤 익힌 힘줄을 좋아하죠?"

그러자 시클러이가 비엔나 식 비프커틀릿을 주문했다. 종업원이 눈을 감고 입을 양옆으로 끌어당기며 물었다.

"자, 최근에 언제 어디서 비엔나 식 비프커틀릿을 봤는지 말해 주겠어요?"

이 말에 시클러이가 화를 냈다.

"그렇지만 메뉴판에 있잖아!" 그가 고함을 질렀다.

"물론 메뉴판엔 있죠." 종업원이 대답했다. "비엔나 식 비프커틀릿 없는 메뉴판이 어디 있겠어요?"

쾨베시가 보기에 두 사람은 손발이 척척 맞는 놀이를 하고 있었다. 멀리서 고함 소리가 나자 종업원이 계속할 수 없었던지 말을 맺었다.

"이제 그만하죠." 그녀가 말했다. "다른 곳에서도 사랑스러운 손님들이 저를 기다린답니다. 점심 식사는 으깬 감자 요리예요!"

이 말을 하고 여자는 쏜살같이 사라졌다. 하지만 시클러이는 갑자기 흥이 깨진 표정이 됐다. 그러더니 갑자기 어린 소년의 미소를 지으며 쾨베시에게 알려 주었다.

"저 여자가 얼리즈야."

쾨베시는 유쾌하게 받아들였다. 그런데 으깬 감자 요리가 사실은 그냥 으깬 감자 요리가 아니라는 사실을 알았을 때 그의 유쾌함은 기쁨으로 급변했다. 쾨베시는 달걀이 섞인 감자를 섞으려다 포크로 그 아래에 숨어 있는 고기 한 조각을 찔렀다. 놀라서 입을 열려는 순간, 시클러이가 힘차게 고개를 저으며 조용히 하라는 신호를 보냈다. 그들은 특별 대우를 받고 있는 것이었다.

"자네도 얼리즈를 믿게 될 거야."

시클러이에게서 알아낸 것은 이것이 전부였다.

숨 막히는 어둠이 깔린 홀의 가까운 곳과 먼 곳에서 사람들은 가만히 서성거리거나 손짓을 하거나 나른하게 늘어져 있었다. 경우에 따라서는 모든 사람을 다 안다는 듯, 다른 손님에게서 떨어져 조용히 명상에 빠져 있는 사람도 있었는데, 시클러이는 이 사람들도 모두 아는 것 같았다. 쾨베시는 그가 그들에 대해서 설명한 것을 일부만 기억했다. 얼굴에 병색이 완연하고 머리가 듬성듬성 벗겨진 뚱뚱한 남자가 식탁보만 한 손수건으로 연신 땀을 닦고 있었다. 그가 앉은 탁자로 사람들이 몰려가 자리를 잡으면 잠시 조용해졌다가 다시 새로운 사람들이 달려가서 그 옆에 오래 머무르는 걸로 보아 정보의 중심지 역할을 하는 사람 같았다. 시클러이가 그에게 인사를 건네자 대머리도 답례로 고개를 끄덕였다. 그는 '왕관 없는'이라고 불린다고 했다.

"그 이름을 누가 처음 사용했는지는 몰라. 그래도 의미는 쉽게 이해되잖아. 이곳에서 그는 왕관만 안 썼지 왕이나 마찬가지야. 이 카페의 절반이 저 사람을 위해 일하고 있다고." 시클러이가 이렇게 말했다.

"어쩌다?" 쾨베시가 물었다.

시클러이의 말에 따르면, 그는 원래 일할 필요가 없는 연금 생활자라고 했다. 쾨베시가 예전에 무슨 일을 했느냐고 묻자, 시클러이가 되물었다.

"무슨 일을 했을 것 같아?"

하지만 쾨베시는 도무지 짐작할 수 없었다. 그는 무언가를 생각하는 데에는 영 무딘 편이었다. 그래도 힌트를 찾았다는 듯 짧게 말했다.

"아하."

시클러이의 표정은 그런 대답을 기다렸다고 말하고 있었다.

"'자, 이제 저 사람이 '왕년에 어떤 위대한 일을 했는지 살펴보자고.'(시클러이는 이 말을 하면서 쾨베시에게 눈을 찡긋했다.) '왕관 없는'은 시골 장터에서 농촌 아낙에게 스카프나 머릿수건을 팔았는데, 동시에 사진을 찍어서 팔아도 좋다는 허가를 받았대. 물건을 팔고 사진을 찍는 권한을 주는 허가증이 '왕관 없는'이라는 이름으로 나왔고, 그 사람만이 물건을 팔고 사진을 찍을 권리를 독점했다는군. 그런데 그렇게 의심이 많은 농부들이 가족사진을 찍을 때는 아이처럼 순진해진다는 거야. 어느 정도냐 하면 필름이 떨어져도(필름은 가게에서 언제나 살 수 있는 게 아니잖아.) 계속 사진을 찍는 척하면 속는다는 거지. 그러면서 선금을 미리 받아 챙기고는 '완성된' 사진을 보내 주지 않았다는 거야. 돈 낸 사람들은 사진사가 준 주소나 이름으로 연락해 보지만, 그게 다 가짜거든. 이런 일을 티 하나 안 내고 한 작자가 바로 저 사람이야. 한편 '왕관 없는'은 심각한 당뇨병과 심장병을 앓고 있었는데, '증명서'가 필요한 사람들은 정말 많았지."

시클러이가 말했다.

"그래서 '왕관 없는'은 그들에게, 비영리 단체에서 일하는 사람임을 증명하는 공식 서류를 이런저런 방법으로 구해 주었어. 이렇게 해서 그는 빈둥거리거나 놀고먹는 사람을 도와주었고 자신은 경쟁자의 도전을 받지 않으면서 전국적인 중개 조직을 갖게 됐어. 그런데 어느 누구도, 심지어는 '왕관 없는'도 중개인에게 일자리를 주지는 못하지. 한편 그들은 중개인이 아니라는 것을 증명하는 서류가 없이는 중개인 일을 할 수가 없어. 그래서 서로서로에게 의존하고 있는 거지."[44)]

시클러이가 말했다.

"그래도 사람들은 '왕관 없는'을 존경해. 상사가 아닌, 자기들을 도와주는 사람으로서 말이야."

"저기 저 사람은?"

쾨베시가 머리로 멀리, 길을 향해 난 창가 쪽 탁자를 가리켰다. 그곳에는 흰머리가 덥수룩한 남자가 고단한 세월에 찢겨서, 그걸 억누르기가 힘들다는 듯 날카로운 얼굴로, 특별한 열정을 보여 주고 있었다. 그는 알이 두 개씩 달린 안경을 쓰고

---

44) 어떤 사람이 가짜 중개인이라는 걸 증명하지 않고는, 그 사람도 중개인으로 일할 수 없는 독점 구조라는 뜻이다.

있었는데 색이 어두운 바깥쪽 알은 위로 들어 올릴 수 있었다. 쾨베시가 그것을 알게 된 것도 지금 막 그가 바깥쪽 알을 들어 올렸기 때문이었다. 그는 고개를 숙이고 무언가, 이곳에서는 알아낼 수 없는 중요한 일에 몰두하고 있었다. 악보를 그리거나 세밀화를 그리고 있다 해도 믿을 수 있을 정도였다. 그런데 쾨베시가 가리킨 쪽에서 그를 발견한 시클러이의 얼굴이 완전히 구겨졌다.

"펌프맨이야." 그가 웃었다. "저 사람도 한가할 때는 '왕관 없는'의 직원이었어. 시골 여자들을 위해서 천에 염색하는 기계를 가지고 다녔지. 염색액을 분사하려면 송풍기 같은 기계를 발로 밀면서 펌프질을 해야 했다는군. 그 펌프질을 주로 그가 했기 때문에 '왕관 없는'이 펌프맨이라는 이름을 붙여 주었대. 펌프맨은 농담을 잘 알아듣고 연극을 좋아했어. 그래서 맞은편에 있는 극장에서 스턴트맨으로도 일했지."

이곳에 극장까지 있다는 말은 처음 들었기 때문에 쾨베시는 깜짝 놀랐다.

"그리고 그는 시계도 고쳐. 아마 지금도 누군가의 시계를 고치고 있을 거야. 대개는 분해한 시계를 절대로 다시 맞추지 못하지. 그래서 시계 주인이 숫자판, 시계 틀, 하나하나 분해된 작은 스프링과 나사를 조심스럽게 싼 종이뭉치를 받는 경우가 많아. 그런데도 그는 항상 자기가 고치겠다고 나서지. 그가 시계를 흔들고 귀에 대고, 뚜껑을 열고 그 속에 들어 있는 부품을 안경을 끼고 찬찬히 들여다보는 방식이 사람들에게 언제나 새로운 믿음을 주거든. 게다가 그는 수리비를 싸게 불러."

한 금발 여자가, 자기 딴에는 멋있게 보이려는 듯 턱 밑에 두 손을 깍지 껴 얼굴을 받친 채 멍한 시선으로 허공을 바라보고 있었다. 그녀 앞에는 손도 대지 않은 술잔이 놓여 있었다. 오직 남쪽 바다에만 알려진 그녀의 별명은 '생각하는 창녀'라고 했다. 시클러이는 관자놀이가 툭 튀어나오고, 햇볕에 그을린 피부에 우아한 옷을 요란스럽게 걸친 남자를 살펴보더니, 그가 '수면 마취제' 언드레 아저씨라고 했다.

"뭐라고?"

쾨베시가 웃었다. 시클러이의 설명으로는 이전에 국제선 선로로 기차가 여러 나라를 다닐 때, 언드레 아저씨가 일등석에 탄 부유한 부인을 알게 되었는데, 밤에 그 여자의 얼굴에 수면 마취제를 묻힌 솜을 가져다 댄 뒤, 소지품을 전부 훔쳤다고 한다. 시클러이의 주장에 따르면 언드레 아저씨는 지금도 유럽 대륙을 달리는 모든 특급 열차의 운행 시간표를 외우고 있다고 했다.

"지금도 특급 열차가 운행되고, 옛날 시간표가 유효하다면 말이지."

물론 이미 그 일을 그만두었다면서 실은 아주 오래전 이야기라 지금은 무슨 재미로 사는지, 시클러이도 그 정도만 안다고 했다.

"수수께끼야." 잠시 뒤에 그가 덧붙였다. "여자들 꼬시는 재미로나 살겠지, 다른 게 뭐 있겠어."

물론 얘기할 거리가 없는 정상적인 손님들도 여럿 있었다. 무언가 얘깃거리가 있는 손님은 아직도 많았지만, 쾨베시는 그의 말을 전혀 듣고 있지 않았다. 자기가 들은 이야기가 정말 들은 이야기인지도 확신할 수 없었다. 그는 그것을 믿기도 하고 믿지 않기도 했다. 일시적인 소리와 장면과 인상들이, 계속해서 흩어졌다가 연이어 다시 모이는 파도의 출렁임 속에 나타났다. 그는 거의 얼이 빠져 있었다. 그것은 약간 어슴푸레하면서도 약간 우울한 발견이었다. 그럼에도 오래전 과거에 맛본 행복처럼 달콤했다. 갑자기 누군가가 그의 어깨를 치면서 "기운 내!"라며 격려의 말을 했다.

"이제 어떻게든 되겠지." 시클러이가 쾨베시를 찬찬히 쳐다보았다.

"두 갈래 길이 있어." 그가 말을 이었다.

"짧고 곧게 난 길은 아무 곳으로도 인도하지 않아. 또 하나의 길은 길고 굽이가 많아. 그래서 어디로 인도할지 알 수 없어. 그렇지만 적어도 그 길이 닿는 데까지, 사람들은 걸어간다고 느끼지. 그걸 기록해야 해." 그는 신속하게 분명한 골칫거리에 대한 두려움을 덧붙였다.

"왜?" 쾨베시는 평화를 위협당한 사람처럼, 마뜩잖게 물었다. 하지만 아직 희망을 버리지 않은 듯 희미하게 미소 짓고 있었다.

"그 이유는……." 시클러이가 말했다. "재미있는 내용이라 어떤 작품에서 훌륭하게 사용될 수 있거든."

"어떤 작품에서?" 쾨베시가 머뭇거리며 물었다.

그는 그 질문으로 아마도 두 가지를 한 번에 막아 내고 싶었던 것 같다.

"바로 그거야." 시클러이가 말했다. "내 생각에는 작품을 써야 해."

아주 느리기는 했지만 한 방울 한 방울씩 할당된 독처럼 쾨베시의 머리에 다시금 이성이 돌아오기 시작했다.

"어떤 종류의 작품?" 그가 흥미를 보였다.

"그건 생각을 해 봐야지." 시클러이는 이미 생각해 둔 것이 있는지 곧 이렇게 말했다.

"드라마의 인기는 대단해. 하지만 쓰기가 힘들어. 단점이 쉽게 드러나거든. 내 생각에 우리는 코미디극을 써야 해. 그러면 성공할 것 같아."

"성공?" 쾨베시가 물었다. 발음하기 어려운 외국어를 내뱉듯 몹시 힘겹고 부정확한 어조였다.

"물론이지." 시클러이가 참을 수 없다는 듯 그를 바라보았다.

"어느 정도는 성공을 해야 해. 성공만이 유일한 탈출구야."

"어디서 탈출하지?"

쾨베시가 묻자, 시클러이가 숨겨진 비밀이라도 찾아내려는 듯 잠시 그의 얼굴을 샅샅이 살펴보았다.

"유머감각 한번 특이하군."

그러고 나서 어떤 결론에 도달한 사람처럼 눈에 띄게 표정이 밝아졌다.

"하지만 감각이 있어. 난 전혀 없는데 말이야. 더러 글을 쓰면서 시도해 보기는 했지만 말이야."

그는 눈을 돌리지 않고 쾨베시를 바라보며 말을 이었다. 쾨베시는 점점 긴장했다. 시클러이의 눈빛은 그에게 다름 아닌, 주목을 요구하고 있었다.

"내가 잠시 드라마 작법을 공부했어. 완전히 익혔지."

시클러이가 경멸하는 듯이 눈을 찡긋했다.

"모두가 난센스야. 나는 대화만으로는 웃길 수가 없더라고. 게다가 아직은 좋은 아이디어도 없어." 그가 말을 계속했다.

쾨베시의 마음에서 조금씩 긴장감이 커졌다. 자신과는 전혀 상관없는 어떤 계획에 힘을 쓰라고 요구받는 느낌이었다.

"자, 친구." 시클러이의 당당한 외침이 들렸다. "우리는 탈출할 수 있어. 우리 코미디극을 쓰자!"

그러자 쾨베시가 이렇게 말했다.

"좋아." 그와 동시에 방어하듯 이렇게 덧붙였다. "하지만 지금은 아냐."

두 사람은 지금은 먼저 각자의 일을 정리해야 한다는 사실에 동의했다. 시클러이가 얼리즈에게 손짓을 했고 쾨베시가 거절을 하는데도 쾨베시의 음식 값까지 계산하고는 엄청난 팁도 주었다.

"무슨 일이야? 이 양반들이 도둑질이라도 하셨나?" 얼리즈가 얼른 돈을 앞치마 속에 넣으며 물었다.

"멋진 사람이야." 그녀의 뒷모습을 바라보면서 시클러이가 말했다.

그는 앞으로 즐거운 일이 생기리라 믿으며 모든 것을 보는 것 같았다. 하지만 잠시 후 그의 얼굴이 다시 슬프게 변했다.

"하지만 가엾은 여자야." 그가 유감스럽다는 듯 그렇게 덧붙였다.

“왜?” 쾨베시가 묻자 시클러이가 주위를 살폈다.

“지금은 여기에 없어.”

“누가?” 쾨베시는 궁금했다.

“그러니까…… 뭐라고 불러야 하지? 그녀 옆에 붙어 있는 놈팡이 말야.”

“그게 누군데?”

쾨베시도 이번에는 자신이 왜 이렇게 그 얘기를 듣고 싶어 하는지 알 수 없었다. 얼리즈에게 약간 관심이 생기는 것 같았다. 하지만 시클러이는 관심을 쳐 내며 이렇게 말했다.

“그녀에 대해서는 할 말이 아주 많아. 그러니까…….” 시클러이의 얼굴에 다시 우울한 그늘이 나타났다. “얼리즈는 여종업원일 뿐이야. 여종업원들에겐 보통 그들을 돌보는 사람이 있잖아.”

“그렇겠지. 나도 그런 얘기는 들었어. 그러니까 흔한 이야기가 되겠군.”

이런 대화를 나누며 그들은 바깥쪽으로 걸음을 옮기기 시작했다. 홀을 걸어 나오는 동안에 시클러이는 탁자 이곳저곳에 대고 인사를 했다. 두 사람은 길에서 손을 흔들며, 시클러이의 말대로 남쪽 바다에서 ‘서로를 만날 수 있는’ 저녁 시간에 만나기로 약속했다. 이제는 쾨베시도 전할 말이 있으면 얼리즈에게 남기기로 했다. 그들은 자신의 일을 정리하는 대로 바로 코미디극에 착수하기로 했다.

“좋은 생각이 떠오를 때까지 고민해 봐.” 시클러이가 헤어지면서 말했다.

쾨베시는 살짝 미소를 지으며, 아마도 햇빛과 불현듯 혼자 있고 싶은 마음에 이렇게 대답했다.

“그렇게 하지.”

4장

거주 허가. 집주인 여자. 건물 관리인

쾨베시는 일시적인 체류 허가를 완전한 거주 증명서로 바꾸기 위해서 관청에 갔다. 집주인인 베이건드 부인이 자기 집에 계속 머무르려면 빨리 신고를 해야 한다면서 벌써 두 번이나 재촉을 했기 때문이다.

"물론 저는 당신이 어떤 계획을 갖고 있는지 몰라요."

작은 호수 같은 그녀의 눈이 쾨베시를 올려다봤다. 자신이 베이건드 부인보다 스스로의 계획에 관해서 더 모르는 것 같다는 생각에 쾨베시는 빙긋이 웃었다.

"분명히 말씀드리지만……." 쾨베시가 말했다. "저는 이곳이 아주 마음에 듭니다."

그는 실제로 다른 무엇 때문이 아니라 이곳이 마음에 들어서 있는다는 듯이 말했다. 그러자 부인은 이렇게 말했다.

"그렇게 말씀해 주시니 기쁘네요."

그러면서 테이블보에서 보이지 않는 실과 부스러기를 주웠다. 그들은 쾨베시의 작은 방에 있었다. 쾨베시가 하나뿐인 의자를 권했으나 부인이 앉지 않아 그도 서 있었다. 오후에서 저녁으로 넘어가는 시간, 그렇지만 아직 불을 켜기에는 이른 시간, 바로 그때 부인이 쾨베시의 방문을 노크했던 것이다. 쾨베시는 처음에 소년이 또 자신을 방해하는가 싶어 약간 긴장했다. 하지만 소년이었다면 먼저 "들어가도 돼요?"라고 물었을 테니 소년은 아닐 거라고 생각했다. 피테르는 노크를 하지 않았다.

"신문 기자라는 말은 안 하셨잖아요." 부인이 말했다.

그녀의 목소리에는 분명히 가식적인 질책이 담겨 있었다. 창백하고 날카로운 얼굴에 소심한 미소가 떠올랐다. 마치 공손하게 대해야만 하는 유명 인사와 마주하고 있는 듯한 태도였다. 한 번도 말한 적이 없는데 부인이 어떻게 알까 싶어 쾨베시는 깜짝 놀랐다. 어떻게 된 일일까? 이곳에 소문이 퍼지는 비밀 정보망이라도 있는 걸까? 오히려 그가 사실을 밝히기를 요구하는 것일 수도 있었다. 비밀에 가까워 동의할 수 없는 오해를 없애 주기 바라는 시급한 요구일 수도 있었다.

"맞습니다." 그가 말했다. "지금은 신문사에서 일하지 않지만요."

부인이 그의 말을 듣고 실망한다 해도 어쩔 수 없었다. 다른 사람에게 자기 집에 신문 기자가 세 살고 있다고 자랑했을지도 모르는 일 아닌가. 그래서 서둘러 덧붙였다.

"해고됐거든요."

속으론 어땠는지 모르지만 그녀의 표정엔 실망한 기색이 나타나지 않았다. 긴장이 풀린 것처럼, 앞서 보여 주었던 조심스럽던 얼굴이 놀란 표정으로 변했다가, 바로 따뜻한 표정으로 바뀌었다. 그러더니 처음보다 훨씬 자연스러운 목소리로 나지막이 확인했다.

"해고됐다고요."

그녀는 머리를 가볍게 옆으로 돌리고, 흥미롭다는 듯이 쾨베시를 올려다보았다. 염색한 것으로 보이는 금발이 카나리아를 연상시켰다.

"안됐네요." 그녀가 덧붙였다.

쾨베시는 항의라도 할 것처럼 눈썹을 치켜올렸지만 할 말이 생각나지 않았다. 부인이 다시, 이젠 서로에게 감출 것이 없지 않느냐는 듯 신뢰가 담긴 어조로 조용히 물었다. 다른 사람을 통해 듣고 싶지 않다는 듯이.

"무슨 이유로요?"

쾨베시는 이렇게 대답했다.

"그걸 알 수 있을까요?"

이 대답은 기대했던 효과를 자아냈다.

"아니요."

부인이 이렇게 말하더니 아까 앉으라고 권했으나 사양했던 의자에 천천히 앉았다. 형용할 수 없는 피로가 엄습한 듯 부인의 얼굴에서 모든 표정이 사라졌다.

"알 수 없겠죠."

그들은 잠시 조용히 있었다. 부인이 당황하지 않도록 쾨베시도 침대에 앉았다. 작은 부스러기나 실 조각이 없으니 이제 부인은 머리를 숙이고 테이블보의 술 장식을 만지작거렸다.

"아시죠." 쾨베시가 이 집에 처음 왔던 날 아침에 단 한 번 들었던 낮은 목소리로 그녀가 말했다. "저는 가끔 이제는 아무것도 모르겠다는 생각이 들어요."

그녀가 천천히 머리를 들고 쾨베시를 보았다. 주름진 얼굴 사이에 있는 호수 같은 두 눈에 갑자기 어두운 구름이 쌓인 듯 그늘이 졌다.

"사실은……." 그녀가 말을 계속했다. "죄송하다는 말씀을 드리고 싶었어요."

쾨베시의 침묵을 이해할 수 없어서인지, 아니면 기대하고 있어서인지 그녀가 덧붙였다.

"아들 때문에요. 많이 귀찮으실 거예요."

소년이 쾨베시를 성가시게 하는 것은 부정할 수 없는 사실이었다. 이 집에 온 첫날 저녁(이틀이나 잠을 자지 못한 쾨베시가 잠자리에 들려던 순간) 소년은 겨드랑이에 체스 판을 끼고 갑자기 문을 열고 들어왔다.

"저예요."

마치 급한 일을 하다가 이제는 더 이상 미룰 수 없게 된 의무를 수행할 시간이라는 듯이 소년은 이 한마디를 던졌다. 쾨베시는 피곤하다거나 그럴 기분이 아니라는 둥 이런저런 구실을 댔지만 소년에겐 도무지 먹히지 않았다. 소년은 이미 쾨베시의 침대에 체스 판을 펴고 말을 세우고 있었다.

"흰 말 할래요, 검은 말 할래요?"

반짝이는 안경 뒤에서 소년이 근엄하게 쾨베시를 바라보더니 그가 입을 열기도 전에 이렇게 말했다.

"흰 말 하세요. 그래야 아저씨가 먼저 시작하죠."

결국 쾨베시가 먼저 시작했다. 그런 다음 소년이 말을 두기를 기다렸다가 다시 자기 말을 움직였다. 그는 체스 판에 신경 쓰지 않고 되는대로 두었다. 체스에 푹 빠져 지내던 소년 시절의 손가락이 어렴풋이 기억하는 전투 대형에 맞춰. 쾨베시는 자신도 한때는 소년이었다는 사실을 떠올리며 미소를 지었다. 문득 씩씩거리는 소리가 들려 고개를 드니 피테르가 입술을 깨물며 머리를 흔들고 있었다. 피가 모두 빠져나간 듯 얼굴이 하얗게 변해 있었다.

"뻔한 속임수…… 이런 뻔한 속임수를 내가 그냥 둘 줄 알아요!"

소년이 씩씩거리면서 김이 서린 안경 뒤에서 증오를 가득 담은 눈길로 쾨베시를 노려보았다. 그러더니 "안 해요!" 하면서 체스 판과 말을 사방으로 던졌다. 처음에 쾨베시는 그것들을 주우려고 몸을 숙였다가, 이내 응석을 받아 주어 아이를 버릇없게 만들기보다는 혼내는 게 낫다고 생각했다.

"자, 네가 직접 주워 담아, 지금!"

자신이 낼 수 있는 목소리 중 가장 근엄한 소리로 쾨베시가 소년을 꾸짖었다. 그러나 이런 경고는 필요 없었다. 소년은 이리저리 바닥을 기어 다니더니, 몇 분 뒤 쾨베시 앞에 다시 말을 제자리에 세운 체스 판을 가져다 놓았다.

"이제 내가 서른 번 박살 낼 거예요!"

이를 악문 소년의 모습은 쾨베시와 체스를 두는 게 아니라 레슬링을 하는 것처럼 보였다. 체스를 두는 사이에 쾨베시는 여러 번 잠에 빠졌다. 그러면 소년은 무릎을 걷어차거나 소리를 질렀다.

"아저씨 차례예요!"

때때로 베이건드 부인도 머리를 들이밀었다.

"아직 안 끝났어요?" 그녀는 머뭇거리며 이렇게 묻고는 자리를 떠났다.

그럴 때도 소년은 엄마를 전혀 신경 쓰지 않았다. 그러다가 딱 한 번 쾨베시를 위해서가 아니라, 혼자 흥분해서 심술 사납게 내뱉었다.

"제일 싫은 건, 엄마가 체스를 취미라고 한다는 거예요!"

"왜?" 쾨베시가 약간의 호기심을 느끼며 물었다. "취미가 아니면 뭐니?"

"취미 아네요!" 소년이 짧게 대답했다.

"그럼?" 쾨베시가 다시 물었다. "혹시 일이니?"

"맞아요. 바로 그거예요." 소년은 무언가를 고백하듯 쾨베시를 힐끗 보았다. "나는 이 쓰레기 더미에서 벗어나고 싶어요!" 그가 이렇게 덧붙였다.

그렇지만 더 이상의 자세한 설명은 하지 않았다. 이를 악물고 심각한 얼굴로 다음 말을 어디로 옮길지 고민할 뿐이었다. 소년이 말을 옮겼다. 쾨베시에게 총을 들이대듯이 그렇게 짧고도 둔탁하게. 소년이 벌써 소리를 질렀다.

"셔크!"[45]

결국은 부인이 너무 늦었다, 아저씨가 피곤하실 것이다, 잠자리에 들 시간이 벌써 지났다, 아침에 우리 둘 다 학교와 직장에 늦는다 등 온갖 설득으로 소년을 쾨베시의 방에서 끌어내야만 했다. 쾨베시는 그날 밤 내내 소년이 꽥꽥거리는 소리와 부인이 나지막하게 달래는 소리를 들었다.

"이상한 아이네요." 쾨베시가 이렇게 표현했다.

"그래요. 하지만 이해해 주세요." 부인이 곧바로 대답했다.

처음이 아니라 여러 번 이런 대답을 해 본 눈치였다.

"쉬운 일은 아니에요." 베이건드 부인이 말을 계속했다. "그리고 저 역시 아이와 쉽지 않아요. 아빠가 꼭 필요한 때거든요……."

쾨베시는 무슨 말이든 해야 한다는 생각이 들었지만 뭐라고 해야 할지 몰라 이렇게만 말했다.

"너무 일찍 돌아가셨군요……."

그가 말을 잘못했는지 베이건드 부인이 이해할 수 없다는 표정으로 그를 바라보았다.

"누구 말씀인가요?"

"저는 그런 줄 알았습니다."

쾨베시가 천천히 할 말을 생각했다. 미묘한 부분을 착각한

45) 영어로는 '체크'로, 체스에서 왕이 더 이상 공격을 버틸 수 없게 되도록 말을 옮기며 상대에게 알려 주는 말이다. 장기에서 '장이요!'와 같은 의미이다.

것이다. 하지만 이미 말한 것을 되돌릴 수는 없었다.

"저는 일찍 사별하시고 혼자 되신 줄 알았습니다……."

"그러셨군요." 부인은 이 말을 한 뒤 잠시 조용히 있더니 갑자기 퇴베시의 얼굴에다 대고 소리쳤다. "그이를 끌고 가 죽였어요!"

부인은 머리를 곧추세우고 도전적으로 퇴베시를 바라보았다. 모든 고통을 퇴베시의 발 앞에 던졌으니 이제는 그가 그것을 깨부수어 주어야 한다는 듯.

하지만 그런 일은 일어나지 않았다. 퇴베시가 슬픈 표정으로 서너 번 고개를 천천히 끄덕였다. 어떻게 해야 좋을지 모르는 사람처럼. 그러나 베이건드 부인의 입에서 나온 표현대로 누군가를 '끌고 가는 것'과 '죽은 것'이 완전히 예외적인 일은 아니었다. 죽은 사람이라는 사실을 완전히 받아들인 듯 그는 더 이상 자세한 설명을 기대하지 않았다. 그들 사이에 자리한 침묵으로 인해 피곤해졌거나, 혹은 그들 사이에 들어온 침묵이 무언가 비밀스런 공범 의식을 공유하게 했던지 부인의 긴장했던 얼굴이 천천히 풀어지더니 한결 편안하게 변했다.

"그래요." 그녀가 이제 피곤하지 않은 듯이 다시 말했다. 약간 무감각하게 보였다. "그들이 끌고 가서 죽였어요. 이게 모든 것의 근원이에요. 페테르는 그 일을 받아들이지 못해요."

"그게 무슨 말입니까?" 퇴베시가 관심을 보였다.

"자기 아빠를 수치스러워해요." 베이건드 부인이 말했다.

"수치스러워해요?" 퇴베시가 놀랐다.

"왜 그렇게 되도록 있었느냐고 하더군요."

부인은 남편과 사는 대신, 그녀 앞에 계속해서 솟아오르는 질문과 함께 살아온 듯 손과 머리를 흔들었다. 속수무책의 상황에 적응한 것만큼이나 그 질문에도 적응한 듯 보였다.

"아이다운 결론이군요." 쾨베시가 미소 지었다.

"아이다운." 베이건드 부인이 말했다. "그렇지만 아직 아이인걸요."

"그렇죠." 쾨베시는 그렇게만 말했다.

"쟤는 자기 아빠를 거의 몰라요. 제가 설명해 보려고 했지만 소용이 없더군요……." 베이건드 부인이 입을 다물었다.

슬프면서도 작은 호수 같은 두 눈이 겨울 풍경처럼 황량한 그녀의 얼굴에서 촉촉하게 빛났다.

"어떻게 설명해야 할까요?"

"어려운 일이죠."

"그렇다면 제 아들 말이 맞나요? 정말 수치스러운 일인가요?"

"그렇게 생각합니다." 쾨베시가 잠시 생각했다. "저는 그렇다고 생각합니다. 수치스러운 일이죠." 그는 그 말에 덧붙여 어깨를 으쓱했다. "하지만 그분을 끌고 가 죽였다면…… 할 수 있는 일이 아무것도 없었겠죠."

그들은 다시 침묵을 지켰다. 이윽고 부인이 저음으로 다시 소리를 질렀다. 끊어지기 직전의 현처럼 날카로운 소리가 울렸다.

"이런 세상에 아이를 낳다니 영원히 고통스러운 일이에요! 누구도 극복할 수 없어요! 이런 세상 어디에서도……."

"세상은……." 쾨베시는 그녀를 위로하려고 애썼다. "언제나 어렵죠."

그러나 부인은 그의 말을 전혀 듣고 있지 않았다.

"그래서 재가 나를 미워한다는 생각이 자주 들어요. ……나를 원망해요." 그녀가 말했다.

"나도 모르겠어요." 그녀가 말을 이어 갔다. "근본적으로 페테르의 말이 맞는 게 아닌지 나도 모르겠어요. ……재한테 무슨 일이 일어날까요? 도대체 어떤 일을 또 겪어야 할까요?"

"그런데 페테르의…… 그 특별한 취미는?" 쾨베시가 얼른 물어보았다.

부인이 끝내 울음을 터뜨릴까 봐 두렵기도 했다.

"체스 말씀이세요?" 베이건드 부인이 물었다. "재는 경기에 나가 우승하고 싶어 해요."

"경기라! 멋지군요, 멋져요."

쾨베시가 알겠다는 듯 고개를 끄덕였다. 이제야 어려움에서 좀 벗어난 듯싶었다. 무익한 자책을 하던 부인의 생각을 좋은 방향으로 돌리는 데 성공한 것이다.

"지금도 훈련을 받고 있어요. 청소년 챔피언전을 준비하는 중이에요." 베이건드 부인이 계속해서 말했다. "자기는 꼭 우승을 해야 한대요. 위대한 프로 기사가 되고 싶대요. 아주 위대한, 정말 위대한 기사가요."

어느 정도 거리를 유지하려고 애는 썼지만, 아들 이야기를 하는 그녀의 목소리에 진지함이 감추어져 있는 게 느껴졌다.

"이해합니다." 쾨베시는 갑자기 시클러이가 떠올라, 무의식적으로 그가 했던 말을 반복했다. "어떻게든 성공을 해야죠."

"그래요."

베이건드 부인이 미소를 지었다. 자랑스러운 아들 덕분에 미소를 짓는 엄마의 얼굴이었다. 의심스러운 희망이기는 했지만, 그래도 자랑스러운 아들이 될 거라 믿는 미소였다.

"성공만이 유일한 탈출구입니다."

쾨베시는 시클러이가 자기에게 한 말을 정확하게 기억했다. 그 후 그 말을 계속해서 되새겼기 때문이다.

"그래요." 부인이 머리를 끄덕였다. "페테르 말로는, 자기의 신체 조건으로는 다른 운동은 어려울 거라고 하더군요. 아시죠?"

그녀가 덧붙였다.

"페테르는 판단력이 뛰어나요. 그것만으로도 벌써 재능이 있는 거죠, 아닌가요?"

"그럼요!" 쾨베시가 말했다. "그렇게 되기를 바랍니다."

쾨베시는 쾌활하게 활짝 웃으며 이렇게 말했다.

"훌륭한 기사가 될 거예요!"

그 말을 끝으로 그들은 자리를 떴다. 쾨베시는 외투를 입은 뒤 저녁 식사를 하러 남쪽 바다에 가겠다고 말했다. 다음 날 아침 그의 방문 뒤에서 이미 귀에 익은 말다툼 소리와 쿵쾅거리는 소리가 들렸고 현관문의 쿵 소리가 들렸다. 그도 곧 일어나 곧장 관청으로 갔다. 신고 절차는 어떤 서류에 있는 그의 인적 사항을 다른 서류에 옮겨 적는 단순한 일처럼 보였다. 그런데 원래 서류의 항목 하나가 비어 보이자 직원이 물었다.

"직장은요?"

조건반사처럼 익숙하게 던지는 것 같았지만 그건 분명 부차적인 질문이 아니었다. 직원은 잠깐 기다렸다가, 기껏해야 정확히 알 수 없는 어떤 직업을 들으리라 기대하면서 다시 물었다. 바로 그 순간 대답 소리가 들렸다.

"없습니다."

여직원은 놀란 얼굴로 탁자 앞에 서 있는 쾨베시를 쳐다보았다. 그녀는 몹시 당황한 듯 보였다.

"일을 안 하시나요?"

그녀의 물음에 쾨베시가 대답했다.

"안 합니다."

"진짜 안 하세요?"

여직원은 놀라서인지 순간적으로 자신의 업무를 망각하고, 단순히 궁금증을 숨기지 못하는 사람의 목소리로 물었다.

"해고됐습니다." 쾨베시가 말했다.

직원은 벌써 반쯤 발행된 증명서를 멍하니 바라보았다. 골치 아픈 일이 생겨 업무에 지장이 초래됐다고 여기는 표정이었다. 이어 그녀는 연필을 탁 소리가 나게 내려놓고 벌떡 일어나서 건너편 책상 쪽으로 갔다. 그리고 거기 앉아 있는 남자에게 무슨 말인가를 소곤거렸다. 남자도 깜짝 놀라 처음에는 여직원을 쳐다보다가, 멀리서 기다리는 쾨베시를 보았다. 마침내 남자가 자리에서 일어나, 자기 자리로 돌아오는 여직원과 함께 그에게로 왔다.

"직장이 없으신가요?"

찌푸린 그의 미간은 쾨베시에게 도대체 왜 일을 안 하느냐며 화를 내고 있었다. 그러나 쾨베시는 같은 말을 반복했다.
"없습니다."
"그럼 생활은 어떻게 하십니까?"
곧이어 이 상황에 어울리는 질문이 이어졌다. 쾨베시는 비난하는 조의 목소리에 놀랐다. 이곳 사람들이 그에 대해서 이렇게까지 걱정을 하리라곤 전혀 기대하지 않았기 때문이다.
"해고된 지 얼마 안 됐습니다."
자신도 해고 통지를 받은 게 부끄럽다는 듯이, 그는 거의 변명하듯 덧붙였다.
"저도 어서 직장을 구하고 싶습니다."
"그러시길 바랍니다."
그 대답 속에는 그가 거지가 되거나 굶어 죽기를 강요하는 소망처럼, 뭔가 고도로 숨겨진 엄격함이 드러나 있었다. 쾨베시를 설득할 수 없는 게 유감이라는 뉘앙스였다.
얼마 지나지 않아 쾨베시는 건물 관리인을 찾아갔다. 물론 베이건드 부인이 재촉을 했기 때문이었다. 베이건드 부인은 쾨베시가 자기 집에 살면서 이 건물에 계속 거주하는 사람이 되었으니 건물 관리인의 등록부에도 이름을 올려야 한다고 했다. 그녀는 '그렇게 된다면, 의장이 당신에 대해 알아도 해될 게 없을 것'이라고 말했다. 이 말을 하면서 베이건드 부인은 갑자기 좋은 생각이 난 듯 '이런 일은 건물 관리인에게 맡기는 게 더 좋을 것'이라고 덧붙였다. 쾨베시는 모든 것 가운데에서 한 가지 문제를 덜 수 있다는 점에만 관심이 쏠려, 부인이 처음 거론한 순간 머리를 스쳤음에도, 의장이라는 사람이 누구이며 자신이 의장과 무슨 관련이 있는지 묻는 것을 잊었다.

관리인은 층계 밑에 있는 공간에서 살았다. 문 두 개가 나란히 있었는데, 쾨베시가 이리저리 살피며 가까이 다가가자 갑자기 한쪽 문이 벌컥 열렸다. 수염을 덥수룩하게 기른 땅딸막한 남자가 안에서 나왔다. 그는 회색 작업복을 입고 긴 장화를 신고 있었다. 여기 도시의 아스팔트보다는 물이 뚝뚝 떨어지는 비옥한 들판에서 신는 게 더 어울릴 법한 커다란 장화였다. 바지는 장화 속에 구겨져 들어가 있었다.

"쾨베시 씨, 저를 찾으십니까?"

갈퀴 모양으로 멋대로 자란 수염에, 코는 넙적하고, 하�ගᅵ게 센 숱 많은 머리가 쐐기처럼 이마를 덮은 채로 목 부분까지 잠근 작업복을 걸치고 무거운 장화를 신고 나타난 상대를 보자 쾨베시는 갑자기 짜증이 솟구쳤다. 한 사람의 전체적인 외모가 어느 한순간 이렇게까지 사람을 짜증 나게 하다니. 그는 거의 도끼날로 찍듯이 날카롭게 대답했다.

"맞습니다. 관리인이 맞으시다면."

"물론 접니다. 여기 또 누가 있나요?"

그가 기묘하게 낄낄거렸다. 관리인은 쾨베시가 짜증이 난 것을 알아챈 것 같기도 하고 아닌 것 같기도 했다. 어쨌거나 겉으로 보기에는 그의 짜증 섞인 말투에 기분이 상한 것 같지 않았다.

"자, 자, 쾨베시 씨, 안으로 들어오십시오!"

거칠지만, 약간은 달콤한 목소리가 쾨베시의 마음을 움직였다. 양배추 냄새가 나고 따뜻한 김이 가득 찬, 어두운 현관으로 들어서자 질척거리고 달라붙는 물질이 갑자기 발아래에서부터 스멀스멀 자라나 어느새 그의 정수리까지 순식간에 감아드는 기분이었다. 부엌이 있는 게 분명한 문 뒤에서 발을 질질 끄는 소리가 들리더니 곧 무거운 냄비가 덜그럭거렸다.

"분명 거주자 명단에 등록하려고 오신 거겠죠."

관리인이 어디선가 학교에서 쓰는 크고 딱딱한 표지가 붙은 공책을 가져왔다. 탁자 위에 있는 작은 스탠드를 켜자 노란색 불빛이 새어 나왔다. 불빛은 너무 약해 공책과 마디가 굵은 관리인의 손가락과 지저분한 테이블보만을 겨우 비추었다. 주변 공간은 아까보다 더 깊은 어둠에 잠겼다.

"소개도 하기 전에 어떻게 저를 알아보셨습니까?"

그제야 관리인이 갑자기 나타난 게 이상하다는 생각이 들었다. '기다리고 있었나? 혹시 문 뒤에서 살펴보고 있었나?' 아까보다 더 짜증이 치밀었지만, 그는 거주자 명단에 자신의 인적 사항을 옮겨 적도록 관청에서 새로 받은 증명서를 관리인에게 건네주었다.

"이런, 쾨베시 씨." 관리인의 투덜거리는 목소리에 묘한 질책이 숨어 있었다.

그사이 그는 커다란 안경을 코 위에 걸치고 있었는데, 그 때문에 얼굴이 야릇하게 변해 보였다.(상처 자국처럼 그를 약해 보이게 했다.) 가로세로로 줄이 그어진 공책 위에 그가 서툴게 쓴 구불구불한 글씨가 나타났다.

"실례입니다만, 거주자가 누구신지 알아야 하는데……. 그러니까 직장이 없으시군요."

안경 너머로 쾨베시를 올려다보는 관리인의 좁은 이마에 주름이 잡혔다. 쾨베시는 대답하지 않았고, 그동안 관리인은 이런 부정적인 사항을 공책에 옮기면서, 다시 한번 자기 앞을 보며 중얼거리더니 이제 단호하게 내뱉었다.

"직장이 없으시다."

그러고 나서 이미 중단했던 생각을 계속해야겠다는 듯, 연필을 내려놓고 공책을 덮었다. 그리고 이렇게 말했다.

"이게 관리인의 임무입니다. ……이런 일을 하는 대가로 월급을 받는 거죠……."

그가 안경을 벗고 일어나서 쾨베시에게 증명서를 내밀었고, 쾨베시는 증명서를 돌려받았다.

"물론 월급은 얼마 안 됩니다. ……절대 많다고 할 수 없죠. ……하지만 저는 불평하지 않습니다. ……이 건물에 사시는 분들을 위해서 제가 할 수 있는 일을 할 뿐입니……."

흐릿한 장소에서 애매한 말을 하는 가운데 관리인의 눈빛이 잿불처럼 타올랐다. 그 눈은 뭔가 탐욕스러운 명령을 하고 있었다. 아마도 당황한 쾨베시의 감각이 그렇게 보게 했을 수도 있다. 실제로는 탁자 위에서 희미하게 빛나는 불빛이 이런 느낌을 들게 했을 수도 있다. 쾨베시는 그가 무언가를 요구하고 있음을 점점 더 확신하게 되었다. 그가 요구하는 게 무엇인지 확실하게 이해할 수 있었다. '절대 굴복하지 않겠어.' 쾨베시는 이렇게 결심했다. 하지만 그런 결심을 하는 사이에 놀랍게도, 그의 손이 자기 손이 아닌 양 어느새 주머니 속으로 들어가더니, 지폐를 꺼내서 관리인의 손에 쥐여 주고 있었다. 그러자 관리인은 별일 아니라는 듯, 마치 이런 행동도 대화의 한 부분이라는 듯 돈을 넘겨받고는 구겨진 바지 속으로 쑤셔 넣었다.

"쾨베시 씨, 고맙습니다."

걸걸한 목소리가 어딘가 미안해하는 것 같기도 했다.

"정말 그래서 한 말은 아닙니다. 코트가 멋지군요." 그가 명랑하게 말했다. "옷감의 질이 좋아 보입니다."

미리 알아챘다면 몸을 돌렸을 텐데, 쾨베시가 알아채기도 전에 관리인의 마디가 굵은 노란 손가락이 그의 겉옷을 이리저리 만지기 시작했다.

"혹시 외제 아닌가요?"

"예, 외제 맞습니다." 쾨베시가 혐오감을 느끼며 진실을 밝히듯 말했다.

"외국에서 소포가 자주 오겠군요?" 관리인이 호기심을 드러냈다.

그사이 정신을 차린 쾨베시가 거침없이 날을 세우며 대답했다.

"제게 소포가 오면 우체부가 당신에게 알려 주겠죠!"

이 말을 하면서 문 쪽으로 걸어가려는데, 관리인이 야릇하게 받아쳤다.

"에이, 쾨베시 씨, 제가 알면 그게 비밀인가요, 안 그래요?"

관리인은 얼마쯤 그를 좇아 층계를 올라왔다. 쾨베시가 반지하로부터 서둘러 올라오는 동안, 뒤에서 낄낄거리던 소리가 천천히 잦아들었다. 지금 막 감탄을 자아낸 코트 깃에, 양배추 냄새만 듬뿍 묻혀 가는 그의 등 뒤에서.

개를 데리고 있는 남자

어느 날 정오였다. 아니 저녁이 다 된 시간이었던가? 이곳에서 살게 된 후, 그는 시간의 흐름에서 약간 벗어나 있었다. 이전의 시간은 이미 사라졌고, 이곳의 시간에 합당한 것들을 찾아내야 했다. 몇 시인지, 하루 중 어떤 시간인지, 무슨 요일인지가 전혀 중요하지 않았다. 게으른 생활의 결과인 게 분명했다. 하지만 일자리를 찾고, 그 일이 그에게 질서를 강요하면 곧 변할 것이라 생각했다. 가끔은 이런 생각에 빠져들기도 했다. '일자리를 찾는다고 해서 모든 것이 달라질까?' 쾨베시는 편안한 걸음으로 남쪽 바다를 향해 출발했다. 일요일이었던지 평소와 달리 도시는 활기가 없었다. 여기저기서 유쾌한 소음이 들려왔다. 아이들이 떠드는 소리가 잠자는 고요를 깨웠다. 열린 창문으로 음악 소리가 흘러나오고, 일요일의 음식 냄새가 풍겨 왔다. 그러나 무너진 건물의 모습만은 전보다 더 쓸쓸해 보였다. 다른 때 같지 않았다. 아마도 귀에 익은 망치 소리가 사라지고 건물에 매달린 인부들의 모습이 보이지 않았기 때문일 것이다. 무얼 지어 올리는 것도 아니고 허무는 것도 아니고, 이제는 이미 지속된 붕괴 속에서 고집스럽게 참고 견디는 듯이, 이대로 여기 남아 있기를 바라는 것 같았다. 그렇지만 다음 날이면 또다시 망치 소리가 들리고, 화물차가 들락거리고, 사람들은 고함을 질러 댈 터였다. 아침 일찍 피테르가 방으로 들어왔다. 쾨베시는 그때까지 침대에 누워 있었다. 소년은 그의 이불 위에, 배 위에 체스 판을 올려놓으려 했다. 쾨베시는 체스를 두고 싶지 않다고 돌려서 말했다.

"싫으면 관둬요." 소년이 이렇게 말했다. "내가 한번은 속아줬지만 아저씬 제대로 할 줄도 모르잖아요. 어쨌든 난 아저씨 싫어요."

소년이 돌아 나가면서 문가에서 던진 말이었다. 덕분에 앞으로는 체스를 두지 않을 수 있으면 좋겠다고 생각했다. 쾨베시는 잠시 산보를 하며 도시를 둘러보았다. 길을 걷다 거리 식당에서 파는 음식 중 싼 것을 사서 선 채로 먹기도 했고, 예전에는 판자를 대고 못을 쳐 놓았지만 지금은 문을 연 가게 진열대를 기웃거리기도 했다. 필요한 물건도 한두 개 샀다. 물건을 사는 건 쉽지 않은 일이었다. 물론 쉬우면 좋겠지만 쉬우리라 생각해 본 적은 없었다. 거의 모든 가게에 많은 사람들이 모여 있었다. 그는 종종 가게 문밖에 길게 늘어선 줄에 들어가 기다렸다. 하지만 마침내 판매대로 밀려가 보면 원래 사려고 했던 것과 다른 것을 사야만 했다. 원하던 것과 비슷한 것만 사도 다행이었다. 예를 들어, 파자마 바지 대신 잠옷 윗도리를 사야 했다. 그것도 맞는 게 없어서 덩치 큰 사람에 맞게 재단된 거대한 사이즈를 사야 했다. 그렇지만 쾨베시는 그 잠옷을 입고 자기 힘들었다. 그 때문에 베이건드 부인에게 남편의 파자마를 돌려준 뒤엔 거의 벌거벗은 채로 잠자리에 들었다. 안 맞으면 바꾸려고 하나가 아니라 두 개를 구입했는데, 쾨베시가 환불을 해 달라고 하자 상인은 친절을 가장하며 이렇게 꼬드겼다. 잠옷은 정말 구하기 어려운 상품이라, 이런 행운을 던져버리는 건 절대 현명한 행동이 아니라고. 결국 베이건드 부인도 파자마 바지는 전혀 필요하지 않으며 피테르에게는 너무 크다는 사실이 밝혀졌다.

모퉁이에 다다랐을 즈음, 헐떡거리는 숨소리와 함께 작은 다리에 붙은 발톱이 바쁘게 탁탁거리는 소리가 들렸다. 모퉁이를 돌자 힘차게 던진 긴 갈색 공처럼 개 한 마리가 그의 가슴으로 날아들었다. 개는 신나서 머리를 이리저리 부딪치고 때리며 반짝이는 코로 냄새를 맡았다. 혀를 늘어뜨리고 쾨베시의 손을 핥으면서, 빛나고 반짝이는 검은 눈에 기대를 한가득 담고 쾨베시를 응시했다. 약간 떨어진 곳에서 둔탁한 목소리가 쨍하고 울렸다.

"어서 이리 와, 이 말썽꾸러기야!"

쾨베시가 얼마 전에 길에서 마주친 노인과 닥스훈트였다.

"부끄러움도 모르는 아첨꾼 같으니!"

투덜거리는 노인의 말투는 오히려 애정을 표현하고 있었다. 이 말을 하면서 노인은 몸을 구부려 손에 들고 있던 줄을 개의 목걸이에 걸었다.

"이 녀석이 누구를 좋아하면, 그다음에는 절대 도망가지를 않아." 그가 계속해서 말했다. 투덜거리는 것처럼 보였지만, 실제로는 슬며시 자랑을 하고 있었다. "보자마자 누구를 좋아하는 일은 정말 드문데, 이런 일도 가능하다는 걸 알려 주는군요. 쾨베시 씨!"

"저를 이미 아시는 모양이네요." 쾨베시가 약간 놀라며 말했다. "제 소개를 할 필요가 없겠군요."

"알다마다."

노인이 줄 끝을 세게 당겼다. 그러자 개가 갑자기 뒷발을 꼿꼿이 세우고 건물 벽에 기대어 버텼다.

"분명한 의미에서 당신은 내가 책임져야 하지. 자, 진정해!" 그는 그들의 발밑을 정신없이 왔다 갔다 하는 개를 나무랐다.

"왜냐하면 내가 의장이거든."

그가 부드럽고 하얀 머리카락이 뒤덮인 얼굴을 쾨베시 쪽으로 돌렸다. 그러자 혈색 좋은 구릿빛 얼굴과 친근한 미소가 눈에 들어왔다.

"예." 쾨베시가 말했다. "알겠습니다. 무슨 의장이신가요?"

이 질문은 더 가볍고 더 미묘하게 작용했다. 쾨베시는 자꾸만 위로 뛰어오르는 개를 쓰다듬어 주기 위해서 몸을 숙였다.

"그러니까 예를 들면 당신도 뽑을 수 있는 그런 사람이지."

노신사가 얼굴 가득 미소를 지었는데, 그러면서도 어딘지 꾸민 듯 보이는 표정을 지었다.

"자, 쾨베시 씨." 그러더니 더 작고 확실한 목소리로 이렇게 말했다. "우리 의미 없는 말은 하지 맙시다!"

무슨 의미인지 전혀 알아들을 수 없었지만, 쾨베시는 전처럼 같은 말을 반복했다.

"알겠습니다."

"지난번에 만났죠." 노인이 계속 말했다. "하지만 그때는 당신이 아주 바빴어요."

"일이 있었습니다." 쾨베시가 설명했다.

"분명히 그랬겠죠." 노인이 서둘러 쾨베시를 안심시켰다. "그렇지만 지금은 시간이 있는 것 같구려. 우리는 지금 건강을 위해서 산책을 하는 중이오."

이 말을 하면서 그가 개를 힐끗 보았다. 기뻐 날뛰던 개는 이제 흥미를 잃었는지 줄이 팽팽해지도록 어떤 냄새에 이끌려 도로 위를 킁킁거리며 흔적을 찾고 있었다.

"괜찮다면 같이 갑시다. 자, 우리 건물에서 지내시기는 어때요?"

그가 묻자 쾨베시가 부드럽게 웃으며 대답했다.

"정말 좋습니다." 원하는 답을 아는 사람처럼 말했다.

"멋지군!" 노인이 말했다. "베이건드 부인은 바르고 품위 있는 사람이오. 그보다 좋은 집은 구할 수 없었을 거요."

그는 옆에서 힐끗 쾨베시를 쳐다보았다. 쾨베시는 자기를 바라보는 그의 얼굴이, 그 말이 맞다고 하기를 바라는지, 아니면 아니라고 하기를 바라는지 읽을 수 없어, 우선은 입을 다물고 있었다.

"신문 기자라고 들었소만." 노인이 말을 계속했다. "지금은 신문사에서 일하지 않는다는 것도 알고 있소."

쾨베시가 입을 열려고 하자 그가 그것을 막으려는 듯이 빠르고 난호하게 한 손을 올렸다. 다른 손으로는 개를 붙들고 있으려 애쓰고 있었다. 개는 앞에 나타난 작은 산책 공간을 보자

퇴색한 잔디 분리대 쪽으로 뛰어들었다.

"당신이 무능해서는 아닐 거요. 오늘날……."

노인은 어떻게 해도 줄 끝에서 두 다리로 노를 저으며, 온 힘을 다해 뛰어가려 하는 개를 만족시킬 수 없었다. 노인이 몸을 숙이고 줄을 풀어 주었다.

"뛰어. 뛰어가서 하고 싶은 걸 해. 이 말썽꾸러기야!"

그러고는 이미 꺼냈던 말을 계속했다.

"오늘날은……." 생기발랄하고 환하기까지 하던 그의 얼굴이 이제 약간 슬프게 변했다. "직업을 갖기가 쉽지 않소. 예를 들어 나에게 설명할 수 있겠소, 쾨베시 씨?" 그가 갑자기 온몸을 쾨베시 쪽으로 돌렸다. "따져 보면 내가 왜 의장이겠소?"

쾨베시는 느닷없는 질문에 당황했다. 뭐라고 대답해야 할지 몰라 생각나는 대로 답했다.

"확실히 어르신을 신뢰하기 때문이겠지요."

"확실히."

노인이 고개를 끄덕이며 등 뒤로 뒷짐을 지고 산책로의 자갈길을 걸었다.

"나도 다른 이유를 찾을 수 없더군. 그들은 나를 신뢰하지. 그런데도 결국은 다른 사람을 위해 일하더군."

걸어가다가 노인이 팔을 벌렸다.

"사람이란 게 그렇다네. 싸움이 아직 끝나지도 않았는데, 벌써 승리한 쪽에 서는 거야."

노인이 갑자기 걸음을 멈추고 검지를 높이 쳐들었다. 크고 잘 손질된 손톱이 보였다.

"아직은 확실히 승부가 난 게 아니오. 그렇지만 사람들은 무언가를 최종적인 것이라고 여기면 바로 결정을 내리지. 이상한 논리요. 쾨베시 씨, 하지만 나이를 먹고 나니 어떤 일도 놀랍지가 않아."

그가 다시 머리를 흔들며 걸었다. 쾨베시는 그의 옆에서 걸었다. 수수께끼 같은 말이었지만 흥미로웠다. 그가 질문을 하나 생각해서 급하게 몸을 돌렸다. 아직 반도 다 돌지 않아서, 그는 노인이 자기를 보고 있지 않음에도 그 시선이 자기를 향해 있음을 느꼈다. 노인이 선수를 쳤다.

"벌써 건물 관리인에게 갔었다고?"

그가 한껏 덤덤한 목소리로 말했다. 흥분을 감추는 목소리였다.

"갔었습니다." 쾨베시가 말했다.

"그 사람이 나에게도 가 봐야 한다고 하지 않던가?"

노인의 미소에는 늘 보이던 친절함이 생략돼 있었다. 아니, 친절함을 던져 버린 것 같았다. 좋지 않은 기억을 떠올린 사람처럼 그의 입가가 조금 떨렸다.

"아니요. 그러니까……."

쾨베시의 머릿속에 갑자기 얼마 전 베이건드 부인이 의장에 대해 말하면서 이상하게 머뭇거리던 일이 떠올랐다. 돌이켜 생각해 보니, 이유는 알 수 없지만, 관리인의 집을 방문한 것과 관련해서도 마찬가지였다.

"제가 놓친 게 있다면……." 그가 말했다. "용서해 주십시오."

"놓친 거라."

노인은 완연하게 이전의 친절한 냉정함을 되찾았다.

"당신 잘못이 아니야. 자, 봐요."

그가 광장의 중앙을 가리켰다.

"이놈의 장난꾸러기가 또 오락거리를 찾아냈군."

개는 한 소년의 다리 주위를 팔짝거리며 뛰다가, 소년이 던져 준 조약돌을 향해 쏜살같이 뛰어갔다.

"이게 처음은 아니지. 나를 거슬러 이런 일이 저질러진 게."

그가 말을 계속했다. 그들은 벌써 대각선 방향으로 광장을 가로질러 광장의 경계를 넘어서고 있었다.

"의장으로서 물론 못하게 해야 했지. 그런데 쾨베시 씨, 나는 이런 역할에 전혀 적합하지가 않다오."

"자, 자……." 쾨베시가 그에게 말했다. "그 일에 적합하지 않다고 판단했다면 사람들이 어르신을 뽑지도 않았겠죠……."

그는 서서히 노인이 이해되기 시작했고, 그러자 슬며시 웃음이 나왔다. 모든 말을 종합해 보면 별것도 아닌 고민이었다.

"하지만 사실이 그렇다네." 노인이 고집스럽게 말을 이었다.

걸어가면서 그는 슬쩍슬쩍 멀리서 뛰어다니는 개를 근심어린 눈으로 쳐다보았다.

"예를 들어 나는 비밀을 지킬 수가 없어요. 더구나 갖춰야 할 객관성도 없고. 언제나 동정심이나 분노가 끼어들거든. 혼자서 결정하는 것도 잘 못하고, 무능력하지."

그가 팔을 벌렸다.

"예를 들어……." 그가 말을 이으면서 걸음을 늦추고 목소리를 낮췄다. "두 사람이 나를 찾아왔어요. 내가 마음에 들어 하는 누군가에 대해 조사를 하려고 말이지. 난 잘못이라는 걸 알면서도 아무것도 말할 수 없었소. 그래서 결국 첫째, 공식적인 비밀 유지의 필요성을 어겼고 다음으로 내가 지켜보아야 할 사람에게 나를 맡기는 잘못을 저질렀지."

그는 입을 다물었다. 찡그린 이마의 주름과 근심으로 늘어진 얼굴이 그의 개와 희한하게 닮아 보였다.

"쾨베시 씨, 나한테는 아주 어려운 일이오."

그러고는 한숨을 내쉬었다. 쾨베시는 기계적으로, 그러나 공손하게 대답했다.

"양심적인 사람에게는 모든 것이 어렵죠."

노인은 자신에게 던져진 표현을 날쌔게 잡아챘다.

"정확하게 맞는 말이야! 양심과 동정에 관한 얘기지! 나를 찾아온 낯선 두 사람(내 생각에 그들은 건물 관리인에게도 다녀온 것 같았지.)에게 난 전혀 호의를 베풀 수 없었소. 물론 그들에게 협조해야 한다는 건 잘 알고 있었어. 그럼에도 조사 대상이 된 그 사람이 가엾었거든. 자, 자, 바로 그거야. 이 말썽꾸러기야!"

그는 그들을 향해 뛰어오다 다시 다른 방향으로 뛰어가는 개를 향해 몸을 돌렸다.

"그가 자신이 위험에 처해 있다는 것을 안다면, 나도 이렇게까지 걱정하지는 않을 거요." 그는 마지막으로 이렇게 덧붙였다.

"제 생각에 그 사람은 어르신께 감사하게 생각할 겁니다."

쾨베시가 말했다.

그러고 있자니 자신에게 강요된 역할이 지겹게 생각되었다. 하지만 아직 노인과 헤어지기에는 적당한 순간이 아닌 듯했다.

"감사라!" 노인이 불쑥 하늘을 향해 두 손을 들어 올렸다. "당신은 내가 다른 사람들을 위해서 무슨 일을 했는지 알아요? 칭찬을 받으려고 한 일이 아니야. 내가 편하게 자려고 한 일이지."

"모두 어르신의 신망 덕분이겠지요."

쾨베시가 말을 맺으려는 듯 그를 향해 미소를 지었다. 그가 걸음을 멈추자 노인도 따라 멈추었다. 그의 손이 악수를 하려고 노인의 손에 가까이 갔을 때 노인이 무언가를 떠올린 듯한 표정을 지었다.

"그 두 사람이 궁금해하는 게 뭐였더라?"

미소는 아직 남아 있었지만, 건망증 때문에 잊은 것을 생각해 내려는 듯한 멍한 표정이 그의 얼굴에 나타났다.

"일반적인 것이었는데." 노인이 어깨를 으쓱했다. "그가 언제 이 집에 왔는지, 찾아온 사람은 없는지, 직업은 있는지, 새 일자리를 찾았는지 등을 묻더라고."

노인은 다시 걸음을 옮기려고 했으나 쾨베시는 움직이지 않고 그대로 서 있었다.

"세관원이었나요?" 쾨베시는 분명히 더듬거리는 목소리로 물었다.

"쾨베시 씨, 무슨 말을 하는지 모르겠구먼."

노인은 그 자리에 선 쾨베시를 돌아보지도 않고 계속해서 걸음을 옮겼다. 그의 대답을 들으려면 쾨베시가 그를 따라가야 했다.

"세관원? ……제복을 입지는 않았더군. 세관원이 왜 그런 일을 하는지 모르겠네. 허허, 이런, 내가 또 속을 보였구먼." 그는 쾨베시를 비난하듯 쳐다보았다. "우리는 이미 해서는 안 되는 일에 대해 말하고 있소. 세관원들이 어쩌다 이곳에 왔는지, 또 우리는 왜 법을 집행하는 기구인 그들을 불신의 눈으로, 더 나쁘게는 두려움의 눈으로 바라보는지 말이야."

"알겠습니다." 쾨베시가 입을 열었다. "감사합니다, 의장님."

"무슨 말을 하는 거요?" 노인이 눈에 띌 정도로 화들짝 놀라며 말했다. "난 아무 말도 안 했소. 갈 길이 바쁜 걸 아니 당신을 막지는 않겠소. 우리는 여기 좀 더 있을 거요. 이리 와라, 장난꾸러기!"

노인은 개를 불렀고, 그를 순식간에 잊었거나, 아니면 그에게 화가 난 듯이 손도 내밀지 않았다.

남쪽 바다: 특별한 지인

일요일이었기 때문인지 일찍 온 것 같은데도 남쪽 바다는 빈자리 하나 없이 꽉 차 있었다. 하시반 시클러이는 난박에 눈에 들어왔다. 대단히 놀랍게도 그는 수염이 허옇게 센, 제복 차림의 남자와 함께 앉아 있었다. 군인 복장도, 경찰 복장도 아니었다. 쾨베시가 알기로는 세관원의 제복과도 전혀 비슷한 데가 없었다. 그렇다면, 아무리 머리를 짜 봐도 그런 제복을 입을 사람은 철도 기관사나 소방관뿐이었다. 혼자서 추측을 해 봐야 더 이상 알아낼 수가 없어서 탁자 곁으로 가까이 가니, 시클러이가 그를 알아보지 못하는 척했다. 그는 탁자 밑으로 손을 힘차게 흔들어서 쾨베시에게 인사도 하지 말고, 자리에 앉지도 말라는 신호를 보냈다. 늘 그렇듯이 식당 안엔 소음과 연기가 가득했다. '왕관 없는'의 탁자에 사람들이 모여서 즐거워하고 있었다. 쾨베시는 지나가면서, 단골손님들 사이로 가볍게 고개를 끄덕였다. '왕관 없는'은 다리를 쩍 벌리고, 불룩한 배 위에 걸친 조끼의 단추를 푼 채 껄껄거리고 있었다. 정말 재미있는 농담이나 즐거운 이야기를 하고 있는 것처럼 보였다. 그는 쾨베시에게 신뢰를 담은 목소리로 상냥하게 인사를 건넸다.

"안녕하시오, 기자 양반!"

멀리 떨어진 탁자에는 몸에 꽉 끼는 옛날 옷을 입고, 우스꽝스러운 넥타이를 휘날리면서, 어제까지도 말쑥하던 턱에 가짜 수염을 붙인 펌프맨이 앉아 있었다. 극장에서 공연을 하다가 막간의 휴식 시간에 음료수를 마시러 무대 의상을 입은 채로 들른 것 같았다. '생각하는 창녀'에게 무언가 중요한 말을 하고 있는 것 같기도 했다. 그녀는 손으로 턱을 받치고 냉정한 얼굴로 그의 이야기를 듣고 있었다. 그녀의 시선은 멍하니 어딘가를 쳐다보고 있었다. 초월적인 공간을 보는 중이거나 아무 곳도 안 보고 있을 터였다. 그녀의 앞에는 이미 다 마신 팔링커[46] 잔 세 개가 놓여 있었다. 뒤쪽에는 시끄럽게 떠드는 무리가 있었다. 늘 악사들이 앉는 곳인데, 쾨베시가 시클러이에게서 오래전에 들은 바로는 밤이면 악사들은 각자 연주하는 술집으로 흩어진다고 했다. 쾨베시는 그때 그들 가운데에서 키가 큰 사람, 점이 찍힌 나비넥타이 위에 달빛처럼 넓적한 얼굴을 보았다. 아는 사람이었다. 술집 피아니스트였다. 그도 쾨베시를 알아보았다. 그가 인사를 하려고 기쁘게 일어섰고 쾨베시도 시클러이를 잠깐 혼자 있게 했다.

"그래." 술집 피아니스트가, 쾨베시가 내민 손을 그의 크고 따뜻한 손바닥으로 감싸쥐어서 안 보이게 하며 물었다. "벌써 찾았어?"

"뭘?"

그는 피아니스트가 무슨 이야기를 듣고 싶어 하는지 바로 알아듣지 못했다.

"뭘 찾고 있다고 했잖아."

"그래, 그랬지." 쾨베시가 말했다.

무슨 말을 했었는지는 자기보다 피아니스트가 더 잘 아는 것 같았다.

"아직 못 찾았어."

피아니스트는 이유도 묻지 않고 만족한 얼굴을 했다. 아직

---

46) 헝가리의 유명한 독주로 배, 체리, 복숭아를 넣은 다양한 제품이 유통된다. 이웃한 다른 나라에서도 비슷한 브랜디를 만든다.

적의 수중에 들어가지 않아서 다행이라 여기는 것 같았다.

"피아니스트 피치를 알아?" 쾨베시가 자기 탁자로 돌아와 앉자 시클러이가 물었다.

쾨베시는 시클러이에게 이 새로운 이야기를 즐겁게 들려줄 수 있었다. 벤치에서 피아니스트를 만났던 일과 그가 가진 두려움에 대해서.

"두려워하다니 무슨 말이야? 저 친구가?"

시클러이의 얼굴에 넓게 퍼져 있던 미소가 사라지더니 심각한 표정이 뒤덮었다.

"왜?" 시클러이가 깜짝 놀라자 쾨베시가 당황해서 물었다. "못 믿겠어?"

그러자 시클러이가 이렇게 말했다.

"넌? 빛의 도시에서 피아노 치는 저 사람이 누구라고 생각하는 거야?"

"글쎄." 쾨베시가 대답했다.

그러자 시클러이는 이렇게 말했다.

"자, 보라고!" 그는 쾨베시의 뒤엉킨 생각의 세계를 정리시키는 선생님처럼 우쭐해서 말했다.

'분노실'(식당 제일 끝 쪽에 문이 있는, 천장이 낮고 창문이 없는, 음산한 불빛으로 밝힌 홀을 부르는 이름이었다.)에서는 목소리가 벽에 부딪쳐 울리는 소란 속에서 카드놀이가 진행되고 있었다. 탁자 사이로 날씬하며 하얀 관자놀이를 드러낸, 입술 주위로 사교적인 미소를 무심하게 짓고 있는 '수면 마취제' 언드레 아저씨가 지나다녔다. 그는 여기저기에서 잠깐 멈추어 카드를 보았다. 쾨베시는 나갔다가 나중에 다시 올까 곰곰이 생각했다. 그런데 바로 그 순간 그의 앞으로 급히 다가온 얼리즈가 그의 운명을 결정하고 말았다.

"이리 오세요. 내 애인 옆에 앉게 해 드릴게요."

그러더니 모퉁이에 놓인 탁자 쪽으로 걸어갔다. 원래는 종업원들이 앉아 쉬는 탁자로, 냄비와 컵, 식기들이 쌓여 있었다. 얼리즈가 그곳에서 테이블보를 꺼냈다. 접시가 수북이 쌓여 있는 그 탁자 옆에 자는 듯이, 머리를 숙인, 체격이 당당한 남자가 앉아 있었다. 보이는 것은 머리가 벗겨진 정수리뿐이었다. 쾨베시와 몇 걸음 떨어져 오던 얼리즈가 그 남자 앞에 멈춰 서더니 탁자 위로 몸을 숙이면서 조용히 물었다. 하지만 쾨베시도 그녀의 말을 똑똑히 들을 수 있었다.

"생각 중이야?"

이 말을 듣자 남자가 천천히 얼리즈를 향해 얼굴을, 꿈을 꾸는 듯 무거운 눈빛을 들어 올렸다. 그 눈빛이 아니었다면 애처로움 속에서도 비난하고 말없이 참아 내면서도 분노하는, 전체적으로는 장애가 있어 보였을 얼굴이었다. 쾨베시는 멀리서지만, 그의 살찐 계란형 얼굴을 남쪽 바다에서 여러 번 보았다. 쾌활하다기보다는 상냥하고 친절해 보이는 인상이었다.

"기자 양반을 여기 앉게 하려고요." 얼리즈가 말했다. "방해하지 않을 거예요."

쾨베시는 여자의 목소리에 놀랐다. 낯선 사람과 말할 때, 예를 들어 자기와 말할 때는 언제나 거리낌이 없었는데, '자기

애인'과 이야기할 때는 모든 용기를 잃어버린 듯 부드러웠던 것이다. 게다가 얼리즈가 속삭이며 그에게 한 부탁은 더욱더 놀라웠다.

"좀 재미있게 해 주세요."

마치 그를 믿고 중환자를 맡기는 것 같았다. 쾨베시가 자리에 앉으면서 자신의 이름을 말했다. 이 순간 딱히 재미있는 게 떠오르지 않았기 때문이기도 했다. 그러자 남자도 오페라 가수처럼 높고 쩌렁쩌렁한 목소리로 이름을 말했다.

"베르그입니다!"

짧고 건조하면서도 노래를 부르는 듯한 어조였다. 쾨베시도 잘 아는 이름이었다. 남쪽 바다의 단골손님들 사이에서 그 이름은 대체로 거부감과 함께 언급되었고, 얼리즈에 대해서는 동정심을 드러내는 것이 공통의 분위기였다.

"오늘은 저녁 식사로 뭘 먹을 수 있죠?"

그가 급한 명령에 따르듯이 평소보다 더 가까운 척, 농담하듯 미소를 지으며 얼리즈 쪽으로 몸을 돌렸다. 여자도 즉시 그 장난에 장단을 맞추는 것처럼 보였다.

"차가운 요리요." 그녀가 말했다.

"뭔데요?" 쾨베시가 궁금해했다.

"양파를 얹은 기름 바른 빵이에요." 얼리즈가 대답했다.

그러고는 베르그를 향해 돌아섰다. 그는 전혀 즐거워 보이지도, 그들의 농담을 듣고 있는 것 같지도 않았다. 벌써 다시 조는 듯이 머리를 숙이고 있는데 그에게, 얼리즈가 아까보다 더 조용하게, 하지만 이미 약간 겁먹은 목소리로 물었다.

"미뇽[47] 먹을래요?"

베르그가 게으르고 불평 섞인 눈으로 쳐다보았다.

"두 개!"

그 말을 듣고 여자가 자리를 뜨자, 베르그는 처음으로 산만하지만, 그럼에도 어쩐지 난처하게 만드는 시선이 자기를 보고 있다고 느꼈는지 쾨베시 쪽으로 몸을 돌려 한마디 했다.

"내가 단것을 좋아하거든요!"

우렁차면서도 사무적인 목소리였는데, 쾨베시는 어쩐지 사과의 말을 들은 느낌이었다.

"나도 싫어하지 않습니다." 그가 되는대로 빠르게 말했다.

당연히 멍청한 말이었다. 그도 얼리즈의 이해할 수 없는 불안함에 전염된 느낌이었다.

그러나 베르그는 이 말 덕분에 그에게 약간의 관심을 가지게 된 듯 보였다.

"신문 기자라고요?" 그가 물었다.

"예." 쾨베시가 말했다. "하지만 해고됐어요."

그는 어떤 오해도 사고 싶지 않아서, 재빨리 덧붙였다.

"그래요. 무슨 이유로요?" 베르그가 한마디 했다.

이 질문에 쾨베시는 빙긋 웃었다.

"그걸 알 수 있을까요?"

"알 수 있죠." 베르그가 목소리를 높여 단정적으로 말했다.

이곳에서는 별로 들어 보지 못한 대답에 놀란 쾨베시가 짐

---

47) 크림을 채워 부드럽게 만든 초콜릿의 일종.

짓 태연한 척 어깨를 으쓱하며 말했다.

"나보다 당신이 더 잘 아는 것 같군요. 난 정말 모르겠는데 말입니다."

"어떻게 모를 수 있습니까?" 항변에 자극을 받은 듯이 베르그가 말했다. "모두가 알고 있잖습니까. 그저 놀라는 척할 뿐이죠."

갑자기 쾨베시의 머릿속에 오래된 기억이 떠올랐다. 여기에서 누군가에게 이와 비슷한 말을 들은 적이 있는 것 같았다.

얼리즈가 돌아와 잠시 대화가 끊어졌다. 그녀는 베르그 앞에 미농을 내려놓고, 쾨베시에게는 잘게 다진 고기 요리를 주었다. 감자와 오이와 다진 고기가 들어간 두 개의 넓적한 부침이었다. 얼리즈는 분명 쾨베시가 비싸지 않은 이 요리로 배를 채울 거라고 생각했으리라. 그녀에게 감사의 미소를 지어 보이지 않은 것은 아니지만, 쾨베시는 어서 자기들끼리만 있고 싶었다.

"혹시 당신도 해고됐나요?" 그가 물었다.

베르그에 대해서 이런 이야기를 들은 것 같은 기억이 갑자기 떠올랐기 때문이다. 물론 정확한 기억은 아니었다. 남쪽 바다에서는 모든 사람에 대해서 모든 것을 알거나, 어느 누구에 대해서도 전혀 알지 못한다는 사실을 쾨베시는 서서히 깨달아 가는 중이었다.

하지만 베르그의 표정엔 정확하게 설명하고자 하는 의지가 담겨 있었다.

"그렇게 말할 수도 있죠." 그가 대답으로 한 말은 이것이 전부였다.

그는 분홍색 미농의 윗부분을 베어 물고 과자가 있는 아랫부분은 다시 접시 위에 내려놓았다.

“그럼.” 이렇게 하는 건 그의 방식이 아니었지만 어쨌거나 쾨베시도 지금은 물러서고 싶지 않았다. “그럼 당신은 그 이유를 아십니까?”

“어떻게 모르겠습니까?”

베르그가 차갑고 단호하게 말하면서, 쾨베시가 이해하지 못하는 것을 참을 수 없다는 듯이 눈썹을 살짝 위로 치켜떴다.

“내가 적합하지 않다고 생각했겠죠.”

“무엇에요?” 쾨베시가 저녁 식사를 시작하려다가 물었다.

“내가 선택한 일에요.”

이 말을 하면서 베르그는 초콜릿색의 두 번째 미농을 베어 물었다. 물론 그 속에는 초콜릿이 아니라 그와 비슷해 보이는 덩어리가 들어 있을 것이다.

“당신이 선택한 일이 뭔데요?”

스스로도 놀랄 정도로 망설임 없이 쾨베시는 베르그의 이상한 말투를 따라 하는 것처럼 보였다.

“나에게 적합한 일이죠.” 앞서처럼 당연하다는 듯한 대답이 들렸다.

“그렇지만…….” 쾨베시가 계속 다그쳐 물었다. “무슨 일에 적합한데요?”

“봅시다.”

베르그는 곰곰이 생각하는 듯한 표정을 지었지만 쾨베시를 쳐다보지는 않았다. 그와 이야기를 하는 게 아니라 자기 자신과 대화하는 것 같았다.

"이게 문제입니다. 아마도 모든 일에 적합할 겁니다. 더 정확하게 말하면 무슨 일에나 적합하다는 말이죠. 아무래도 상관없습니다. 추측건대 나는 그것을 시도해 보기가 두려웠던 것 같습니다."

현실로 돌아온 듯 베르그가 탁자 위에서 뭔가를 찾는 눈빛으로 두리번거리다가 냅킨을 한 장 들고 손가락에 묻은 미농의 끈적거리는 크림을 닦아 냈다.

"하지만 이제는 절대 알 수 없습니다." 그가 말을 이었다. "나는 결정의 영역에서 벗어났거든요."

"어떻게요?" 쾨베시가 물었다.

"그러니까……." 베르그가 말했다. "내가 그 사실을 알게 되었고, 그 사실도 나를 알게 되었기 때문이죠."

덜그럭거리는 소리가 커졌다. 얼리즈가 그들의 탁자 위에 쌓인 접시와 식기 몇 개를 가지고 갔다. 여자가 그릇을 만질 때 나는 소리가 육체적인 고통을 준 듯 베르그가 눈을 감았다. 쾨베시는 그 틈을 이용하여 얼리즈에게 맥주를 한 잔 주문했다. 그녀가 탁자 위로 몸을 숙이고, 귀먹은 사람에게 말하듯 베르그에게 또박또박 천천히 물었다.

"목마르지 않아요?"

베르그는 아니라는 의미로 머리를 흔들었다. 여전히 눈을 감고는 아주 고통스러운 듯이. 동시에 어린아이처럼 애타게 청하는 얼굴로 손가락 두 개를 높이 들었다. 얼리즈가 잠깐 머뭇거렸다.

"너무 많지 않아요?"

그러자 베르그가 가운뎃손가락을 아래로 구부렸다. 그렇게 검지 하나만이 공중에 솟아서 간청을 계속했다.

"좋아요." 여자가 잠시 고민한 다음 말했다. "하지만 더 이상은 안 돼요. 당신 위장이 다 망가졌어요."

그녀가 휙 사라졌다. 쾨베시는 항의하기 위해 조금도 기다리지 않고 이렇게 말을 꺼냈다.

"아주 재미나게 들리는군요. 하지만 저는 전혀 이해하지 못하겠습니다."

"뭐라고요?" 베르그가 눈을 떴다. 조금 전에 하던 얘기를 완전히 잊은 듯이 보였다.

"당신은 어떻게." 쾨베시는 참을 수가 없었다. "그 사실을 알게 되었나요?"

"내가 그렇게 말했습니까?" 베르그가 물었다.

"그렇게 말했습니다." 쾨베시가 옛날이야기의 결말을 마저 듣고 싶어 하는 아이처럼 그를 재촉했다.

"그만큼만 해 둡시다." 베르그가 웃으며 이렇게 말했다.

미소가 자기 말을 부드럽게 해 주기를 바라는 것 같았다.

"나는 그저 쓴맛을 본 사람 중 하나일 뿐이오."

쾨베시의 조급함이 서서히 분노로 변하기 시작했다.

"모르겠군요. 당신이 지금 누구에 대해 말하는 건지 모르겠어요."

"그건 중요하지 않아요." 베르그가 말했다. "중요한 건 누구에 대해 말하느냐가 아니라 무엇에 대해 말하느냐입니다."

"그럼." 쾨베시가 관심을 보였다. "무엇에 대해 말하는 건가요?"

"이 모든 것이 완수된다는 것."

베르그가 미소를 지었다. 이 미소는 쾨베시를 혼란에 빠뜨렸다. 수수께끼 같고 이해할 수 없는 대화가 그의 마지막 남은 예의도 걷어 갔다. 그는 분노를 터뜨리며 공격적으로 말했다.

"그가 실제로 그렇게 말했을 수도 있겠죠. 하지만 죄송스럽게도 당신은 여기 편안한 카페 의자에 앉아서 쓴 것이 아니라 미농을 먹고 있습니다. 그것도 내가 보기에는 아주 맛있게 말이죠."

쾨베시가 화를 내도 베르그는 전혀 당황하지 않았다.

"나를 원망하지 마십시오." 그가 달래듯이 말했다. "아마도 그들이 나를 잊은 모양입니다."

"도대체 누구를 말하는 거죠?"

쾨베시가 다시 자제심을 회복했다. 분노의 자리에는 무언가 조용한 진저리만이 남아 있었다. 하지만 이 진저리는 어떻게든 자신을 드러내고 싶어 안달했다. 그의 질문에 이어진 것은 침묵뿐이었다. 쾨베시는 이제 답을 듣는 것을 포기했다. 그는 천천히 저녁 식사를 마쳤고, 주문한 맥주가 오기를 기다렸다. 그때 갑자기 베르그가 테너 가수처럼 우렁찬 목소리로 이야기를 시작했다. 고개를 숙이고 있어서 쾨베시는 그의 얼굴을 볼 수 없었다.

"저기 저 방 안에서……." 그가 말했다. "그들은 때때로 명단을 살펴보죠. 그러다가 내 이름에 이르면 누군가가 소리를 질러요. B로 시작되니 아주 금방이잖아요. '이 인간이 아직도 살아 있어? 어서 처치해 버려!' 그러면 옆에 있던 사람이 손을 저으면서 이렇게 말합니다. '뭐하러 그래? 저절로 뒈질 텐데!'"

이렇게 말하고 그가 고개를 번쩍 들었다. 그러나 그는 쾨베시 대신, 얼리즈가 앞에 내려놓은 작은 접시를 쳐다보았다. 이번에는 하얀색 미농이 그 위에 놓여 있었다. 쾨베시도 맥주를 받았고, 받자마자 죽 들이켰다. 술기운이 벌써 머리까지 오른 것인지, 그의 의도와 반대로 마음속에서 무르익은 질문이 터져 나오려고 했다. 그는 미소를 지으며 놀이를 하는 사람처럼 질문을 꺼냈다.

"그렇다면 저 방에선 나에 대해 어떤 결정을 내릴 것 같은가요?"

"알다시피, 사람들은 그런 실수를 많이 하죠."

베르그도 미소를 지었다. 이제 그에게서는 이상한 분위기가 전부 사라져 있었다. 어쩌면 쾨베시가 그의 이상한 분위기에 익숙해진 것인지도 몰랐다. 갑자기 환상처럼 이상한 느낌이 그를 사로잡더니, 베르그도 외국인이고, 그보다 나이가 많은 동향 사람인데, 오래전에 이리로 들어오게 되었고, 그래서 그보다 많은 정보를 가지고 있는 것 같은 느낌이 들었다.

"결정은……." 베르그가 계속해서 말했다. "당신 자신이 내려야 하오. 여기서는 결정의 기회만을 허락하죠. 그런 다음에야 저 방에서 당신의 결정을 알게 되는 거요."

"당신은……." 베르그가 그의 눈앞에 던진 그림은 도저히 믿을 수 없는 것이었다. 어쩌면 그가 상상 속에서 만들어 낸 것이었을지도 모른다. "당신은 그런 방이 존재한다고 생각하는 거요?"

"물론 실제로는 존재하지 않을 수도 있죠."

베르그가 멍하니 어깨를 으쓱했다.

"그러나 가능성은 있어요. 또 두려움도 있죠, 혹시 가능성이 없는 게 아닐까 하는. 게다가 실제로 가능성이 존재하는지 아닌지도 불분명해요. 이 정도면 충분하죠."

"어디에 충분하다는 거죠?" 쾨베시가 물었다.

"각자의 인생을 채우기에 충분합니다."

그러나 쾨베시는 그 대답에 만족하지 못했다.

"저한테는……." 그가 말했다. "충분하지 않습니다."

그는 잠깐 말을 멈추었다가 조용히, 그리고 곰곰이 생각하면서 혼란스러운 표정이 담긴 얼굴을 베르그에게 돌리면서 이렇게 말했다.

"이곳에 어떤 계획이 있을 거라고는 생각하지 않습니다."

"바로 이 안에 계획적인 것이 들어 있소."

베르그가 쾨베시의 의심에 마음이 상한 듯, 얼굴을 약간 떨며 곧바로 대답했다.

쾨베시는 쉽게 설득당하지 않으리라고 마음먹었다.

"그러니까……." 그가 물었다. "내가 계획을 찾아내지 못한 건가요, 아니면 계획이 없는 건가요?"

그러자 베르그가 대답했다.

"둘 다요."

더욱 불만족스러운 대답이었다.

"이건 그냥 추측이오. 빈말이지, 확실한 건 아무것도 없소. 그 안에는 뭔가가 부족해요……." 쾨베시는 적당한 말을 찾았다. "그래요. 그 안에는 삶이 빠져 있어요."

"삶?" 이번에는 베르그가 놀란 것 같았다.

"그게 뭡니까?" 그가 물었다.

그러자 쾨베시가 솔직하면서도 조용하게 고백했다.

"모릅니다." 하지만 곧 이렇게 덧붙였다. "우리가 살고 있다는 그 정도겠죠."

그때 시선을 돌리다가, 쾨베시는 제복을 입은 남자가 시클러이와 헤어지는 것을 보았다. 시클러이는 두리번거리며 쾨베시를 찾고 있었다. 쾨베시가 탁자에서 벌떡 일어났다.

"또 봅시다!"

베르그가 말없이 고개를 끄덕였다. 그는 쾨베시를 붙잡을 생각이 전혀 없어 보였다. 쾨베시는 시클러이에게로 서둘러 갔고 친구의 얼굴에서 웃음이 터져 나오는 것을 편안하고 따뜻하게 쳐다보았다.

"소방청에 들어가기로 했어!" 그가 새로운 소식을 전했다.

"뭐, 뭐라고?" 쾨베시도 웃었다.

시클러이의 설명에 따르면 방금 전에 만나 '협상한' '작자'는 시클러이가 오래전부터 알고 지내던 소방청의 부대장이라고 했다.

"신문사에 있을 때 내가 그 사람을 몇 번 도와줬거든." 그가 말했다.

"지금은 이미……." 시클러이가 계속해서 말했다. "소방관들도 자기들의 일이 정말로 고되고 어려운 일이라는 걸, 그리고 영웅적인 소명이 있어야 하는 일이라는 걸 깨닫고 있어. 하지만 많은 사람들이 이런 생각을 하지 않는 데다, 실제로는 소방관들 자신도 이 일이 얼마나 중요한지 알지 못하지. 자기가 무슨 일을 하는지도 모르고 그저 불이나 끄러 다니는 소방관도 많아. 그러니 한마디로 말해서, 어떤 글자, 단어, 정신적인 운동으로 자기들이 하는 일에 대해 자긍심을 갖도록, 다른 사람들도 그들에게 공공의 자긍심을 느끼게 하도록 각성시켜야 한다는 거야. 게다가 이런 일에 적합한 전문가를 찾으면 상당한 돈도 지급할 수 있대."

"그래서 네가 그런 전문가가 되는 거야?" 쾨베시가 궁금해했다.

"나 말고 누가 있겠어?" 시클러이가 웃었다. "나야말로 적임자지. 그자의 말로는, 소방과장 자리를 주겠대. 그런데 공식적인 행사나 특별한 일이 있을 때에는 예외 없이 제복을 입어야 한다는군."

"내 생각엔……." 시클러이가 곰곰이 생각하더니 말했다. "이 자리를 받아들여야 할 것 같아."

"왜?" 쾨베시가 물었다.

"이미 해고됐으니, 다른 기회가 없잖아." 시클러이가 설명했다. "이해하지 못하겠어?"

그의 눈길에 쾨베시가 속마음을 털어놓았다.

"완전히 이해하지는 못하지."

"그럼 꺼지든가!"

시클러이가 화를 냈다.

"광고를 하려면 돈이 어마어마하게 필요해. 광고를 한다고 꼭 일자리를 얻는다는 보장도 없고. 그럼 그때 가서 어떻게 하겠어?"

"아하."

쾨베시가 한 말은 이게 전부였다.

"생각해 봐!" 마침내 시클러이도 마음을 진정했는지 이렇게 말했다. "이젠 너만 일자리를 찾으면 돼."

"나, 내일 취직할 거야." 쾨베시가 말하자 시클러이가 놀라서 말했다. "어디에?"

"어디든." 그 말에 이어 쾨베시는 두 사람이 자신의 뒤를 캐고 다닌다는 말을 했다. "세관원이래."

이 말을 덧붙이자 시클러이가 머리를 긁적거렸다.

"아, 그래!" 그는 얼굴을 찡그리며 이렇게 말했다. "우리 잘 생각해 보자."

"생각해 봐야 뾰족한 수가 없지."

지금으로서는 그렇다는 것을, 시클러이도 이해했다.

"내가 두려운 건……." 그가 두려워하며 말했다. "내 마음 깊은 곳까지 들어왔던 네가 사라질지도 모른다는 거야."

쾨베시가 그의 말에 수긍하듯 미소를 짓자 시클러이가 두려움을 확신하며 소리를 질렀다.

"코미디극은 어떻게 되는 거야?"

쾨베시의 얼굴에서는 어떤 만족스러운 답도 찾을 수 없었다.

"나는 너를 잊지 않아. 조만간 내가 너한테 어울리는 일을 찾아 줄게." 그는 흥분해서 서둘러 확언했다.

쾨베시는 고맙다고 했고, '무슨 일이 있으면' 여기 남쪽 바다에서 다시 만나자고 했다. 그 후 쾨베시가 내일은 일찍 일어나고 싶다고 말하고 헤어졌다. 얼리즈에게 저녁 값을 계산하고는 출구로 가려던 쾨베시가 갑자기 멈추어 섰다. 그 순간 회전문이 돌면서, 그 안에서 피아니스트 피치가 걸어 나와, 크고 과장된 몸짓으로 쾨베시에게 인사를 건넸던 것이다.

"오늘은……." 쾨베시가 인사에 답하고 물었다. "어느 벤치에서 밤을 보낼 생각이야?"

"어느 벤치에도 가지 않을 거야." 피아니스트가 말했다.

그는 평소보다 단정치 않아 보였다. 얼굴에는 기름기가 흘렀고, 물방울무늬 나비넥타이도 매고 있지 않았으며, 시큼한 술 냄새도 풍겼다.

"이제는 그들이 너를 데려갈까 봐 두렵지 않아?"

"그럴 리가 있나." 음악가가 대답했다. "하지만 관절염에 걸릴까 봐 그게 더 걱정이야!"

그러고는 입을 크게 벌리고 한참 동안 자기가 한 농담에 크게 웃었다. 이건 농담일 뿐 진정으로 하는 말이 아니란 듯. 하지만 앞으로도 그가 밖에서 자는 일을 그만둘 것 같지는 않았다. 쾨베시의 눈에 피아니스트의 이 사이에 벌어진 빈 틈새가 들어왔다. 함께 하룻밤을 보내고도 이제야 알아보다니 참 빨리도 알아챘구나 하는 생각이 들었다.

5장

아침의 막간극

쾨베시가 서둘러 나오며 현관문을 닫은 어느 아침,(사실 아침이라기보다는 새벽 어스름에 가까웠다. 쾨베시는 요사이 철강 공장에서 일하고 있었고, 공장이 멀어서 집에서 나와야 하는 시간보다 항상 일찍 출발했다.) 다른 날 이 시간이면 더없이 조용하던 층계참에서 익숙하지 않은 소음이 들리다가 갑자기 그쳤다. 그러고는 폭탄이 터지는 듯 날카롭고 요란한 소리가 나며 벽이 흔들렸다. 개가 별뜻 없이 짖어 댔다. 그 소리는 계단을 통해 울리면서 점차 참을 수 없을 만큼 증폭되었다. 쾨베시가 사는 집의 위층 층계참에서 흰머리에 뒤덮인, 혈색 좋은 구릿빛 얼굴이 나타났다. 처음 그 얼굴을 봤을 때의 느낌은(계속해서 서둘러야 하는 상황이 그를 서서히 주변에 무감각해지게 만들었고, 우연히 일어난 모든 일을 자연스러운 일이 아닌, 방해물로만 보게 했다.) 짜증과 번거로움이었다. 빠듯한 시간을 쓸데없는 예의를 차리느라 허비해야 했다. 그럼에도 노인의 옷차림을 보자 웃음이 났다. 닫혀 있는 층계참이 후끈한 걸로 보아 낮에는 해가 쨍쨍 나는 더운 날씨가 예상되는데도 노인은 끈 달린 무거운 단화에 두꺼운 양털 양말, 그리고 무릎까지 오는 승마 바지를 입고 방풍용 재킷을 입고 있었다. 커다란 배낭이 어깨를 누르고 있었고, 한 손에는 무거운 여행 가방을 들고, 다른 손으로는 개를 가슴에 꼭 껴안고 있었다. 쾨베시를 보자 닥스훈트가 반갑다며 짖어 댔고, 개의 기쁨을 전달하는 꼬리가 세찬 비처럼 방풍용 재킷 위를 탁탁 두들겼다. 쾨베시의 혀끝에서 뭔가 급한 인사말이 막 튀어나오려고 하는 순간 낯선 남자 두 사람이 그의 시야에 들어왔다. 그들은 노인의 뒤에서 걷고 있었는데, 둘 다 젊고 손에 가방을 하나씩 들고 있었다. 그들의 것이 아니라 분명 노인의 가방이었다.(여행 가방 종류였고, 색은 바랬으나 알록달록한 그림이 눈에 띄었는데, 그중 하나에는 거품이 이는 바다와 수영장이 있는 호텔의 테라스 그림이 있었다.) 분명 그들은 하나의 팀이 되어 노인을 돕고 있었다. 그들의 제복과 허리에 찬 총을 보지 못했다면, 쾨베시는 그 두 사람을 노인의 짐을 옮겨 주는 사람쯤으로 여겼을 것이다.

그는 아무것도 못 본 것처럼, 아니면 자신의 감정을 어떤 형태로든 표현하기 위해서, 옳지 않다는 듯이 머리를 흔들며 그들보다 먼저 계단을 내려가려고 서둘렀다. 그러나 그러기에는 이미 늦은 상황이었다. 그렇다고 다시 집으로 돌아갈 수도 없었다. 가야 한다는 생각이 머리를 스쳤지만, 쾨베시는 그것이 어떤 의미에서는(이보다 적당한 말이 갑자기 떠오르지 않았다.) 무례한 행동이라고 느꼈다. 게다가 놀라움이 온몸을 마비시키는 작용을 했는지 원래 있던 자리에서 그는 꼼짝도 하지 못하고 그대로 멈춰 섰다.

노인은 처음에는 아무 말도 하지 않고 쾨베시 옆을 지나가려 했던 것 같다.(그랬다면 제일 좋았을 것이다. 그랬다면 쾨베시는 그들이 지나간 후 약간의 시간을 보낸 뒤에 바로 서둘렀을 것이다. 다시 말해 정신없이 문을 향해 뛰어나가, 전차를 향해 뛰었을 것이다.) 그러나 노인이 순간 갑자기 멈추어 섰다. 어찌 보면 설명을 하려는 것 같기도 했고 어찌 보면 어느 정도(물론 쾨베시의 눈에만 그렇게 보였을 수도 있다.) 변명을 하려는 것 같기도 했다. 그와 동시에 쾨베시가 자신에게 일어난 일을 목격한 증인이 되기를 원했을 수도 있다. 그는 다른 때보다 무뚝뚝한 톤으로 침울하게 말했다.

"이렇게 되었다오, 쾨베시 씨."

쾨베시는 뭔가를 묻고 싶었다. 하지만 무엇을 물어야 할지 생각이 나지 않았다. 이곳은 이미 질문을 하기에 적합한 장소가 아니었다. 엉뚱한 소리로 들리지 않는다면 노인에게 행운을 기원하는 말 정도를 할 수 있을 것 같았다. 대신 세관원이 먼저 침묵을 깼다. 정확하게 알아듣진 못했지만 노인에게 여기서 '늑장 부리지' 말고 '계속 움직이라'고 말한 것은 분명했다. 그가 아무것도 들지 않은 한쪽 손을 들어 올렸을 때는 혹시 노인을 때리는 걸 물끄러미 지켜보는 무능한 목격자가 되는 게 아닐까 싶어 질겁하기까지 했다. 쾨베시가 느끼기에 그가 이 상황에서 할 수 있는 일은 없었다.

그러나 아무 일도 일어나지 않았다. 노인은 자신의 무방비 상태에 숨은 힘을 의식한 듯 흔들리지 않고 말을 이어 갔다.

"다행히도 개를 데리고 가도 좋다는군."

그러면서 이 정도 허락도 대단한 은총이며, 심지어 그에 대해 감사해야 한다고 생각하는 사람처럼 씁쓸하게 웃었다. 자기 이야기임을 아는지 개가 노인의 팔에서 벗어나 땅으로, 쾨베시의 발로 내려오려고 몸부림 쳤다. 세관원은 초조해 보였는데 아마도 개 짖는 소리에 사람들이 집 밖으로 나올까 봐 염려하는 것 같았다. 게다가 그들은 규정에 맞지 않게 하인처럼 노인의 여행 가방을 아래로 내려다 주고 있었다. 아마도 서둘러야 했기 때문일 것이다. 그들이 전날 밤 무엇을 했으며 또 아직도 얼마나 많은 일을 해야 하는지, 또 그들을 서두르게 만드는 사람이 누구인지 어찌 알겠는가. 두 번째 세관원이 쾨베시가 나타나서 일이 지체되고 자꾸만 속도가 떨어지는 것처럼 보이자 화가 나는지 노인에게 말을 하지 말라고 경고했다. 첫 번째 세관원이 그 말에 힘을 실어 주려는 듯 쾨베시를 향해 돌아섰다.

"누구십니까?"

쾨베시는 약간 움찔했다. 갑자기 불안한 느낌이 밀려들었다. 경솔하게 대답했다가는 자신에게도 문제가 생길 것 같았다. 물론 여기 있는 것 외에 자신이 어떤 경솔한 짓을 했는지 알 수 없었다.

위협을 당하고 보니 분노가 치밀었으나, 드디어 그 분노 덕분에 두려움을 극복한 듯 그는, 세관원에게 자기도 공격을 해야 하는지, 아니면 방어를 해야 하는지도 모른 채로 단순하게 사실을 말했다.

"누구긴요. 아무도 아닙니다!"

지금 막 문밖으로 나온 것은 완전히 우연이었다는 말도 덧붙여야 했다. 물론 그것은 분명한 사실이었지만 왠지 이 모든 일이 자기와는 전혀 상관없다고 말하는 것 같아서 노인을 배반하는 기분이 들었다.

그래서 그는 이렇게 말했다.

"쾨베시라고 합니다." 그리고 스스로를 폄하하듯 날카롭게 던졌다. "노동자죠."

그 자신도 이런 말이 도대체 무슨 의미가 있으며 또 정확히 누구를 향하고 있는지 알 수 없었다. 실제로 그들도 알아차리지 못했다.

그러고 나서도 쾨베시는 한동안 계단 위에 가만히 서 있었다. 뭔가를 찾는 사람처럼 그는 그동안 계속 주머니를 뒤졌다. 어쩌면 담배를 찾았는지도 모른다. 그러나 그는 담배를 피우지 않았다. 그사이 마치 미세한 소음이 그의 주변 층계참으로 모여든 것 같았다. 걱정 때문에 헛소리를 들었을 수도 있지만 쾨베시의 귀에 길에서 여행 가방을 끄는 둔탁한 소리가 들리고, 트렁크 문을 여는 소리가 들리고 나자, 이웃집 누군가가 현관문을 잠그면서 내는 희미한 덜그럭 소리, 조심조심 창문을 닫는 소리가 들렸다. 그리고 화물차의 엔진 소리를 들은 다음 쾨베시는 마침내 계단을 뛰어 내려와 조심조심 문밖으로 빠져나왔다. 혹시라도 관리인이 눈치채지 못하도록, 자신이 무언가를 목격했다는 사실을 알아차리지 못하도록.

사고. 여자 친구

이날 아침 쾨베시가 전차에서 내려 공장으로 오는 동안 길에는 그 말고 아무도 없었다. 정문에서 수위가 이제껏 한 번도 그를 본 적이 없다는 듯 엄격하게 누구를 찾는지 물었다. 물론 공장에 다니는 노동자들이 한둘이 아니니 그럴 수도 있었다. 수위의 눈에 띄지 않고 들어가려는 허황된 희망을 안고 있던 쾨베시는 뛰면서 이렇게 대답했다.

"기계부에서 일합니다."

그러면서 새로 받은, 사진이 있는 출입증을 손바닥 위에 올려서 수위에게 내밀었다.

"그렇다면 지각이군요."

수위가 이렇게 말하면서 길을 막고 쾨베시의 지각을 서류에 기재하겠다며 출입증을 빼앗았다. 쾨베시는 경험상 이곳에서 지각이 얼마나 엄격하게 다루어지는지 잘 알고 있었다. 한마디로 일 자체보다 더 심각하게 받아들여졌다. 일반적으로 지각을 하는 사람은 일에서도 실수를 저지를 가능성이 크다고 보는 것 같았다. 별 확신은 없었지만 그가 설득을 시도했다.

"그렇게 많이 늦은 것도 아니잖아요."

그가 이렇게 말하자 수위가 시계를 보았다.

"삼 분 늦었소."

그는 유리로 된 경비실로 들어가 책상 옆에 앉았다. 출입구에 서게 된 쾨베시는 통나무 기둥에 몸을 기댔다. 아직 하루가 시작되지도 않았는데 벌써 녹초가 된 듯, 극심한 피로가 밀려들었다. 수위를 떼어 버리려는 의도에서가 아니라, 오히려 당황해서 그는 이렇게 말했다.

"제 잘못이 아닙니다."

하지만 그는 곧 후회했다. 수위가 대뜸 이렇게 물었기 때문이다.

"그럼 누구 잘못이죠?"

그는 의심을 잠재울 만한 답변을 내놓을 입장이 아니었다. 누가 자신을 늦게 했을까? 이 순간 자신이 아니라고 부정할 수가 없었다. 수위의 날카로운 눈초리로 보건대, 지각을 하지 않는 것은 쾨베시의 분명한 의무였다. 계단에 서 있던 사람들이 예의를 차린다고 생각하든 무례하다고 생각하든, 자신에게 기대되는 정확성의 부름에 따라 그들을 못 본 체하고, 그 사이를 뚫고 내려와 공장으로 출발했어야 했다. 쾨베시를 계단에 머물게 한 그 복잡하게 뒤엉킨 느낌을 수위는 결코 온당하다 판단하지 않을 터였다. 그러나 쾨베시가 느끼기에 이보다 더 어려운 일은, 자신의 잘못이 아님을 증명할 수 없으며, 아침에 있었던 일을 적어도 있었던 그대로 수위에게 말하는 것이 전혀 가능하지 않다는 점이었다. 여기 수위의 책상 옆에서는 본질적이고 논리적인 것만을 말하도록 강요되었다. 갑자기 쾨베시는 이 일이 간단히 얘기할 수 있는 성질의 것이 아님을 깨달았다. 그럼에도 더듬더듬 말을 꺼낸다면 그의 감정이 드러날 때마다 온갖 종류의 변명을 갖다 대느라 더욱 곤란에 빠질 터였다.(지금은 그 감정들이 자신이 느낀 게 아닌 것처럼 생각됐다. 쾨베시는 아무 잘못도 하지 않았고, 그의 잘못으로 지각을 한 것도 아니었지만, 그 감정은 교활한 깡패처럼 그를 공범자로 만들기 위해 괴롭혔다.) 그래서 그는 마침내 이렇게 말했다.

"길이 많이 밀렸습니다."

다행히 수위는 그가 당황한 것을 알아채지 못했다. 수없이 들어 온 변명이라 이런 말이 나오리라는 것을 이미 예감하고 있었던 것이다. 이제 그는 서류를 완성하고 책상 옆에서 일어섰다.

"항상 대비를 해야 합니다. 다음에는 삼십 분 일찍 출발하십시오." 출입증을 돌려주면서 그가 쾨베시에게 충고했다.

잠시 후에 쾨베시는 작업대 옆에 서서 쇳조각의 윗면을 판판하게 다듬을 준비를 했다. 다듬기는 기계공이 되려는 사람들이 반드시 익혀야 하는 가장 기본적인 기술이었다. 쾨베시는 기계공으로 철강 회사에 취직했지만 기계공도 아니었고 기계공이 될 생각도 없었다. 이미 노동자가 되어 있었지만, 그는 현실을 받아들이지 못했다. 노동자라는 건 그의 머릿속 상상 속에서만 존재했다. 그가 그리는 모습은, 크고 깨끗한 홀에, 줄 맞추어 배열된 탁자 가운데 탁자가 하나 있고, 불이 밝게 비치는 그 자리에, 작은 연장과 작지만 정교한 기계에 둘러싸인 그가 아마도 하얀 가운을 입거나, 때에 따라서 돋보기를 쓰고 있는 모습이었다. 돈보기는 남쪽 바다에서 자주 보는 펌프맨의 모습에 어느 정도 영감을 얻은 것이었다. 그는 작은 기계를 앞에 놓고 작동시키고, 뚝딱거리고, 윙윙 소리를 내거나 회전시키는 상상을 했다. 그러나 아무리 머릿속으로 상상해 봐야 소용없는 일이었다. 도시에 있는 공장은 대부분 철강 공장이었다. 철강 일이란 게 인력이 많이 필요한 일이라 철강 공장에서는 언제나 사람을 채용했다. 노동부 직업청에서는 쾨베시에게 계속 기계공 자리를 권했으나 그는 열의를 보이지 않았다. 자물쇠나 열쇠 또는 걸쇠 같은 것을 만드는 사람에 대해서는 어느 정도 상상이 가능했다. 그들은 도시의 대문 아래나 둥근 발코니에서 자기가 만든 이런저런 자물쇠나 다른 것들을 보고 우연하게라도 그 물건에 남아 있는 자신의 흔적에 작은 만족감을 느끼며 스스로에게 당당할 수 있을 것이다. 그렇지만 기계공에 대해서는 거의 상상해 본 적이 없었다. 아주 오래전 어렸을 때, 그러니까 그가 아직 어린아이였을 때 역에서 본 장면을 통해 얻은 인상이 전부였다. 선로 위에서는 옷, 연장, 얼굴과 손까지 모두 시커먼 사람 둘이 커다란 망치로 기차 바퀴를 두들기고 있었다. 쾨베시는 함께 가던 사람에게(아마 부모 가운데 한 사람이었을 것이다.) 저들이 무엇을 하는 사람인지 물었다. 그러자 기계공이라는 대답이 돌아왔다. 이때부터 그들을 떠올릴 때면(물론 그럴 일은 거의 없었지만) 쾨베시는 거인과 악마 사이에 있는, 옛날이야기 속의 괴물 같은 것을 상상했다. 그렇지만 이것이 노동부 직업청에서 쾨베시에게 제공하는 유일한 기회였다. 처음에는 좋은 충고를 해 주는 것 같았지만, 이런 형식을 통해 그에게 명령이 내려진 것이었다. 결국 그는 서류에 서명을 했는데 그들은 이미 모든 것이 완벽하게 작성된 서류를 준비해 두고 있었다. 그가 관청을 방문하리라는 것을 미리 계산해 둔 것 같았다. 물론 나중에 정확한 사항을 기입해 넣어야 하는, 인적 사항이 기재되지 않은 서류였다. 쾨베시는 그의 앞에 놓였다가, 다시 휙 사라지는 서류를 분명하게 보지 못했다. 마지막으로 그는 머뭇거리며 자기는 이 일에 대해 아는 게 아무것도 없다고 이의를 제기했다. 그러자 그건 상관없으며 육 주 동안 완벽히 익히게 될 것이라는 대답이 돌아왔다. 쾨베시는 찜찜한 기분으로 관청에서 나왔다. 다음 날 아침 이른 새벽에 철강 공장에 가서 신고를 해야 했다. 육 주 동안 결코 단순하지 않은 기술의 모든 것을 배우게 되리란 생각을 하자 회의가 밀려왔다. 게다가 어린 학생들 틈에서 실습을 해야 한다는 점이 더더욱 싫었다.

다행히 그렇지는 않았다. 쾨베시 주위에서는 모두 성인들이 기계공 교육을 받고 있었다. 누구에게는 이런 이유가 있고 누구에게는 저런 이유가 있겠지만, 대부분은 이유가 분명하지 않았다. 쾨베시는 이유를 물어보고 싶지도 않았고, 그럴 만한 여유도 없었다. 게다가 이곳의 분위기는 그런 걸 묻는 걸 탐탁하게 여기지 않는 것 같았다. 어쨌든 쾨베시 옆에는 호감이 가는 외모에 마르고 콧수염을 기른 남자가 다듬기를 하고 있었다. 셔츠 차림의 그 남자는 조용히 일에 열중했다. 쾨베시가 외국에서 보았던(벗겨진 머리카락을 가리는) 모자를 쓰고서. 게다가 승마를 좋아했던지 때가 묻고 구멍이 나기는 했지만 사슴 가죽으로 만든 장갑도 끼고 있었다. 어디서 해고된 것일까? 어떤 죄가 그의 영혼을 무겁게 하여(쾨베시의 영혼에게 그랬듯이) 벌을 받고 있는 것일까, 아니면 어떤 호의 덕분에 기계공이 된 것일까? 아니면 저 멀리서 다듬기를 하고 있는, 가까운 친구들에게서 때때로 "법률 고문 나리"라 불리는 약간 살찌고 행동이 느린 남자처럼 원래는 다른 직업을 가지고 있었는데 그것이 지금은 아무런 가치도 쓸모도 없는 일이 돼 버린 걸까? 알 수 없는 일이었다.

그러나 이곳에는 여러 종류의 사람이 있었다. 비밀이 있어 보이는 사람, 단순한 사람, 태도가 좋은 사람, 단정치 못한 사람, 심지어 멍청한 사람도 있었다. 게다가 여자 기계공도 눈에 띄었다. 쾨베시의 맞은편에서 아가씨 하나가 다듬기를 하고 있었다. 일하는 솜씨가 좋았다. 쾨베시는 가끔씩 부러움이 담긴 눈으로 그녀를 관찰했다. 그러다가 엷은 미소를 지으며 자기가 보고 있음을 고백했다. 열심히 다듬기를 하느라 그녀의 날렵한 몸 전체가 흔들리는 모습과, 윤기나는 숱 많은 검은색 머리카락에서 머릿수건이 반쯤 미끄러져 내리는 모습, 그녀의 입술 위에 진주 빛 땀방울이 맺히는 모습을 눈여겨보았다. 가끔 여자는 그의 눈길을 의식했다. 처음에는 아무 반응이 없더니, 나중에는 과감하게 미소를 지어 보였고, 이제는 쾨베시에게 한두 마디 말을 걸기도 했다. 이 사람 저 사람을 살피던 쾨베시는, 그녀가 말을 걸면 농담으로 받아쳤다. 그 외에 그의 시선은 똑같은 모습을 한 두 남자에게 고정되었다. 물론 둘은 같은 사람이 아니었다. 하지만 쾨베시의 눈에는 같은 사람처럼 보였다. 둘 다 땅딸막했고, 대머리였고, 팔다리가 붙은 파란색 새 작업복을 입고 있었다. 쾨베시의 눈에는 이것이 어떤 마음의 결정을 밖으로 표현하는 것같이 보였다. 새로운 참회자가 오래전부터 하던 대로 재단사에게 수도자의 허름한 옷을 만들게 하듯이. 그들은 투덜거리면서 열심히 선반 작업을 했다. 아침엔 그곳에 있다가 저녁이면 사라졌다. 누구와도 말을 나누지 않았고 자기들끼리도 말하지 않았다. 쾨베시가 듣기로 어디에선가 해고된 그들은 그것이 업무 착오였다고 생각했고, 기계공이 된 지금도 그 착오가 바로잡히기를 기다리고 있으며, 그래서 새로운 착오가 생기거나 그들 자신이 실수를 저지를까 봐 두려워서 상당히 조심하고 있다고 했다.

한마디로 쾨베시는 이곳에서 잘 지냈다. 이곳에 없는 듯이 존재하거나 여기 있는 것이 그가 아니란 듯이 존재했다. 하지만 이곳에 있는 사람은 그였기에, 그것은 당연히 착각이었다. 점심 휴식 시간과 교대 근무 같은 것에서 노동자 생활의 작고 희미한 행복을 알아 갔다. 게다가 일을 잘했을 때는 성취감도 느꼈다. 하지만 사실을 말하자면 다듬기를 하면서는 행복을 느낄 수 없었다. 그는 쇳덩어리 하나를 다듬질로 흠 하나 없이 평평하게 만드는 것이 자신의 능력을 넘어서는 일이라고는 절대 생각할 수 없었다. 쾨베시는 어느새 다듬기를 거의 명예의 문제로 보고 있었다. 심지어는 선반 작업하는 꿈을 꾸기까지 했다.(그가 작업대에 똑바로 앉아 있는데 그의 줄 밑에서 삐거덕거리는 소리가 나면서 판자가 떨어지고, 머리가 벗겨진 통통한 작업반장이 좋은 뜻에서, 또한 약간은 무심하게 작업대 위로 몸을 구부린 사람들 사이로 왔다 갔다 하다가 참을성 있게, 그렇지만 자신의 크지 않은 기대치를 배반했다는 듯이, 때때로 쾨베시의 팔꿈치와 손등의 위치를 바로잡아 주고는, 작은 교수대와 비슷한 측정 도구를 가지고 쾨베시가 세심하게 주의를 기울여 작업한 쇳덩어리에서 휘어진 부분과 튀어나오거나 너무 깊이 파진 곳, 혹은 눌리고 잘못 깎아 일그러진 곳을 하나하나 지적하는 꿈이었다.)

쾨베시는 드릴 작업을 통해 약간의 위안을 얻었다. 그는 이 작업을 잘하는 편이었다. 썩 뛰어나다고 할 수는 없지만, 다른 사람들처럼 구멍을 뚫다가 부수지는 않았다. 판금을 절삭하는 작업은 남보다 낫다고 확실하게 믿었다. 오늘 오후에 절삭 실습이 있을 예정이었다. 판금 절삭기 옆에 늘어선 줄에서 쾨베시의 앞에는 승마복을 입은 남자가, 뒤에는 아가씨가 있었다. 아가씨는 웃으면서 그에게 말을 건넸다. 무슨 말인지는 알아듣지 못했지만, 기분을 북돋아 주는 말 같았다. 용기를 내라고 하는 것 같기도 하고 재촉하는 것 같기도 했다. 어쨌거나 쾨베시는 가벼운 대답을 했고, 그러면서 판금을 안으로 집어넣은 뒤, 자신감에 가득 차서 절삭기의 쇠 손잡이를 아래로 잡아당겼다. 갑자기 비명 소리가 들렸고, 놀라울 정도로 겁에 질린 아가씨의 얼굴이 보였다. 그러고 나서야 그는 이마가 무언가 뜨거운 것으로 덮이는 것을 느꼈다. 그가 기계 옆 잘못된 위치에 앉아 기계를 자기 쪽으로 당기는 바람에 긴 금속 드릴의 끝이 머리에 닿은 게 분명했다.

이후, 그와 그의 주변에서 일어난 일을 쾨베시는 정신이 빠진 채로 따랐다. 마치 무기를 내려놓고 상황에 자신을 맡긴 사람처럼. 주변이 시끌벅적한 가운데 아가씨의 겁먹은, 그러면서도 약간은 애절한 느낌을 주는 외침이 또렷하게 들렸다. "저 때문이에요. 저 때문. 빨리 하라고 재촉했거든요!" 그런 다음 아가씨는 하얀 손수건을 그의 이마에 대 주었다. 아마 그녀의 것이었던 듯하다. 쾨베시의 피가 손수건을 흠뻑 적셨다. 피가 멎도록 사람들이 그를 벤치에 눕혔다. 그러나 잠시 뒤 그는 다시 일어나야만 했다. 사람들이 그를 공장의 의사에게 데려가기로 결정했기 때문이다. 그의 기억이 정확하다면, 자기를 부축하면서 같이 가는 사람 중에 이미 아가씨는 없었다. 그는 손수건을 돌려주기 위해서 그녀를 찾았다. 손수건이 주머니를 완전히 더럽힐 게 분명했지만, 어쩔 수 없이 주머니 속에 집어넣었다. 그들은 마당을 여러 개 가로질러서 마침내 진료실에 도착했다. 공장의 의사는 놀란 것 빼고는(그는 전혀 놀라지 않았다.) 특별히 심각한 문제는 없을 거라고 했다. 같이 왔던 사람들은 이 말에 약간은 실망한 듯, 쾨베시를 의사와 그 옆에서 일하는 간호사에게 남겨 놓고 가 버렸다. 의사는 신속하고 전문가다운 동작으로 쾨베시의 이마를 치료했다. 쾨베시는 찌르는 듯한 소독약 냄새를 맡고 약간의 아픔을 느꼈다. 처치의 결과, 쾨베시의 이마 머리카락이 난 부분 바로 아래에 별로 크지 않은 반창고가 장난스럽게 붙여졌다. 의사는 그에게 상처를 '꿰맸다'고 말했다. 그리고 단순 노동자인 쾨베시가 확실하게 알아듣도록 반창고를 건드리지 말고 사흘 후에 다시 치료를 받으러 오라고 또박또박 말했다. 내일은 상처가 아무 문제도 일으키지 않을 테니, 일해도 된다는 말도 덧붙였다. 쾨베시는 삼십 분 정도 진료실 침대에 누워 있었다. 삼십 분이 지났을 때는 작업이 끝나서 교대할 시간이었다.

그러나 쾨베시는 탈의실로 돌아갔다. 옷을 갈아입기 위해서였지만, 사실은 샤워하는 즐거움을 놓치고 싶지 않아서였다. 쾨베시는 날마다 철강 공장의 샤워실에서 몸을 씻었다. 가끔 기분 나쁜 일이 있어도 샤워는 그가 여기에 남을 이유가 될 만큼 가치가 있었다. 물론 지금은 상처에 물이 들어가지 않도록 머리를 돌리고 샤워를 해야 했다. 옷을 갈아입는 사이에 여러 사람이 친구인 양 그의 등을 두드렸다. 그 후 쾨베시는 공장에서 쏟아져 나오는 사람들 사이에 합류했다.

정문에 다다랐을 때 아가씨가 그의 옆으로 왔다. 아니, 훨씬 전부터 그의 옆에 있었던 것인지도 몰랐다. 쾨베시는 아가씨가 언제 다가왔는지 알지 못했다. 이후 두 사람에게 일어난 모든 일을 그는 특별한 놀라움이나 찬성 또는 거절 없이 받아들였다. 훌륭하게 준비되어 따로 설명이 필요치 않은 과정처럼, 어느 정도는 그들에게 달려 있지만, 이미 오래전에 결정되어 이제 의식하기만 하면 받아들일 수 있었던 사실처럼. 그만큼 쾨베시는 착각을 하고 있었다. 만남은 놀림 비슷한 말로 시작되었다.(쾨베시가 기억하는 그녀의 첫 마디는 "반창고 귀여워요!"였다.) 두 사람은 전차를 타지 않고, 도시 외곽을, 쾨베시가 와 본 적 없는 지역을 천천히 걸어 다녔다. 도시 외곽의 작은 숲에 이르러서야 쾨베시는 자신이 검은 머리의 예쁜 아가씨와 그늘진 가로수 아래를 산책하고 있다는 것을 깨달았다. 약간 어이없어하는 미소를 지으며, 그럼에도 너그러운 미소를 지으며 그는 어느 정도 거리를 두고 약간은 이상하고 낯선 일이 자신에게 일어나는 과정을 관찰했다. 다시 정확하게 말하면 쾨베시는 그늘진 가로수 아래를 검은 머리의 예쁜 소녀와 산책하고 있었다. 무언가 희미한 압박감이 이어졌다. 위험이 가까워진 예감이 들었지만, 그러나 뜨거운 유혹이 일어나면서, 그의 마음에는 위험을 방치한 채로 상황에 끌려가겠다는 반항심이 일어났다.

"집에 안 가도 돼요?"

아가씨가 물었다. 쾨베시는 잠에서 깬 사람처럼 그녀의 말을 되풀이했다.

"집에요?"

이 단어의 여운과 집을 향해 어딘가로 가야 한다는 생각이 쾨베시를 놀라게 했다.

"아니요." 그가 말했다.

그러자 아가씨가 시선을 돌린 채 물었다. 쾨베시에게 묻는 게 아니라 길을 장식하고 있는 나무에게 묻듯이.

"부인 없어요?"

표면적으로는 언제 어느 곳에서나 아가씨들이 한결같이 관심을 두는 문제였다.

"없어요."

그의 대답에 아가씨가 침묵했다. 잠시 쾨베시의 대답을 되새기고 싶어 하는 것 같았다.

잠시 후에 아가씨가 이렇게 말했다.

"아직은 너무 이르네요."

"뭐가요?" 쾨베시가 물었다.

"우리 집에 가기에요." 아가씨가 대답했다.

그 말은 쾨베시가 아직도 그녀와 함께 많은 시간을 보내야 한다는 의미였고, 다른 한편으로는 그를 불안 속으로 밀어넣어 어떤 행동을 하게끔 재촉했다. 쾨베시는 자신의 팔이 움직이더니 아가씨의 어깨를 감싸는 것을 느꼈다.

쾨베시가 기억하기로 그들은 나중에 식당, 말하자면 정원에서 맥주를 파는 곳으로 들어갔다. 그곳에서는 삼류 악단이 요란하게 음악을 연주하며 날카로운 소리를 내고 있었고, 여러 탁자에 셔츠 입은 사람들이 모여 앉아 벌건 얼굴로 환호하고 있었다. 다른 곳에서는 특별한 날인지 옷을 갖추어 입은 뚱뚱한 가족이 무뚝뚝하고 말없이 앉아 있었는데, 달리 어쩔 수 없어서 이곳에 머무르기로 결정한 사람들처럼 보였다. 쾨베시는 이마가 욱신욱신 쑤셔서 도저히 즐길 기분이 아니었지만, 아가씨가 답답한 농민의 삶을 물려받기 원하는 부모님의 뜻을 거역하고 먼 지방에서 이 도시로 오게 됐다는 것을 식당에서 알게 되었다. 그녀는 부모님과 자신에게 정해진 미래로부터 도망쳐 공장에서 일하게 되었던 것이다.

"어디에서든……." 그녀가 말했다. "새로 시작해야 해요, 안 그래요?"

고개를 끄덕일 때마다 후벼 파는 듯한 고통이 느껴졌지만 쾨베시는 열심히 동의했다. 얼마 뒤에 두 사람은 덜거덕거리는 전차를 탔고, 전차는 그들을 더 먼 외곽으로 데려갔으며, 그들은 어디에선가 내렸다. 아가씨는 새로 지어진 작은 집들 사이로 쾨베시를 안내했다. 드문드문 서 있는 가로등의 흐린 불빛 속에서 마치 폐가처럼 보였다. 아마 주변에 널린 나무 판자, 덮어 두지 않은 웅덩이, 울퉁불퉁한 길 때문이었을 것이다. 그녀가 어느 대문으로 들어가서 캄캄한 층계를 올라갔다. 그러고는 더듬거리며 열쇠를 돌리더니 문을 열었다. 현관에 들어서자 그녀가 쾨베시에게 조용히 하라고 손짓했다. 그는 정확한 이유도 모른 채 그녀와 함께 살금살금 들어가야야만 한다는 사실을 아주 분명하게 받아들였다. 마침내 그들이 작은 모퉁이 방으로 숨어들었다. 아가씨가 분홍빛 탁자용 스탠드를 켰다. 쾨베시가 빠르게 방 안을 둘러보았다. 있을 것은 다 있는 방이었다. 금이 간 거울, 무너질 듯한 옷장, 코바늘로 뜬 테이블보, 혀를 내민 채 웃고 있는 고무 강아지 인형이 스탠드 불빛 아래에 있었고, 어두운 귀퉁이에 팽팽하게 걸린 줄 위에는 한 쌍의 스타킹과 속옷 몇 개가 걸려 있었다. 이 빠진 꽃병에는 조화가 꽂혀 있었고, 의자와 탁자, 침대도 있었다. 이 모든 것을 빠르게 훑어보던 그의 시선이 삐그덕거리는 소리가 날 것 같고 여기저기 구멍이 뚫려 있는, 널찍한 침대 위에 한참 동안 머물렀다. 갑자기 궁핍, 깨끗함, 싸구려 향수와 모험의 냄새가 코에 닿았다. 그 외에도 여러 가지 냄새가 섞여 있었지만 모험의 냄새만이 유일하게 적당한 냄새라는 느낌이 스쳤다.

그러고 나서 쾨베시는 그들의 몸이 하나로 엉키는 것을 느꼈다. 그는 그 일에 몰두했고 모든 것에 맞섰고 모든 것을 넘어섰다. 어떻게 자신이 남자라는 것을 잊어버릴 수 있었던 것일까? 바로 그 순간 원초적이면서도 억제할 수 없는 갈증이 깨어났다. 고통스럽게 불타오르는 자신의 몸을 식히고 싶은 듯이. 그들은 불길이 거세지는 뜨거운 용암에 빠진 사람들 같았다. 처음에는 속삭이던 아가씨가 나중에는 큰 소리로, 점점 더 그를 재촉했다. 다시, 또다시 폭풍이 달려드는 것 같은 무아의 첫 삼십 분이 지났을 때 쾨베시는 갑자기 임신에 대한 두려움을 느끼며 그녀에게 물었다.

"임신할까 봐 걱정되지 않아?"

아가씨의 시선에 그는 흠칫 놀랐다.

"왜 그런 걱정을 해?" 그녀가 대답했다.

그러나 바로 이어 무슨 소리가 들렸기 때문에 아가씨는 더 이상 말을 잇지 못했다.(쾨베시의 귀에도 들렸다.) 아가씨가 쾨베시에게 조용히 하라고 손짓을 하고는 재빨리 침대에서 뛰어나갔다. 이리저리 왔다 갔다 하는 그녀의 몸이 쾨베시의 눈앞에서 하얗게 반짝거렸다. 그녀가 허둥지둥 옷가지 하나를 찾더니 어깨에 두르고 방에서 뛰어나갔다. 하지만 쾨베시를 오랫동안 혼자 두고 싶지 않은 듯 잠시 뒤 바로 돌아왔다. 덕분에 그는 침대에 누워 고독과 어처구니없는 일을 저질렀다는 현기증, 두려움에 압도당하지 않을 수 있었다. 그녀는 거리낌 없이 실내복을 벗어 던지고 쾨베시 위로 몸을 기울이고 불을 껐다. 그러고는 남김 없는 신뢰를 보여 주어, 쾨베시를 약간 당황하게 했지만, 동시에 무장 해제시키면서 침대 속 그의 옆에 웅크리고 자리를 잡았다.

"아주머니야." 어둠 속에서 그녀의 목소리가 들렸다.

"무슨 아주머니?" 쾨베시가 물었다.

"아주머니." 아가씨가 다시 말했다.

"그래." 쾨베시가 중얼거렸다.

"목이 마르대." 아가씨가 말했다. 잠시 입을 다물고 있다가 덧붙였다. "암이야. 죽을 거야."

아가씨의 목소리는 단호하고 확신에 차 있었다. 그 말을 들으며 쾨베시는 약간 몸을 떨었다. 이유는 그도 알 수 없었다. 하지만 소녀는 쾨베시가 묻고 싶어 하는 것들을 묻지 못하게 하려는 듯, 그에게 몸을 바짝 붙였다.

"걱정하지 마. 벌써 잠들었어. 이젠 방해하지 않을 거야."

그녀가 속삭였다. 잠시 머뭇거리며 망설이고 나자, 쾨베시는 또다시 뜨거운 열기가 서서히 자신을 가득 채우는 것을 느꼈다.

쾨베시가 호출되다. 다시 생각을 강요당하다

쾨베시가 호출되었다. 본격적으로 다듬기를 하는데, 조장이 옆으로 다가와서 위층 사무실에서 급히 찾는다고 전했다. 쾨베시의 머릿속에 며칠 전 지각했던 일이 스쳐 갔다. 조장이 하던 일을 모두 중단하고 빨리 가 보라고 다그쳤다. 쾨베시는 자신이 이곳에서는 더 이상 내려갈 수 없을 정도로 낮은 자리에 있는 일개 노동자에 불과하다는 사실을 떠올렸다. 다른 한편으로 그는 노동자가 됨으로써 자유를 쟁취했다. 그 자유는 그다지 많은 것들로 구성되어 있지 않았기에, 흔히 하는 말로 더 이상 잃을 것이 없었다. 그는 경고를 들을 시간이 되었다고 생각했다. 그래서 제일 먼저 공구를 편안하게 아래로 내려놓고 몇 번 발을 굴러 바지와 신발에서 쇳가루를 털어 냈다. 또 옆 작업장의 정식 기계공들이 하는 대로 편안하고 거창한 동작으로 기름이 전 걸레에 손을 닦았다. 그러고 나서야 중요한 일을 마감한 듯 터벅터벅 천천히 걸어 작업장을 나섰다. 아가씨가 눈빛으로 무슨 일인지 물었지만 그는 눈을 껌벅이는 것으로 대답을 대신했다. 그 후로 쾨베시는 몇 차례 그녀의 집에서 함께 밤을 보냈다. 손바닥만 한 부엌에서 아침 식사를 같이 하고 함께 공장으로 출발할 정도로 관계가 발전했다. 아가씨는 전차에서 내려 철강 공장까지 얼마 안 되는 길을 쾨베시와 손을 잡고 걷고 싶어 했다. 그때마다 쾨베시는 손을 빼기 위해서 핑계를 찾아냈다. 예를 들면, 콧물이 나와 코를 풀어야 한다든가 하는 식으로. 그동안 쾨베시는 아주머니가 소녀의 먼 친척이라는 사실을 알게 되었다. 다행히 그는 아주머니와 직접 마주친 적이 없었다. 그녀가 그 집에 머무는 것은 아주머니의 배려 덕분이었는데, 아주머니가 돌아가시면 관청을 통해 지금 아주머니가 사용하는 큰 방을 상속받을 생각이었다. 상황에 따라서는 집 전체를 상속받을 수도 있었다. 가령 결혼을 하고 아이까지 낳을 경우엔 말이다. 쾨베시는 고개를 끄덕이며 그녀의 계획을 들었다. 그럼에도 그는 언제나 선의를 가진 제삼자의 태도를 유지했다. 아가씨의 인생에 관심이 없는 것은 아니었지만, 그래서 더욱더 그 일에 관여하지 않았다. 하지만 아가씨는 이런 태도를 마음에 들어 하지 않았다. 그녀는 자기가 그보다 아는 게 훨씬 많다는 듯이 쾨베시를 향해 회심의 미소를 지었다. 쾨베시는 지난밤을 그녀와 보내지 않았다. 삼촌네 집에 가야 한다고 둘러댔다. 하지만 밤새 잠을 못 이루고 뒤척이면서 그녀가 얼마나 필요한 존재인지 확인했다. 그렇다. 그는 이미 노동자가 되었고, 그래서 아내가 필요했다. 하지만 한편으로는 아내가 생기면 영원히 노동자로 살게 될 거라는 생각이 들었다. 물론 이렇게 살든 저렇게 살든 큰 차이는 없을 터였다. 쾨베시는 불안하게 선잠을 자면서 도대체 자신이 어떤 상태에 있고, 어떤 문제를 안고 있는지 따져 보았다. 결국 아가씨의 말이 맞을 것이다. 시간의 흐름에 맡기다 보면, 자연스럽게 그녀의 인생에 연결될 것이고, 그러면서 공장에서 일하며 승진을 고대할 것이고, 암이 걸린 아주머니가 돌아가시길 그녀와 함께 기다릴 것이며 그사이 아이를 하나 둘 갖게 될 것이다.

쾨베시는 배송과를 찾아가야 했다. 과장이 그와 이야기하기를 원했다. 사람들이 조심조심 무거운 상자를 어느 문밖으로 들어내는 것을 볼 때까지 그는 잠시 복도를 이리저리 헤맸다. 그런데 그 안에 앉아 있던 여직원이 처음에 쾨베시에게 화물차 운전수냐고 물었고, 그가 아니라고 하자 잘못 왔다고 알려 주었다. 이곳은 화물 운송과이며, 배송과는 다른 곳에 있다는 것이었다. 쾨베시가 미안하다고 말하고 배송과가 어디 있는지 모른다고 말했다.

"모른다고요?" 여직원이 깜짝 놀랐다. "그럼, 이제 알게 되겠네요.”

그녀는 이렇게 말하고는 쾨베시에게 길을 알려 주었다. 쾨베시는 다른 복도로 나갔고, 다른 층으로 가서야 겨우 ‘배송과’라는 글씨가 붙은 문을 발견했다. 명패 밑에는 작은 글씨로 ‘세무 사건 — 개인 사건 — 출산 수당’이라고 쓰여 있었다. 쾨베시는 출산 수당이라는 말에 특히 놀라며, 문을 열고 비교적 단순한 사무실로 들어갔다. 그곳에는 흔히 볼 수 있는 여비서와, 기계공처럼 보이는 남자가 손을 주머니에 찔러 넣고 조급하게 방을 왔다 갔다 하고 있었다. 더 자세하게 관찰해 보고서야 쾨베시는 그를 기계공으로 보이게 만드는 게 그의 겉옷이라는 것을 알아차렸다. 더 정확하게 말하면 그는 단추가 풀린 푸른색 작업복을 입고 이렇게 더운 날씨에 밀폐된 공간에서 왜 썼는지 알 수 없는 뜨개질한 모자를 머리 위에 쓰고 있었다. 재킷 아래에는 하얀 셔츠와 넥타이가, 모자 밑에는 억센 회색 머리칼이 보였지만 얼굴은 비교적 젊어 보였다. 어딘가 활력이 없고 주름이 많으며 약해 보이는 얼굴이었지만, 생기 있는 눈만은 푸른빛을 내뿜으면서 문을 열고 들어선 쾨베시를 쳐다보았다.

“쾨베시?” 그가 소리를 질렀다.

쾨베시가 그렇다고 대답하자, 곧장 그를 향해 돌진해 왔다.

“이렇게 오랫동안 어디 있었습니까?”

쾨베시는 아무 생각 없는 노동자처럼 어깨를 으쓱했다. 전갈이 와서 왔을 뿐, 자기가 여기에 왜 오게 되었는지는 모른다는 표시였다.

"자, 이리 오십시오. 오세요."

남자가 달래듯 말했다. 그는 정중한 동작으로 쾨베시를 '과장'이라는 명패가 붙은 문 안으로 들어가게 했다. 그리고 조심스럽게 문을 닫았다. 그는 쾨베시에게 자리를 권한 뒤 정확하게 쾨베시의 반대쪽에 앉았다. 그러고는 잠시 조용히 있다가, 책상에 쌓인 서류와 서류 묶음 사이에서 무언가를 찾는 것처럼 뒤적이더니 서류를 한두 개 앞으로 가져와 물끄러미 바라보았다. 그리고 만족스럽지 않다는 듯이 계속 옆으로 밀어 버렸다.

"자." 그가 그사이에 멍하니 말했다.

남자의 목소리는 놀랄 만큼 친절했다. 그러나 신뢰가 가는 어조는 아니었다.

"우리 공장에서 일하기는 어떻습니까?"

그 말을 처음 들었을 때 쾨베시는 그 질문 속에 담긴 친절함이 오해에서 비롯된 것인지, 아니면 함정을 숨긴 것인지 판단할 수 없었다. 게다가 그 질문을 심각하게 받아들여야 하는지도 판단이 서지 않았다. 친절한 형식은 부수적인 것일 뿐, 본질적인 것을 찾아내기 원하는 사람처럼, 그는 잠시 동안 대답을 망설였다.

아무 일이 일어나지 않자 그 사람이 다시 한번 서류를 뒤적였다. 대답을 기다리는 태도였다. 쾨베시가 대답했다.

"아주 좋습니다!"

아무것도 말하지 않기 위해 한 말이었으나, 덕분에 침묵이 깨졌다.

"아주 좋습니다라!" 그가 쾨베시의 말을 반복했다.

자신의 억양으로 그 말을 반복하면서 그는 서랍을 열고 옆으로 몸을 구부려 그 안을 들여다보았다.

"우리 공장에서 기계공으로 일하는 게 그렇게 좋은 일인지 미처 몰랐군요."

그 말은 결정적으로 쾨베시의 입을 다물게 했다.

"정말 영악한 사람이군요……."

남자가 한마디 던지고 화를 내며 서랍을 밀어 넣고 벌떡 일어섰다.

"아주 영악해……."

갑자기 그의 얼굴이 빛났다. 순식간의 일이었다. 그러나 책상 위에서 찾던 서류를 찾았는지 갑자기 심각해졌다.

"이런 능력으로……." 그는 거의 격분해서 계속해서 말했다. "이런 지식으로……."

그는 갑자기 중의적인 행동을 멈추더니, 이제 모든 관심을 쾨베시에게 쏟아부으며, 손바닥으로 세게 서류를 쳤다. 하지만 눈은 쾨베시를 향해 찌르는 듯 푸른빛을 뿜어냈다.

"언제까지 여기서 빈둥거리려고 했습니까?"

그에게 단도직입적으로 호통을 쳤다.

"우리 눈을 속일 수 있다고 생각하셨나? 솔직하게 말해 보시오. 여기 일에 만족하십니까?"

쾨베시는 너무 놀라 그 자리에 얼어붙었다. 정말 어안이 벙벙했다. 어째서지? 조롱하는 선가? 나른 곳에서 해고됐고, 오직 철강 공장에서만 받아 주어서 견습 기계공이 됐던 것인데,

이제 기계공이 되겠다고 하니 그를 비난하다니. 그는 필요가 아니라 강요에 의해서 머리를 숙였던 것이다. 갈 곳이 없어서 여기에 온 것이 아니었던가? 이제 보니 그는 풍요롭게 넘쳐 나는 인생의 수많은 가능성 가운데에서 왜 가장 나쁜 것을 선택했느냐고 묻고 있는 것 같았다. 이것이 순전히 그가 고집스럽게 변덕을 부려서 일어난 일인가? 도대체 어떻게 해야 그를 만족시킬 수 있을까? 쾨베시는 이것에 대해 곰곰이 생각해 본 적이 한 번도 없었다. 그런 것을 떠올린 적도 없었다. 왜냐하면 그는 만족하기 위해서 이곳에 온 것이 아니었기 때문이다. 그런데 지금, 아주 진지하게는 아니지만 그에게 질문이 던져졌고, 심지어 그의 대답을 기다리고 있다. 물론 대답을 받아내는 것이 그들의 임무이겠지만. 쾨베시는 이곳에서 보낸 시간이 하루처럼 느껴졌다. 아침이나 밤이나 똑같았다. 저녁 해가 질 때 회색빛 속에서 사라지는 태양과 같이 한결같고 길고 단조로운 하루가 지나갔다. 그 시간들은, 그가 줄을 가지고 닳아 없어지지 않는 쇠를 계속해서 갈듯 지루함과 교대 시간의 기만적인 편안함 속에서 순서대로 교차했다. 그는 아가씨의 감정에 동조하는 대가를 치르면서 그녀가 제공하는 일시적인 기분 전환으로 버티고 있었다. 쾨베시는 앞으로도 이렇게 살아야 한다고 생각했다. 사실은 이렇게 살겠다고 생각한 게 아니라, 잠시만, 오늘이나 내일, 아니면 모레까지만 이렇게 살아야 한다고 생각했을 것이다. 왜냐하면 이렇게 살 수는 없었기 때문이다. 그렇게 살 수 없는데도 그렇게 살지 않았는가, 그럼에도 후일 이것이 바로 삶이었음이 밝혀지지 않겠는가 하는 생각도 들었다. 어쨌거나 어떤 의미에서 쾨베시는 편안하다는 것을 부정할 수 없었다. 그런데 과장이 그의 평화를 깼고, 앞에 놓인 서류를 들여다보는 척하면서 질문을 던졌다. 쾨베시는 마음속으로 희미하게나마 이제까지 그 어디에서보다 바로 이 평화 속에서 얼마간 자신을 발견했다는 것을 깨달았다.

이제 그는 흥분해서 자기가 기계공인 것도 잊고 날카롭고 차갑게 물었다.

"왜요? 혹시 더 좋은 자리라도 알고 계신가요?"

과장은 쾨베시의 태도에 전혀 개의치 않는 듯 보였다.

"그렇소." 그가 미소를 지었다. "그래서 당신을 부른 거요."

그가 어렵게 찾은 서류를 손으로 들어 올려 힐끗 보고는 이렇게 말했다.

"당신은 신문 기자입니다. 내일부터 우리를 감독하는 부서인 산업부 홍보과에서 근무하게 될 거요."

그가 문장을 끝맺지도 못했는데 쾨베시는 그 말을 더 이상 듣지 않았다. 생명의 위협이라도 느낀 사람처럼, 그에게서 날카롭고 거친 말이 터져 나왔다.

"싫습니다!"

"싫다고요?"

과장이 책상 너머 쾨베시 쪽으로 몸을 숙였다. 얼굴은 예상과 달리 부드러웠다. 그는 입을 약간 벌리고, 모자 아래에서 당황한 눈길로 쾨베시를 응시했다.

"싫다니 그게 무슨 말입니까?" 그가 물었다.

그러자 이미 정신을 차려 한결 침착함을 되찾은 쾨베시가 단호하게, 자신의 결정을 번복하지 않겠다는 듯이 같은 말을 반복했다.

"싫습니다."

그는 단순한 망상에 맞서 진실을 지켜 내려는 사람처럼 보였다. 하지만 도저히 대화를 이어 갈 수 없는 무례한 멍청이라는 인상을 주지 않기 위해서 설명처럼 다시 덧붙였다.

"나는 그 일에 적합하지 않아요."

"물론 적합하지 않습니다."

그사이 과장도 침착함을 되찾았다. 그는 쾨베시에게 몇 가지 사안을 설명하기 위해 있는 힘껏 인내심을 발휘하기로 결정한 모양이었다.

"당신이 적합하지 않다는 건 우리도 확실히 압니다."

그는 잠시 입을 다물었는데, 얼굴에는 약간 골치 아파하는 기색이 나타났다가 사라졌다. 그리고 잠시 뒤에 마음의 혼란을 극복한 듯이 푸른빛을 발하는 시선으로 쾨베시를 가만히 응시했다.

"당신을 그곳에 배치한 것은……." 그가 말을 이었다. "그 일에 적응시키기 위해서입니다."

이제 쾨베시는 너무나 당황해서 의자 위에서 몸을 앞으로 기울였다.

"적합하지 않은 일에 어떻게 적응한단 말입니까?" 그가 소리를 지르자 과장이 미소를 지었다.

"그렇게 아이처럼 굴 건 없습니다." 그가 쾨베시를 달랬다. "당신은 자신에게 무슨 능력이 있고 무슨 능력이 없는지 잘 압니까?"

"내가 모르면 누가 알죠?" 쾨베시가 아까보다 더 목소리를 높여 소리 질렀다. "당신들이 안다는 거요?"

그와 마주 앉은 사람은 과장 한 사람뿐이었음에도, 그는 흥분해서 과장이 쓰는 우리라는 표현을 기계적으로 받아들였다.

"맞습니다."

그가 정말 아무것도 모르고 있다는 사실을 깨닫고 과장의 눈이 크게 벌어졌는데, 한쪽 눈썹은 이마의 가운데까지 미끄러져 내려올 지경이었다.

"자, 보세요."

뜻밖에도 이제 그의 목소리는 부드러워졌다. 서류를 내려놓고 두 손을 자유롭게 움직이며 쾨베시를 향해 앞으로 내밀었다. 불확실하지만 쾨베시는 과장이 부드럽게 그의 손을 잡고 싶어 한다는 느낌을 받았다. 물론 그것은 혼란스러운 공상이 만들어 낸 느낌이었다. 그러기엔 두 사람의 거리가 너무 멀었다.

"보세요. 나는 이 자리에서 그것에 대해 많이, 아주 많이 설명할 수 있습니다. 도대체 누가 자신에게 어떤 능력이 있고 어떤 능력이 없는지를 안단 말입니까? 우리가 어떤 사람인지 드러나기까지, 얼마나 많은 시험을 이겨 내야 합니까?"

과장은 점점 더 열을 올렸다. 창백하던 그의 피부가 서서히 붉게 달아올랐다.

"당신에 대한 결정은……." 그가 이제 손을 앞으로 내밀고, 손가락은 마치 잔을 들어 머리 위로 올리듯 쫙 벌리고, 높이 흔들었다. "저기, 상부에서 내렸습니다. 당신이 이 결정에 저항할 수 있다고 생각합니까?"

"하지만 그래도 나에 관한 이야기입니다."

쾨베시가 이렇게 응수한 것은 상부의 결정을 받아들여서가 아니라, 뭔가 확신이 서지 않았기 때문이었다. 아니, 과장의 말에 흥미를 느꼈기 때문이었다. 과장이 다시 당황한 듯 말했다.

"당신에 관한 이야기라고요? 여기서 당신에 관해 말할 사람이 누구겠습니까? 명령에 따르는 것 말고 당신이 할 수 있는 게 무엇이겠습니까?"

이제 더 이상 흥분을 자제할 수 없다는 듯, 얼굴이 시뻘게진 그가 소리를 질렀다.

"우린 종입니다. 우리 모두 종이란 말입니다! 나도 종이고 당신도 종입니다. 이보다 무섭고 놀라운 게 뭐겠습니까?"

"누구의 종이란 말이죠?" 쾨베시가 말꼬리를 잡았다.

"고상한 이념의 종이죠." 대답이 들려왔다.

"어떤 이념 말입니까?" 이제야 드디어 무언가를 알게 될지도 모른다는 희망으로 쾨베시가 재빨리 물었다.

하지만 대답은 바로 나오지 않았다. 과장은 자기가 들은 말을 도저히 믿을 수 없다는 표정으로 쾨베시를 멍하니 쳐다보았다. 그러더니 손바닥에 꽉 쥐어 따뜻해진 서류를 힐끗 보았다.

"그렇군." 마침내 그가 이렇게 말했다. "당신은 외국에서 고국으로 돌아왔죠."

이 말로 쾨베시의 질문에 대답을 했다고 생각했는지, 그가 아주 건조한 목소리로 단언했다.

"중단 없는 완전주의입니다."

"그건 무엇으로부터 나온 겁니까?"

쾨베시는 다시 신문 기자가 되기로 한 듯 고삐를 늦추지 않았다.

"끊임없이 사람들을 시험하는 우리의 노력에서 나옵니다."

과장은 이제 지겹다는 듯이 짧게 손사래를 쳤다. 그리고 다시 실제적인 문제로 돌아갔다.

"행운인 줄 아십시오." 그가 말했다. "주목받고 있으니 말입니다."

이 말에 쾨베시도 갑자기 흥분을 가라앉혔다.

"나는 행운을 바라지 않습니다." 쾨베시 역시 건조하고 단호한 목소리로 말했다.

이전에도 여기서 누군가에게 이런 말을 했던 것 같은 기분이 들었다. 물론 그때는 지금처럼 대놓고 행운을 거절하지 못했다.

"나는 노동자가 되고 싶습니다." 그가 계속해서 말했다. "훌륭한 노동자가 되고 싶습니다. 한 분야를 완전히 이해하면, 그때는……." 그는 머뭇거렸다. 잠시 뒤에 그는 자신의 카드를 내놔도 큰 위험에 빠지지는 않을 거라고 확신했다. "그때는 당신도 나를 우습게 보지 못할 겁니다."

과장은 쾨베시의 고백에 수긍하는 것 같았다. 그의 얼굴이 호의적으로 바뀌며 목소리가 따뜻해졌다.

"훌륭한 노동자라." 그가 말했다. "당신은 절대 훌륭한 노동자가 될 수 없습니다. 여기서 떠나든지, 아무것도 못 되든지 할 겁니다. 당신은 아직 다듬기도 제대로 익히지 못했잖소."

그가 입을 다물고, 머리를 약간 돌려 쾨베시를 살폈다. 그러고 나서 친근한 미소로 자기가 한 말의 잔인함을 완화시키려는 듯이 다시 이렇게 말문을 열었다.

"원래는 당신을 해고하려고 했습니다. 필요한 것보다 능력이 모자라세요. 그러나……." 그가 서둘러 말을 덧붙였다. "당신이 만약 자유롭게 우리의 제안을 받아들인다면 그쪽을 택할 것입니다."

갑자기 쾨베시는 모든 힘이 빠져나간 듯 피로를 느꼈다. 이곳에 살게 된 이후로 한순간도 그를 떠나지 않은 피로였다.

그와 몇 마디를 더 주고받은 뒤, 쾨베시는 무언가에 서명을 하고 말았다. 그러고 나서야 자신이 사무실로 들어갈 때 이상으로 새로 알게 된 것 없이, 사무실에서 다시 흔들리는 걸음으로 멀어지고 있음을 알아차렸다. 이곳에 살게 되면서부터 이미 몇 번이나 그랬듯이. 짐을 꾸려서 한마디 말도 없이 공장을 떠나면서 그는 아가씨의 간절한, 그다음에는 이해하지 못하겠다는, 그리고 마침내 분명 당황해서 감아 버린 눈길을 약간의 부끄러움과 함께 떠올렸다.

6장

남쪽 바다 빛의 굴절 속에서

그날 밤 쾨베시는 다시 남쪽 바다에 갔다. 회전문을 밀고 들어가, 그들이 마지막 만났다 헤어진 그때와 같은 테이블에 앉아 있는 시클러이를 향해 곧장 걸어갔다. 환한 미소를 짓다가 이윽고 작은 웃음으로 조각조각 분해되어 굳어 버렸지만, 헤어진 이후 오로지 쾨베시가 오기만을 기다렸다는 듯 그의 얼굴은 환하게 빛났다.

"도대체 '나의 문학적 능력'이 무얼 의미하는 걸까?"

쾨베시가 앉아도 되느냐고 묻지도 않고 의자에 털썩 앉으면서 그에게 기습적으로 물었다. 반가운 인사를 기대하던 시클러이의 미소가 딱딱하게 굳었다.

"무슨 말이야? 못 알아듣겠잖아……." 그가 중얼거렸다.

그러면서도 그의 얼굴 한편은 다시 만난 기쁨으로 환하게 빛났다. 그러나 약간 실망한 기색도 섞여 있었다. 쾨베시는 오늘 오전에 있었던 일을 설명했다.

철강 공장에서는 서류를 내주면서 산업부 홍보과에 가지고 가서 신고하라고 명령했다. 근무 시간이 거의 끝나 가지만, 그래도 시간이 약간 남아 있으니 지체하지 말고 바로 가야 한다고 했다. 정부에서 아주 급하게 그를 업무에 투입하려고 한다는 것이었다. 정부 청사는 도심에 있었고 공장에서 상당히 멀리 떨어져 있었기 때문에 쾨베시는 전차를 갈아타며 뛰어다녔다. 아주 중요한 공무라도 맡은 사람처럼. 그는 자기 자신을 위해서도 시간을 낭비하지 않으려고 조심하면서, 지체하지 않고 주어진 시간 안에 목표 지점에 도착하기 위해서 뛰었다. 그것은 사명감에 가까운 감정이었다. 마치 그곳에 도착하는 사람이 그가 아니거나, 그를 대표하는 것을 지워 버린 사람인 것 같았다. 이렇게 마음이 편했던 덕에 언제나처럼 수위실에서 제지를 당했을 때도 그는 신분증을 제시해서 두 세관원이 주 출입구로 가는 길을 열게 할 수 있었다. 쾨베시는 헐떡거리며 층계를 오르고 복도를 지나 마침내 홍보과를 찾아냈다. 그런데 홍보과장이 다른 사람과 면담 중이니 기다려야 한다고 했다.

"현재 감독 위원회 위원장과 면담 중이십니다."

타자기를 두드리다가 울리는 전화를 받아 응대한 뒤에 기지개를 켜던 비서가 쾨베시로부터, 그가 쾨베시이며 무슨 이유로 이리로 오게 되었는지를 듣고 난 뒤에 어조를 은밀하게 바꾸어 알려 주었다.

"아, 그렇군요." 쾨베시는 약간 현기증을 느끼며 대답했다.

그러고는 도취되어 있다가 문득 깨어난 사람처럼, 천천히 이지적인 표정을 되찾았다. 냉정을 되찾자마자 모두가 인정하는 그 고유하고도 오래된 특성인 게으름이 다시 깨어난 듯이 그는 방에서 가장 편안해 보이는 의자에 앉았다. 지금은 이 중문을 향해 돌격할 생각이 전혀 나지 않아 쾨베시는 빙그레 웃었다. 설사 그런 생각이 들었다 해도 지금은 행동할 의지가 없었다. 그저 아프지만 아름다운 기억의 유쾌함만 남아 있을 뿐이었다. 그 당시 그는 얼마나 대책 없는 사람이었는지! 쾨베시는 오래된 옛일을 회고하듯이 그때를 떠올렸다. '그 일이 있었던 게 언제더라? 어제였나? 이십 년 전이었나?' 이 나라에 도착한 뒤로 시간은 항상 그에게 문제를 일으켰다. 그가 살아가는 동안 이 문제는 끝없이 계속될 터였다. 하지만 그가 시간을 과거로 여기면 사실상 아무 문제도 되지 않는 것 같았다. 쾨베시의 머릿속에서 시간의 내용은 어쩌면 어떤 유일한 시간 속에, 아마도 무언가 다른 시간, 더 실제적이고 농축된 삶이라 할 수 있는, 여유 있는 해 질 녘의 시간에 속해 있는 것 같았다. 그 무엇보다 중요한, 가장 행복한 저녁 식사 바로 전의 시간에 속해 있는 것 같았다. 아마 그는 인생 전부를 이렇게 보낼 것이고, 나중에 삶을 회고하게 되더라도 자신의 삶이 어쩌면 그 유일한 시간 동안에 완성되었고, 나머지 시간은 시간 낭비에 불과했다고 생각할 터였다. 답답한 삶의 환경, 투쟁은 무엇을 위한 것이었던가? 이 순간 쾨베시는 그 이유를 도저히 말할 수 없었다. 오히려 자기 내부에 싸운다는 느낌이, 내적 갈등이 있는 것을 체험했다. 누구와 싸우는지, 왜 싸우는지는 전혀 인식하지도, 예감하지도 못했다. 물론 너무 피곤했기 때문일 수도 있다. 그의 이해력이 멈추고 중단되면서 싸움의 피폐함과 고통스러운 권태만이 드러났기 때문일 수도 있다. 그의 사고가 너무 과장되었을 가능성도 있다. 그럼에도 쾨베시의 감각은 이중문 뒤에서 한 여자와, 그 뒤를 급하게 한 남자가 나와 방을 가로지르며 복도 쪽 문으로 걸어가는 것을 놓치지 않았다. 쾨베시가 보기에 여자는 상당히 매력적이었다. 머리도 옷도 잘 익은 밤톨처럼 옅은 갈색을 띄고 있었다. 그에 반해 남자는 키가 작고 수염을 기른 얼굴에, 단정한 옷차림을 하고 있었다. 말없이 서둘러 나가며 뒤를 돌아보지 않는 여자에게, 남자는 설명을 하는 듯, 여자가 조금 더 남아 있도록 하려고 애쓰는 듯 다급하게 움직였다. 남자의 코트 위쪽 단춧구멍에는 하얀 물건이 장식되어 있었는데, 그럴 리야 없겠지만 꽃처럼 보였다. 쾨베시는 홍보과장과 감독 위원회 위원장이 나오기를 기다리면서 계속해서 반쯤 열린 문을 통해 안을 들여다보았다. 쾨베시는 무의식중에 두 사람이 머리가 벗겨지거나 은발인, 통통하고 나이 많은 남자일 거라고 생각했다. 하지만 그것은 그의 착각이었던 듯했다. 여자를 문까지 바래다주고 돌아선 남자의 얼굴이 멍해 보였다. 이 점잖은 남자는 어딘가 당황한 눈길로 처음에는 쾨베시를, 다음에는 비서를 쳐다보았다. 그러자 비서가 작고 급한 목소리로 '새 동료'인 쾨베시라고 소개했다. 그 말에 남자의 얼굴에 괴로운 경련이 스쳤다. 그런 다음 쾨베시에게 잠시만 더 기다려 달라고 하고는 이중문 뒤로 사라졌다. 이렇게 해서 쾨베시는 홍보과장을 보게 되었다. 그렇다면 방금 사라진 여자가 감독 위원회의 위원장일 터였다. 조금 기다리자 비서의 책상에 놓인 전화가 짧게 울렸다. 쾨베시는 비서를, 비서는 쾨베시를 쳐다보았다. '그들의 눈빛이 동일한 의미로 함께 반짝였고' 쾨베시는 즐겁기도 하고 불안하기도 한 심정으로 의자에서 일어나 이중문을 향했다. 홍보과장은 그사이 평정을 되찾은 얼굴로, 친절하게 쾨베시에게 자리에 앉으라고 권했다. 그러는 동안 쾨베시는 그가 단춧구멍에 꽂은 게 진짜 꽃이라는 것을, 그것도 하얀색 카네이션이라는 것을 알게 되었다. 그가 함께 일하게 돼서 기쁘다고 말했다. 쾨베시는 그 말을 곧이곧대로 듣지 않았는데 거기에는 그럴 만한 이유가 있었다. 그는 쾨베시에게 인적 사항을 기록하는 일부터 편안하게 하라고 지시하고는 그 일을 비서가 도와줄 것이라고 했다. 하지만 업무는 내일 인수받게 될 거라고 했다.

"우리는 이곳에서 신문에 넣을 2차 원고를 만듭니다." 그가 말했다.

이 말을 하는 그의 얼굴에 우울한 미소가 나타났다. 쾨베시의 머리에 제일 처음 든 생각은 '2차 원고'가 그를 괴롭히고 있고, 어쩌면 그가 이것을 가치 없는 일로 여길지도 모른다는 것이었다. 하지만 그것은 그의 착각일 수도 있었다. 갈색 수염을 길게 기른 홍보과장은 비밀스러운 근심을 지닌 듯한 표정을 짓고 침묵으로 일관했지만, 어떻게든 근심을 밖으로 표출하려는 듯 미소를 보였다. 다음과 같은 말을 할 때에도 그 미소는 얼굴에 살짝 드러났다.

"어떻게 설명해야 할지 모르겠습니다만, 문학적 재능이 뛰어나다고 들었습니다."

쾨베시가 길고 평화로운 꿈을 꾸다가 갑자기 무서운 소식을 들은 사람처럼 재빨리 머리를 들었다.

"저의 문학적 재능요?"

그가 놀랐다.

"누구에게 들으셨습니까?" 이렇게 물었다.

홍보과장은 우울한 미소를 비밀스러운 미소로 바꾸면서 이렇게만 말했다.

"우리 두 사람이 모두 아는 친구에게서 들었습니다. 더 이상은 말씀드릴 수 없고요……."

쾨베시는 그가 누구를 암시하는지 바로 알아차렸다.

"그런데 너는 전혀 기쁘지 않은 거야?" 시클러이가 껄껄 웃었다.

솔직한 대답을 피하기 위해, 또는 다른 것이 궁금하기도 해서 쾨베시가 물었다.

"그러니까 너도 그 사람을 아는 거지?"

"모를 리가 없지."

시클러이는 쾨베시가 아무것도 모르는 것에 놀라면서, 신기한 듯 눈썹을 위로 치켜떴다.

"그렇지만……."

그가 하려던 말을 중단했다. 때마침 그들의 탁자로 다가온 얼리즈에게 맥주 두 잔을 주문하려다, 그는 재회를 기념하기 위해 '위스키 두 잔'을 주문했다. 얼리즈도 다시 만난 기쁨을 표현하면서, "기자 나리, 정말 보고 싶었어요."라고 말했다.

"그렇지만……" 시클러이가 다시 말문을 열었다. "기계공으로 일하다가 그렇게 좋은 직업을 가지게 됐는데, 어떻게 생각해?"

"이게 어떻게 된 일이지?" 쾨베시가 궁금해하며 물었다.

왠지 불길한 예감이 이어졌다.

"그 일, 내가 마련해 준 거야." 시클러이가 밝혔다.

"네가?" 쾨베시가 깜짝 놀랐다.

"높은 데서 내려온 지시가 아니었단 말야?" 쾨베시는 혼잣말을 했다.

인형의 배에서 소리를 내는 게 무엇인지 알아내려고, 호기심을 못 이겨 인형을 분해하기 시작한 아이 같은 목소리였다. 그렇게 말문을 연 그는 곧 시클러이에게 철강 공장에서 어떻게 그를 내보냈는지 설명했다. 웃어 대는 시클러이의 한쪽 눈에서 나온 작은 눈물방울이 눈가에 생긴 주름 위에 반짝이며 머물렀다.

"높은 데서 내려온 지시라!" 그는 거의 숨이 넘어갈 듯이 웃어 댔다. "물론 높은 데서 내려온 지시였지. 내 지시였거든."

마침내 웃음을 거두고, 그는 홍보과장이 그의 '오래된 고객'이라고 알려 주었다. 신문 기자 때부터 알았는데, 소방청에서 다시 관계가 이어졌다는 것이다. 이 순간 쾨베시가 갑작스레 정말로 소방청에서 어떻게 지내는지 물었고, 시클러이는 아주 좋다고 손짓했다.

"최고지. 다 내 손바닥 안에 있거든."

그의 설명에 따르면 지금은 소방청이 산업부의 가장 큰 고객이라고 했다. 자동차, 수도 파이프, 불자동차용 사다리, 모자, 이 밖에 다른 것을 엄청나게 많이 주문하는데, 늘 그랬듯이 인도되는 물품은 일반적으로 원래 요구한 것과 달랐다. 이런 때 소방청 쪽에서 일을 담당하는 사람이 바로 시클러이라는 것이었다.

"협상을 하다 보면 다른 것들도 연결되지."

그는 폭로하겠다고 협박하는 척했다. 산업부의 담당자는 홍보 담당관이었다. 그는 폭로를 만류하면서, 가능한 다른 것들로 무마하려고 했다. 그들은 차례차례 타협 방안을 찾아냈다.

"이제 이해하겠지?"

시클러이가 쾨베시에게 은밀한 눈길을 보냈다.

"그럼."

시클러이의 설명을 방해하지 않기 위해 쾨베시가 서둘러 한마디 던졌다. 그는 소방 업무와 정부 부처 간의 협상보다는 지금 자신이 처한 특별한 상황에 더 관심이 많았기 때문이다. 시클러이가 이야기를 계속했다. 언론과에 빈자리가 생기고, 그 자리에 다른 사람을 급하게 채워 넣지 않아도 되는 경우, 시클러이가 추천하는 사람을 과장이 받아 주기로 약속했다는 것이다.

"내가 너를 잊지 않겠다고, 너를 위해 방법을 꼭 찾겠다고 했잖아!" 쾨베시가 말하기 전에 그가 먼저 말했다.

하지만 그는 쾨베시를 어디서 찾아야 할지 알지 못했다. 집 주소도 알지 못했다.

"친구, 정말 참을 수 없는 상황이었지. 지금 당장 나에게 주소를 줘!"

쾨베시는 어서 주소를 주고 싶다는 듯이 고개를 힘차게 끄덕였다. 하지만 그는 시클러이의 말을 중단시키지 않으려고 그 일을 뒤로 미루었다. 시클러이는 계속해서 왜 어디로 일하러 가게 되었는지 소식을 전하지 않았느냐고 나무랐다. 쾨베시는 어려울지 몰라도 자기에게는 쾨베시가 일하는 곳을 알아내는 게 그리 어려운 일이 아니었다고도 했다. 그는 소방관 제복을 입고 곧장 직업청 사무실로 갔고, 그곳에서 최근에 쾨베시라는 이름을 가진 사람에게 그들이 어떤 일자리를 소개했는지 물었다. 소방청에서 확실한 이유로 그에게 관심을 가지고 있다면서. 당연히 그들은 즉시 그의 명령에 따랐다. 하지만 시클러이는 쾨베시에게 미리 알리고 싶지 않았다.

"마지막으로 보았을 때 네 행동이 너무 이상해서 약간 겁이 나기도 했어. 행운이 너의 것이 되느냐 마느냐는 모두 너 하기 나름이었지!"

이렇게 해서 그는 홍보과장에게 쾨베시의 이름과 일하는 곳을 알려 주었다. 홍보과장은 '이 문제를 공식적인 방법으로 풀었다.' 그 결과, 문제는 부서에서 부서로 넘어가 마침내 철강 공장에는 높은 데서 내려온 무조건적인 명령의 형태로 도달했다.

"이제 이해하겠어?"

시클러이가 물었고 쾨베시는 대답했다.

"물론이지."

그는 사람들이 자기를 속였다는 듯, 그러나 이 사건의 우스운 면에 대해서는 전혀 관심이 없다는 듯 희미하게 미소 지었다. 그러고 나서 시클러이는 쾨베시에게 배송과장과 고상한 이념에 대해서, 중단 없는 완전주의와 인간의 시험에 대해서 했던 말을 다시 한번 반복하게 했다. 그들이 그렇게 마주 앉아 진지하게 논쟁하기 한참 전에 시클러이와 홍보과장은 모든 것을 약속했고 준비해 놓았던 것이다. 이제 그는 그 말을 처음 듣는 듯이 한참을 웃어 댔다.

"자, 친구. 이 얼마나 희극적인 상황이야!"

그가 그들 두 사람에게 앞으로 남겨 두어야 하는 교훈처럼, 들어 올린 검지를 아래로 내렸다.

문학. 검증. 시련

어느 날 저녁 쾨베시는 집주인인 베이건드 부인과 마주쳤다. 정확히 말해서 쾨베시가 밖으로 나가려고 현관으로 나왔을 때, 부인이 열려 있는 부엌문을 통해서 아침에 있었던 일을 사과하기 위해서 그에게 말을 건넸다. 쾨베시는 이미 손잡이 위에 손을 대고 있었는데, 갑자기 아침에 무슨 일이 있었는지 전혀 기억이 나지 않았다. 요사이 직장에서 지내기가 몹시 힘들었기 때문이다. 잠시 후 아침에 있었던 일이 떠올랐다. 당연히 그녀의 아들, 피테르가 문제였다. 정부 부처에서 근무하게 된 뒤로 쾨베시에게는 응석을 부리는 습관이 생겼다. 이 말은 그가 변덕을 부린다는 뜻이기도 했다. 예를 들면 불현듯 집에서 나가기 전에 아침이 먹고 싶었다.(아마도 그에게 그런 욕망을 불어넣은 사람은 아가씨일 것이다.) 전날 저녁 그는 아침에 마시려고 가게에서 차를 샀다. 차 중의 차라 할 만큼 좋은 차는 아니었다. 적어도 아가씨와 아침 식사 때 마시던 것과 같은 향기가 나는 차는 아니었다. 차를 사는 순간 쾨베시는 어딘가 멀리서, 아마도 이미 존재하지 않는 시간의 심연에서부터 기억의 향기가 날아오르는 것을 느꼈다. 쾨베시는 아침에 자기가 산 차를 가지고 부엌으로 갔다. 철강 공장에 다닐 때처럼 일찍 일어날 필요가 없음을 잊어버린 듯이. 그런데 부엌에는 이미 부인과 아들이 아침 식사를 하기 위해 앉아 있었다. 쾨베시는 미안하다고 하며 얼른 돌아 나오려고 했다.(아침을 먹으려던 생각은 벌써 달아나 버린 뒤였다. 혼자가 아니라 주인 가족과 아침을 먹는다는 것은 그가 꿈꾸는 아침 식사의 모습이 아니었다.) 하지만 베이건드 부인은 가겠다는 그를 극구 말리면서, 너무도 친절하게 그를 들어오게 했고 곧이어 쾨베시가 차를 끓일 수 있도록 가스레인지 위에 자리를 마련해 주었다. 쾨베시가 돌아 나오면 그녀가 속상해할 게 분명한 상황이라 그들은 긴장된 공기 속에서 아침 식사를 하게 되었다. 그런데 피테르가 주머니에 넣을 수 있도록 말판 밑 네모난 바닥에 손잡이가 달린 작은 말을 꺼냈고, 그것을 끼우기 위해서 고성 구멍이 뚫려 있는 체스 판을 식탁 위에 올렸다. 한 손에는 베어 먹던 빵을 들고, 다른 손으로는 말을 똑바로 놓으면서, 소년은 가끔씩 눈을 들어 자기가 너무 힘들다는 것을 알리기 위해 어른들을 쳐다보았다. 쾨베시는 두꺼운 안경알 뒤에 보이는 소년의 눈이 피곤한 탓이든, 아니면 잠을 못 잔 탓이든, 아니면 이 두 가지 모두 때문이든 완전히 붉게 충혈되어 있는 것을 알아챘다. 베이건드 부인은 점점 말이 없어지다가 쾨베시에게 속삭이듯이 설탕을 권하고, 딱딱한 빵을 권하더니 결국에는 아들의 등 뒤에서 미안하다는 신호를 보내며 자기도 어쩔 도리가 없는 상황임을 표시했다. 쾨베시는 그들 두 사람이 자기 아이이고, 자신이 무섭고 잔인한 가장으로서 기분에 따라 변덕스럽게 독재라도 행하는 듯한 분위기가 조성되자 그만 웃음을 터뜨렸다.

"재를 참아 낼 수가 없어요."

베이건드 부인이 어찌할 바를 모르고 팔을 벌렸다가 다시 내려뜨리더니 살짝 한쪽 방향으로 흔들면서, 이해할 수 없을 만큼 떨리고 창백하며 여윈 얼굴에 빛을 잃은 호수 같은 눈으로 그를 바라보며 고통을 호소했다.

"체스 대회가 시작된 뒤로는 도무지 참아 낼 수가 없어요." 부인이 다시 한번 말했다.

하지만 쾨베시도 힘들긴 마찬가지였다. 요사이 쾨베시는 집에서도 초안을 완성하기 위해 일을 해야 했다.(그가 이 집에 처음 오던 날 주인 여자가 아주 자랑스럽게 소개했던 그 탁자를 사용하게 되었다. 정말 오래전 일인데도, 쾨베시는 생생하게 기억하고 있었다.) 그러나 저녁마다 일을 하려고 하면 아들과 부인의 끊임없는 말다툼 소리가 방으로 밀어닥치는 바람에, 화가 나서 손에 쥐고 있던 연필을 집어던지곤 했다. 압력이 높아지면 가스가 밸브 사이로 새어 나오는 것처럼 소년의 째지는 듯한 울음소리가 밀려들었다. 쾨베시가 그들의 방해를 은근히 기뻐하고 있지 않은지는 아무도 모를 일이지만, 그가 잔뜩 화가 나서 연필을 확 집어던지면, 연필은 탁자 옆에 부딪쳤다가 튀어올랐다. 마음을 좀 가볍게 하고 싶었을 뿐만 아니라, 자기 자신 앞에서도 감추거나 정당화하고 싶었지만 소용이 없었다. 글을 쓰기 시작하는 즉시 그는 정당화할 수 없고 불명확한 모순의 구렁텅이에 빠져 그것을 감당해야만 했다.

"혹시 경기가 잘 안 풀린대요?" 쾨베시가 궁금해하며 물었다. 약간은 심술궂고 고약한 감정이 포함되었던 것도 부정할 수 없다.

"원하는 만큼 안 된대요." 부인이 대답했다.

계속 머리를 흔드는 모습이, 자기도 스스로의 말을 옳다고 여기지 않고 있음을 알려 주었다.

"표면상으로는 아무것도 결정된 게 없어요. 그런데 경기가 하나 연기되어, 다음번 경기에 생사가 달렸다는군요."

부인이 입을 다물고, 눈가가 흐려진 채 쾨베시를 보았다.

"생사가 달렸다고요?"

쾨베시가 놀라서 눈썹을 치켜떴다.

"그렇게 말하더군요." 부인이 불평했다.

하지만 털어놓고 나니 조금 후련하다는 태도였다.

"철없는 소리군요." 쾨베시가 웃었다.

"철없는 소리죠." 부인이 말했다.

"게다가 아직 아이인걸요."

쾨베시에게는 그녀가 아주 오래전에 시작한 대화를 반복하는 듯한 느낌이 들었다.

"자." 그가 대화를 마무리했다. "그렇게 중요한 일이라면 분명히 이길 겁니다."

집을 나서 층계를 내려오면서도 자기가 부인에게 적당한 위로의 말을 건넨 건지 확신이 서지 않았지만 이제 남쪽 바다로 가야 할 시간이었다. 한편으로는 저녁 식사를 하기 위해서, 또 한편으로는 시클러이와 함께 코미디극을 구상해야 했기 때문이다. 이제까지 머리를 짜냈지만 별 소득이 없었다. 코미디극을 쓰는 것은 재미라고는 손톱만큼도 찾을 수 없을 만큼 너무 괴롭고 힘든 일이었다. 서로에게 구속되지 않고 친하게 지내던 예전과 마찬가지로, 지금도 쾨베시와 시클러이는 저녁마다 남쪽 바다의 단골 테이블에 앉아서 얼리즈를 놀렸다. 하지만 얼리즈는 예전과 달리 발끈하지 않았다. 이제는 그들의 농담에 대꾸하는 것조차 힘겨워 보였고, 입술 주변의 슬픈 골은 전보다 훨씬 깊게 파여 있었다. 그럴 때면 쾨베시는 그녀의 애인에 대해 궁금증을 표시하면서, 요사이 카페에서 베르그를 통 못 보겠다고 말을 걸곤 했다. 하지만 얼마 후부터는 더 이상 그 질문도 하지 않게 되었다. 때로는 시클러이가 있어서 곤란했고, 때로는 적당한 상황이 아니라고 느꼈기 때문이다. 그러나 누가 알겠는가, 그 역시도 대답을 두려워하고 있는지. 그들은 소방청이나 홍보과에서 있었던 일들을 이야기하면서 즐거워했다. 특정한 손님이나 무리를 비웃기도 했다. 하지만 대화가 코미디극을 쓰는 것과 연관되면 그 순간부터 기분이 어두워졌다.

"자." 오래전부터 예상해 왔지만, 그럼에도 항상 기대하지 않은 순간에 시클러이가 질문을 던졌다. "생각해 봤어?"

"물론이지."

쾨베시는 겉으로 드러내고 싶었던 수많은 생각을 마침내 말할 수 있게 된 사람처럼 용건에 들어갔다.

"그래서?"

시클러이의 진지한 얼굴이 쾨베시를 쳐다보며 대답을 요구했다.

"좋은 아이디어 있어?"

"사랑에서 시작하는 거야." 쾨베시가 확신 있게 말했다.

"좋군." 시클러이가 동의했다.

"사랑에서 시작해 보자. 그다음은?"

"소년과 소녀가 있었어."

쾨베시는 이 순간 그에게서 더 멀리 도망가야 한다고 느낀 사람처럼 조심스럽게 입을 열었다. 그리고 시클러이가 절대 이 정도에서 만족하지 않으리라 생각하며 두려움을 느꼈다.

"그들에게 무슨 일이 일어나는데?" 벌써 참을 수 없어하는 목소리가 들려왔다. "그들의 행복을 방해하는 게 뭐야?"

쾨베시는 아무 말도 하지 않았다. 곰곰이 생각하는 것처럼 보였지만, 마음속에서는 어느새 코미디극이 진행되는 동안 행운의 항구로 끌고 가야 하는 상상 속의 연인을 죽이고 싶은 난처한 본능이 일어난 듯, 그의 얼굴이 진짜 어두워졌다.

"결국 아무런 아이디어도 없는 거군."

시클러이가 쐐기를 박았다. 죄의식을 담은 쾨베시의 침묵은 아이디어가 없음을 고백하고 있었다.

"알았어, 알았어. 그렇다고 기죽을 건 없어." 시클러이가 부드럽게 말했다.

"우리는 멋진 이야기를 생각해 내야 해." 잠시 후에 그가 생각을 말했다.

"그래, 맞아." 쾨베시가 동의했다.

"생각해 보자." 시클러이가 제안했다.

이윽고 두 사람 사이에 오랫동안 편안한 침묵이 찾아왔다. 쾨베시는 연극할 때 사용하는 가면을 얼굴에 쓴 것처럼, 짐짓 고민하는 표정, 열정적으로 숙고하면서도 동시에 숨김없는 표정을 지으려고 노력했다. 마치, 이제 곧 기발한 아이디어가 떠오를 것이고, 그러니 몇 분만 기다리면 되는 사람과 같은 표정을 지어야 했다. 하지만 이 순간 그의 시선과 관심은 점점 자유롭게 자신의 길을 가고 있었다. 카페 안을 이리저리 날아다니다가, 이런저런 탁자에 머물렀다가, 이 사람 저 사람의 얼굴에 머물렀다. 저쪽에서 빈 술잔을 앞에 둔 '생각하는 창녀'가 팔꿈치를 탁자에 기대고, 손을 구부려 손목 위에 턱을 올려놓은 채, 멍한 시선으로 쾨베시를 보는 것 같으면서도 보지 않고 있었다. 진짜 안 보는 건가? 쾨베시는 당황해서 그녀로부터 시선을 돌렸다. 실제로 그는 '생각하는'과 당혹스러운 사건을 통해 연결되어 있었다. 원인을 찾자면, 철강 공장의 아가씨가 아니라, 자기 자신에게 책임을 물어야 했다. 사실 그의 마음에는 아가씨에 대한 기억이 다시 끓어올랐다. 아가씨는 쾨베시의 마음에 아침 식사에 대한 그리움만 불어넣은 게 아니라, 그의 안에 먹이를 찾는 야수도 일깨워 놓았다. 그렇다. 쾨베시는 종종 여자의 따뜻함이 그리웠다. 추상적인 의미에서가 아니라, 단어 그대로 철저하게 실제적이고 구체적인 의미에서 그랬다. 쾨베시는 여자의 따뜻한 몸이, 여자의 부드러움이, 여자의 매끄러움이 그리웠다. 꼭 그 아가씨의 따뜻한 몸과 부드러움과 매끄러움을 원하는 것은 아니었다. 물론 그녀를 다시 만나 즐거움을 나눌 수도 있겠지만 그러기 위해서는 너무 큰 대가를 치러야 했다. 그리움의 대상이 따로 있는 것은 아니었다. 정확히 말하자면 한 사람과 연결되어 있는 것이 아니었다. 더 정확하게 말하자면 쾨베시는 여자가 그리웠지만, 특정한 여자가 그리운 게 아니었다. 쾨베시의 생각에, 그것은 그리움이기도 하고 고통이기도 해서 언제든 그를 다시 위험에 빠뜨릴 수 있었다. 아마 그는 바로 그것을 곰곰 생각하고 있었을 것이다. 그날 저녁 시클러이는 일찌감치 자리를 떴다. 내일 소방청에 훈련이 있어 새벽에 일어나야 한다는 것이었다. 쾨베시는 맥주 잔 옆에 앉아 외롭게 시간을 보냈다. 그러던 중 '생각하는'이 처음에는 눈짓을 보내다가 나중에는 어깨로, 손으로 무언가 메시지를 보내고 있다는 것을 알아챘다. 하지만 쾨베시가 솟아오르는 야비한 탐욕을 잔디 양탄자처럼 음흉한 미소로 덮으며 자리에서 일어나, 그녀가 앉은 곳으로 다가가자 여자는 갑자기 당황한 표정을 지었다.

"도대체 무슨 상상을 하는 거예요?" 그녀가 떨리는 목소리로 숨 죽여 물었다. "내 옆자리에 앉을 생각이에요?"

이 말에 쾨베시는 짐짓 뻔뻔한 척 들이대면서 분명하게 대꾸했다.

"안 되는 이유라도 있어요?" 그가 도전적으로 물었다.

사실 그녀가 반대할 이유는 없었다. 쾨베시는 자리에 앉아 여러 종류의 팔링커를 주문했다. 그는 약간 취했고, 여자가 세상에 대해서 약간 더듬거리며 길게 이야기하는 것을 참을성 있게 들어주었다. 그녀는, 그들 둘을 포함하여 세상은 존재하지 않고, 존재는 어딘가 다른 곳을 떠돌고 있으며, 이 세상은 존재에 방해가 되는데, 왜냐하면 세상은 실제가 아니라 환각이기 때문이며, 따라서 제거해야 한다고 말했다. 시간이 지나면서 술이 그를 대담하게 만들었던지, 쾨베시는 그렇기 때문에 팔링커 값을 계산해야 한다고 말했다. 이 말에 여자가 깔깔거리면서 친한 사람에게 하는 것처럼 쾨베시의 허벅지에 그녀의 따듯하고 메마른 손을 올렸다. 여자 곁에 가까이 있자 불타오르던 쾨베시의 고통이 누그러졌다. 그의 내부에서 여자를 향한 욕망이 실제로 활동하는 데 필요한 본능 대신 어떤 장애가 느껴졌다. 아마 그녀의 금발과 부드러운 턱선 그리고 단호하고 날카로운 코 사이에 드러난 불안한 대립 때문이었을 것이다. 하지만 쾨베시는 그녀를 따라갔다. 밤 전차를 타고 작은 거리를 지나, 여자의 집까지 따라갔다. 방은 쾨베시가 이제까지 은밀하게 드나들던 그 방처럼 귀퉁이에 있었다. 그러나 그녀는 조용히 하라고 손짓하지 않았다. 하지만 무덥고 어두운 현관에서 누군가 자고 있을 것만 같은 생각이 들었다. 방

안에 들어선 뒤 그는 온몸이 얼어붙을 것 같은 두려움을 느꼈다. 밝고 희미한 방에(그가 나중에 말한 것처럼 그 방은 가로등 불빛과 마주하고 있어서 이상한 조명이 비치고 있었다.) 사방에서 번쩍거리며 빛을 발하는 시선이 그를 쳐다보고 있었다. 쾨베시는 그 존재의 무거운 숨소리도 들었다고 생각했다. 그 존재가 내는 상상의 목소리가 마침내 '생각하는'의 웃음소리로 바뀔 때까지.

"놀랐어요?"

그녀가 숨이 차도록 웃으면서 침대보가 깔린 침대에 털썩 주저앉았다.

"인형 눈이야." 재미있어 어쩔 줄 모르던 여자가 갑자기 풀 죽은 목소리로 말했다.

"확실하다니까." 여자의 목소리가 아주 가늘게 변하면서 종알거리듯 불평을 했다. "아주머니가 인형 눈을 만들어……."

그제야 쾨베시는 아직도 멍한 얼굴로 바닥, 선반, 탁자에 자리 잡은 수많은 사람 인형과 뜨개질해서 만든 곰 인형을 바라보았다.

"못생기고 뚱뚱한 아저씨를 위해서……." 여자가 울 것처럼 입을 삐죽이며 말했다. "'왕관 없는'을 위해서……. 당신도 알지?"

여자가 침대 위에서 쾨베시를 쳐다보았다. 멍청한 인형의 유리 눈이 사방에 널려 있는 환경에서, 여자의 이슬 맺힌 눈빛은 많은 이야기를 하는 것처럼 보였다.

"물론이지." 쾨베시가 대답했다.

"이리 가까이 와."

여자의 속삭임에 쾨베시가 따르려 하자, 그녀의 뜨거운 손이 식당에서처럼 다시 그의 허벅지에 닿았다. 아까보다 조금 위쪽이었다.

"목욕탕은 어디 있어?" 쾨베시가 물었다.

아마도 시간을 끌 생각이었던 것 같다. 이유는 그 자신도 알 수 없었다.

"지금 목욕탕에 가서 뭐 하려고?"

'생각하는'이 목욕탕에 가지 못하게 했다. 하지만 쾨베시는, 술 취한 사람이 이유 없는 변덕을 부리며 이런저런 고정 관념에 집착하듯이, 계속 목욕탕에 가겠다고 고집했다. 여자가 언제나처럼 떨리는 목소리로 화를 내며 소리를 질렀다.

"그럼 나가! 직접 찾아봐!"

쾨베시는 수건과 양치 컵과 얼룩진 거울에 둘러싸인 목욕탕이라는 덫에서 문을 잠그고 여기서 밤을 보낼까, 아니면 아무도 눈치채지 못하게 몰래 빠져나갈까 곰곰이 생각했다. 정말 술을 너무 많이 마신 탓인 것 같았다. 그러나 도망자가 후회하며 범죄 현장으로 돌아오듯, 그는 다시 방으로 돌아갔다. 창문에 반사된 희미한 빛을 통해 침대에 누운 둥근 형태가 보였다. 여자가 고르고 낮게 쌕쌕 소리를 내면서 그사이 옷을 입은 채 잠들어 있었다. 쾨베시는 여자가 일어나기를 잠시 기다렸다. 기다리는 것 말고는 정말 어떤 행동도 하지 않았다. 그리고 잠시 후에 정신이 들자, 조금은 울적하고 조금은 가벼운 마음으로, 동시에 자신의 나약함에 굴복할 만한 힘도 없는 것을 부끄럽게 생각하면서, 결국 낭비할 뻔했던 것을 인색하고도 무익하게 잘 지켜 낸 채로, 조용히 그 집을 나왔다. 다음 날 보니 '생각하는'은 그 일을 전혀 기억하지 못하는 것 같았다. 그녀는 언제나처럼 팔링커 잔을 앞에 놓고, 먼 곳을 바라보는 멍한 시선으로, 흰 머리칼을 휘날리는 펌프맨과 이야기를 나누고 있었다. 펌프맨은 폭풍우가 찢어 놓은 듯한 찌푸린 얼굴로 그녀의 얼굴 가까이로 몸을 굽히고 매우 다급하게 이야기를 하고 있었다. 쾨베시가 조심스럽게 인사를 하자, 여자는 스치듯 멍하면서도 완전히 무심한 끄덕임으로 응답했다. 쾨베시는 재빠르게 악사들이 모여 있는 탁자를 보다가 시선을 돌렸다. 그의 시선은 그곳에서 오랜 친구인 피아니스트를 찾을지 모른다는 희망으로 헤매고 있었다. 언젠가 남쪽 바다로 들어오는 회전문에서 우연히 한번 만난 뒤로는 지금까지 한 번도 그를 만나지 못했다. 시클러이가 우연히 늦게 온 어느 날 저녁, 쾨베시는 더 이상 참지 못하고, 자리에서 일어나 악사들이 앉는 탁자로 걸어갔다. 그는 한때 색소폰을 불었다고 들은 듯한, 머리가 벗겨지고 볼이 약간 부풀어 오른 남자에게 말을 걸었다. 남자의 눈 아래에는 불룩 튀어나온 부분이 있었다. 그는 먼저 방해해서 미안하다고 말하고는 혹시 피아니스트에 대해서 아는 것이 있는지 물었다. 색소폰 연주자는 그가 누구에 대해 묻는지조차 전혀 짐작하지 못하는 것 같았고, 때문에 쾨베시는 적잖이 당황했다. 피아니스트의 외모는 눈에 띄는 편인 데다가 쾨베시의 기억으로는 색소폰 연주자가 그와 신지하게 이야기하는 걸 여러 번 보았기 때문이다. 그래서 그는 두 사람이 아주 다정한 친구이거나, 적어도 잘 아는 사이일 거라고 생각했었다.

"빛나는 별에서 피아노 치는 친구요." 쾨베시가 기억을 돕기 위해 한마디 더 덧붙였다.

"빛나는 별에서요?" 색소폰 부는 남자가 기겁을 했다.

"그곳에는 피아니스트가 없어요. 빛나는 별에서는 탱고 현악단이 연주를 해요!"

그는 쾨베시의 의심을 앞지르며 옆에 있는 악사에게 물었다.

"빛나는 별에 피아노 연주자가 있어?"

파란빛이 돌 만큼 깔끔하게 면도를 하고 포마드 기름 냄새를 풍기는 검은 머리의 삐쩍 마른 남자가 방금 색소폰 부는 남자가 그랬듯, 깜짝 놀랐다.

"무슨 소리야? 빛나는 별에는 탱고 현악단이 연주하잖아."

이렇게 말하며 그 남자가 화난 얼굴로 쾨베시를 쳐다봤다.

"자, 아시겠죠!" 색소폰 연주자는 쾨베시의 말이 완전히 틀렸다고 반박하는 얼굴로 말했다.

쾨베시는 친절하게 알려 줘서 고맙다고 급히 인사를 하고는 자기 자리로 돌아왔다. 파란빛이 도는 얼굴의 남자가 색소폰 연주자에게 화를 내며 무슨 말을 하는 것이 보였다. 색소폰 연주자는 미안한 표정으로 팔을 벌리고, 입술을 옆으로 쭉 당기며 머리를 흔들었다. 쾨베시는 그가 귀찮게 했기 때문일 거라고 생각했다. 잠시 뒤에 짙은 양복을 품위 있게 입은 '수면 마취제' 언드레 아저씨가 손에 긴 담배를 들고 쾨베시의 탁자 옆으로 왔다. 쾨베시가 인사를 건네자 그는 은빛 머리를 가볍게 숙였다. 그러고는 갑자기 무슨 생각이 났는지 잠깐 멈추어 서서 아주 재미있다는 듯이 목소리를 낮추고 분명하게 말했다.

"방금 전에 피아니스트 피치에 대해서 물었다고 들었는데."

"그래요."

쾨베시는 깜짝 놀랐다. 아까 악사와 이야기할 때, 언드레 아저씨가 가까이 있는 걸 보지 못했기 때문이다. 물론 가까이 있었는데, 그가 제대로 살피지 못한 것일 수도 있었다.

"혹시 아는 게 있나요?" 그가 묻자 언드레 아저씨가 머리를 끄덕였다.

"물론이지. 나의 좋은 친구였는걸."

쾨베시의 질문에 대한 답은 아니었다. 멀어져 가는 그의 얇은 등을 보며, 쾨베시는 그의 대답이 어쩌면 자기가 물은 것에 대한 정확한 대답이었을지도 모른다고 생각했다. 이제는 모든 것이 피아니스트가 바라던 대로 되어, 자다가 침대에서 끌려 내려오는 일은 없으리라는 확신이 들었다.

한마디로 그곳에는 쾨베시가 쓸 이야기들이 가득했다. 물론 주변을 둘러보아야만 했지만. 그는 시클러이에게 한두 가지 일화를 들려주었고, 그럴 때면 두 사람은 완전히 똑같은 생각을 하면서 이야기를 나누었다. 그들이 만난 이유를 까맣게 잊을 때도 많았다. 시클러이가 원래의 목적을 떠올리기 전까지는.

"자, 이제 코미디극으로 돌아가자!"

"그러지!" 쾨베시가 동의했다.

그는 다시 열심히 고민하는 표정을 지었다.

“적어도 멋진 아가씨는 찾아내야 해!” 시클러이가 그를 격려하며 길게 설명했다. “코미디극 작가가 멋진 여주인공을 찾으면 이미 싸움은 끝난 거야.”

시클러이의 말에 따르면 아가씨는 약간 엉뚱면서도 자극적이어야 했다. 동시에 “참을 수 없이 변덕스럽지만 끝내주는 매력의 소유자여야 했다.” 그러나 그런 이야기를 나눌 때쯤이면 시간이 너무 늦어 버려 두 사람은 시클러이의 말대로 아가씨 문제를 “내일 의논하기 위해 같은 장소인 이곳, 남쪽 바다에서 다시 만나기로 했다.” 그러고는 회전문을 열고 밖으로 나와 이미 캄캄한 밤이 되었음을 확인했다.

계속

아직 업무에 밀접하게 관여하지 않았지만 쾨베시는 직장에서 문학과 행복하게 지내게 되었다. 쾨베시가 할 일은 문학적인 능력을 요구하지 않았다. 실제로 어떤 능력이 요구되는지도 전혀 알 수 없었다. 직장에서의 처음 며칠을 쾨베시는 글만 읽으면서 보냈다. 구체적으로는 그의 동료와 또 다른 동료, 정확한 공식 직책을 말하자면 홍보 선임과 홍보과장이 쓴 글을 읽으며 시간을 보냈다. 이제 파란색 꽃 두 송이를 단춧구멍에 꽂고 씁쓸한 미소를 짓고 있는 홍보과장은 동료의 글을 먼저 읽는 것이 쾨베시가 앞으로 할 업무를 터득하는 길이라고 했다. 이런 과정이 이상적인 모범을 제시해 줄 거라면서. 이렇게 해서 쾨베시는 그들이 쓴 글을 읽기 시작했다. 그것은 보고서처럼 보일 때도 있었고, 기사나 에세이처럼 보일 때도 있었다. 모두 외부 세계에 대한 뉴스나 사건 또는 지식을 알려 주려고 애쓰는 듯 시작되었지만 작가가 글을 써 나가면서 그 사실을 잊은 건지, 아니면 쾨베시가 이해를 못한 것인지 첫 문장을 읽는 순간부터 시선을 이쪽저쪽으로 분산시켰고, 계속해서 아래로 잡아당기다가 결국은 머리를 꾸벅이게 만들었다. 쾨베시는 졸다가 깜짝 놀라 깨어나곤 했다. 쾨베시가 보기에 홍보 선임은(나이가 꽤 많고 머리가 벗겨진 이 사람은) 적어도 어린 시절부터 글을 쓰기 시작해서, 지금까지 쉬지 않고 많은 작품을 쓴 사람이었다. 끈으로 묶어 정리한 작품만 해도 책꽂이와 서랍장을 가득 채우고도 남을 것 같았다. 어쩌다 쾨베시가 기운을 내려고 괴로운 눈길로 비서 쪽을 바라보면, 비서는 벌떡 일어나 청하지도 않은 홍보 선임의 원고 뭉치를 산더미처럼 들고 와서 쾨베시의 책상에 수북하게 쌓아 놓았다. 그러고는 서둘러 타자기 쪽으로 돌아가서, 선임이 구술하는 내용이나, 깨끗하게 정리할 목적으로 그녀에게 전달한 초안을 다시 옮겨 타이핑했다. 물론 쾨베시가 읽은 것은 마음에 흔적을 남겼다. 어느 날 저녁 시클러이가 "소방관이 되었어."라고 했을 때 남았던 것과 마찬가지로 막연한 인상을 말이다. 비록 적당히 수정하기는 했지만, 본질적인 관심 사항은 같았다. 산업부 사람들은 생산이라는 것을 오랜 시간 동안 여겨지던 그대로 자연스러운 활동으로 보기보다, 오히려 특이하고도 영웅적인 시도이자, 심지어 소명으로 여기기까지 하는 것 같았다. 다수의 사람들, 심지어 노동자들은 그것을 완전하게 인식하지 못하고 있었다. 그들은 일을 하면서도, 자기들이 무슨 일을 하는지 알지 못했다. 결국 홍보 선임의 과제는 노동자들이 스스로에 대해 자긍심을 갖게 하고, 더 나아가서 그들을 향한 사회적인 존경심을 불러일으키는 것이었다.(이 과제가 이제는 자신의 과제가 되었다는 사실에 놀라며 쾨베시는 스스로를 설득했다.)

실제로 어느 날 쾨베시는 더 이상 읽지 않고도 자신이 직접 홍보 선임의 보고서와 입장 표명문이나 토론문을 직접 쓸 수 있게 되었다는 것을 깨달았다. 대부분 전혀 이해할 수 없는 것을, 전혀 그가 받아들이지 못한 것을 자기 손으로, 심지어 자신의 머리로 썼던 것이다. 쾨베시에게, 다시 말해 홍보 선임에게, 홍보과장에게, 혹은 비서에게 쉬지 않고 통지가 들이닥쳤다. 그 통지가 실질적으로 그의 업무 영역과 관계가 있는 경우에는 지체 없이 보고되었다. 쾨베시를 제외한 모든 사람이 쾨베시와 쾨베시의 업무 영역을 정확히 알고 있는 것 같았다. 쾨베시는 현장으로, 대개는 철강 공장으로도 취재를 나가야 했다. 발명품이나 작업량, 생산품의 다양한 특징을 증명하는 기사를, 그의 눈으로 직접 확인하고 결과를 살펴본 다음에 써야 했다. 예를 들어 발명품에 대해 쓸 경우, 쾨베시는 발명품을 구별하여 명확하고 쉽게 서술했다. 사람들이 객관적 사실을 받아들이고 본질을 이해할 수 있도록. 물론 쾨베시는 홍보과에서도 사실의 중요성을 수없이 들었지만 그는 사실이라는 것이 가장 하찮은 것임을 곧 알아차렸다. 그보다는 그가 어떻게 그 사실을 바라보는가가, 다시 말해 어떻게 보아야만 하는가, 혹은 어떻게 보았어야만 했는가가 훨씬 중요했다. 전혀 사실이 아닌 것을 어떻게 사실 혹은 그 이상으로 본단 말인가. 그러다 보니 쾨베시는 자주 길에서 벗어났다. 그래서 자기가 쓴 글을 검열할 능력을 잃고 말았다. 철강 공장에서 선반 작업을 잘하지 못했던 것처럼 쾨베시는 글도 잘 쓰지 못했다. 그가 할 일은 쉬운 듯했다. 또 노력도 모자라지 않았다. 그런데도 일을 완수할 수 없었다. 그보다 멍청하다고 생각되는 사람들도(예를 들어 철강 공장의 아가씨나 선임도) 대단히 쉽게 완수하는 일을. 철강 공장에서 다듬기를 할 때는 조장이 계속해서 그에게 어떻게, 어디에서, 얼마나 잘못했는지를 지적해서 쾨베시를 곤혹스럽게 했는데, 이곳 직장에서는 완전히 자기 자신에게만 의지해야 했기 때문에 더 어려웠다. 그런데 홍보과장은 쾨베시가 드러내는 불분명함과 질문들 때문에 그를 위험하고 멍청한 사람으로 취급했고, 무조건적으로 불신했다. 그와 달리 홍보 선임은 쾨베시에게 많은 일을 맡기지 않았으며, 어쩌다 그와 대화를 하게 되더라도 쾨베시의 머리 언저리만을 쳐다보았다. 마치 쾨베시를 상세하게 살펴볼 필요가 없는 사람, 잠시 일할 사람으로만 보는 것 같았다.

이렇게 쾨베시는 계속 힘들고 불확실한 상태에서 지냈다. 날마다 조금 길거나 짧은 글을 겨우 썼다. 홍보 선임이 쓴 글을 교과서 삼아서, 자신이 할 수 있는 만큼 문장을 연결하고, 분명 의미심장한 내용이 담긴 듯 보이는 애매한 문장을 손질했다. 이렇게 글을 고치다 보면 스스로도 이해할 수 없는 글이 되기 일쑤였다. 그가 이해하는 한, 글의 의미를 전혀 발견할 수 없었다. 결과적으로 좋은 글이 나올 수 없었다. 더 정확하게 말하면 목적에 부합하는 글이 만들어지지 않았다. 아마 여기에서 문제가 시작되었을 것이다. 쾨베시는 아무것도 확신할 수 없었다. 무엇에 대하여 글을 쓰는지, 그 글이 목적에 맞는 것인지 아닌지도 결정할 수 없었다. 왜냐하면 자신의 글을 이해할 수 없었고, 어떤 목적을 위해 썼는지는 더더욱 알 수 없었기 때문이다. 어느 날 오후 홍보과장이 약 한 시간 정도 서둘러 나갔다가, 사무실로 돌아왔다. 그는 비서에게 급히 다가가 매우 특별하고 급한 문제로 감독 위원회 위원장의 사무실에서 중요한 회의가 열리는데 거기에 가 있겠다고 말했다. 그러고는 쾨베시의 등 뒤에 섰고, 그날의 초안과 씨름하고 있는 쾨베시를 바라보았다. 판결의 시간이 다가온 것 같은 예감에 쾨베시는 온몸이 떨렸다. 그러자 홍보과장이 그의 어깨에 손을 올리고, 매우 친절한 목소리로 말을 걸었다.

"잠깐 제 방으로 와 주면 좋겠습니다."

쾨베시는 가슴을 졸이며 기다리다가 마침내 마음을 비우고 마지막 결정을 듣기로 한 사람처럼 책상에서 벌떡 일어섰다.

그러나 홍보과장은 다정하게 책상 앞에 놓인 의자에 앉으라고 권했다. 그러고는 한참 동안 입을 열지 않았다. 쾨베시는 죽어 가는 사람이 남은 힘을 모으듯, 이 세계에서 자신이 해야 할 일을 생각했다. 그래서 홍보과장의 책상에 오늘 쓴 글을 올려놓았다.

홍보과장이 움찔하며 뒤로 물러났다.

"이게 뭡니까?" 그가 물었다.

"완전히 새로운 생산 방식에 관한 글입니다." 쾨베시가 약간 부끄러워하면서 말했다. "그 방식은……."

그러나 홍보과장이 바로 말을 끊었다.

"아, 그래요!"

그는 쾨베시의 글을 서랍 속에 넣었다. 쾨베시가 놀라는 걸 깨달은 그의 수염 주위로 엷은 미소가 번졌다. 그는 책상 앞으로 몸을 약간 구부리고, 친구처럼 소곤거리는 톤으로, 마치 한편이라는 듯 윙크를 하면서 이렇게 물었다.

"새로운 생산 방식이라? 누가 그런 멍청한 일에 관심을 갖죠?"

그 순간 쾨베시는 어떤 표정을 지어야 할지 판단할 수 없었다. 이렇게 노골적이고 반박할 수 없게 자신을 지속적으로 내리누르는 상대에게는 어떤 표정을 지어야 할까. 주머니 속이나 옷 아래에 숨겼다가, 부끄럽고 불필요한 것을 없애 버리듯 몰래 길 위에 그 말을 내던져 버리는 게 가장 좋은 방안일 것이다. 그는 머뭇거리다 간신히 입술만 움직여 억지웃음을 웃었다. 그렇지만 분개할 준비를 마친 사람처럼, 눈썹을 침울하게 끌어모았다.

홍보과장이 의자 뒤로 몸을 젖혔다. 넥타이를 똑바로 하고, 씁쓸한 느낌을 담은 미소를 지으며, 머리를 약간 옆으로 숙이고는 이렇게 말했다.

"당신에게 시를 하나 읽어 주고 싶군요."

"시요?"

그는 쾨베시가 당황하는 것을 즐기는 듯했다.

"제가 썼습니다."

홍보과장이 미소를 지었다. 그러면서 오늘은 다시 하얀색 꽃을 작은 꽃들과 함께 묶어 장식으로 꽂은 재킷 안주머니에서 4등분으로 접은 종이를 꺼냈다. 놀랄 만큼 느린 동작으로 과장은 그것을 펼치기 시작했다.

전환. 고통. 냉정

어느 날 아침(이미 오전일 수도 있었다.) 쾨베시는 휘파람을 불며 대문을 나섰다. 휘파람을 불 이유는 어디에도 없었다. 날씨는 흐렸고 바람은 차가웠다. 길에서 허물어진 집과 건물의 뼈대와 다양한 방해를 일으키는 건축 현장의 먼지가 날아와 떫은 악취와 섞였다. 가을이 가까이 온 듯했다. 쾨베시의 마음에 옛날에 있었던 것 같기도 하고 전혀 없었던 것 같기도 한, 노란색과 진홍색의 진짜 가을, 타닥타닥 소리를 내며 타오르는 벽난로 불길이 떠올랐다. 가볍고 부드러우며 그러면서도 따뜻한 외투에 대한 변덕스러운 욕망이 마음에서 살아났다. 지금 그 외투 깃을 올려세우고 익숙한 동작으로 그 속에 턱을 집어넣고 싶었다. 그는 휘파람을 불면서 자신의 일터인 산업부 방향으로 가고 있었다. 솔직히 말하면, 출근 시간에 맞춰 도착할 수 있는 시간은 아니었다. 어제 저녁 평상시처럼 코미디극을 구성하느라 시클러이와 갈등을 겪었고, 머리를 식히기 위해서 밤의 고요에 잠긴, 곰팡내 나는 도시를 쏘다녔다. 그런 시간이면 웅성거리고 삐걱거리는 소리나 코고는 소리만이 도시를 울렸다. 마치 어두운 창문 너머에서 자는 사람들이 공동으로 꾸는 불안한 꿈의 한 조각을 듣는 것 같았다. 그런 이유로 그는 늦게 잠자리에 들어 그야말로 늦잠을 자고 말았다. 쾨베시는 그와 홍보과장이 지금처럼 친밀하게 지내는 한, 지나치지만 않는다면 약간은 자유롭게 행동해도 바로 머리가 날아가지는 않을 만한, 약간의 특별한 위치에 있다고 믿고 있었다. 시에 대해서는 아는 바가 하나도 없었지만 홍보과장은 그의 평가를 신뢰하는 것 같았다. 아주 오래전 어린 시절부터, 쾨베시는 시를 한 번도 써 본 적도, 심지어 읽은 적도 없었다. 어쩌다 일어난 첫 사건 이후로, 홍보과장은 규칙적으로 그에게 자신의 시를 낭독해 주고 있었다. 어제 오후에는 '산문 형식으로 쓴 발라드'를 낭독해 주기도 했다. 쾨베시의 평가가 일반적으로 마음에 든다는 말은 없었다. 그가 파악할 수 있는 것은 홍보과장의 시가 대부분 서정시라는 것 정도였다. 쾨베시는 시의 내용 대부분을 전혀 이해하지 못했다. 주의를 기울이려고 하면 이미 끝나 버릴 정도로 너무 짧거나, 그 시에 대해서 어떤 평가를 내릴지 꾸며낼 수 있을 정도로 길었다. 위아래로 올라갔다 내려갔다 하며 노래하는 듯한 홍보과장의 목소리와 딱딱 맞아 울려 퍼지는 운들이 이미 편안하고 반쯤 꿈을 꾸는 것 같은 도취 속으로 빠져들게 했다. 그는 편안한 마음으로 시의 불가사의함을, 암울한 심적 상태와 비밀스러운 분위기 등등을 격찬했다. 규칙적이고, 거의 병적으로 반복되는 특정한 모습이 쾨베시의 주목을 끌었다. 예를 들면 "진홍색" 꽃에는 "두터운 대궁"이 있었다. 그 꽃은 언제나 흔들리는 이슬방울이나 빗방울을 "목이 타서 들이마셨다." 더 나아가 분수는 빛을 발했는데 때로는 저항할 수 없고, 때로는 무지개와 같은 빛을 띠었다. 분수가 어떻게 그렇게 되는지는 알 수 없지만, 비가 오거나 이슬이 내리거나 이슬비가 내리거나 모든 습기로 가득 찬 시의 결말에서는 항상 높이 "분출했다." 시를 듣는 것과 토론을 하는 것은(정확하게 말하자면, 칭찬하는 것은) 분명한 초과 업무였다. 홍보과장은 일이 끝나고 난 뒤에 습관적으로 그에게 "잠시 이야기 좀 하자."면서 자기 방으로 들어오게 했다. 이 시간에는 홍보 선임이나 비서도 그들을 방해하지 않았다. 또한 해야 할 일이 갑자기 끼어들 염려도 없었다. 다른 한편으로 근거가 있기도 하고 근거가 없기도 한 홍보과장의 무조건적인 신뢰가 쾨베시에게 용기를 주었고, 이제는 열심히 쓴 글들을 훨씬 자신 있게 홍보과장의 책상 위에 올려놓았다. 그가 쓴 글이 그 후 어떻게 되는지는 여전히 알 수 없었지만, 그가 홍보 선임의 글을 읽고 배운 것처럼 언젠가는 그의 발자취를 따를 신출내기가 그가 쓴 글을 읽으며 일을 배우지 않겠는가 하는 오만한 상상도 했다.

오늘 아침 사무실에 들어서서 홍보과장뿐 아니라 선임과 비서까지 만났을 때, 그는 매우 놀랐다. 마치 오늘은 그가 오기를 기다리는 것 말고는 다른 할 일이 없다는 듯 그들은 함께 모여 있었다. 게다가 그가 모두에게 "안녕하십니까!"라고 인사를 했지만 기대했던 대답 대신 몇 분간 침묵이 이어지기까지 했다. 마침내 홍보과장이 쾨베시를 향해 이렇게 물으면서 침묵을 깼다.

"지금이 몇 십니까?"

전혀 나쁜 예감을 하지 못한 채 쾨베시는 홍보과장에게 대답했다. 그 대답을 들은 홍보과장이(오늘 아침에는 또다시 하얀 꽃을 단추 구멍에 달고 있었다.) 다시 물었다.

"업무가 몇 시에 시작되죠?"

쾨베시는 어쩔 수 없이 대략 한 시간 삼십 분 전의 시간을 댔다.

"지금까지 어디 있었습니까?"

홍보과장이 새로운 질문을 던졌다. 공식적으로 철강 공장을 방문하는 일이 오늘 하루만 있었던 일은 아니었다. 그렇지만 그는 그 시간을 자거나 빈둥거리면서, 혹은 개인적인 용도로 바꾸어서, 단순히 자신을 위하여 유용하고 말았다. 이제까지 누구도 그를 질책하지 않았고, 홍보과장은 더더욱 그랬다. 마침내 그는 특별히 중요한 생산품의 성공에 대한 문제로 한 철강 공장을 방문해야 했다고 대답했다. 정확하게 말해서 "방문을 해야 했었다."라고. "그러나 특별하고 심각한 이유로, 오늘 아침 어지러움과 위장 장애를 느끼며 일어났고, 게다가 열도 나서 건강상의 이유로 직무를 수행하지 못했다."라고 대답했다.

"지금은 괜찮아진 겁니까?"

홍보과장이 묻자 쾨베시는 약간 머뭇거리다가 완전히 좋아진 것은 아니지만 아침보다는 상태가 나아졌다고 답했다.

"그렇다면."

홍보과장이 이제까지 뒷짐을 지고 감추고 있던 손을 앞으로 내놓았다. 손에는 한 묶음의 종이가 들려 있었다. 쾨베시가 잘못 보지 않았다면 놀랍게도 그것은 그가 쓴 글이었다. 그가 이곳에 온 뒤로 쓴 수많은 글이었고, 홍보과장의 시에 대해 좋은 평을 하고 나서부터 그에게 전달된 각양각색의 글이었다.

"자, 그렇다면 이 허섭스레기로부터 벗어나 쓸모 있는 보고서를 만들어 보세요!"

말이 끝나기가 무섭게 그는 종이 뭉치를 쾨베시의 책상 위로 던졌다.(이곳에는 쾨베시만의 책상이 있었다.) 하지만 패기가 없었던 것인지, 아니면 고의로 종이 뭉치를 일찌감치 손에서 놓아 버린 것인지 어쨌거나 방 안에는 낱낱이 흩어진 종이들이 빙빙 돌며 휘날렸다. 쾨베시는 종이를 쫓아다니며 그것들을 하나하나 모아야 했다.

그러는 사이, 홍보과장은 중요한 대화를 나누기 위해 감독위원회 위원장에게로 출발한다고 비서에게 말했으며, 선임은 기차를 만드는 공장에서 더 이상 미룰 수 없는 중요한 일로 자기를 기다리고 있다고 알렸다. 한참 동안 책상 앞에 앉아서 그 위에 수북하게 쌓인 구겨진 종이 더미를 멍하니 바라보던 쾨베시는 옷깃 뒤편에 다가온, 무언가 단호하고 자극적인 느낌을 알아차렸다. 무엇이 닿은 것은 아니었다. 그저 어떤 미풍이, 따뜻하고 살랑거리고 향기로운 여자의 몸이 가까이 있는 것 같은 느낌이었다. 쾨베시는 잠시 망설이다가 매우 조심스럽게, 아직도 믿을 수 없는 그것을 확인해 보기로 했다. 잠시 뒤에 그는 돌아보지도 않고 손을 들어 올렸다. 그의 손에 작고 부드러운 손이 잡혔다. 손을 잡으니 생소할 정도로 낯선, 쓸쓸한 목소리가 들렸다. 아마도 홍보과장의 이해할 수 없는 태도가 이런 소리를 내게 한 것 같았다. 그녀는 배고픈 동물이 자기 앞에 있는 먹이를 다루는 것 같은 격렬한 키스를 하는 대신 뒤에서 부드러운 팔로 그의 목을 감쌌다. 그의 목덜미 위에 따뜻하며 생기 있는 몸의 무게가 더해졌다. 쾨베시는 여인의 머리카락을 통해 그녀의 가슴에서 소리가 만들어지는 것을 느꼈다. 소리는 간지러운 진동과 함께 점점 위로 올라왔다.

"가엾은 자기!" 비서가 말했다. 속삭인다기보다 감정을 이기지 못하는 목소리였다.

그러고도 꽤 시간이 지난 오후가 되어서야 쾨베시는 이제까지 침묵의 전술 뒤에 숨어 있던 존재의 팔을 붙잡을 수 있었다. 그는 비서가 멋지고 사랑스럽고 민첩한 작은 다람쥐 같다고 생각했다. 하지만 그녀는 단 한 번의 행동으로 이처럼 초라한 비유를 뛰어넘었고, 그 결과 쾨베시는 하루 종일 자신이 얼마나 눈치 없는 사람인지 깨닫고 놀라움에 빠졌다. 하루가 너무 길었다는 것과, 그들이 서로의 눈길을 마주치지 않고 오히려 피하려고 애썼다는 것 외에는 이날에 대해 기억나는 게 없었다. 한 가지 본질적인 문제에 대해서는 이미 합의를 한 것 같았다. 그리고 지금 그들에게 중요한 것은 이 괴로운 시간이 어서 지나가 자신들만의 시간을 갖는 것이었다. 서로를 지켜주고, 실제로는 고통스러울 정도로 증폭된 조급함을 가라앉히는 시간이 오기를 그들은 고대했다. 물론 함께 사무실에 있을 때도 있었으나, 그런 순간에도 두 사람만 있는 느낌은 들지 않았다. 그가 결국 이면도로에서 그녀와 팔짱을 끼게 되기까지 그들은 직장을 나와 따로따로 골목길로 접어들었다. 그러고는 멀찌감치 떨어져서 마치 모르는 사람들처럼 빠르게 인도를 걸었다. 여자가 주위를 둘러보고 마침내 걸음을 늦추어서 쾨베시가 자기 옆에 다가오도록 허락할 때까지 감정은 그들의 마음속에 억제되어 마비된 손발처럼, 거의 차갑게 식고 둔해져 있었다.

"여기서 멀지 않은 곳에 내 방이 있어." 쾨베시가 침울하다 싶은 목소리로 말했다.

"그러지 말고 우리 집으로 가." 비서가 대답했다. 사무적인 일로 전화를 할 때와 같은 어조였다.

집에 들어서서 문을 닫자마자, 그들은 재빨리 옷을 벗어 던졌다. 침구를 펴기 위해 서두르지도 않았다. 그들은 갖가지 색이 섞인 낡은 양탄자 위로 쓰러졌고 하나가 되어 서로의 위에서 이리저리 뒹굴며, 숨을 헐떡거리고 울부짖었다. 수백 년, 아니 수천 년을 기다리고 참았던 사람들처럼 서로를 유린했고, 소리가 나도록 몸과 영혼을 두들겨 대면서, 어리석은 희망을 마음속에 교묘하게 감추었다. 단 한 번의 환희나 완전함이 고통을 잊게 해 주리라는 희망, 또는 모든 고통이 환희가 되어 녹아 없어지리라는 어리석은 희망을 말이다. 그 환희 속에서 그들은 고통 속에서 그랬던 것처럼 울부짖을 것이다. 왜냐하면 살아오는 내내 언제나 흐느끼는 것만을 배웠기 때문이다.

그날 하루 전체와 그 후에 그들 위로 환영의 인사를 건넨 밤과 관계된 것을, 쾨베시는 당시의 말과 분위기, 접촉, 다양한 상황까지 모두 생생히 기억에 담아 두었다. 물론 순서대로 연결해서 기억하는 것은 아니었다.

"두 사람 사이에 도대체 무슨 일이 있었던 거야?" 비서가 물었다.

사무실에서 물었는지, 아니면 길이나 침대에서 물었는지는 기억나지 않았다. 그들은 뒤늦게 잠자리를 펴고, 서서히 내려앉는 어둠 속으로 들어갔다. 마치 튼튼한 성에 들어온 듯, 푹신한 참호에 들어온 듯 외부 세계로부터 단절되어 완전한 안전함 속에 머물렀다. 흔들거리면서 또다시 하나가 되는 육체를 통해 그들은 이제까지의 고통을 보상받을 수 있었다.

"그가 자기를 믿어? 그 사람의 비밀에 끌어들였어?"

"무슨 비밀?" 쾨베시가 물었다.

"그는 언제나 그렇게 해." 그녀가 말했다.

"처음에는 마음을 털어놓지. 그러고 나서 죽여……."

"나한테는 발라드를 하나 읽어 준 게 다야." 쾨베시가 반박했다.

"무슨 내용이었어?"

"헛소리야. 말로 설명할 수도 없어." 쾨베시가 어깨를 으쓱했다.

"얘기해 봐." 그녀가 졸랐다.

쾨베시는 내용을 얘기하기 시작했다. 별로 귀 기울여 듣지 않아 쉽게 기억이 나지는 않았다. 쾨베시가 가장 생생하게 묘사할 수 있었던 것은 그녀가 매우 즐거워하고 있었다는 것이다. 착각한 게 아니라면, 그녀는 즐거움을 억지로 누르는 것처럼 보였다. 쾨베시는 그녀가 즐거워하도록, 전날 오후 홍보과장이 언제나처럼 자기 방으로 불러서 네 번 접은 종이 대신에 서랍에서 종이 뭉치를 꺼내는 바람에 느꼈던 혼란을 묘사했다.

"에세이를 하나 썼소." 그는 겸손하면서도 어딘가 도발적인 미소를 보이며 쾨베시에게 말했다.

"아, 에세이를 쓰셨다고요!" 쾨베시가 기뻐하며 말했다. 물론 실제로는 조금 놀랐다.

"어쩌면……." 홍보과장은 짐짓 고민하는 표정을 지으며 그가 방금 한 말을 정정했다. "에세이라기보다는 산문 형태로 쓴 발라드라고 하는 게 나을지도 모르겠군요."

그러고 나서 쾨베시는 그녀에게 홍보과장이 잘 사용하지 않는 안경을 쓰고 자리를 잡았던 일과, 팔을 쭉 내밀고 서너 번 세게 당겨서 셔츠 소매에서 위로 올라간 커프스를 내렸던 일과, 종이를 똑바로 펴고 쾨베시를 힐끗 쳐다보았던 일과, 목소리를 가다듬은 뒤, 마침내 기름지고 감정이 풍부한 목소리로 낭독하기 시작했던 일을 이야기해 주었다. 그간 귀 기울여 듣는 관객 역할을 이미 충분히 연습해서 몸에 익힌 쾨베시는, 의자의 팔걸이 위에 팔꿈치를 대고 턱을 감싼 손바닥이 입 앞에 오도록 자세를 잡았다. 이런 자세를 하면 자꾸만 터져 나오는 하품을 가릴 수 있었다. 그러고는 오로지 홍보과장 앞에 있는 종이의 양을 가늠해 보는 데 열중했다. 그러면서 시클러이와 오늘 저녁 남쪽 바다에서 조금 일찍 만나기로 약속했던 일을 걱정스럽게 떠올렸다. 이런 생각을 하다가 발라드의 제목과 처음 몇 줄도 흘려들었다. 종합하자면, 사건이 일어나는 시각은 어슴푸레하고, 장소도 말이 안 됐으며, 이야기는 고리타분하고 기괴한 종류였고, 심지어 잘못된 어휘를 사용했던 게 기억났다. 간단히 말해서, 이야기의 주인공은 홍보과장이었다. 아니, 홍보과장이 아닐 수가 없었다. 쾨베시가 노력 끝에 기억해 낸 주인공은 '방랑자' 같은 사람이었다. 주인공은 황야를 떠돌다가 어떤 탑에 도착하여(비서는 하필이면 왜 탑인지, 어떤 종류의 탑에 도착했는지 묻지 않았다. 전혀 명확하지 않았다고 쾨베시가 이미 말했기 때문이다.) 매우 아름다운 부인을 보았다.(그제야 쾨베시는 부인이 노래를 불러 주인공을 탑으로 오도록 유혹했던 것이 떠올랐다.) 부인이 주인공 앞으로 내려와 그를 정원으로 데리고 들어갔다. 그때까지는 주변에 정원이 있다는 것을 전혀 몰랐지만, 그 뒤로 정원에 관한 장황하고 구체적인 묘사가 이어졌다고 쾨베시는 말했다. 정원에는 덤불로 둘러싸인 잔디밭과 거울같이 맑은 작은 호수, 향기 나는 꽃과 붉은색 꽃, 두터운 대궁을 가진 꽃들이 있었다. 목이 마른 꽃들은 자기 위에서 떨고 있는 이슬방울을 마셨고, 저 멀리 있는 분수는 공중으로 빛을 높이 분출했다. 그사이에 부인이 그를 오솔길로 데리고 가는 것을 홍보과장, 다시 말해 방랑자가 알아차렸다.(쾨베시는 방랑자를 언제나 몸집이 작고 단정하게 옷을 입은 홍보과장의 모습으로 떠올렸다. 주인공이 남루한 옷을 입고 정원 무대에 등장했음에도.) 그는 부인의 팔과 다리에 무거운 족쇄가 채워져 있는 것을 보고 그녀를 족쇄에서 벗어나게 해 주겠다고 약속했다. 그런데 부인은 기묘하게도 이렇게 대답했다. "난 족쇄를 사랑해요." 그러고 나서 그들은 어딘가, 남국 식물의 줄기 속에 앉았다. 듣기 좋고 예뻤던 식물의 이름은 전혀 기억나지 않았다. 어쩌면 목련이었던 것도 같다. 아니면 유칼립투스였을 수도 있다. 달이 떠올라 홍보과장은 달빛 속에서 부인의 어깨와 가슴을 보았다.(그사이에 부인의 옷이 아래로 흘러내린 모양이었다.) 긴 선과 흉터와 채찍 자국이 있었다. "채찍을 좋아해요?" 홍보과장이 부인에게 물었지만 그녀는 입을 다물고 '한밤의 샘물'같이 수수께끼처럼 어둡고 깊은 눈으로 그를 바라보았다. 쾨베시는 홍보과장의 말을 그대로 인용했다. 홍보과장은 어딘가 불편한 예감이 밀려드는 것을 느꼈다. 그러나 이제는 이미 그의 내부에서, 점잖지만 결코 정확하게 말할 수 없는 동정심이 일었고 그 때문에 더욱 이성적으로 생각을 이어 갈 수 없었다. 이렇게 해서 그는 부인의 상처에 입을 맞추기 시작했다. 부인은 수수께끼 같은 방식으로 일어나 홍보과장의 손을 잡고 탑 아래로 돌아갔고 달빛이 빛나는 잔디 위에서 그의 열정에 자신을 내주었다. 분명한 세부 묘사도 뒤따랐다. 쾨베시는 홍보과장, 즉 방랑자가 부인의 몰입이 그리 강하지 않아서, 기대하던 충만감 대신 오히려 약간의 실망감을 느꼈음을 알아챘다.

불길한 예감대로 어느새 암울한 빛이 뒤덮었다. 무시무시한 고함 소리가 들리더니, 억세고 시커먼 남자가 손에 여러 갈래 매듭이 달린 채찍을 들고 탑의 입구에 나타났다. 그는 이 집의 주인이자 부인의 남편이었다. 탑의 창을 통해 위에서 모든 것을 다 보고 있었던 것이다. 그다음에는 고통스러운 배신의 장면, 추잡한 장면, 그리고 고백이 뒤를 이었다. 쾨베시는 장난처럼 약간 과장된 근심을 드러내며 손짓을 했다. 그 집의 주인은 '종과 개'를 풀어 홍보과장을 추격했다. 부인은 처음에는 두 사람을 위해 자비를 간청했지만 남자가 자기 위로 채찍을 들어 올리자 홍보과장을 잊어버리고, 자기에게만 자비를 베풀어 달라고 간청했다. 그러자 남자가 부인을 들어 올려 자기 가슴에 바싹 끌어안았다. 그사이 '종과 개'에 맞서 싸우던 홍보과장이 이제야 부인의 시선을 낚아챘다. 그는 그녀의 시선에서 동정심과 함께 '도둑맞은 환희'를 보았다. 그 순간 그는 힘이 쭉 빠져 '종과 개'에게 항복했다. 적어도 부인과 남자는 그가 죽었으리라고 믿었다. 그러나 그는 부인이 남자의 팔과 가슴 근육을 쓰다듬는 것과 손으로 채찍을 어루만지며 미소 짓는 것을 보았고, 남자의 힘을 칭찬하는 목소리를 들었다. 남자가 음침한 기쁨의 눈으로 홍보과장의 시체와 그의 살아 있는 부인을 쳐다보는 것도 보았다. 부인은 남자의 눈길에 흥분하여 응답했다. 시커먼 두 사람이 땅으로 넘어지더니 은색 달빛이 반짝이는 풀밭에서 서로의 육체를 탐하기 시작했다. 바로 홍보과장의 시체 옆에서. 부인은 홍보과장에게 맛본 사랑의 기교와 비밀을 남자에게서 찾아내려고 했지만 헛수고였다. 마침내 그들은 가까스로 풀밭에서 일어났고 창피함과 낙담을 느끼며 자리에 서 있었다. 두 사람의 눈에 눈물이 반짝였다.

"지금도 안 돼?" 부인이 조용히 물었다.

"안 돼." 남자가 고개를 숙이고 대답했다.

위축감과 흥분으로 인해 그가 다시 채찍을 잡으려 했다. 부인이 한 번의 동작으로 그것을 남자의 손에서 떨어뜨렸다. 부인이 자신의 몸에 있던 족쇄를 풀어 남자에게 채웠다. 부인은 남자의 귀와 입술, 심지어 귀에도 작은 족쇄를 채웠다. 남자는 매 맞는 사람처럼 조용히 이 상황을 받아들였다. 그런 다음 손으로 족쇄를 잡고 남자를 집으로 데리고 들어갔다. 그들은 탑 위로 올라갔고, 죽은 채로 누워 있는 홍보과장은, 남자가 내려다보던 창에서 쇠사슬이 절거덕거리는 소리를 들었다. 짐작건대 남자를 쇠사슬로 벽에 묶는 것 같았다.

쾨베시의 말이 잠깐 사이 더 느려지는가 싶더니 이 말을 끝으로 입을 다물었다. 심지어 잠깐 존 것 같기도 했다. 여자의 재촉하는 목소리에 깜짝 놀라 깼기 때문이다.

“그래서?”

쾨베시는 이야기가 사실상 이 지점에서 끝났다고 답했다. 남자를 쇠사슬에 묶고, 부인은 다시 탑으로 올라갔다. 홍보과장의 귀에 그녀의 노랫소리가 들렸다. 저 여인은 절대 잠들지 않는군. 그는 놀라며 그렇게 생각했다. 시간이 지나 정신을 차린 그는 걸음을 재촉하여 개와 종에게서 달아났다. ‘찢어진 상처’를 지닌 채 지금 그는 다시 밖으로 나왔고, 황량한 광야에 이르러 마침내 자유를 찾았다.

“자유를 찾았다고!”

뜻밖에 들려온 비서의 날카로운 외침에 쾨베시는 정신을 차렸다. 어쩐지 두렵기까지 했다.

“파렴치한 인간!…… 절대 자유를 찾지 못할걸.” 그녀가 격렬한 목소리로 덧붙였다.

다시 정신이 혼미해지는 것을 느끼며 쾨베시는 그 순간 창문을 내다보며 지금 날이 저물어 밤이 된 건지, 아니면 새벽이 밝아 오는 건지 생각했다. 그의 지치고 만족스럽게 흥분한 감각은 휴식을, 잠을, 깊고 의식 없는 꿈을 요구했다. 그가 잘 돌아가지 않는 혀를 움직여 간신히 물었다.

"뭐? 대체 누굴 말하는 거야?"

"당신 정말 아무것도 몰라?" 비서가 물었다.

쾨베시는 정말 아무것도, 아무것도, 진짜 아무것도 모르는 듯했다.

"현재의 감독 위원회 위원장!…… 갈보년!"

비서의 목소리가 밤에 울리는 라디오 소리처럼 들렸다. 그녀의 얼굴에 흐르는 따뜻하고 촉촉한 것이 쾨베시의 손가락에 닿았다. 그녀가 어둠 속에서 잠시 쾨베시의 손바닥에 자신의 이마와 눈물 젖은 눈을 파묻었던 모양이다. 그러다가 그녀는 갑자기 머리를 다시 높이 들어 올리고, 자신을 괴롭히는 고통을 저 멀리 던져 버리려는 듯 격렬한 동작으로 여러 번 머리를 흔들었다. 비단 같은 머리가 사방으로 풀어져 향기를 풍기면서 쾨베시의 어깨를 살짝살짝 건드렸다.

"당신은 우리 부서에서 근무한 뒤에도……." 눈물을 억지로 참으며 그녀는 억누르듯 목이 메어 말했다. "우리에게 속하지 않은 듯이 행동했어. 이방인처럼 굴었지. 상관도 아침에 그렇게 말했고 나 역시 그렇다고 했어."

"어쩔 수가 없었어." 쾨베시가 웅얼거렸다.

가까이 있던 잠 혹은 마취에서 벗어난 듯, 그는 거리낌 없고 단호한 각오로 쾌활하게 덧붙였다.

"다들 나에게 관심이 없었잖아."

"내가 생각해도 그랬어. 우리가 보기엔 흥미로운 게 없었으니까."

비서의 목소리는 조용하고 씁쓸했다. 그녀는 이미 오래전부터 그랬던 것처럼 말없이 그의 옆에 누워 있었지만, 쾨베시는 완전히 또렷하게 의식이 돌아오지도, 그렇다고 잠이 든 것도 아니었다. 그는 잠을 자는 대신 무의식적으로 손을 움직여 여자의 몸에 닿을 때까지 이리저리 더듬었다. 처음에는 딱딱하던 그녀의 몸이 잠시 뒤 부드러워졌고, 조금씩 녹아내렸다. 쓰다듬는 손가락이 따뜻해서 목도 풀렸는지, 그녀가 조용히 말하기 시작했다.

"감독 위원회의 위원장은…… 직함만 보면 왠지 다른 사람이 올 때까지 잠시만 머무르는 임시직 같지 않아?"

"그래."

쾨베시가 맞다고 하면서 고개를 끄덕였는데 사실 그럴 필요까지는 없었다. 어두워서 그녀는 거의 볼 수가 없었기 때문이다.

"하지만 아니야!" 비서가 날카로운 승리의 어조로 쾨베시의 의견에 반박하듯 소리쳤다. "절대 그렇지 않아! 감독 위원회 위원장은 언제나 그녀였어. 언제나 그녀가 그 자리에 있었지. 그녀, 그녀. 마치 여기 올 사람은 그녀뿐이라는 듯. 이제까지 몇 년간 그랬고, 앞으로도 오랫동안 그 자리에 있겠지! ……누가 감히 그 여자의 남편에게 맞서겠어?"

"왜? 남편이 누군데?" 침묵이 이어지자 쾨베시가 물었다.

호기심 때문이 아니라 자신이 여기 있다는 것을 증명하기 위해서 목소리를 내는 것이었다.

"장관 비서관." 그녀가 전처럼 거칠게 쏘아붙였다. 그러나 그 목소리에는 자신이 잘 아는 사실을 밝히는 기쁨이 동반되어 있었다.

"장관도 있어?" 쾨베시가 놀라며 물었다.

그러나 그녀는 이제 그에게 화가 나는 모양이었다.

"그런 걸 물으면 안 되지." 그녀가 말했다. "방마다 사진이 걸려 있잖아. 우리 방에도 있어. 바로 당신 머리 위에 걸려 있다고."

쾨베시도 당연히 그 사진들을 기억했다. 아마도 많이 보았기 때문일 것이다. 특정한 장소와 특정한 순간에 스치듯 계속 눈앞에 나타나는 어떤 얼굴처럼, 얼굴 자체가 기억나는 게 아니라 특정한 장소와 특정한 순간과 함께 떠올랐다. 쾨베시는 그녀가 자신의 질문을 오해했다고 생각했다. 그가 어떤 의심을 하기 원했는지 몰라도 이미 그 자신도 잊었던 것이다. 그래서 그녀의 오해로부터 자신을 지키기 위해 그는 이렇게만 말했다.

"사진이 그의 존재를 확증하는 건 아니잖아."

"오." 그녀가 비웃었다. "못 믿겠다는 말씀인데, 증거를 보여주어야겠네. 의심하지 않으면 자신을 멍청이라고 느낄 테니까. 아마 당신은 의심이 많다는 것을 자랑스럽게 생각하겠지. 하지만 당신은 현실적인 문제에 대해서는 아는 게 없어. 아무것도 모른다고!"

쾨베시는 부끄러운 일을 당한 사람처럼, 말없이 그녀의 거침없는 목소리와 유창한 말을 들었다. 마치 상쾌하면서도 사람을 지치게 만드는 따스한 빗소리를 듣는 것 같았다.

장관은 확실히 존재한다. 확실한 사실이다! 그리고 그보다 더 실재적인 것은 그의 권력, 요컨대 힘이다. 모든 것을 안으로 끌어들이고 모든 사람을 자신에게 낚아채는 줄이다. 그 줄이 닿지 않는 사람도 있고, 심지어 그 줄을 보지 못하는 사람도 있다. 쾨베시가 그런 소수의 사람 가운데 하나다. 그는 전혀 기미조차 알아채지 못했다. 그렇다고 그가 숙맥이라는 말은 아니다. 그녀는 한동안 쾨베시를 눈여겨보았고, 그가 절대 숙맥은 아님을 확인했다. '그렇다면 쾨베시가 노리는 것은 대체 무엇일까?' 비서는 곰곰이 생각했고, 지금도 모르겠다고 고백했다. 사람이 이렇게 살아갈 수 있는지, 계속해서 이렇게 집단 밖에서 살아갈 수 있는지 의문스러웠다. 앞으로도 분명히 쾨베시는 성공하지 못할 것이다. 그러나 적어도 정신적 독립은 지킬 것이다. 그녀가 어둠 속에서 잠시 더듬거리다가, 손가락으로 쾨베시의 입술을 눌렀다. 그의 숨소리를 듣고 지금까지 자기가 한 말이 너무 신랄해서, 그가 화를 내려 한다고 결론을 내린 듯했다. 그녀의 말이 계속 이어졌다. 하지만 그러한 독립성 안에는 무언가 매력적인 것도 있다. 그건 부인할 수 없다. 쾨베시가 지금 그녀의 침대에 누워 있는 것 말고 증거가 더 필요할까? 물론 필요 없다. 쾨베시는 자신이 얼마나 약하고, 얼마나 많은 상처를 입을 수 있고, 얼마나 지쳐 있으며, 얼마나 무방비 상태인지 전혀 알아차리지 못한다. 오늘 아침의 '수모' 역시 조금 일찍 일어났건 조금 늦게 일어났건 당해야 했던 수모였음을 모두가 알고 있었고 준비되어 있었다. 쾨베시만 제외하고. 마침내 오늘 아침에 일어나야 했던 일이 일어났는데, 그럼에도 그녀는 실제적인 고통을, 정확하게 말해서 육체적인 고통을 느꼈다. 구역질이 났고, 그 구역질은 자신이 쾨베시를 어떻게 생각하는지 확실히 밝혀 주었다.

"어떻게 생각했는데?" 쾨베시가 날카롭고 빈정대는 어조로 물었다.

그는 그녀가 그에 대해 생각한 것이 아니라, 그에 대해 생각하지 않은 것을 항의하고 있었다. 비서는 쾨베시의 목소리가 방의 한쪽으로 완전히 사라지기를 기다리는 듯 잠시 뜸을 들인 뒤에 대답했다.

"당신에겐 아무 잘못이 없다고 생각했어." 그녀가 말했다.

"무슨 의미지?" 쾨베시가 즉각 대꾸했다.

"죄가 없는 사람은 다 잘못이 없다고 생각하는 거야?"

"그렇지는 않아." 그녀가 대답했다. "그렇지만 당신이 사는 방법은 그것만으로도 이미 큰 죄야. 당신의 잘못 없음은 어린아이와 같은 무지에서 나온 것이지."

쾨베시는 반박할 말을 찾는 듯이 입을 다물었다. 그러나 아무리 생각해도 마땅히 반박할 말이 떠오르지 않았다. 비서가 계속해서 말했다.

"당신은 심지어 자기가 어떤 상황에 있는지도 모르잖아……."

여기서 그녀가 잠시 머뭇거렸다. 쾨베시에게 그의 상황을 깨닫게 해 줄 적당한 표현을 찾는 것 같았다. 그의 위치는 부서에서 가장 불안정하고 가장 약하며, 그 부서에서 없어도 아무 상관이 없는 사람이었다. 반면에 홍보과장은 없어서는 안 되는 인물이었다. 부서의 대표여서가 아니라, 장관의 연설문을 쓰기 때문이었다. 그러면서 쾨베시가 이 사실을 몰랐다 해도 자신은 크게 놀라지 않을 것이라 했다. 비서가 의기양양하게 말을 이었다. 그는 당연히 몰랐을 것이며, 장관이 이야기하는 것을 들어 본 적도 없을 것이고, 아마 장관이 가끔씩 연설을 한다는 사실도 전혀 몰랐을 것이라고. 장관의 연설문은 원래 장관 비서가 써야 하지만 지금까지는 홍보과장이 썼다. 보통 이런 이야기는 하지 않지만, 홍보과가 존재하는 이유도 그것이다. 물론 사소한 홍보 관계 일도 하지만, 대부분은 선임이 해치운다. 그래서 그 사람도 꼭 필요하다. 고백하자면, 쾨베시는 선임이 필요 없을 만큼 일을 많이 하지 않는다. 그리고 비서도 필요하다. 비서는 어느 부서에나 필요하다. 물론 비서라는 직군이 꼭 필요하다는 말이지, 그녀 개인이 필요하다는 의미는 아니다. 게다가 '몇 사람이 나를 잘라 버리고 싶어' 하는 것은 분명한 사실이다. 지금 그 이유까지 말하지는 않겠다. 만약…… 그러니까 만약 그녀가 장관의 연설문을 쓰는 임무를 맡지 않았다면……. 물론 지금 쾨베시가 어둠 속에서 의심하는 얼굴을 하고 있음을 안다. 하지만 쾨베시는 그녀를 믿어야 한다. 믿기 위해서는 어떤 요술도 필요하지 않다. 장관의 연설문은 언제나 똑같은 틀 안에서 작성된다. 이 틀만 이해하면 누구라도 이 일을 할 수 있다. 보통은 이미 준비된 서식의 빈칸을 채워 넣는 것과 같은 일이기 때문이다. 물론 그것으로 연설문이 완성되는 것은 아니다. 비서가 빈칸을 채워 '기본적인 변화'를 완성한다, 혹은 '자료를 모으고 정리하고 요약한다.' 그것을 홍보과장에게 넘기면, 그가 몇 마디 고칠 곳에 메모를 남긴다. 메모를 보고 비서가 다시 연설문을 손질하여 홍보과장에게 넘긴다. 그러면 과장이 다시 필요해 보이는 부분을 자기 손으로 직접 수정해서 장관 비서관에게 전달한다. 그러면 비서관이 전부 읽어 보고 자기 생각을 메모해서 다시 홍보과장에게 돌려보낸다. 다시 홍보과장이 비서관에게 전달하고, 드디어 비서관이 장관에게 전달한다. 장관이 검토해 보고 메모를 해서 비서관에게 돌려주면, 비서관이 홍보과장에게, 홍보과장은 경우에 따라서 다시 또 비서에게 주어 다시 그녀로부터 위로 전달하는 과정이 시작된다. 경우에 따라서는 길기도 하고 짧기도 한 시간 동안 연설문은 흔들리는 나침반의 지침처럼 비서관과 홍보과장 사이에서 진동하듯 왔다 갔다 한다. 그러다 마침내 다시 장관에게 올라가기도 하고, 다시 아래로 내려왔다가, 또다시 되돌아가기도 한다. 위로……. 비서가 이 부분에서 깊고도 목쉰 소리로 깔깔거렸다. 마치 지금까지는 이 업무 처리 과정을 어두운 곳에서, 업무의 사다리 위를 목적도 없이 우스꽝스럽게 위아래로 뛰어다니는 것이라고 생각해 본 적이 없다는 듯이. 그러나 내일 해가 밝으면 다시 반론을 제기할 수 없는 엄숙함 속에서 그 과정을 보게 될 것이다. 왜냐하면 그래야만 하기 때문이다. 그녀가 그렇게 보이기를 원하기 때문이다. 애정 행각을 벌인 침대에서 일어나 옷을 입듯이, 다른 얼굴을 하고 비서라는 단단한 갑옷을 자기 몸에 두를 것이다. 그녀가 벌거벗은 몸을 쾨베시에게 밀착시켰다. 마치 이러한 근본적인 인식이 그녀의 마음에 감각적인 분노를 일으켜, 그 분노를 빠르게, 빠르게, 숨을 빨리 쉬면서 가라앉혀야 한다는 듯이. 그녀가 조금 뒤에 계속해서 말했다. 한마디로 부서의 일은 그들 셋이 남김없이 해내고 있으며, 쾨베시는 누군가의 청탁에 의해 서둘러 받아들여졌을 뿐이라는 것이다. 그녀의 기억이 맞다면, 소방청의 청탁이었다고 했다.

"맞아, 소방청." 쾨베시가 확인해 주었다.

"그런데도 당신은 자신의 입지를 확고히 할 만한 일을 아무것도 하지 못했어." 그녀가 질책했다.

"내가 무슨 일을 해야 했지?"

쾨베시가 이제야 마침내 자신의 문제에 대해 약간이나마 관심을 갖게 됐다는 듯이 물었다. 당연히 행동을 하려는 욕심에서 나온 말은 아니었다. 그보다는 오히려 후회할 일이 일어난 것에 대한 게으른 호기심이 발동한 탓이었다.

"눈을 똑바로 뜨고 다녀. 권력의 끈을 꿰고 있어야 한다고!" 비서가 그에게 깨우쳐 주었다.

"아, 그렇군!" 쾨베시가 중얼거렸다.

그동안 해야 했던 과제를 앞으로도 해낼 수 없을 것 같은 생각에 기분이 상한 것 같았다.

"그렇게 하면 무슨 소용이 있지?" 그럼에도 그가 물었다.

비서는 예를 들어 쾨베시가 홍보과장의 발라드를 이해했어야 했다고 대답했다. 누구나 알고 있듯, 홍보과장과 장관 비서관 사이의 권력 경쟁이 치열하다는 것을 그도 알았어야 했다. 두 사람이 권력을 쥐기 위해서 누구를 도구로 사용하고 있는지도 알아야 했다. 그녀는 쾨베시가 적어도 그 사람이 누군지는 알고 있지 않은지 궁금해했다. 물론 그는 알지 못했다. 그 사람은 바로 존경하는 감독 위원회 위원장이자 동시에 장관 비서관의 갈보 마누라였다. 그녀를 통해 두 사람은 서로를 장악하고 있었다. 말 그대로 그들은 그녀의 몸을 통해 충돌하고 있었다. 물론 외견상으로는 비서관의 자리가 비교할 수 없을 만큼 높아 보였다. 더구나 여자는 그녀의 남편, 그러니까 장관 비서관의 부인이다. 따라서 비서관은 홍보과장을 얼마든지 짓밟고 깔아뭉갤 수 있었다. 다른 한편으로는, 세 사람 모두가 이 사실을 잘 알고 있고, 그가 그렇게 할 수 있기 때문에 그러지 못한다는 것이다. 그녀는 쾨베시가 어둠 속에서 어떤 표정을 하고 있을지 안다고 했다. 그는 이런 사실을 이해하지 못할 것이고, 더구나 그의 머리는 이와 다른 방식으로 움직이기 때문에 아무것도 모르겠는 얼굴을 하고 있을 것이라면서. 이 말을 하는 비서의 말투는 경멸조가 아니었다. 오히려 반대로 쾨베시의 사고 과정을 솔직하게 감탄하고 인정하고 있었다. 어쨌거나 상황은 이렇고, 권력은 이렇게 움직이고 있다. 그들이 힘을 행사하지 못한다면, 그것은 더 이상 권력이 아니다. 쾨베시는 이런 것에 대하여 무엇을 알았을까. 아무것도 알아채지 못했다. 어느 맑은 날 홍보과장은 그 여자에게서 이제까지 그들이 인정했던 감정들을 단호하게 부정하는 냉정하고도 잔인한 절교 편지를 받았다. 그는 무슨 일인지 이해하지 못한 채

며칠 동안 얼굴이 하얗게 질려서 사무실을 왔다 갔다 했다. 고통을 감출 수 없었다. 얼굴은 고통과 치욕으로 일그러졌고, 부인에게 전화를 하거나 전화를 해 달라고 부탁했다. 하지만 어디에서도 그녀를 찾을 수 없었다. 게다가 그녀는 아프다는 핑계를 대고 며칠간 부서에 발걸음을 끊었다. 그런데 일주일이 지나자 다시 전화와 편지가 왔다. 편지에서 그녀는, 먼저 보낸 편지에 쓴 말은 모두 남편인 비서관이 구술한 것을 자기가 받아 적은 것이라고 밝혔다. 왜냐하면 남편이 무언가를 알아냈기 때문이다. 어디서 제보 편지가 들어왔거나 새로운 소문이 남편의 귀에 들어간 것 같다는 것이다. 그래서 그녀는 무서운 강요에 의해서, 오로지 그 순간의 위협을 피하기 위해서 남편이 구술하는 대로 편지를 썼다고 했다. 그럼에도 그녀는 자신이 쓴 모든 말로 인해 엄청난 고통을 느껴야 했다. 물론 그사이 홍보과장도 마음고생을 심하게 했다. 이런 경우가 처음은 아니었지만(절대 처음도 아니고 두 번째도 아니었지만) 그런데도 그는 편지에 적힌 말을 그대로 믿었다. 그래서 자신이 배신을 당해 버려졌고, 그들이 그를 내치기로 약속했으며, 그래서 어느 순간이라도 비서관이 그에게 복수의 분노를 퍼부을 것이라고 상상했다. 그는 부부가 잠자리에 들어 그의 존재로 인해 고갈된 사랑에 새로운 자극을 얻고 환희의 정점에서 그의 이름을 모욕했으리라 상상했다. 게다가(심각하게 받아들인 건 아니지만 그럼에도 정확하게 이런 경우도 있었는데) 심지어 자기를 죽일지도 모른다고 상상하기까지 했다. 그렇다. 심지어 그는 이 생각을 가지고 장난을 하기도 했다. 실제로 비서관이 자기를 죽인 뒤 피에 물든 손으로 집에 돌아가 아내에게 사실을 고백하면, 아내가 "고마워요."라고 말하는 장면도 연출될 수 있다며 이런 순간을 관능적으로 자세하게 그려 보기도 했다. 그렇다. 다른 사람에게서 고통을 당하고, 자기도 스스로를 고통스럽게 만드는 데에만 몰입하고 있으니, 실제로도 그는 고통만을 보게 되었다. 그는 가끔 완전히 맥이 풀리거나 보호가 필요한 듯이 보였다. 하지만 사람들은 어떤 것으로 그를 위로할 수 있는지, 그를 일으켜 세울 수 있는지 알지 못했다. 그럼에도…… 그럼에도 오직 권력 때문이었다. 그것이 권력의 놀이 방식이었다. 권력 외에 다른 무엇이 아니었다. 권력은 그렇게 작용했다. 그것이 규칙이었다. 규칙이 집행될 때에는 이렇게 보였다. 그리고 그녀가 가장 궁금한 것은 홍보과장이 정말로 자신이 상상한 방식으로 장관 비서관의 부인을 사랑했을까, 그녀가 수많은 밤을 잠 못 이루고 고민해서 내린 결론처럼 오히려 부인이라는 특정 인물은 과장에게 일종의 전리품 같은 것은 아니었을까 하는 것이었다. 만약 그가 그녀를 장관 비서관에게서 떼어 내 낚아챌 필요가 없었다면 도대체 그 여자가 무슨 의미가 있었겠는가. 또 장관 비서관이 계속해서 의심을 하지 않았더라면, 부인을 현장에서 붙잡지 않았더라면, 또 그가 또다시 낑낑거리는 강아지에게 하듯 자기 부인에게 자기를 따라오라고 명령하지 않았더라면, 만약 이런 때에 그녀가 홍보과장을 걷어차지 않았다면, 비서관에게 그의 아내가 무슨 의미가 있었겠는가. 그리고 그녀에게는 이 모든 것이 무엇을 의미했을까. 만약 그녀가 두 남자를 장악하고 있다고 느끼지 않았다면 말이다. 달리 말해 그들 세 사람은 완전히 뒤엉킴으로써, 누가 누구를 지배하고, 누가 위에 있고 누가 아래에 있는지, 왜 이 모든 일이 일어났는지 더 이상 알지 못하게 되어 버렸다. 그들은 그저 옛날에 시작한 것을 지금도 어쩔 수 없이 그대로 하고 있을 뿐이다.

상황은 그랬다. 그러나 상황을 모르는 사람은 아무 의심 없이 보이는 대로, 홍보과장의 말을 받아들여서 손해를 볼 수도 있었다. 그러니까…… 쾨베시가 과장이 쓴 그 발라드를 그렇게 받아들인 것처럼.

"십중팔구 당신도 뭐라고 의견을 말했겠지." 비서가 묻는다기보다 주장하듯이 말했다.

당연히 그랬다고 쾨베시가 답했다. 홍보과장이 그에게 소설을 낭독해 준 것은 그의 의견을 듣기 위해서였다.

"그래서 뭐라고 했어?" 그녀가 알고 싶어 했다.

쾨베시는 벌써 기억이 나지 않는지 "아무 말도 하지 않았어. 재미있다거나 독창적이라거나 뭐 그와 비슷한 말을, 습관적인 칭찬을 했던 것 같아."라고 대답했다.

"다른 말은 안 했어?" 비서가 의심을 담아 말했다.

"물론 했지."

쾨베시의 기억이 점점 더 확실해지는 것처럼 보였다.

"나는 그것을 상징적인 이야기로 보지만, 그럼에도 이야기에 개인적 경험의 진실함이 투영되어 있다고 말했어."

"그것 봐."

그녀가 완전히 부드러운 목소리, 승리를 쟁취한 행복한 목소리로 말했다.

"그는 당신이 자기 비밀을 알고 있다고 생각하는 거야. 그러니 결국은 항복하고, 자신을 당신 손에 넘길 거야."

그녀는 응석을 부리는 목소리로 말했다. 어둠 속에서 그녀의 손이 쾨베시의 얼굴을 만지더니 어린 소년의 얼굴을 만지듯 쓰다듬었다.

"봐, 봐, 아무것도 모르는 것을." 그녀가 그를 나무랐다.

"그래." 쾨베시가 말했다. "나는 당신만큼 그 사람에 대해 관심이 많지 않거든."

그러자 그녀의 손이 그의 얼굴을 쓰다듬다 말고 슬그머니 뒤로 물러났다. 마치 이 말을 함으로써 두 사람이 공유하던 근심과 종속에서 쾨베시만 벗어난 것 같았다. 그는 다른 길로 접어들었고 이렇게 해서 비서의 마음을 상하게 한 것 같았다.

"당신은 그 사람에 대해서 얼마나 알아?" 그가 그녀의 마음을 달래려고 계속 말했다. 그의 목소리에는 의아함이 아니라, 이미 놀라움이 담겨 있었다.

"자기를 괴롭히는 사람을 아는 것처럼 당신도 그 사람을 알잖아." 그가 덧붙였다.

"나를 괴롭히는 사람? ……어떻게 그런 생각을 했지? 도대체 어떻게 그런 대담한 말을 하는 거야?" 비서가 불쾌해하며 말했다.

아마 사실이 밝혀진 탓에 모욕을 당했다고 느낀 탓이었을 것이다.

"그래, 만약 그렇다면?" 조금 지나서 그녀가 말했다.

그 말을 함으로써 그녀는 마음속에 가라앉아 있던 사실, 그들 두 사람이 서로 신뢰하며 지워 버릴 수 없는 시간을 보냈다는 사실을 경멸적으로 인정하고 말았다.

"혹시 내가 그것을 받아들인다면? 나를 짓밟고 지나가는 것을, 사람들이 내 위에서 발을 구르고 짓밟는 것을 허락한다면?"

그러나 아침이 되자 갑자기 모습을 드러낸 빛과 함께 질서도 제자리로 돌아간 듯 보였다. 질서는 그들을 갈라놓고 즉시 떨어져 따로따로, 멀리 자리를 잡으라고 명령했다. 그리고 그들은 이미 낯설게, 거의 원수처럼 계속해서 서로를 바라보았다. 마치 냉정한 낮의 햇살이 비추자 무언가, 그들이 앞서 체결했던 거래가 실패하여 지금은 파산 처리된 것 같았다. 적어도 갑작스럽게 잠에서 깨어나, 급하게 옷을 찾아 입던 쾨베시는 이와 비슷한 기분을 느꼈다. 그사이에 비서는 완벽한 옷차림을 하고 신선한 향기를 내뿜으면서, 반짝이는 자태로 차갑게 그의 앞에 서 있었다. 마치 (쾨베시의 욱신욱신 쑤시는 머리에 떠오른 표현대로) 칼집에서 빼낸 검처럼 그의 앞에 서서 그를 재촉했다. 둘이 같은 시각에 도착하지 않으려면, 지금 출발해야 한다고.

"당신, 대단한 야심가로군." 쾨베시가 불평하는 투로 말했다.

그 말을 하면서 그는 마지막으로, 어딘가에서 뒹굴고 있을 그의 외투나, 넥타이 같은 옷가지를 계속해서 찾았다.

"당신의 야심이 당신을 삼켜 버리고 말 거야. 대체 원하는 게 뭐야?" 그가 물었다.

호기심 때문이 아니라 옷을 다 입기까지의 엉성한 시간을 무슨 말이라도 해서 채우려는 생각이었다.

그러나 비서는 오해했는지, 아까보다 더 흥분해서 본능적으로, 분명하고도 모욕적으로 그에게 대답했다.

"그 사람……." 그녀가 말했다. "그 사람을 다시 찾고 싶어."

이렇게 말하더니 갑자기 쾨베시에게 등을 돌렸다. 쾨베시는 그녀의 어깨가 흔들리는 것을 보았다. 잠시 뒤에 큰 소리로 흐느끼는, 그러다 곧 흐느낌을 억누르는 소리가 들렸다. 그가 여자에게로 가까이 다가가려 했다.

"건드리지 마!" 그녀가 소리쳤다. "가. 어서 가라고!"

벌컥 화를 내면서 소리를 질렀지만 쾨베시는 그녀가 자기한테 화를 내는 것은 아니라고 느꼈다. 왜냐하면 그는 그녀에게 상처를 주지 않았고, 설사 상처를 주었다고 해도 그럴 의도가 있었던 것은 아니었으니까.

"내가 당신하고 팔짱을 끼고 해고 통지가 기다리는 사무실로 산책을 갈 거라고는 생각하지 않겠지!"

"내 해고 통지?"

쾨베시가 소스라치게 놀랐다. 통지 자체가 아니라, 해고를 당하는 장소와 시간, 상황의 느닷없음에 놀랐다고 해야 할 것이다.

"어떻게 알았지?"

잠시 후에 그가 물었다. 당연히 그는 사무실로 출발하고 싶은 생각이 전혀 들지 않았다.

"어제 아침에 내가 타이핑했거든."

비서가 쾨베시를 향해 돌아섰다. 그녀의 목소리가 부드러워졌고, 얼굴에는 부끄러운 동정심이 드러났다.

이후 쾨베시는 낯선 층계참에서, 나중에는 어떤 거리에서 자신을 발견했다. 그는 길 위에서 이제 도대체 어디로 가야 하는지 몇 분 동안 곰곰이 생각했다.

7장

방향 전환

얼마 지나지 않아(10시가 되어 가는 아침나절에) 쾨베시는 다른 건물의 층계참에 서서 모든 것을 체념한 듯, 한 번, 조금 있다 두 번, 결국에는 문패도 없는 집 대문의 벨을 세 번 눌렀다. 한때는 지금보다 좋은 날들을 보았을 그 문은 이미 낡을 대로 낡아 있었고 문 뒤에서는 언짢게 꿈적거리는 소리가 들려왔다. 사람을 확인하기 위해 문 가운데에 만들어 놓은 작은 문이 열리더니 계란처럼 둥근 민머리와 통통한 얼굴, 화를 내며 바라보는 두 눈이 나타났다. 그러고 나서 금속성의 높은 목소리가, 거의 트럼펫 소리처럼 울려 퍼졌다.

"당신은?" 베르그가 깜짝 놀랐다. 열쇠가 절그럭거리더니, 문이 철컥거리고, 쾨베시가 어둑한 실내로 들어섰다. 현관처럼 사용되는 공간으로 들어서자마자 그의 한쪽 어깨가 양쪽 문의 크기가 다른, 거추장스러운 현관장에 부딪쳤다. 그곳에서부터 열려 있는 유리문을 통과해 그는 안쪽에 있는 조금 더 넓고 밝은 방으로 들어갔다. 첫눈에도 방은 몹시 기묘한 느낌을 주었다. 바닥에 카펫 대신 알록달록한 담요가 깔려 있었기 때문도 아니고, 나무틀을 줄로 엮어 만든 두 개의 팔걸이의자와 등받이 없는 의자 때문도 아니었다. 또 벽을 따라 펼쳐 놓은, 가운데 부분이 이미 움푹 들어간 의자와, 침대용 가구, 침대 겸용 가구 때문도 아니었다. 오히려 무언가가 빠져 있는 느낌이 들었다. 그러고 나서야 쾨베시는, 가구 중에 책상이 보이지 않는다는 것을 알아차렸다. 책상은 방의 뒤쪽 귀퉁이에 있는 도자기 난로 앞에 있었다. 책상 위에는 환한 오전 시간인데도 스탠드가 불을 밝히고 있었다. 무언가 가득 기록된 종이들, 뾰족한 연필과 뭉툭한 연필이 하나씩 있고 빨간색 연필깎이가 놓여 있었다. 그 외에 작은 금속 쟁반과, 그 위에 난로 쪽을 향해 일렬종대로 늘어선 초록, 하양, 분홍과 초콜릿색의 미농과 물 한 잔이 놓여 있었다. 책상과 도자기 난로 사이 좁은 틈에는 끈으로 엮은 등받이 없는 의자가 있었다. 짐작건대 쾨베시가 벨을 눌렀을 때 베르그가 일어난 자리임에 틀림없었다.

“뭐라고 인사를 해야 하나……. 어떻게 여기 올 생각을 했습니까? ……벨이 있는 줄 어떻게 알았습니까?” 베르그는 어렵사리 질문을 맺었다. 손님을 맞는 걸 그리 반기는 기색은 아니었다.

“주소를 알려 준 곳에서 벨의 위치도 알려 주더군요.” 쾨베시가 변명하듯 망설이며 웃었다.

"남쪽 바다에서부터 오셨군요?" 베르그가 물었다.

"그렇습니다." 쾨베시가 고개를 끄덕였다.

자기도 여기 온 것이 놀랍다는 듯이, 그는 계속해서 조금 애매하게 굴었다. 사실은 이러했다. 물론 오늘 아침 비서의 집에서 나올 때만 해도 그는 산업부로 갈 생각이었다. 하지만 가봐야 해고 통지서를 전해 받을 게 뻔했기에 가던 도중에 방향을 바꾸었다. 그리고 그로부터 얼마 지나지 않아 남쪽 바다에 앉아 얼리즈에게 든든한 아침 식사를 주문하고 있는 자신을 발견했다. 말이 꼬리에 꼬리를 물고 이어지다가, 쾨베시의 입에서 오래전부터 궁금하게 여기던 질문이 갑자기 미끄러져 나왔다.(잠도 못 자고 머릿속에는 아직도 뒤죽박죽된 사건이 빙빙 돌고 있고 정리가 안 된 생각이 가득 차 있었다. 한마디로 부주의가 원인을 제공했을 것이다.) "당신 애인은…… 어떻게 지내요?"라는 질문이. 이 질문에 얼리즈는 정말 알고 싶다면, 찾아가 보라고 답했다.

"어디로 가면 되죠?" 쾨베시가 물었다.

그녀의 제안은 놀라웠지만 그는 크게 놀라지 않았다.

"집에 있죠." 얼리즈는 쾨베시가 그들의 믿을 만한 친구이고, 전에도 자주 놀러 왔던 사람인 양 너무나 당연하게 대답했다.

그는 그녀의 눈빛에서 무언의 간청을 읽었다고 생각했다. 그러고 보니 얼리즈가 한참 동안 그에게 괴로움을 토로했던 일이 기억났다. 그녀는, 베르그가 몇 주째, 아니 몇 달째 대문 밖으로 한 발짝도 나오지 않는다, 집으로 점심과 저녁을 가져다 코앞에 놔주지 않으면 분명 아무것도 먹지 않을 것이다. 게다가 밥을 안 먹어도 전혀 의식하지 못하기 때문에 굶어 죽을 수도 있다. "가끔 밖으로 나가라, 카페로 내려와라, 벽만 쳐다보지 말고 가끔 다른 것도 봐라."라는 이야기를 수없이 하지만 아무 소용이 없다. 아무리 떠들어도 소용이 없다. 베르그는 거의 말을 하지 않고 점점 더 생각에만 빠져 지낸다고 말했다.

"도대체 무슨 생각에 빠져 지내는 거죠?" 쾨베시가 물었다.

"일 생각이죠." 여종업원은 즉답을 피하며 얼버무렸다.

그녀는 이상한 행동을 하는 베르그를 쾨베시가 이해하지 못할까 봐 불안해하고 있었다. 그 모습을 보니 아들 얘기를 하면서 어려움을 토로하던 베이건드 부인의 불안한 모습이 떠올랐다. 그는 내가 그를 찾아가면 뭐가 달라지느냐고 회의적으로 물었는데 여종업원은 무언가 확실하지 않은 희망이 담긴 미소를 지으며, 이렇게 말했다.

"지난번에 당신과 만났을 때 이야기를 잘하던데요……."

"사람들이 당신을 걱정하고 있습니다." 그가 설명하듯이 말했다.

마치 자신이 그런 걱정을 충실하게 전달하는 전달자인 양 엷은 미소를 띠면서. 그러면서 동시에 임무를 완성하려는 듯이 적당한 진지함도 구비했다.

그러나 베르그는 속지 않았다.

"걱정하는 사람도 있겠죠." 그가 떨리는 목소리로 말했다. "하지만 당신이 여기에 온 건 그 때문이 아닌 것 같군요."

"맞습니다." 쾨베시가 시인했다. 그러고 나서는 고백한 것을 부끄러워하듯 덧붙였다. "어쩌지 못해서 왔습니다." 그리고 억지웃음을 웃으며 물었다. "제가 방해가 됐나요?"

"보시다시피……." 베르그가 투덜거리며 책상 위를 보았다. "일을 하고 있었습니다."

그렇게 말하며 떨고 있는 동물 위에 손을 올리듯, 그는 종이 위에 손바닥을 올리고, 책상을 돌아서 무겁지만 균형이 깨지지 않은 몸을 등받이 없는 의자 위로 털썩 내려놓았다. 그의 시선이 스치듯, 그렇지만 간수가 죄인을 감시하듯 아주 심각하고 적대적으로 미농을 바라보았다.

"글을 쓰십니까?" 쾨베시가 잠시 뜸을 들인 뒤 조용하게, 무의식적으로 무언가 호의적인 배려를 하면서 물었다.

베르그는 팔을 약간 벌리고 불필요하게 입을 옆으로 당겼다.

"맞습니다." 베르그가 말했다.

부끄러운 고통, 자기 자신도 몹시 싫어하는 고통을 감당하다가 들킨 사람처럼 그는 불쾌하게 고백했다.

"무엇을 쓰시죠?" 생각을 위한 침묵이 흐른 뒤, 쾨베시가 더듬거리며 새로운 질문을 찾아냈다.

그러자 베르그는 당황했는지 무거운 시선으로 쾨베시 너머를 멍하니 바라보았다.

"무엇을……?"

그는 그제야 처음으로 그것을 생각해 보는 듯 질문을 반복했다.

"글을 씁니다." 그 후에 그가 대답했다.

이제 쾨베시가 놀랄 차례였다.

"무슨 의미죠?"

"무슨 의미냐고요?"

베르그는 조금 유쾌한 무방비 상태가 되어 여러 번 어깨를 으쓱했다. 쾨베시로 인해 더 이상 방해를 받는다고 느끼지 않는 듯 갑자기 그의 몸에서 긴장했던 기색이 완전히 사라졌다.

그가 계속 말했다.

"언제나 글을 쓴다는 말입니다. 아니, 써야 하죠."

"좋아요."

베르그는 자리에 앉으라고 말하는 걸 잊고 있었지만, 쾨베시는 개의치 않고 베르그와 비스듬하게 마주하고 있는 팔걸이의자에 앉았다. 나무 테두리로부터 위로 솟아올라 그의 넓적다리를 조이는 등나무의 속껍질을 몸으로 조심스럽게 눌러서 평평하게 만들었다.

"그러면 다르게 질문해 보겠습니다. 무엇에 대한 글을 쓰십니까?"

"은혜에 대해서 씁니다." 베르그가 망설임 없이 바로 대답했다.

"그렇군요." 쾨베시가 말했다. 전혀 이해할 수 없었지만, 곧이어 이렇게 물어야 했기 때문이었다. "은혜가 무엇이라고 생각하시는데요?"

"필연적인 것이지요." 곧바로 대답이 튀어나왔다.

"필연적인 것이 무엇입니까?"

쾨베시는 이 순간을 만족스럽게 생각하며 그것을 즐기고

싶은 듯 다그쳐 물었다.

그때였다.

"질문이 또 잘못됐군요."

베르그가 손을 움직였다. 그의 손은 돌이킬 수 없는 결심을 한 듯 갑자기 미농 사이의 틈새를 쳤고, 그의 눈은 무엇을 찾는 것처럼 탁자 위를 맴돌았다. 분명히 냅킨을 찾는 것 같았다. 순간적으로 자기가 남쪽 바다에 있는 줄 착각했을 수도 있다. 하지만 당연히 그는 냅킨을 찾아내지 못했다. 결국 손가락끼리 까다롭게 부벼서 끈적거리게 된 손가락 끝을 깨끗이 했다.

"필연적이지 않은 게 무엇인지 물었어야죠."

"그럼……." 수수께끼 같은 질문이 던져지자 그것을 받아들이기로 한 사람처럼, 쾨베시가 베르그에게 순응하여 물었다. "필연적이지 않은 것이 무엇입니까?"

"사는 것." 베르그가 입 주위에 장난스럽고 차가운 미소를 지으며 대답했다.

그는 잔인한 결심을 밖으로 표출하여 무자비한 행동을 단행한 사람처럼 차갑게 웃었다. 하지만 쾨베시가 본 것은 미농 하나를 으깨 놓은 게 전부였다.

"저는 살아 있는 사람 누구에게서도 사는 게 필연적이냐고 묻는 소리를 들어 본 적이 없습니다." 쾨베시가, 자신이 의도했던 것보다 날카롭게 반박했다.

"묻지 않았다고 해서 그것이 타당한 질문이 아니라는 뜻은 아니죠."

베르그가 어깨를 으쓱했다.

"혹시……." 쾨베시가 곰곰이 생각했다. "당신이 무엇을 쓰는지 알 수 있다면, 당신의 말을 더 잘 이해할 것 같습니다."

"어떻게 말입니까?"

베르그가 거의 쾌활하다 할 만한 미소를 지으며 말했다.

"방법이 있습니다." 쾨베시가 조심스럽게 접근했다. "당신이 읽어 주시면 됩니다." 그가 잘라 내듯 말했다.

그의 제안이 있은 뒤에 한참 동안 침묵이 이어졌다.

"사실을 고백하자면……." 드디어 베르그가 입을 열었다. "당신이 벨을 눌렀을 때 벌써 마음의 준비를 했습니다. 왜냐하면……."

그가 잠시 망설였다.

"……왜냐하면……." 망설임 속에서도 그가 말을 이었다. "이제 막 한 장(章)을 다 썼거든요. 그리고 나는…… 그러니까, 내가 흥미를 갖는 것에 대해 당신이 어떻게 생각할지…… 그걸 큰 소리로 읽을 때 어떻게 들릴지 알아보고 싶습니다. 그러나 아직은 누구 앞에서 읽을 준비가 안 됐습니다."

"그편이 훨씬 자연스러울 겁니다." 쾨베시가 그렇게 판단했다.

"무슨 뜻이죠?" 이번에는 베르그가 이해하지 못했다.

"당신이 이미 글을 썼다면……." 쾨베시는 설명을 시도했다. "그렇다면 자연스러운 일인 게…… 그러니까……." 그는 격려를 서두르며 미소를 지었다. "예술가에게 청중이 있는 것은 자연스러운 일이죠……."

그러나 그가 실수를 한 게 틀림없었다. 왜냐하면 그의 부추김에 기분이 상했는지 베르그의 얼굴이 흐려졌던 것이다.

"예술가가 되고자 하는 자연스러운 본능은 이제 더 이상 자연스럽지 않습니다." 그가 투덜거렸다.

쾨베시는 대답하지 않았다. 하지만 베르그는 분명 약간 몸을 움직여 책상을 잡았다. 쾨베시는 그것이 무엇을 의미하는 동작인지 이해하지 못했지만, 전체적으로는 상대가 낭독할 준비를 하고 있으며, 그도 계속해서 침묵해야 한다는 것 정도는 알 수 있었다. 마침내 베르그가 입을 열었다. 하지만 낭독을 시작한 것은 아니었다.

"미농 하나 드시겠습니까?"

무대 공포증이 있는 듯 떨리는 목소리로, 그가 익숙하지 않은 방식으로 이렇게 물었다.

"고맙습니다만……." 쾨베시가 거절했다. "방금 전에 아침을 먹었습니다."

그런 뒤에도 베르그는 갈등을 계속하는 것처럼 보였다. 마침내 그는 물을 한 모금 마시고 더 이상 쾨베시를 신경 쓰지 않은 채 낭랑한 목소리로 명확하게 읽기 시작했다. 제목부터 사람을 놀라게 하는 글은 이렇게 시작되었다.

나는 사형 집행관……

신사 숙녀 여러분, 글쓰기는 우리의 인생 경험에 형식과 표현을 제공하는 특별하고도, 도저히 설명할 수 없는 소망입니다. 그 소망은 매력적이면서도 위험한 유혹입니다. 우리는 어쨌거나 인생의 환상적인 비밀을 풀 수 없습니다. 그럴 때는 겸허하게 귀를 기울이거나 조용히 옆으로 비켜서는 게 좋습니다. 그럼에도 우리를 대중의 관심이 쏟아지는 조명 아래로 나아가게 하는 무언가가 존재합니다. 그리고 우리는 엉터리 배우처럼 얼마간의 박수갈채와 약간의 이해를 받기 위해 애를 씁니다. 그런다고 이미 일어난 일이 바뀔까요? 또 그 뒤에 일어나는 일이 바뀔까요?

이런 생각으로 이 책에 내 삶의 진솔한 이야기를 담아 낸다면, 아마도 여러분의 진심 어린 동의를 얻을 수 있지 않을까 기대해 봅니다. 어쨌든 이 책에는 흥미롭고 교훈적인 삶의 진실한 이야기가 담겨 있습니다. 물론 모든 인생에는 진실과 교훈이 있습니다. 그러나 모든 인생이 철저한 분석과 자료의 일반적인 심화를 거쳐 세상에 드러나는 것은 아닙니다. 하지만 나는 내 인생에 대해서 말하려고 합니다. 처음으로 글을 쓰겠다는 생각이 압박처럼 밀려들었을 때 나는 그 압박에 맞서 씨름했습니다. 하지만 이런 씨름은 어떤 열매도 맺지 못했습니다. 지지부진한 한 주, 동시에 가치 있고 돌이킬 수 없는 한 주를 보낸 끝에 나는 마침내 최종 결심을 하게 되었습니다. 내게 남은 시간이 아주 적다는 점도 고려했습니다. 오늘이 월요일이니, 추측건대 나의 삶에 산고를 동반한 활발한 변화가 온 것은 지난주였을 것입니다. 그 일주일이 지난 몇 달, 지난 몇 년의 태연함에서 나를 분리시킨 것은 아마도 내가 하려는 일에 날카로운 망설임과 내적 긴장이 필요했기 때문일 것입니다. 글쓰기에 반대하는 내면의 반발은 아마도 본능적인 방어와 소망에서 연유했을 겁니다. 내가 원하는 바와 달리, 글쓰기는 모든 것을 날카롭고 신선하고 생생하게 감정의 영역에서 다시 경험하도록 강요했습니다. 이미 일어났던 일이지만, 현실에서보다 더 생생하게 표현하려면 어쩔 수 없는 일이었습니다. 내 내면의 반발은 안정된, 나름의 방법으로 편안한 정신적 상태를 지켜 내기 위해 본능적인 방어와 소망에서 연유했을 것입니다. 그것이 앞에서 말한, 매력적이고 위험한 유혹입니다.

그러나 보다시피, 나는 글쓰기에 착수했습니다. 이미 내디딘 길에서 물러설 수 없었을 뿐, 새로운 출발의 흥분과 함께 나아갈 수는 없었습니다. 그러나 모든 것을 새로 시작하는 기분도 조금은 들었습니다. '일어났던 일'과 '어떻게 그런 일이 일어났는지'를 쓴 나의 도덕적 신빙성을 주장할 수 없을지도 모릅니다. 실제로 소설들이 다 그렇듯 무책임한 상상의 비약도 있을 것입니다. 그러나 이런 불가항력이 내 마음에 일깨운 고집스러운 자의식은 비록 짧은 순간이나마 내 인생의 다른 가능성을 심각하게 숙고하게 해 주었습니다. 나는 이미 끝나 버린 사건을 변화시킬 마음이 조금도 없습니다. 게을러 보일지 모르지만 내 마음을 정확하게 드러내는 표현을 쓰자면, 솔직히 그럴 마음이 없습니다. 회고를 한다는 것은 별로 기쁜 일이 아닙니다. 내 인생에는 기쁜 일이 많지 않았습니다. 오히려 기쁨이 제거되고 사라진, 심지어 불행한 인생의 전형이었습니다. 그렇지만 언급해 볼 가치는 있다고 생각합니다. 적어도 나는 그렇게 생각합니다.

물론 최종 판단의 권한은 여러분에게 있겠지만 말입니다. 왜냐하면, 신사 숙녀 여러분, 인생에 관해 무언가를 말하기 위해서는 운명의 가치를 인정할 수 있어야 하며, 우리가 달려온 인생 행로에 아이처럼 몰입하여 놀라야 하기 때문입니다. 이 책은 체포당해 수용소에 감금되어 있던 편안한 몇 달 동안에 나의 지나온 삶이 어떠했는지를 살펴보고 되찾은, 어린아이 같은 놀라움의 결실입니다. 또한 안개 낀 듯 우울한 감금의 시간에 낯선 마력이 끼친 영향에 대한 놀라움의 결실입니다…….

자, 그러면 시작해 보겠습니다.

정확한 날짜를 말할 필요는 없을 것입니다. 어쨌거나 가을이었습니다. 밖이 내다보이는 창문의 작은 네모 귀퉁이 너머로 회색 구름에 뒤덮인 하늘이 보였습니다. 내 방, 더 바르고 정확하게 말하자면 내가 갇혀 있는 감방, 작은 징벌 방의 조그마한 창문을 통해서 나는 그 하늘을 볼 수 있었습니다. 희미하고 어렴풋한 빛이 사색하는 내 정신 상태와 멋지게 조화를 이루었습니다. 좋아하는 곳에 있었으니 더 이상 필요한 것도 없었습니다. 거리로 나가는 것은 직접적으로 금지되었습니다. 왜냐하면 용의주도하고 엄격한 보호를 받기 위해서 내가 나를 이곳에 감금했기 때문입니다. 비록 징벌의 의도도 있었지만, 그 보호는 자비롭게도 앞으로 이어질 내 운명에 대한 책임감을 어깨에서 내려 주었습니다. 어쨌든 내 입장에서 파악한 현재의 내 생활 양식은 그랬습니다. 만약 이렇게 버려진 내게 세상의 완고한 편견과 유감스러운 몰이해까지 들이닥친다면, 정말 고통스러웠을 것입니다.

이렇게 해서 나는 자비로운 엄격함 속에서 세상으로부터 격리되었습니다. 나는 비 오는 날씨를 절대 견디지 못합니다. 외풍이 있는 우리 도시의 여러 단점 가운데 하나인, 날카롭고 눅눅한 바람은 언제나 나를 괴롭게, 또 신경질적으로 만듭니다. 나는 온도가 적당한 내 감방에서 외부의 영향을 받지 않은 채, 날씨의 간섭에서 벗어나 내가 딱 좋다고, 또한 필요하다고 생각하는 것을 하나씩 순서대로 종이 위에 적어 나가기 위해서, 자유로이 내 즐거움을 희생할 수 있었습니다. 조서에 따른 심문에, 법원의 절차에 신선한 평형추처럼, 그곳에서는 질문하는 것에만 대답할 수 있었고 강요될 때에만 나 자신을 드러낼 수 있었습니다. 여러분은 아마 멍청한 짓이라고 말할 겁니다. 여러분의 말이 맞습니다. 하지만 일반적으로 그렇듯이 맞지 않기도 합니다. 말이 나온 김에 말하자면, 내 생각에 나는 똑똑하고 교양 있는 사람입니다. 세속적인 여정을 끝맺은 뒤에 지적인 작업으로 돌아갔으니, 이것은 우연히 하는 말이 아닐 겁니다. 나는, 세상이 자신에 관하여 형성해 놓은 모습을 보충하기 위해서, 더 완전한 빛 속에서 증명하기를 원하는 사람은 언제나 관심을 받을 자격이 있다고 생각합니다. 그리고 이런 노력은 단순한 비난의 말로 제거하거나 맹목적으로 무시해 버릴 수 없습니다. 어쨌거나 이러한 뒤늦은, 분명히 당황스러운 요구에 헌신할 수 있는 나의 시간과 상황을 나는 행복하게 생각합니다. 소위 말해 단점만 있는 우리의 감옥과 달리, 이것이 문화적인 감옥의 장점이라고 말하고 싶습니다.

글을 써 나가는 과정에서 내가 나 자신의 자화상에 약간 변덕스러운 접근을 시도하고, 때때로 필요하다고 생각하는 잡담을 섞어 넣을지도 모르니 이 점에 대해서는 미리 양해를 구하겠습니다. 그 잡담도 결국은 나의 자화상에 속하며, 창조적이고 교양 있는 사람이긴 해도, 나는 습작을 거친 문학가가 아니기 때문입니다. 타고난 재능과 꼼꼼한 구조 감각, 그리고 삶의 현상에 대한 특별한 감수성을 신뢰하는 것, 다시 말해 선천적이고 후천적인 능력을 함양하는 것 외에는 내가 할 수 있는 것이 없습니다. 이것은 결코 사소한 의미가 아닙니다. 왜냐하면 처음 시작하는 사람에게는 고백이나 자서전 분야를 대표하는 멋진 모범들이 있습니다. 더 명백하게는, 계몽주의 시대의 매혹적인 모범들도 있습니다. 또 위대한 회개자들과 신앙 고백자의 모범도 있습니다. 이렇게 모범이 되는 글들을 뛰어넘을 수는 없겠지만, 그 작품들에 근소한 차이를 가져오는 정확함, 영웅적인 솔직함, 언제나 교훈을 주려고 애쓰는 행복한 노력으로부터 용감함을 도출하는 것을 어쨌거나 나의 천직이라고 느꼈습니다.

내가 이와 같이 고상한 예를 드는 것을 보고 여러분은 반대의 의미로 머리를 흔들지도 모릅니다. 나의 고집스러운 경솔함을 질책하거나, 앞에서 언급한 축복받은 지성과 뻔뻔스럽게 연결하는 나를, 슬프게도 전형적인 파렴치한으로 여길 수도 있습니다. 이제까지 말했듯이, 나는 감옥에 수감된 죄수입니다. 책 제목에서 이미 언급했습니다만, 이제 여러분은 내가 누구인지 알았을 것입니다. 이 모든 것을 통해 이미 내 이름도 알게 되었을 테지만, 다음에 이어질 서문의 한 부분에서 여러분 앞에 불명예스러운 내 이름을 밝히겠습니다! 이런 비난에 대해서 내가 뭐라고 항변하겠습니까. 세상이 진실을 받아들이기보다는 도덕관념의 확고함을 더 중요하게 여긴다는 것을 다시 한번 씁쓸하게 받아들여야겠지요. 그것은 판단보다 비난의 감정을 더 많이 드러내기에, 사건의 본질을 살피기보다 오래된 상투어 몇 마디로 표현하는 게 나을 것 같기도 합니다. 보십시오, 나는 앞으로 3만 명의 죽음을 유발했다는 혐의로 고소를 당하고 법정에 서게 될 것입니다. 나는 내 운명을 넘어설 수 있으며, 놀랍게도 (분명 세상도 놀란 일이지만) 사람들이 꽤 유능했다고 인정했던 내 인생의 마지막 날을 도덕적 해석으로 채우며 부끄럽게 보내지 않아야 한다는, 삶에 대한 책임감을 느낍니다. 물론 여러분이 그렇게 확신했다 하더라도 여러분이 무엇보다 먼저 내 안에 있는 도덕주의자를 존경하기를 바라지는 않습니다. 그러나 적어도 그에 상응하는 놀라움의 자세는 취해 주기 바랍니다. 보다시피, 나는 살면서 일어난 모든 일들이 마치 일어나지 않은 양 고유한 교육과 정신문화에서 형성된 나의 신념을 지켜 낼 수 있었습니다. 모든 일이 우연하게, 내가 완전하게 주목하지 않고, 더구나 동의하지 않았는데도 일어나고 말았습니다. 오로지 강요를 통해 인식하게 된 것은 나에게 새겨진 의무와 질서, 더 높은 곳에서 지명한 나의 소명이, 내 관점이나 체질과 몹시도 유감스럽게 대립되더라도 그에 반항할 수 없다는 사실이었습니다.

믿을 수 있겠습니까? 이 사실을 전달함으로써, 나는 여러분이 나에 대해 약간이라도 농성심을 갖게 할 수 있었습니다.(그런데 이것은 내가 목적하는 바가 아닙니다. 나는 여러분에 대해 어떤 목적도 가지고 있지 않습니다.) 하지만 나는 그 대신 두려움과 분노의 새로운 소란을 내 쪽으로 이끌었습니다. 이렇게 해서 내 눈에 가장 불행하고, 훨씬 더 비참하고, 심각한 고민으로 괴로워하고, 어떻게 해도 변할 수 없는 이것이 나의 천성임을 그저 조용히 인정하면서 살 수밖에 없었습니다. 믿어 주십시오. 나는 거칠어지려고, 짐승처럼 무감각해지려고, 원시적으로 무뎌지려고, 기회가 있을 때마다 노력했습니다. 하지만 성공하지 못했습니다. 그러기에는 나의 정신적인 교양이 너무나 고매했고, 내 정신은 너무나 고상했습니다. 그럼에도 여러분이 완수한 파괴에 의해서, 그 뒤에 다가온 순응의 강요에 의해서, 또 약간의 호기심과 알고 싶은 욕구로 인해서 나 스스로도 그렇게 하는 데 동의했습니다. 그러나 최종적으로는 나의 기본적인 특성을 파괴할 수 없었습니다. 이 특성은 처음에는 겉으로만 그렇게 보였는데(비록 현실과 끔찍하게 함께 뒤섞여 있었지만) 마지막에 이르러서는 주변 환경과 조화가 된 듯 보였습니다. 자, 나는 지금 모든 결과에 대한 부담을 지고 이곳에 서 있습니다. 더 정확히는 앉아 있습니다. 눈에 보이는 현실을, 다시 말해 내 행동을 보충하면서 나 자신을 더 완전한 모습으로 내보이고자 하는 요구가 더욱 급하게 나를 압박합니다. 내 생각에 이것은 엄청난 주의가 필요한 요구입니다. 고귀한 여러분은 멍청한 짓이라 이름 붙였지만, 그럼에도 이런 것이 사회적으로는 가장 유익한 형태라는 것을 여러분은 인정해야 합니다.

머리를 흔들며 아니라고 하시는군요. 그렇지만 용기를 내어 물어보겠습니다. 인생의 분명한 심연을 경험하고 그 경험에서 얻은 교훈을 전혀 으스대지 않고 세상의 명령에 따라 밝히려는 사람의 자기 고백이, 그보다 무해한 극단 속에서 움직였던 다른 사람의 고백보다 가치 없게 간주되어야 할 이유가 무엇입니까? 전자도 같은 도덕관념을 바탕으로 자신의 인생을 이해하고 해석했다면, 그리고 마음속에 일반적인 것과 관계를 맺기 위해서 필요한 정도의 인간적 뻔뻔함과 행복한 창조력을 마음에 지니고 있었다면 말입니다. 글의 형식과 예술성 면에서도, 더 많은 시간과 연습을 쏟고자 열망했다면 더욱 존경을 받아야 하지 않을까요? 그럼에도 여러분은 도덕의 이름으로 내 말에 이의를 제기하고 있습니다. 마치 내겐 그런 권리가 없다는 듯, 내게 귀를 기울이기보다 비밀을 캐내야 한다는 듯, 나는 공감 같은 건 받을 자격이 없는 사람이라는 듯, 어떠한 유용한 새로운 사실도 자각적인 교훈도 말할 줄 모르는 사람이라는 듯, 내 말을 들어주지 않습니다. 아마도 내가 착각한 게 아니라면, 극단적으로 특별하고 소외된 한 개인의 고백이 여러분의 깊은 관심을 끌기란 불가능할 것입니다. 오히려 가장 극단적인 극단 속에서 공개되는, 여러분과도 연관이 있는 공통적이며 일반적인 고백이 여러분의 관심을 끌 겁니다. 예를 들면 나를 아주 감성적인 정신을 지닌 사람, 표현 능력과 날카로운 상상력을 지닌 사람, 아니면 흠잡을 데 없는 고상한 표현으로 자신이 가진 능력과 순결함을 통해 위대하게 된 사람이라고 행복하게 구별해 낼 겁니다. 그러나 어떤 경우에도 나와 함께 이야기를 나누고 가까이 지내기를 원하지는 않을 것입니다. 기껏해야 야수나 야생 동물 같은 것으로 바라보겠지요. 어쨌거나 내가 여러분과 완전히 다른 본성을 지니고 있어서 여러분과 절대 공통의 관계로 묶일 수 없고, 외적으로 내가 한 행동들이 완벽하게 이러한 오해를 불러일으켰다는 사실에 마음을 놓을 겁니다. 왜냐하면 여러분은 보다 완벽한 현실에 대해서는 전혀 관심이 없기 때문입니다. 나는 여러분의 그런 노력을 이해합니다. 그러나 그것은 여러분에게 어울리지 않는 개인적 자기기만 같은 것이라는 사실을 용기 있게 밝히고자 합니다. 그리고 지금 겸손하게, 그러나 확고하게 과거의 나라는 인간 존재에게 내 권리를 표명합니다. 일반에게 나의 타당성을 표명합니다. 여러분은 혹시라도 내 말을 듣고 조금이라도 나를 이해하게 될까 봐, 또 내가 여러분에게 공감해 달라고 강요할까 봐, 나의 말을 듣는 대신 도덕이라는 미명 아래 내게서 시선을 돌립니다. 나의 내면을 보면서 혹여 아주 조금이라도 여러분 자신을 알아보지 않도록.

이제 나는 여러분이 나의 고백을 두려워하고 있다고 확신합니다. 하지만 나는 그런 사실에 관심이 없습니다. 오히려 뒤로 물러서지 않고, 대놓고 자극하고 재촉하려 합니다. 나는 슬리퍼를 신고 허리띠로 바지를 조였던 이미 황폐해진 우리의 모습을, 들이댄 권총에 질려서 아무런 대항을 못하던 우리의 두려움을 잘 알고 있습니다. 이런 모습도 인간이 변화한 모습이었고, 그 안에는 여러분의 소망과 반대로, 무언가 역겹고 진저리 나는 열광도 깃들어 있었습니다. 바로 그것이 여러분의 바람과 반대되는 사실입니다. 오, 내 인생 행로에서 작동하기 시작한 이 느낌을 나는 잘 알고 있습니다. 그 느낌은 그 후 마치 나 자신을 위한 복수심에서 나온 듯, 자꾸만 커지는 고통과 함께 떨면서 그런 열망을 부추겼습니다. 다른 사람들도 이런 경험을 하게 하자, 다른 사람들도 복종시키자, 그들의 영혼 속으로 날카롭게 파고들어 그 안에 있는 음란한 자유를 휘저어 일으키자는 열망이 일었습니다. 우리가 두려움 속에서 경험했던, 그 증오스러운, 영혼을 좀먹어 들어가는 열망을 일으키자고. 나는 두려움을 안다고 말했습니다. 이번에는 그것을 광포한 현실이 아니라 나의 신비로운 모습을 통해, 단어와 언어를 이용한 나 자신에 대한 묘사를 통해 도덕적인 교훈으로 여러분의 마음속에 옮겨 심고 싶습니다.

이것이 내가 목표를 설정함에 있어, 앞에서 언급한 축복하는 영혼들 앞에서 얼굴을 붉힐 이유가 없다고 느낀 관점입니다. 혹시라도 여러분이 용기를 내어 나의 극단적이며 끔찍했던 개인적 인생을 유포하는 과정에서 내 안에 들어 있는 것을 인식한다면 그것은 여러분을 위한 축복임을 알게 될 것입니다. 나의 고백은 그들의 고백보다 열등하지 않을 것입니다. 어쨌거나 나의 인생길을 걸은 사람은 여러분이 아니라 바로 나입니다.

이렇게 말로 표현하는 것은 불분명해서, 오해를 부를 수도 있고, 여러분이 의도적으로 곡해를 할 수도 있습니다. 세상의 난폭한 정의에 끈질기게 저항하고자 하는 목표를 가진 사람들에게 말하듯 나는 분명하게 이야기해야 합니다. 무엇 때문에 내가 돌려 말해야 합니까? 나의 난폭한 말 속에는 축복이 숨어 있습니다.(내가 표면으로 난폭하게 끌어 올리기 전까지 말입니다.) 나의 난폭한 말 속에서 여러분은 모든 사람들이 앞으로 시간이 너 흐른 뒤에 나온 작품에서나 보게 되리라 예상한 것을 찾아낼 수 있습니다. 내가 도대체 무슨 말을 하려는 걸까요? 내가 하려는 말은 바로 이것입니다. 극단적으로 소외된 나의 운명을 통해 여러분도 속죄를 인식해야 한다는 것입니다. 나의 운명이 여러분의 운명이 될 수도 있었다는 것 정도는, 내가 여러분의 적이어서가 아니라, 여러분을 대신해서 그것을 끝까지 견뎌 냈다는 것 정도는 인식해야 합니다.

지금 한 이 말을 처음에는 마음속으로 혼자 했습니다. 그 후 글로 썼고 그런 다음 만족해서 큰 소리로 다시 털어놓았습니다. 독자 여러분도 그렇게 해 보십시오. 내 몸에선 엄청난 긴장으로 인해 힘이 빠져나갔습니다. 드디어 내 속에 혼란스럽게 뒤섞여 있던 생각과 흥분의 본질을 파악해 냈다는 느낌 때문입니다. 내 운명의 본질을 파악한 것 같은 느낌도 들었습니다. 나의 인생행로를 근본적으로 결정지은 운명의 본질, 나를 둘러싼 세상의 의도를 향하여 그토록 민감하게 만든 본질, 나와 이 세상이 지속하는 비밀의 본질, 내부적인 관계를 특징짓는 본질을 말입니다. 자, 나의 특별한 감수성은 서두의 마지막 문장에서 실토한 바 있습니다. 그렇습니다. 내가 단호한 행위(첫 번째 살인)를 했을 때 그 행위는 후일 되돌릴 수 없는 선택이었음이 밝혀졌습니다. 이유는 그 행위가 이미 일어났기 때문이고, '일어날 수 있었기' 때문입니다. 또는 그럴 가능성이 열려 있었기 때문입니다. 처음부터 다른 가능성은 없었습니다. 그러므로 내가 외부의 압력에 의해 단호한 행위를 저지르게 되었을 때, 이 외부의 압력은 전혀 문제가 되지 않았습니다. 나의 마음에 쌓여 원래 형태로 되돌아가려는 내적 압박감으로 변했을 뿐입니다. 외부의 압력은 당연히 부차적이었습니다. 현실이 유리할 경우, 현실로 변화하는, 현실적인 의지의 형상화와 다르지 않았습니다. 세상은 진정한 의지의 끈이 아닌 외부 압력의 느슨한 줄을 간단하게 끊을 수 있었습니다. 하지만 세상은 아무것도 하지 않았습니다. 숨죽이고 긴장한 채 사건이 일어나기를 기다렸습니다. 무슨 일이 일어나는지, 그 후 그 사건으로 인해서 얼마나 겁을 먹는지, 자기 자신에게서 겁을 먹는지 보고 싶어 했습니다. 내가 나의 인생행로를 처음 출발했을 때, 그리고 결과적으로 끝까지 걸어갔던 바로 그때, 내가 극도로 민감한 감성으로 세상의 뜻을, 바로 여러분의 뜻을 이해한 것과 다른 일은 일어나지 않았습니다. 그리고 나는 내 행동의 진실을, 내 인생의 진실을 되찾았고 여러분의 양심을 되돌려 주었습니다. 그러나 여러분은 이런 사실을 들으려 하지 않았습니다. 우리의 관계가 살아 있음을 인식하면 할수록, 여러분은 나를 더 거부하고, 더 증오하면서 쳐다보기 시작했습니다. 그러나 나는 물러서지 않았습니다. 음악회가 끝난 뒤 지휘자는 큰 몸짓으로 악단을 가리킴으로써 음악회의 성공이 모든 단원이 협력한 결과임을 알립니다. 나도 여러분에게 알립니다. 여러분은 내게 박수를 쳐 주어야 한다는 사실을 알고 있었습니다. 그러나 바로 그 때문에 나를 교수대 위에 세우는 것입니다.

그러나 여러분의 입장에서는 이렇게 정리할 수도 있습니다. 연극을 하자면서 여러분이 나에게 어떤 역을 맡겼습니다. 불만이 없었던 것은 아니지만 나는 반항하지 않고 그 역을 맡았습니다. 이미 계속해서 언급했듯이, 나는 연극을 잘 소화할 수 있는 예민한 감각을 가지고 있었습니다. 그런데 여러분은 이 까다로운 연극을 망친 사람으로 고소함으로써 나를 멋지게 때려눕혔습니다. 그러나 그 역을 완수한 나는 여러분이 나를 고소할 이유가 없다고 생각합니다. 내가 거부하는 것은 단 하나, 내 모든 말의 증언과, 내 몰락의 원인을 도덕적 평가로 돌리는 것입니다. 그 도덕적 평가 역시 진정한 내적 평화와 다르지 않지만 말입니다.

나는 이미 '어떻게 그럴 수 있느냐'는 여러분의 질문을 들었습니다. 어느 누가 모두가 확신하는 것과 눈에 띄는 방식으로 대항하며, 이미 법정에서 결론 난 일을 하릴없이 돌려놓는 그런 인생에 대해 칭찬을 하겠습니까? 하지만 정확하게 이것이 나의 의도입니다. 이렇게 하지 않으면 나와 관련이 있는 특별한 은혜를 전혀 이해하지 못하는 독자를 잘못 이끌어 가게 됩니다.

그렇습니다. 은혜라고 했습니다. 은혜란, 누군가가 침착하게 자신의 인생을 되돌아보고(속을 끓이느라 지쳐서 극도로 피곤하더라도 진정을 하고) 이미 자기 안에 그 인생을 받아들이기만 하면 얻어지는 것입니다. 그렇기 때문에 나는 고백해야 합니다. 무엇보다도 먼저 실용적이고 도덕적인 관점에서 내 인생을 실패로, 또는 실패한 것으로 설명하기 위하여 일부는 어리석음에서, 일부는 의도적인 편견에서 발원한 세상의 노력에 의해서, 그런 의견을 거드름 피우는 논쟁과 함께 나에게 강요하려는 시도에 의해서, 나는 슬퍼했던 만큼 즐거워했다는 사실을. 그와 동시에 나는 이 강요된 시도 속에서 무언가 갈망하는 욕망도 느꼈습니다. 내가 이 세상에 그들의 이상 속에 존재하는 어린아이 같은 믿음을 되돌려 주는 일이 마치 나에게 달린 것처럼, 날카로움과 두려움으로 기다린 나의 언어에 달린 것처럼 무언가 재촉하는, 그러나 근본적으로는 서투른 간청을 느꼈습니다. 여기서 모든 것은 과연 '나는 나 자신에게 죄가 있다고 느끼는가?'라는 하나의 질문으로 귀결됩니다. 그리고 이 질문에 대해 세상은 지금, 보기 드물게 차별적인 힘을 보여 줍니다. 왜냐하면 이미 나를 유죄라고 판정했으니까요. 그렇지 않았다면 이곳에 나를 가두지도 않았을 것이고, 심문하지도 않았을 것입니다. 하지만 중요한 것은 그것이 아닙니다. 나를 가장 아연실색하게 한 것은, 나의 재판을 맡은 사람들이 상류층이었으면서도 죄와 죄의식을 구별했다는 점이었습니다. 모든 판결을 자유롭게 해 주는, 판결의 도덕적 의미가 도덕성이라는 기반 위에 있음을 고려한다면, 내 경우는 죄의식을 통해 내가 죄를 시인하든지, 거룩하게 변모시키든지, 관념의 차원으로 드높이든지 모든 것이 오직 나에 의해 좌우되고, 나에게 예속되어 있었습니다. 나는 엄청난 연민과 동정심을 가지고, 또한 엄청난 혐오를 드러내면서 도덕적 균형이란 게 얼마나 불안정한 기반 위에 있는지를 그대로 표현하는, 이 세상의 불행한 요구를 바라봅니다.

연극을 망친 사람은 내가 아닙니다. 여러분입니다. 나를 쫓아낸 사람들은 여러분입니다. 우리 사이에 존재하는 무언의 협정에 귀 기울이고 싶어 하지 않은 사람도 여러분입니다. 우리 사이의 협정 가능성에 대해 듣자 괴팍하게 코를 찡그린 사람들도 여러분입니다. 바로 여러분이 그때에 내 운명을, 공동의 합의에 의해 그렇게 되어 버린 사람의 운명으로 결정했습니다. 그런데도 지금 여러분은 내 운명을 여러분과 어떤 공통점도 없는, 되도록 빨리 처분해야 하는, 의무적인 전율을 느끼고 난 후 곧바로 잊어버리는 것이 가장 좋은, 극단적으로 소외된 개인의 운명으로만 보려고 합니다.

여러분은 이 점을 인식해야 합니다. 나의 의무는 이런 거짓된 해결에 저항하는 것입니다. 나의 의무는 한편으로 자각을 통해 인간의 무자비함에서 벗어나는 것이고, 다른 한편으로는 여러분이 값싼 정신의 안정을 찾기 위해 악의적인 책략을 써서 승리하는 것을 참지 않는 것, 그리하여 나의 존엄성을 지켜 내는 것입니다.

마음속을 깊이 들여다보기로 마음먹는다면, 여러분은 나를 이해하게 될 것입니다. 신사 숙녀 여러분! 우리는 이 세상에서 좌절하여 서로를 비참한 친절함 속에 가둡니다. 이제 우리는 일어나는 모든 일을 해결하지도 못하고 어떤 것으로도 만들지 못한 채 서로의 앞에서 비밀로 해야 할 정도의 중요성을 지니게 되었습니다. 우리는 서로를, 서로에게 일어난 일을 책임져야 합니다. 가장 극단적인 경우라고 해도 우리에게는 다음과 같은 것을 숙고해 보는 것 말고는 아무것도 남아 있지 않습니다. 주어진 상황 속에서 어떻게 하면 가장 부드럽게 우리의 문제를 해결할 수 있는지 숙고해 보아야 합니다. 만약 이어지는 글에서 앞으로 내가 여러분에게 이야기하는 것을 받아들인다면, 여러분과 내가 모두 기대했던 것을 찾아낼 것입니다. 하지만 최종적인 결과로, 이렇게 해서 누구의 짐이 더 가벼워질지는 정말 모르겠습니다. 내 운명의 무게를 지니고 앞으로 계속 살아가야 하는 여러분일지, 아니면 여러분의 집단이 바라는 대로 뚝 떨어져서, 계속 이어지는 삶에서 벗어날 나일지. 어쨌거나 나는 예술적인 요구를 하는 내 자서전을 쓰고, 그와 동시에 내 삶에 그러한 운명을 허락하고 견뎌 내게 했고, 그러기를 바랐던 이 세상에 달콤한 복수를 했다는 생각에 평정을 찾을 것입니다. 내가 말한 달콤한 복수, 바로 그 복수에 민감해지도록, 나는 여러분의 마음을 세심하게 준비시키려고 노력했습니다.

논증. 이의. 슬픈 결론

베르그가 마지막 종이를 손에서 탁자 위로 내려놓고 쾨베시를 올려다보았다. 자세를 바꿀 때마다 삐걱거리는 의자 때문에 쾨베시는 그가 낭독을 하는 동안 움직일 엄두를 내지 못하다가, 기대에 차서 긴장된 목소리로 물었다.

"그리고요?"

쾨베시는 쉴 필요가 없다는 듯 오히려 조심스럽게 다음 내용이 이어지기를 기다렸다.

그러나 베르그는 팔을 약간 벌렸다.

"끝입니다."

그가 미소를 지었다.

"뭐라고요?" 쾨베시가 깜짝 놀랐다. "시작도 하지 않았는데요!"

"정확히 말하면 서론만 읽었습니다." 베르그가 말했다. "여기까지 썼어요, 다음 내용은 앞으로 쓸 겁니다."

"전부라 이거죠!"

쾨베시는 화가 났다기보다 실망한 듯이 보였다.

"이제까지 설교를 듣고 있었군요. 믿을 수 있는 주장도 있고 믿지 못할 주장도 있더군요. 왜냐하면……."

쾨베시는 적당한 말을 고르고 있었다. 시클러이의 교육이 효과가 있었던 모양이다.

"근거가 되는 행위가 없으니까요!"

마침내 그가 자신의 이의를 구체화시켰다. 하지만 이 말이 별로 신랄하게 들리지 않았던지 베르그의 얼굴이 어두워진 건 잠시뿐이었다. 그러나 그는 아마도 쾨베시가 조급하게 구는 이유가 글이 마음에 들었거나, 적어도 관심이 있기 때문임을 파악했다.

"줄거리가 진행되는 과정에서 적어도 무슨 일이 일어날지는 이야기를 해야죠." 쾨베시가 계속 화를 냈다. "도대체 주인공이 누굽니까? 누구를 모델로 한 겁니까?"

"모르는 사람이라면, 제가 택할 수 있었겠습니까?" 베르그가 질문에 질문으로 응수했다.

"당신이 바로 그 사람이라고 말하고 싶은 거군요?" 쾨베시는 의심을 담아 물었다.

"그것도 하나의 가능성이라고 해 두죠." 베르그가 대답했다. "은혜에서 나올 수 있는 길 중의 하나."

"그 밖엔 어떤 길이 가능하죠?" 쾨베시가 알고 싶어 했다.

"희생의 길도 있죠." 대답이 들렸다.

"또 다른 것은요?" 쾨베시가 심문했다.

그 질문에 대해 베르그는 이렇게 대답했다.

"지금은 그 두 개뿐입니다."

잠시 말을 끊더니 베르그가 눈먼 사람처럼 더듬더듬 미농 쪽으로 손을 움직였다. 그는 초록색을 쥐었다가 내려놓고 다시 초콜릿색을 들어 올렸다. 그러더니 어느새 빠르고 단호하게 다시 내려놓았다. 마치 망각으로부터 떠오른 개념에 순종하듯이.

"그럼 글은?" 쾨베시가 이제 다시 시작했다. "글을 쓰는 건 은혜가 아닌가요?"

"아닙니다."

베르그의 높은 목소리가, 개가 짧게 짖는 소리처럼 날카롭게 울렸다.

"그럼 대체 무엇입니까?"

"유예, 도피, 핑계죠." 베르그가 열거했다. "은혜를 선택하기를 미루는 것이죠. 물론 불가능하지만 말입니다."

"그렇다면……." 쾨베시가 질문했다. "당신은 사형 집행관입니까, 사형수입니까?"

"양쪽 다입니다." 베르그가 약간 참을 수 없다는 듯이 대답했다.

아주 오래전부터 누구나 잘 아는 사실을 설명해야 한다는 투였다. 그는 지금 종이 더미에서 꺼낸 메모지 한 장을 찾아 책상 위를 샅샅이 훑었다.

"아마……." 그가 메모지의 글을 읽기 시작했다. "사형수와 사형 집행관이 교대로 나왔다면 좋았을 거예요.”

베르그가 메모지를 내려놓고 다시 쾨베시를 힐끗 보았다.

“이 글은 이렇게 말하는군요. 그리고 이 글을 완성한 사람은 접니다.” 그가 말했다.

“이게 무슨 글이죠?” 쾨베시가 관심을 보였다. “당신이 썼습니까?”

“아닙니다.” 베르그가 대답했다.

“이 글을 쓴 건 아직 그 시간이 오지 않았을 때였습니다. 그 시간은…….” 그는 단호한 목소리로 그 단어를 발음했다. 말을 하는 게 아니라 노래를 부르는 듯했다. “바로 지금이죠.”

그는 입을 다물고, 도자기 난로 쪽으로 등을 획 돌리더니 떨지 않으려는 듯 두 팔을 가슴 앞에 모으고 머리를 숙였다. 잠시 뒤에 그는 그 자세로 다시 말하기 시작했다. 마치 쾨베시에게 하는 말이 아닌 것처럼, 그는 머리를 툭 떨어뜨리고 있었다. 예전에 남쪽 바다에서 인사를 나누었을 때도 그런 자세를 한 적이 있었다.

“그 사람은 오랫동안 불필요했지요. 하지만 자유로웠습니다. 필연성을 간청하든 은혜를 간청하든 그가 선택할 일이었습니다. 이미 말했듯이 두 가지는 같은 것입니다. 하지만 이제…….” 그가 목소리를 높였다. “그 사람은 불필요합니다. 그리고 봉사를 통해서만 그 불필요함에서 구제될 수 있습니다.”

“무슨 봉사 말입니까?” 쾨베시가 적당한 시간이라고 생각한 만큼 여유를 두었다가 물었다.

“질서의 봉사입니다.” 베르그가 다시 그에게 난처한 시선을 던졌다.

“무슨 질서요?” 쾨베시가 약간 자신감을 잃은 어조로 새로운 질문을 던졌다.

그는 베르그가, 대화는 이 정도면 충분하다고 서둘러 말을 끝낼까 봐 겁이 났다. 무언가 알아낼 수 있는 기회를 놓치고 싶지 않았다.

약간 짜증이 배어 있기는 했지만, 그래도 대답이 도착했다.

“무엇이든 상관없습니다. 질서이기만 하면 됩니다.”

베르그가 다시 무언가를 찾더니 이번에는 연습장을 한 장 손에 쥐었다.

“여기…….” 그가 말했다. “서문에 빠져 있는 몇 마디가 여기 있습니다. 하지만 작품 속 어딘가에 무조건 들어가야 합니다.”

이렇게 말하면서 그가 읽기 시작했다.

“왜냐하면, 신사 숙녀 여러분, 인생의 요구 조건은 점점 인간의 도덕적 능력을 넘어서고 있기 때문입니다. 하지만 질서가, 요구가 중요한 것이 되었음을 받아들여야 사람들이 편안해진다는 사실을 믿으십시오…….”

그러나 쾨베시는 이제 더 이상 참지 못하는 듯 보였다.

“계속 그 단어를 사용하시는군요.”

그는 베르그가 목소리를 낮출 때까지 기다리지 않았다.

“저는 이제까지 그런 말을 들어 본 적이 없습니다. ‘도덕적 능력’이라니!” 쾨베시가 소리를 질렀다. “도덕을 뭐라고 이해하시는 겁니까?”

“죄에 대한 감각이지요.” 베르그가 대답했다.

"죄!" 쾨베시가 점점 더 흥분했다. "죄가 뭐죠?"

"그 사람이오." 베르그가 차갑고도 작은 미소를 지으며 말했다.

"그 사람이라고요!" 쾨베시가 반복했다. "그 사람의 죄가 뭡니까?"

"고발당했잖아요." 베르그가 말했다.

"무슨 죄로 고발당했나요?" 쾨베시가 집요하게 물었다.

"죄가 있다는 이유로."

"도대체 무슨 죄를 말하는 거죠?" 쾨베시는 여기서 물러서지 않았다.

"고발당한 죄요."

이로써 대화가 막바지에 이르렀음이 분명해졌지만, 쾨베시는 계속 길을 내며 나아가려는 듯이 소리쳤다.

"하지만 무엇을 위해 좋은 겁니까?"

"뭐라고요?" 베르그가 물었다.

"무엇을 위해 그 사람을 고발한 거죠!"

베르그의 두툼한 입술 주위로 다시 차가운 미소가 나타났다.

"자기가 불필요한 사람임을 깨우쳐 주고, 그 사실을 깨달은 그가 궁지에 빠져서 은혜를 갈구하도록 하기 위해서입니다."

"이해하겠군요."

쾨베시는 전혀 만족한 것 같지 않았지만 잠시 입을 다물었다. 그러더니 갑자기 물었다.

"우리가 사는 세상 말고 다른 세상도 존재합니까?"

"뭐가 존재한다고요?"

베르그는 정말 마음이 상한 듯 보였다.

"그런 게 존재해서는 안 됩니다." 그는 그것을 금지하듯 단호하게 덧붙였다.

"왜죠?" 쾨베시가 호기심을 보였다.

"우리의 궁핍을 채우니까요. 게다가 우리의 불필요함도 불필요하게 만들겠죠."

"그렇다면……." 쾨베시가 다시 질문을 시작했다. "당신의 '사형 집행관'은 계속해서 누구에게 말하는 겁니까?"

핵심을 찌르는 질문에, 베르그는 한참을 힘들게 갈등한 뒤 이렇게 대답했다.

"물론 글에는 다른 세상이 등장하는 것처럼 보일 수 있습니다. 그렇지만 그건 예술 장르의 빌어먹을 요구 조건 때문에 그렇게 보이는 것뿐입니다. 연극의 빌어먹을 요구 조건 때문에, 반어의 빌어먹을 요구 조건 때문에……. 그렇지만 외양만 그럴 뿐, 다른 세상은 존재하지 않습니다."

"하지만 우리의 희망 속에는 어쨌든 존재해야 하죠." 쾨베시가 낮은 목소리로 이의를 제기했다.

"존재할 수 없습니다. 우리는 아무것도 희망할 수 없으니까요." 베르그가 곧바로 반박했다.

"그런데도 당신은 글을 쓰는군요." 쾨베시가 의심하기 시작했다.

"무슨 말을 하고 싶은 겁니까?" 베르그가 물었다.

"어쨌거나 당신은 희망을 버리지 않고 있습니다." 쾨베시가 주장했다.

"그럼……." 베르그의 입 주위에 다시 희미하지만 감정이 상했음을 보여 주는 미소가 나타났다. "내가 속였다고 비난하는 겁니까?"

"당신은 범위를 너무 좁혔습니다." 쾨베시는 직접적인 답변을 피하려고 애썼다. "무언가……." 그는 주저했다. "당신의 건축물에는 무언가가 빠져 있어요……."

"그래요."

베르그의 눈빛에 조소가 번득였다.

"당신이 무슨 말을 할지 알아요. 삶이 빠져 있다 그거죠."

"정확합니다." 쾨베시가 인정했다.

"질서를 말하면서 그것을 삶과 혼동하고 있어요."

"질서는……." 베르그가 말했다. "삶이 전개되는 지역이고, 전쟁터입니다."

"그럴 수도 있겠지요. 하지만 그렇다 해도 그것이 삶 자체는 아닙니다." 쾨베시가 반대했다. "우연과 다른 모든 기회를 몰아내니까……."

"기회요?" 베르그가 놀랐다. "무슨 생각을 하는 겁니까?"

그는 천진난만한 어린아이를 보고 웃듯이 웃었다.

"저는 모르겠어요." 쾨베시는 안절부절못했다.

이 대화는 아주 오래전 그가 이곳에 처음 도착했을 때 누군가와 나눴던 대화를 생각나게 했는데 그는 알지 못하는 것 같았다. 그때도 비슷한 논쟁이 있었으나 그 후로 그는 배운 것이 별로 없는 듯했다.

"당신의 말은……." 속수무책의 상황에서 그가 다시 말을 꺼냈다. 물론 자신이 옳다고 생각했지만 왠지 약간 화가 났다. "제 눈에는, 우리 모두가 진창에 빠져 있는데 당신만 혼자서 멋지게 빠져나간 것 같군요."

"말이 심하군요." 베르그가 놀라며 침울하게 요구했다. "증거를 대 보십시오."

그러나 쾨베시는 그 기회를 이용할 생각은 없는 듯했다.

"그게 뭡니까……." 쾨베시가 심각한 얼굴로 물었다. "제 기억이 맞다면 주인공은 외부의 압력 때문에 처음으로 단호한 행동을 했지만, 그럼에도 행동하는 순간에는 외부의 압력을 느끼지 않았죠?"

"맞습니다." 베르그가 다른 생각을 하고 있었던 듯 움찔 놀랐다. "그게 결정적입니다. 구조상 아주 깨끗한 단락이라고 할 수 있죠. 그렇지만 아직은 그 행위가 정확하게 무엇인지 모르겠습니다. 앞으로……." 그가 손짓을 했다. "찾아내야겠죠."

"그러면……." 쾨베시가 호기심을 드러냈다. "그런 행동을 해야 한다는 걸 어떻게 알게 됩니까?"

"그는 그 행동을 해야만 합니다. 말했다시피, 작품의 구조는 이미 완성되었습니다." 베르그가 성급하게 말했다. "작품의 시작과 끝은 이미 확정되어 있습니다. 그 사이에 펼쳐진 길이 아직 명확하지 않을 뿐이죠."

"그래요." 쾨베시가 고개를 끄덕였다. "그리고 그 길 자체가 삶이겠죠."

그러고 나서 그는 이제야 알았다는 듯이 미소를 지으며 말했다.

"신선한 미농이군요."

"보시다시피……." 베르그가 어쩐지 억눌린 목소리로 말했다. 그리고 쾨베시를 꿰뚫을 듯이 바라보았다.

"미농의 향락을 삼가려고 노력하고 있습니다."

"네." 쾨베시가 서둘러 인정했다. "그러시더군요."

그러고 나서야 그는 자기가 다음과 같은 질문을 하고 있음을 갑자기 알아차렸다.

"그럼 사랑은……."

여기서 한순간 그는 말을 멈췄다. 그 자신도 지금 자기 입에서 나온 엄청난 말을, 도저히 뛰어넘을 수 없는 장애물처럼 놀라서 돌아보았다.

"사랑은 은혜가 아닌가요?" 그럼에도 그는 질문을 마저 마쳤다.

이 순간, 베르그가 비밀스러운 영역을 침범당한 듯이 몹시 흥분한 표정을 지었다. 쾨베시는 정말 겁이 났다.

"그게 나와 무슨 상관이죠?"

그가 차가운 음성으로 소리를 지르고 탁자에서 벌떡 일어섰다.

"사랑이 은혜라고 해도, 그건 내 것이 아닙니다. 나는 기껏해야 그것의 희생물이에요……. 그래요." 그가 계속했다. "내가 그러듯이, 그들도 이렇게 참아 냅니다. 왜냐하면 내가 어떤지 당신은 알죠. 보살핌을 통해, 심지어 보살핌이라는 구실로. 자, 이제는 용감하게 말할 수 있습니다. 그들은 나를 압제합니다. 그들이 그것을 고통으로 체험한다 해도……."

"왜 고통이죠?"

베르그를 이 정도까지 끌어냈다는 사실에 처음으로 두려움을 느꼈지만, 쾨베시의 호기심은 두려움보다 강했다.

"압제자는 언제나 고통스러운 법이죠."

베르그는 그의 논거를 자세히 설명하기 위해 어느 정도 마음을 진정한 듯이 보였다.

"한편으로는 자기 자신 때문에, 또 한편으로는 채울 수 없는 명예욕 때문에 고통스럽죠. 그 때문에 그는 절대 다른 사람을 철저하게 지배할 수 없습니다. 말하자면, 그건 불가능합니다. 결국 마지막이자 감당할 수 없는 은신처가 언제나 남게 됩니다. 바로 미치거나 죽는 거죠. 이렇게 해서 그는 결국 자기 자신에게 등을 돌리게 됩니다. 아시나요, 나는 가끔 순교자야말로 가장 완벽한 독재자라고 생각합니다. 순교는 독재의 가장 순수한 형태입니다. 그 앞에서는 모두가 허리를 숙이니까……."

그는 잠시 생각에 잠겼다.

"오." 그가 갑자기, 무섭게 소리를 질렀다.

감정을 풍부하게 표현한 그의 목소리를 듣고 쾨베시는 말 그대로 부끄러움과 존경심을 느끼며 고개를 숙였다.

"너무 끔찍한 일이군요! 그래, 우리는 사랑하고, 사랑받기를 소망하지만 사랑은 그 순간 우리를 모욕하죠! 사랑이 무슨 놈의 승리야! 무슨 놈의 독재야! 무슨 놈의 노예야! ……사랑은 참혹한 죄악을 치워 버리듯 우리의 양심을 완전히 삼켜 버려요……."

무섭게 고함을 지른 뒤, 베르그의 목소리가 점점 낮아지더니 제일 마지막에는 쾨베시가 거의 알아들을 수 없을 정도로 잦아들었다. 베르그는 그러고 나서도 계속해서 중얼거렸다. 그러나 더 이상은 알아들을 수 없었다. 결례로 느껴지지 않을 정도로 잠시 시간이 흐르기를 기다린 다음, 쾨베시는 조심스럽게 일어나서 어제 잠을 못 자서 아주 피곤하다고 말했다.(이 말은 사실이었다. 핑계가 아니라 그는 완전히 지쳐 있었다.) 이렇게 그는 자리를 떴고, 베르그는 이제야 쾨베시가 아직도 거기에 있는 걸 알아차렸다는 듯이 그를 쳐다보았다. 그는 당황스러울 정도로 친절한 태도를 보이며 일어났다. 베르그의 마음에서 무언가가 깨진 듯, 그 때문에 그도 함께 와르르 무너져 내린 듯 보였다. 게다가 그는 그것을 알아차리지 못했다. 그의 얼굴에 부끄러워하는 것 같은 표정, 겸손하다고 말할 수 있는 표정이 번졌다. 그는 현관문까지 나와 쾨베시를 배웅했다. 그리고 그곳에서 생각을 완벽하게 드러내는 표현 대신 이렇게만 말했다.(만일 그의 생각이 쾨베시와 그에게 하고자 하는 말에 머물러 있다면.)

"다음에도 언제든 오세요."

이 말을 들은 쾨베시는 정말 홀가분한 마음으로 집에서 나왔다. 처음에는 층계참으로, 그 후에는 길로 내려왔다. 집을 향해 걷기 시작했다. 신선한 공기가 나쁘지 않았다. 집에 가서 한잠 푹 잘 수도 있을 것 같았다. 이미 해고되었다면 적어도 되찾은 자유를 향유할 생각이었다. 하지만 머릿속에서는 베르그와 주고받은 말들이 계속 맴돌았다. 집에 거의 다 와서야 갑자기 그는 몰려든 사람들 사이에 자신이 끼어 있음을 놀라며 알아차렸다. 거의가 노인이었지만 여자와 환자도 있었다. 모두가 일하기 싫어하거나 일자리를 잃어 한가한 사람들이었다. 대문으로 다가가려면 그들을 뚫고 지나가야 했다. 주변에서 웅성거리는 말 가운데에서 그의 귀에 닿은 말은 이 정도였다. "상들리에 위로." "목을 매서." "문을 부셔야 했대." "끔찍해." "혼자서 그랬대." "그래서 사람들이 경찰서에 전화를 했대." 이런 말을 들으면서 그는 벌써 집 앞에 도착했다. 그런 다음에 집 앞에 각진 검은 차가 문을 닫고 기다리고 있고, 잠시 뒤에 집에서 모자를 쓰고 정확히 확인할 수 없는 어떤 제복을 입은 사람 둘이 들것을 들고 나와, 차의 뒷문을 통해 트렁크에 싣는 것을 깨달았다. 들것에는 머리에서 발까지 천으로 뒤덮인 형체가 누워 있었는데 덩치가 크지 않은 것이 얼핏 보아 사춘기 또래의 남자아이 같았다. 바로 그 순간 믿기 어려울 정도로 날카롭고 불규칙적인 울음소리가 터져 나왔다. 이 소리가 마술을 건 듯 사방이 일순 고요해졌다. 베이건드 부인이 대문 앞에 나타났다. 몹시 지쳐 있었지만, 쾨베시는 이 기이한 광경에 놀라고 말았다. 쾨베시의 귀에는 베이건드 부인의 목소리가 아니라 그녀의 목에서 다른 어떤 것이나, 다른 사람이 울부짖는 것처럼 들렸고, 남의 몸에 들어온 낯선 사람이 움직이듯, 부인이 이상하게 머리와 팔을 움직이는 것으로 보였다. 부인은 충격으로 정신이 나가 있었고, 걷잡을 수 없는 고통에 빠져 어찌할 바를 모르고 있었다.

8장

쾨베시가 돌아오다. 변화. 물에 빠진 사람

어느 맑은 날 쾨베시가 다시 남쪽 바다에 나타났다. 꽤 오랫동안 그는 이곳에 오지 않았다. 우편으로 정부의 해고 통지를 받은 그때, 남아 있는 군 복무 기간을 채우라는 급박한 입대 명령이 내려왔다. 쾨베시는 그 명령을 받아들였고, 지겹도록 복무를 했다. 그러던 어느 날 아침, 당일 수칙을 읽는 즐거운 순간에 그는 우당탕탕 시끄러운 소리를 내면서 바닥에 뻗어 버렸다.(덕분에 의자 하나와 동료 두 명이 넘어질 뻔했다.) 며칠 동안 그는 의식을 회복하지 못했다. 위협하고 벌을 가해도 소용없었다. 집요하게 설득하고 공개적으로 모욕을 주어도 역시 소용없었다. 이렇게 해서 그는 마침내 병원으로 가게 되었다. 의사들의 의심하는 표정으로 그를 둘러싼 뒤 유도 심문을 하고, 피를 뽑았다. 손발을 두드려 보고, 주삿바늘로 척추를 찌르기도 했다. 이제 쾨베시는 자신의 속임수가 드러나, 이후 절대 좋다 말할 수 없는 일들이 일어나리라 예상했다. 바로 그때 정말 기대치 않게, 간단히 말해 어쩌다, 그리고 왜 그렇게 되었는지 놀랄 겨를도 없이 그는 제대를 하게(군대에서 나오게) 되었다. 어떤 검사를 하다가 그의 한쪽 허벅지가 다른 쪽보다 약 2센티미터 가늘다는 사실이 밝혀졌기 때문이다. 쾨베시는 전혀 모르던 사실이었지만, 사실은 근육 위축 증세가 있었다. 쾨베시가 이 일에 대해 얘기하자 시클러이는 얼굴이 터져 나갈 듯이 웃어 댔다.

"친구, 그들이 너한테서 해방될 날을 고대하고 있었구먼!"

그가 문제의 허벅지를 툭툭 쳤다. 사건이 이런 행운으로 이어진 것을 그는 '변화 때문'이라고 설명했다.

"무슨 변화?"

쾨베시는 어리둥절했다. 방금 전까지 완전히 다른 생각에 빠져 있었던 터라 그 말을 전혀 이해하지 못했다.

시클러이도 그보다 많은 것을 아는 것 같지는 않았다.

"그걸 누가 알겠어?" 그는 쾨베시의 무례함을 질책했다.

이런 질문은 아주 오래전, 군대에서 제대할 때 병원에서 들은 이후로 처음이었다. 집에 가는 길을 찾아낸 사람이 느끼는 것과 거의 비슷한 감정이 그를 사로잡았다.

"여하튼 다른 바람이 불고 있어."

시클러이가 의자에서 반쯤 몸을 일으키고, 누군가를 찾듯이 카페의 넓은 홀을 샅샅이 살피며 말을 계속했다.

"저길 봐." 그는 머리로 멀리 떨어진 탁자를 가리켰다. "상석에 앉아 있는 사람이 누군지 알아?"

그 방향을 보니 나이가 지긋하고 몸집이 좋은 남자가 보였다. 앞으로 나온 턱과 불쑥 솟아 다른 상황에서도 마치 지배하는 듯이 작용하는 코가 어디선가 본 듯한 인상이었다. 그러나 시클러이가 사실을 알려 줄 때까지 기다려야만 했다.

"아니, 그 대단하신 편집국장을 몰라보는 거야?"

갑자기 누구인지 알고 나자 쾨베시에게 아주 오래전, 소위 말해 해고되던 쾌활한 기억 속에 녹아 있던 아픔이 물밀 듯이 밀려왔다. 이제야 쾨베시는 편집국장의 양옆에 앉아 있는, 작고 머리가 벗겨진 두 사람도 알아보았다. 철강 공장에 다닐 때 본, 같은 옷을 입은 남자들이었다. 물론 쾨베시는 아무것도 확신할 수 없었다. 탁자가 멀리 떨어져 있는 데다 공간이 어두워서 착각했을 가능성도 컸다.

"그도 해고됐어." 시클러이가 미소를 지었다.

"해고됐다고?" 쾨베시가 화들짝 놀랐다.

"그럼, 당연하지. 오늘날의 상황이 그래."

시클러이가 다시 의자에 편한 자세로 앉았다. 이후 그가 들려준 얘기에 따르면, 사람들이 시클러이를 찾아와 신문사로 복귀하라는 제안을 했다고 한다. 게다가 신문의 한 난을 책임지는 칼럼니스트를 제안했다는 것이다. 그전에 그에게 했던 행위는 법적 효력이 없었고, 이성적으로 냉정하게 이루어진 판단이 아니었음이 밝혀졌다면서. 게다가 시클러이는 신문사에서 가장 뛰어난 직원 중 한 사람이었다고도 했다.

"사실을 조금 늦게 알게 된 거지." 시클러이가 어깨를 으쓱했다. "하지만 소방청에 이렇게 멋지게 적응했는데, 다시 신문사에 간다는 건 미친 짓이지."

그는 신문사에서 쾨베시를 다시 채용할 것이라고 서둘러 덧붙였다. 시클러이 자신이 이렇게 되도록 벌써 확실한 조치를 취했다고. 그리고…….

그 소리를 듣자 쾨베시는 갑자기 칼에 찔린 듯 놀라며 펄쩍 뛰었다.

"난 신문사로 돌아가지 않을 거야!"

예전의 악몽이 되살아나는 듯 그가 완강히 거부했다.

"너 혹시……." 시클러이가 관심을 드러냈다. "벌써 다른 일자리를 찾은 거야?"

"난 일자리를 찾지 않아." 차가운 불쾌감을 드러내며 쾨베시가 단호하게 말했다. 마치 자신의 일이 아니라 아주 중요하고 급한 일에 빠져 있어서, 그 외의 다른 일에 아까운 시간을 낭비할 수 없는 누군가의 위임을 받고 하는 말 같았다.

"어떻게 먹고살려고 그래?" 시클러이가 궁금해했다.

"나도 모르겠어." 쾨베시가 이번에는 진지한 걱정이 담긴 어조로 말했다.

그제야 그것이 어렵고 매우 극단적으로 보이는 결정임을 인식했다는 투였다. 마치 자기 자신이 아니라 외부의 강요에 의해 결정을 내려 이후 발생할 결과들에, 지금 이 순간 시클러이보다도 더 준비가 되어 있지 않은 사람처럼 보였다. 이미 이 문제를 경험의 시각에서 숙고한 시클러이는, 쾨베시가 직장에 다니지 않고도 살 수 있는 방법을 찾아냈다. 그는 '그들이 하고자 하는 것에 반대하지만' 않으면, 신문사도 쾨베시를 좋아할 것이라 판단했다. 그들은 앞으로 자신들이 원하는 것을 공개적으로 제안할 것이고, 이 경우에 시클러이는 쾨베시를 '자유 기고가'로 채용하라는 '말만 하면 된다.' 쾨베시가 유능하고 성실하게 일하면, 매주 '그들과 함께 기사 하나씩은 신문에 싣게' 될 것이다.

"게다가……." 시클러이가 미소를 지었다. "소방청의 무대도 두 팔 벌리고 자네를 기다리고 있다고, 친구."

그는 밝은 표정으로, 놀라서 말을 잇지 못하는 쾨베시에게 설명했다. 쾨베시가 군 복무를 하는 동안 시클러이는 '빈둥거리지 않았다'고 했다. 어려움이 없었던 것은 아니지만, 그는 수차례에 걸쳐 '상관'에게 독자적이며 예술 애호적인 극단 대신 모두가 알고 좋아하는 직업 배우가 훨씬 효과적이고 능률적으로 소방청의 대중성을 획득할 수 있다는 점을 이해시켰다. 물론 직업 배우들에게 적어도 하루나 이틀 저녁 정도 자신들이 가진 재능을 소방청을 위해 펼치도록 설득하는 조건으로 말이다. 다음에는 전문적인 예술가에게 '아무 역이나 연기하게' 할 수는 없으니, 전문 작가들이 그들의 재능을 소방청을 위해 사용하도록 유도해야 한다고 설득했다. 소방관의 문제나 적어도 소방관과 관계되는 내용을 다룬 공연이면 됐다. 물론 전문적인 수준에서, 비극과 코미디극을 효과적으로 섞어서 구성할 필요는 있었다. 전문 배우들에 대해서는 관례적으로 지급하는 사례비에 더하여, 탁월하고 특별한 공연을 할 수 있도록, 사례비를 추가해도 해가 되지는 않을 것이라는 말도 덧붙였다. 이렇게 해서 소방 무대가 만들어졌다. 작은 유랑 극단은 도시와 시골을 다니면서 두 달에 한 번씩 새 작품을 선보였으며, 공연 작품은 일반적으로 일정한 '연출자의 기본 원고'나 가지각색의 '장면'으로 구성되었다.

"연출자의 기본 원고는 언제나 내가 써."

쾨베시가 그만 이야기하라고 할까 봐, 시클러이가 난처한 표정을 지으며 자기 입장을 밝혔다.

"장면 가운데 하나는 언제나 내가 써. 부대장인 상관도 하나 쓰고……. 이제야 자신에게 문학적 재능이 있음을 알았다나. ……아무튼 이해하겠지."

그가 쾨베시에게 윙크했다.

"……그러니까 이제부터는 너도 한 장면을 쓰라고. 우리가 공동의 이름으로 한 장면을 더 써도 되고. 물론 세 사람이 함께 써도 되지, 친구. 이렇게 극본을 쓰고 신문에 기사를 쓰면 적은 수입으로나마 먹고살 수는 있을 거야. 게다가 그사이에 코미디극을 완성하면 유명세를 얻어서 더 이상 경제적인 문제로 고민할 필요도 없지."

시클러이가 부추겼다. 그리고 그들의 탁자로 얼리즈를 부르려고 손을 높이 들어 흔들었다. 그들의 장밋빛 희망을 기원하며 좋은 술을 마시기 위해서였다. 그러나 얼리즈 대신 기름기가 흐르는 얼굴에 배가 불룩 나온 종업원이 뒤뚱거리며 다가왔다. 얼리즈는 어느 날 갑자기 카페에서 사라져 남쪽 바다에 오는 단골손님 대부분을 실망시켰다.

"어디로 갔지?"

쾨베시는 몹시 놀라 시클러이에게 물었고, 나중에는 다른 사람들에게도 물어보았지만 소용이 없었다. 어느 날 갑자기, 다음 날부터 나오지 말라는 해고 통지를 받고 사라졌다고 했다. 그 후로 그녀의 자리는 채워지지 않았다. 분명 사건의 배후에는 의심이 가는 아주 고약하고 기묘한 인물이 있었다. 그 인물은 얼리즈가 사라진 후 더 이상 얼굴을 볼 수 없었다. 얼리즈의 시간과 친절, 게다가 그녀의 수입을 부당하게 탕진하던 사람이었다. 이것이 그가 물어서 알게 된 전부였다. 그가 더 자세히 캐물으면, 이 모든 것이 추측에 불과하다는 것이 곧 밝혀질지도 모른다. 어쨌든 분명한 것은 얼리즈가 더 이상 남쪽 바다에 없다는 것이었다.

그런데 오래전부터 보이지 않던, 그럼에도 아주 익숙한 얼굴 하나가 쾨베시처럼 갑자기 다시 나타났다. 그의 얼굴은 변해 있었다.(이에 대해서는 모두가 동의했다.) 더 길어졌고, 어떤 식으로는 주름이 늘어 전보다 더 늙어 보였다. 하지만 희미한 색상의 나비넥타이 위에 예전과 똑같은 얼굴이, 높이 솟은 탑에서 내려다보듯 다른 사람들을 보고 있었다. 바로 피아니스트 피치였다. 사람들이 그를 알아보고 놀랐다. 모두가 그의 출현을 기뻐하기는커녕 골치 아픈 일로 받아들였다. 갑자기 파도가 협곡 속에서 철썩 소리를 내며 덮친 것처럼 남쪽 바다가 몹시 소란스러워졌다. 번갈아 물결이 일듯이, 사람들이 등과 머리를 들어 올렸다가 다시 아래로 숙였다. 그러나 음악가들의 탁자에서는 몇 사람이 인사를 하기 위해 자리에서 일어났다. 하지만 그들도 망설이면서, 어쩐지 조심스러우면서도 야릇한 미소를 띠었다. 다른 사람들은 마치 아무 일 없었다는 듯이 한순간 중단되었던 이야기를 다시 시작했다. 특히 남자들의 무리 속에 있던 사람들은 모두 검정색 연미복을 입고 있었고, 재킷 아래에 목에서 배까지 이어져서 허리 뒤쪽에서 끈으로 묶는 넓은 실크 넥타이를 매고 있었다. 바로 탱고 현악단이었다. 의자 하나가 뒤로 밀리며, 의자가 아니라 왕좌라도 되는 양 요란한 소리를 냈다. 그들은 '왕관 없는'의 겨드랑이 아래에 재빠르게 손을 넣어 의자에서 일어나도록 도왔다. 그가 통통하고 짧은 팔을 벌리고 숨을 헐떡이면서, 땀을 쏟으며 포옹했다. 정확하게 말하자면 어안이 벙벙한 음악가의 목에 달려들었다고 말하는 것이 맞다. 뚱뚱한 두 사람이 포옹하는 장면은 정말 진귀한 풍경이었다. 둘의 포옹과 함께 남쪽 바다의 단골손님들은 모두 축제의 공표라도 들은 듯, 허가를 받은 듯, 심지어 '왕관 없는'의 이러한 행동이 어떤 요청을 하는 신호라도 된 듯이 모두가 빠르게 일어났다. 더러는 피아니스트를 포옹하기도 하고, 악수를 하며 손을 흔들기도 했다. 그것도 여의치 않으면 최소한 그의 옷자락 끝이라도 붙잡았다. 그를 반기고 그간의 어려움을 캐묻기 위해 줄을 서서 인사했다.

그는 잠시 후에 결코 끝나지 않을 것 같은, 열띤 토론의 주인공이 되었다. 쾨베시는 엄청난 흥분, 열광, 특정한 대상이 없는 열정이 소용돌이치는 것을 보고 어리둥절했다. 이제까지 담배 연기처럼 형체가 없던 남쪽 바다에 갑자기 피아니스트 피치가 등장하자, 마치 자석을 보고 주변으로 모여들듯 모두가 둥글게 휘감겨서는, 소용돌이처럼 부글부글 끓어오르고, 격렬한 논쟁을 벌이고, 격한 분노를 터뜨리고, 그에 더해 애매한 험담을 하거나 노골적으로 서로를 협박하는 것 같았다. 논증을 하다가 단순한 논증으로는 성에 차지 않는 듯, 짧은 암호들이 생동감 넘치는 목소리로 탁자와 탁자 사이를 오갔다. 음악가들이 이미 탁자 두 개에 나뉘어 앉아 있었기 때문이다. 한 탁자에는 피치를 두둔하는 사람들이, 다른 탁자에는 반대하는 사람들이 앉았다. 누구보다 먼저 탱고 현악단이 반대하는 편의 탁자에 앉았다. 물론 오늘은 이 탁자에 앉았지만 내일이면 다른 쪽으로 옮겨 갈 사람도 있고, 어디에도 정착하지 않고 두 탁자 사이를 왔다 갔다 하는 사람도 있었다. 어느 한쪽을 선택할 능력이 없어서인지, 양쪽을 중재하기 위해서인지, 아니면 양쪽을 부추기기 위해서인지는 누구도 모를 일이었다. "피치를 피아노 옆으로!"라는 외침에 대해서는 "우리는 강탈을 참지 않는다!"라는 암호가 대답처럼 장단 맞춰 도착했다. 물론 피치는 피아노 옆에 앉고 싶어 하지 않았다. 그러니 실제로는 강탈이라고 말할 수 없다는 걸 쾨베시는 분명히 알았다. 당연히 '왕관 없는'이 자리한 탁자에서 본질적인 토론이, 가장 심각한 논증의 소리가 들렸다. 쾨베시는 토론 가운데 일부분을 듣고 다음과 같은 상황임을 알아차렸다. 모든 사람에 의해서 알려진 피치가(더 정확하게 말하면, 누구에 의해서도 정확하게 알려지지 않은 그가, 모든 사람 앞에서 밝힌 대로) 변화의 과정 속에서 농사짓는 일에 끌려갔다가, 어느 날 예고도 없이 일을 그만두고 집으로 가도 좋다는 허락을 받았다. 특별한 이유는 없었다. 그의 연행이 '어떤 법적 근거도 없는 것'으로 밝혀졌을 뿐이다. 그들은 피아노 옆으로 그를 끌고 갔지만 그의 일자리를 찾아 주지는 못했다. 그러니까 피치는 이제 어떤 일자리를 구하든 거기서 견뎌야 했다. 어쩌면 음침한 싸구려 선술집에서 피아노를 쳐야 할지도 모르고, '다른 방법이 아닌 소송을 통해서' 지금의 탱고 현악단이 강탈한 자리를 되찾아야 할지도 모른다.

가죽 코트를 입은 나이 든 장사꾼이 주목하라며 검지손가락을 들어 올렸다. '왕관 없는'은 옷감 염색 일, 장사 일, 사진 일과 그 밖에 다른 여러 직업을 거쳤지만, 개업 변호사나 법률가로 일한 적은 없었다. 오히려, 가죽 코트의 장사꾼이 가르치는 듯한 미소를 지으며 말을 정정했다.

"여러분, 소리 지르지 맙시다. '왕위 찬탈자'라는 경솔한 표현 대신 차라리…… '지금 소유권을 향유한 사람'이라는 표현을 받아들입시다. 이 단어가 사건을 객관적으로 보여 주니까요." 이글거리는 눈에, 기름지고 반짝거리는 검은 머리카락이 관자놀이를 덮은 탱고 실내악단의 단장이 이 말에 곧 동의했다. 탱고 실내악단의 단장은 눈빛을 더욱 이글거리며 마디가 굵고 노란, 분명히 현악기가 만들었을 판판한 형태의 그리고 손톱 밑까지 바짝 자른 손가락으로 공중을 이리저리 휘젓고는, 악단의 몇몇 구성원은 다음과 같은 견해를 공유하고 있다고 주장했다. 당연히 '음악가 동료', 좀 더 정확히 말하면 '이처럼 훌륭한 음악가와 동료'의 부당한 연행이 종결된 것은 기쁜 일이다, 그러나 질문을 해도 된다면 왜 하필이면 지금 '죄 없는 한 악단을 속죄양으로 삼는 것'이냐, 악단이 저지른 '죄'는 다 합해 봐야 그 유흥업소와 '합법적으로 계약을 체결'한 것이 전부다, 게다가 유흥업소도 '합법적으로' 기간이 만료되기까지는 계약 해지를 원하지 않는다. 그러자, 탱고 현악단이, 한 사람의 예술가가, '과장하지 않고 진실로 위대한 예술가'가 자유를 다시 찾은 걸 기쁘게 생각한다면, '합법적인 계약 관계'를 계속 강조하기보다는 그들의 자리를 '정말 적합한' 사람에게 양도할 '도덕적 책임'이 있음을 고려해야 한다는 말이 들려왔다. 그러나 이 말로 인해 소란이 커지자, 나이 든 장사꾼이 다시 검지손가락을 치켜들고 제지했다. 누군가가 자기를 '도덕적인 문제에 무관심한' 사람으로 보는 것은 원치 않았지만, 그럼에도 그는 그 논쟁을 '도덕적인 영역으로만' 끌고 가는 것은 맞지 않다고 생각한다면서. 이유는 이랬다.

"여러분, 잊지 마십시오, '도덕적인 의무'는 틀림없이 도덕적인 의무입니다. 그러나 그것이 법적 개념으로 변할 수는 없습니다."

그가 동석한 사람들에게 고상하고 멋진 웃음을 보이며 말했다.

하지만 그 말의 효과는 크지 않았다. 논쟁은 어쩔 수 없이 도덕적인 영역으로 옮겨 갔고, 그리하여 이 영역에서만 계속되었다. '피치의 고통'에 대해 언급하자, 그에 대한 대답으로 '죄 없는 악단'과 '합법적 계약 관계'를 맺고 있는 악단이 언급되었고, 얼마 후에는 '강탈'이라는 반대가 이어졌다. 그에 이어진 일반적인 흥분의 한가운데에서 '복수'라는 단어가 쾨베시의 귀를 때렸다. 눈이 큰 색소폰 연주자의 입에서 나온 말에 그는 몹시 당황했다. 얼굴색이 푸르고 언제나 머릿기름 냄새를 풍기고 다니는 악사와 더불어 색소폰 연주자가 피아니스트를 보호하기 위해서 제일 목소리를 높이는 것을 보고 쾨베시는 약간 어이가 없었다. 그러나 오래전 피치에 대해 물었을 때 그들과 나누었던 우울한 대화를, 지금 다시 그들의 면전에서 대담하게 되풀이하지는 않았다. 그러고 싶은 생각은 당연히 없었다.

모든 사람이 자신의 문제에 대해 다른 의견을 내고 있었지만, 피아니스트에게도 나름의 견해가 있었다. 쾨베시는 마침내 어느 날 밤 깊은 시간에 그의 견해를 듣게 되었다. 카페가 거의 비고, 그날 쉬는 악사들과 언제나 끝까지 자리를 지키는 취한 단골손님들만 남았을 때, 쾨베시 역시 계속 그곳에 있었다. 그날 시클러이는 남쪽 바다에 오지 않았다. 소방청 무대가 새로운 레퍼토리로 지방 공연을 하고 있었기 때문이다. 음악가는 반쯤 마신 코냑 잔을 들고 '왕관 없는'의 합석 제의를 물리치고 쾨베시가 있는 탁자로 와서 물었다.

"앉아도 돼?"

당연히 쾨베시는 반갑게 자리를 권했다. 너무 오랫동안 카페에서 그를 보지 못했다는 사실이 그제야 떠올랐다. 그가 나타나지 않는 동안 이곳에는 그를 둘러싼 논쟁이 끔찍할 정도로 뜨거웠다. 논쟁의 대상이 멀리 있는 것은 논쟁하는 사람들에게 아무 문제도 되지 않았다. 오히려 그들은 그런 상황을 아무런 방해 없이 그에 대해 논쟁할 수 있는 조건으로 보았다.

"이 사람들이 뭘 알겠어?"

피아니스트가 쾨베시에게 말했다. 비웃듯 너그럽게 웃으며, 그는 머리로 탁자 사이의 빈 공간을 불확실하게 가리켰다. 그러더니 강제로 농사에 동원되어 감자를 캐고 돼지를 키워야 했던 일을 자세히 이야기했다.

"옛날 같으면 침대에 들어가던 시간에 일어났지. ……그래도……." 그가 말을 이었다. "건강했던 덕에 모두 견뎌 낼 수 있었어."

시간이 지나면서 사령부는 그가 직업 악사였다는 것을 알게 되었다. 그러자 사령관이 그에게 연주를 주문했다. 그들이 제일 먼저 준비해 준 것은 바이올린이었다. 사령관이 좋아하는 악기였던 데다, 자신이 좋아하는 곡을 바이올린 연주로 듣고 싶었기 때문이다. 하지만 그가 바이올린을 제대로 다루지 못하는 걸 보고 그들은 진심으로 화를 냈다. 바이올린도 연주할 줄 모르는 사람이 정말 음악가였냐며 의심하기까지 했다. 그들은 결국 피아노를 구해 주었다. 실제로는 음이 맞지 않는 피아노였다. 그는 이 피아노로 연주해야 했다. 연주해 준 보답으로 한두 번 특별한 음식을 대접받았고 약간의 특권도 누렸다. 장교들이 마시던 신 포도주를 따라 주기도 했다. 나중에는 시골 무도회에서도 연주를 했고 더 나아가 유랑 악단까지 따라다녀야 했다. 악단 가운데에서 바이올리니스트와 클라리넷 연주자가 그를 성가시게 했다. 그는 음악가라고 고백했던 일을 수없이 후회했다. 돼지를 치는 게 훨씬 깨끗한 일처럼 생각됐다.

"모든 것을 처음부터 시작할 수 있을까?"

피아니스트가 머뭇거리며 회의적인 미소를 지었다.

"언젠가는 그럴 수 있겠지."

피아니스트가 생각을 떠올렸다.

"이틀 동안 피아노를 치지 못했더니 손가락이 근질근질해서 견딜 수가 없었지. 지금은 어떤지 알아? ……피아노라면 쳐다보고 싶지도 않아. 너무 지쳤어, 친구. 여기에……."

그는 구부러진 가운뎃손가락 끝으로 마치 자신의 마음속에서 나오는 말을 엿듣는 듯이 조심스럽게 가슴을 툭툭 쳤다. 마치 오래전부터 들어가고 싶어 하던 잠긴 문을 노크하는 것 같았다.

"이 안에는 이제 음악이 없어……."

쾨베시가 휴식을 충분히 취하고, 일상적인 삶으로 돌아가면, 곧 즐거운 기분을 회복할 거라고 격려했지만 소용없었다. 음악가는 슬프게 고개를 저었다.

요사이 남쪽 바다의 단골손님들은 다른 사건을 두고 긴 시간 논쟁을 했다. 전혀 의견 충돌이 없는 유쾌한 논쟁이었다. 쾨베시는 시클러이에게서 요사이 왜 펌프맨이 나타나지 않는지, 또 왜 '생각하는'이 아주 가끔씩만 나타나는지에 대해 들었다. 그녀는 이곳에 오더라도 예전처럼 술을 마시며 빈잔을 탁자 위에 늘어놓고 앉아 있지 않았다. 전처럼 흐릿하고 꿈꾸는 듯한 시선을 보내지도 않았다. 대신 긴 잠에서 깨어나 흥을 깨는 현실 앞에 갑자기 선 사람처럼, 날카롭고도 약간은 씁쓸한 눈빛을 띠고는 언제나 서둘렀고, 언제나 꾸러미나 비닐 주머니를 들고 있었다. 예전에는 없던 일이었다.

"그녀가 빵을 굽고 요리를 해." 시클러이가 웃었다.

"뭐라고?" 쾨베시가 놀랐다.

시클러이는 적어도 '사건 진행이 비극적인 결말로 가지 않을 것'을 '한눈에 알아보았다'고 했다. 시클러이는 최근 펌프맨을 소방청 무대에 정기적으로 세우고 있었다. 그가 쾨베시에게 그렇게 얘기했다. 그런데 펌프맨에게서 직접 들은 바로는 지금 '그의 운명이 조금씩 나아지기 시작했다'고 한다. 펌프맨이 용기를 내어 '생각하는'에게 청혼을 했다. 그러나 그녀는 존재하지 않는 세계에서 존재하지 않는 남자의 존재하지 않는 아내가 되겠다고 대답했다고 한다. 게다가 그 남자는 배우가 아니라, 시계 만드는 사람, 시계 만드는 사람보다는 오히려 라이터 만드는 사람이어야 한다고 했다는 것이다. 그러고는 화를 내며 다시는 펌프맨을 보지 않겠다고 통보했다. 시간이 흘러도 '생각하는'의 입장은 조금도 변하지 않았다. 그래서 시클러이가 '두 사람을 화해시키려고' 단도직입적으로 '어쩌다 그들의 관계가 이렇게까지 어색해졌는지 전혀 이해할 수 없다'고 말했다. 펌프맨은 그녀와 시클러이에게 그녀야말로 '자신의 마지막 열정'이며 그녀를 얻지 못한다면 '자신의 삶은 의미가 없다'고 고통을 토로했다. 결국 그는 여자에게 '딱 한 번만 마지막으로 만나 달라'는 편지를 썼다. 여자도 동의했고 약속한 시간에 남자의 집을 방문하겠다고 했다. 하지만 펌프맨은 이 기회를 위하여 여러 종류의 철사와 전선, 평범한 랜턴용 배터리를 짜 맞추어 장치 하나를 만들었다. 그리고 이 장치를 코트 밑 자신의 몸에 단단히 붙들어 맸다. 이 장치는 포옹하는 순간 폭파되어 '두 사람이 죽도록' 고안된 장치였다. 그런데 계산이 잘못됐을 수도 있고, 장치가 완전하지 못했을 수도 있으며, 이 두 가지 요소가 함께 작용했을 수도 있고, 펌프맨이 장치를 작동시키기 전에 '생각하는'이 짧게 포옹을 끝냈을 수도 있고, 뇌관이 너무 약했거나 펌프맨이 '두 사람이 하나가 된 몸'을 없애는 데 필요한 에너지를 계산하면서 무언가를 빠뜨렸을 수도 있다. 어쨌든 결과적으로는 펌프맨만 폭발의 희생자가 되어, 가슴에 약간의 타박상과 서너 군데 화상을 입었다. 그런데 정말 놀라운 일은 그다음에 일어났다. '생각하는'이 즉시 의사와 앰뷸런스를 부르러 뛰어갔고, 시클러이의 말로는, 펌프맨은 언제나 그렇듯이 이때도 자신의 역할을 과장해서 연기했다. 정신을 잃은 채로 병원으로 실려 간 것이다. 물론 그의 상처는 빠르게 회복되었지만, 그러는 동안 위장 문제가 발견되었다. 그런데 '생각하는'이 의사가 지시한 음식을 만들어서 규칙적으로 그에게 면회를 가고 있다.

"결과가 어떻게 될까?" 쾨베시가 즐거워하면서 물었다.

시클러이가 큰 소리로 웃으며 대답했다.

"우리의 코미디극처럼 해피엔드가 될까 봐 두려워!"

사실 많은 불행과 중단, 새로운 시작을 거쳐 이제 드디어 그들은 코미디극의 등장인물을 찾아냈다. 쾨베시는 코미디극의 대사를 주로 남쪽 바다에서 썼다. 적어도 글을 쓰는 동안은 슬픔에 짓눌리는 장면이 그를 따라다니지 못하도록 하기 위해서였다. 아들이 자살한 후 베이건드 부인은 줄곧 슬픔에 빠져 지냈다. 한때 수정처럼 반짝이는 호수였던 부인의 눈은, 오래 전에 빛을 잃었다. 지금은 어느새 영원한 서리가 걸쭉하게 그 눈을 뒤덮고 있었다. 매일 밤 흐느껴 우는 소리가 벽을 넘어서 쾨베시의 귀를 때렸다. 게다가 방에서 고독하게 있을 때보다는 카페의 소란 속에 있을 때가 글이 잘 써졌다. 자기 방에 있을 때에는 끊임없이 주의가 산만해져서 조절되지 않을 위험이 컸다. 등장인물은 정말로 낯선 사람들이었다. 예를 들면 한 손으로는 작은 개를 팔 아래에 안고, 다른 손으로는 트렁크를 든 노인이 등장했다. 익살맞고 재미있는, 변덕스럽고 사랑스러운 코미디극의 여주인공 같은 인물이 떠오르면, 그는 즉시 다른 아가씨를 그 자리에 집어넣었다. 아가씨들의 특징에 대해서는 전혀 아는 게 없었다. 아는 것이라곤 그들의 곤궁함 정도였다. 예를 들면 공장의 아가씨가 그랬다. 그녀는 암에 걸린 숙모의 죽음을 기다렸다. 지금도 기다리는지는 모를 일이다. 그의 마음속에 장면들이 떠올랐다. 주변에는 기억들이 어슬렁거렸다. 코미디극에서는 절대 찾아볼 수 없는 장면과 기억이었다. 만약 이 하얀 백지들이 그를 바라보고 있지 않다면, 그가 여기서 이 종이들을 마주하고 앉아 있지 않아도 된다면, 아마도 이 장면과 기억은 떠오르지 않았을 것이다. 요즘 들어 쾨베시는 잠을 편히 자지 못했고, 꿈을 많이 꾸었다. 고통스러운 꿈속에서 그는 물에 계속 잠기면서도 고집스럽게 수면 위로 다시 솟아오르는 어떤 표류물처럼 단어 하나를 반복해서 떠올렸다. 절대 글자로 기록되어 있지 않았지만 그럼에도 언제나 볼 수 있었다. 단어는 그의 이름 첫 글자 k로 시작됐지만, 그보다는 길었다. '요구'인가? 아니면 '의무'인가?[48] 자세히 들여다보니 그것은 글자가 아니라 물결 사이에서 이리저리 떠다니는 물에 빠진 사람이었다. 익사하기 전에 조류에서 구해 내려면 그의 뒤쪽으로 자신의 몸을 던져야 했다. 그때 갑자기 어떤 분노가 그를 휘감았다. '왜 하필 나지?' 꿈속에서 그는 그런 생각을 했다. 하지만 주위를 둘러보아도 그 자리에 있는 사람은 그뿐이었고, 물에 빠진 사람과 눈까지 마주친 터였다. 그는 그것이 숙명이라는 사실에 두려움을 느끼면서도, 재빨리 몸을 던졌다. 물에 빠진 사람이 그를 자기와 함께 소용돌이 속으로 끌어당겼다. 다행히 죽기 직전에 잠에서 깨어났다. 하지만 꿈에서 느꼈던 괴로운 기분 때문에 그는 하루 종일 우울했다.

편지. 경악

어느 날 오후 쾨베시는 자신의 쓸쓸한 방 탁자 옆에 앉아 있었다. 방금 전부터 늦여름 소나기가 약하게 도시 위로 쏟아지고 있었다. 비를 맞는 게 싫어서 오늘은 집에서 일을 하기로 했다. 사실 그는 자신이 소방청 무대에 올릴 장면 하나를 구상하거나 마감 기한이 지난 신문 기사를 쓰거나, 아니면 코미디

48) 헝가리어로는 두 단어 모두 k로 시작한다. 요구는 követelés, 의무는 kötelesség이다.

극을 진행시킬 궁리를 한다고 생각했다. 그러다 어느새 자신의 손이 다음과 같은 글을 쓰고 있음을 알아차렸다. 짐작건대 편지의 서두 부분이었다.

또다시 당신이 떠올랐습니다. 정확하게 말하면 당신이 아니라, 당신이 읽어 주었던 글이 떠올랐습니다. 더 정확하게 말하면 당신이 읽어 준 것이 아니라…….

자, 내가 쓰고 싶은 것은 바로 이것입니다. 왜냐고요? 간단합니다. 당신에게 정말 도움이 될 경험을 나도 했기 때문입니다. 그렇지만 나는 그 경험으로 무엇을 시작해야 할지 모르겠습니다. 간단히 말하죠. 당신이 곤경에 빠져 있음을 부인하지 않는다면, 당신을 돕고 싶습니다. 나는 '구조는 완성되었다.'라던 당신의 말을 믿습니다. 그러나 '똑똑하고 교양 있는 사람'과 3만 명의 주검 사이에는 아직도 어렴풋한 무언가가 솟아 있습니다. 어쩌면 그것은 최초이기에 가장 중요했던 한 구의 주검일 수도 있습니다. 문제는 그것이 넘어설 수 있는 장애물처럼 보였는가, 아니면 절대 넘지 못할 장애물처럼 보였는가 하는 것입니다. 그렇습니다. 내 기억이 맞다면, 일어났기 때문에, 또 일어날 수 있었기 때문에, 훗날 '되돌릴 수 없는 선택으로 판명'된 최초의 행동은 사실, 본질적으로 다른 일이 일어날 수 없어서, 그리고 외부 압력에 의해 일어난 일입니다. 그럼에도 그 순간엔 외부 압력 대신 상황만이 존재하는 것처럼 보입니다.

순수하게 도우려는 의도에 끌린 것이지만, 그럼에도 약간의 이의는 있습니다. 그렇습니다. 지금 이 순간에 나는 이의보다 좋은 말을 찾아낼 수 없습니다. 무엇에 이의를 제기해야 하는지는 정확히 모르겠지만 말입니다. 나는 당신의 박식함 앞에 고개를 숙입니다. 그러나 누차 말씀드렸듯이, 당신의 지식에는 삶의 빛이 빠져 있습니다. 당신의 지식은 대부분 회색빛으로 빠져듭니다. 자, 당신은 너무나 극단적인 것을 보고 있습니다. 그렇지만 극단으로 인도하는 단순하고 회색빛이며 황당한 모티브에서 이미 곤경에 빠져 버렸습니다. 왜냐하면 당신은 단순하고 회색빛이며 황당한 행동과, 또한 이것으로 이끌어 가는 단순하고 회색빛이며 황당한 길을 이미 상상하지 못하기 때문입니다. 우리끼리 하는 말이지만 그렇게 하기는 쉽지 않습니다. 더욱 용기를 내어 말한다면 거의 불가능합니다.

그러니 내 말을 들어 보십시오.

나는 군인으로 징집되었습니다. 나는 징집 명령을 따르기 싫어 그런 경우에 사람들이 일반적으로 하는 일을 다 했습니다. 게다가 사람들이 알지 못하는 일도 했습니다. 군대에서 빠져나오기 위해, 모든 가능한 수단과 불가능한 수단을 떠올렸습니다. 심지어는 높은 곳에서 떨어져 다리를 부러뜨릴까 하는 생각도 했습니다. 하지만 소방청에서 일하는 제 친구가 전문가답게, 그렇게 해도 부러진 다리가 붙을 때까지 기다렸다가 다시 징집할 테니, 소용없을 거라고 알려 주더군요.

그래서 나는 가축이 도살장에 끌려가듯 아무 생각 없이 군대에 갔습니다. 정신을 차려 보니 어느새 제복을 입었더군요. 병영 생활이 얼마나 끔찍했는지 알려 달라고 하지는 않으시겠죠. 병영 생활의 끔찍함은 지나치게 잘 알려져 있지만, 몸으로 직접 경험하자 새로운 영향을 끼쳤습니다. 그것은 혼자만의 고독이 완전히 부재한 상태였다고, 심지어 고독을 부정하는 상태였다고 할 수 있을 것 같습니다. 이와 더불어 육체적으로도 끊임없이 강도 높은 체험을 해야 했습니다. 우리의 개성이 존재하기를 중단했다는 말은 진실이 아닙니다. 우리의 개성은 더욱더 다양해졌지만, 그렇다고 해서 크게 차이가 나는 것은 아니었습니다. 이 밖에 나 자신도 놀란 일은, 내가 육체적인 과제를 엄청나게 잘 수행해 낸다는 사실이었습니다. 말 그대로 자주 그랬습니다. 시간이 지나면서 마치 사라진 내 개성의 빈자리에 경주마의 승부욕이 들어온 것처럼 어리석음이 가득 찼습니다. 훈련과 경주가 멈춘 시간에는 으스스한 분위기의 공동 숙소에서 몸을 데우고 긴장을 풀며 편안히 쉬기도 했죠. 막사는 낯선 지역, 황폐한 저지대에 있었는데, 쉼없이 바람이 불고 먼 부락의 종소리가 들려왔습니다. 내 기억이 맞다면 어느 날 새벽, 손에 양철 그릇을 들고 커피를 받기 위해 부엌문 밖에 줄을 서 있을 때였습니다. 막 날이 밝다가 갑자기 하늘이 어두워졌습니다. 방금 전까지 속옷 차림으로 확성기의 구령에 맞추어 체조를 하고 난 참이었습니다. 땀을 흘린 몸에 빗방울이 떨어져 온몸이 다 젖고 말았습니다. 보리 커피를 받아 쥐고 비에 젖은 옷을 입고, 비 맞은 생쥐 꼴을 하고서 동트는 대지 위에 서 있었습니다. 변소와 무어라 표현할 수 없는 썩은 냄새가 뒤섞인 그때, 오래전 기억이 생생히 살아났습니다. 물론 그건 나의 기억이 아니라 다른 사람의 기억이었습니다. 아주 오래전 어딘가 비슷한 장소에서, 어딘가 다른 곳에서, 멀고도 깊이 가라앉은 곳에서, 여러 가지금기의 심연을 넘어 위치한 다른 세상에서 이미 한 번 만난 사람. 희미해서 거의 알아볼 수는 없었지만 살해되기 위해 끌려가던 한 아이를, 한 소년을, 한 아이를 본 것 같았습니다.

그래도 된다면 더 이상 자세한 이야기는 하지 않겠습니다.

하지만 나는 끔찍한 꿈을 꾸다가 갑자기 깨어나곤 합니다. 나는 방 안에 있는 책상 옆에 서 있고, 책상 뒤에는 몸집이 좋고 머리카락은 덥수룩하며 이가 빠지고, 눈 밑 지방 샘이 불룩 튀어나오고, 성미가 고약해 보이는 남자가 앉아 있습니다. 그는 소령으로, 나에게 군인 중앙 교도소의 간수가 되겠다는 계약서 하단에 서명을 하라고 합니다.

그런데…….

나는 그에게 이렇게 말합니다. 그 외에 다른 말은 할 수 없었으니까요.

"그 일은 저하고 잘 맞지 않습니다."

눈 밑 지방 샘이 울룩불룩 튀어나온 이 남자는 공허하게 비웃으며, 무슨 생각을 하고 무슨 대답을 할까요?

"세상에 처음부터 간수로 태어나는 사람은 없어."

그는 이런 말로 나를 부추겼습니다. 게다가 나는 다른 사람들도 이미 서명한 것을 보았습니다. 나의 동료인 다른 사람들의 서명을. 그들 모두가 이 일을 하도록 선발되었던 것입니다.

"하지만 저는 고상하고 교양 있는 사람입니다."

나는 한 번 더 시도해 보았습니다.(정말 어쩌다 이런 말이 떠오른 걸까요?) 그러자 그 남자가 이렇게 대꾸했습니다.

"사람들을 사랑하는가?"

내가 뭐라고 대답했어야 할까요? 사람들을 좋아하지 않는데도 사는 게 달콤하다면, 그의 마음 안에는 이미 모든 사람에게 전할 수 있을 만큼의 사랑이 깃들어 있는 것이겠지요. 게다가 이 인간은 나를 신으로 고용하고자 하는 게 아니라, 간수로 채용하려고 하고 있었습니다.

"예." 저는 어쨌거나 그렇게 말했습니다.

"원수를 미워하나?" 그가 두 번째 질문을 던졌습니다.

적이라는 느낌이 들지 않는 이 제복 입은 사람에게 또다시 뭐라고 답해야 할까요? 만약 미워하는 것이 기껏해야 이 소령 정도라면, 어느 정도 관심을 두다가, 언제나 잊을 준비가 된 인간 본성에 따라 차차 잊으면 되겠지요.

"그렇다면 여기 서명하게!"

그는 지겨운 듯, 담배에 절어 노란 반점이 생긴 넓적한 손톱이 달린 짧고 통통한 검지로 종이 위를 찔렀습니다. 나는 그에게 볼펜을 받아서 그가 가리킨 자리에 서명을 했습니다.

왜 그랬을까 생각해 봅니다. 얼마 정도 생각해 보니, 현실적인 이유라 할 만한 것은 오직 그 시간뿐이었습니다. 맞습니다. 아마 당신은 이것을 이상하다고 생각하겠지만, 그렇게 생각하는 이유는 당신이 인생의 색깔을 알지 못하기 때문이고, 훗날 아주 중요한 사건이 처음에는 색깔로 나타났던 것을 모르기 때문이라고 말하겠습니다. 내가 서명을 하게 된 중요한 이유는 그 시간 때문이었습니다. 끝내 신빙성 있는 논거를 찾아낼 수도 없었고, 볼펜을 손에 쥐고 영원히 그곳에 버티고 서 있을 수도 없었습니다. 당신은 볼펜을 받아 쥐지 말았어야 한다고 말할지도 모릅니다. 그럴 수도 있겠지요. 하지만 이 모든 것이 얼마나 비현실적으로 느껴졌는지, 서명을 하면서도 이게 꿈인지 생시인지 구분할 수 없었습니다. 굳이 말하자면 나는 그 순간의 바깥에 정체되어 있었습니다. 나는 그 순간에 관여하고 있지 않았습니다. 내 존재는 나의 내부에서 자고 있거나 마비되어 있었습니다. 적어도 결정의 중요성을 암시하는 두려움에 주의를 기울이지 못했습니다. 여하튼 결정을 내리게 되었지만 그게 내가 내린 결정이었을까요? 선택을 해야 했던 그 상황은 내가 선택한 게 아니었습니다. 게다가 나는 둘 중 어느 것도 선택하고 싶지 않았습니다. 간수가 되기도 싫었지만, 처벌받고 싶지도 않았습니다. 물론 나를 처벌하겠다고 위협한 사람은 없었지만, 나는 이미 처벌받을 것을 생생하게 상상했고, 그것은 아마 착각이 아니었을 겁니다. 게다가 몇 가지 부수적인 요인도 작용했습니다. 내겐 사람들과 다투기보다, 사람들의 마음에 들고 싶어 하는 본성이 있습니다. 그렇게 해서 어느 정도 예의를 지키고 싶었습니다. 그러나 감옥이 어떤 곳인지 보고 싶은 호기심도 약간은 있었습니다. 하지만 나 자신은 안전한 상태에서 보고 싶었습니다. 당신은 이미 내 말이 경박함과 정신 나간 사람이 둘러대는 말도 안 되는 갖은 이유에 불과하며, 모든 주변 환경이 나에게 영향을 미쳤다는 걸 알았을 것입니다.

은혜의 길, 적어도 당신이 그렇게 불렀던 그 길로 들어서서 나는 당신을 배척하면서도 마치 용서를 비는 듯이 말하고 있군요.

얼마 지나지 않아 나는 감옥에 있는 자신을 발견했습니다. 그곳의 첫인상은 매우 강렬했습니다. 견고한 나무 문이 돌로 된

썰렁한 복도를 장식하고 있었고, 벽 너머 멀리에는 등 뒤로 손을 두르고 이마를 벽에 기댄 사람들이 서 있었습니다. 휘장이나 허리띠, 계급장은 없었지만 그들이 입은 옷은 군복과 비슷했습니다. 복도 양끝에는 총을 든 보초가 어슬렁거렸고 군인 하나가 가끔씩 복도를 오갔습니다. 걸을 때마다 엉덩이 위로 이리저리 흔들리는 권총과 극도의 냉정함이 생생한 충격으로 다가왔습니다. 그 외에 영원한 시간과 영원하며 숨 막히는 고요도 충격이었습니다. 적합한 표현을 찾을 수 없는 특별한 냄새, 감옥 냄새도.

이렇게 해서 나는 그곳에 있게 되었습니다. 으스스한 느낌으로 주위를 둘러보았습니다. 달리 할 수 있는 일이 없었습니다. 나는 지금 단순한 것이 단순하게 보이지 않도록 조심하고 있습니다. 따라서 예를 들면 당신은 습관의 힘이라든가, 현실을 현실로 보게 하는 그 밖의 다른 것들에 대해서는 내게서 한마디도 듣지 못할 것입니다. 그것이 바로 현실이기 때문입니다. 그곳에 내가 있는 게 자연스럽다고 생각한 적은 한순간도 없었습니다. 그러나 부자연스럽다고 생각하면서 지나간 순간도 없었습니다. 나는 이미 그곳에 있었으니까요. 그러나 처음에는 어떤 생각도 떠오르지 않았습니다. 나는 형벌 방도 못 보았고, 아사 판정을 받은 사람도 못 보았습니다. 어떤 밤에는 마당에서 실제로 사형이 집행되기도 했습니다. 그러나 일부는 목격하지 못했고, 일부는 그들이 법이라는 덮개로 은폐했습니다. 그들은 재판을 통해 선고된 사형을 집행했습니다. 그게 다였습니다. 일반적으로 재판관은 모든 것에서 이유를 찾았습니다. 그러나 어떤 이유를 대더라도 그때 내가 받았던 충격의 크기와 범위는 넘어설 수 없습니다. 군대 감옥이 교도소 중 가장 나쁜 곳은 아닙니다. 죄수들은 일반적인 죄를 졌거나, 군의 규칙을 위반한 사람들이거나, 판결을 기다리는 미결수들이었습니다. 담으로 막혀 건너갈 수 없는 세관의 감옥을 그들은 입버릇처럼 '저편'의 것이라고 되뇌었는데, 우리의 감옥은 그렇지 않았습니다.

그러나 그만둡시다. 이 말은 마치 내가 주위 환경을 다 적어 내리기 원하는 것처럼(아니면 다른 말로 내가 다시 변명을 하려는 것처럼) 마치 환경이 기록될 수 있는 것처럼 들리는군요. 그러나 아닙니다. 나는 이미 오래전에, 내가 어디에서 살고 있으며 어떤 법이 나를 지배하는지 절대 알아낼 수 없다는 사실을 받아들였습니다. 나는 오직 나 자신의 감각 기관과 가장 직접적인 경험에게 강요했습니다. 그것들 역시 현혹하는 것이었고, 심지어 가장 미혹시키는 것이었지만 말입니다.

재미나지만, 그럼에도 나는 제일 먼저 어떤 교육원에 다녀야 했습니다. 그곳에서 동료들과 함께 간수로서 해야 할 행동을 교육받았습니다. 이 교육 과정에 들어가서 자리에 앉았을 때 미소를 지었던 게 생각납니다. 계약 내용에 따라 모든 일을 할 준비가 된, 벌을 받는 사람의 미소였습니다. 내가 보여 줄 수 있는 것은 씁쓸해 보이는 미소를 짓는 게 전부였습니다.

하지만 내가 기다리던 일은 일어나지 않았습니다. 나는 무엇을 기다렸을까요? 그것은 정확히 모르겠습니다. 어디에서 알 수 있었을까요? 그들은 본질적으로 내 머리나 영혼, 내 몸까지도 교활한 방식으로(내 상상력은 당연히 그 방식을 정확하게 알 수 없었지만) 교육하고 협박하기 시작했습니다. 그 후 무언가 생생하고 거칠고 황폐한 자의식을 내 마음에 주입시켰습니다. 한마디로 말해서 나에게 나쁜 일을 시키려고 했습니다. 하지만 그 대신 나는 무슨 말을 듣게 되었을까요? 당신은 도저히 믿지 못할 것입니다. 그들은 쉴 새 없이 규칙과 법률과 의무, 질서, 등급 분류, 적용 방법, 복무 규칙, 건강 조건과 그와 비슷한 것들에 대해서만 떠들었습니다. 내가 차가운 미소로 교활하게 속마음을 감추었을 거라고는 생각하지 마십시오. 아닙니다. 아닙니다. 그렇지 않았습니다. 아주 심각한 얼굴을 하고 입을 꾹 다문 채 눈살 하나 찌푸리지 않았습니다. 놀라움을 억제할 수 없었습니다. 이것이 그들이 사용하는 방식이었을까요? 죄수들 사이로 밀어 넣고 그 후에 나를 혼자 있게 내팽개친 걸까요? 앞으로 내 행동이 거칠게 변화되어, 그들과 조화를 이루리라 확신한 걸까요? 나는 이렇게 생각했습니다. 자, 그들이 자신의 목표를 위해 나를 선택했다면, 이런 선택에 어떠한 비밀이 숨겨져 있는지는 아무리 머리를 짜내도 알 수 없을 것이다, 아마도 교육적인 의도는 아닐 것이다, 시간이 지날수록 완전히 단순한, 비인간적인 우연에 의해 나를 선택했을 가능성이 가장 크다는 생각이 들었습니다. 그들이 나에게 무엇을 기대하는지 알아야 했습니다. 그런데 그때 과연 나 자신은 알고 있었을까요?

한마디로 나는 두려웠습니다. 간수로서, 죄수들이 무서웠습니다. 또는 간수로서, 죄수들과 접촉하는 일이 몸서리치게 무서웠습니다. 하지만 접촉은 피할 수 없는 듯 보였습니다. 왜냐하면 그 일을 하라고 그들이 나를 여기에 데려다 놓았으니까요.

내 마음속에서는 눈 밑 지방 샘이 튀어나온 소령이 창백한 표정으로 역한 냄새를 뿜어내며 원수를 미워하느냐고 묻던 장면이 악몽처럼 떠오르고 떠올랐습니다. 그들이 내게 서명을 강요하면서, 또한 내가 한 말에 대해서(그 말을 한 걸 얼마나 후회했는지 모릅니다.) 책임을 지라고 강요하면서 곤궁한 권력을 손에 쥐어 줄 때 느꼈던 두려움에 수천 번 사로잡혔습니다. 왜냐하면 나 자신은 자연적으로, 아니 이보다는 본능적으로 죄수는 그냥 죄수일 뿐, 잘못은 그들에게 권력을 행하는 사람들에게 있다고 생각했기 때문입니다. 물론 교육 시간에 귀가 따갑도록 들은 말이 "판결의 기본은 법이며, 죄수란 규칙 위반 때문에 감옥에 갇힌 범법자"라는 말이었습니다. 마지못해 간수가 되었던 동료들 가운데, 죄수들이 자신과 적대적인 위치에 있다는 논리를 받아들이는 사람의 수가 하나 둘 늘어났습니다. 그들은 명료하게 일을 처리했습니다. 결국 나도 이런 방법을 쓸 수밖에 없는 사건과 마주하고 말았습니다. 하지만 이런 방법을 사용할 때마다 나는 불행을 경험해야 했습니다. 이유는 모르겠지만 나에게는 사람을 판결하는 성향이 전혀 없었습니다. 적어도 내가 느끼기에는 간수라는 직업을 정당화하는, 그런 죄는 없었습니다.

이런 신념을 지닌 채 나는 한 감옥에서 간수로 일했습니다.

하지만 그들은 상당한 주의를 기울여(혹은 비겁하게), 나에 대해 무언가를 알아냈습니다. 나 역시 매 순간 알아내기에 급급했습니다. 왜냐하면 마침내 그들이 나에게 할당한 임무는, 그에 맞서서 어떠한 비난도 할 수 없을 만큼 너무나 편안한 임무였기 때문입니다. 당신도 아시겠지만 군대 감옥의 7층 밀실은, 감옥에서도 가장 깊은 작은 방들로 꼭대기 층에 있었습니다. 7층은 폐쇄 구역이었습니다. 계단부부터 회색 칠이 된 강철 벽이 둘러쳐져 있었습니다. 그곳에 머무는 사람들에겐, 다른 층의 죄수와 다르게 두꺼운 천이나 줄무늬 죄수복이 입혀졌습니다. 다행스럽게도, 이를 목적으로 교육을 받고 몇 주간의 실습을 거친, 늙은 직업 하사관만이 그들의 감시를 담당했습니다. 그들은 바퀴벌레처럼, 감옥의 어둠 속에서 집에 있는 듯, 아니면 가까이 있는 선술집에 있는 듯 편안하게 지냈습니다. 아래층으로 내려올수록 감옥에서 일반적으로 느낄 수 있는 엄숙함은 점점 옅어졌습니다. 3층만 해도 지옥이 아니라 연옥이었습니다. 이곳에는 밖으로 일을 하러 가는 죄수들이 머물렀고, 게다가 부엌과 세탁실, 재단실, 구두 수선실과 여러 종류의 사무실에서 서기 일을 하는 죄수들이 실내 작업을 했습니다. 죄수 가운데 의사와 약사는 편안한 감방에서 지냈습니다. 이곳에는 진료실과 이발소가 있었고, 여기에서 변호사 사무실과 재판소가 있는 법원 건물로 갈 수 있었습니다. 그곳을 연결하는 복도를 세상의 모든 교도소에서 '탄식의 다리'로 부른다고 하더군요.

나는 3층에서 업무를 배당받았습니다. 너무 긴장할 필요는 없다고 되뇌었습니다. 아침에 업무를 전달받으면 그것으로 그날 내가 해야 할 일의 대부분이 끝났습니다. 커다란 교도소 방은 대개 비어 있었는데 그곳에 수감된 죄수는 일터로 나가 자신들의 일을 해야 했기 때문입니다. 저녁이 되면 나는 간수라기보다 친절한 시종처럼, 한마디 투덜거림도 없이, 간수의 행동 양식에 따라 일을 마치고 무리 지어 돌아오는 죄수들을 위해 문을 열고 닫았습니다. 반드시 말할 필요는 없겠지만, 소위 말해 의무 조항인 몸수색을 게을리한 적도 많았습니다. 저녁 식사를 한 후에는 잠시 수다를 떨기 위해 의사의 감방에 들어가 앉았다가 점호를 했습니다. 그리고 구내전화로 현관 담당자에게 인원 보고를 했습니다. 소등을 한 뒤에는 나도 철제 침대에 누워서, 별일 없으면 다음 날 기상 때까지 편안히 잤습니다. 당신도 알다시피, 나는 우리 교도소에서 괜찮은 간수였습니다. 혹시 앞으로 몹시 따분한 날이 오거든, 내가 가엾은 죄수들을 위해서 모든 일을 했었다는 걸 자세히 이야기해 달라고, 다시 한번 청해 주십시오. 오, 정말 엄청나게 많은 일을 했습니다. 몰래 편지를 반출하고 심지어 밀거래도 했습니다. 물론 아주 위험한 일이라 믿을 만한 사람하고만 했죠. 낮에도 내 방에서 얼굴을 내밀고 '탄식의 다리'를 건너려고 기다리는 죄수들을 보거나, 그들의 좌절하고 낙심한 표정을 보면, 말을 걸고 그들이 몸을 움직이고 적어도 몇 분이라도 쉴 수 있는 곳으로 인도해 주었습니다. 물론 이런 순간이면 이곳에서 그들을 보호해 주는 사람으로서의 비밀스러운 역할을 즐겼습니다. 나는 한순간에 죄수들이 의심을 하거나 이유를 모르겠다고 느낄 만큼 예기치 않게 그들을 돕는 기적을 일으켰습니다.

나는 그렇게 살았습니다. 그곳으로 나를 끌고 간 운명을 향해 불평을 늘어놓았지만 나를 그곳으로 끌고 간 운명 덕분에 아주 편안히 지냈습니다. 스물네 시간 근무를 하고 스물네 시간 쉬었습니다. 군 복무 기간만 채우면 이 일도 끝이라고 생각했습니다.

돌아보니 이 이상한 편안함은 어떻게도 설명이 안 됩니다. 만약 낯선 사람의 삶을 바라보듯이 이때의 느낌을 되살리려고 한다면, 그 사람과 나 사이에 아무런 공통점이 없다는 생각에, 가능하면 그에 대해 더 이상 듣고 싶지 않을 것 같습니다. 단, 사람들이 계속해서 내게 그 사람에 대해서 말하지만, 실제로 말하는 사람은 나라는 점이 복병입니다. 남쪽 바다에서 우리가 처음 나눈 대화를 기억하십니까? 그때 당신은, 그 사람이 어디에 적합한 사람인지가 문제라고 말했습니다. 당신 말이 맞습니다. 이제 나 역시 그것이 문제임을 압니다. 보다 정확히 말하면 나는 이것이 극단적으로 고통스러운 문제라고 느낍니다.

어느 날 아침, 업무를 인수받기 위해서 동료 간수와 만났습니다. 검은 머리에 키가 작고 다리가 짧은 동료는 아주 세련된 모습을 하고 있었습니다. 그러나 그는 다른 역겹고 비열한 인간들처럼, 간수라는 직업에 소명 의식을 느끼고 있었습니다. 그는 한 독방의 죄수가 음식을 거부한다고 말했습니다. 이 연옥의 층에도, 돌이 깔린 복도 양끝에서 갈라진 측면 복도에 몇 개의 독방이 있었습니다. 기껏해야 이곳 독방은 징계를 위해 격리 목적으로만 사용될 뿐, 7층의 깊은 독방과는 달랐습니다. 불운한 사람들이 첫 번째 심리를 받기까지, 이후 공동 감옥에 수감할 것인지 분류하기까지 처음 며칠을 그곳에서 보냅니다. 때문에 수감자들이 자꾸만 바뀝니다. 한 사람의 얼굴을 알아볼 만해서 문을 열거나, 좋든 싫든 문에 있는 감시창을 통해서 안을 들여다보면 어느새 다른 사람이 나를 바라보곤 했습니다. 간수로서 하는 일 가운데 이 수치스러운 과정이 가장 익숙해지지 않았습니다. 기억하다시피, 간수로서 어떻게 행동해야 하는지는 처음에 교육을 통해 배웠습니다. 하지만 실제로는 그렇게 행동하도록 나에게 명령을 해야 했습니다. 하지만 내 앞에 펼쳐진 광경을 보는 건 목의 혈관이 쿵쿵 뛸 정도로 겁나는 일이었습니다. 눈앞에 펼쳐진 광경은 생각했던 것만큼 끔찍하지 않았지만 훨씬 비통했습니다. 감시창으로 감방을 들여다보면, 간이침대와 커버 없는 변기, 세면대와 여기서 살아야 하는 한 사람이 보였습니다. 나중에는 내가 아닌 간수로서 보려고 했습니다만, 간수로서 바라보아도 힘들기는 마찬가지였습니다. 정확하게 말하면 유감스럽게도 우연히 간수가 되어 버린 사람으로서 말입니다. 하지만 어떻게 해도 나는 이 빌어먹을 감시창에 익숙해지지가 않았습니다. 이 창문을 통하면 죄수가 가장 불편한 순간에도, 감방 안에 있는 죄수를 볼 수 있었습니다. 물론 들여다보는 목적은 죄수를 살피고 감시하고 아프지 않은지, 혹시 자해하지는 않는지를 보살피기 위해서라고 했습니다. 아니면 금지된 행동을 할 경우 그것을 막기 위해서라고 했습니다. 하지만 나는 누군가의 의도를 알아채고 싶지도 않았고 어떤 것도 살피고 싶지 않았기에 늘 진저리와 움찔거림을 느꼈습니다. 나는 정말 단순하게, 우연히 누군가를 감방에 감금한 경우라도 그 사람이 문 뒤에서 무슨 일을 하는지 알고 싶지 않았습니다. 안에 있는 사람이 두려워하고 지겨워하고 있음을 알아내는 것은 전혀 어렵지 않았습니다. 그 후 무의식적으로, 마음에 조금씩 쌓여 그 결과로 조밀하게 드러난 분명한 징표를 통해 나는, 몇몇 죄수가 자신이 완전히 혼자가 되었다는 느낌에 휩싸여 있는 것처럼 보일 때에는, 간수조차도 그들의 감방 문을 열기가 쉽지 않다는 사실을 당황스럽게 알아차려야 했습니다. 그래서 머리를 써서 몇 가지 확실한 방법을 고안했습니다. 발소리를 요란하게 내면서 복도 끝까지 왔다 갔다 하면서 내가 왔다는 것을 알렸습니다.(이건 규칙에 위배되는 일이었습니다. 원숭이 얼굴을 한 교도소장은 군화 바닥에 털로 만든 깔개를 묶고 몇 달 굶주린 하이에나처럼 조용히 문에 다가가곤 했습니다.) 나는 문을 열기 전에, 노크를 하는 대신 오랫동안 열쇠를 제대로 못 꽂는 척하면서 열쇠로 자물쇠를 이리저리 쳤습니다. 물론 감방 문에는, 비열한 목적을 위해서 튀어나온 문 위에는 그 가여운 사람들에게 음식을 넣어 주는 덮개를 아래로 내려 닫는 작은 창문이 있었습니다. 하지만 나는 언제나 문 전체를 열어서 그들에게 약간의 공기와 냄비 긁는 소리나 일하느라 바쁜 모습, 약간의 기운을 북돋아 주는 모습이 들어가게 해 주었습니다. 따라서 나는 우리 교도소에서 좋은 간수였다고 말할 수 있습니다.

그런데 다리가 짧은 간수가 한 죄수가 먹지 않는다고 했습니다. 나는 그가 아픈 것 아니냐고 물었습니다. 간수는 "아프기는. 더러운 놈이 뭔가 비열한 짓을 하려고 머리를 쓰는 거야."라고 하더군요. 나는, "친구 그렇지만 지금 바로 처벌할 필요는 없어."라고 말했습니다. 그가 알았다고 하더군요. 그러면서 자신이 이미 이 사건에 대해 보고했으니 앞으로 진행되는 상황에 대해 나도 보고를 해야 한다고 했습니다. 그렇지 않으면 보고를 게을리했다고 보고할 수밖에 없다면서. 나는 그 친구에게 대꾸하듯이 말했습니다. "개새끼, 꺼져 버려. 지금 이곳을 담당하는 사람은 나야.”

어쨌거나 우리는 이렇게 해서 이야기를 나누었고, 그 후에 나는 서둘러 그를 잊었습니다. 대체 내가 무엇을 했어야 할까요? 실제로 그는 먹고 싶어 하지 않았습니다. 정오에도 밤에도 식사를 하려 하지 않았습니다.

나는 취침 시간을 기다렸습니다. 그 시간이 되자 감옥 위로 밤의 고요가 내려앉았습니다. 특별한 편안함이었습니다. 밝게 빛나는 시간이 멈춘 것 같은 밤, 깊은 독방의 영원함, 둔중하고 비밀스러우며 억눌린 씩씩거림과 물 아래에서 들리는 소음처럼 부글부글 끓어오르는 소리가 가득 찼습니다. 나는 약간 불확실한 희망을 품고, 불타는 상처 같은 독방의 문을 열었습니다. “대체 왜 그래……?” 하고 말을 시작했습니다. 어떻게 하다 보니 나는, 길고도 옅은 턱수염에 뒤덮여 있는 그의 길고 홀쭉한 얼굴을 보지 못했습니다.(여기서 공동 감방으로 옮길 때는 수염을 밀어 버릴 텐데. 나는 간수로서 거만한 우울함을 느끼며 생각했습니다.) 그는 자기는 이런 방식으로 신념을 드러내고자 한다고 당당하게 말했습니다. 신념이라는 단어가 뚜렷하게 기억나는군요. “신념이 무슨 소용이 있소?” 나는 선한 미소를 지으며 그에게 물었습니다. 그 당시 나는 이 지상에 반박하지 못할 신념 같은 건 없다고 생각했습니다. “나는 죄가 없소.” 그가 치아 사이로 내뱉듯 짧게 말했고, 알다시피 나는 이 말을 반박할 필요를 못 느꼈습니다. 우리 가운데 누군가 죄가 없다고 한들 그게 무슨 의미가 있겠습니까?

말을 했는지, 아니면 생각만 했는지는 모르겠습니다. 어쨌거나 나는 감방 안으로 들어가 그에게 걸어갔습니다. 간수로서의 태도를 모두 포기한 사람처럼. 그러나 곧 이런 노력이 아무런 소용이 없음을 알게 되었습니다. 나는 논리적으로 옳고 그름을 밝히려 했지만 그는 내 말을 듣지 않았고, 어떤 의견도 못 들은 척하며 한마디도 하지 않았습니다. 눈먼 사람의 더듬거리는 손처럼 어둡고 집요한 시선이 내 얼굴을 계속해서 훑어 내렸습니다. 유혹하는 말에 한순간 마비되지 않으려는 듯, 의심스러운 징후가 나타나면 곧바로 침대 밑으로 숨거나 내 다리 사이로 빠져나갈 준비를 마친, 구석에 웅크린 동물처럼 그는 나를 주시했습니다. 그가 모든 것을 준비하고 있음을 알아차렸습니다. 그는 나를 적으로 보았고, 심지어 적도 아닌 간수로, 논쟁할 필요도 없는 똘마니로 보고 있었습니다. 그의 눈은 이글거렸고, 광대뼈 위에는 홍조가 타올랐습니다. 그는 벌써 이틀째 식사를 하지 않고 있었습니다. 나는 이야기를 하고, 또 했습니다. 마침내 나 자신도 무엇이 나를 괴롭히는지 더 이상 알 수 없었습니다. 이해하고 이해받는 세상으로부터 완고하게 추방된 그의 시선인지, 아니면 나도 서서히 죄수처럼 이 감방에 갇혀, 이 죄수와 함께 있도록 강요된 상황인지. 그러나 갑자기 내가 그곳을 벗어나기 전에 시간이 닫히고 밤이 우리를 낚아챘습니다.

“너한테 어떤 일이 일어날지 알기나 해?” 마침내 내가 그에게 물었습니다. 나는 이런저런 이유로 어느새 그에게 반말을 하고 있었는데, 그도 이것이 자신을 멸시해서가 아니라는 것을 알고 있었습니다. 정확히 내용을 정리하기 위해서, 친구를 책망하듯 반말을 하게 되었던 것입니다.

"너 안 먹지?" 내가 계속 말했습니다. "그래 봐야……." 나는 전혀 기쁘지 않았지만 큰 소리로 웃었습니다. "이곳에서는 너한테 굶주림의 사치를 허용하지 않아. 너는 그들이 굶길 때에만 굶을 수 있어. 네가 밥을 안 먹으면 앞으로 그들이 먹일 거야." 나는 확신했습니다. "진료실로 데리고 가서, 네 위장에 관을 끼울 거야. 그러는 사이 네 식도는 망가지겠지. 나는 벌써 그렇게 된 사람을 봤어." 미안하게도 이 말은 거짓말이었습니다. 나는 언제나 그런 광경을 직접 보러 가는 것을 삼갔기 때문에, 들어 본 적만 있었습니다. 나는 계속해서 말했습니다. "만일 네가 입 밖으로 음식을 뱉어 내면, 엉덩이까지 네 속을 가득 채울 거야. 아니면 너를 침대에 묶고, 혈관에 바늘을 찔러 넣고, 그것을 통해 영양분을 쑤셔 넣을 거야. 너한테 이 모든 일이 일어날 것을 생각이나 해 봤어? 너 자신이 거기에 없는 듯이, 너하곤 상관도 없는 듯이? 네가 그 모든 것을 깨끗하게 헤쳐 나올 수 있을 거라고 생각해? 그건 착각도 엄청난 착각이야!" 내가 소리를 질렀습니다. 그런 다음 내 말이 내 마음속에서 어떤 기억의 자락을 펼쳤는지, 바람이 안으로 불자 폐허가 된 집의 지하실 속과 같은, 저 깊숙한 곳에 갑자기 어떤 광경을 펼쳤는지는 모르겠습니다. "고문을 당한 사람은 아무도……." 내가 소리쳤습니다. "아무도 깨끗하게 남지 못해. 나는 잘 알아. 어떻게 아는지는 묻지 말라고. 이후 너는 무죄에 대해서 더 이상 말할 수 없을 거야. 기껏해야 생존에 대해서만 말할 수 있겠지. 네가 죽고자 한다 해도 허락해 주지 않을 거야. 너를 동정할 거라고 생각해? 일곱 번 죽어도 너를 끄집어낼 거야. 두려워하지 마. 여기서는 죽음조차도 허가된 방식으로만 죽을 수 있어. 그러니까 그들이 너를 죽여야 죽을 수 있단 말이지."

나는 그렇게 말했습니다. 그러나 내 말은 외면적으로는 아무런 효과가 없는 듯 보였습니다. "그러길 원하는 거야?" 다시 나는 맹세했습니다. "그들에게 너를 모욕할 기회를 준다는 걸 모르는 거야?"

그러는데 내 뇌리에 무언가가 스쳤습니다. 이제까지 왜 그런 생각을 못했는지 모를 일이었습니다. 혹은 이걸 비밀로 끝까지 유지할 수 있는지, 또 이걸 이끌어 갈 수 있는지 모를 일이었습니다.

"또한……." 내가 계속 말을 이었습니다. "너는 너 자신뿐 아니라 다른 사람도 괴롭히고 있어. 나는 너에 대해서 보고서를 작성해야 한다고." 곰곰이 생각할 사이도 없이 내 입에서 말이 튀어 나가고 말았습니다. "너는 다른 사람들의 무죄에 대해서는 생각하지 않지?" 비난하는 내 목소리가 들렸습니다. "나는 이곳에서 이제까지 어느 누구에게 손가락질조차 해 본 적이 없어……." 나는 더듬거리며 말했습니다. 무언가가 나를 멈추게 하지 않았다면 죄수 앞에서 간수라는 내 존재를 위해서 간청까지 할 뻔했습니다. "이게 대체 뭐야? 이제 너도 귀를 열라고! 아니면 눈을 뜨든가. 귀를 열어야 가장 역겨운 것을, 그리고 가장 분명한 것을 들을 수 있는 거야. 또한 읽을 수 있는 거고." 순간의 기지가 날개를 펼쳤다고 할 수 있습니다. 물론 기지의 수염이 많은 것들을 가렸지만, 나는 죄수의 얼굴에 잠깐, 비웃는 미소가 스쳐 가는 것을 알아차렸습니다.

나는 이 순간을 수없이 이성적으로 분석해 보려고 시도했습니다. 분석도, 냉정함도 언제나 나의 패배로 끝나고 마는 것에 대한 핑계를 대기 위해서였습니다. 그의 미소가 나를 화나게 했다고 기억하고 싶습니다. 그러나 힘을 다해 노력해도 기억이 나지 않습니다. 격분, 그중에서도 나의 통찰력을 빼앗아 갈 수 있거나 방해할 수 있는 그런 격분이 엄습했었는지가 기억이 나지 않습니다. 아닙니다. 이상한 압박감과 함께 갖가지 이유가 연속되면서, 그때까지 나와 함께 있던 그 죄수에 대해 나는 느닷없는 지겨움과 갑작스러운 포기와 분노와 또다시 지겨움을 느꼈습니다. 모든 것이 내가 해결책이라고 여기는 가장 단순한 해결책을 향해 달려갔습니다. 자유로워지기 위해서 그렇게 일어나는 대로 이 순간부터 정신없이 서두르면서 또한 가능한 한 가장 단순해졌습니다. 하지만 집요하게 냉담한, 막다른 골목으로 밀어 넣는, 불합리한 저항감을 느꼈습니다. 나와 맞선 이 저항감은 파악되지도 않았고 옳지도 않았습니다. 나는 이해할 수 있기를 바랐고 내가 옳다는 것을 의심해 본 적도 없었습니다. 심지어 나는 고집 센 죄수와 간수 사이에 존재하는 엄청난 힘의 차이도 느꼈습니다. 변덕스러운 기분으로 마음만 먹는다면, 팔꿈치까지 소매를 걷어 올린 셔츠 가슴에 비스듬하게 가로지른 계급장과, 엉덩이 위에 이리저리 흔들리는 권총, 부드러운 군화 속으로 집어넣은 바지 입은 모습으로 고압과 두려움을 줄 수 있었습니다.

왜 그랬는지 모르겠지만 발을 약간 앞으로 내밀었습니다. 아주 조금, 단 한 번의 걸음이었고, 얼른 멈추어 섰습니다. 이 정도만으로도 죄수는 그 동작을 오해할 수 있었습니다. 혹은 이 순간 나는 아주 친절하게도 그가 오해할 수 있겠다고 생각했습니다. 왜냐하면 그가 얼른 뒤로 물러났기 때문입니다. 하지만 공간이 충분하지 않았고, 다리가 바로 간이침대에 부딪쳐 겨우 상체만 뒤로 젖힐 수 있었습니다. 이런 자세로 그는 나를 마주 보았습니다. 그리고 내가 손을 들어 올려 드러난 죄수의 얼굴을 갈겼습니다. 침대 위에 뻗은 그가 나를 올려다보았습니다. 두려움이 없지는 않았지만, 그 얼굴에는 분명한 만족감이 드러나 있었습니다. 내가 틀리지 않았다면 무언가 비밀스러운 반항을 하는 것처럼 보였습니다.

하지만 나는 더 이상 그에게 관심을 두지 않았습니다. 감방에서 돌아 나와 떨리는 손으로 아주 힘겹게 문을 잠갔습니다. 그리고 마치 마쳐야 하는 장송곡에 맞춰 행진하듯, 느릿느릿 복도를 지나 내 방을 향해 걷기 시작했습니다…….

자, 이건 당신이 요구하는 만큼의 에피소드입니다. 그 '순수한 행동'(내 기억이 맞죠?)은 결코 낫지 않는 상처입니다.

그 밖에 이 에피소드로서 3만 명의 주검을 향한 길이 열린 것처럼 보입니다.

사건을 순서대로 이어 가기 위해서 다음 날 아침 나에게 일어난 일을 연결해서 말하겠습니다. 당일 명령을 알리는 숨 막히도록 엄숙한 순간에 갑자기 나는 바닥에 드러누웠습니다. 그러고는 몇 주, 몇 달 동안 누워 있었습니다. 심지어 꿈에서도, 고집스럽게 무언가를 견뎌 내며, 충분히 밝혀지지는 않았지만 병에 걸려 등장한 새로운 존재로 누워 있었습니다. 다시 말해 나는 되고 싶었던 사람이 되어 있었습니다. 미친 사람이 되는 것은 당시 내가 나 자신을 위해 찾아낸 유일한 피난처였습니다. 또 다른 방법은 나를 가두도록 도발하는 것이었습니다. 그렇지만 정말 감금되기를 원했는지는 모르겠습니다. 나 자신도 알지 못할 정도로 비밀스럽게 갇힌다면 너무나 끔찍한 일이 벌어질 테니 갇히고 싶지는 않았을 것입니다. 내가 얼마나 여러 종류의 감방에 갇혀 있었는지, 얼마나 많은 벌을 받았는지, 얼마나 경멸을 당했는지는 다 말하지 않겠습니다. 그러고 나서야 마침내 병원에 머무르게 되었습니다. 이곳에서는 전문적인 검사가 이루어졌습니다. 미친 척하는 것일 수도 있었으니까요. 하지만 나는 단호한 논리에 따라 연기를 계속했습니다. 최종적으로 모든 것은 우리가 결정한 일이 얼마나 확고하냐에 달려 있습니다. 그리고 나는 경험을 통해, 인간은 어떤 경우에도 의지만 있다면, 겁이 날 정도로 쉽게 미칠 수 있다는 것을 알았습니다. 그러나 이것을 해결로 볼 수 없다는 것을 인식해야 했습니다. 내가 그것을 가치 없게 여겼기 때문은 아닙니다. 그보다는 오히려, 정상적인 내 인생이 미친 사람의 인생과 별반 다를 것이 없게 되었기 때문입니다. 그 후 갑자기 검사가 중단되었고, 그들은 잠시 나를 편하게 두었습니다. 그러고는 날조한 구실을 대면서 서둘러 나를 병원에서 쫓아냈고 군 복무도 면제해 주었습니다. 요사이 여러 곳에서 듣는 것처럼 변화의 결과였습니다.

그래서 나는 지금 여기에 내 이야기를 가지고 서 있습니다.(정확하게 말하면 앉아 있습니다.) 그 이야기로 무엇을 시작해야 할지 알지 못해서 당신에게 전달하려고 합니다. 회복 불가능한 최종 결과는 아무것도 없었습니다. 그들은 나를 죽이지 않았고 나도 살인자가 되지 않았습니다. 이렇게 해서 모든 연관성이 깨졌고, 확실히 알 수 없는 무언가가 폐허 속에 흩어졌습니다. 나는 점점 더 깊은 폐허 속으로 들어가, 그 속에 내 모습을 감추려고 애를 씁니다. 달리 무엇을 할 수 있겠습니까? 나는 당신이 은혜라고 표현한 길로 출발할 수가 없었습니다. 기껏해야 내가 이야기한 만큼의 길을 걸을 능력이 있었을 뿐입니다. 그런데 그러는 동안 내가 가진 힘을 모두 잃어버리고 말았습니다. 압니다, 저기에도 가능한 길이 있음을. 하지만 이미 나는 갈 수 없는 길이기에, 그 기회를 날려 버렸다고 말하겠습니다. 적어도 순간적으로라도 말입니다. 이 길고 어려운 순간에 운명은 잠시 오후의 휴식을 보내고 있습니다. 이렇게 해서 나는 군중 속에 숨어 살고 있습니다. 이미 말했다시피 행복한 익명 속에 살고 있습니다. 나는 신문 기사나 코미디극을 씁니다. 열심히 노력하면 분명히 무언가를 전달할 수 있겠지요. 그러나 누구에게도 나에게 일어난 일은 이야기할 수 없습니다. 사람들은 이해한다며 그건 아무 일도 아니라고 말하거나 엄중하게 심판할 것입니다. 하지만 내게 필요한 것은 둘 중 어느 것도 아닙니다. 변할 수 없는 것은 무엇으로도 변화시킬 수 없기 때문입니다. 무언가 다른 것이 필요합니다. 그리고 또다시 당신이 한 말이 내 머리를 채웁니다. 당신이 사용했던 의미와는 다른 의미를 가진 은혜라는 말말입니다. 하지만 그 말은 그 어떤 말보다도 멀게만 생각됩니다. 거칠게 몸수색을 할 때의 소음에 난감해할 때 내 마음속에는 두려움이 밀려옵니다. 두려움을 두려워하는 것이 아닙니다.

비겁하다기보다는 무언가 다른 것입니다. 가끔 나는 이렇게 느낍니다. 내 마음에 있는 것 가운데 가장 훌륭한 것은, 가끔은 다른 곳으로 이끌어 주기도 하는 두려움이라고. 믿을 수 있는 것은 오직 그것뿐이라고. 표현이 잘못됐군요. 그 두려움은 나를 어떤 곳에서 벗어나게 해 줍니다. 그것이 나를 다른 곳으로 데려가지 않는 순간에도…….

그러나 이미 이것은 당신의 관심사가 아닙니다. 당신은 모든 것 위로 판결을 내리고 끔찍한 아늑함으로 구성된 세상 속에 갇혀 삽니다. 모든 살아 있는 일과 모든 살아 있는 출구를 거부합니다. 오직 은혜라는 이름으로만 외부와 연결되지만, 은혜란 실제로는 당연히 영겁의 벌과 같은 형식이고, 다른 각도에서 보면 전혀 옳지 않기 때문에, 그렇게 지내는 것이 완전히 옳을지도 모른다는 점을 인정합니다. 왜냐하면 그것은 그렇게 쉽고 단순하지 않기 때문입니다. 만약 다른 각도에서도 그렇게 쉽고 단순하다면…….

쾨베시는 여기서 갑자기 글쓰기를 중단했다. 아마도 꼬리에 꼬리를 무는 혼란스러운 생각 속에 얽혀 들어갔거나, 하필이 순간 그 생각에서 벗어날 능력이 없다고 느꼈을 수도 있다. 십중팔구 약간 피로를 느꼈고, 그와 더불어 갑자기 인내심까지 잃은 게 틀림없다. 그는 이미 빽빽하게 글을 쓴 종이 너머에 한참 동안 앉아 있었다. 마치 또 한 번 보내지 말까 하고 고민을 하는 것 같았다. 그러더니 재빨리 종이를 들어 4등분으로 접고는 봉투를 찾는 듯이 머뭇거리며 주위를 둘러보았다.

당연히 봉투는 없었다. 마침내 그는 편지를 주머니에 넣고 서둘러 집을 나섰다.

그는 이미 목표 지점에 가까이 접근하고 있었다. 쾨베시는 편지를 직접 수취인 집의 문 밑으로 밀어 넣기로 결심했다. 좁고 번잡한 길에서 무언가가 그를 멈추어 서게 했다. 그는 사람들 속에 숨어서 고개를 이리저리 돌리며 틈을 찾았다. 건너편에 늙지도 젊지도 않은 여자가 급하게 걸어가는 모습을 살피기 위해서였다. 슬퍼 보이는 두 개의 긴 주름이 있는 얼굴은 아주 오랫동안 보지 못한, 깨끗하고도 낯익은 얼굴이었다. 그녀의 옆에(그녀의 뒤에 약간은 떨어진 채) 몸집이 좋은 남자가 따라가고 있었다. 정수리에 머리가 없는, 계란처럼 길고 통통한 얼굴이 보였다. 금방 알아보지 않을 수 없는 얼굴이었다. 하지만 그는 남자를 한 번에 알아보지 못했다. 그는 제자리에서서 움직이지 않았다. 남자의 얼굴에서 무언가가 사라진 듯했다. 다른 때에는 눈에 아주 잘 띄었고, 오해할 수 있게 만들었던 것이. 무엇이 사라진 걸까. 몇 분이 지나서야 쾨베시는 알아냈다. 놀라서 서늘해진 입술로 혼자서 중얼거렸다. "정신이 나갔어."

이 순간 그 남자가 느닷없이 어느 가게의 진열대 앞에 멈추어 섰다. 유리 뒤에 맛있는 단 빵, 케이크, 미뇽이 전시되어 있는 빵 가게였다. 한 걸음 더 가다가, 남자가 따라오지 않는 것을 알아차린 여자가 걸음을 멈추고 돌아섰다. 쾨베시는 그녀가 뭐라고 말하며 남자에게 머리를 끄덕이는 것을 보았다. 계속 가야 한다고 깨우쳐 주는 것 같았다. 그러나 남자는 분명하고 완강하게 버텼다. 아이처럼 몸을 구부리고 팔을 벌리고, 여자를 다시 진열대 쪽으로 끌고 갔다. 결국 여자는 따라갔고 가볍게 머리를 흔들면서 남자와 함께 가게로 들어갔다.

쾨베시는 이 순간 당황해서 복잡한 인도 한편에, 혼란 속에 서 있었다. 그 후 그는 급한 걸음으로 도시로 내달렸다. 마치 길 위에서 본 그 불편한 광경을 떨어 내고 싶은 듯이. 잠시 후 오히려 잘 보존해야만 한다는 느낌, 그 속에 숨어 있는 교훈을 깨달음이 필요한 순간에 꺼내야 한다는 느낌이 살그머니 다가왔다.

편지는 그의 주머니에 남아 있었다.

L

쾨베시는 기차가 왜 연착되는지 조사해서 기사를 쓰라는 지시를 받았다. 기차는 언제나 연착했다. 모두가 익숙해진 일인데 새삼스럽게 취재를 해야 한다니, 아무래도 이상했다. 그는 철도에 대해 아는 게 없었다. 또 거의 기차를 타지 않았기 때문에 연착하든 말든 신경 쓰지 않았다. 벌써 이틀째 기사에 필요한 기본 지식을 얻기 위해 여러 사무실을 돌아다니는 중이었다. 새로운 내용이 없다는 비난이 쏟아지지 않도록 연착에 대한 일반적인 의견과 부정할 수 없는 변명을 담은 기사를 써야 했다. 어떤 역에서는 내부 구역까지 들어갔고, 복잡한 선로 변환기와 신호기들도 관심 있게 살펴보았다. 가끔은 유감을 표하며 객차 상태와 기관사의 고충까지 토로하는 철도청 고위 관계자들의 설명을 듣다가 졸기도 했다. 그러다 자신이 멀리 떨어진 선로 위를 질주하는 기차(혹은 지금 바로 출발하지 않는 몇몇 기차)에게 신호를 보내는 사무실에 있는 것을 깨달았다. 쾨베시는 그런 일을 하는 담당 과장과 이야기를 나누어야 했다. 담당 과장은 복잡한 도표 위에서 다양한 빛과 심지어 각양각색의 신호음이 들리는 가운데 한꺼번에 여러 대의 기차에 신호를 보냈다. 그러면서 쾨베시에게 자기가 말을 걸 때까지, 잠시만 기다려 달라고 했다.

하지만 사람들은 쾨베시가 와 있는 것을 잊어버린 듯 보였다. 기차를 정리하는 과정에서 예전에는 보지 못한 어려움을 발견한 탓일 수도 있다. 어쨌든 쾨베시는 한참 동안 창문이 없고, 간신히 희미한 빛을 비추는 네온등이 달린 좁고 인적이 드문 복도를 위아래로 왔다 갔다 했다. 복도의 한쪽 끝은 벽이고, 반대쪽은 여기서 보기에 길게 이어지다가 90도 각도로 꺾였다. 이렇게 볼 때 쾨베시는 L자 모양 복도의 아래쪽 짧은 부분에 머무르고 있었다. 그 자신도 이미 한참 전부터 여기서 무엇을 찾는지, 누구를 기다리는지, 무엇을 기다리는지 생각하지 않는다는 것을 잊고 있었다. 그랬다. 요컨대 기다리는지 아닌지, 혹은 그가 다른 곳에 있을 수도 있듯 우연히 여기 있는지 생각하는 것도 잊고 있었다. 이와 더불어 쾨베시는 약간 특이한 분위기 속에 있었다. 오늘은 모두가 원래보다 갑자기 날카롭고 정신없고 산만하며 들떠 있었다.(쾨베시가 보기엔 그랬다.) 아침에 남쪽 바다에서 출발하려고 하는데 그 전에 든든하게 아침 식사를 먹은 그의 귀에 깜짝 놀랄 만큼 요란한 소리가 들렸다. 이렇게 이른 시간에도 '왕관 없는'의 식탁에는 사람들이 몰려 있었고 '왕관 없는'은 식탁의 상석에 앉아 천을 하나 펼치고 있었다. 긴 아마 천으로 양 끝에 나무 대를 붙여 팽팽하게 해서 위로 들어 올릴 수 있게 만든 것이었다. 그들은 이제 막 천을 위로 들어 올리려는 참이었다. 천에는 색색으로 "우리는 살고 싶다!"라는 글자가 화려하게 수놓아져 있었다. 종업원 하나가 그쪽으로 뛰어가 가게 지배인의 말을 전달했다. 다른 손님들이 편안하게 계실 수 있도록 소란을 자제해 달라는 부탁이었다. 그 후 사무실을 돌아다니는 동안에도, 쾨베시의 귀에는 평소보다 약간 더 혼잡한 도로에서 남쪽 바다에서 처음 보았던 그 두 단어가 계속해서 들려왔다. 토론하는 간부들 사이에서도 흥분의 징후가 보였다. 지금 논의하는 것과 연관된 사고는 걱정스러운 내용이었지만 간부들은 때때로 미소를 짓고, 생각에서 벗어나거나 잠시 입을 다물고는 창가 쪽으로 귀를 기울여 거리에서 들리는 소음을 들었다. 이 모든 것은 쾨베시에게도 명확하게 말로 표현할 수 없는 어떤 영향을 미치고 있었다.

그는 이 긴장과, 이 각오가 무엇을 위해 준비된 것인지 알 수 없었다. 그래서 모든 사소한 것들을 불필요하게 과장했다. 쾨베시는 곧 복도를 행진하는 발자국 소리를 들었다. 만 명이 끌려갔대. 10만, 아니 100만 명일 수도 있어. 쾨베시는 어쨌든 말할 수가 없었다. 물론 현실에서는 단 한 사람만이 걷고 있었다. 이곳이 아니라 L자 모양 복도의 위쪽 긴 부분에서. 여기에서는 그쪽을 볼 수 없었다. 관리가 분명한 사람이, 분명히 자기 방에서 밖으로 나와, 분명히 다른 방을 향해 뛰어갔다. 좁은 복도에 그의 발소리가 울렸다. 그 소리를 듣자 이와 비슷하게 황폐하고 이처럼 소리가 울려 퍼졌던 상황이 분명하게 떠올랐다. 지금 같은 분위기를 참을 수가 없었다. 그는 오롯이 무언가를, 말하자면 이 울려 퍼지는 발자국 소리의 소용돌이를, 행진의 끌어당김 같은 것을 느꼈다. 그것은 실제로 그를 어지럽게, 휘청거리게, 저항할 수 없게 하면서 앞으로 나아가는 행렬의 물살에 합류하게 했다. 그랬다. 많은 사람들이 있는 그곳에서(단 한 명의 관리가 걸어가는 소리를 쾨베시는 어느새 많은 사람들이 걸어가는 소리로 듣고 있었다. 게다가 그는 벌써 많은 사람들을 실제로 보고 있었다.) 온기, 안도감, 불가항력, 끊임없이 밀려드는 발걸음 소리, 영원한 망각을 안겨 주는 희미한 행복이 쾨베시를 기다리고 있었다. 쾨베시는 그 사실을 한순간도 의심하지 않았다. 그런데 바로 이 순간 복도에서 무언가 다른 것도 보았다. 희미한 모습은 그가 꿈에서 만난, 숨이 막혀 헐떡이던 사람과 비슷했다. 쾨베시의 눈에는 그 숨 막혀 하는 사람이 군중처럼 보였지만 그렇지 않을 수도 있었다. 그동안 실제로 본 것보다, 더 잘 보이는 느낌이 들었기 때문이다. 그의 고독한 삶이, 내팽개쳐지고 주인 잃은 인생이 거기서 허우적거리고 있었다. 이 순간 쾨베시는 모든 것을 관통하는 명확함으로 그의 시간이 다 지나가, 이곳에서의 시간을 마칠 때가 되었다고 느꼈다. 뛰어내릴 것인지 말 것인지를 선택해야 했다. 그렇다. 이미 선택할 필요도 없다는 어두운 위안이 밀려왔다. 뛰어내리면 간단할 일이었다. 달리 할 수 있는 일이 없었으니, 그는 뛰어내릴 것이다. 물론 그는 이것이 마지막 추락임을 알았다. 숨을 헐떡이는 사람이 자신과 함께 그를 데리고 갈 것이다. 그러나 누가 알겠는가? 그들이 얼마나 오랫동안 깊은 곳에서 싸워야 할지. 또 누가 알겠는가? 다시 노력하면 그들이 앞으로 언젠가 햇살 위로 올라오게 될지.

그가 언제까지 복도에 머물렀는지, 언제까지 이 특별한 느낌에 사로잡혀 있었는지는 모르겠지만 결코 일시적인 느낌은 아닌 것 같았다. 이 기분은 어떤 갑작스러운 동요처럼 그에게 닥쳐와, 외부에서부터 그를 덮쳤다. 쾨베시로서는 분명하게 표현할 수 없는 기분이었다. 사실 쾨베시에게 이렇듯 격한 상태와 비슷한 흥분을 일으키게 만든 발자국 소리는 여전히 사라지지 않고 있었는데, 문이 열리고 그를 호명하는 소리가 들렸다. 쾨베시는 안으로 들어갔고 기차의 연착 원인 말고는 그 무엇에도 관심이 없는 사람처럼 행동했다. 그는 도표를 샅샅이 훑어보고 설명에 끝까지 귀를 기울였다. 그 자신도 질문을 하고, 머리를 끄덕이고, 미소를 짓고, 악수를 하고, 헤어진 것을 아는지는 모를 일이지만, 이 모든 것은 그를 전혀 방해하지 않았다. 자신에게 일어난 일이 아닌 듯 관심을 갖지도 않았다. 더 정확하게 말해 그것은 그에게만 일어난 일이었다. 계단을 뛰어내려 거리로 나서는 동안, 갑자기 그는 이것을 알게 되었다. 그에게 무언가 되돌릴 수 없는 변화가 일어났다. 일어났고 일어나게 된 모든 일이 그에게 일어났고 일어나게 되었다. 그의 현존재를 찌르는 자각 없이는 더 이상 아무 일도 일어날 수 없었다. 그렇지만 그는 아직 살고 있다. 보라, 그는 인생을 이미 거의 다 살아 냈다. 쾨베시는 자기에게도 너무나 낯설게 느껴지는 그 인생을 멀리 떨어진, 완결되고 완전하게 순환하는 이야기의 형태 속에서 힐끗 보았다. 그는 이 장면이 마음에 불러일으킨 것을 이야기에 담을 수 있기만을 바랐다. 자신이 구원받을 수 없다면, 그의 이야기만이라도 구원받기를 희망했다. 그는 어떻게 사슬에서 풀려난 동물처럼 인생의 무게에서 벗어나, 여기저기 배회하고 숨어들 수 있다고 상상했을까? 그러나 그럴 수는 없었다. 그는 앞으로도, 시선을 고정하고 거친 눈으로 놀라워하고 불신하면서 이 존재를 바라보고 또 바라보며 살아야 한다. 마침내 어느 순간 이미 이 사람의 인생에 속하지 않는 무언가가 자기 내부에 있다는 것을 깨달을 때까지. 그런데도 그것을 눈치채지 못했음을 깨달을 때까지 바라보아야 한다. 대참사처럼 명백하고 본질을 강요하고 확실하고 완성된 무엇을 깨달을 때까지. 차가운 수정처럼 이 인생에서 서서히 떨어져 나간 무엇을 깨달을 때까지. 누구라도 그 최종적인 형태를 바라보기 위해, 또한 자연의 어떠한 놀라운 창작품처럼 바라보기 위해 이것을 가져갈 수도 있고, 관찰하라며 다른 사람의 손에 넘겨줄 수도 있다…….

그렇게 쾨베시는 길을 달렸다. 때로는 멈추었다가 때로는 미친 듯이 다시 목적 없이 달렸다. 그러는 동안 그는 자기 앞에 목표를 정한 듯이 보였다. 물론 가끔은 장애물에 발을 헛디뎠음을 알아채기도 했다. 사람들과 군중을 피해야 했다. 길에는 사람들이 많았고 그들의 소음은 상당했다. 쾨베시는 행진하는 사람들을 보았다. 이번에는 진짜 행진하는 사람들이었다. 행렬 사이에 높이 솟아난 표지에 "우리는 살고 싶다!"라는 문구가 보였다. 그 문구를 보자 햇살을 보며 반가움을 느끼듯, 쾨베시는 즉시 밝고 행복한 반가움을 느꼈다. 혼자서 햇살을 즐길 수 있는 것은 아니었지만, 그는 해를 향해 특별히 대단한 관심을 기울였다. 정말 늦은 시간이었는데도 그 저녁은 여전히 환했다. 집으로 가는 길목으로 들어섰을 때, 고함을 치는 사람들 사이에서 그의 이름을 부르는 소리가 들린 것 같았다. 하지만 누군가가 그의 팔을 잡았고, 그제야 그는 소스라치며 깨어났다. 시클러이는 지금 막 쾨베시의 집에 다녀왔으며, 그에게 보내는 쪽지를 '주인 여자'에게 맡겼다고 했다. 그 후 이 길을 아래위로 뛰어다니며 잠시 이곳에서 그를 기다리다가, 이제는 더 이상 기다리지 못하겠다고 막 결정을 내리던 참인데 쾨베시가 나타났다는 것이다.

"친구."

그는 몹시 흥분한 듯이 외쳤다. 그의 얼굴은 엄숙했고, 기름칠이 된 나뭇조각처럼 날카로운 윤곽이 새겨져 있었다.

"얼른 결심하고 준비해. 밤에 화물차를 타고 데리러 올게!"

"무슨 화물차?" 쾨베시가 멍하게 물었다.

자신에게 말을 걸고 그 팔을 잡고 있는 것을 완전히 확신하지 못하는 사람처럼. 그에게 말을 걸고, 그 팔을 잡고 있지만, 정말 그 사람이 자기 자신인지 아닌지 완전히 확신하지 못하는 사람처럼. 결국 시클러이는 조바심을 내며 그에게 화를 냈다. 그러고는 신경질적으로 쾨베시의 놀란 모습을 보며 웃음을 터뜨렸다. 시클러이는 무슨 일이 일어났는지 설명할 수밖에 없었다. 도시 전체가 들고일어났고, 소방청이 해체되었으며, 군인들도 집으로 갔고, 남쪽 바다는 문을 닫았으며, 표면상으로 국경에 보초가 없다고. 아주 오래전부터 의식했거나 혹은 의식하지 못했거나 어떠한 희망도 부정하는 이 도시로부터, 모든 희망이 잘못되었다고 증명하는 삶으로부터 도주하기 위해서 이런 기회를 기다려 온, 그와 시클러이 같은 사람들이 지금 '모두 모여' 화물차를 마련해서, 어둠을 틈타 떠나기로 했고, 쾨베시를 데리고 가려 한다고.

"어디로 가는데?"

쾨베시가 이해하지 못하고 물었다. 시클러이는 화를 내며 멈추어 섰다. 그러다가 거의 뛰듯이, 어느새 출발했다. 그러나 쾨베시는 정말 어디로 가는지 알지 못했다. 그는 기계적으로 집으로 향하는 길로 접어들었다.

"어디든 똑같지 않겠어?" 시클러이는 이제 화를 냈다. "어디를 가나 똑같다고!" 시클러이가 다시 떠나려다 덧붙였다. "외국으로 갈 거야."

이 말이 갑자기 쾨베시의 귀에 축제의 종소리처럼 울렸다. 그는 잠시 뒤 말없이 머리를 숙이고 시클러이에게 다가갔다.

"난 못 가겠어. 미안해." 쾨베시가 말했다.

"왜 못 가는데?" 시클러이가 당혹감을 드러내며 다시 멈춰 섰다.

"넌 자유로워지고 싶지 않아?" 그가 물었다.

"자유로워지고 싶어." 쾨베시가 말했다. "문제는 바로……."

미안하다는 듯이 그가 웃었다. "내가 소설을 써야 한다는 거야."

"소설을?" 시클러이가 놀란 얼굴을 했다. "하필 지금? 나중에 다른 곳에서도 쓸 수 있잖아."

잠시 뒤에 그가 이렇게 말했다. 쾨베시는 계속 알 듯 모를 듯한 미소를 지었다.

"그래, 하지만 내가 아는 언어는 하나뿐이야." 그가 불안해하며 말했다.

"앞으로 다른 언어도 배우면 되지." 시클러이가 손을 들어 말을 중단시켰다.

그는 더 이상 참지 못하고 발을 동동거리고 있었다. 정말 급한 임무가 그를 부르고 있다는 듯이.

"그 언어를 익히기 전에……." 쾨베시가 말했다. "내가 쓰려던 소설을 잊어버릴 것 같아."

"그러면 다른 소설을 쓰면 되잖아." 더 이상 참지 못하겠다는 투로 시클러이가 말했다.

쾨베시는 이해시키려는 희망에서가 아니라, 자신의 논리를 위하여 분명하게 확인했다.

"나는 나만 쓸 수 있는 소설을 쓸 거야."

이 말을 들은 시클러이는 아무 말도 하지 않았다. 더 이상 반박할 말을 찾아내려 하지도 않았다. 그들은 잠시 아무 말 없이 길 위에 마주 서 있었다. 그들 주위에서 "우리는 살고 싶다!"라는 고함 소리가 울렸다. 그런 다음 먼저 움직인 사람은 시클러이였을까, 쾨베시였을까? 그들은 서둘러 포옹을 했다. 그리고 시클러이는 사람들 속으로 사라졌다. 쾨베시는 모퉁이를 돌아 느린 걸음으로 반대 방향으로 출발했다. 앞으로 다가올 모든 고통과 치욕을 예감하기에 벌써 서두를 필요는 없다는 듯이.

9장

이제 끝마치자

물론 끝이란 것은 존재하지 않는다. 이미 우리가 알고 있듯 그 무엇도 절대로 끝에 도달하지 않는다. 계속해야 한다. 계속, 계속, 두 살인자가 이야기를 나누듯 비밀스럽게 비위가 상하는 속내를 털어놓아야 한다. 비록 우리가 해야 하는 말이, 살인을 불필요한 통계 자료에 의해 단순화시키는 것만큼이나 따분하고 무미건조하더라도, 시간이 흘렀고, 쾨베시가 소설을 완성했다고 말해야 한다. 그는 깨끗하게 타이핑한 원고를 무슨 요청서처럼 출판사에 전달했다. 어느 화창한 날 집배원이 두툼한 소포를 그에게 배달했을 때 쾨베시는 손에 잡히는 감촉을 통해 그것이 자신의 소설임을 바로 알아차렸다. 봉투를 뜯어 보니 원고 뭉치 옆에 편지가 하나 들어 있었다. 몇 마디 불친절한 말이 등장해서 그의 소설이 출판에 부적당한 것으로 판명되었다는 사실을 알려 주었다.

바로 이 순간, 마치 어둠 속으로 데려가는 절벽의 비탈 위에 있는 것 같은 바로 이 순간, 그의 인생이 멈춘 이 순간, 우리는 쾨베시에게 관심을 기울인다. 그러나 그것은 찰나의 순간이었을 뿐, 오랜 시간은 아니었다. 그는 아직도 현관에 서 있다. 손에는 자신의 소설을 들고, 얼굴에는 상처를 입었지만 모든 것을 예상한 듯한 미소를 짓고 있다. 통상적으로 그는 운명을 향해 찌푸린 얼굴을 하고 있다. 사실 그는 아주 심각한, 아마도 극복할 수 없는 일격을 당했다고 생각한다. 아래로 치닫는 사신의 길로 들어서기로 결심하기 직전 그는 잠시 쉬는 듯이 좌절감 속으로 몸을 움츠린다. 마치 날개가 부러져 아픈 독수리가 둥지에 몸을 움츠리듯이. 그러나 그 독수리는 아직 날카로운 눈길로 약탈이 끝난 뒤 진실과 자기 합리화가 유린한 들판을 샅샅이 훑어보고 있다. 그러나 마침내, 우리는 그가 떠나야 할 시간이라고 말한다. 잘 살핀다면 길가에서 괜찮은 꽃을 발견할 수도 있다. 물론 눈에 덮인 에델바이스에 비할 바는 아니겠지만. 그는 무엇보다 먼저 출판사가 옳았는지 아닌지를 판단해 볼 것이다. 자신이 좋은 책을 썼는지 나쁜 책을 썼는지 판단하려고 말이다. 그리고 그의 관점에서(비록 결함은 있지만, 그가 세상을 바라볼 수 있는 단 하나의 관점에서) 그 책이 그렇게 되어야 했던, 바로 그런 책이었다고 생각한다면, 출판사의 평가는 아무 상관이 없다는 것을 깨달을 것이다.(앞으로 깨닫게 될, 이러한 인식은 분명히 기대하지 않았던 놀라움을 줄 것이다.) 글을 씀으로써 또한 글을 쓰는 동안에 겪어 낸 것들이 그 소설보다 더 중요했기 때문이다. 이것은 선택이었고 투쟁이었다. 더 정확하게 말해서 그에게 주어진 것은 바로 그런 종류의 투쟁이었다. 자기 자신과 그 운명과 마주하는 자유, 주변을 압도한 힘, 부득이하게 파묻힌 음모. 만일 이것이 작품이 아니라면, 대체 어떤 것이 인간의 작품이란 말인가?

그다음은 어떻게 되었을까? 해피엔드가 기다린다. 골방의 바닥에서 그는 책이 출판되었다는 사실을 알게 된다. 순간 고통 가득한 탄식과 함께 슬픈 향수와, 가라앉힐 수 없는 좌절의 달콤한 기억들이 다시 생생히 밀어닥친다. 고통이 그를 먹어 치우고, 금지된 희망을 키워 냈던 시간을 다시 생생히 맛본다. 그 시간은 후일, 서류함 앞에 서서 생각에 잠겨 있는 노인이 더 이상 함께할 수 없는 시간이다. 한 번의 모험, 영웅적인 시대가 옛날에, 그리고 영원히 끝났다. 그것이 그의 인격을 대상이 되도록 변화시켰고, 끈질긴 그의 비밀을 일반화하여 약화시켰으며 말로는 표현할 수 없었던 그의 현실을 상징이 되도록 증류시켰다. 그만이 쓸 수 있었던 그 소설은 집단의 운명을 함께하는 다른 많은 책들 사이에서 어쩌다 한 번이라도 구매자의 눈길이 자기에게 다가오기를 기다릴 것이다. 그의 인생은 자신을 완전히 소진시키고 초라한 뼈로 남을 때까지, 미사여구를 벗어던지고, 그의 인생에서 해방되어 책을 쓰고 또 쓰는 그런 작가의 인생이 될 것이다. 동화가 말하는 대로, 우리는 시시포스를 행복한 사람으로 기억해야 한다. 그래야 정확하다. 그를 위협하는 것은 은혜다. 시시포스, 그리고 그의 임무는 영원히 계속된다. 하지만 바위는 불멸하는 것이 아니다. 울퉁불퉁한 길에서, 수도 없이 구르는 동안 마침내 닳아 버린 회색 돌덩이를 시시포스는 즐겁게 휘파람을 불면서 자기 앞에 있는 먼지 더미 속으로 차 넣는다.

그는 그것을 어떻게 할까? 그는 분명 몸을 구부려 돌덩이를 주워 올리고, 주머니에 넣어 집으로 가져갈 것이다. 돌은 그의 것이기 때문이다. 어느새 그를 기다리는 한가한 시간이 되면 그는 분명 가끔씩 꺼내 볼 것이다. 정상의 높은 곳으로, 위쪽으로 굴려 올리기 위해 갖은 애를 썼던 일은 당연히 우습게 생각될 것이다. 그러나 그는 백내장에 걸려 침침한 눈으로 마치 지금 그 부게와 촉감을 저울질하듯 그 돌을 살피고 또 살펴본다. 떨리고 무감각한 손가락으로 돌을 움켜쥔다. 그리고 마지막 순간까지 계속해서 그 돌을 쥐고 있을 것이다. 그가 생명을 잃어 서류함 맞은편에 놓인 의자에서 굴러떨어지는 순간까지.

작품 해설

『좌절』은 『운명』의 후속 작품이다. 임레 케르테스의 운명 시리즈는 전체 4부작으로 구성되는데 『좌절』이 중간에 위치해 있다. 이 작품에서 작가는 주인공 쾨베시가 아우슈비츠 이후 어떻게 생활하며 어떻게 삶을 지켜 나가는지를 우리에게 보여 준다. 한마디로 아우슈비츠에서 살아남은 그는 이후 아우슈비츠가 그의 인생의 한 부분이었음을 이해하고자, 받아들이고자 투쟁을 하게 되며, 이러한 투쟁에서 계속 실패한다. 그러나 놀라운 점은 작가는 이러한 기나긴 실패 끝에, 마침내 자신의 삶을, 자신에게 닥쳤던 불행한 시간을 객관적으로 바라보게 된다는 것이다.

이 작품은 여러 가지 면에서 독자에게 쉽게 읽히지 않으려고 노력한다. 다시 말해 여러 가지 교묘한 장치를 사용하여 독자에게 생각할 것을, 곰곰이 숙고해 줄 것을 요구한다.

우선 사건을 이야기하는 화자가 주인공이 아니라는 점부터 살펴보겠다. 일반적으로 이럴 경우 3인칭 전지적 작가 시점으로 기술되었다고 말할 수 있다. 하지만 화자는 주인공의 마음을, 사건의 진행을 모두 알고 있지 못하다. 그래서 주인공의 행동과 마음 변화를 묘사할 때 확정적인 표현을 쓰지 못하고 '……하는 듯하다', '……처럼 보인다'라는 표현을 수없이 사용한다. 우리는 주도적인 태도를 지니고 삶을 살아가지만, 인간은 사실 일 분 후에 일어날 일도 예견하지 못하는 존재이다. 작품 속의 화자 역시 이런 한계에 갇힌 인물로서, 주도적으로 주인공의 행동과 사건을 진행시키지 못한다. 인간의 삶이 얼마나 비의도적이고 우연적으로 흘러가는지를 보여 주는 작가의 장치라 할 수 있다.

또한 원본에서는 한 문장이 거의 8행 이상으로 연결될 정도로 길다. 단언하거나 한마디로 정의되지 않도록 비교적 다양한 관용어와 추측성 술어들을 가지고 한 대상과 사건을 기술한다. 게다가 문장 중간에 괄호가 계속해서 나온다. 앞에 제시한 단어, 상황, 사건에 대해 자세하게 설명을 붙이는 경우도 있지만, 그와 정반대의 시각과 대비되는 정의가 나열된다. 이것은 작가가 자신의 삶을 숙고하는 과정에서 나만의 시선이 아니라 타자의 시선으로, 나만의 생각이 아니라 타자의 생각으로 사건과 상황을 반복해서 되짚어 보았음을 알려 준다.

소설의 구성에 대해서도 이야기하고 싶다. 소설의 첫 부분에서 독자들은 사건은 진행되지 않은 채 지루하게 이어지는 늙은 작가의 회고를 따라가야 한다. 책을 읽는 독자들에게 이 책을 끝까지 읽을 수 있을까 하는 의구심이 들게 하는 부분이다. 하지만 1장부터 8장까지는 비교적 쉽게 읽을 수 있다. 첫 부분이 작가의 현재라면, 1~8장은 작가가 반추하는 자신의 과거이다. 영화에서 주인공이 과거를 반추하면서 갑자기 시간이 현재에서 과거로 돌아가는 것을 본 적 있을 것이다. 『좌절』의 구성도 바로 그렇다. 만약 첫 부분을 읽기가 힘들다면 1~8장을 읽은 다음 앞으로 되돌아오는 것도 좋은 방법이 될 것이다.

시간의 변화를 이해했다면, 1장에서 주인공 쾨베시가 친구를 찾아 열여섯 시간이나 비행기를 타고 낯선 외국으로 갔는데, 자기가 떠났던 부다페스트라는 도시에 도착하게 되며 그것도 현재의 도시가 아니라 이삼십 년 전의 과거라는 전제 조건에 그다지 당황하지 않을 것이다. 과거의 삶을 살펴보기 위해서 과거로 돌아간 것이니까. 한 가지 이상한 점은 과거로 돌아간 쾨베시가 자신이 누구인지, 어디에서 무엇을 하던 사람인지를 전혀 모른다는 점이다. 자신이 잠시 외국에서 근무하다가 돌아온 신문기자라는 사실을 그는 알지 못한다. 아무것도 알지 못하는 백지 상태에서 시작하는 삶은 혼란과 공포를 유발한다. 아마도 이것은 우리 모두가 살아가면서 느끼는 감정일 것이다. 앞으로 자신에게 무슨 일이 일어날지 아는 채로 사는 사람이 있을까? 우리 모두는 어떤 정보도 없이, 미리 연습하지 못한 상태로 인생을 살아가고 있다. 작가는 아우슈비츠에서 살아 돌아온 쾨베시가 넋이 빠진 채로 재적응하는 과정을 보여 주기 위해 이러한 상황을 설정하고 있는 것이다.

쾨베시는 자신이 선택하는 삶이 아니라, 이미 예정된 삶 속에서 살아간다. 1~8장은 그가 살아가는 과정을 보여 준다. 신문사에서 해고되고, 철강 공장에 취업하며, 정부 부처에 취업했다가 다시 해고된다. 이어서 군대에 징집되고, 군 감옥의 간수로 선발된다. 늘 죄수들을 배려하던 주인공은 어느 날 우발적으로 한 죄수의 따귀를 때리게 된다. 아우슈비츠에서 인간에 대한 잔인한 폭력을 경험한 그가, 절대로 이런 일은 있을 수 없다고 부정하던 그가 죄수에게 폭력을 가한 것이다. 그는 간수로 일하는 이상은 이러한 폭력에서 벗어나기 힘들 것이라 판단하고, 미친 척해서 군대를 벗어나게 된다.

이후 친구의 도움으로 산업부의 홍보과에서 일하게 된 그는 우연히 베르그라는 작가를 알게 되며, 어느 날 베르그가 읽어 준 글을 듣게 된다. 그 순간에는 전혀 이해하지 못하지만, 시간이 흐른 뒤에 드디어 베르그의 글을 이해하게 된다. 또 그가 선택한 진로와 똑같이 자신도 작가가 되겠다는 결정을 내린다. 어느 날 쾨베시는 베르그에게 자신도 앞으로 작가로서 살아가겠노라는 내용의 편지를 전해 주러 가다가 뜻밖의 광경을 보게 된다. 아내와 길을 가는 베르그를 보았는데, 그는 이미 제정신이 아니었던 것이다. 주인공은 자신도 글을 쓰다가 결국 미치거나 자살하게 되지 않을까 두려워한다.

1~8장의 내용은 위에서 살펴본대로 케르테스가 아우슈비츠에서 돌아와 작가가 되기로 결심하기까지의 과정이다. 이

과정을 읽었다면 이제는 작품의 첫 부분으로 돌아와도 무리가 없을 것 같다. 그는 이제 나이가 어느 정도 든 작가이다. 하지만 아직 작품은 하나도 출판하지 못했다. 출판하지 못할 작품을 쓰는 작가. 이것이 주인공의 현주소이다. 하지만 그는 식당에서 일하는 아내에게 생계를 맡기고, 글쓰기에 매진한다.

그는 오직 글을 통해서 자신의 삶을 증명하려고 한다. 하지만 여러 다양한 요소들이 그를 방해한다. 매일 오전 10시면 일을 시작하지만 거리에서 들려오는 소음으로 일이 중단되기도 하고, 위층에 사는 사람의 쿵쿵거리는 소리 때문에 귀마개를 하기도 하며, 아내의 귀가나 어머니의 방문과 전화 때문에 방해를 받기도 한다. 게다가 부족한 생활비를 메꾸기 위해 가끔 번역도 한다. 그래도 그는 글을 쓴다. 글을 쓰는 것. 그것이 그가 살아가는 명분이다.

작품에 등장하는 인물의 이름은 작가의 의도가 가장 많이 개입된 부분이다. 케르테스는 이름으로 주인공의 성격과 행동을 암시하는 상징 기법을 사용하고 있다. 주인공 쾨베시는 헝가리어로 '돌의', '돌 모양의', '돌과 같은'이라는 뜻을 지닌 형용사다. 고유 명사라서 그대로 번역하기는 했지만 그 뜻에 중심을 두어 우리 말 이름을 찾는다면 '바위'나 '지석(地石)' 정도일 것이다. 중요한 것은 돌처럼 단단한 성격으로, 불굴의 의지를 가지고 살아가는 사람이라는 점을 부각시키고자 했다.

쾨베시뿐 아니라 다른 등장인물들의 이름에도 특별한 의미가 있다. 쾨베시를 계속 노와주는 친구는 시글러이나. '커나란 암반(암석)의', '암반과 같은'이라는 의미다. 쾨베시가 돌처럼 단단하지만 주위의 변화에 동요하는 작은 돌이라면, 시클러이는 한자리에 안정적으로 자리를 잡고 있는 암반이다. 시클러이는 쾨베시가 글을 쓰고, 생계를 해결하도록 돕는다. 하지만 그의 과거를 모두 털어 내고 새로운 삶을 개척해 나가는 단계로까지 이끌지는 못한다.

쾨베시의 인생에 결정적인 전환을 가져오는 존재는 베르그다. 베르그는 독일어에서 유래한 이름으로 '산'이라는 의미다. 온갖 굽이와 온갖 돌과 암석을 지닌 산일 것이다. 베르그는 인생 역정을 거치면서 불굴의 의지를 산처럼 쌓아 올렸다. 그리고 그것을 글로 쓰겠다는 목표에 도전한다. 쾨베시는 그에게 감화를 받아 작가의 길로 들어선다. 쾨베시 — 시클러이 — 베르그는 각기 다른 인물이기도 하지만, 동시에 같은 인물이기도 하다.

어떻게 세 사람이 같다고 이야기하는 것일까? 그들의 거주 공간을 눈여겨보면 흥미로운 점을 찾아낼 수 있다. 가구의 배치에 대한 묘사가 지루하게 이루어지는 앞부분은 우리가 이 작품을 읽을 때 상당한 방해 요소가 된다. 마치 카메라가 한 위치에서 빙빙 돌면서 사물을 하나하나 정확하게 포착해 내는 것 같다. 노인이 사는 집의 가구 배치는 베르그의 집과 동일하다. 그런데 앞서 말했다시피 노인이 과거로 돌아가 회상하는 구성이라면, 노인은 쾨베시가 분명하다. 그런데 맨 마지막에 베르그가 노인과 같은 집에서 살면서 글을 쓰는 사람임이 밝혀진다. 더군다나 베르그의 아내 얼리즈도 노인의 아내처럼 식당 종업원이다. 결국 쾨베시, 베르그, 노인은 동일한 사람인 것이다.

그렇다면 시클러이는 왜 쾨베시와 동일 인물로 추정될까? 시클러이는 쾨베시가 신문사에서 해고되고, 작가가 되기로 결심하는 사이에만 그의 옆에 있다. 작가가 되기로 결심한 다음 시클러이는 외국으로 떠나고, 쾨베시는 고국에 남는다. 그 대신 베르그가 다가온다. 시클러이는 떠난 것이 아니라 그보다 더 강인하고 확고한 베르그로 승화되었다는 표현이 맞을 것이다.

이름을 통해 등장인물의 관계를 요약한다면, 쾨베시는 작은 돌이며 불굴의 의지를 지니고 살아 나가는 동안 조금 더 단단하고 강인한 시클러이로 성장한다. '커다란 암반의' 강인함으로 삶을 살아 나가던 주인공은 작가가 되기로, 어떤 변화에도 흔들리지 않고 자신의 삶을 글에 바치기로 결심한 베르그로 성장한다. '산'은 매일매일 글을 쓰는 일에 매진하면서, 자신의 글을 출판하여 자기가 살아 있음을 확인하고자 한다. 하지만 출판사의 출판 거부 결정은 그에게 남은 삶을 포기하게 하거나 미치게 만든다. 그러나 그는 수없는 자살 유혹과 미칠 것 같은 좌절의 상황을 이겨 내고 지금도 창작에 몰두하는 노인이다.

1~8장을 거쳐 첫 부분에 이르기까지의 시간 배열을 재구성해서 살펴보았다. 마지막 대단원은 9장이다. 이제 그는 좌절의 시간을 이겨 내고 마침내 승리했다. 자기가 선택한 감방인 골방에서 글쓰기에 몰두하던 어느 날, 도저히 이루어질 것 같지 않던 소망이 이루어졌다는 소식이 전달된다. 드디어 그

의 책 『운명』이 햇빛을 보게 된 것이다. 『운명』을 끝내고 출판하기까지의 긴 세월 동안 작가가 살아온 이력을 보여 주는 것이 바로 『좌절』이라는 작품이다.

케르테스가 아우슈비츠에서 고향으로 돌아온 것은 1945년 16세 때다. 그때부터 기자, 군 생활, 번역가, 자유 기고가로 활동하며 『운명』을 완성한 것이 1973년이었다. 그리고 출판되기까지 이 년의 시간이 더 필요했다. 자신의 수용소 경험을 작품으로 써서 출판하기까지 삼십 년이 흘렀다. 작가의 나이 46세 때였다. 아주 나이가 많은 것은 아니지만 그는 『좌절』의 첫 부분에 등장하는 것처럼 세월의 풍상을 겪은 늙은 작가다. 그는 지나간 세월을 회고하며 자신이 살아온 세월이 좌절로 일관되었음을 보여 준다. 하지만 그는 좌절의 세월을 살지 않았다. 자신이 경험한 아우슈비츠를 글로 써서 출판하고자 했던 목표를 달성했기 때문이다. 작가에게는 고난의 시간을 제공한 것이 아우슈비츠였지만, 누군가에게는 생계일 수도 있고, 고약한 병이거나 사회적 무시와 매장일 수도 있다. 어떠한 경우든 우리도 그 어려움을 지나 보내고, 살아가기 위해 정성을 다하고 있다.

평생을 치열한 작가 정신으로 산 케르테스의 작품을 번역하는 것은 어려운 일이었다. 십오 년 전에 번역한 작품을 연구 년 동안 다시 수정하여 이번에 재출판하게 되었다. 그 과정은 자신의 삶을 이해하고 받아들이기 위해 지고의 노력을 기울인 한 거장의 삶을 배우는 뜻깊은 시간이었다. 책이 출간되기까지 애써 주신 민음사의 편집자 여러분께 감사드린다. 언제나 따뜻한 마음으로 나의 존재 자체를 지지해 주는 남편과, 이제는 훌쩍 커서 엄마를 응원해 주는 우리 아이들에게 고맙다는 말과 사랑한다는 말을 전한다.

2018년 11월

한경민

작가 연보

1929년　11월 9일 부다페스트에서 목재상을 하던 유대인 가정에서 출생.

1944년　6월 30일 열네 살의 나이로 7000여 명의 헝가리 유대인들과 함께 폴란드 아우슈비츠 수용소로 끌려감.

1945년　독일 부헨발트 수용소와 차이츠 수용소에 수용되었다가 2차 세계 대전이 끝나면서 부다페스트로 귀향.

1948년　고등학교를 졸업한 후 부다페스트 엘테 대학교에 지원하였으나 진학에 실패함.

1948~1950년　부다페스트 일간지《빌라고샤그》와《에슈티 부더페슈트》의 편집인으로 일함.

1951년　신문이 공산당 기관지가 되면서 해고되어 공장에서 노동자로 일함.

1951~1953년　제철·기계 산업부 언론 부서에서 기자로 일함.

1953년 프리랜서 작가와 번역가로 일하면서 니체, 호프만슈탈, 슈니츨러, 프로이트, 비트겐슈타인, 카네티, 로트 등 철학가들과 작가들의 작품을 독일어에서 헝가리어로 번역함.

1955~1960년 이 기간 동안 쓴 여러 글에 이후에 출판된 그의 첫 소설이자 2002년에 노벨 문학상 수상에 기여한 『운명(Sorstalanság)』의 기본 사상이 나타나 있음.

1973년 13년에 걸쳐 그의 첫 소설 『운명』을 완성하고 머그베퇴 출판사에 출판을 의뢰하지만 거부당함. 그 과정에 관한 이야기가 『운명』의 후속작 『좌절(A kudarc)』에 그려짐.

1975년 그의 첫 소설 『운명』이 완성된 지 2년 만에 세피로덜미 출판사를 통해 마침내 출판되었으나 문단의 주목을 전혀 받지 못함.

1977년 임레 케르테스가 자주 사용하는 액자 소설 구조의 단편 소설 「추적자」와 「탐정 이야기」 발표.

1983년 페테르 에스테르하지와 함께 밀란 퓌슈트 상을 공동 수상하면서 그의 첫 소설 『운명』에 대한 독자들의 관심이 증가하기 시작함.

1988년 『운명』의 후속작이며 운명 4부작 중 2부인 『좌절』 발표.

1989년 티보르 데리 상과 어틸러 요제프 상을 수상하면서 문단에서 위치가 공고해짐.

1990년 운명 4부작 중 3부 『태어나지 않은 아이를 위한 기도(Kaddis a meg nem született gyermekért)』를 발표하고, 이 작품으로 '올해의 도서상'과 외를레이상 수상함.

1991년 단편집 『영국 국기(Az angol lobogó)』 발표.

1992년 자신이 좋아하는 철학자와 작가를 만나 이야기를 나누는 일기 형식의 에세이집 『항해선 일기(Gályanapló)』 발표.

1993년 홀로코스트를 주제로 자신이 강연했던 자료들을 모은 에세이집 『문화로서의 홀로코스트(A holocaust mint kultúra: Három elöadás)』 발표.

1995년 소로스 재단상과 독일의 부란덴부르크 문학상 수상.

1996년 샤도르 마러이상 수상.

1997년 단편집 『누군가 다른 사람: 그 변화의 연대기(Valaki más: A változás krónikája)』 발표.

라이프치히 문학상, 프리드리히 군돌프 상, 코슈트 상, 부다페스트 대상 등을 수상하며 문단에서 유명세를 타기 시작함.

1998년 에세이집 『처형 부대의 재장전 순간에 사색할 수 있는 고요함(A gondolatnyi csend, amíg a kivégzöosztag újratölt)』 발표.

2000년 헤르더 상과 디 벨트 문학상을 수상하며 작가로서의 명성을 확고히 함.

2001년　에세이집 『추방당한 언어(A számüzött nyelv)』 발표.

2002년　노벨 문학상 수상.

2003년　운명 4부작의 마지막 작품 『청산(Felszámolás)』 발표.

2005년　소르본 대학교에서 명예박사 학위를 수여받음.

2009년　한 프랑스 신문과의 인터뷰에서 파킨슨병으로 고생하고 있음을 고백함.

2014년　헝가리 최고의 훈장인 성 이슈트반 훈장을 받음.

2016년　3월 31일 향년 86세의 나이로 부다페스트 자택에서 사망.

세계문학전집 360

좌절

1판 1쇄 펴냄 2018년 11월 30일
1판 4쇄 펴냄 2022년 11월 25일

지은이 임레 케르테스
옮긴이 한경민
발행인 박근섭, 박상준
펴낸곳 (주)민음사

출판등록 1966. 5. 19. (제 16-490호)
서울특별시 강남구 도산대로1길 62(신사동) 강남출판문화센터 5층 (우편번호 06027)
대표전화 02-515-2000 팩시밀리 02-515-2007
www.minumsa.com

ISBN 978-89-374-6360-0 04800
ISBN 978-89-374-6000-5 (세트)

세계문학전집 목록

45 **젊은 예술가의 초상** 조이스 · 이상옥 옮김 서울대 권장도서 100선

46 **카탈로니아 찬가** 오웰 · 정영목 옮김

47 **호밀밭의 파수꾼** 샐린저 · 공경희 옮김 《타임》 선정 현대 100대 영문소설 | 미국대학위원회 선정 SAT 추천도서 | 《뉴스위크》 선정 100대 명저 | BBC 선정 꼭 읽어야 할 책

48·49 **파르마의 수도원** 스탕달 · 원윤수, 임미경 옮김

50 **수레바퀴 아래서** 헤세 · 김이섭 옮김 노벨 문학상 수상 작가 | 국립중앙도서관 선정 청소년 권장도서

51·52 **내 이름은 빨강** 파묵 · 이난아 옮김 노벨 문학상 수상 작가

53 **오셀로** 셰익스피어 · 최종철 옮김 서울대 권장도서 100선

54 **조서** 르 클레지오 · 김윤진 옮김 노벨 문학상 수상 작가

55 **모래의 여자** 아베 코보 · 김난주 옮김

56·57 **부덴브로크 가의 사람들** 토마스 만 · 홍성광 옮김 노벨 문학상 수상 작가

58 **싯다르타** 헤세 · 박병덕 옮김 노벨 문학상 수상 작가

59·60 **아들과 연인** 로렌스 · 정상준 옮김 《뉴스위크》 선정 100대 명저

61 **설국** 가와바타 야스나리 · 유숙자 옮김 노벨 문학상 수상 작가 | 서울대 권장도서 100선

62 **벨킨 이야기 · 스페이드 여왕** 푸슈킨 · 최선 옮김

63·64 **넙치** 그라스 · 김재혁 옮김 노벨 문학상 수상 작가

65 **소망 없는 불행** 한트케 · 윤용호 옮김 노벨 문학상 수상 작가

66 **나르치스와 골드문트** 헤세 · 임홍배 옮김 노벨 문학상 수상 작가

67 **황야의 이리** 헤세 · 김누리 옮김 노벨 문학상 수상 삭가

68 **페테르부르크 이야기** 고골 · 조주관 옮김

69 **밤으로의 긴 여로** 오닐 · 민승남 옮김 노벨 문학상 수상 작가 | 미국대학위원회 선정 SAT 추천도서

70 **체호프 단편선** 체호프 · 박현섭 옮김

71 **버스 정류장** 가오싱젠 · 오수경 옮김 노벨 문학상 수상 작가

72 **구운몽** 김만중 · 송성욱 옮김 서울대 권장도서 100선 | 국립중앙도서관 선정 청소년 권장도서

73 **대머리 여가수** 이오네스코 · 오세곤 옮김

74 **이솝 우화집** 이솝 · 유종호 옮김 논술 및 수능에 출제된 책(1998~2005)

75 **위대한 개츠비** 피츠제럴드 · 김욱동 옮김 《타임》 선정 현대 100대 영문소설

76 **푸른 꽃** 노발리스 · 김재혁 옮김

77 **1984** 오웰 · 정회성 옮김 《타임》 선정 현대 100대 영문소설 | 《뉴스위크》 선정 100대 명저

78·79 **영혼의 집** 아옌데 · 권미선 옮김

80 **첫사랑** 투르게네프 · 이항재 옮김

81 **내가 죽어 누워 있을 때** 포크너 · 김명주 옮김 노벨 문학상 수상 작가

82 **런던 스케치** 레싱 · 서숙 옮김 노벨 문학상 수상 작가

83 **팡세** 파스칼 · 이환 옮김

84 **질투** 로브그리예 · 박이문, 박희원 옮김

85·86 **채털리 부인의 연인** 로렌스 · 이인규 옮김

87 **그 후** 나쓰메 소세키 · 윤상인 옮김

88 **오만과 편견** 오스틴 · 윤지관, 전승희 옮김 미국대학위원회 선정 SAT 추천도서

89·90 **부활** 톨스토이 · 연진희 옮김 논술 및 수능에 출제된 책(1998~2005)

91 **방드르디, 태평양의 끝** 투르니에 · 김화영 옮김

92 **미겔 스트리트** 나이폴 · 이상옥 옮김 노벨 문학상 수상 작가

93 **뻬드로 빠라모** 룰포 · 정창 옮김

94 차라투스트라는 이렇게 말했다 니체·장희창 옮김 국립중앙도서관 선정 청소년 권장도서
95·96 적과 흑 스탕달·이동렬 옮김 국립중앙도서관 선정 청소년 권장도서
97·98 콜레라 시대의 사랑 마르케스·송병선 옮김 노벨 문학상 수상 작가 | BBC 선정 꼭 읽어야 할 책
99 맥베스 셰익스피어·최종철 옮김 서울대 권장도서 100선 | 미국대학위원회 선정 SAT 추천도서
100 춘향전 작자 미상·송성욱 풀어 옮김 서울대 권장도서 100선
101 페르디두르케 곰브로비치·윤진 옮김
102 포르노그라피아 곰브로비치·임미경 옮김
103 인간 실격 다자이 오사무·김춘미 옮김
104 네루다의 우편배달부 스카르메타·우석균 옮김
105·106 이탈리아 기행 괴테·박찬기 외 옮김
107 나무 위의 남작 칼비노·이현경 옮김
108 달콤 쌉싸름한 초콜릿 에스키벨·권미선 옮김
109·110 제인 에어 C. 브론테·유종호 옮김 BBC 선정 꼭 읽어야 할 책
111 크눌프 헤세·이노은 옮김 노벨 문학상 수상 작가
112 시계태엽 오렌지 버지스·박시영 옮김 《타임》 선정 현대 100대 영문소설 | 《뉴스위크》 선정 100대 명저
113·114 파리의 노트르담 위고·정기수 옮김 미국대학위원회 선정 SAT 추천도서
115 새로운 인생 단테·박우수 옮김
116·117 로드 짐 콘래드·이상옥 옮김 《뉴스위크》 선정 100대 명저
118 폭풍의 언덕 E. 브론테·김종길 옮김 미국대학위원회 선정 SAT 추천도서
119 텔크테에서의 만남 그라스·안삼환 옮김 노벨 문학상 수상 작가
120 검찰관 고골·조주관 옮김
121 안개 우나무노·조민현 옮김
122 나사의 회전 제임스·최경도 옮김 미국대학위원회 선정 SAT 추천도서
123 피츠제럴드 단편선 1 피츠제럴드·김욱동 옮김
124 목화밭의 고독 속에서 콜테스·임수현 옮김
125 돼지꿈 황석영
126 라셀라스 존슨·이인규 옮김
127 리어 왕 셰익스피어·최종철 옮김 서울대 권장도서 100선 | 《뉴스위크》 선정 100대 명저
128·129 쿠오 바디스 시엔키에비츠·최성은 옮김 노벨 문학상 수상 작가
130 자기만의 방 3기니 울프·이미애 옮김
131 시르트의 바닷가 그라크·송진석 옮김
132 이성과 감성 오스틴·윤지관 옮김
133 바덴바덴에서의 여름 치프킨·이장욱 옮김
134 새로운 인생 파묵·이난아 옮김 노벨 문학상 수상 작가
135·136 무지개 로렌스·김정매 옮김
137 인생의 베일 서머싯 몸·황소연 옮김
138 보이지 않는 도시들 칼비노·이현경 옮김
139·140·141 연초 도매상 바스·이운경 옮김 《타임》 선정 현대 100대 영문소설
142·143 플로스 강의 물방앗간 엘리엇·한애경, 이봉지 옮김 미국대학위원회 선정 SAT 추천도서
144 연인 뒤라스·김인환 옮김
145·146 이름 없는 주드 하디·정종화 옮김
147 제49호 품목의 경매 핀천·김성곤 옮김 《타임》 선정 현대 100대 영문소설

148 **성역** 포크너 · 이진준 옮김 노벨 문학상 수상 작가 | 퓰리처상 수상 작가
149 **무진기행** 김승옥
150·151·152 **신곡(지옥편 · 연옥편 · 천국편)** 단테 · 박상진 옮김 《뉴스위크》 선정 100대 명저
153 **구덩이** 플라토노프 · 정보라 옮김
154·155·156 **카라마조프가의 형제들** 도스토옙스키 · 김연경 옮김
157 **지상의 양식** 지드 · 김화영 옮김 노벨 문학상 수상 작가
158 **밤의 군대들** 메일러 · 권택영 옮김 퓰리처상 수상 작가
159 **주홍 글자** 호손 · 김욱동 옮김 서울대 권장도서 100선 | 미국대학위원회 선정 SAT 추천도서
160 **깊은 강** 엔도 슈사쿠 · 유숙자 옮김
161 **욕망이라는 이름의 전차** 윌리엄스 · 김소임 옮김
162 **마사 퀘스트** 레싱 · 나영균 옮김 노벨 문학상 수상 작가
163·164 **운명의 딸** 아옌데 · 권미선 옮김
165 **모렐의 발명** 비오이 카사레스 · 송병선 옮김
166 **삼국유사** 일연 · 김원중 옮김 서울대 권장도서 100선
167 **풀잎은 노래한다** 레싱 · 이태동 옮김 노벨 문학상 수상 작가
168 **파리의 우울** 보들레르 · 윤영애 옮김
169 **포스트맨은 벨을 두 번 울린다** 케인 · 이만식 옮김
170 **썩은 잎** 마르케스 · 송병선 옮김 노벨 문학상 수상 작가
171 **모든 것이 산산이 부서지다** 아체베 · 조규형 옮김 《타임》 선정 현대 100대 영문소설
172 **한여름 밤의 꿈** 셰익스피어 · 최종철 옮김 미국대학위원회 선정 SAT 추천도서
173 **로미오와 줄리엣** 셰익스피어 · 최종철 옮김 미국대학위원회 선정 SAT 추천도서
174·175 **분노의 포도** 스타인벡 · 김승욱 옮김 노벨 문학상 수상 작가 | 《타임》 선정 현대 100대 영문소설
176·177 **괴테와의 대화** 에커만 · 장희창 옮김
178 **그물을 헤치고** 머독 · 유종호 옮김 《타임》 선정 현대 100대 영문소설
179 **브람스를 좋아하세요...** 사강 · 김남주 옮김
180 **카타리나 블룸의 잃어버린 명예** 하인리히 뵐 · 김연수 옮김 노벨 문학상 수상 작가
181·182 **에덴의 동쪽** 스타인벡 · 정회성 옮김 노벨 문학상 수상 작가
183 **순수의 시대** 워튼 · 송은주 옮김 《뉴스위크》 선정 100대 명저 | 퓰리처상 수상작
184 **도둑 일기** 주네 · 박형섭 옮김
185 **나자** 브르통 · 오생근 옮김
186·187 **캐치-22** 헬러 · 안정효 옮김 《타임》 선정 현대 100대 영문소설 | 《뉴스위크》 선정 100대 명저 | BBC 선정 꼭 읽어야 할 책
188 **숄로호프 단편선** 숄로호프 · 이항재 옮김 노벨 문학상 수상 작가
189 **말** 사르트르 · 정명환 옮김
190·191 **보이지 않는 인간** 엘리슨 · 조영환 옮김 《타임》 선정 현대 100대 영문소설
192 **왑샷 가문 연대기** 치버 · 김승욱 옮김 퓰리처상 수상 작가
193 **왑샷 가문 몰락기** 치버 · 김승욱 옮김 퓰리처상 수상 작가
194 **필립과 다른 사람들** 노터봄 · 지명숙 옮김
195·196 **하드리아누스 황제의 회상록** 유르스나르 · 곽광수 옮김
197·198 **소피의 선택** 스타이런 · 한정아 옮김 퓰리처상 수상 작가
199 **피츠제럴드 단편선 2** 피츠제럴드 · 한은경 옮김
200 **홍길동전** 허균 · 김탁환 옮김

201 **요술 부지깽이** 쿠버 · 양윤희 옮김

202 **북호텔** 다비 · 원윤수 옮김

203 **톰 소여의 모험** 트웨인 · 김욱동 옮김

204 **금오신화** 김시습 · 이지하 옮김

205·206 **테스** 하디 · 정종화 옮김 미국대학위원회 선정 SAT 추천도서 | BBC 선정 꼭 읽어야 할 책

207 **브루스터플레이스의 여자들** 네일러 · 이소영 옮김

208 **더 이상 평안은 없다** 아체베 · 이소영 옮김

209 **그레인지 코플랜드의 세 번째 인생** 워커 · 김시현 옮김 퓰리처상 수상 작가

210 **어느 시골 신부의 일기** 베르나노스 · 정영란 옮김

211 **타라스 불바** 고골 · 조주관 옮김

212·213 **위대한 유산** 디킨스 · 이인규 옮김 서울대 권장도서 100선 | BBC 선정 꼭 읽어야 할 책

214 **면도날** 서머싯 몸 · 안진환 옮김

215·216 **성채** 크로닌 · 이은정 옮김

217 **오이디푸스 왕** 소포클레스 · 강대진 옮김 서울대 권장도서 100선

218 **세일즈맨의 죽음** 밀러 · 강유나 옮김

219·220·221 **안나 카레니나** 톨스토이 · 연진희 옮김 서울대 권장도서 100선

222 **오스카 와일드 작품선** 와일드 · 정영목 옮김

223 **벨아미** 모파상 · 송덕호 옮김

224 **파스쿠알 두아르테 가족** 호세 셀라 · 정동섭 옮김 노벨 문학상 수상 작가

225 **시칠리아에서의 대화** 비토리니 · 김운찬 옮김

226·227 **길 위에서** 케루악 · 이만식 옮김 《타임》 선정 현대 100대 영문소설 | 《뉴스위크》 선정 100대 명저

228 **우리 시대의 영웅** 레르몬토프 · 오정미 옮김

229 **아우라** 푸엔테스 · 송상기 옮김

230 **클링조어의 마지막 여름** 헤세 · 황승환 옮김 노벨 문학상 수상 작가

231 **리스본의 겨울** 무뇨스 몰리나 · 나송주 옮김

232 **뻐꾸기 둥지 위로 날아간 새** 키지 · 정회성 옮김 《타임》 선정 현대 100대 영문소설

233 **페널티킥 앞에 선 골키퍼의 불안** 한트케 · 윤용호 옮김 노벨 문학상 수상 작가

234 **참을 수 없는 존재의 가벼움** 쿤데라 · 이재룡 옮김

235·236 **바다여, 바다여** 머독 · 최옥영 옮김

237 **한 줌의 먼지** 에벌린 워 · 안진환 옮김 《타임》 선정 현대 100대 영문소설

238 **뜨거운 양철 지붕 위의 고양이 · 유리 동물원** 윌리엄스 · 김소임 옮김 퓰리처상 수상작

239 **지하로부터의 수기** 도스토옙스키 · 김연경 옮김

240 **키메라** 바스 · 이운경 옮김

241 **반쪼가리 자작** 칼비노 · 이현경 옮김

242 **벌집** 호세 셀라 · 남진희 옮김 노벨 문학상 수상 작가

243 **불멸** 쿤데라 · 김병욱 옮김

244·245 **파우스트 박사** 토마스 만 · 임홍배, 박병덕 옮김 노벨 문학상 수상 작가

246 **사랑할 때와 죽을 때** 레마르크 · 장희창 옮김

247 **누가 버지니아 울프를 두려워하랴?** 올비 · 강유나 옮김

248 **인형의 집** 입센 · 안미란 옮김

249 **위폐범들** 지드 · 원윤수 옮김 노벨 문학상 수상 작가

250 **무정** 이광수 · 정영훈 책임 편집 서울대 권장도서 100선

251·252 **의지와 운명** 푸엔테스 · 김현철 옮김
253 **폭력적인 삶** 파솔리니 · 이승수 옮김
254 **거장과 마르가리타** 불가코프 · 정보라 옮김
255·256 **경이로운 도시** 멘도사 · 김현철 옮김
257 **야콥을 둘러싼 추측들** 욘존 · 손대영 옮김
258 **왕자와 거지** 트웨인 · 김욱동 옮김
259 **존재하지 않는 기사** 칼비노 · 이현경 옮김
260·261 **눈먼 암살자** 애트우드 · 차은정 옮김 《타임》 선정 현대 100대 영문소설
262 **베니스의 상인** 셰익스피어 · 최종철 옮김
263 **말리나** 바흐만 · 남정애 옮김
264 **사볼타 사건의 진실** 멘도사 · 권미선 옮김
265 **뒤렌마트 희곡선** 뒤렌마트 · 김혜숙 옮김
266 **이방인** 카뮈 · 김화영 옮김 노벨 문학상 수상 작가 | 미국대학위원회 선정 SAT 추천도서
267 **페스트** 카뮈 · 김화영 옮김 노벨 문학상 수상 작가 | 국립중앙도서관 선정 청소년 권장도서
268 **검은 튤립** 뒤마 · 송진석 옮김
269·270 **베를린 알렉산더 광장** 되블린 · 김재혁 옮김
271 **하얀 성** 파묵 · 이난아 옮김 노벨 문학상 수상 작가
272 **푸슈킨 선집** 푸슈킨 · 최선 옮김
273·274 **유리알 유희** 헤세 · 이영임 옮김 노벨 문학상 수상 작가
275 **픽션들** 보르헤스 · 송병선 옮김 서울대 권장도서 100선
276 **신의 화살** 아체베 · 이소영 옮김
277 **빌헬름 텔 · 간계와 사랑** 실러 · 홍성광 옮김
278 **노인과 바다** 헤밍웨이 · 김욱동 옮김 노벨 문학상 수상 작가 | 퓰리처상 수상작
279 **무기여 잘 있어라** 헤밍웨이 · 김욱동 옮김 미국대학위원회 선정 SAT 추천도서
280 **태양은 다시 떠오른다** 헤밍웨이 · 김욱동 옮김 《타임》 선정 현대 100대 영문 소설
281 **알레프** 보르헤스 · 송병선 옮김
282 **일곱 박공의 집** 호손 · 정소영 옮김
283 **에마** 오스틴 · 윤지관, 김영희 옮김
284·285 **죄와 벌** 도스토옙스키 · 김연경 옮김 미국대학위원회 선정 SAT 추천도서
286 **시련** 밀러 · 최영 옮김
287 **모두가 나의 아들** 밀러 · 최영 옮김
288·289 **누구를 위하여 종은 울리나** 헤밍웨이 · 김욱동 옮김 노벨 문학상 수상 작가
290 **구르브 연락 없다** 멘도사 · 정창 옮김
291·292·293 **데카메론** 보카치오 · 박상진 옮김
294 **나누어진 하늘** 볼프 · 전영애 옮김
295·296 **제브데트 씨와 아들들** 파묵 · 이난아 옮김 노벨 문학상 수상 작가
297·298 **여인의 초상** 제임스 · 최경도 옮김 미국대학위원회 선정 SAT 추천도서
299 **압살롬, 압살롬!** 포크너 · 이태동 옮김 노벨 문학상 수상 작가
300 **이상 소설 전집** 이상 · 권영민 책임 편집
301·302·303·304·305 **레 미제라블** 위고 · 정기수 옮김
306 **관객모독** 한트케 · 윤용호 옮김 노벨 문학상 수상 작가
307 **더블린 사람들** 조이스 · 이종일 옮김

308 에드거 앨런 포 단편선 앨런 포·전승희 옮김 미국대학위원회 선정 SAT 추천도서
309 보이체크·당통의 죽음 뷔히너·홍성광 옮김
310 노르웨이의 숲 무라카미 하루키·양억관 옮김
311 운명론자 자크와 그의 주인 디드로·김희영 옮김
312·313 헤밍웨이 단편선 헤밍웨이·김욱동 옮김 노벨 문학상 수상 작가
314 피라미드 골딩·안지현 옮김 노벨 문학상 수상 작가
315 닫힌 방·악마와 선한 신 사르트르·지영래 옮김
316 등대로 울프·이미애 옮김 《타임》 선정 현대 100대 영문소설 | 《뉴스위크》 선정 100대 명저
317·318 한국 희곡선 송영 외·양승국 엮음
319 여자의 일생 모파상·이동렬 옮김
320 의식 노터봄·김영중 옮김
321 육체의 악마 라디게·원윤수 옮김
322·323 감정 교육 플로베르·지영화 옮김
324 불타는 평원 룰포·정창 옮김
325 위대한 몬느 알랭푸르니에·박영근 옮김
326 라쇼몬 아쿠타가와 류노스케·서은혜 옮김
327 반바지 당나귀 보스코·정영란 옮김
328 정복자들 말로·최윤주 옮김
329·330 우리 동네 아이들 마흐푸즈·배혜경 옮김 노벨 문학상 수상 작가
331·332 개선문 레마르크·장희창 옮김
333 사바나의 개미 언덕 아체베·이소영 옮김
334 게걸음으로 그라스·장희창 옮김 노벨 문학상 수상 작가
335 코스모스 곰브로비치·최성은 옮김
336 좁은 문·전원교향곡·배덕자 지드·동성식 옮김 노벨 문학상 수상 작가
337·338 암 병동 솔제니친·이영의 옮김 노벨 문학상 수상 작가
339 피의 꽃잎들 응구기 와 시옹오·왕은철 옮김
340 운명 케르테스·유진일 옮김 노벨 문학상 수상 작가
341·342 벌거벗은 자와 죽은 자 메일러·이운경 옮김 퓰리처상 수상 작가
343 시지프 신화 카뮈·김화영 옮김 노벨 문학상 수상 작가
344 뇌우 차오위·오수경 옮김
345 모옌 중단편선 모옌·심규호, 유소영 옮김 노벨 문학상 수상 작가
346 일야서 한사오궁·심규호, 유소영 옮김
347 상속자들 골딩·안지현 옮김 노벨 문학상 수상 작가
348 설득 오스틴·전승희 옮김
349 히로시마 내 사랑 뒤라스·방미경 옮김
350 오 헨리 단편선 오 헨리·김희용 옮김
351·352 올리버 트위스트 디킨스·이인규 옮김
353·354·355·356 전쟁과 평화 톨스토이·연진희 옮김
357 다시 찾은 브라이즈헤드 에벌린 워·백지민 옮김
358 아무도 대령에게 편지하지 않다 마르케스·송병선 옮김
359 사양 다자이 오사무·유숙자 옮김
360 좌절 케르테스·한경민 옮김 노벨 문학상 수상 작가

세계문학전집은 계속 간행됩니다.